Anne Perry

In feinen Kreisen

Roman

Aus dem Englischen
von Michaela Link

GOLDMANN

Die Originalausgabe erschien 1999 unter dem Titel
»The Twisted Root«
bei Headline Book Publishing, London.

Umwelthinweis:
Alle bedruckten Materialien dieses Taschenbuches
sind chlorfrei und umweltschonend.

Der Goldmann Verlag ist ein Unternehmen
der Verlagsgruppe Random House.

Deutsche Erstausgabe 2/2001

Dieses Werk wurde vermittelt
durch die Literarische Agentur
Thomas Schlück GmbH, 30827 Garbsen.
Umschlaggestaltung: Design Team München
Umschlagfoto: AKG, Berlin
Satz: Uhl + Massopust, Aalen
Druck und Bindung: GGP Media, Pößneck
Titelnummer: 41649
Redaktion: Irmgard Perkounigg
BH · Herstellung: Heidrun Nawrot
Made in Germany
ISBN 3-442-41649-3
www.goldmann-verlag.de

5 7 9 10 8 6 4

Für June Anderson und
ihre unverbrüchliche Freundschaft

1

Der junge Mann stand blass und nervös an der Tür und drehte seinen Hut in den Händen.

»Mr. William Monk, Privatermittler?«, fragte er.

»Ja«, antwortete Monk und erhob sich. »Treten Sie doch bitte näher, Sir.«

»Lucius Stourbridge«, stellte der Besucher sich vor, während er ins Zimmer trat. Er hatte weder einen Blick für die beiden bequemen Armsessel noch für die Schale mit Blumen, die einen angenehmen Duft im Raum verbreiteten. Diese Dinge waren Hesters Idee gewesen. Monk hatte an der kargen und rein zweckdienlichen früheren Einrichtung des Raums nichts auszusetzen gehabt.

»Wie kann ich Ihnen helfen, Mr. Stourbridge?«, fragte Monk und zeigte auf einen der beiden Sessel.

Lucius Stourbridge nahm auf der Kante Platz. Er wirkte angespannt. Er musterte Monk besorgt.

»Ich bin verlobt, Mr. Monk«, sagte er. »Meine zukünftige Frau ist der charmanteste, großzügigste und edelmütigste Mensch, den Sie sich nur vorstellen können.« Er senkte den Blick, dann sah er hastig wieder zu Monk auf. Der Anflug eines Lächelns huschte über seine Züge. »Mir ist natürlich klar, dass ich in diesem Punkt voreingenommen bin, und es muss in Ihren Ohren sehr naiv klingen, aber Sie werden feststellen, dass andere Menschen sie beinahe ebenso hoch schätzen wie ich, und auch meine Eltern haben eine ehrliche Zuneigung zu ihr gefasst.«

»Daran zweifle ich nicht, Mr. Stourbridge«, versicherte Monk ihm, aber da er ahnte, was dieser junge Mann von ihm verlangen würde, fühlte er sich äußerst unwohl. Selbst wenn er dringend einen Auftrag brauchte, übernahm er nur sehr widerstrebend Fälle, die mit Eheproblemen zu tun hatten. Aber nachdem er gerade eine ausgesprochen kostspielige, dreiwöchige Hochzeitsreise in die Highlands von Schottland hinter sich hatte, näherte er sich unaufhaltsam dem Punkt, da tatsächlich Dringlichkeit geboten war. Er hatte ein Abkommen mit seiner Freundin und Gönnerin, Lady Callandra Daviot, demzufolge sie seine Börse zumindest so weit füllte, dass es zum Überleben reichte. Als Gegenleistung dafür hielt er sie über seine interessantesten Fälle auf dem Laufenden und schloss sie – so weit sie das wünschte – in die Ermittlungsarbeiten ein. Aber er hatte weder den Wunsch noch die Absicht, von dieser Übereinkunft weiterhin Gebrauch zu machen.

»Welches Problem führt Sie zu mir, Mr. Stourbridge?«, fragte er.

Lucius sah ihn todunglücklich an. »Miriam – Mrs. Gardiner – ist verschwunden.«

Diese Eröffnung verwirrte Monk. »Mrs. Gardiner?«

Lucius schüttelte ungeduldig den Kopf. »Mrs. Gardiner ist Witwe. Sie ist …« Er zögerte und auf seinem Gesicht spiegelte sich eine Mischung aus Verärgerung und Verlegenheit. »Sie ist einige Jahre älter als ich. Aber das ist unerheblich.«

Wenn eine junge Frau ihrem Verlobten davonlief, war das eine rein private Angelegenheit. Solange kein Verbrechen im Spiel war und kein Grund bestand, eine Krankheit anzunehmen, dann war es ihre eigene Entscheidung, ob sie zurückkehrte oder nicht. Normalerweise hätte Monk sich nicht um die Angelegenheit gekümmert. Allerdings war er sich im Augenblick seines eigenen Glücks so deutlich bewusst, dass er ein für ihn ganz untypisches Mitleid für diesen jungen Mann empfand, der so offensichtlich mit seiner Weisheit am Ende war.

Er konnte sich nicht daran erinnern, je zuvor mit der Welt und dem Leben so zufrieden gewesen zu sein. Gut – es war Sommer 1860, und er wusste bis auf wenige Einzelheiten nichts mehr von seinem Leben vor seinem Kutschunfall im Jahr 1856, nach dem er ohne jede Erinnerung im Krankenhaus erwacht war. Trotzdem vermochte er sich nicht vorzustellen, dass es etwas so Wunderbares geben konnte wie das Glück, das ihn im Augenblick so vollkommen erfüllte.

Nachdem Hester seinen Heiratsantrag angenommen hatte, war er abwechselnd in Jubelstimmung geraten und dann wieder von bösen Ahnungen heimgesucht worden, dass ein solcher Schritt das einzigartige Vertrauensverhältnis, das sie verband, für alle Zeit zerstören würde. Vielleicht konnte es keine andere Beziehung zwischen ihnen geben, die so befriedigend war wie ihre Freundschaft, Seite an Seite in leidenschaftlichem Kampf für die Gerechtigkeit. Er hatte viele trostlose Nächte wach gelegen, von der Angst gequält, etwas zu verlieren, das ihm immer kostbarer schien, je länger er über die Möglichkeit nachdachte, es eines Tages vielleicht nicht mehr zu besitzen.

Aber am Ende hatten sich dann doch alle Ängste zerstreut. Obwohl er in ihr all die Wärme und Leidenschaft gefunden hatte, die er sich nur wünschen konnte, hatte sie ihre Streitlust nicht verloren, vertrat nach wie vor eigensinnig ihre Ansichten, lachte ihn aus und machte dumme Fehler. Es hatte sich im Grunde gar nicht viel verändert, nur dass jetzt eine körperliche Intimität zwischen ihnen herrschte, die er sich nicht im Traum hätte vorstellen können.

Also schickte er Lucius Stourbridge nicht seiner Wege, wie sein Instinkt es ihm vielleicht geraten hätte.

»Vielleicht erzählen Sie mir besser genau, was geschehen ist«, sagte Monk freundlich.

Lucius holte tief Luft. »Ja.« Es kostete ihn einige Mühe, die Fassung wieder zu erlangen. »Ja, natürlich. Gewiss. Es tut mir Leid, ich scheine ein wenig wirr zu reden. Das alles hat mich... sehr hart getroffen. Ich weiß nicht, was ich davon halten soll.«

Letzteres war ziemlich offensichtlich und Monk musste sich bezähmen, diesen Gedanken nicht auszusprechen. Er war von Natur aus nicht besonders geduldig. »Wenn Sie vielleicht damit anfangen könnten, mir mitzuteilen,wann Sie Miss – Mrs. – Gardiner das letzte Mal gesehen haben, dann könnten wir von diesem Punkt aus fortfahren«, schlug er vor.

»Natürlich«, stimmte Lucius zu. »Wir wohnen am Cleveland Square in Bayswater, nicht weit entfernt von Kensington Gardens. Wir hatten zur Feier unserer bevorstehenden Hochzeit eine kleine Gesellschaft gegeben. Es war ein wunderschöner Tag und wir spielten Krocket, als Miriam – Mrs. Gardiner – ohne offenkundigen Grund plötzlich äußerst verstört war und aus dem Garten lief. Ich habe sie nicht gehen sehen, sonst wäre ich ihr gefolgt – um herauszufinden, ob sie vielleicht krank war, ob ich ihr irgendwie helfen konnte ...«

»Ist sie denn häufiger krank?«, fragte Monk neugierig. Echte Kranke waren eine Sache, aber Frauen, die zu Ohnmachtsanfällen neigten, waren Geschöpfe, für die er nicht viel übrig hatte. Und wenn er diesem unglücklichen jungen Mann helfen sollte, musste er so viel von der Wahrheit wissen wie nur möglich.

»Nein«, entgegnete Lucius scharf. »Sie erfreut sich bester Gesundheit und ist von sehr ausgeglichenem Temperament.«

Monk ertappte sich dabei, dass er ganz leicht errötete. Wenn jemand ihm gegenüber angedeutet hätte, Hester habe möglicherweise eine Neigung zu Ohnmachten, so hätte er mit einiger Schroffheit darauf hingewiesen, dass sie sich in einer Krisensituation zweifellos besser bewährte als die meisten anderen Menschen. Als Krankenschwester auf den Schlachtfeldern der Krim hatte sie das mehr als einmal unter Beweis gestellt. Aber er brauchte sich bei Lucius Stourbridge nicht zu entschuldigen. Das war eine notwendige Frage gewesen.

»Wer hat sie weggehen sehen?«, forschte er weiter.

»Mein Onkel, Aiden Campbell, der die meiste Zeit und auch im Augenblick bei uns lebt. Und ich glaube, meine

Mutter hat sie ebenfalls weggehen sehen und auch ein oder zwei der Diener und andere Gäste.«

»Und war sie krank?«

»Ich weiß es nicht! Darum geht es doch gerade, Mr. Monk! Niemand hat sie seither wieder gesehen. Und es sind jetzt drei Tage vergangen!«

»Und was haben diejenigen, die sie gesehen haben«, hakte Monk geduldig nach, »Ihnen erzählt? Sie kann doch nicht einfach allein aus dem Garten spaziert sein, ohne Geld oder Gepäck, um spurlos zu verschwinden?«

»Oh ... nein«, korrigierte Lucius sich, »der Kutscher, James Treadwell, ist ebenfalls verschwunden und mit ihm natürlich eine der Kutschen.«

»Dann sieht es also so aus, als hätte Treadwell sie irgendwohin gefahren«, schlussfolgerte Monk. »Da sie das Krocketspiel aus freien Stücken verlassen hat, hat sie ihn wahrscheinlich darum gebeten, sie zu fahren. Was wissen Sie über Treadwell?«

Lucius zuckte mit den Schultern, schien dabei aber noch blasser zu werden. »Er arbeitet seit drei oder vier Jahren bei der Familie und ist mit der Köchin verwandt – ein Neffe oder so etwas. So weit ich weiß, ist man absolut zufrieden mit ihm. Sie glauben doch nicht, er könnte ... ihr etwas angetan haben?«

Monk hatte keine Ahnung, aber es war sinnlos, dem jungen Mann weiteren Kummer zu bereiten. Er war ohnehin schon verzweifelt genug.

»Ich halte es eher für wahrscheinlicher, dass er sie lediglich dorthin gebracht hat, wo sie hin wollte«, erwiderte er, aber dann wurde ihm klar, dass seine Antwort keinen Sinn ergab. Wenn es wirklich so gewesen wäre, wäre der Kutscher binnen weniger Stunden zurückgekommen. »Aber es sieht tatsächlich so aus, als hätte er ihre Kutsche zu eigenen Zwecken benutzt.« Noch andere, weitaus düsterere Gedanken gingen ihm durch den Kopf, aber es war noch zu früh, um sie auszusprechen. Es gab viel simplere Lösungen für diese alltägliche, private Tragödie, Lösungen, die wahrscheinlicher waren. Am ehesten konnte man sich vorstellen, dass Miriam Gardiner einfach ihre Meinung geändert hatte, was die Heirat betraf, aber nicht den Mut gefunden hatte, es dem jungen Lucius Stourbridge zu sagen.

Lucius beugte sich vor. »Ich mache mir Sorgen um Miriam, Mr. Monk. Wenn es ihr gut geht, warum hat sie sich dann nicht bei mir gemeldet?« Seine Kehle war so zugeschnürt, dass die Worte halb erstickt klangen. »Ich habe alles getan, was ich tun konnte. Ich habe mit jedem Einzelnen meiner Freunde gesprochen, an den sie sich vielleicht hätte wenden können. Ich habe mir den Kopf zerbrochen, was ich gesagt oder getan haben könnte, dass sie mir misstraut, und mir ist nichts eingefallen. Wir standen uns sehr nahe, Mr. Monk. Es gibt nichts auf der Welt, wovon ich mehr überzeugt bin als davon. Wir haben uns nicht nur geliebt, wir waren auch die besten Freunde. Ich konnte mit ihr über alles reden, und sie schien mich zu verstehen, ja, sie teilte sogar meine Ansichten und Vorlieben auf eine Weise, die einzigartig ist. Sie war für mich die aufregendste Frau der Welt und trotzdem habe ich mich in ihrer Gegenwart immer wohl gefühlt.« Er errötete leicht. »Das mag in Ihren Ohren absurd klingen …«

»Nein«, sagte Monk hastig, zu hastig. Seine Worte kamen von Herzen, und er war es nicht gewöhnt, so viel von sich selbst preiszugeben, erst recht nicht einem möglichen Klienten gegenüber, noch dazu in einem Fall, den er eigentlich gar nicht übernehmen wollte und von dem er schon jetzt überzeugt war, dass er kein glückliches Ende nehmen konnte.

Lucius Stourbridge sah ihn aufmerksam an und seine großen, braunen Augen waren voller Sorge.

»Nein«, wiederholte Monk mit etwas weniger Nachdruck. »Ich bin davon überzeugt, dass es möglich ist, einem anderen Menschen solche Zuneigung entgegenzubringen.« Er sprach schnell weiter, um von Gefühlen zu Tatsachen überzuleiten. »Vielleicht sollten Sie mir etwas über Ihre Familie erzählen und darüber, wie Sie Mrs. Gardiner kennen gelernt haben.«

»Ja, ja, natürlich.« Lucius schien erleichtert zu sein, etwas Konkretes beitragen zu können. »Mein Vater ist Major Harry Stourbridge. Er war früher bei der Armee, ist aber inzwischen pensioniert. Er hat sich in Afrika und vor allem in Ägypten große Verdienste erworben, wo er zu Beginn seiner Laufbahn viel Zeit verbrachte. Er war auch dort, als ich zur Welt kam.« Ein schwaches Lächeln spielte um seine Mundwinkel. »Ich würde gern selbst eines Tages dorthin reisen. Ich habe ihn mit großer Begeisterung davon erzählen hören.« Mit bekümmerter Miene kam er wieder zu dem eigentlichen Thema zurück.

»Unsere Familie stammt aus Yorkshire – dem West Riding. Dort haben wir auch unser Land. Ein Besitz mit festgelegter Erbfolge natürlich, aber doch eine sehr gute Existenzgrundlage. Wir fahren gelegentlich dorthin, aber meine Mutter zieht es vor, die Saison in der Stadt zu verbringen. Ich nehme an, das gilt für die meisten Menschen, vor allem für Frauen …«

»Haben Sie Geschwister?«, unterbrach ihn Monk.

»Nein. Bedauerlicherweise bin ich ein Einzelkind.«

Monk sprach es nicht aus, dass Lucius aus diesem Grund wohl eines Tages ein erhebliches Erbe antreten würde, aber der Ausdruck im Gesicht des jungen Mannes machte klar, dass er Monks Gedanken erriet. Seine Lippen wurden schmal. Eine leichte Röte stieg ihm in die Wangen.

»Meine Familie hat keine Einwände gegen meine Heirat«, sagte er mit einer Spur Trotz. Er saß vollkommen bewegungslos auf dem Stuhl und sah Monk unverwandt an. »Mein Vater und ich stehen uns sehr nahe. Er freut sich über mein Glück, außerdem hat er Miriam, Mrs. Gardiner, selbst sehr gern. Er hat weder an ihrem Charakter noch an ihrem Ruf etwas auszusetzen. Dass sie nur eine sehr kleine Mitgift und keinerlei Land mit in die Ehe bringt, ist nicht von Bedeutung. Ich werde mehr als genug für uns beide haben und materieller Besitz bedeutet mir nichts, wenn ich daran denke, dass ich mein ganzes Leben in der Gesellschaft einer Frau verbringen darf, die über Mut, Tugend und Humor verfügt und die ich mehr liebe als irgendeinen anderen Menschen auf Erden.« Bei den letzten Worten wurde seine Stimme ein wenig brüchig und man sah ihm an, wie viel Kraft es ihn kostete, seine Fassung zu wahren.

Monk berührte das Problem des anderen Mannes viel mehr, als er es sich noch vor wenigen Wochen hätte vorstellen können. Obwohl er sich ganz auf Lucius Stourbridges Situation konzentrieren wollte, sah er im Geiste sich selbst und Hester, wie sie im Schein des letzten Sonnenlichts Seite an Seite über einen stillen Strand schlenderten. Der Himmel strahlte im Nordwesten flammendrot und die Hügel in der Ferne waren in einen purpurnen Schimmer gehüllt, der die Luft leuchten ließ. Sie brauchten nichts zu sagen, denn sie wussten auch ohne Worte, dass sie angesichts jener Schönheit beide das Bedürfnis verspürten, diesen Moment festzuhalten – ebenso wie sie das Wissen um die Unmöglichkeit eben jener Hoffnung teilten. Trotzdem verlieh die Tatsache, dass sie zusammen dort waren, dem Augenblick einen Hauch von Ewigkeit.

Und es hatte andere Situationen gegeben: gemeinsames Lachen über das Spiel eines Hundes mit einer vom Wind verwehten Papiertüte; die Freude über ein köstliches Sandwich nach einem langen Spaziergang; der Aufstieg zum Gipfel eines Berges; das sprachlose Staunen über die Aussicht von dort und die Erleichterung, nicht mehr weitergehen zu müssen.

Wenn Lucius in seinem Leben ähnliches Glück erfahren und es aus einem Grund verloren hatte, den er nicht verstand, war es kein Wunder, dass er so verzweifelt nach einer Antwort suchte. Wie hässlich oder niederschmetternd die Wahrheit auch sein mochte, bevor er sie nicht kannte, hatte er keine Möglichkeit darüber hinwegzukommen.

»Dann werde ich alles in meiner Macht Stehende tun,

um herauszufinden, was geschehen ist«, sagte Monk. »Und wenn sie bereit ist, zu Ihnen zurückzukehren…«

»Ich danke Ihnen!«, sagte Lucius erleichtert und seine Miene hellte sich auf. »Ich danke Ihnen, Mr. Monk! Sie brauchen keine Kosten zu scheuen, das verspreche ich Ihnen. Was kann ich tun, um Ihnen behilflich zu sein?«

»Erzählen Sie mir die Geschichte Ihrer Bekanntschaft, erzählen Sie mir alles über Mrs. Gardiner, was Sie wissen«, erwiderte Monk mit einem flauen Gefühl im Magen.

»Selbstverständlich.« Lucius' Miene wurde weicher und die Anspannung schwand aus seinem Gesicht, als erfülle ihn allein die Erinnerung an ihre erste Begegnung mit Glück. »Ich hatte einen Freund besucht, der in Hampstead lebt, und ich ging auf dem Rückweg über die Heide. Es war ungefähr zu dieser Jahreszeit und ein wunderschöner Tag. Ich begegnete vielen Leuten, spielenden Kindern und einem älteren Ehepaar, das lächelnd in der Sonne saß.« Er lächelte selbst, als er davon erzählte. »Ein kleiner Junge rollte einen Reifen, und ein Hündchen jagte einem Stock hinterher. Ich blieb stehen und beobachtete den Hund. Er war so voller Leben, wie er da mit wedelndem Schwanz durch die Heide sprang, und so zufrieden den Stock zurückbrachte. Ich musste laut lachen, und es dauerte eine ganze Weile, bis mir aufging, dass es eine junge Frau war, die den Stock warf. Einmal landete er vor meinen Füßen, und ich hob ihn auf und warf ihn wieder zurück, einfach weil es so viel Spaß machte zuzusehen. Natürlich kamen wir beide ins Gespräch, diese Frau und ich. Es entwickelte sich alles so natürlich. Wir unterhielten uns über den Hund, und sie erzählte mir, dass er einer Freundin gehöre.«

Sein Blick war entrückt bei der Erinnerung an jenen Tag. »Ein Gesprächsthema führte zum nächsten, und bevor ich mich versah, hatte ich fast eine Stunde mit ihr geredet. Am nächsten Tag ging ich in der Hoffnung, sie dort zu treffen, wieder in die Heide, und sie war tatsächlich da.« Er zuckte kaum merklich mit den Schultern, eine winzige Geste voller Selbstironie. »Ich bilde mir keinen Augenblick lang ein, dass sie das für Zufall hielt, und ich hatte auch nicht das Gefühl, heucheln zu müssen. So war unsere Beziehung nie. Sie schien zu begreifen, was ich meinte, ganz als hätte sie selbst die gleichen Gedanken und Gefühle. Wir lachten über dieselben Dinge, fanden dieselben Dinge schön oder traurig. Ich habe mich in Gesellschaft eines anderen Menschen nie so wohl gefühlt, so entspannt wie bei ihr.«

Monk versuchte, es sich vorzustellen. Es war gewiss nicht das, was er bei Hester empfunden hatte! Er fand sie anregend und bisweilen eigensinnig, er war zornig oder amüsiert, voller Bewunderung oder sogar Hochachtung, aber zu behaupten, er habe ihre Gesellschaft häufig entspannend gefunden, wäre übertrieben gewesen.

Nein – das entsprach nicht ganz der Wahrheit. Jetzt, da er sich endlich eingestanden hatte, dass er sie liebte, und nachdem er aufgehört hatte, sie mit Gewalt zu der Art Frau zu formen, von der er geglaubt hatte, dass er sie haben wollte, jetzt, da er sie endlich als das akzeptierte, was sie war, fühlte er sich in ihrer Gesellschaft doch meist sehr wohl.

Und natürlich hatte es auch Zeiten gegeben, da sie für ein gemeinsames Ziel kämpften, und sie hatte dies mit Mut, Phantasie, Mitgefühl und einer Zähigkeit getan, wie er sie bei keiner anderen Frau – bei keinem anderen Menschen – je erlebt hatte. In diesen Zeiten verband sie eine Kameradschaft, wie sie nicht einmal Lucius Stourbridge erahnen konnte.

»Und so entwickelte sich Ihre Freundschaft«, kam er seinem Besucher zuvor. »Nach einer Weile haben Sie sie dann mit Ihrer Familie bekannt gemacht, und Ihre Eltern mochten sie ebenfalls.«

»Ja – so ist es«, stimmte Lucius ihm zu. Er wollte weitersprechen, aber Monk fiel ihm ins Wort. Er benötigte Informationen, die ihm vielleicht bei seinen Bemühungen helfen konnten, die vermisste Frau zu finden, obwohl er kaum Hoffnung hatte, dass die Sache für Lucius oder einen der anderen Beteiligten einen glücklichen Ausgang nehmen würde. Eine Frau lief ihrem zukünftigen Ehemann nicht weg und blieb mehrere Tage lang verschwunden, ohne ihm eine Nachricht zu schicken, es sei denn, es gab ein ernst zu nehmendes Problem, das sie auf andere Weise nicht lösen konnte.

»Was wissen Sie von Mrs. Gardiners erstem Ehemann?«, fragte Monk.

»Ich glaube, er war etwas älter als sie«, antwortete Lucius, »ein Mann mit bescheidenem geschäftlichem Erfolg, genug, um sie nach seinem Tod versorgt zu wissen. Außerdem hatte er einen guten Ruf und weder Geld- noch Ehrenschulden.« Seine Stimme hatte einen festen Klang, als wolle er Monk dazu bringen, ihm zu glauben.

Monk entnahm dieser kurzen Zusammenfassung, dass der verstorbene Mr. Gardiner aus sehr viel einfacheren Verhältnissen gekommen sein musste als Lucius Stourbridge. Er hätte gern mehr über Miriam Gardiners persönliche Geschichte gewusst, ob sie wie eine Dame sprach und sich wie eine solche benahm, ob sie in der Familie Stourbridge mit einem gewissen Selbstbewusstsein aufgetreten war oder ob sie insgeheim Angst vor seinen Angehörigen hatte. War es jedes Mal eine Qual für sie, wenn sie etwas sagte, weil sie fürchten musste, eine Schwäche zu zeigen? Monk konnte sich etwas Derartiges nur allzu gut vorstellen. Er selbst stammte aus einem Fischerdorf in Northumbria und hatte versucht, in London den Gentleman zu spielen. Eigenartig, dass ihm das gerade jetzt einfiel, wo er an Miriam Gardiner dachte, die vielleicht auch aus einer unteren Gesellschaftsschicht kam und dabei war, sich einer anderen Klasse von Menschen anzupassen, ohne zu verraten, wie viel Anstrengung sie dies kostete. Immer, wenn sie sich an den Tisch setzte, musste auch sie Angst gehabt haben, die falsche Gabel zu benutzen oder eine dumme Bemerkung zu machen, sich als unwissend zu erweisen, was gegenwärtige Ereignisse betraf, oder zu verraten, dass sie niemanden kannte ... Aber nach solchen Dingen konnte er Lucius nicht fragen.

»Ich denke, ich suche Sie besser einmal in Ihrem Haus auf, Mr. Stourbridge«, sagte Monk laut. »Ich möchte mit eigenen Augen sehen, wo das Ereignis stattgefunden hat, das Mrs. Gardiner anscheinend so sehr erregte. Außerdem würde ich gern, Ihr Einverständnis vorausgesetzt, mit Ihren Angehörigen und Dienstboten sprechen, um von ihnen so viel wie möglich in Erfahrung zu bringen.«

»Aber natürlich!« Lucius sprang auf. »Ich danke Ihnen, Mr. Monk. Ich bin sicher, wenn Sie Miriam nur finden können und ich weiß, dass ihr nichts passiert ist, dann werden wir alle anderen Schwierigkeiten überwinden.« Wieder verdüsterte sich seine Miene, als ihm klar wurde, wie groß die Wahrscheinlichkeit war, dass es ihr nicht gut ging. Ihm fiel einfach kein anderer Grund ein, warum sie ihn nicht hätte benachrichtigen sollen. »Wann werden Sie aufbrechen können?«

Monk fühlte sich gedrängt, und doch hatte Lucius Recht: Die Angelegenheit war eilig; tatsächlich konnte es gut sein, dass sie bereits zu spät kamen. Wenn er den Auftrag annehmen wollte, sollte es sofort geschehen. Er würde Hester eine Nachricht hinterlassen und erklären, dass er einen Fall übernommen hatte und zurückkehren würde, sobald er sich einen ersten Überblick verschafft hatte. Er konnte es ihr nicht persönlich sagen, da sie sich im Krankenhaus aufhielt, wo sie mit Callandra Daviot zusammenarbeitete. Er hatte sich kategorisch geweigert zu erlauben, dass sie zu ihrem gemeinsamen Unterhalt etwas beitrug. Das Thema war nach wie vor ein Streitpunkt zwischen ihnen. Zweifellos würde sie früher oder später darauf zurückkommen.

Im Augenblick jedenfalls hatte Monk selbst einen Fall, der seine Aufmerksamkeit beanspruchte, und er musste sich fertig machen, um Lucius Stourbridge zu begleiten.

Das Haus der Stourbridges am Cleveland Square in Bayswater war ansprechend und zeugte von Wohlstand. Man sah, dass Geld für seine Besitzer keine Rolle spielte. Das Gebäude stammte aus einer früheren und bescheideneren Zeit. Monk gefiel es auf Anhieb, und er hätte es sicher länger bewundert, wäre ihm Lucius nicht zur Haustür vorausgeeilt. Er öffnete sie, ohne auf einen Lakaien oder ein Dienstmädchen zu warten.

»Kommen Sie herein«, forderte er ihn auf. Dann trat er einen Schritt zurück und machte eine Handbewegung, als wolle er Monk zur Eile antreiben.

Monk ging hinein, hatte aber keine Zeit, sich den eichenvertäfelten Korridor mit den Familienporträts anzusehen. Er nahm im Vorübergehen wahr, dass ein Bild besonders hervorstach – das Bild eines Reiters in der Uniform der Husaren zur Zeit von Waterloo. Wahrscheinlich handelte es sich um einen früheren Stourbridge, der ebenfalls eine militärische Laufbahn eingeschlagen hatte.

Lucius ging rasch über den dunkel gekachelten Fußboden auf die Tür am anderen Ende des Korridors zu. Monk folgte ihm und konnte nur einen hastigen Blick auf die schöne Stuckdecke und die breite Treppe werfen.

Lucius klopfte an die Tür und drehte gleich darauf den Knauf, um sie zu öffnen. Erst dann drehte er sich zu Monk um. »Bitte, treten Sie ein«, drängte er. »Sie wollen sicher meinen Vater kennen lernen und sich vielleicht von ihm bestätigen lassen, was ich Ihnen erzählt habe.« Er trat beiseite, das Gesicht von Sorgenfalten durchzogen und mit steifer Haltung. »Vater, das ist Mr. William Monk. Er hat sich bereit erklärt, uns zu helfen.«

Monk ging an ihm vorbei durch die Tür. Er sah flüchtig bequeme, viel benutzte Möbel, die nicht der Wirkung halber im Raum standen, sondern um es den Bewohnern so angenehm wie möglich zu machen. Aber im nächsten Augenblick wurde seine Aufmerksamkeit schon von dem Mann gefesselt, der sich aus einem der dunklen Ledersessel erhob, um ihn zu begrüßen. Er war schlank und von kaum mehr als durchschnittlicher Größe, aber er strahlte eine Energie und Eleganz aus, die Achtung weckten. Er war ähnlich gebaut wie Lucius, ähnelte ihm sonst aber in keiner Weise. Monk schätzte ihn auf Anfang fünfzig, obwohl das blonde Haar noch kaum eine graue Strähne aufwies. Um die blauen Augen zog sich ein Kranz feiner Linien, als hätte er sie jahrelang zusammengekniffen, um sie vor grellem Licht zu schützen.

»Guten Tag, Mr. Monk«, sagte er sofort und hielt ihm die Hand hin. »Harry Stourbridge. Von meinem Sohn weiß ich, dass Sie ein Mann sind, der uns vielleicht bei unserem familiären Ungemach helfen kann. Ich freue mich sehr, dass Sie sich bereit gefunden haben, es zu versuchen, und ich bin Ihnen überaus dankbar dafür.«

»Guten Tag, Major Stourbridge«, sagte Monk steif. Er schüttelte Stourbridge die Hand und bemerkte, als er ihn ein wenig genauer betrachtete, eine Sorge in seiner Miene, die auch seine Höflichkeit nicht kaschieren konnte. Es gab keine Anzeichen von Erleichterung darüber, dass Miriam Gardiner verschwunden war. Auch ihn beunruhigte dieser Vorfall zutiefst. »Ich werde mein Bestes tun«, versprach Monk, obwohl ihm schmerzlich bewusst war, wie wenig das unter Umständen sein konnte.

»Nehmen Sie doch Platz.« Stourbridge deutete auf einen der Sessel. »Das Mittagessen wird in einer Stunde serviert. Möchten Sie uns Gesellschaft leisten?«

»Vielen Dank«, akzeptierte Monk die Einladung. Auf diese Weise würde er Gelegenheit haben, die verschiedenen Familienmitglieder zusammen zu beobachten und sich eine Meinung über ihre Beziehungen zu bilden. Vielleicht konnte er auf diese Weise auch herausfinden, wie Miriam Gardiner sich als Lucius' Frau in diesen Haushalt eingefügt hätte. »Aber vorher, Sir, möchte ich gern über einige vertrauliche Dinge mit Ihnen sprechen.«

»Natürlich, natürlich«, stimmte Stourbridge zu. Er blieb

stehen und ging rastlos durch den Raum, durch dessen hohe Fenster das Sonnenlicht fiel. »Lucius, vielleicht möchtest du deine Mutter sehen …?« Es war ein höflicher und beiläufig vorgebrachter Vorschlag, der dem jungen Mann einen Vorwand liefern sollte, um sich zu verabschieden.

Lucius zögerte, denn es fiel ihm offensichtlich schwer, sich von dem einzigen Thema loszureißen, das ihn im Augenblick bewegte.

»Sie hat dich vermisst«, hakte Stourbridge nach. »Es würde sie sicher freuen zu hören, dass Mr. Monk uns helfen will.«

»Ja… ja, natürlich«, pflichtete Lucius ihm bei. Dann sah er Monk mit dem Anflug eines Lächelns an, ging durch den Raum und zog die Tür hinter sich zu.

Harry Stourbridge wandte sich zu Monk um und das Sonnenlicht, das auf sein Gesicht fiel, zeichnete die feinen Linien nach und ließ seine Müdigkeit deutlicher zu Tage treten.

»Fragen Sie, was Sie wollen, Mr. Monk. Ich werde alles in meiner Macht Stehende tun, um Miriam zu finden, und ihr, wenn sie in irgendwelchen Schwierigkeiten steckt, alle erdenkliche Hilfe anbieten. Wie Sie sehen, bedeutet sie meinem Sohn sehr viel. Ich kann mir keine andere Frau vorstellen, die ihn so glücklich machen könnte.«

Monk stellte fest, dass er an der Aufrichtigkeit des anderen Mannes nicht den geringsten Zweifel hegte, was die emotionale Last, die auf ihm ruhte, umso schwerer machte. Warum war Miriam Gardiner ohne ein Wort der Erklärung aus diesem Haus geflohen? War der Auslöser ein plötzliches Ereignis gewesen oder eine Ansammlung kleiner Dinge, die in ihrer Gesamtheit zu viel für sie waren? Was konnte es gewesen sein, dass sie nicht einmal diesen Menschen, die sie liebten, eine Erklärung gegeben hatte?

Und wo steckte der Kutscher James Treadwell?

Stourbridge sah Monk erwartungsvoll an. Aber der wusste nicht recht, wo er beginnen sollte. Harry Stourbridge war ganz anders, als er erwartet hatte, und seine Gefühle gingen ihm unerwartet nah.

»Was wissen Sie über Mrs. Gardiner?«, fragte er schroffer, als er beabsichtigt hatte. Mitleid würde weder Lucius noch seinem Vater weiterhelfen. Monk war hier, um das Problem anzugehen, nicht um sich irgendwelchen Gefühlen hinzugeben.

»Sie meinen, über ihre Familie?« Stourbridge verstand sofort, woran er dachte. »Sie hat nie von ihren Eltern gesprochen. Ich nehme an, es waren ziemlich einfache Leute. Ich glaube, sie starben, als Miriam noch jung war. Das Thema machte sie offensichtlich immer ein wenig traurig, und keiner von uns wollte weiter in sie dringen.«

»Jemand muss doch für sie gesorgt haben, als sie aufwuchs«, hakte Monk nach. Er hatte keine Ahnung, ob diese Fragen von Belang waren, aber es gab so wenige Spuren, die er verfolgen konnte.

»Natürlich«, stimmte Stourbridge zu und nahm endlich wieder Platz. »Eine gewisse Mrs. Anderson hat sie zu sich genommen und sie mit großer Freundlichkeit behandelt. Miriam hat sie immer noch regelmäßig besucht. In Mrs. Andersons Haus hat sie übrigens auch Mr. Gardiner kennen gelernt; sie war damals etwa siebzehn und hat ihn zwei Jahre später geheiratet. Er war erheblich älter als sie.« Er schlug die Beine übereinander und beobachtete Monk voller Sorge. »Natürlich habe ich selbst Erkundigungen eingezogen. Lucius ist mein einziger Sohn, und sein Glück liegt mir sehr am Herzen. Aber ich habe nichts herausgefunden, was die gegenwärtigen Ereignisse erklären könnte. Walter Gardiner war ein stiller, zurückhaltender Mann, der erst relativ spät heiratete, mit fast vierzig, und einen exzellenten Ruf genoss. Er war eher schüchtern und ein wenig unbeholfen in Gesellschaft von Frauen. Er arbeitete sehr hart in seinem Laden – wo er übrigens Bücher verkaufte – und hatte bescheidenen geschäftlichen Erfolg. Miriam ist gut versorgt. Nach allem, was man hört, war sie sehr glücklich mit ihm. Ich habe niemanden ein schlechtes Wort über die beiden reden hören.«

»Hatten sie Kinder?«, fragte Monk neugierig.

Ein Schatten legte sich über Stourbridges Augen. »Nein. Bedauerlicherweise nicht. Das ist ein Segen, der nicht jeder Ehe vergönnt ist.« Er holte tief Luft, bevor er weitersprach. »Meine Frau und ich haben nur das eine Kind.« Der Schmerz in seinem Gesicht war für Monk unübersehbar. Kinder waren ein Thema, über das er selbst wenig nachgedacht hatte. Er besaß weder einen Titel noch Grundbesitz, die es zu vererben galt, und er empfand es nicht als Mangel, keine Familie zu haben. Andererseits war Hester aber auch keine gewöhnliche Frau. Er hatte sie geheiratet, ohne über die Annehmlichkeiten des häuslichen Lebens nachzudenken. Hätte er es getan, so wäre Hester gewiss nicht die Frau seiner Wahl gewesen! Bei diesem Gedanken musste er unbewusst lächeln. Man konnte nie vorhersehen, was die Zukunft bringen mochte. Vielleicht würde er in einigen Jahren sogar an Kinder denken. Jetzt aber war er ehrlich genug, sich einzugestehen, dass es ihm missfallen würde, wenn Hester ihre Zeit und ihre Gefühle in eine andere Richtung wenden müsste.

Stourbridge wartete auf eine Antwort.

»Sie ist ein wenig älter als Ihr Sohn«, sagte Monk, der sich bemühte, den Sachverhalt so beiläufig wie möglich anzusprechen. »Wie viel älter ist sie genau?«

Eine gewisse Erheiterung blitzte in Stourbridges Augen auf.

»Neun Jahre«, erwiderte er. »Wenn Sie fragen wollen, ob sie ihm einen Erben schenken könnte, dann ist die Antwort: Ich weiß es nicht. Natürlich sähen wir es gern, wenn Lucius einen Sohn hätte, aber das ist nicht unsere Hauptsorge. Es gibt nie eine Garantie für so etwas, Mr. Monk, ganz gleich, wen man heiratet, und wir haben bei Miriam nie den Eindruck erweckt, dass wir einen Enkel von ihr verlangten.«

Monk erhob keine Einwände, aber er würde sich selbst davon überzeugen, ob Mrs. Stourbridge die Gefühle ihres Mannes teilte. Bisher hatten seine Fragen nichts zu Tage gefördert, worin er einen Grund für Miriam Gardiners Verschwinden entdecken konnte. Er wünschte, er hätte ein klareres Bild von ihr. Durch die Augen von Lucius und Harry Stourbridge gesehen, war sie die ideale Frau. Hatten diese Männer unter der Oberfläche, die sie so bewunderten, überhaupt etwas von der wirklichen Frau wahrgenommen? Hatte es überhaupt Sinn, Harry Stourbridge nach mehr als den nackten Tatsachen zu fragen?

»War dies Mrs. Gardiners erster Besuch in diesem Haus?«, fragte er plötzlich.

Stourbridge schien ein wenig überrascht zu sein.

»Nein, keineswegs. Sie war etwa ein halbes Dutzend Mal hier gewesen. Wenn Sie denken, wir hätten sie nicht willkommen geheißen, oder der Gedanke, bei uns zu leben, hätte sie mit Unbehagen erfüllt, dann befinden Sie sich im Irrtum, Mr. Monk.«

»Hätte sie denn hier gelebt, in diesem Haus?«, erkundigte sich Monk, dem plötzlich eine ganze Reihe von Gründen einfielen, warum diese Aussicht ihr vielleicht unerträglich erschienen war. Nachdem sie so lange ihre eigene Herrin gewesen war, mochte der Verlust ihrer Privatsphäre ihr schwer gefallen sein. In Hesters Fall wäre es sicher so gewesen! Er konnte sich nicht vorstellen, dass sie den größten Teil ihres Lebens unter einem fremden Dach hätte zubringen wollen.

Harry Stourbridge lächelte.

»Nein, Mr. Monk. Ich habe Ländereien in Yorkshire, und Lucius liebt das Leben im Norden. Miriam war vor einigen Monaten einmal dort – ich gestehe, das Wetter hat sich bei ihrem Besuch nicht von seiner besten Seite gezeigt –, aber sie war ganz bezaubert von der Gegend und freute sich darauf, dorthin zu ziehen und Herrin ihres eigenen Hauses zu sein.«

Also war es nicht die Angst vor dem Verlust einer gewissen Freiheit gewesen, die Miriam Gardiner vertrieben hatte. Monk versuchte es noch einmal. »War bei ihrem letzten Besuch hier irgendetwas anders als sonst, Major Stourbridge?«

»Nicht dass ich wüsste, nur dass alles eine Spur festlicher war.« Sein Gesicht verzog sich vor Kummer, und er senkte die Stimme. »Sie wollten in vier Wochen heiraten. Es sollte eine stille Hochzeit werden, eine reine Familienangelegenheit. Miriam wollte weder eine große Gesellschaft noch allzu hohe Unkosten. Sie fand beides unschicklich und überflüssig. Sie liebte Lucius sehr, daran habe ich nicht den geringsten Zweifel.« Er sah seinen Gast verwirrt an. »Ich weiß nicht, was passiert ist, Mr. Monk, aber sie ist nicht weggegangen, weil sie aufhörte, ihn zu lieben, oder weil sie plötzlich nicht mehr an seine Liebe zu ihr glaubte.«

Jeder Einwand wäre sinnlos gewesen. Stourbridge war fest von dem überzeugt, was er sagte. Es würde ungemein schmerzlich für ihn werden, falls die Tatsachen erwiesen, dass er sich irrte, und Monk hoffte, dass er nicht derjenige sein würde, der es ihm sagen musste. Er hätte diesen Fall nicht übernehmen dürfen. Er konnte sich keine glückliche Lösung des Rätsels vorstellen.

»Erzählen Sie mir etwas von Ihrem Kutscher, James Treadwell«, bat er stattdessen.

Stourbridge hob seine hellen Augenbrauen. »Treadwell? Ja, ich verstehe, worauf Sie hinaus wollen. Ein wirklich tüchtiger Kutscher. Ein guter Fahrer, kennt sich mit Pferden aus, aber ich gestehe, er ist kein Mann, für den ich viel Sympathie hege.« Er stützte sich mit den Ellbogen auf die Armlehnen seines Sessels und legte die Fingerspitzen zusammen. »In der Armee habe ich Männer wie ihn kennen gelernt. Sie sitzen auf dem Pferd wie ein Zentaur, können ein Schwert handhaben und reiten durch jedes Gelände, aber man kann sich nicht auf sie verlassen. Sie setzen immer sich selbst an die erste Stelle, nicht das Regiment. Und wenn die Schlacht sich zu ihrem Nachteil entwickelt, drücken sie sich.«

»Aber Sie haben ihn behalten?«

Stourbridge zuckte kaum merklich mit den Schultern. »Man wirft niemanden auf die Straße, weil man seine Art zu kennen glaubt. Man könnte sich irren. Ich hätte ihn nicht als Kammerdiener haben mögen, aber ein Kutscher ist etwas ganz anderes. Außerdem ist er der Neffe meiner Köchin, und sie ist eine brave Frau. Sie ist seit fast dreißig Jahren bei der Familie. Hat als Spülmädchen angefangen, als meine eigene Mutter noch lebte.«

Monk verstand. Wie alle anderen Dinge, die er hier erfahren hatte, war dieser Umstand leicht zu begreifen und ganz alltäglich. Er hatte keine Fragen mehr an den Major und bat nur noch um einen Bericht über den Tag, an dem Miriam Gardiner verschwunden war.

»Ich kann Ihnen die Gästeliste zeigen, wenn Sie es wünschen«, erbot sich Stourbridge. »Aber es war niemand da, den Miriam nicht gekannt hätte, wirklich niemand, der kein Freund gewesen wäre. Glauben Sie mir, Mr. Monk, wir haben uns alle den Kopf zerbrochen, um einen Grund für Miriams Erregung zu finden, aber all unsere Bemühungen waren umsonst. Niemand weiß etwas von einem Streit, nicht einmal von irgendeiner unglückseligen oder taktlosen Bemerkung!« Instinktiv sah er aus dem Fenster, dann wandte er sich wieder Monk zu. »Miriam stand ein wenig abseits. Wir anderen spielten entweder Krocket oder beobachteten das Spiel, als Miriam plötzlich aufstöhnte, so weiß wie Papier wurde und einen Augenblick wie angewurzelt dastand. Dann drehte sie sich jäh um und lief aufs Haus zu. Sie schwankte und wäre beinahe gestolpert.« Stourbridges Stimme brach. »Seither hat sie keiner von uns gesehen!«

Monk beugte sich vor. »Sie haben diesen Vorfall mit eigenen Augen gesehen?«

»Nein, nicht persönlich. Hätte ich es gesehen, wäre ich ihr gefolgt.« Stourbridge sah Monk schuldbewusst an, als mache er sich Vorwürfe deswegen. »Aber mehrere andere Personen haben mir davon erzählt, und zwar immer mit den gleichen Worten. Miriam stand abseits. Niemand sprach mit ihr, niemand trat an sie heran.« Er runzelte die Stirn, und in seinen Augen stand ein Ausdruck der Verwirrung. »Ich habe alle Möglichkeiten erwogen, Mr. Monk. Wir haben Sie hinzugezogen, weil wir mit unserem Latein am Ende sind.«

Monk erhob sich. »Ich werde alles in meiner Kraft Stehende tun, Sir«, sagte er mit einem Gefühl des Unbehagens. Als Lucius Stourbridge ihm den Fall das erste Mal geschildert hatte, war Monk eine Auflösung des Rätsels unmöglich erschienen; jetzt war er mehr denn je davon überzeugt. Was auch immer Miriam Gardiner widerfahren sein mochte, es hatte seine Wurzel in ihren eigenen Gefühlen, und ihre zukünftige Familie würde wahrscheinlich nie erfahren, was ihre überstürzte Flucht herbeigeführt hatte. Aber selbst wenn sie es erführen, würde es ihnen kein Glück bringen. Monk ärgerte sich allmählich über diese junge Frau, die so gedankenlos einen Weg eingeschlagen hatte, von dem sie hätte wissen müssen, dass sie ihn nicht bis zum Ende gehen konnte. Sie hatte mindestens zwei anständigen und ehrenhaften Menschen wehgetan, wenn nicht sogar mehreren.

Auch Stourbridge erhob sich. »Mit wem möchten Sie als Nächstes sprechen, Mr. Monk?«

»Mit Mrs. Stourbridge, wenn Sie so freundlich wären«, antwortete Monk, ohne zu zögern. Er wusste aus Erfahrung und von Hester, dass Frauen einander auf eine Weise beobachteten, wie Männer es nicht taten; sie deuteten das Mienenspiel ihrer Geschlechtsgenossinnen und verstanden auch Dinge, die unausgesprochen blieben.

»Natürlich.« Stourbridge trat in den Korridor hinaus. »Um diese Zeit hält sie sich in ihrem Salon auf.«

Monk folgte ihm die breite, geschwungene Treppe hinauf, und diesmal hatte er Gelegenheit, sich die wunderschöne Stuckdecke und die Schnitzereien auf den Pfosten des Treppengeländers genauer anzusehen.

Stourbridge ging den Flur entlang voraus. Durch ein hohes Fenster konnte man den gepflegten Rasen sehen, und Monk erhaschte einen Blick auf Krockettore, die immer noch an

Ort und Stelle standen. Der Garten sah so friedlich aus im hellen Licht der Sonne, ein Ort stillen Glücks. Im Schutz einiger Bäume wuchsen Azaleen, deren letzte Blüten die dunkle Erde darunter bedeckten.

Stourbridge klopfte an die dritte Tür im Korridor und zog sie auf ein Murmeln von der anderen Seite hin auf. Dann führte er Monk hinein.

»Meine Liebe, dies ist Mr. Monk«, stellte er ihn vor. »Er will uns helfen, Miriam zu finden.«

Mrs. Stourbridge saß auf einem großen, chintzbezogenen Sessel. Auf dem Kirschbaumtisch neben ihr lag ein Sammelalbum mit Gedichten und Fotografien, in dem sie offenbar geblättert hatte, bevor sie unterbrochen wurde. Die Ähnlichkeit mit ihrem Sohn war unübersehbar. Sie hatte die gleichen dunklen Augen, und die Wangen und der Hals bildeten die gleiche sanft geschwungene Linie. Wenn Lucius sie tatsächlich dem Vorschlag seines Vaters folgend besucht hatte, war er nicht lange geblieben. Sie musterte Monk voller Besorgnis. »Guten Tag«, sagte sie ernst. »Bitte, treten Sie näher. Sagen Sie mir, wie Sie meinem Sohn helfen können.«

Monk setzte sich in den Sessel ihr gegenüber. Er war bequemer, als die gerade Rückenlehne vermuten ließ, und unter anderen Umständen hätte der helle, warme Raum behaglich gewirkt. Jetzt zermarterte er sein Gehirn nach Fragen, die er dieser Frau stellen konnte und die ihm helfen würden zu verstehen, was Miriam Gardiner zu einer so ungewöhnlichen Flucht getrieben haben mochte.

Stourbridge entschuldigte sich und ließ sie allein.

Mrs. Stourbridge sah Monk ruhig und abwartend an.

»Würden Sie mir bitte Mrs. Gardiner beschreiben?«, bat Monk. Er wollte ein Bild vor sich haben, nicht nur, um sich Miriam Gardiner besser vorstellen zu können, sondern auch um zu erfahren, wie Mrs. Stourbridge sie sah.

Sie schien überrascht zu sein. »Wo wollen Sie nach ihr suchen, Mr. Monk? Wir haben keine Ahnung, wohin sie gegangen sein könnte. Natürlich haben wir es bei ihr zu Hause versucht, aber sie ist nicht dorthin zurückgekehrt. Ihr Hausmädchen hat nichts mehr von ihr gehört, seit sie zu ihrem Besuch bei uns aufbrach.«

»Ich hätte gern die Meinung einer anderen Frau über sie erfahren«, erklärte er. »Ihre Einschätzung ist wahrscheinlich weniger romantisch und vielleicht akkurater als das, was ich bisher in Erfahrung gebracht habe.«

»Oh. Ich verstehe. Ja, natürlich.« Sie lehnte sich zurück. Sie war schlank, wahrscheinlich Mitte vierzig und von einer natürlichen Anmut, die sich in der Art und Weise ausdrückte, wie sie die Hände hielt und die ausladenden Röcke über dem Sessel ausgebreitet hatte. Während Monk ihr intelligentes Gesicht betrachtete, ging ihm durch den Kopf, dass ihr Bild von Miriam Gardiner wahrscheinlich klarer und unsentimentaler sein würde, vielleicht die erste Darstellung, die ihm wirklich Aufschluss über den Charakter der verschwundenen Frau geben würde.

»Sie ist durchschnittlich groß«, begann Mrs. Stourbridge, die ihre Worte sorgfältig erwog. »Vielleicht eine Spur üppiger, als eine junge Frau sich das wünschen würde. Ich nehme an, mein Sohn hat Ihnen bereits erzählt, dass sie mindestens neun Jahre älter ist als er?«

»Mindestens?«, hakte er nach. »Sie meinen, sie hat neun Jahre zugegeben, aber Sie persönlich denken, es könnten mehr sein?«

Sie zuckte fast unmerklich mit den Schultern, ohne ihm jedoch zu antworten. »Sie hat wunderbares Haar, blond und dicht und mit sehr hübschen Naturwellen«, fuhr sie fort. »Blaue Augen, einen ziemlich guten Teint und gesunde Zähne. Insgesamt vermittelt ihr Gesicht den Eindruck von Großzügigkeit, freundlichem Wesen und durchschnittlich guter Gesundheit. Sie kleidete sich recht ansprechend, aber ohne Extravaganz. Ich denke, sie verfügt über ein bescheidenes Einkommen, mit dem sie gut zu wirtschaften vermag.«

»Das hört sich an, als sei sie ein Ausbund an Tugend, Mrs. Stourbridge«, bemerkte Monk ein wenig trocken. »Ich sehe noch immer keine Frau aus Fleisch und Blut vor mir, nur eine Auflistung bewundernswerter Eigenschaften.«

Sie hob pikiert die Augenbrauen und musterte ihn mit einem kühlen Blick, den er ruhig erwiderte. Nach und nach entspannte sie sich.

»Ich verstehe«, erwiderte sie. »Natürlich. Sie haben mich gefragt, wie sie aussieht. Sie war eine sehr angenehme Erscheinung. Auch charakteristisch hatte ich nichts an ihr auszusetzen, aber sie war durchaus zu unabhängigem Denken fähig. Sie fragen mich, ob sie Fehler gehabt hätte? Natürlich hatte sie die. Sie war bisweilen halsstarrig und hatte zu bestimmten gesellschaftlichen Themen eigenwillige und unpassende Ansichten. Sie pflegte einen allzu vertrauten Umgang mit den Dienstboten, was hier und da zu Schwierigkeiten führte. Ich denke, sie hatte noch viel zu lernen, was die Führung eines Hauses von der Größe und dem hohen Standard betraf, die meinem Sohn vorgeschwebt hätten.« Sie sah Monk direkt in die Augen. »Höchstwahrscheinlich wäre sie nicht unsere erste Wahl auf der Suche nach einer Ehefrau für ihn gewesen. Es gibt passendere junge Frauen in unserer Bekanntschaft, aber wir waren nicht unglücklich mit ihr, Mr. Monk, und sie kann sich das auch nicht eingebildet haben.«

»Hätte sie ihm einen Erben schenken können?« Es war eine indiskrete Frage und ein Thema, das häufig tiefe Gefühle weckte. Zu allen Zeiten waren Frauen aus diesem Grund verstoßen worden.

Mrs. Stourbridge war ein wenig blass geworden, aber ihre Hände auf dem Schoß verkrampften sich nicht.

»Natürlich würde ein jeder sich das wünschen, aber wenn man einen Menschen akzeptiert, muss man das mit ganzem Herzen tun. Es war nicht ihre Schuld. Wenn ich davon überzeugt gewesen wäre, dass sie ihm mit voller Absicht ein Kind verwehrt hätte, dann hätte ich ihr einen Vorwurf daraus gemacht, aber in einem Punkt bin ich mir vollkommen sicher, nämlich dass sie ihn liebte. Ich weiß nicht, wohin sie gegangen ist oder warum, Mr. Monk. Ich würde viel darum geben, wenn Sie sie finden und uns zurückbringen könnten, unversehrt und so sanft und liebevoll, wie sie es vorher war.«

Monk zweifelte nicht an ihrer Aufrichtigkeit. Ihre Stimme verriet eine tiefe Besorgnis, die er spüren konnte, obwohl sie sich erst seit wenigen Minuten kannten und er nichts von ihr wusste.

»Ich werde tun, was ich kann, Mrs. Stourbridge«, versprach er. »Ich glaube, Sie gehörten nicht zu denen, die Mrs. Gardiner von der Gesellschaft haben weggehen sehen?«

»Nein. Ich unterhielt mich gerade mit Mrs. Washburne, die meine ganze Aufmerksamkeit beanspruchte. Sie ist keine einfache Frau.«

»Wirkte Mrs. Gardiner irgendwie ängstlich vor der Gesellschaft?«

»Ganz und gar nicht. Sie war ausgesprochen glücklich.« In ihren Zügen lag nicht der Schatten eines Zweifels.

»War sie mit allen Gästen bekannt?«

»Ja. Wir haben gemeinsam die Gästeliste zusammengestellt.«

»Ist irgendjemand gekommen, der nicht eingeladen war? Vielleicht als Begleitung eines der geladenen Gäste?«

»Nein.«

»Gab es irgendwelche Meinungsverschiedenheiten oder Unannehmlichkeiten, irgendeinen unerwünschten Vorfall?«

»Nein.« Sie schüttelte leicht den Kopf, ohne jedoch den Blick von ihm abzuwenden. »Es war ein sehr schöner Tag. Das Wetter war strahlend. Niemand hat die Geselligkeit durch unangemessenes Betragen verdorben. Ich habe sämtliche Diener befragt, und niemand hat etwas anderes bemerkt oder gehört als die üblichen trivialen Gespräche. Das Einzige, wovon berichtet werden konnte, war eine Meinungsverschiedenheit zwischen Mr. Wall und Reverend Mr. Dabney wegen eines Krocketschlags, der angeblich eine recht erbärmliche Leistung darstellte. Es hatte nichts mit Miriam zu tun.«

»Sie spielte selbst nicht?«

Der Anflug eines Lächelns ging über Mrs. Stourbridges Gesicht, aber es lag keine Kritik darin.

»Nein. Sie zog es vor zuzusehen. Ich denke, sie hat nie wirklich zu spielen gelernt und wollte es nicht gern zugeben.«

Er wechselte das Thema. »Zu dem Kutscher, Treadwell. Er ist nicht zurückgekommen, und wie ich höre, weiß auch in seinem Fall niemand, was mit ihm geschehen sein könnte.«

Ihre Miene verdüsterte sich. »Das ist wahr. Kein ganz zufrieden stellender junger Mann. Wir haben ihn eingestellt, weil er der Neffe der Köchin ist, einer sehr treuen und zuverlässigen Frau. Man kann sich seine Verwandtschaft nicht aussuchen.«

»Und natürlich ist Ihre Kutsche ebenfalls verschwunden?«

»So ist es.«

»Ich werde Ihren Stallburschen um eine Beschreibung der Kutsche und des Fahrers bitten.« Diese Richtung der Nachforschungen schien ihm viel versprechender zu sein. »Gab es vielleicht eine Zofe, die sich besonders um Mrs. Gardiner kümmerte, wenn sie hier zu Gast war?«

»Ja, Amelia. Wenn Sie mit ihr sprechen möchten, werde ich nach ihr schicken.«

»Vielen Dank. Und ich würde auch gern mit Ihrer Köchin reden. Vielleicht weiß sie etwas über Treadwell.«

Es klopfte an der Tür, die geöffnet wurde, bevor sie Zeit zu einer Antwort hatte. Der Mann, der eintrat, war groß und breitschultrig und ein wenig zu voll um die Hüften. Seine Gesichtszüge waren sehr ausgeprägt und die Familienähnlichkeit nicht zu übersehen.

»Das ist mein Bruder, Mr. Monk«, sagte Mrs. Stourbridge.

»Sie müssen der Privatermittler sein, den Lucius hinzugezogen hat.« Der Mann sah Monk ernst an und in seiner Stimme schwang eine Traurigkeit mit, die man beinahe für Verzweiflung halten konnte. »Aiden Campbell«, stellte er sich vor und reichte Monk die Hand. »Ich fürchte, Sie werden kaum Erfolg haben«, fuhr er mit einem entschuldigenden Blick in Richtung seiner Schwester fort. Dann wandte er sich wieder Monk zu. »Mrs. Gardiner hat das Haus aus freien Stücken verlassen. Obwohl wir sonst nur wenig über die genauen Umstände wissen, scheint das zumindest unbestreitbar zu sein. Vielleicht überkamen sie plötzlich schwer wiegende Zweifel, was ihre bevorstehende Heirat betraf, die sie bis zu diesem Augenblick hatte unterdrücken können. Wir werden vielleicht nie erfahren, was ihren jähen Sinneswandel ausgelöst hat.« Er sah Monk stirnrunzelnd an. »Ich bin nicht davon überzeugt, dass die Suche nach ihr nicht zu weiterem Unglück führen wird.« Er holte tief Luft. »Keiner von uns möchte das. Bitte, seien Sie sehr vorsichtig bei Ihren Ermittlungen, Mr. Monk. Sie würden vielleicht Entdeckungen machen, von denen wir besser nichts erfahren sollten. Ich hoffe, Sie verstehen mich?«

Monk verstand ihn nur zu gut. Er teilte Campbells Ansicht. Jetzt wünschte er, er wäre klug genug gewesen, seinem ursprünglichen Gefühl nachzugeben und den Fall abzulehnen, als Lucius ihn mit den Tatsachen vertraut gemacht hatte.

»Ich bin mir dieser Möglichkeiten bewusst, Mr. Campbell«, antwortete er leise. »Ich teile Ihre Meinung, dass ich Mrs. Gardiner vielleicht nicht werde finden können und dass sie, falls ich es doch tue, möglicherweise zu ihrem Entschluss stehen wird. Ich habe jedoch Mr. Stourbridge mein Wort gegeben, dass ich nach ihr suchen werde.« Als er den Unwillen in Campbells Gesicht sah, fügte er hinzu: »Ich habe ihm meine Ansicht bezüglich der Erfolgsaussichten mitgeteilt, und ich werde ihm offen über meine Fortschritte beziehungsweise deren Ausbleiben Bericht erstatten.«

Campbell schwieg weiterhin, vergrub die Hände in den Taschen und starrte zu Boden.

»Aiden«, sagte seine Schwester sanft, »ich weiß, du glaubst nicht, dass sie zurückkommen wird, und dass die Suche nach ihr nur weiteres Unglück nach sich ziehen könnte, aber weder Harry noch Lucius werden das akzeptieren. Sie haben beide das Gefühl, alles in ihrer Macht Stehende tun zu müssen, um herauszufinden, wo sie ist, ob es ihr gut geht und warum sie weggegangen ist – Harry tut es wahrscheinlich nur für Lucius, aber er ist nichtsdestoweniger fest entschlossen. Ich glaube, wir sollten sie lieber unterstützen, anstatt ihnen das Gefühl zu geben, allein dazustehen.«

Er hob den Blick und sah sie fest an. »Natürlich.« Er lächelte, aber die Mühe, die dieses Lächeln ihn kostete, entging Monk nicht. »Natürlich, Verona. Du hast vollkommen Recht. Die Sache muss ihren Lauf nehmen. Wie kann ich Ihnen behilflich sein, Mr. Monk? Vielleicht führe ich Sie am besten zum Stall, damit Sie sich dort nach James Treadwell erkundigen können. Möglich, dass er hinter der ganzen Geschichte steckt.«

Monk nahm das Angebot an, dankte Mrs. Stourbridge und entschuldigte sich. Dann folgte er Campbell die Treppe hinunter und durch eine Nebentür zu den Stallungen. Der Tag draußen war strahlend hell, und in der stickigen Hitze des Hofs mischten sich die Gerüche von Heu, Pferdeschweiß und dem durchdringenden Gestank von Mist. Er hörte ein Pferd wiehern und mit den Füßen stampfen.

Ein rothaariger Junge, der in einer Hand eine Bürste hielt, blickte neugierig zu ihm auf.

»Beantworte Mr. Monks Fragen, Billy«, befahl Campbell. »Er ist hier, um Major Stourbridge zu helfen, Treadwell und die verschwundene Kutsche zu finden.«

»Die sehen Sie nie wieder, wenn Sie mich fragen«, antwortete Billy voller Abscheu. »So 'ne Kutsche ist ganz schön was wert.«

»Du glaubst, er hat die Kutsche verkauft und sich davongemacht?«, fragte Monk.

Billy sah ihn mit unverhohlener Verachtung an. »Klar glaub ich das! Was 'n sonst? Er ist hier weg, als wär der Teufel hinter ihm her! Niemand hat ihn geschickt! Der kommt bestimmt nicht zurück! Wenn er nicht die Biege gemacht hat, wo is' er dann?«

»Vielleicht hatte er einen Unfall?«, meinte Monk.

»Das erklärt aber nicht, warum er überhaupt weg ist.« Billy sah ihn trotzig an. »Wenn er nicht tot ist, hätt' er uns sagen müssen, was passiert ist, oder?«

»Falls er nicht zu schwer verletzt ist«, setzte Monk den Gedankengang fort.

Billys Augen wurden schmal. »Dann sind Sie also ein Freund von ihm?«

»Ich hab ihn nie kennen gelernt. Ich wollte deine Meinung von ihm hören, die offensichtlich nicht allzu hoch ist.«

Billy zögerte. »Hm – kann nicht sagen, dass ich ihn mögen würd«, meinte er ausweichend. »Andererseits kann ich auch nichts Schlechtes über ihn sagen. Bloß dass er weg ist – was schlimm genug ist.«

»Und Mrs. Gardiner?«, fragte Monk.

Billy seufzte. »Das war 'ne nette Dame, die, o ja. Wenn er ihr was angetan hat, dann hoff ich, er ist tot – und ich hoffe, er hatte einen schlimmen Tod.«

»Du glaubst nicht, dass sie freiwillig mit ihm gegangen ist?«

Billy warf einen kurzen Blick auf Campbell, dann sah er wieder Monk an. »Was sollte 'ne Dame wie die mit 'nem windigen Kerl wie dem? Er hat sie ab und zu durch die Gegend kutschiert, aber das war ja seine Arbeit!«

»Hielt sie Treadwell auch für einen windigen Kerl?«

Billy dachte kurz nach. »Hm, vielleicht nicht. Die war immer 'n bisschen freundlicher als nötig. Naiv, wenn Sie wissen, was ich meine?«

»Mrs. Gardiner war mit den Dienstboten immer eine Spur zu vertraulich, Mr. Monk«, erklärte Campbell die Bemerkung des Jungen. »Gut möglich, dass sie Treadwells Charakter nicht zu beurteilen vermochte. Es hat ihr wahrscheinlich niemand erzählt, dass er seine Stelle hier vor allem der Tatsache verdankte, dass er ein Verwandter der Köchin war, die in diesem Haus sehr geschätzt wird.« Er lächelte und biss sich auf die Unterlippe. »Gute Köchinnen sind ein Segen, auf den kein Haus so ohne weiteres verzichten mag, und sie hat der Familie schon treu gedient, bevor meine Schwester hierher kam.« Er sah sich im Stall um, und sein Blick verweilte auf dem leeren Kutschenplatz. »Die Tatsache bleibt bestehen, dass Treadwell verschwunden ist und mit ihm eine sehr wertvolle Kutsche, zwei gute Pferde und das gesamte Geschirr.«

»Haben Sie den Vorfall der Polizei gemeldet?«, fragte Monk.

Campbell vergrub die Hände in den Taschen und richtete sich ein klein wenig höher auf. »Noch nicht. Offen gesagt, Mr. Monk, ich halte es für unwahrscheinlich, dass mein Schwager in dieser Hinsicht etwas unternehmen wird. Er versucht um Lucius' willen den Anschein zu erwecken, dass Mrs. Gardiner nichts Schlimmes zugestoßen ist und am Ende alles eine zufrieden stellende Erklärung finden wird. Ich selbst hege in dieser Beziehung leider ernste Zweifel.« Mit diesen Worten drehte er sich um und ging über den Stallhof zum Garten, wo weder Billy noch jemand anderer sie hören konnte. Monk folgte ihm, und erst als sie den geschotterten Weg, der den Rasen begrenzte, erreicht hatten, sprach Campbell weiter.

»Ich befürchte, dass die Antwort sich als überaus einfach erweisen wird: Mrs. Gardiner war sehr charmant und auf ihre Weise attraktiv, aber sie stammte eben doch nicht aus Lucius' Kreisen. Wahrscheinlich ist ihr, nachdem die Verliebtheit abgeklungen war, klar geworden, dass sie ihn niemals würde glücklich machen können, dass sie einfach nicht in sein Leben passte. Erklärungen wären in diesem Fall für alle Beteiligten schmerzlich gewesen, und sowohl Lucius als auch Major Stourbridge hätten es als eine Frage der Ehre betrachtet, den Versuch zu machen, ihre Meinung zu ändern. Mrs. Gardiner wusste all das und hat ihnen die Sache erleichtert, indem sie einfach weglief.«

Er sah Monk von der Seite an, und in seinem Gesicht stand ein beinahe mitleidiger und ein wenig trauriger Ausdruck. »Es ist nicht unbedingt ein ehrloses Verhalten. Auf ihre Weise hat sie das Beste getan, was man tun konnte. Es kann kein Zweifel bestehen, dass sie Lucius liebt. Jeder konnte sehen, wie sehr sie aneinander hingen. Sie schienen ungewöhnlich viel gemein zu haben, sie dachten ähnlich, hatten einen ähnlichen Geschmack und sogar den gleichen Sinn für Humor. Aber sie ist älter als er und bereits Witwe, und sie kommt aus einer sehr – einfachen – Gesellschaftsschicht. Auf diese Weise bleibt es eine große Liebe. Die Erinnerung daran wird niemals durch die Konfrontation mit alltäglichen Dingen getrübt werden. Denken Sie gut nach, Mr. Monk, bevor Sie eine Tragödie heraufbeschwören.«

Monk stand im Licht der späten Morgensonne in diesem friedlichen Garten voller Vogelgezwitscher, in dem vielleicht eine selbstlose Entscheidung getroffen worden war. Die Lösung schien die wahrscheinlichste zu sein.

»Ich habe Major Stourbridge bereits gesagt, dass ich, wenn ich Mrs. Gardiner finde, keinen Versuch unternehmen werde, sie gegen ihren Willen zu einer Rückkehr zu überreden«, antwortete er. »Ebenso wenig werde ich ihm Bericht über Dinge erstatten, von denen sie es nicht wünscht. Es wäre gut möglich, dass sie auch ihren gegenwärtigen Aufenthaltsort nicht zu enthüllen wünscht.«

Campbell antwortete nicht sofort. Nach einer Weile blickte er auf und musterte Monk, als fälle er ein Urteil, das für ihn von großer Bedeutung war.

»Ich baue darauf, dass Sie diskret sein werden und nicht vergessen, dass Sie es mit tiefen Gefühlen zu tun haben und mit Männern, für die der Begriff Ehre ein hohes Gut ist.«

»Ich werde es nicht vergessen«, erwiderte Monk und wünschte sich zum wiederholten Male, Lucius Stourbridge hätte einen anderen um Hilfe gebeten. Er verfluchte sich, dass er sich von seiner Sentimentalität und nicht dem Verstand hatte leiten lassen, als er den Fall übernahm. Anscheinend hatte die Ehe ihm bereits den Geist vernebelt!

»Es ist Zeit für den Lunch«, sagte Campbell und sah zum Haus hinüber. »Ich nehme an, Sie bleiben zum Essen?«

»Ich muss noch mit den Dienstboten sprechen«, antwortete Monk grimmig. »Auch wenn ich nichts von ihnen erfahre.«

2

Hester stand im Wartezimmer des North-London-Hospitals und trat ungeduldig von einem Fuß auf den anderen. Die Sonne brannte vom Himmel, und es war drückend heiß in dem viel zu kleinen Raum. Voller Sehnsucht dachte sie an die grüne Weite von Hampstead Heath, die nur wenige hundert Meter vom Krankenhaus entfernt lag. Aber sie hatte eine Aufgabe hier. Es gab unglaublich viel zu tun und wie immer zu wenig Zeit. Zu viele Menschen waren krank, verwirrt von dem medizinischen System, wenn man es denn mit einem so schmeichelhaften Wort bezeichnen konnte.

Ihr Ziel war es, die Qualität der Krankenpflege zu verbessern. Sie wollte aus der rein körperlichen Arbeit, die sie gegenwärtig in der Regel bedeutete, einen angesehenen, anerkannten Beruf machen. Seit sich nach dem Krimkrieg Florence Nightingales Ruhm verbreitet hatte, sah die Öffentlichkeit in ihr eine Heldin. Sie war nach der Königin die beliebteste Frau im Land! Aber wenn sie heute an sie dachten, sahen sie das sentimentale Bild einer jungen Frau vor sich, die mit der Lampe in der Hand durch ein Hospital ging, fieberheiße Stirnen kühlte und tröstende Worte flüsterte. Die Wirklichkeit, die Hester kannte, sah anders aus. Sie hatte Seite an Seite mit dieser Frau Kranke gepflegt und die Verzweiflung kennen gelernt, hatte die vielen Todesfälle gesehen, die ihre Ursache in Krankheit und Inkompetenz hatten und nicht in den Verletzungen, die der Krieg mit sich brachte. Hester wusste auch, auf welchem Gebiet Florence Nightingales wahres Heldentum lag, sie kannte die Willenskraft dieser Frau, wenn es darum ging, um bessere Bedingungen zu kämpfen, für eine wirkungsvollere Verwaltung und vernünftige Hygiene. Vor allem aber kämpfte sie darum, die Krankenpflege zu einem angesehenen Beruf zu machen, der anständige Frauen anzog und ihnen den verdienten Respekt verschaffte. Überkommene Ideen mussten über Bord geworfen werden, an ihre Stelle sollten moderne Methoden treten, und auf diesem Gebiet erworbene Fähigkeiten sollten gerecht entlohnt werden.

Jetzt, da Hester nicht länger für ihren Lebensunterhalt arbeiten musste, konnte auch sie sich diesem Ziel widmen. Sie hatte Monk von Anfang an klar gemacht, dass sie sich nicht damit zufrieden geben würde, zu Hause zu sitzen, zierliche Näharbeiten anzufertigen und mit anderen Frauen zu plaudern, die ebenfalls zu Hause herumsaßen. Er hatte ihr nicht widersprochen, denn er wusste, dass sie seinen Antrag nur unter dieser Bedingung annehmen würde.

Sie hatten gewisse Meinungsverschiedenheiten gehabt, und es würde in Zukunft sicher noch mehr geben. Hester lächelte, als sie nun daran dachte. Es war keinem von ihnen leicht gefallen, all die notwendigen Veränderungen vorzunehmen, um sich an das Eheleben anzupassen. So sehr sie ihn liebte, es bedeutete einen Verlust an Eigenständigkeit, ein Schlafzimmer – und erst recht ein Bett – mit einem anderen Menschen zu teilen. Diese Einschränkung machte ihr mehr zu schaffen, als sie erwartet hatte. Sie war nicht übermäßig anspruchsvoll – das Leben als Krankenschwester machte das unmöglich –, aber dennoch genoss sie die Freiheit, das Fenster ganz nach Belieben zu öffnen oder zu schließen, das Licht zu löschen, wann ihr danach zumute war, und sich in so viele oder so wenige Decken zu hüllen, wie es ihr gefiel. In zu vielen Nächten auf der Krim hatte sie bis zur Erschöpfung und darüber hinaus gearbeitet. Zu oft hatte sie im Sitzen geschlafen, zitternd vor Kälte und zu angespannt, um wirklich Ruhe zu finden. Zu oft war sie des Morgens geweckt worden, obwohl sie sich noch immer vor Müdigkeit kaum aufrecht halten konnte.

Aber die Wärme und Zärtlichkeit eines Menschen neben

sich zu spüren, von dem sie ohne jeden Zweifel wusste, dass er sie liebte, diese Tatsache machte all die kleinen Dinge unwichtig. Sie waren nur Nadelstiche. Sie wusste, dass auch er diese Nadelstiche empfand. Sie hatte in seinem Gesicht Ärger aufflammen sehen, den er sogleich unterdrückte, und er hatte seine Entscheidung rückgängig gemacht, als ihm klar wurde, dass sie rücksichtslos war und er dabei nur an sich dachte. Auch er war Eigenständigkeit und Unabhängigkeit gewohnt.

Aber er hatte weniger zu verlieren gehabt als sie. Sie lebten in seiner Wohnung in der Fitzroy Street, was natürlich vernünftig war, denn ihr Quartier reichte gerade aus, um ihre Habe unterzubringen und zwischen zwei Anstellungen dort zu schlafen – nach ihrer Entlassung aus dem Krankenhausdienst wegen Unbotmäßigkeit war sie in die Privatpflege gegangen. Monk baute sich langsam eine gut gehende Praxis als Privatermittler auf, nachdem er bei der Polizei entlassen worden war – ebenfalls wegen Unbotmäßigkeit.

Es wäre unklug gewesen umzuziehen. Die Menschen wussten, wo sie ihn fanden. Das Haus war günstig gelegen, und die Vermieterin hatte ihnen nur allzu gern ein zusätzliches Zimmer zur Verfügung gestellt, das sie zu einer Küche umgebaut hatten. Denn sie war froh, nicht mehr für Monk kochen und sauber machen zu müssen, eine Pflicht, die sie deshalb übernommen hatte, weil sie befürchten musste, dass er sonst verhungern würde.

Also lernte Hester mit einiger Mühe, sich häuslich zu betätigen, ein neues Aufgabenfeld für sie, das sie mit möglichst geringem Aufwand zu bewältigen versuchte.

Ihre wahre Leidenschaft galt jedoch immer noch der Neugestaltung der Krankenpflege. Lady Callandra Daviot teilte ihr Bestreben, weshalb Hester an diesem Morgen hierher gekommen war, um sich einen Bericht über Erfolg oder Misserfolg ihrer jüngsten Bemühungen anzuhören.

Hinter ihr wurde die Tür geöffnet, und sie fuhr herum. Callandra trat ein. Das Haar stand ihr wirr vom Kopf, als wäre sie mit den Fingern hindurchgefahren; ihr Gesicht war vor Zorn verzerrt. Hester brauchte nicht zu fragen, ob sie Erfolg gehabt habe.

Callandra besaß Würde, Mut und Humor, aber nicht einmal ihre beste Freundin hätte sie anmutig genannt. Trotz aller Anstrengungen ihrer Zofe sahen ihre Kleider immer so aus, als hätte sie nicht das geringste Interesse an ihnen, sondern zöge einfach an, was ihr gerade in die Finger kam. Heute waren es ein grüner Rock und eine blaue Bluse. Im Krankenhaus war es so warm, dass sie ihre Jacke, wie immer diese auch ausgesehen haben mochte, abgelegt hatte.

»Der Mann ist ein absoluter Idiot!«, schimpfte sie wütend. »Wie soll ein Mensch herausfinden, an welcher der hundert Krankheiten ein Patient leidet, wenn er für die Tatsachen direkt vor seiner Nase blind wie ein Maulwurf ist?«

»Ich weiß es nicht«, gab Hester zu. »Aber es passiert ständig.«

Die Tür hinter Callandra stand noch immer weit offen. Sie machte auf dem Absatz kehrt und marschierte wieder hinaus. Hester folgte ihr.

»Wie viele Stunden hat ein Tag?«, fragte Callandra über ihre Schulter hinweg.

»Vierundzwanzig«, antwortete Hester, als sie das Ende des Korridors erreichten und durch den jetzt leeren Operationssaal gingen. In der Mitte stand der Operationstisch, auf Bänken darum herum lagen Ausrüstungsgegenstände, und auf drei Seiten des Raums befand sich eine abgesperrte Galerie, von der aus Studenten und andere interessierte Personen die Vorgänge beobachten konnten.

»Genau«, stimmte Callandra ihr zu. »Und wie viel von dieser Zeit kann ein Chirurg erübrigen, um seinen Patienten persönlich zu betreuen? Eine Stunde, wenn der Patient wichtig ist – weniger, wenn er es nicht ist! Wer kümmert sich in der restlichen Zeit um ihn?« Sie öffnete eine Tür auf der anderen Seite des Raums, durch die man in den Korridor gelangte, der sämtliche Räume des Erdgeschosses miteinander verband.

»Der hauseigene Medizinalbeamte …«, begann Hester.

»Der Apotheker!«, sagte Callandra und hob wegwerfend die Hand.

Hester schloss die Tür hinter sich. »Sie ziehen es inzwischen vor, sie als hauseigene Medizinalbeamte zu bezeichnen«, bemerkte sie. »Und die Operationsassistenten und Krankenschwestern. Ich weiß, worauf du hinaus willst. Wenn wir Operationsassistenten und Krankenschwestern nicht ausbilden und sie anständig bezahlen, sind alle Bemühungen anderer Zeitverschwendung. Der beste Chirurg ist immer noch abhängig von der Pflege, die wir seinen Patienten angedeihen lassen, nachdem er sie behandelt hat.«

»Das weiß ich!« Callandra zögerte und dachte darüber nach, ob sie nach rechts zur Unfallstation gehen sollte oder nach links, am Autopsieraum vorbei in die Augenabteilung, wo auch das Sekretariat und das Büro des Krankenhauses lagen. »Sie wissen das!« Callandra beschloss, nach links zu gehen. »Dr. Beck weiß das!« Sie sprach immer sehr förmlich von ihm, als seien sie nicht schon jahrelang Freunde, als gingen ihre Gefühle füreinander nicht sehr viel tiefer, als beide es sich eingestanden. »Aber Mr. Ordway ist sehr zufrieden mit der Situation, so wie sie ist! Wenn es nach ihm ginge, würden wir noch immer Feigenblätter tragen und unser Essen roh verzehren.«

»Feigen wahrscheinlich«, bemerkte Hester trocken. »Oder Äpfel?«

Callandra warf ihr einen scharfen Blick zu. »Feigen«, gab sie im Brustton der Überzeugung zurück. »Er würde nie den Mut aufbringen, den Apfel zu nehmen!«

»Dann hätten wir auch keine Feigenblätter getragen, der Himmel steh uns bei!«, bemerkte Hester, die ein Lächeln verbergen musste.

»Die Ehe hat Sie ganz ohne Zweifel schamlos gemacht!«, fuhr Callandra sie an, aber die Befriedigung in ihrer Stimme war unüberhörbar. Sie hatte sich schon lange gewünscht, Hester glücklich zu sehen und ein- oder zweimal vorsichtig zum Ausdruck gebracht, sie könne sich mit ihrer Scharfzüngigkeit womöglich jede Möglichkeit auf Glück selbst verbauen.

Sie erreichten das Ende des Korridors und Callandra wandte sich nach rechts, wo das Vorstandsbüro lag. Das Zögern in ihrem Schritt war so leicht, dass Hester, hätte sie dem vor ihnen liegenden Gespräch nicht selbst mit banger Erwartung entgegengesehen, es vielleicht gar nicht bemerkt hätte.

Callandra klopfte an die Tür.

»Herein!«, erklang eine befehlsgewohnte Stimme von der anderen Seite.

Callandra drückte die Tür auf und trat, gefolgt von Hester, ein.

Der Mann, der an dem großen Tisch saß, war untersetzt, sein Haar lichtete sich bereits an den Schläfen, und seine ausgeprägten Züge verrieten Sturheit. Sein Gesicht war nicht sehr ansprechend, strahlte aber eine gewisse Vornehmheit aus. Er war überaus gut gekleidet, obwohl sein Nadelstreifenanzug an diesem Sommertag gewiss ungemütlich warm sein musste. Der weiße Kragen war hoch und steif. Quer über seiner breiten Brust hing eine goldene Uhrkette.

Bei Callandras Eintritt strafften sich seine Züge. Als er Hester hinter ihr entdeckte, lief buchstäblich ein Zucken über sein Gesicht.

»Lady Callandra …« Er erhob sich halb von seinem Stuhl, eine Geste der Höflichkeit. Sie war weder eine Krankenpflegerin noch eine Angestellte, so sehr sie auch ein Dorn in seinem Fleisch sein mochte. »Was kann ich für Sie tun?« Er nickte Hester zu. »Miss Latterly.«

»Mrs. Monk«, korrigierte Callandra ihn mit einiger Befriedigung.

Er errötete leicht und drehte sich mit einer angedeuteten Verbeugung zu Hester um. Nach dieser stummen Entschuldigung strich er mit der Hand über die Papiere vor sich, um anzudeuten, wie beschäftigt er war, und gleichzeitig zu vermitteln, dass einzig seine Höflichkeit ihn daran hinderte, sie darauf hinzuweisen, dass sie ihn bei der Arbeit störten.

»Mr. Thorpe«, begann Callandra energisch, »ich habe gerade noch einmal mit Mr. Ordway gesprochen, ohne Ergebnis. Ich kann sagen, was ich will, er sieht einfach nicht ein, dass es notwendig ist, die Bedingungen zu verbessern …«

»Lady Callandra«, unterbrach er sie müde, aber mit einem scharfen Klang in der Stimme. »Wir haben diese Angelegenheit bereits mehrfach erörtert. Als Vorstand des Verwaltungsrates dieses Krankenhauses muss ich sehr viele Dinge berücksichtigen, wenn ich meine Entscheidungen treffe, und die Kostenfrage muss mit an oberster Stelle stehen. Ich dachte, ich hätte Ihnen diesen Umstand hinreichend erläutert, aber wie ich sehe, waren meine Bemühungen vergeblich …« Er holte Atem, um fortzufahren, aber diesmal war es Callandra, die seinen Redefluss unterbrach.

»Ich verstehe Sie vollkommen, Mr. Thorpe. Und ich bin nicht Ihrer Meinung. Alles Geld der Welt ist verschwendet, wenn man es dafür benutzt, einen Patienten zu operieren, der anschließend nicht angemessen weiterversorgt wird.«

»Lady Callandra«, erwiderte er mit einem tiefen Seufzer, der anzeigte, dass seine Geduld bereits am Ende war. Er strich hörbar über seine Papiere und schob sie raschelnd zusammen. »Unsere Erfolgsrate in diesem Krankenhaus ist so gut wie in den meisten anderen Hospitälern, wenn nicht sogar besser. Wenn Sie in medizinischen Belangen über meine Erfahrung verfügten, wäre Ihnen klar, dass es bedauerlicherweise nichts Ungewöhnliches ist, wenn eine große Zahl der Patienten nach einem chirurgischen Eingriff stirbt. Das lässt sich nicht vermeiden. Alle ärztliche Kunst der Welt könnte nicht …«

Hester konnte es nicht länger ertragen.

»Wir reden nicht über die ärztliche Kunst, Mr. Thorpe«, sagte sie mit großem Nachdruck. »Alles, was nötig wäre, um zumindest einen Teil des Leidens zu lindern, ist gesunder Menschenverstand! Die Erfahrung hat gezeigt, dass …«

Thorpe schloss entnervt die Augen. »Nicht schon wieder, Miss Nightingale, Miss... Mrs. Monk.« Er machte eine jähe Handbewegung, und die Papiere auf seinem Schreibtisch wirbelten durcheinander. »Ich habe genug Briefe von dieser Frau bekommen, um meine Wände damit zu tapezieren! Sie hat nicht den blassesten Schimmer von den Realitäten des Lebens in England! Sie glaubt, weil sie unter vollkommen anderen Umständen in einem fremden Land gute Arbeit geleistet hätte, könne sie nach Hause kommen und die gesamte Medizin nach ihren eigenen Vorstellungen umkrempeln! Sie macht sich Illusionen, sowohl was den Umfang ihres Wissens betrifft, als auch im Hinblick auf den Grad ihrer eigenen Bedeutung.«

»Es geht hier nicht um die Bedeutung einer einzelnen Person, Mr. Thorpe«, erwiderte Hester und sah ihm dabei direkt in die Augen. »Es geht auch nicht darum, wer den Ruhm einheimst – zumindest sollte es nicht darum gehen. Es geht einzig und allein darum, ob ein Patient wieder gesund wird oder stirbt. Deshalb sind wir hier.«

»Deshalb bin ich hier, Madame!«, sagte er grimmig. »Weshalb Sie hier sind, ist mir schleierhaft. Ihre Freunde würden zweifellos sagen, dass Sie aus der Sorge um das Wohlergehen Ihrer leidenden Mitmenschen handeln. Ihre Kritiker könnten die Meinung vertreten, dass Sie nur Ihre ansonsten müßige Zeit ausfüllen und sich mit einer Aura von Wichtigkeit umgeben möchten, wie Sie sie allein durch die Führung Ihres Haushalts niemals erlangen könnten.«

Hester kochte vor Wut. Sie wusste genau, dass sie nicht die Fassung verlieren durfte, weil sie damit auch die Auseinandersetzung verloren hätte, und es war durchaus möglich, dass Thorpe das ebenfalls wusste. Obwohl sie ihm so viel Weitsicht im Grunde gar nicht zutraute. Aber so oder so, sie hatte nicht die Absicht, ihm in die Hände zu spielen.

»Es gibt immer Menschen, die andere gern mit einer gehässigen Bemerkung herabwürdigen«, antwortete sie mit dem freundlichsten Lächeln, das sie zu Stande brachte. »Im

Allgemeinen entspringt diese Haltung persönlicher Ignoranz und schlechtem Charakter. Ich bin überzeugt davon, dass Sie zu vernünftig sind, um solchen Leuten Beachtung zu schenken. Ich bin hier, weil ich einige praktische Erfahrung in der Pflege von Menschen mit schweren Verletzungen habe, seien es nun Verletzungen durch eine Schlacht oder eine Operation. Ich habe im Verlauf meiner Arbeit einige Methoden erlernt, die bessere Ergebnisse zeitigen als die, die gegenwärtig hier in der Heimat praktiziert werden.«

»Das bilden Sie sich ein«, sagte Thorpe und musterte sie mit einem eisigen Blick. Seine hellbraunen Augen waren groß, lagen aber eine Spur zu tief in den Höhlen. Seine Wimpern hätten den Neid so mancher Frau erregt.

Hester hob die Augenbrauen. »Ist es nicht besser, wenn der Patient überlebt, statt zu sterben?«

Thorpe stand halb von seinem Stuhl auf. Zornesröte überzog sein Gesicht. »Unterlassen Sie solche schnippischen Bemerkungen mir gegenüber, Madame! Ich möchte Sie daran erinnern, dass Sie über keinerlei medizinische Ausbildung verfügen. Sie sind eine ungelernte Hilfskraft und vollkommen unkundig und überdies als Frau für die Härten und die Anforderungen der medizinischen Wissenschaft ungeeignet. Nur weil Sie im Ausland bei der Pflege schwer verletzter Soldaten von Nutzen waren, die für Königin und Land kämpften, sollten Sie nicht die unglückselige Miss Nightingale imitieren! Und bilden Sie sich nicht ein, Sie könnten uns Übrige lehren, was wir zu tun haben!«

Hester wusste eine ganze Menge über Florence Nightingales Charakter, viel mehr als Fermin Thorpe, der sie nur durch ihre umfangreiche Korrespondenz mit jedem kannte, der auch nur im Entferntesten mit Krankenhausverwaltung zu tun hatte. Hester wusste um Miss Nightingales Mut, um ihre Ausdauer und ihren Kampfgeist, der andere ebenfalls dazu brachte, bis zur Selbstaufopferung zu arbeiten. Aber Hester kannte auch ihre ständigen Nörgeleien, ihre zwanghafte Beschäftigung mit Details, ihre Unbeherrschtheit und die heftigen Gefühle, die sie fast bis an den Rand der Erschöpfung trieben. Sie würde Fermin Thorpe und seinesgleichen, wenn sie sie schon nicht überzeugen konnte, wenigstens zermürben.

Ihre Erfahrungen auf der Krim, die schwer erkämpften und seltenen Siege, vor allem aber der Geist jener Jahre mäßigten Hesters Antwort.

»Ich bin überzeugt davon, Miss Nightingale glaubt, dass sie das, was sie aus ihren Erfahrungen, die Sie selbst nicht machen konnten, gelernt hat, mit Ihnen teilt«, sagte sie mit honigsüßer Stimme. »Wo Sie selbst doch hier in England geblieben sind. Ihr ist sicher nicht klar, dass ihre Bemühungen nicht willkommen sind.«

Thorpe lief scharlachrot an. »Sie meint es sicher nur gut«, antwortete er in einem Tonfall, der versöhnlich klingen sollte, obwohl er mit zusammengebissenen Zähnen sprach. »Sie begreift einfach nicht, dass Dinge, die in Sewastopol galten, nicht unbedingt auch in London gelten müssen.«

Hester holte tief Luft. »Da sie an beiden Orten gewesen ist, bildet sie sich vielleicht ein, dass die Dinge, so weit es das Heilen von Wunden betrifft, überall gleich sind. Ich leide selbst an dieser irrigen Vorstellung.«

Thorpes Lippen verzogen sich zu einer dünnen Linie.

»Ich habe meine Entscheidung getroffen, Madame. Die Frauen, die in dieser Einrichtung arbeiten, erfüllen unsere Anforderungen recht zufrieden stellend, und sie werden entsprechend ihren Fähigkeiten und ihrem Pflichteifer entlohnt. Wir werden unsere sehr begrenzten finanziellen Mittel für die Dinge verwenden, die im besten Interesse unserer Patienten liegen – namentlich für tüchtige Chirurgen und Ärzte, die ausgebildet, qualifiziert und erfahren sind. Ihre Mitarbeit bei der Aufrechterhaltung der Ordnung im Hospital wissen wir selbstverständlich zu schätzen, ebenso wie man es allenthalben würdigt, wenn Sie den Patienten hier Mut machen und die Moral unserer Krankenschwestern stärken. Tatsächlich«, fügte er bedeutungsvoll hinzu, »würde man Sie sehr vermissen, wenn Sie nicht mehr herkämen. Ich bin davon überzeugt, dass die anderen Herren von der Krankenhausverwaltung mir da ganz und gar zustimmen. Und nun wünsche ich Ihnen noch einen guten Tag.«

Es blieb ihnen nichts anderes übrig, als so höflich wie möglich darauf zu antworten und sich zurückzuziehen.

»Der Mann hat ganz bestimmt seine guten Seiten, nur ist es mir bisher leider nicht gelungen, sie zu entdecken«, bemerkte Callandra, als sie wieder draußen im Korridor standen und außer Hörweite waren.

»Er ist pünktlich«, erwiderte Hester trocken. »Und sauber«, fuhr sie nach einigem Nachdenken fort.

Sie gingen eilig zurück in Richtung der Operationssäle, wobei sie an einer älteren Krankenpflegerin vorbeikamen. Ihre Schultern wurden von dem Gewicht der Eimer herabgezogen, die sie in den Händen hielt. Ihr Gesicht war aufgedunsen, ihre Augen sahen blutunterlaufen aus. »Und nüchtern«, ergänzte Hester.

»Das sind keine Verdienste«, sagte Callandra verbittert. »Solche Dinge ergeben sich aus der Erziehung und den Lebensumständen. Er hat die Möglichkeit, sauber zu sein, und das Einzige, woran er sich berauscht, ist seine eigene Wichtigkeit. Dieser Rausch bedeutet ihm so viel, dass Alkohol vollkommen überflüssig ist.«

Sie kamen an der hauseigenen Apotheke vorbei. Callandra zögerte, als wolle sie noch etwas hinzufügen, ging dann aber weiter.

Kristian Beck kam aus dem Operationssaal. Er trug seinen Mantel, und seine Manschetten waren sauber, also hatte er nicht operiert. Als er Callandra sah, leuchtete sein Gesicht auf, dann nahm er den Ausdruck in ihren Augen wahr.

»Nichts?«, sagte er, und es war mehr eine Antwort als eine Frage. Beck war von durchschnittlicher Größe, und sein Haar lichtete sich bereits ein wenig, aber sein Mund verriet Leidenschaft und Empfindsamkeit, und seine Stimme besaß ein schönes Timbre. Hester wusste, dass seine Freundschaft mit Callandra über die bloße Beziehung von Menschen hinausging, die mit dem gleichen Einsatz für die gleichen Ziele kämpften. Wie persönlich die Beziehung zwischen den beiden war, hatte sie nie hinterfragt. Kristian war verheiratet, obwohl sie ihn nie von seiner Frau sprechen hörte. Jetzt sah er Callandra ernst an, während sie von ihrem Gespräch mit Thorpe berichtete. Er wirkte müde. Hester wusste, dass er wahrscheinlich die ganze Nacht im Krankenhaus verbracht hatte, um irgendeinem Patienten in einer Krise beizustehen. Es lagen tiefe Schatten unter seinen Augen, und seine Haut wirkte fahl.

»Er hört uns nicht einmal zu«, sagte Callandra. Noch wenige Minuten zuvor war sie erschöpft gewesen und wütend auf Thorpe und auf sich selbst. Jetzt klang ihre Stimme plötzlich sanfter, und sie gab sich alle Mühe, ihre eigene Hoffnungslosigkeit zu verbergen. »Ich bezweifle, dass ich ihn richtig angefasst habe …«

Kristian lächelte. »Wahrscheinlich nicht«, erwiderte er mit leichter Ironie, in der Resignation und Zuneigung mitschwangen. »Mr. Thorpe ist leider nicht mit der Gabe des Humors gesegnet. Er hat nichts, womit er die Schläge des Lebens abmildern könnte.«

»Es war meine Schuld«, sagte Hester leise. »Ich fürchte, ich war ein wenig zu sarkastisch. Der Mann weckt meine niedersten Instinkte – und ich lasse es zu. Wir müssen es noch einmal versuchen mit einer ganz anderen Strategie. Ich weiß nur noch nicht, mit welcher.« Sie warf Kristian einen Blick zu und zwang sich zu einem Lächeln. »Er hat die Unverschämtheit besessen, uns nahe zu legen, dass wir uns mit der Disziplin im Krankenhaus beschäftigen und die Patienten trösten sollten!« Sie knirschte mit den Zähnen. »Vielleicht sollte ich tatsächlich in den Krankensaal gehen und ein paar aufmunternde Bemerkungen machen?« Ihre Absicht war es, Kristian und Callandra allein zu lassen, eine Gelegenheit, die sich für sie nur selten ergab.

Callandra sah sie nicht an. Sie kannten einander zu gut,

um der Worte zu bedürfen, und diese Angelegenheit war in der Tat delikater Natur.

Kristians Mundwinkel zuckten ein wenig, als ihm die Absurdität des Ganzen zu Bewusstsein kam. Die Krankenhausdisziplin war, soweit es die Pflegerinnen betraf, eine einzige Farce, während den Patienten in diesem Punkt kein Spielraum gelassen wurde. Jeder, der sich ungehörig benahm, der obszöne oder gotteslästerliche Ausdrücke benutzte, sich mit Patienten des anderen Geschlechts einließ oder sich auf einem anderen Gebiet etwas zuschulden kommen ließ, wurde bestraft, indem man ihm eine oder sogar mehrere Mahlzeiten verwehrte. Trunkenheit wurde unerbittlich mit dem Verlust von Vorrechten geahndet und führte, wenn sie zum wiederholten Male vorkam, zur Entlassung aus dem Hospital. Patienten, die man beim Spiel um Geld ertappte, wurden sofort auf die Straße gesetzt, egal, ob sie geheilt waren oder nicht.

Bei den Krankenpflegerinnen war Trunkenheit etwas ganz anderes. Ein Teil ihres Lohns wurde ihnen in Portwein ausgezahlt, und sie waren im Allgemeinen genau die Sorte Frau, von der man nichts anderes erwartete. Welche anderen Frauen hätten sich schon dafür hergegeben, Böden zu schrubben, Nachttöpfe zu leeren, Feuer zu schüren und schwere Eimer zu schleppen? Und wer außer einem Wahnsinnigen würde solchen Frauen gestatten, einem Arzt bei der Ausübung seines ehrenwerten Berufs zur Hand zu gehen?

Hester entfernte sich in Richtung Vorratslager der Apotheke, während Callandra allein mit Kristian im Korridor zurückblieb.

»Haben Sie Neuigkeiten von Miss Nightingale?«, fragte Kristian, der sich nun anschickte, zu den Aufenthaltsräumen der Chirurgen zu gehen.

»Es ist sehr schwierig«, antwortete Callandra und wählte ihre Worte sehr vorsichtig. Wie Hester kannte auch sie die Realität hinter dem idealisierten Bild der Krimiheldin. In dieser Realität hatten weder Sentimentalität noch leise

Worte von Frieden und Gebet einen Platz. Florence Nightingale war ebenso eine Kämpferin wie jeder Soldat und obendrein eine bessere Taktikerin – gewiss besser als die meist inkompetenten Generäle, die ihre Männer in das Gemetzel dieses Krieges geführt hatten. Außerdem war sie launisch, gefühlsbetont und eine Hypochonderin; sie besaß Leidenschaft und Mut und war ein äußerst widersprüchlicher Mensch. Callandra war sich nicht ganz sicher, ob Hester begriff, was für eine schwierige Frau Miss Nightingale in Wirklichkeit war. Ihre Loyalität machte sie bisweilen blind. Aber auch das war eine von Hesters Eigenschaften, für die sie beide in der Vergangenheit mehr als dankbar gewesen waren.

Kristian sah sie fragend an. Er wusste nur wenig über das, was auf der Krim wirklich stattgefunden hatte. Er stammte aus Prag im österreichischen Böhmen. Man konnte noch immer den leichten Akzent hören, wenn er sprach, obwohl er ansonsten einem Engländer in nichts nachstand. Er war ein Mann, der sich mit Haut und Haaren seinem Beruf verschrieben hatte. Den Patienten, die er gerade behandelte, galt sein ganzes Streben und Trachten: der Frau mit dem komplizierten Beinbruch, dem alten Mann mit der Geschwulst im Kiefer, dem Jungen, dem der Tritt eines Pferdes die Schulter gebrochen hatte, und dem alten Mann mit den Nierensteinen, einem überaus quälenden Leiden.

Und immer wieder dankte er Gott für die wunderbaren neuen Mittel, die es erlaubten, Patienten während der Operation zu betäuben. Das bedeutete, dass Schnelligkeit nicht länger das Wichtigste war. Man hatte mehr Zeit für die Durchführung einer Operation. Man konnte sorgfältiger arbeiten und sogar verschiedene Alternativen erwägen, konnte nachdenken und genau hinsehen, statt sich die ganze Zeit über nur Gedanken über den furchtbaren Schmerz des Patienten zu machen und danach zu streben, ihn so schnell wie möglich zu beenden.

»Oh, es geht ihr sehr gut!«, erklärte Callandra, die ihre Gedanken wieder auf Florence Nightingale lenkte. »Alles, was sie empfiehlt, sollte getan werden, und einige dieser Dinge würden überhaupt nichts kosten – es setzt nur einen Gesinnungswandel voraus.«

»Was für so manchen das Schwierigste von allem sein dürfte«, antwortete Kristian mit einem schiefen Lächeln. »Ich denke, Mr. Thorpe ist so einer. Ich fürchte, er würde eher brechen als sich biegen lassen.«

Sie spürte, dass es da eine Schwierigkeit gab, von der er noch nicht gesprochen hatte. »Was bringt Sie auf diesen Gedanken?«, fragte sie.

Obwohl sie sehr langsam gegangen waren, hatten sie jetzt das Ende des Korridors und damit die Räume der Chirurgen erreicht. Er öffnete eine Tür und hielt sie ihr auf, als zwei Medizinstudenten, ganz in ihr Gespräch vertieft, an ihnen vorbeigingen. Sie nickten Kristian devot zu, während sie für Callandra kaum einen Blick übrig hatten.

Sie traten in den Warteraum. Es saßen bereits ein halbes Dutzend Patienten dort. Er lächelte ihnen freundlich zu und ging dann mit Callandra in sein Sprechzimmer. Als sie dort angelangt waren, beantwortete er ihre Frage.

»Wenn er einen Vorschlag annehmen soll, muss dieser von jemandem kommen, den er als ebenbürtig betrachtet«, bemerkte er mit einem leichten Achselzucken.

Kristian Beck war Thorpe in jeder Weise, sei es intellektuell oder moralisch, überlegen, aber es wäre sinnlos gewesen, diesen Gedanken auszusprechen, sinnlos und peinlich und viel zu persönlich; denn es hätte ihre eigenen Gefühle verraten, die nie ein Thema zwischen ihnen gewesen waren. Es verband sie tiefes Vertrauen, eine große Übereinstimmung in Bezug auf das, was nützlich ist, sowie ein großes Engagement für das Gute. Sie würde in diesen Dingen nie einen besseren Freund haben, nicht einmal Hester. Aber der persönliche Bereich war etwas ganz anderes. Sie liebte ihn mehr, als sie jemals einen Menschen geliebt hatte, selbst ihren Mann, als dieser noch lebte. Er hatte ihr gewiss viel bedeutet und es war eine gute Ehe gewesen, aber mit Kristian Beck verband sie ein geistiger Hunger, der ganz neu für sie war.

Sie wusste nicht, ob er für sie mehr empfand als nur Freundschaft, die sich entwickelte, wenn man mit einem Menschen Seite an Seite harte Zeiten durchgestanden hat. Sie waren bis an die Grenzen der Erschöpfung gegangen, als sie im Hospital in Limehouse gemeinsam gegen die Typhusepidemie angekämpft hatten. Endlos waren jene Tage und Nächte gewesen, in denen sie die betrauerten, um deren Leben sie so sehr gerungen hatten. Aber es gab auch die Freude darüber, wenn jemand dem Tod entgangen war. Und natürlich schwebte ständig das Damoklesschwert der Ansteckung über ihnen. Sie waren selbst nicht gefeit gegen die Krankheit, dafür war Enid Ravensbrook das schreckliche Beispiel gewesen!

Kristian wartete auf ihre Antwort. Er stand im Licht der Sonne, die durch die hohen Fenster auf den abgetretenen Holzfußboden fiel. Die Zeit war knapp wie immer. Draußen warteten Menschen – verängstigte kranke Menschen, die ihre Hilfe benötigten. Aber sie brauchten auch jemanden, der sie nach der Operation angemessen versorgte. Ihr Überleben konnte von so einfachen Dingen wie der guten Belüftung der Station abhängen, von der Sauberkeit der Verbände oder der Aufmerksamkeit der Krankenschwester, die über sie wachte.

»Ich wünschte, er wäre nicht so ein Narr!«, sagte Callandra mit plötzlichem Ärger. »Es spielt doch überhaupt keine Rolle, wer man ist, es zählt nur, ob man Recht hat! Wovor hat er solche Angst?«

»Vor Veränderung«, erwiderte Kristian leise. »Vor Machtverlust, vor der Unfähigkeit, etwas nicht zu begreifen.« Er machte keine Anstalten, die Papiere auf seinem Schreibtisch durchzusehen, dieses oder jenes zu ordnen oder die Instrumente zu überprüfen. Er besaß die Fähigkeit zur Ruhe. Sie dachte wieder einmal darüber nach, wie wenig sie über sein Leben außerhalb der Hospitalmauern wusste. Sie hatte ungefähr eine Ahnung, wo er lebte, aber seine genaue Adresse kannte sie nicht. Sie wusste von seiner Frau, obwohl er nur selten von ihr sprach. Weshalb nicht?

War seine Verschwiegenheit darauf zurückzuführen, dass er über ihre Gefühle im Bilde war und sie nicht verletzen wollte? Die Hitze, die ihr in die Wangen schoss, schien sie förmlich zu verbrennen!

Oder war er unglücklich, erfüllt von einem Schmerz, an den er nicht rühren und den er erst recht mit niemandem teilen wollte? Und würde sie es überhaupt wissen wollen?

Wünschte sie sich denn, er möge ihr sagen, dass er sie liebte? Damit würden sie vielleicht für immer die unbefangene Freundschaft verlieren, die sie jetzt verband. Und was würde an Stelle dieser Freundschaft treten? Eine Liebe, die durch die Existenz seiner Frau für alle Zeit unterdrückt werden musste? Und wünschte sie sich überhaupt, dass er seine Ehe verriet? Ohne auch nur eine Sekunde darüber nachzudenken, wusste sie, dass ein solches Handeln den Mann, für den sie ihn hielt, zerstören würde.

Keine Worte hätten in ihren Ohren süßer klingen können als seine Liebesschwüre. Und keine Worte hätten gefährlicher, bedrohlicher sein können für das tiefe Vertrauen, das sie jetzt miteinander verband.

War es feige, dass sie ihn dann im Stich ließ, wenn er sie und ihr Verständnis am meisten brauchte, oder lediglich diskret, in einer Zeit, in der ihr Schweigen für ihn das Wichtigste sein musste?

Oder wollte er einfach nicht mehr als ihre Freundschaft? Er besaß eine Ehefrau; vielleicht war alles, was er hier im Krankenhaus brauchte, ein Verbündeter.

»Es verschwinden nach wie vor Medikamente«, sagte sie und wechselte damit das Thema.

Er holte laut und vernehmlich Luft. »Haben Sie Thorpe davon erzählt?«

»Nein!« Es war das Letzte, was sie beabsichtigte. »Nein«, wiederholte sie ruhiger. »Es ist fast sicher, dass eine der

Krankenschwestern sie entwendet. Ich möchte die Schuldige lieber selbst ermitteln und der Sache einen Riegel vorschieben, bevor Thorpe auch nur das Geringste davon erfährt.«

Kristian runzelte die Stirn. »Welche Medikamente werden gestohlen?«

»Alle möglichen, aber insbesondere Morphium, Chinin, Laudanum, holländisches Öl und verschiedene Quecksilberpräparate.«

Er blickte bekümmert auf sie hinab. »Das hört sich so an, als würde sie sie verkaufen. Holländisches Öl ist eines der besten Mittel zur örtlichen Betäubung, die ich kenne. Niemand könnte nach all diesen Dingen gleichzeitig süchtig sein oder sie für sich selbst benötigen.« Er machte einen Schritt zur Tür. »Ich muss mich jetzt um meine Patienten kümmern. Haben Sie eine Ahnung, wer die Frau sein könnte?«

»Nein«, sagte sie unglücklich. Sie hatte sich den Kopf über diese Frage zermartert, aber sie kannte kaum die Namen aller Frauen, die im Krankenhaus arbeiteten, die für Sauberkeit und Wärme sorgten, die für die Wäsche zuständig waren und die Verbände aufrollten. Über das Privatleben oder den Charakter dieser Frauen wusste sie überhaupt nichts. Ihre ganze Aufmerksamkeit galt dem Bemühen, deren allgemeine Situation zu verbessern.

»Haben Sie mit Hester darüber gesprochen?«, fragte er.

Ihre Hand lag bereits auf dem Türknauf.

»Ich glaube, dass sie auch nichts weiß«, erwiderte sie.

Seine Miene entspannte sich ein wenig. »Vergessen Sie nicht, dass sie eine ziemlich gute Detektivin ist«, bemerkte er.

Callandra brauchte Hester nicht zu sagen, dass Medikamente verschwanden; sie hatte dies selbst bereits mit Bekümmerung festgestellt. Die Vorgänge in der Apotheke waren jedoch nicht ihr größtes Problem, als sie Callandra und Kristian allein ließ und sich auf den Weg zum Wartezimmer der nicht chirurgisch tätigen Ärzte machte. Es erzürnte sie, dass Fermin Thorpe ihr geraten hatte, den Kranken Trost und den Krankenschwestern moralische Unterstützung angedeihen zu lassen, obwohl sie beides für wichtig hielt und beides zu tun gedachte. Ihr Zorn galt nicht den Aufgaben an sich, sondern der Beschränkung darauf.

Sie ging an einer der Krankenschwestern vorbei, einer Frau von fast fünfzig Jahren mit freundlichem Gesicht und grau-braunem Haar, das sich genau wie bei Callandra stets aus seinen Nadeln zu lösen pflegte. Wäre die Herkunft der beiden Frauen nicht so unterschiedlich gewesen, wäre ihre Ähnlichkeit vielleicht deutlicher zu Tage getreten. Diese Krankenschwester konnte kaum lesen und schreiben – nicht viel mehr als ihren Namen und einige wenige vertraute Worte, die ihren Beruf betrafen –, aber sie war intelligent und hatte eine schnelle Auffassungsgabe. Hester hatte häufig beobachtet, dass sie sich auch um die Patienten kümmerte, wenn keine Ärzte in der Nähe waren. Sie schien ein natürliches Talent zur Krankenpflege zu besitzen, ein instinktives Wissen, wie man Schmerzen linderte oder Fieber senkte und was jemand bei einer bestimmten Krankheit essen oder lieber nicht essen sollte. Ihr Vorname war Cleo, den Nachnamen kannte Hester nicht.

Als Hester nun an ihr vorbeiging, senkte sie den Blick, um keine Aufmerksamkeit zu erregen. Sie tat Hester Leid, und sie hätte der Frau gern ein wenig Mut gemacht.

Im Warteraum saßen bereits Patienten, fünf Frauen und zwei Männer. Alle bis auf eine Ausnahme waren ältere Leute, die ängstlich vor dem, was sie erwartete, die ungewohnte Umgebung musterten. Ihre Kleider waren abgetragen und nur hier und da blitzte unter einem dünnen Mantel ein sauberes Hemd hervor.

Ein Teil ihrer Behandlung war kostenlos, aber sie mussten immer noch für das Essen aufkommen, das sie im Krankenhaus verzehrten, und für die Medikamente, wenn sie wieder nach Hause gingen und die Heilung noch nicht abgeschlossen war.

Sie ging auf denjenigen der Patienten zu, der den erbärmlichsten Eindruck machte.

Er blickte mit angstvollen Augen zu ihr auf. Ihre ganze Haltung strahlte Autorität aus, und er glaubte, dass sie ihn für irgendetwas zurechtweisen würde, auch wenn er nicht wusste, was das hätte sein können.

»Wie heißen Sie?«, fragte sie mit einem Lächeln.

Er schluckte. »Harry Jackson, Ma'am.«

»Sind Sie heute zum ersten Mal hier, Mr. Jackson?« Hester sprach so leise, dass nur diejenigen, die direkt neben ihm saßen, ihr Gespräch erfolgen konnten.

»Ja, Ma'am«, murmelte er mit abgewandtem Blick. »Ich wollt ja nicht kommen, aber was unsere Lil ist, die meinte, ich muss. Macht immer so 'n Wirbel, die Lil. Aber sie ist ein gutes Mädchen, wirklich. Meint, sie würden das Geld irgendwie schon aufbringen.« Er hob den Kopf, und jetzt lag eine Spur von Trotz in seiner Haltung. »Und Sie werden sehen, Ma'am, sie schafft's auch. Sie kriegen Ihr Geld, keine Bange!«

»Da bin ich mir sicher«, pflichtete sie ihm bei. »Aber es ist nicht das Geld, um das ich mir Sorgen mache.«

Ein Krampf befiel ihn, und einen Augenblick lang musste er um Atem ringen. Sie brauchte Mr. Thorpes medizinische Ausbildung nicht, um das Zerstörungswerk der Krankheit in dem ausgezehrten Leib des alten Mannes zu erkennen. Er litt an Tuberkulose, und so wie er sich die Hand auf die Brust presste, hatte er obendrein eine Rippenfellentzündung. Er sah so aus, als sei er weit über sechzig, aber er konnte auch nur fünfzig sein. Der Arzt würde wenig für ihn tun können. Er brauchte Ruhe, nahrhaftes Essen, saubere Luft und jemanden, der ihn pflegte. Morphium würde die Schmerzen lindern, und mit Wasser verdünnter Sherry wäre ein hervorragendes Stärkungsmittel. Seine Kleider und vor allem sein Benehmen sprachen von tiefster Armut.

Er sah sie ungläubig an.

Sie fasste einen Entschluss. »Ich werde mit Dr. Warner

sprechen und sehen, ob Sie nicht für ein paar Tage hier bleiben können…« Die Bestürzung in seinem Gesicht ließ sie innehalten. »Sie brauchen Ruhe.«

»Ich habe ein Bett zu Hause!«, protestierte er.

»Natürlich. Aber Sie brauchen ein wenig Erholung und jemanden, der Zeit hat, sich um Sie zu kümmern.«

Seine Augen weiteten sich. »Aber nicht eine von denen! Nicht eine Krankenschwester!« Der Gedanke erfüllte ihn offensichtlich mit Angst.

»Ich werde hier sein«, beruhigte sie ihn. Sie hatte sich in eine Lage gebracht, in der sie irgendetwas sagen musste.

»Was sind Sie denn?« Seine Neugier gewann die Oberhand über seinen Respekt.

»Ich bin Krankenschwester«, antwortete sie hastig und fügte dann mit einem Anflug von Stolz hinzu: »Ich war auf der Krim.«

Er sah sie voll Erstaunen an. Das Wort besaß noch immer magischen Zauber.

»Sie waren dort?« Ein Ausdruck der Hoffnung trat in seine Augen, und sie fühlte sich schuldig, weil es so einfach gewesen war, ihn zu überzeugen – und weil sie nicht darüber nachgedacht hatte, wie wenig sie in Wirklichkeit für ihn tun konnte. Wenn sie doch nur Thorpe davon überzeugen könnte einzusehen, wie wichtig es war, dass alle Krankenschwestern dieses Vertrauen bei den Patienten erweckten, ein Vertrauen, das nicht auf Wundern basierte, sondern auf Sachverstand und Freundlichkeit.

Aber wie sollten diese Frauen dazu in der Lage sein, wenn man ihnen keine Ausbildung gab und die Ärzte nur Verachtung für sie übrig hatten? Der Zorn stieg in ihr auf. Unbewusst verkrampfte sich ihr ganzer Körper.

Harry Jackson ließ sie nicht aus den Augen. Sie musste mit ihm reden, musste ihn beruhigen. Niemand konnte seine Krankheit heilen. Wie die Hälfte der Menschen in diesem Raum hatte er das Stadium, in dem eine Hilfe möglich gewesen wäre, längst hinter sich, aber sie konnte seine

Angst ein wenig mindern und zumindest für eine gewisse Zeit die Schmerzen lindern.

In dem Augenblick trat der Arzt durch die Tür. Er wirkte resigniert und müde in seinem sauberen Kittel und den in den Kniekehlen ein wenig faltigen Hosen. Noch während er Harry Jackson ins Sprechzimmer rief, wusste auch er, dass er kaum etwas ausrichten konnte.

Hester ging zu einem anderen Patienten und begann mit diesem ein Gespräch. Sie hörte ihm zu, während er von seiner Familie erzählte, von seinem Zuhause, der Schwierigkeit, über die Runden zu kommen, wenn man zu krank war, um zu arbeiten, ganz zu schweigen davon, auch noch die Medizin zu bezahlen.

Eine Krankenschwester schlurfte mit einem leeren Eimer durch den Raum, dessen Metallgriff in seiner Halterung klapperte. Die Frau war stämmig, dunkelhaarig, etwa vierzig Jahre alt. Sie blickte weder nach links noch nach rechts, als sie an den wartenden Menschen vorbeiging. Bevor sie die gegenüberliegende Tür erreichte, bekam sie einen Schluckauf. Sie war in ihrer eigenen Welt gefangen, erschöpft von harter, körperlicher Arbeit, von schwerem Heben, Bücken und Schrubben. Die schönste Zeit des Tages waren wahrscheinlich die Stunden, in denen gegessen – und vor allem getrunken – wurde. Dann konnte sie mit den anderen Frauen lachen und die durch den Alkohol hervorgerufene kurze Euphorie ließ sie für eine Weile die Realität vergessen.

Es war sechs Uhr, bevor der letzte Patient aus dem Sprechzimmer kam. Hester war es gelungen, den Arzt zu überreden, Harry Jackson für ein paar Tage im Hospital aufzunehmen, und sie kostete diesen kleinen Sieg aus. Daher lächelte sie, als sie sich daran machte, das Wartezimmer aufzuräumen.

Kurz darauf wurde die Tür geöffnet, und sie freute sich, Callandra zu sehen, die in diesem Augenblick noch unordentlicher aussah als gewöhnlich. Ihr Rock war zerknittert, und die Bluse stand wegen der Hitze am Hals offen. Sie hatte offensichtlich gearbeitet, denn ihre Ärmel waren hochgekrempelt und voller Wasser und Blut. Das Haar hatte sich aus den Nadeln gelöst und stand ihr wirr vom Kopf ab.

Sie schloss die Tür und sah sich hastig um, um sich davon zu überzeugen, dass sie allein im Raum waren.

»Er ist weg«, beruhigte Hester sie.

Callandra strich sich mit dem Handrücken über die Stirn. »Heute sind wieder Medikamente verschwunden«, sagte sie müde. »Ich habe am Morgen die Vorräte überprüft und gerade eben wieder. Es ist nicht viel, aber es fehlt etwas, da bin ich mir ganz sicher.«

Hester hätte eigentlich nicht überrascht sein sollen, dennoch stieg Angst in ihr auf. Die Diebstähle erfolgten systematisch. Jemand entwendete alle ein oder zwei Tage Medikamente und das schon seit Monaten, möglicherweise sogar Jahren. Mit einem gewissen Maß an Diebstählen musste man in jedem Krankenhaus rechnen, aber dies überstieg doch das Normale um ein Vielfaches.

»Weiß Mr. Thorpe schon davon?«, fragte sie leise.

»Davon nicht, nein«, antwortete Callandra. »Es wird immer schlimmer.«

Hester kam der verrückte Gedanke, dass man den Diebstahl vielleicht dafür benutzte, um Fermin Thorpe begreiflich zu machen, wie wichtig es war, Krankenschwestern auszubilden und entsprechend zu entlohnen. Dann überlegte sie, dass ein solcher Schritt nur zu einer gründlichen Ermittlung, vielleicht sogar mithilfe der Polizei, führen würde. Und damit wäre niemandem gedient. Alle gegenwärtig beschäftigten Krankenschwestern, unschuldige wie schuldige, hätten darunter zu leiden und würden möglicherweise entlassen werden. Aller Wahrscheinlichkeit nach könnte keine der Frauen ihre Ehrlichkeit beweisen. Das ganze Krankenhaus würde zur Untätigkeit verdammt sein und alle Arbeiten kämen zum Stillstand.

»Er wird es bald genug herausfinden«, unterbrach Callandra ihre Gedanken. »Die Medikamente müssen ersetzt werden.«

»Haben wir irgendeinen Anhaltspunkt, wer es gewesen sein könnte?« Hester suchte verzweifelt nach etwas Greifbarem, nach etwas, das sie tun konnten. »Wir haben achtundzwanzig Frauen hier, die unterschiedliche Arbeiten verrichten. Sie sind alle arm und nur wenige von ihnen können mehr als ein paar Worte lesen und schreiben, einige nicht einmal das. Die Hälfte der Frauen wohnt im Hospital, die andere Hälfte kommt und geht zu allen möglichen Tageszeiten. Die Apothekenräume sind abgeschlossen. Stiehlt die Betreffende die Schlüssel? Oder glauben Sie, sie kann das Schloss öffnen?«

»Ich nehme an, dass Letzteres zutrifft«, erwiderte Callandra, ohne zu zögern. »Oder sie schleicht sich hinein, sobald der Apotheker einmal nicht hinsieht. Er ist so sorgfältig, wie man es sich nur wünschen kann.«

»Aber er weiß, dass immer wieder Medikamente verschwinden?«

»O ja. Er mag Thorpe genauso wenig wie wir anderen. Nun ja, fast genauso wenig. Er wird die Diebstähle nicht melden, so lange er es irgendwie vermeiden kann. Er weiß, welches Chaos das zur Folge hätte. Aber er kann die Dinge nicht mehr lange vertuschen.«

Es klopfte an der Tür. Callandra öffnete, und Cleo stand vor ihnen. Sie sah sie mit einem höflichen, fragenden Ausdruck an. »Habt ihr zwei vielleicht Hunger?«, sagte sie gut gelaunt. »Wir hätten noch ein schönes Stück kaltes Rindfleisch und etwas Eingemachtes, wenn euch der Sinn danach steht? Und frisches Brot. Und dazu vielleicht ein Glas Portwein?«

Bei der Erwähnung von Essen fiel Hester wieder ein, wie lange sie schon nichts mehr zu sich genommen oder sich ausgeruht hatte.

»Ja«, nahm sie das Angebot dankbar an, »bitte.«

Cleo deutete mit dem Kopf nach rechts. »Da entlang, meine Lieben, so wie immer.«

Sie folgten ihr in den Aufenthaltsraum für das Personal

und setzten sich an einen der schlichten Holztische. Überall um sie herum verzehrten andere Frauen mit Appetit ihre Mahlzeit, und die Portweingläser wurden noch häufiger zum Munde geführt als die Gabeln. Es wurde viel geplaudert, und hin und wieder fingen Callandra und Hester Bruchstücke der Gespräche auf.

»... und eine Woche später war er tot, der arme Teufel. Aber was kann man da schon erwarten, wie? Es blieb nichts anderes übrig, als ihn aufzuschneiden. Die Operation ist schief gegangen. Ich hab's kommen sehen.«

»Ja. So geht das nun mal. Hier, nimm noch ein Glas Portwein.«

»Danke dir. Ich bin so müde, dass mir fast die Augen zufallen. Ach ja, neulich hab ich den Hut versetzt, wie du mir geraten hattest. Einen Shilling und zehn Pence hab ich dafür bekommen. So ein Halsabschneider. Wo ich doch mit zwei Shilling gerechnet hatte! Trotzdem, für die Miete reicht's erst mal.«

»Deine Edie lebt wohl noch, oder?«

»Die arme alte Seele, ja. Hustet sich die Lunge aus dem Leib. Sechsundvierzig Jahre alt und sieht aus wie neunzig.«

»Willst du sie nicht mal herbringen, damit der Doc sie sich ansieht?«

»Wohl kaum! Wer soll denn das bezahlen? Ich kann's nicht, und Lizzie hat auch nix. Fred ist ein schäbiger alter Geizkragen. Verdient sich auf dem Fischmarkt 'ne goldene Nase, aber mehr als die Hälfte davon versäuft er.«

»Wem sagst du das! Mein Bert ist auch so einer. Trotzdem hat er den Joe Pake neulich grün und blau geschlagen und ist für 'ne Weile in 'n Bau gegangen. Ich vermiss ihn nicht! Gibt's noch mehr von dem Eingemachten? Ich hab 'n Riesenhunger. Danke.«

Hester hatte hundert solcher Gespräche mit angehört – kleine Begebenheiten im Leben von Frauen, in deren Obhut man ängstliche Menschen gab, nachdem der Chirurg versucht hatte, sie von ihren Schmerzen zu befreien.

»Vielleicht, wenn ich mit Zahlen aufwarten könnte?«, sagte Hester, halb zu sich selbst, halb zu Callandra. »Ich könnte Thorpe beweisen, welchen praktischen Nutzen es hätte, den Frauen eine gewisse Ausbildung zu ermöglichen! Ich weiß, es würde mehr kosten, aber Geld ist doch nur ein Vorwand.« Sie suchte nach überzeugenden Argumenten, nach der Schwachstelle in seinem Panzer. »Wenn er glaubte, man würde es ihm als Verdienst anrechnen… wenn sein Krankenhaus einen besseren Ruf hätte als andere…«

Callandra blickte von ihrem Teller auf. »Das hab ich schon versucht.« Eine Haarsträhne löste sich aus den Nadeln, und sie strich sie sich achtlos aus dem Gesicht. »Ich dachte, ich könnte ihn bei seiner Eitelkeit packen. Nichts gefiele ihm besser, als Dr. Gilman im Guy's zu übertreffen. Aber er bringt nicht den Mut auf, etwas zu versuchen, dessen er sich nicht ganz sicher ist. Wenn er Geld ausgeben müsste, ohne gleich Ergebnisse zu sehen…« Sie ließ den Rest ungesagt. Sie hatten diese Argumente schon so viele Male erörtert. Sie wollten den Mann von etwas überzeugen, das er gar nicht wissen wollte.

»Das heißt, wir müssen wohl noch mehr Briefe schreiben«, meinte Hester müde und nahm sich noch eine Scheibe Brot.

Callandra nickte mit vollem Mund. Dann schluckte sie den Bissen hinunter. »Was macht William?«

»Sich langweilen«, erwiderte Hester mit einem Lächeln. »Er sehnt sich nach einem Fall, bei dem er sich die Zähne ausbeißen kann.«

Als Hester ihr Haus in der Fitzroy Street erreichte, war es kurz nach sieben Uhr abends. Monk erwartete sie bereits. Müdigkeit zeichnete sich auf seinem Gesicht ab, aber nichts konnte seine Freude verbergen, sie zu sehen. Sie selbst fand den Umstand, mit ihm verheiratet zu sein, nach wie vor erstaunlich; jedes Wiedersehen verursachte Herzklopfen, und ein seltsames Gefühl stieg in ihr auf, wenn sie daran dachte, dass sie jetzt hierher gehörte, in seine Wohnung, dass sie, wenn es Abend wurde, nicht gehen musste, im Ungewissen darüber, wann sie ihn das nächste Mal sah. Sie mochten zu verschiedenen Zeiten schlafen gehen, aber sie wusste, dass sie die ganze Nacht zusammen sein und am Morgen Seite an Seite erwachen würden. Ihr fiel nicht einmal auf, dass sie bei dem Gedanken daran lächelte, sie nahm nur das Gefühl von Wärme wahr, das jetzt immer in ihr war und alles erhellte wie Sonnenschein, der auf eine Landschaft fiel.

Als er aufstand, um sie zu begrüßen, küsste sie ihn und spürte, wie seine Arme sich um sie schlossen. Die Sanftheit seiner Berührung überraschte ihn selbst noch mehr als sie.

»Was gibt es zum Abendessen?«, fragte er sie, nachdem er sie losgelassen hatte.

Es war ihr nicht in den Sinn gekommen, dass sie für ihn kochen musste. Sie hatte, wie es ihre Gewohnheit war, im Hospital gegessen. Ansonsten war sie mit ihren Gedanken bei den verschwundenen Medikamenten und der Halsstarrigkeit Thorpes gewesen.

Natürlich gab es in ihrer kleinen Küche etwas zu essen, aber was immer es war, musste erst noch gekocht werden. Aber auch das würde nur eine Dreiviertelstunde dauern, und sie konnte sich nicht vorstellen, so bald schon wieder etwas zu sich zu nehmen. Aber – wie hätte sie ihm das begreiflich machen können? Es war unentschuldbar, dass sie ihn einfach vergessen hatte!

Sie wandte sich ab, und ihre Gedanken überschlugen sich. »Wir haben noch etwas kaltes Hammelfleisch. Möchtest du vielleicht etwas Gemüse dazu essen? Und Kuchen ist auch noch da.«

»Ja«, stimmte er ohne große Begeisterung zu. Hatte er von ihr erwartet, dass sie eine gute Köchin war? Er kannte sie doch sicher besser, als sich in dieser Beziehung große Hoffnungen zu machen? Ob er wohl glaubte, die Ehe würde sie wie durch Zauberhand in eine häusliche Frau verwandeln? Vielleicht tat er das ja wirklich.

Sie selbst hatte im Augenblick nur den einen Wunsch, sich auszuruhen und ihre Stiefel auszuziehen! Die Vorstellung, ungezählte solche Abende vor sich zu haben wie diesen, erfüllte sie mit Schrecken. Sie würde von ihrer anstrengenden Arbeit nach Hause kommen und dann anfangen müssen, Einkaufslisten zu erstellen, mit Händlern zu feilschen, Kartoffeln zu schälen, Zwiebeln zu hacken, kochen, backen und putzen zu müssen. Hinzu kam die Wäsche, das Bügeln und das allabendliche Ausfegen! Sie schluckte heftig bei diesem Gedanken. Sie liebte ihn, ärgerte sich über ihn, bewunderte ihn, verachtete ihn…, aber immer waren die Gefühle für ihn so stark, dass sie alles andere in den Hintergrund drängten.

»Was hast du heute gemacht?«, erkundigte sie sich. Was ihr durch den Kopf schoss, war die Möglichkeit, eine Dienstbotin einzustellen, eine Frau, die ins Haus kam, um die notwendigsten Arbeiten auszuführen. Wie viel würde das kosten? Konnten sie es sich leisten? Sie hatte ihm versprochen, keine privaten Pflegefälle mehr anzunehmen, wie sie es vor ihrer Hochzeit getan hatte.

Sie wusch sich die Hände, füllte einen Topf mit kaltem Wasser und stellte ihn auf den kleinen Herd, bevor sie sich Kartoffeln, Möhren, Zwiebeln und Kohl zurechtlegte.

Bei ihrer Hochzeit – an einem wunderschönen sonnigen Frühlingstag mit dem Duft von Lilien in der Luft, Vogelgezwitscher und dem Klirren von Zaumzeug, dazu das Geräusch von Pferdehufen und das Geläut von Kirchenglocken – hatte die Erregung ihr derart die Brust zugeschnürt, dass sie kaum atmen konnte. In der Kirche selbst war es kühl gewesen.

Vor ihrem inneren Auge sah sie wieder die Kirchenbänke vor sich und den langen Gang, der zum Altar führte. Das bunte Glas der Fenster funkelte wie Juwelen in der Sonne. Alles, was sie danach gesehen hatte, waren Monks steife Schultern gewesen, sein dunkles Haar, dann sein Gesicht, als er der Versuchung nicht widerstehen konnte, sich nach ihr umzudrehen.

Jetzt lehnte er an der Tür, und sie hatte nicht gehört, was er gesagt hatte.

»Es tut mir Leid«, entschuldigte sie sich. »Ich war in Gedanken beim Essen. Was hast du gesagt?«

»Lucius Stourbridge«, wiederholte er sehr deutlich. »Seine zukünftige Frau hat die Gesellschaft mitten in einem Krocketspiel verlassen und wurde seither nicht mehr gesehen. Das war vor drei Tagen.«

Sie ließ die Möhre, die sie geschrappt hatte, sinken und drehte sich zu ihm um.

»Sie hat die Gesellschaft verlassen? Wie? Ist ihr denn niemand gefolgt?«

»Zuerst dachte man, ihr sei plötzlich schlecht geworden.« Er erzählte ihr die Geschichte, so wie er sie gehört hatte.

Hester versuchte sich in Miriam Gardiner hineinzuversetzen. Was mochte sie empfunden haben, als sie davonlief? Und was hatte sie dazu bewogen? War es Panik vor einem derartigen Einschnitt in ihrem Leben gewesen? Oder hatte sie nur ihre Meinung geändert? In diesem Fall hätte sie es ja sagen können, auch wenn es schrecklich unangenehm und peinlich war. Aber man verschwand doch nicht einfach spurlos.

»Was ist?«, fragte er, als er in ihr Gesicht sah. »Ist dir etwas eingefallen?«

Sie erinnerte sich an die Möhren und machte sich wieder an die Arbeit.

»Ich nehme an, es war kein anderer Mann im Spiel?«, fragte sie. Im Topf begann das Wasser zu kochen, kleine Bläschen stiegen auf und zerplatzten. Sie musste sich mit den Kartoffeln beeilen und stellte einen zweiten Topf für den Kohl auf den Herd. Wenn sie ihn nur grob hackte, würde es schneller gehen.

Eine Weile schwieg er. »Ich nehme an, das ist die einzig mögliche Lösung«, fuhr er schließlich fort. »Irgendwie muss Treadwell mit der Sache zu tun haben, denn sonst wäre er zurückgekommen.«

»Er witterte eine Chance, die Kutsche zu stehlen, und hat die Gelegenheit einfach beim Schopf gepackt«, meinte sie. Dann gab sie die Kartoffeln und die Möhren in den Topf, fügte ein klein wenig Salz hinzu und legte den Deckel auf. »William?«

»Was denn?«

Wie konnte sie das Thema anschneiden, ohne zu riskieren, dass er sie aufforderte, die Arbeit im Krankenhaus aufzugeben, und wie konnte sie gleichzeitig vermeiden, dass er den Eindruck gewann, sie erwarte ein besseres Leben von ihm, als er ihr zu bieten vermochte?

»Wirst du den Fall übernehmen?«

»Das hab ich dir doch bereits gesagt! Ich wünschte, ich hätte es nicht getan, aber ich habe mein Wort gegeben.«

»Und warum bedauerst du das jetzt?« Sie hielt den Blick auf das Messer gerichtet, mit dem sie gerade den Kohlkopf bearbeitete.

»Weil meine Ermittlungen nur zu einem tragischen Ende für die Familien führen können!«, erwiderte er spitz.

Sie ließ sich eine Weile Zeit mit der Antwort und widmete sich dem Hammel, von dem sie einige Scheiben abschnitt und ihn dann wieder in die Speisekammer zurückbrachte. Sie holte den Rest der eingelegten Gurken hervor und stellte sie auf den Tisch.

»Meinst du …«, begann sie.

Er beobachtete sie, als mache es ihm Freude, sie bei der Ausführung dieser häuslichen Arbeiten zu sehen.

»Ob ich was meine?«, fragte er. »Das Wasser kocht!«

»Vielen Dank.« Sie schob den Deckel ein wenig zur Seite. Es war Zeit, den Kohl hineinzugeben.

»Hester!«

»Ja?«

»Du warst die aufrichtigste Frau, die ich je gekannt habe, und jetzt drehst und windest du dich wie …«

Sie schob sich an ihm vorbei. »Bitte, steh nicht an der Tür rum. Ich kann nicht dauernd um dich herumlaufen.«

Er trat beiseite. »Was glaubst du, weshalb Miriam Gardiner so plötzlich ihre Meinung geändert hat?«

Angst, dachte sie. Die jähe Erkenntnis, dass sie ihr Leben und alles, was damit zusammenhing, in die Hände eines anderen legte, sich ganz und gar ihm auslieferte. Möglich, dass ihr dies in jenem Augenblick im Garten bewusst wurde.

»William, meinst du, wir könnten es uns leisten, tagsüber eine Frau kommen zu lassen, die für uns kocht, die Einkäufe macht und all das andere? Damit wir die wenige Zeit, die wir haben, zusammen verbringen können?« Sie stand stocksteif da und wartete auf seine Antwort. Jetzt war es heraus, die Worte ließen sich nicht mehr zurücknehmen.

Es war vollkommen still in der Küche, bis auf das Sieden des Wassers und das Klappern des Topfdeckels.

Woran mochte er jetzt denken? Geld? Oder Prinzipien? Würde ein Dienstbote eine Störung bedeuten? Wohl kaum. Alle besaßen Diener. Geld. Darüber hatten sie bereits gesprochen. Früher hatte er, der Not gehorchend, Callandras Hilfe angenommen, jetzt lagen die Dinge anders. Er würde niemals jemandem gestatten, seine Frau zu unterhalten. Ihre Unabhängigkeit war bereits ein Streitthema zwischen ihnen gewesen. Sie hatte sich durchgesetzt. Diese Unabhängigkeit war für sie eine Voraussetzung, um glücklich zu sein. Es war der einzige Punkt, in dem er bereit gewesen war nachzugeben – wohl ein Beweis dafür, wie sehr er sie liebte. Bei diesem Gedanken stieg eine wohlige Wärme in ihr auf.

»Es ist nicht so wichtig«, sagte sie spontan. »Ich …« Dann wusste sie nicht, wie sie ihren Satz beenden sollte, ohne alles zu verderben. Zu viele Erklärungen waren immer schlecht.

»Wir haben kein Zimmer frei, um jemanden in der Wohnung unterzubringen«, sagte er nachdenklich. »Sie würde jeden Tag ins Haus kommen müssen.«

Ein Lächeln breitete sich auf Hesters Zügen aus. »Oh, natürlich. Vielleicht müsste sie ja nur nachmittags kommen.«

»Würde das denn genügen?« Er war im Augenblick großzügig, vielleicht sogar ein wenig leichtsinnig. Man wusste nie, welche Aufträge er in Zukunft erhalten würde.

»Ach, sicher«, antwortete sie. Sie nahm einen Fleischspieß und stach in eine der Kartoffeln. Sie waren noch nicht durch. »Könnte sie vielleicht etwas über Lucius in Erfahrung gebracht haben, das den Gedanken an eine Ehe mit ihm unerträglich machte?«, fragte sie. »Oder etwas über seine Familie?«

»Nicht unbedingt zu diesem Zeitpunkt«, erwiderte er. »Es stand niemand in ihrer Nähe, mit dem sie hätte sprechen können. Alle waren mit dem Krocketspiel beschäftigt oder plauderten, eine ziemlich offene und zwanglose Veranstaltung. Sie kann ihn auch nicht mit einer anderen Frau überrascht haben, falls es das ist, was du denkst. Und gestritten haben sie sich auch nicht. Es hat sie auch niemand erschreckt oder ihr das Gefühl gegeben, eine Außenseiterin zu sein. Sie war viele Male dort gewesen und kannte alle Gäste. Sie hatte selbst bei der Erstellung der Gästeliste mitgeholfen.«

Hester schwieg.

»Ich möchte gern deine Meinung dazu hören«, hakte er nach. »Ich frage dich als Frau. Verstehst du sie?«

Sollte sie ihm die Wahrheit sagen? Würde er gekränkt sein? Sie hatte gelernt, dass er weitaus verletzlicher war, als seine harte äußere Schale es ahnen ließ. Er besaß Mut und Verstand und ein tiefes Mitgefühl für andere. Nichts brachte ihn so schnell ins Wanken. Er wusste genau, woran er glaubte. Das war eine der Eigenschaften, die sie zu ihm hinzogen, die sie wütend machten und manchmal sogar ängstigten.

Aber nach ihrer Verheiratung hatte sie auch eine andere Seite an ihm kennen gelernt. Er war sehr zärtlich, was sich weniger in Worten als in Berührungen äußerte – in der Art, wie seine Finger über ihren Körper glitten. Und selbst in den Augenblicken größter Leidenschaft schien er niemals zu vergessen, dass in ihrem Leib auch Herz und Geist wohnten. Allein dafür würde sie ihn immer lieben.

Aber das waren Dinge, die sie unmöglich vorher hatte wissen können. Auch Miriam Gardiner konnte es nicht wissen. Sie drehte sich zu ihm um.

»Wir haben keine Ahnung, wie ihre erste Ehe gewesen ist, nicht wirklich«, sagte sie und sah ihm fest in die Augen. »Nicht wenn die Türen geschlossen und die beiden allein waren. Vielleicht gab es da Dinge, die in ihr plötzlich die Furcht weckten, sich noch einmal an einen Mann zu binden.«

Seine grauen Augen blickten sie forschend an. Sie sah die Frage in ihnen, das Aufflackern von Unsicherheit.

»Man kann im Voraus nie wissen, ob es gut oder schlecht gehen wird«, sagte sie leise. »Man könnte verletzt werden. Vielleicht kannten sie einander in dieser Hinsicht doch zu wenig.« Dann schlang sie ihm, damit er nicht auf den Gedanken kam, sie hätte selbst auch nur die leisesten Zweifel, die Arme um den Hals, strich ihm sanft übers Haar und küsste ihn auf den Mund.

Seine Reaktion darauf ließ sie das Abendessen vergessen und ließ ihn den Entschluss fassen, sich auf die Suche nach einer Frau für den Haushalt zu machen.

3

Am nächsten Morgen verließ Monk schon zu für ihn ungewohnt früher Stunde das Haus. Doch wenn er Lucius Stourbridge helfen wollte, musste er herausfinden, was aus James Treadwell und der Kutsche geworden war. So konnte er vielleicht etwas über Miriams Verbleib und möglicherweise auch ihre Beweggründe in Erfahrung bringen. Es überraschte ihn selbst, wie sehr er die Antwort auf diese Fragen fürchtete.

Es waren jetzt vier Tage seit ihrem Verschwinden verstrichen und mit jeder weiteren Stunde würde es schwieriger werden, ihrem Weg zu folgen. Er nahm einen Hansom nach Bayswater und machte sich auf die Suche nach Straßenhändlern, die sich am Nachmittag von Miriams Flucht in der Gegend aufgehalten hatten.

Er stieß fast sofort auf einen Gärtner, der die Kutsche gesehen hatte und sowohl die Livree als auch die Pferde kannte, einen auffälligen Fuchs und einen Braunen, die von der Farbe her schlecht zusammenpassten, aber wie geschaffen füreinander waren, was Wuchs und Gangart betraf.

»Ja«, sagte er und blieb heftig nickend bei Monk stehen, einen Pflanzenheber in der Hand. »Jawohl, sie sind ziemlich schnell an mir vorbeigefahren. Allerdings konnte ich nicht sehen, wer drin saß. Ich hab mich damals gewundert darüber, wo ich doch wusste, dass sie da eine Gesellschaft gaben. Ich hab all die Kutschen gesehen, die dort vorfuhren. Ich dachte, es ist vielleicht jemand krank geworden. War es so?«

»Wir wissen es nicht«, antwortete Monk. Er wollte niemandem etwas von der Tragödie bei den Stourbridges erzählen, obwohl es sich bald herumsprechen würde, wenn es ihm nicht gelang, Miriam zu finden und zur Rückkehr zu bewegen. Und was das betraf, hatte er nicht viel Hoffnung. »Haben Sie gesehen, in welche Richtung die Kutsche fuhr?«

Der Gärtner sah ihn verwirrt an.

»Es scheint, als hätte der Kutscher das Gefährt mitsamt den Pferden gestohlen«, erklärte Monk.

Die Augen des Gärtners weiteten sich. »Oh«, stieß er hervor und schüttelte den Kopf. »So was habe ich noch nie gehört. Schlimme Sache! Wo soll das alles bloß noch enden?« Er hob die Hand und deutete mit dem Pflanzenheber über die Straße. »Sie sind da um die Ecke gefahren, und dann hab ich sie nicht mehr gesehen. Die Straße führt nach Norden. Wenn er in die Stadt wollte, hätt er die andere Richtung genommen. Weniger Verkehr da. Es ist ihm niemand gefolgt. Ich nehme an, er ist längst über alle Berge.«

Monk pflichtete ihm bei, bedankte sich und ging in die Richtung, die der Mann ihm gewiesen hatte. Er beschleunigte seinen Schritt in der Hoffnung, einen weiteren Zeugen zu finden.

Er musste in der staubigen Hitze meilenweit gehen, aber schließlich erreichte er erschöpft Hampstead Heath, wo die Spur sich verlor. Mittlerweile dämmerte es bereits, und er hielt nach einem Hansom Ausschau, um rasch nach Hause zu kommen. Der Gedanke war weitaus verlockender als noch vor ein paar Monaten, als dort lediglich seine Vermieterin mit dem Abendessen auf ihn gewartet hatte. Jetzt konnte der Hansom gar nicht schnell genug fahren.

Am nächsten Morgen machte er sich erneut früh auf den Weg, diesmal zum Polizeirevier von Hampstead. Wäre er selbst noch Polizist gewesen, hätte er Unterstützung anfordern können. So aber musste er um jede Gefälligkeit bitten, was ihn bisweilen große Überwindung kostete. Vielleicht hatte er selbst seine Autorität nicht immer richtig eingesetzt. Das war eine Schlussfolgerung, die sich ihm nach dem Verlust seines Gedächtnisses aufgedrängt hatte; denn es war eine unerfreuliche Erfahrung gewesen festzustellen, wie viele Menschen ihn fürchteten.

War er in der Vergangenheit auch einmal in diese Polizeistation gekommen und erinnerte man sich seiner möglicherweise mit Groll? Dieser Gedanke ließ ihn seinen Schritt verlangsamen, als er um die nächste Straßenecke bog und die letzten hundert Meter bis zum Revier zurücklegte.

Er holte tief Atem und ging dann die Treppe hinauf und durch die Tür.

Der diensthabende Sergeant blickte auf, dankbar, dass jemand ihn bei seiner Vormittagsarbeit störte. Er hasste es, Aktennotizen zu schreiben.

»Guten Morgen, Sir. Wunderbarer Tag heute, nicht? Was kann ich für Sie tun?«

»Guten Morgen, Sergeant«, erwiderte Monk und suchte in dem freundlichen Gesicht des Mannes nach einem Zeichen des Wiedererkennens, aber dieses blieb aus. »Ich komme im Auftrag eines Freundes, der noch sehr jung ist und im Augenblick zu bekümmert, um die Sache selbst in die Hand zu nehmen.«

»Das tut mir Leid, Sir. Worum handelt es sich denn, bitte? Raub, nehme ich an?«, erkundigte sich der Sergeant hilfsbereit und beugte sich ein wenig über die Absperrung.

»Ja«, pflichtete Monk ihm mit einem leichten Achselzucken bei. »Aber nicht so, wie Sie es vielleicht erwarten. Es steckt noch mehr dahinter – ein Geheimnis, sozusagen.« Er senkte die Stimme. »Und ich fürchte, möglicherweise auch eine Tragödie, obwohl ich hoffe, dass ich mich in dem Punkt irre.«

Das Interesse des Sergeants war geweckt. »O ja, Sir. Was genau wurde denn gestohlen?«

»Eine Kutsche und zwei Pferde«, antwortete Monk. »Ein gutes Paar Kutschpferde, ein Fuchs und ein Brauner, die, was Größe und Gangart betrifft, sehr gut zusammenpassen. Und auch die Kutsche ist erstklassig.«

Der Sergeant schien verwirrt zu sein. »Sind Sie sicher,

dass es sich um einen Diebstahl handelt, Sir? Dass nicht vielleicht ein Familienmitglied ein wenig verantwortungslos gehandelt hat und einfach damit weggefahren ist? Junge Männer beteiligen sich häufig an Rennen, Sir, so schlimm das ist – und gefährlich obendrein.«

»Ganz recht«, nickte Monk. »Aber leider hat sich der Vorfall bereits vor fünf Tagen ereignet, und die Kutsche ist immer noch nicht wieder aufgetaucht. Und auch der Kutscher, der sie genommen hat, ist nicht zurückgekehrt, ebenso wenig wie die junge Dame, die mit meinem Freund verlobt ist. Natürlich befürchten wir, dass ihr etwas zugestoßen sein könnte, sonst hätte sie sich gewiss bei einem Mitglied der Familie gemeldet.«

Der Sergeant verzog besorgt das Gesicht. »Ach herrje. Das klingt nicht gut, Sir.«

Monk fragte sich, ob der Sergeant glaubte, dass Miriam mit Treadwell auf und davon gegangen war. Ausschließen konnte man diese Möglichkeit nicht. Monk hätte sich diesbezüglich eine andere Meinung bilden können, hätte er einen der beiden Beteiligten gekannt, aber nach dem, was die Dienstboten der Stourbridges ihm von Treadwell erzählt hatten, schien er nicht der Mann zu sein, der eine sanftmütige Witwe in seinen Bann ziehen konnte. Noch dazu, wenn diese Witwe Aussicht hatte, in eine hoch angesehene Familie einzuheiraten und ihrem Bräutigam allem Anschein nach in Liebe zugetan war.

»Nein, ich gebe Ihnen Recht, es klingt nicht gut«, sagte er laut. »Ich habe den Weg der Kutsche bis Hampstead Heath verfolgt, aber dann jede Spur verloren. Wenn das Gefährt irgendwo in der Gegend gesehen wurde, würde es mir sehr helfen, das zu erfahren.«

»Natürlich«, stimmte der Sergeant ihm nickend zu. »Wir haben ein gutes Krankenhaus hier in der Nähe. Vielleicht wurde sie plötzlich krank. Die Leute dort hätten sie gewiss aufgenommen. Eine sehr wohltätige Einrichtung, dieses Krankenhaus. Oder vielleicht hatte sie einen plötzlichen

Nervenzusammenbruch, wie das bei jungen Frauen manchmal vorkommt.«

»Ich werde auf jeden Fall im Krankenhaus nachfragen«, erwiderte Monk, obwohl der Sergeant von dem Krankenhaus sprechen musste, in dem Hester arbeitete. Und Monk hatte sie bereits gefragt, ob sie eine junge Frau, auf die diese Beschreibung passte, gesehen hatte oder von ihr wusste. In jedem Fall stellte sich – außer, sie wäre bewusstlos gewesen – immer noch die Frage, warum sie sich nicht bemüht hatte, die Stourbridges zu benachrichtigen. »Aber ich muss auch weiter nach der Kutsche suchen«, fuhr er fort. »Sie könnte mich möglicherweise zu der jungen Dame führen. Und um die Wahrheit zu sagen, der Diebstahl der Kutsche ist der einzige Tatbestand in dieser Angelegenheit, der das Gesetz betrifft.«

»Natürlich«, antwortete der Sergeant mit wissender Miene. »Natürlich. Sergeant Robb ist im Augenblick sehr beschäftigt. Er hat einen Mordfall. Irgend so ein armer Kerl hat eins über die Rübe gekriegt, und dann haben sie ihn auf dem Weg vor dem Haus einer Frau da in der Nähe liegen gelassen. Aber ich weiß zufällig, dass Robb noch im Haus ist. Und ich bin sicher, er kann ein paar Minuten für Sie erübrigen.«

»Ich bin Ihnen sehr zu Dank verbunden«, erwiderte Monk. »Ich werde ihn nicht lange belästigen.«

»Warten Sie bitte dort drüben, Sir, dann sag ich ihm, dass Sie hier sind.« Mit diesen Worten erhob sich der Sergeant und verschwand. Als er wieder kam, folgte ihm ein schlanker junger Mann mit einem gutmütigen Gesicht und dunklen, intelligenten Augen. Er sah gehetzt aus, und es war offensichtlich, dass er Monk nur aus Höflichkeit etwas von seiner Zeit widmete. Er war mit seinen Gedanken kaum bei der Sache.

»Guten Morgen, Sir«, sagte er freundlich. »Sergeant Trebbins erzählte mir, Sie seien im Auftrag eines Freundes hier, dem eine Kutsche gestohlen wurde, wie es scheint, von seiner Verlobten. Ich fürchte, wenn sie beschlossen haben… durchzubrennen… ist das wahrscheinlich unklug und gewiss alles andere als ehrenhaft, aber es ist kein Verbrechen. Was den Diebstahl von Kutschen und Pferden betrifft, dieser Angelegenheit können wir natürlich nachgehen, wenn Sie Grund zu der Annahme haben, dass die beiden durch diese Gegend gekommen sind.«

»Ja, ich denke, dass es sich so verhalten hat. Ich bin der Spur der Kutsche bis zum Rand der Heide gefolgt.«

»War das gestern, Sir?«

»Nein. Die Kutsche ist leider bereits vor fünf Tagen verschwunden.« Monk kam sich töricht vor, als er das eingestehen musste, und machte sich schon auf Desinteresse von Seiten des jungen Mannes gefasst, doch der Sergeant erstarrte und sog deutlich höher die Luft ein.

»Könnten Sie den Fahrer dieser Kutsche beschreiben, Sir, und auch die Kutsche selbst? Vielleicht sogar die Pferde?«

Monks Puls beschleunigte sich. »Haben Sie sie gesehen?« Er bedauerte sofort seine unprofessionelle Reaktion, aber es war zu spät für einen Rückzieher. Jede Bemerkung würde die Sache nur noch verschlimmern.

Robbs Miene war verschlossen. »Ich weiß es nicht, Sir. Würden Sie sie mir bitte beschreiben?«

Monk zählte alle Einzelheiten die Kutsche betreffend auf: Farbe, Bauart, Maße, Hersteller, und bei den Pferden habe es sich um einen Fuchs und einen Braunen ohne besondere Merkmale gehandelt, fünfzehn Handbreit in der Höhe sowie sieben und neun Jahre alt.

Robb sah ihn sehr ernst an. »Und der Kutscher?«, fragte er leise.

Monks Magen verkrampfte sich. »Durchschnittliche Größe, braunes Haar, blaue Augen, muskulöser Körperbau. Trug, als er das letzte Mal gesehen wurde, eine Livree.« Noch bevor er geendet hatte, war ihm klar, dass Robb eine ganze Menge über diese Sache wusste und nichts davon Gutes verhieß.

Robb presste die Lippen fest zusammen, bevor er sprach.

»Es tut mir Leid, Sir, aber ich denke, ich habe möglicherweise Ihre Kutsche und die Pferde gefunden… und auch Ihren Kutscher. Über die junge Dame weiß ich nichts. Wenn Sie mir bitte folgen würden, Sir?«

Der diensthabende Sergeant verzog das Gesicht, als ihm bewusst wurde, dass ihm der Rest der Geschichte vorenthalten werden sollte.

Monk fiel gerade noch rechtzeitig ein, sich bei ihm zu bedanken. Der Mann nickte, ließ sich aber seine Enttäuschung nicht anmerken.

Robb führte Monk in ein winziges, mit Papieren vollgestopftes Büro, das ihm merkwürdig vertraut erschien. Er fühlte sich in die Anfänge seiner eigenen Laufbahn zurückversetzt, obwohl er noch immer nicht wusste, wie lange diese Zeit zurücklag.

Robb räumte einen Stapel Bücher vom Besucherstuhl und stellte sie auf den Boden. Auf dem Schreibtisch, auf dem sich bereits mehrere Stapel türmten, war kein Platz mehr.

»Nehmen Sie Platz, Sir«, forderte er ihn auf. Er hatte Monk noch nicht nach seinem Namen gefragt. Er selbst setzte sich auf den anderen Stuhl. Er war ein junger Mann, mit gutem Benehmen, das ihm in Fleisch und Blut übergegangen war.

»William Monk«, stellte Monk sich vor und war unerhört erleichtert, keine Zeichen des Wiedererkennens in den Zügen des anderen Mannes zu entdecken. Der Name sagte ihm nichts.

»Es tut mir Leid, Mr. Monk«, entschuldigte sich Robb, »aber ich stelle zur Zeit Nachforschungen in einem Mordfall an, und bei dem Opfer handelt es sich um einen Mann, auf den Ihre Beschreibung recht gut passt. Und was noch schlimmer ist, wir haben eine halbe Meile entfernt eine Kutsche und zwei Pferde gefunden, bei denen es sich mit ziemlicher Sicherheit um die handelt, die Sie vermissen. Die Kutsche entspricht haargenau Ihrer Beschreibung und bei den

Pferden handelt es sich um einen Braunen und einen Fuchs, die gut zusammenpassen und beide ungefähr gleich groß sind.« Wieder presste er die Lippen zusammen. »Und der tote Mann trug Livree.«

Monk schluckte. »Wann haben Sie ihn gefunden?«

»Vor fünf Tagen«, antwortete Robb und sah Monk direkt in die Augen. »Es tut mir Leid.«

»Und er wurde ermordet? Es besteht kein Zweifel?«

»Keiner. Der Polizeiarzt sieht keine Möglichkeit, wie er sich solche Verletzungen durch einen Unfall hätte zuziehen können. Wenn er vom Kutschbock gestürzt wäre, müsste seine Kleidung entsprechende Spuren aufweisen. Außerdem würde ein Sturz auf die Straße nicht zu solchen Verletzungen führen, ohne Flecken auf dem Mantel des Opfers zu hinterlassen. Der Stoff wies weder Risse noch Spuren von Schlamm oder Schmutz auf. Obwohl die Straßen im Augenblick ziemlich trocken sind, müsste man irgendetwas sehen. Selbst seine Hosenbeine müssten Flecken an anderen Stellen aufweisen, wenn er über die Straße gerollt wäre.«

»An anderen Stellen?«, hakte Monk eilig nach. »Wie meinen Sie das? An welchen Stellen waren denn die Flecken?«

»Nur an den Knien, als sei er noch ein ganzes Stück gekrochen, bevor er starb.«

»Er hat versucht zu fliehen?«, fragte Monk.

Robb nagte an seiner Unterlippe. »Das weiß ich nicht. Es hat jedenfalls keinen Kampf gegeben. Er hat nur den einen Schlag abbekommen.«

Monk war verblüfft. »Ein Schlag hat ihn getötet? Dann ist er also auf den Knien gekrochen, bevor er getroffen wurde? Warum?«

»Nicht unbedingt.« Robb schüttelte wiederum den Kopf. »Der Arzt sagt, er hätte eine Gehirnblutung erlitten. Er könnte noch eine ganze Weile gelebt haben und ein Stück weit gekrochen sein. Er würde gewusst haben, dass er verletzt war, aber nicht, wie schwer, nicht, dass er daran sterben würde.«

»Dann könnte er möglicherweise vornüber vom Bock gestürzt sein und sich die Verletzung selbst zugezogen haben? Oder vielleicht hat eins der Pferde ihn getreten?«

»Der Arzt sagt, der Schlag habe ihn von hinten getroffen«, antwortete Robb und machte die entsprechende Bewegung mit den Armen, »so ungefähr... und das Opfer hat gestanden, als der Schlag es traf. Der Mann wurde an der Schläfe getroffen und die Wunde hat nicht besonders stark geblutet – aber sie war tödlich.«

»Und ein Tritt kann es nicht gewesen sein?« Monk klammerte sich an die letzte Hoffnung.

»Nein. Der Abdruck hatte keine Ähnlichkeit mit einem Pferdehuf. Der Schlag wurde mit einem langen, runden Gegenstand wie einer Brechstange oder einem Metallrohr geführt. Er kann sich auch nicht an einer Ecke des Kutschbocks gestoßen haben.«

»Ich verstehe.« Monk holte tief Luft. »Haben Sie irgendeine Vorstellung, wer ihn getötet hat? Oder warum?« Die zweite Frage fügte er nach einer kurzen Pause hinzu, als sei sie ihm gerade erst eingefallen.

»Noch nicht«, gab Robb zu. Er schien vollkommen verwirrt zu sein, und Monk hatte den Eindruck, dass die ganze Angelegenheit ihn sehr bedrückte. »Es hätte sich kaum gelohnt, ihn auszurauben. Die einzigen Gegenstände von Wert, die er bei sich trug, waren die Kutsche und die Pferde, und die hat der Mörder nicht an sich genommen. Oder die Mörder, falls es mehrere waren.«

»Ein persönlicher Feind«, schlussfolgerte Monk. Der Gedanke beunruhigte ihn noch mehr, aus Gründen, von denen Robb nichts ahnen konnte. Wo war Miriam Gardiner? Hielt sie sich zur Zeit des Mordes am Tatort auf? Und wenn ja, war sie entweder Augenzeugin oder Komplizin – oder war sie ebenfalls tot. Wenn sie nicht dort gewesen war, wo hatte Treadwell sie dann abgesetzt und warum? Hatte er dies auf ihren Wunsch getan?

Wie viel sollte er Robb erzählen? Wenn er in Miriams

Interesse handelte, vielleicht überhaupt nichts – jedenfalls nicht jetzt schon.

»Kann ich die Leiche sehen?«, fragte er.

»Natürlich.« Robb erhob sich. Eine Identifizierung würde ihnen vielleicht weiterhelfen. Zumindest würde sie Monk das Gefühl geben, etwas erreicht zu haben. Er würde dann wissen, wer sein Opfer war.

Monk bedankte sich und folgte ihm die Treppe hinunter auf die Straße, wo ein leichter Wind den heißen Tag erträglicher machte, auch wenn es immer noch penetrant nach Pferden, Kochfeuern und trockenen Rinnsteinen roch. Das Leichenschauhaus war nicht weit entfernt, und Robb ging mit langen Schritten voraus. Er hatte die Hände tief in den Taschen vergraben und blickte, ohne etwas zu sagen, zu Boden. Es war unmöglich, seine Gedanken zu erraten. Monk schätzte ihn auf Ende zwanzig. Vielleicht hatte er noch nicht viele Tote gesehen. Möglicherweise war dies sein erster Mordfall. Er würde das Gefühl haben, von den Ereignissen überrollt zu werden, und es war gewiss eine beunruhigende Erfahrung, ganz allein die Verantwortung für die Aufklärung eines solchen Falls zu tragen.

Monk ging neben ihm her und passte sich seinem Schritttempo an, aber er versuchte nicht das Schweigen zu brechen. Etliche Kutschen fuhren an ihnen vorüber, die Geschirre glänzten in der Sonne, und die Hufe der Pferde hallten auf dem Pflaster wider. Es wehte eine leichte Brise, und die Luft über der weiten Grasfläche war klar und süß. Irgendwo spielte eine Drehorgel.

Das Leichenschauhaus war ein recht eindrucksvolles Gebäude, als habe der Architekt eine Art Denkmal für die Toten errichten wollen, obwohl sie nur kurze Zeit dort verweilten.

Robb straffte sich und beschleunigte seinen Schritt. Monk folgte ihm die Treppe hinauf und durch die Tür. Der vertraute Geruch drang ihm in die Nase. Jedes Leichenschauhaus, an das er sich erinnerte, roch wie dieses hier, säuerlichsüß, und hinterließ einen ganz eigenen Nachgeschmack im Mund. Alles Schrubben und Putzen der Welt half nichts, um den Odem des Todes zu vertreiben.

Der Diener kam heraus und erkundigte sich höflich, ob er ihnen helfen könne. Er sprach mit einem leichten Lispeln und sah Robb eine Sekunde lang mit zusammengekniffenen Augen an, bevor er ihn erkannte.

»Sie kommen sicher wieder wegen Ihres Kutschers«, sagte er kopfschüttelnd. »Wir können Ihnen nichts Neues sagen.«

Sie folgten dem Mann in einen gekachelten Raum, in dem ihre Schritte widerhallten. Die Luft war feucht und erfüllt von beißenden Desinfektionsdämpfen. Dahinter befand sich das Eishaus, in dem Leichen aufbewahrt werden mussten, die man nicht binnen ein oder zwei Tagen begraben konnte.

»Sie brauchen ihn nicht herauszubringen«, sagte Robb schroff. »Wir sehen ihn uns drinnen an. Dieser Gentleman ist vielleicht in der Lage, uns über seine Identität aufzuklären.«

Im Eishaus herrschte grimmige Kälte. Monk war froh darüber, denn er hatte schon weniger gut ausgestattete Leichenschauhäuser gesehen.

Er hob das Laken. Darunter lag der Leichnam eines gut genährten Mannes zwischen dreißig und vierzig. Er war muskulös und kräftig gebaut und hatte bis auf Hände, Hals und Gesicht, die von Sonne und Wind gebräunt waren, blasse Haut. Er hatte bräunliches Haar, scharf geschnittene Gesichtszüge und eine große Schwellung an der rechten Schläfe, als habe ihm jemand einen kräftigen Schlag versetzt.

Monk musterte den Toten eingehend. Seine Knie und die Innenseiten der Handflächen wiesen Schürfwunden auf. Ansonsten konnte Monk keine Verletzungen entdecken, bis auf eine alte Narbe am Bein und eine Anzahl geringfügiger Schnitte und Kratzer an den Händen, von denen einige ebenso alt sein mussten wie die Narbe am Bein. Es war genau das, was Monk von einem Mann erwartete, der mit Pferden gearbeitet und seinen Lebensunterhalt als Kutscher verdient hatte.

Das Gesicht sah er sich als Letztes an, aber durch die geschlossenen Augen und die durch den Tod erstarrten Züge konnte er sich kaum vorstellen, wie der Mann zu Lebzeiten ausgesehen hatte. Seine Gesichtszüge waren ausgeprägt, die Lippen schmal, die Stirn breit. Intelligenz und Charme hätten ihn attraktiv erscheinen lassen können, Übellaunigkeit, Habgier oder Grausamkeit vermutlich hässlich. So viele Deutungsmöglichkeiten lagen im Ausdruck eines Toten.

War dies James Treadwell? Nur jemand aus dem Haus der Stourbridges konnte diese Frage beantworten.

»Möchten Sie sich die Kleidung ansehen?«, fragte Robb, der ihn nicht aus den Augen ließ.

»Bitte.«

Aber sie verriet ihm nicht mehr, als Robb ihm schon gesagt hatte. Es gab nur eine mögliche Schlussfolgerung: Der Mann hatte aufrecht gestanden, als jemand ihm einen kräftigen Schlag versetzte, der ihn in die Knie zwang und ihn wahrscheinlich für eine Weile besinnungslos machte. Die Knie seiner Hosen waren schmutzig und zerrissen, als sei er ein beträchtliches Stück gekrochen. Über die Person, die den Schlag geführt hatte, ließ sich kaum etwas mit Bestimmtheit sagen. Die Waffe war nicht gefunden worden, aber sie musste lang, schwer und stumpf gewesen sein, und der Mörder hatte mit großer Kraft zugeschlagen.

»Könnte eine Frau das getan haben, was meinen Sie?«, wollte Monk wissen und bereute sofort seine Worte. Wenn er sicher gehen wollte, dass es nicht Miriam gewesen war, dann sollte er nicht ausgerechnet Robb fragen. Außerdem, warum sollte sie so etwas tun? Möglich, dass sie ebenfalls Opfer des Mörders geworden war, und man sie nur noch nicht gefunden hatte!

Aber wenn sie noch lebte, wo war sie dann? Warum hatte sie sich noch nicht gemeldet oder war wieder aufgetaucht?

Und warum hatte sie überhaupt das Haus der Stourbridges verlassen?

»Dürfte ich mir vielleicht auch den Mantel ansehen?«, bat er, bevor Robb seine Frage beantworten konnte.

»Natürlich«, erwiderte der Sergeant. Die Überlegung, ob eine Frau den Schlag geführt haben könnte, ignorierte er. Es war eine törichte Frage, und Monk wusste es. Eine kräftige Frau, die in ausreichendem Maß wütend war oder Angst hatte, wäre ohne weiteres in der Lage gewesen, den Mann mit einem schweren Gegenstand niederzustrecken.

Sie verließen das Leichenschauhaus und traten wieder ins Freie. Während sie den Gehsteig entlanggingen, vermittelte Robb den Eindruck, in Eile zu sein, denn er sah ein- oder zweimal auf seine Uhr.

Monk hätte ihn gern der Aufgabe entbunden, ihm Kutsche und Pferde zu zeigen, aber er hatte das Gefühl, dass er einen Blick auf sie werfen sollte, denn sie waren ausschlaggebend dafür, ob Harry oder Lucius Stourbridge den weiten Weg bis nach Hampstead zurücklegen und in diesem Fall auch den Toten identifizieren mussten, was ihre Sorge nur verstärken würde.

Robb ging so schnell, dass er beim Überqueren der Straße beinahe in einen Hansom hineingelaufen wäre. Monk konnte ihn gerade noch am Arm zurückhalten.

Robb errötete und entschuldigte sich.

»Haben Sie eine Verabredung?«, erkundigte sich Monk. »Sie müssen mich nicht begleiten. Ich kann warten.«

»Die Pferde stehen in einem Stall ungefähr eine Meile entfernt«, antwortete Robb, der nach einer Lücke im Verkehr suchte, damit sie auf die andere Straßenseite gelangen konnten. »Es ist nicht direkt eine Verabredung…« Das Thema schien ihm peinlich zu sein.

Ein Vierergespann fuhr vorbei, und sie konnten einen Blick auf die in duftige Spitzenkleider gehüllten Damen in der Kutsche werfen. Als Nächstes kam ein Brauereiwagen, der von schweren Pferden mit geflochtenen Mähnen und mit Federn geschmückten Füßen gezogen wurde. Die Flanken der Tiere glänzten, und sie warfen die Köpfe zurück.

Monk und Robb ergriffen die Gelegenheit, hinter ihnen die Straße zu überqueren. Auf der anderen Seite holte Robb tief Luft und blickte starr geradeaus. »Mein Großvater ist krank. Ich schaue so oft ich kann bei ihm vorbei, um ihm ein wenig zur Hand zu gehen. Er ist langsam etwas...« Seine Miene verkrampfte sich, und er wich Monks Blick erneut aus. Mit anderen Worten, er ging mitten am Tag, während seiner Dienstzeit, nach Hause.

Monk lächelte grimmig. Er hatte keine glücklichen Erinnerungen an seine Zeit bei der Polizei. Er wusste, dass seine Untergebenen Angst vor ihm gehabt hatten, und zwar aus gutem Grund. Dies schmerzte ihn heute. Bei seinem eigenen Vorgesetzten hatten die Dinge anders gelegen. Runcorn war der Einzige, dessen er sich entsann. Und früher einmal waren sie Freunde gewesen. Doch schon Jahre vor ihrem letzten Streit, der zu Monks Kündigung geführt hatte, war zwischen ihnen nichts mehr gewesen als Rivalität und Bitterkeit.

Er spürte, wie seine Muskeln sich anspannten, aber er konnte es nicht verhindern.

»Dann sollten wir ihm besser einen Besuch abstatten«, antwortete er. »Ich besorge mir eine Pastete oder ein Sandwich und esse, während Sie sich um ihn kümmern. Dann erzähle ich Ihnen, was ich über Treadwell weiß. Wenn er der Tote ist, dürften meine Informationen Ihnen weiterhelfen.«

Robb dachte nicht lange nach und nahm den Vorschlag dankbar an.

Der alte Mann und sein Enkel lebten in zwei Räumen in einem Haus, das etwa fünf Gehminuten vom Polizeirevier entfernt lag, sofern man ein schnelles Tempo vorlegte. Das Gebäude selbst war schäbig, aber sauber, und Robb hielt es nicht für notwendig, sich für den Zustand seiner Unterkunft zu entschuldigen. Was Monk dachte, interessierte ihn nicht.

Seine ganze Aufmerksamkeit galt dem alten Mann, der in sich zusammengesunken in einem bequemen Sessel saß, als verursache ihm das Atmen Schmerzen. Sein weißes Haar war ordentlich gekämmt, und er war rasiert, aber sein Gesicht hatte keine Farbe. Es kostete ihn große Mühe, sich den Anschein von Würde zu geben, als er sah, dass sein Enkel einen Fremden mitgebracht hatte.

»Wie geht es Ihnen, Sir?«, erkundigte Monk sich. »Vielen Dank, dass Sie mir gestatten, meine Pastete in Ihrem Haus zu essen, während ich mich mit Sergeant Robb über den Fall unterhalte, an dem wir gerade arbeiten. Das ist sehr freundlich von Ihnen.«

»Keine Ursache«, sagte der alte Mann heiser. Er musste sich räuspern. »Sie sind uns herzlich willkommen.« Er stellte sich als John Robb vor, dann sah er seinen Enkel ängstlich an.

Monk setzte sich und konzentrierte sich ganz auf sein Essen, um so zu tun, als bemerke er nicht, wie Robb dem alten Mann zur Toilette half, wie er ihm die Hände wusch und dann etwas Suppe auf dem Herd in der Ecke wärmte.

Schließlich begann Monk zu sprechen, um die Geräusche zu übertönen, mit denen der alte Mann um Atem rang und mühsam die Suppe und die mit Butter bestrichene Scheibe Brot verzehrte, die Robb ihm Bissen für Bissen in den Mund schob. Er hatte sich bereits zurechtgelegt, wie viel er Robb von Lucius' Auftrag erzählen wollte. Für den Augenblick würde er Miriam vollkommen aus dem Spiel lassen. Auf diese Weise würde er ihn zwar bewusst in die Irre führen, aber so lange er nicht selbst mehr über die Angelegenheit wusste, sollte Robb auf keinen Fall auf Miriams Spur gelenkt werden, denn das wäre nicht in ihrem Interesse gewesen – noch nicht.

»Mr. Lucius Stourbridge hat mir erzählt, dass Treadwell die Kutsche ohne Erlaubnis genommen habe, und zwar am Nachmittag des Tages, an dem er anscheinend getötet wurde«, begann er. Er nahm noch einen Happen von der Pastete. Sie schmeckte gut, und er hatte Hunger. Während er schluckte, fuhr er fort. »Er lebt zusammen mit seinen Eltern in Bayswater.«

»Gehört die Kutsche ihm oder seinen Eltern?«, fragte Robb und hielt seinem Großvater noch ein Stück Brot hin. Dann wartete er mit besorgter Miene ab, während der alte Mann einen Hustenanfall erlitt und blutigen Schleim in ein Taschentuch spuckte. Automatisch reichte Robb ihm ein sauberes und dazu eine Tasse Wasser, die der alte Mann wortlos mit kleinen Schlucken leerte.

Es war eine gute Frage und um sie zu beantworten, musste Monk zu einer List greifen.

»Der Wagen gehört der Familie und es ist auch nicht der Beste, den sie besitzen.« Das war die Wahrheit, wenn auch nicht die ganze.

»Warum hat man sich an Sie gewendet, statt an die Polizei?«, wollte Robb wissen.

Auf die Frage war Monk gefasst gewesen. »Weil er gehofft hatte, die Kutsche wieder zu bekommen, ohne die Polizei zu bemühen«, antwortete er. »Treadwell ist der Neffe ihrer Köchin und Mr. Stourbridge wollte nicht unbedingt ein polizeiliches Verfahren in Gang setzen. Was sich jetzt natürlich nicht länger vermeiden lässt, falls es sich bei dem Toten tatsächlich um Treadwell handelt.«

Robb maß mit großer Sorgfalt ein wenig Pulver aus einem Papiertütchen in ein Glas ab, wickelte den Rest wieder ein und legte das Tütchen in ein Regal. Dann rührte er etwas Wasser in die Medizin und hielt dem alten Mann das Glas an die Lippen.

Monk warf einen Blick auf das Regal, wo ihm neben den Papiertütchen mehrere andere Behältnisse auffielen: ein Glaskrug mit getrockneten Blättern, die wahrscheinlich für einen Aufguss bestimmt waren, daneben eine Phiole sowie zwei Krüge mit weiteren Papierbehältern für Pulver. So viele Medikamente mussten eine Menge kosten. Er musste an Robbs ausgefranste und sorgfältig geflickte Manschetten denken, an die abgetretenen Absätze seiner Stiefel, an den zugenähten Riss im Ellbogen seines Jacketts. Es überraschte ihn selbst, wie viel Mitleid er für den Mann empfand, der so viel Mühe auf sich nahm, um seinen Großvater zu versorgen. Und plötzlich trat an die Stelle des Mitleids ein Glücksgefühl, denn hinter alldem wurde die Liebe sichtbar, die sein Handeln bestimmte. Unwillkürlich musste er lächeln.

Robb wischte dem alten Mann sanft das Gesicht ab. Dann wandte er sich wieder seiner eigenen Mahlzeit zu, die aus Brot und Suppe bestand, obwohl Letztere inzwischen schon ziemlich kalt geworden war. »Wissen Sie sonst noch etwas über diesen Treadwell?«, fragte er, während er rasch zu essen begann.

»Der Mann war nicht gerade das, was man sich als Dienstboten wünschen würde«, erwiderte Monk bei der Erinnerung an die Dinge, die Harry Stourbridge ihm berichtet hatte. »Man hat ihn nur behalten, weil er der Neffe der Köchin war. Viele Familien nehmen beträchtliche Unannehmlichkeiten in Kauf, um eine gute Köchin zu halten, besonders wenn sie häufig Gäste empfangen.« Diesen letzten Worten ließ er ein schwaches Lächeln folgen.

Robb warf ihm einen schnellen Blick zu. »Und ein Skandal käme ungelegen. Ich verstehe. Aber wenn das unser Mann ist, fürchte ich, wird sich das nicht vermeiden lassen.« Er runzelte die Stirn. »Aber das wirft immer noch kein Licht auf die Frage, wer ihn getötet haben könnte, oder? Was hatte er hier zu suchen? Warum hat sein Mörder nicht die Kutsche entwendet? Es ist eine gute Kutsche, und die Pferde sind prachtvoll.«

»Das kann ich Ihnen nicht sagen«, räumte Monk ein. »Jede neue Erkenntnis macht die ganze Geschichte nur umso unbegreiflicher.«

Der Sergeant nickte, dann wandte er sich wieder seinem Großvater zu. Er sorgte dafür, dass der alte Mann es bequem hatte und alles erreichen konnte, was er vielleicht während seiner Abwesenheit brauchen würde. Dann berührte er ihn zärtlich, lächelte und verabschiedete sich.

Der alte Mann schwieg, aber seine Miene verriet die Dankbarkeit, die er empfand. Es schien ihm jetzt besser zu gehen, nachdem er gegessen und seine Medizin bekommen hatte.

Sie gingen etwa eine Dreiviertelmeile bis zu dem Stall, wo die Kutsche und die Pferde untergebracht waren. Robb erklärte den zuständigen Stallburschen, wer Monk war.

Monk brauchte nur einen einzigen Blick auf das Gefährt zu werfen, um jeden Zweifel auszuräumen, dass es tatsächlich den Stourbridges gehörte. Er untersuchte es auf eventuelle Spuren oder etwas, das im Wagen zurückgeblieben war und vielleicht Aufschluss über die letzte Fahrt gegeben hätte. Aber er konnte nichts entdecken. Es handelte sich um eine sehr gut in Stand gehaltene Familienkutsche. Sie musste etwa zehn Jahre alt sein. Der Name des Herstellers war der, den Harry Stourbridge ihm genannt hatte. Die Beschreibung passte genau.

Auch die Pferde waren unverkennbar die, die den Stourbridges fehlten.

»Wo genau hat man sie gefunden?«, fragte Monk noch einmal.

»In der Canon Hall Road«, antwortete Robb. »Es ist Ihre Kutsche, nicht wahr?« Er konnte die Antwort an Monks Gesichtsausdruck ablesen.

»Und den Toten?«

»Auf dem Weg vor dem Haus Nummer fünf auf dem Green Man Hill. Das ist eine Reihe kleiner Häuser ganz in der Nähe der Heide.«

»Natürlich haben Sie die Bewohner deswegen befragt.« Auch das war eine Feststellung, keine Frage.

Robb zuckte die Achseln. »Natürlich. Niemand hat etwas gesehen.«

Monk war nicht überrascht. Nur die wenigsten Menschen

gaben zu, etwas über einen Mordfall zu wissen, ob sie nun mit den Umständen vertraut waren oder nicht.

»Ich werde eine offizielle Identifizierung des Leichnams brauchen«, sagte Robb. »Und ich muss natürlich auch mit Major Stourbridge sprechen, damit er mir alles sagen kann, was er über Treadwell weiß.« Er machte sich nicht einmal mehr die Mühe hinzuzufügen: »Falls er es ist.«

»Ich fahre zum Cleveland Square und bringe ihn oder seinen Sohn hierher«, erbot sich Monk. Er wollte derjenige sein, der Harry und Lucius die Nachricht überbrachte, und zwar möglichst nicht in Gegenwart von Robb. Er konnte es nicht vermeiden, dass er dabei sein würde, wenn sie den Toten identifizierten.

»Vielen Dank«, nahm Robb das Angebot an. »Ich werde um vier im Leichenschauhaus sein.«

Monk nahm einen Hansom zurück nach Bayswater und als der Lakai ihn einließ, bat er um eine Unterredung mit Major Harry Stourbridge. Er wollte ihm, wenn möglich, vom Tod Treadwells erzählen, ohne dass Lucius früher als unbedingt notwendig davon erfuhr.

Man führte ihn in den Salon, wo die Türen, die auf den sonnenbeschienenen Rasen hinausführten, weit offen standen. Harry Stourbridge war allein, aber Monk konnte hinter ihm im Garten seine Frau erkennen, deren helles Kleid einen deutlichen Kontrast zu den leuchtenden Farben eines Kräuterbeets bildete.

»Sie haben Neuigkeiten für uns?«, fragte Stourbridge, noch bevor der Lakai die Tür zum Korridor ganz geschlossen hatte. Sein Blick war ängstlich, und sein Gesicht wirkte müde. Die dunklen Ringe unter den Augen zeugten von wenig Schlaf.

»Es tut mir Leid, es sind keine guten Neuigkeiten«, antwortete Monk ohne Umschweife. Er sah, wie Harry Stourbridge sich verkrampfte und auch noch der letzte Rest von Farbe aus seinem Gesicht wich. »Ich glaube, ich habe Ihre Kutsche und die Pferde gefunden«, fuhr er fort. »Und den

Leichnam eines Mannes, bei dem es sich aller Wahrscheinlichkeit nach um Treadwell handelt. Von Mrs. Gardiner gibt es nicht die geringste Spur.«

»Keine Spur von Miriam?« Stourbridge sah ihn verwirrt an. Dann schluckte er. »Wo war das, Mr. Monk? Wissen Sie, was Treadwell zugestoßen ist, falls er tatsächlich der Tote ist?«

»Es ist in Hampstead passiert, gleich hinter der Heide. Es tut mir sehr Leid, aber es sieht so aus, als sei Treadwell ermordet worden.«

Stourbridges Augen weiteten sich. »Raub?«

»Vielleicht, aber wenn es so war, was hätte man ihm stehlen können? Er hatte doch sicher kein Geld bei sich oder wird im Haus irgendetwas vermisst?«

»Nein! Ncin, natürlich nicht, sonst hätte ich Ihnen das mitgeteilt. Aber warum sonst sollte jemand den armen Mann töten?«

»Wir wissen nicht …«

»Wir?«

»Die Polizei von Hampstead. Ich habe die Kutsche bis dorthin verfolgen können, dann habe ich mich an die Polizei gewandt«, erklärte Monk. »Ein junger Sergeant namens Robb betreut den Fall. Er berichtete mir, dass er an einem Mordfall arbeite, und nach seiner Beschreibung des Opfers hatte ich den Eindruck, es könne sich um Treadwell handeln. Außerdem wurden etwa eine halbe Meile entfernt die Kutsche und die Pferde aufgefunden, und zwar in unversehrtem Zustand. Ich habe sie mir angesehen und nach allem, was Sie mir gesagt haben, denke ich, dass es sich um Ihr Eigentum handelt. Ich fürchte, Sie werden jemanden hinschicken müssen, der die Kutsche und die Pferde identifiziert – und den Leichnam –, um ganz sicher zu gehen.«

»Selbstverständlich«, pflichtete Stourbridge ihm bei. »Ich werde selbst hinfahren.« Er machte einen Schritt auf Monk zu. »Aber Sie haben nichts von Miriam gehört?«

»Noch nicht. Es tut mir Leid.«

Verona kam über den Rasen auf sie zu, denn ihre Neugier ließ ihr keine Ruhe.

Stourbridge straffte die Schultern, als er sie kommen sah.

»Was gibt es Neues?«, fragte sie und sah dabei Monk an. »Sie wissen etwas.« Es war eine Schlussfolgerung, keine Frage. »Geht es um Miriam?«

Monk forschte in ihren Zügen nach einer Regung, aber er konnte nichts dergleichen entdecken.

»Noch nicht«, nahm Stourbridge Monks Antwort vorweg. »Aber es sieht so aus, als hätte Mr. Monk vielleicht Treadwell gefunden …«

»Vielleicht?« Sie merkte sofort auf, als dieses Wort fiel. »Dann haben Sie ihn also nicht angesprochen, nicht mit ihm geredet? Warum nicht? Was ist passiert?«

»Es ist ihm etwas zugestoßen«, antwortete Stourbridge ausweichend. »Ich bin dabei, Mr. Monk zu begleiten, um festzustellen, was es sonst noch in Erfahrung zu bringen gibt. Ich werde dir natürlich alles erzählen, sobald ich wieder zurück bin.« In seiner Stimme schwang ein Unterton mit, der ihr signalisierte, dass weitere Fragen sinnlos wären.

Monks Erleichterung darüber, Lucius nicht über seine jüngsten Entdeckungen in Kenntnis setzen zu müssen, war nur von kurzer Dauer. Als sie die Halle durchquerten, kam Lucius mit bleichem Gesicht und weit aufgerissenen Augen die Treppe herunter.

»Was haben Sie herausgefunden?«, wollte er wissen. Seine Stimme klang ängstlich. »Geht es um Miriam? Wo ist sie? Was ist mit ihr passiert?«

Stourbridge drehte sich um und streckte die Hände aus, als wolle er Lucius an den Schultern fassen, aber Lucius wich zurück. Seine Kehle war wie zugeschnürt, sodass er nicht sprechen, sondern nur nach Luft schnappen konnte.

»Ich weiß nichts Neues über Mrs. Gardiner zu berichten«, beeilte Monk sich zu sagen. »Aber möglicherweise habe ich Treadwell gefunden. Ich brauche jemanden, der ihn identifiziert, bevor ich es mit Sicherheit sagen kann.«

Stourbridge legte Lucius eine Hand auf den Arm. »Es deutete nichts darauf hin, dass Miriam bei ihm war«, sagte er sanft. »Wir wissen nicht, was geschehen ist, oder warum. Bleib hier. Ich werde alles Notwendige erledigen. Aber sei diskret. So lange wir unserer Sache nicht sicher sind, hat es keinen Sinn, die Köchin aufzuregen.«

Lucius fiel plötzlich ein, dass er nicht der Einzige war, der möglicherweise einen Verlust erlitten hatte. Er starrte Monk an. »Ist Treadwell tot?«

»Ich denke, es ist Treadwell«, antwortete Monk. »Aber er wurde allein gefunden und die Kutsche ist leer und unbeschädigt.«

Bei dieser Mitteilung kehrte ein klein wenig Farbe in Lucius' Wangen zurück. »Ich werde Sie begleiten.«

»Es ist nicht notwendig…«, begann Stourbridge, aber dann sah er die Entschlossenheit seines Sohnes, und vielleicht begriff er in diesem Augenblick, dass es leichter war, etwas zu tun, als einfach nur zu warten. Sein Protest verstummte.

Es war eine traurige Fahrt von Bayswater nach Hampstead. Die Stourbridges nahmen ihre eigene Kutsche, die jetzt der Stallbursche lenkte, und sie legten den größten Teil des Weges schweigend zurück. Lucius saß mit dem Rücken in Fahrtrichtung und seine Augen waren groß und dunkel und erfüllt von Angst. Stourbridge saß neben Monk und starrte geradeaus, ohne jedoch die Straßen und die Häuser wahrzunehmen, an denen sie vorüberkamen.

Monk konzentrierte sich auf die Frage, was er Robb sagen würde, wenn es sich bei dem Toten tatsächlich um Treadwell handelte, was er kaum noch bezweifelte. Es war überdies keine Frage, dass der Mann ermordet worden war. Der Tote hatte sich eine solche Verletzung gewiss nicht durch einen Unfall zugezogen. Eine Information wie Treadwells Flucht mit Miriam Gardiner der Polizei vorzuenthalten, wäre bei diesem Stand der Dinge ein schwer wiegender Gesetzesverstoß gewesen. Ebenso wenig durften sie Robb die

Tatsache vorenthalten, dass Miriam ohne eine Erklärung das Haus verlassen hatte und noch immer nicht wieder aufgetaucht war. Dies könnte nämlich den Verdacht nahe legen, dass sie befürchteten, Lucius Stourbridge könne mit dem Verbrechen zu tun haben. Anschließend würde man ihnen nicht mehr glauben, was sie sagten, es sei denn, sie hätten Beweise dafür.

Nicht dass Harry oder Lucius Stourbridge zuzutrauen gewesen wäre, dass sie etwas vertuschen würden. Sie waren beide zu aufgewühlt, um die Wahrheit zu verbergen. Ihre erste Frage an Robb würde sich auf Miriam beziehen, darauf, ob er etwas über ihren Verbleib wusste. Außerdem waren sie so sehr davon überzeugt, dass Miriam höchstens gegen die gesellschaftliche Etikette verstoßen habe, dass sie sich erst viel später Gedanken darüber machen würden, inwiefern sie mit dem Mord zu tun haben konnte.

Wie sollte Monk Robb erklären, dass er ihm die Anwesenheit eines Fahrgastes in der Kutsche verschwiegen hatte? Er hatte Miriam Gardiner bisher nicht einmal erwähnt.

Als der Verkehr vor ihnen plötzlich dichter wurde und die Straßen unpassierbar machte, kamen sie ruckartig zum Stehen. Um sie herum wurden die ungeduldigen Rufe der anderen Kutscher laut. Pferde stampften mit den Hufen und wieherten, Geschirre klirrten.

Lucius saß steif auf seinem Platz und sagte immer noch kein Wort.

Stourbridge ballte die Fäuste und öffnete sie wieder, nur um sie von Neuem zu schließen.

Endlich setzte die Kutsche sich wieder in Bewegung.

Monk würde Robb so wenig mitteilen, wie nur möglich. Das Einzige, was sie mit Sicherheit wussten, war, dass Miriam im selben Augenblick das Haus verlassen hatte wie Treadwell. Wie weit sie zusammen gefahren waren, stand auf einem anderen Blatt. Sollte er Stourbridge und Lucius nahe legen, nur ja nicht mehr über Miriam zu sagen, als unbedingt nötig?

Er betrachtete ihre angespannten Gesichter, die ins Leere blickten, und kam zu dem Schluss, dass es sinnlos war. Jeder Rat, den er ihnen gab, würde wohl mehr schaden als nutzen.

Also schwieg er.

Um zehn nach vier trafen sie beim Leichenschauhaus ein. Robb erwartete sie bereits; er ging rastlos vor dem Gebäude auf und ab, sagte aber nichts, als sie ausstiegen. Sie wollten alle die Angelegenheit, derentwegen sie hier waren, so schnell wie möglich hinter sich bringen, dass sie kaum mehr als einen kurzen Gruß füreinander übrig hatten, bevor sie Robb in das Gebäude folgten.

Der Diener des Leichenschauhauses schlug das Laken von dem Leichnam zurück, sodass nur der Kopf sichtbar wurde.

Lucius sog hörbar die Luft ein und schien ein wenig zu schwanken.

Stourbridge seufzte leise. Er war Soldat und musste in seinem Leben viele Tote gesehen haben, und es waren wohl meist Männer gewesen, die er mehr oder weniger gut gekannt hatte, aber dieser Mann hatte zu seinem eigenen Haushalt gehört, und Mord war etwas anderes als Krieg. Soldaten mussten damit rechnen zu töten und getötet zu werden. In der Regel hatten sie vor ihren Feinden sogar Respekt. Hass war nicht mit im Spiel. Gewalttätigkeit ja – aber sie blieb unpersönlich. Das verringerte den Schmerz der Hinterbliebenen zwar nicht, aber der Tod im Krieg war nun einmal Schicksal. Dies hier war etwas anderes, eine beabsichtigte, heimtückische Gewalttat gegen eine bestimmte Person.

»Ist das Ihr Kutscher, Sir?«, fragte Sergeant Robb, obwohl er sehen konnte, dass die Frage überflüssig war. Die Gesichter von Vater und Sohn spiegelten allzu deutlich wider, dass er es war.

»Ja, er ist es«, antwortete Stourbridge leise. »Das ist James Treadwell. Wo haben Sie ihn gefunden?«

Der Gehilfe zog das Laken wieder über das Gesicht des Toten.

»Auf der Straße, Sir«, erwiderte Robb, während er mit ihnen zur Tür ging. »Auf dem Weg vor einer der Häuserreihen auf dem Green Man Hill, etwa eine Meile von hier entfernt. Wissen Sie vielleicht, ob er jemanden in dieser Gegend kannte?«

»Was?« Stourbridge blickte auf. »Oh... nein, ich glaube nicht. Er ist ein Neffe unserer Köchin. Ich kann sie fragen. Ich habe keine Ahnung, wo er seine freien Tage verbrachte.«

»Hatte er auch an dem Tag frei, an dem er verschwand, Sir?«

»Nein...«

»Hatte er Ihre Erlaubnis, die Kutsche zu benutzen, Sir?«

Stourbridge zögerte einen Augenblick mit seiner Antwort. Er sah zu Lucius hinüber, dann wandte er den Blick wieder ab.

»Nein, die hatte er nicht. Ich fürchte, die Umstände, unter denen er das Haus verließ, sind ziemlich rätselhaft, und keiner von uns versteht es, Sergeant. Wir wissen, wann er weggefahren ist, aber mehr nicht.«

»Ihnen war bekannt, dass er Ihre Kutsche genommen hatte«, fuhr Robb fort, »aber Sie haben den Verlust nicht bei der Polizei gemeldet. Es ist eine sehr schöne Kutsche, Sir, mit guten Pferden, beide von beträchtlichem Wert.«

»Major Stourbridge hat bereits erwähnt, dass Treadwell mit seiner Köchin verwandt war«, unterbrach Monk den Polizisten, »und diese steht seit langer Zeit in Diensten der Familie. Er wollte wenn möglich einen Skandal vermeiden. Er hoffte, Treadwell würde wieder zu Verstand kommen und zurückkehren... vielleicht sogar mit einer vernünftigen Erklärung.«

Lucius konnte es nicht länger ertragen. »Meine Verlobte war bei ihm!«, stieß er hervor. »Mrs. Miriam Gardiner. Wir haben Mr. Monks Dienste in Anspruch genommen, um sie zu finden. Treadwell können wir nicht mehr helfen, der armen Seele, aber wo ist Miriam? Wir sollten all unser Streben auf die Suche nach ihr verwenden! Sie ist vielleicht verletzt… in Gefahr…« Er verlor die Kontrolle über seine Stimme.

Robb schien einen Augenblick lang verblüfft zu sein, dann wurden seine Züge hart. Er sah nicht einmal in Monks Richtung. »Verstehe ich recht, dass Mrs. Gardiner Ihr Haus in der Kutsche verließ, die Treadwell lenkte?«, verlangte er zu wissen.

»Wir nehmen es an«, antwortete Stourbridge, bevor Lucius sprechen konnte. »Niemand hat die beiden zusammen wegfahren sehen.« Er schien die Situation erfasst zu haben. »Aber wir haben seither nichts mehr von ihr gehört, und wir wissen nicht, was aus ihr geworden ist. Wir machen uns große Sorgen und sind mit unserem Latein am Ende.«

»Wir müssen nach ihr suchen!«, fiel Lucius ihm ins Wort. »Treadwell ist tot und Miriam vielleicht in großer Gefahr! Sie wird Angst haben und sich elend fühlen! Sie müssen jeden Mann, den Sie erübrigen können, für die Suche nach ihr abstellen!«

Robb stand einen Augenblick lang völlig reglos da, die Überraschung machte ihn sprachlos. Dann drehte er sich langsam zu Monk um. »Sie haben versäumt zu erwähnen, dass eine junge Frau in der Kutsche saß, als Treadwell ermordet wurde, und dass sie seither vermisst wird! Wie kommt das, Mr. Monk?«

Monk hatte die Frage vorhergesehen, obwohl es keine Entschuldigung gab, die den Polizisten zufrieden stellen würde, und Robb wusste das genauso gut wie er.

»Mrs. Gardiner ist zusammen mit Treadwell aufgebrochen«, antwortete er und versuchte so ehrlich wie nur möglich zu erscheinen, »aber wir haben keine Ahnung, wann sie ihn verlassen hat…«

Lucius starrte ihn entsetzt an.

»Wortklauberei!«, brauste Robb auf.

»Die Wirklichkeit!«, erwiderte Monk schroff. »Das alles liegt jetzt fünf Tage zurück. Wenn Mrs. Gardiner etwas zugestoßen sein sollte, ist es jetzt zu spät, um etwas daran zu ändern. Wir können lediglich versuchen möglichst rücksichtsvoll vorzugehen.« Er war sich bewusst, dass Lucius und Harry Stourbridge ihm zuhörten. »Wenn auch sie das Opfer einer Gewalttat wurde, wäre sie inzwischen gefunden worden.« Er sah keinen der beiden Stourbridges an, sondern hielt den Blick fest auf Robb gerichtet. »Wenn sie entführt wurde, wird man ein Lösegeld fordern, was bisher noch nicht geschehen ist. Falls sie Zeugin des Mordes wurde, könnte es sein, dass sie weggelaufen ist, um sich selbst in Sicherheit zu bringen. In diesem Fall müssen wir sehr vorsichtig sein, wenn wir nach ihr suchen, damit wir sie nicht auch noch in Gefahr bringen.« Er holte tief Luft. »Und bevor Mr. Stourbridge nicht den Toten als Treadwell identifiziert hatte, wussten wir nicht, dass es sich bei der Angelegenheit um mehr handelte als um ein privates Missverständnis zwischen Mr. Stourbridge und Mrs. Gardiner.«

Lucius stand wie vom Donner gerührt da.

Stourbridge blickte von einem zum anderen. »Jetzt wissen wir, wer der Tote ist«, erwiderte er grimmig. »Die Frage ist, was tun wir als Nächstes?«

»So viele Fakten wie nur möglich sammeln«, antwortete Monk. »Und dann so viele Schlussfolgerungen wie möglich aus diesen Fakten ziehen.«

Robb biss sich auf die Unterlippe, und sein Gesicht wurde sehr blass. Er drehte sich zu Lucius um. »Sie haben keine Ahnung, warum Mrs. Gardiner Ihr Haus verließ?«

»Nein, nicht die geringste«, erwiderte Lucius hastig. »Es hat keinen Streit gegeben, keinen Zwischenfall, der ihr Verhalten erklären könnte.« Er berichtete, unter welchen Umständen er seine Verlobte das letzte Mal gesehen hatte und wie sie plötzlich verschwunden war.

»Sie ist mit Treadwell weggegangen?«

»Sie ist mit der Kutsche gefahren«, korrigierte Stourbridge ihn. »Und sie wird sie wohl kaum selbst gelenkt haben.«

Verärgerung flackerte in Robbs Augen auf und verschwand wieder, als habe er sich daran erinnert, wie groß die Sorge seiner Besucher sein musste. »Kannte Mrs. Gardiner Treadwell von früher, vielleicht durch die Köchin?«

»Nein«, erwiderte Lucius sofort. »Sie kannte niemanden im Haus, bevor ich sie das erste Mal dorthin brachte.«

»Wo haben Sie Mrs. Gardiner kennen gelernt?«

»In Hampstead Heath! Warum? Es ist nur natürlich, dass Treadwell sie hierher zurückfuhr. Sie wohnt in der Lyndhurst Road.«

Robb schürzte die Lippen. »Das ist ungefähr eine Dreiviertelmeile von der Stelle entfernt, an der die Kutsche gefunden wurde, und noch weiter von dem Ort, an dem Treadwells Leiche lag. Ich darf doch davon ausgehen, dass sie bereits bei der Dame zu Hause waren, um festzustellen, ob sie dort ist?«

»Natürlich! Es hat sie niemand mehr dort gesehen, seit sie zu uns nach Bayswater fuhr«, antwortete Lucius. »Es ist der erste Ort, an dem wir nach ihr gesucht haben. Bitte, sagen Sie uns, was Sie über Treadwells Tod wissen. Bitte!«

Sie standen mittlerweile wieder draußen auf der Straße. Lucius atmete tief durch, als wolle er seine Lungen von der Luft im Leichenschauhaus reinigen, von dem erdrückenden Geruch des Todes. Trotzdem ließ er Robb keine Sekunde lang aus den Augen.

»Wir wissen lediglich, dass er ermordet wurde«, erwiderte Robb. »Wir wussten nicht einmal seinen Namen, bevor sie ihn uns nannten, obwohl wir auf Grund der Kleidung seinen Beruf bereits erraten hatten.«

»Ist denn in der Kutsche nichts gefunden worden?«, fragte Stourbridge stirnrunzelnd. »Keine Spuren oder Flecken, die Aufschluss darüber geben könnten, wo der Wagen gewesen ist? Und was ist mit den Pferden? Sind sie verletzt?«

»Nein, sie waren verwirrt und erschrocken und spürten wohl, dass etwas nicht stimmte. Es gab keine Hinweise darauf, dass sie durchgegangen waren. Das Geschirr war nicht zerbrochen. Die Zügel waren ordentlich festgemacht, als hätte der Fahrer angehalten und wäre dann vom Bock gestiegen, nicht gestürzt. Die Kutsche selbst weist keine Kratzer oder sonstigen Beschädigungen auf, wie sie nicht durch ganz gewöhnliche Benutzung entstehen.«

Stourbridge drehte sich fragend zu Monk um.

»Sie können hier nicht mehr tun«, versicherte Monk ihm. »Vielen Dank, dass Sie hergekommen sind und Treadwell identifiziert haben. Vielleicht kehren Sie jetzt besser nach Hause zurück und informieren Ihre Familie und natürlich die Köchin. Es wird sicher ein Schock für sie sein. Sobald ich etwas Neues erfahre, teile ich es Ihnen mit.«

Lucius rührte sich nicht von der Stelle. »Die Antwort muss hier liegen!«, beharrte er. Es widerstrebte ihm offenbar wegzugehen, ohne irgendetwas erreicht zu haben.

Stourbridge berührte ihn am Ellbogen. »Mag sein, aber Mr. Monk wird sicher besser vorankommen, wenn wir ihn nicht behindern.«

Lucius bewegte sich immer noch nicht.

»Komm«, sagte Stourbridge sanft. »Wir machen sonst alles nur noch schwieriger.«

Widerstrebend verabschiedete Lucius sich und ließ sich von seinem Vater zum Wagen führen.

»Ihnen ist doch sicher klar, dass ich diese Frau finden muss?«, Robb schob die Hände tief in die Taschen und sah Monk grimmig an. Er wirkte verschlossen. »Bestenfalls war sie vielleicht Zeugin des Mordes, schlimmstenfalls ist sie selbst ein Opfer.«

Es war unbestreitbar. Monk erwiderte nichts.

»Genauso gut könnte sie selbst die Täterin sein«, fuhr Robb fort. »Diesen Schlag könnte durchaus eine Frau geführt haben. Vielleicht haben Sie jetzt die Güte mir zu sagen, was Sie über diese Mrs. Gardiner wissen. Da Mr. Stourbridge Sie dafür zu bezahlen scheint, dass Sie die Dame finden, wissen Sie wahrscheinlich erheblich mehr, als Sie mir bisher verraten haben!« Die Zeit für Ausweichmanöver war vorüber, und vielleicht war dies die einzige Möglichkeit, Lucius Stourbridge zu helfen. Einige Einzelheiten konnte man ihm vielleicht verschweigen, aber nicht das Wesentliche. Wenn

Miriam Gardiner mit dem Mord an Treadwell zu tun hatte, würde das wahrscheinlich früher oder später bekannt werden. Monk konnte Lucius vor diesem Wissen nicht schützen, selbst wenn Miriam nur Zeugin der Tat gewesen war. Und wenn Treadwell sie nicht irgendwo abgesetzt hatte, bevor er in die Heide fuhr, schien dies eine unvermeidliche Schlussfolgerung zu sein.

Monk berichtete Robb in groben Zügen von seiner Unterredung mit Lucius Stourbridge und seinem Besuch in Bayswater. Er ging nicht auf Einzelheiten ein und behielt seine eigenen Eindrücke für sich.

Robb sah ihn nachdenklich an. »Und niemand konnte Ihnen einen Grund nennen, warum Mrs. Gardiner Hals über Kopf das Haus verließ?«

»Nein.«

»Wo war Treadwell in Dienst, bevor er nach Bayswater kam? Wo wurde er geboren?«

Eine leichte Röte stieg Monk in die Wangen. Beides waren nahe liegende Fragen, und er war nicht auf den Gedanken gekommen, sie selbst zu stellen. Wie dumm von ihm, diese Dinge zu übersehen. Er hatte sich ganz auf Miriam konzentriert und in Treadwell nur jemanden gesehen, der sie kutschierte. Instinktiv wollte er sich verteidigen, aber alles, was er gesagt hätte, hätte sein Versäumnis nur noch schlimmer gemacht.

»Ich weiß es nicht.« Die Worte klangen hohl.

Robb reagierte mit großem Takt. Er schien sogar eine gewisse Erleichterung zu verspüren.

»Und was ist mit der Frau?«, wollte er wissen.

Diesmal hatte Monk eine Antwort, und er sagte ihm alles, was er wusste.

Robb dachte kurz nach.

»Dann ist also eine Beziehung zwischen Mrs. Gardiner und diesem Kutscher unwahrscheinlich, aber nicht ganz unmöglich. Es sieht so aus, als hätte sie sich zumindest an ihn gewandt, als sie das Haus der Stourbridges verlassen wollte.«

Er sah Monk nervös an. »Und Sie haben immer noch keine Ahnung, warum sie das getan hat?«

»Nicht die geringste.«

Robb brummte etwas Unverständliches. »Ich kann Sie natürlich nicht daran hindern, ebenfalls nach Mrs. Gardiner zu suchen und sie vielleicht sogar vor mir zu finden. Aber wenn sie mit diesem Verbrechen zu tun hat und sei es nur als Zeugin, und wenn Sie ihr helfen, werde ich Anklage gegen Sie erheben!« Sein Gesicht verriet Entschlossenheit.

»Natürlich«, stimmte Monk zu. »Ich an Ihrer Stelle würde nicht anders handeln.« Das war die Wahrheit. Das Wenige, das er über sie selbst und die Vergangenheit wusste, weckte in ihm das ungute Gefühl, dass Robb freundlicher mit ihm umging, als er seinerzeit andere behandelt hatte. Er lächelte traurig. »Ich danke Ihnen für Ihre Freundlichkeit. Ich denke, wir werden uns wieder sehen. Guten Tag.«

Als Monk kurz nach sieben in der Fitzroy Street ankam, war das Essen fertig, und Hester erwartete ihn bereits. Eine überaus angenehme Überraschung. Das Haus war sauber und roch leicht nach Lavendel und Möbelpolitur. Der Tisch war gedeckt, mit frischen Blumen, einer weißen Decke mit blauer Kreuzstickerei und Geschirr und Besteck für zwei Personen. Hester trug eine kalte Wildpastete mit knuspriger Kruste und heißem Gemüse auf, dann gab es mit Muskat gewürzte, überbackene Eiercreme und zum Schluss Käse mit frischem Brot. Zum Dessert überraschte sie ihn sogar mit einer Portion Himbeeren. Schließlich lehnte er sich mit einem Gefühl tiefen Wohlbehagens zurück, um zuzusehen, wie Hester das Geschirr abräumte. Er freute sich, dass sie schon nach nicht ganz einer halben Stunde zurückkehrte, um sich zu ihm zu setzen und sich mit ihm zu unterhalten. Er wollte ihr von Treadwell erzählen und von Robb und seinem Großvater.

»Hast du die Kutsche schon gefunden?«, erkundigte sie sich.

Er lehnte sich im Sessel zurück und schlug die Beine übereinander.

»Ja. Und Treadwell habe ich ebenfalls gefunden.« Er sah, wie ihre Augen sich weiteten, dann schien sie zu begreifen, dass noch mehr hinter seinen Worten stecken musste. Sie stellte keine Fragen, sondern wartete ab.

»Ich bin zu dem örtlichen Polizeirevier gegangen, um mich zu erkundigen, ob die Kutsche gesehen worden sei. Der Sergeant war gerade mit einem Mordfall beschäftigt, konnte aber ein wenig Zeit für mich erübrigen...« Er wusste, dass sie die richtigen Schlüsse ziehen würde.

»Treadwell!« Sie schluckte. »Doch nicht Miriam auch?« Ihre Stimme klang gepresst.

»Nein«, sagte er eilig. »Von ihr gibt es nach wie vor keine Spur. Ich hätte sie normalerweise gar nicht erwähnt, aber ich musste Major Stourbridge für die Identifizierung aufs Revier bringen, und Lucius bestand darauf, ebenfalls mitzukommen. Natürlich mussten sie Robb nach Miriam fragen.«

»Robb ist der Sergeant?«

»Ja.« Er beschrieb ihr den Polizisten und versuchte gleichzeitig die Sanftheit des jungen Mannes, seine Entschlossenheit, die Nervosität, die von ihm ausging, und seinen Wunsch, Erfolg zu haben, in Worte zu fassen.

Er sah in ihrem Gesicht, dass er ihr Interesse geweckt hatte. Sie wusste, dass es noch vieles gab, wovon er ihr bisher nichts gesagt hatte.

»Wie wurde Treadwell getötet?«, fragte sie.

»Durch einen Schlag auf den Kopf mit einem harten, schweren Gegenstand.«

»Hat er sich gewehrt?«

»Nein. Es scheint, als hätte der Täter ihn überrascht.«

»Wo wurde er gefunden?« Sie beugte sich vor, ihre ganze Aufmerksamkeit richtete sich jetzt auf den Fall.

»Auf dem Weg vor einem kleinen Haus am Green Man Hill, direkt an der Heide.«

»Das ist ganz in der Nähe des Krankenhauses«, sagte sie

leise. »Eine oder zwei unserer Schwestern wohnen in der Gegend.«

»Ich bezweifle, dass er zu einer Krankenschwester wollte!«, bemerkte er trocken, aber plötzlich kam ihm der Besuch bei dem alten Mann in den Sinn und die Armut, in der Sergeant Robb lebte. Robbs Heimkehr am Abend musste sich so sehr von seiner unterscheiden; keine Frau erwartete ihn und kein gutes Essen. Er würde einen kranken alten Mann vorfinden, den er versorgen, waschen und füttern musste.

»Was denkst du?«, fragte sie leise.

Er erzählte ihr von seinem mittäglichen Besuch und fand es befreiend, seine Gefühle in Worten ausdrücken zu können. Er spürte, dass sie ihn verstand, obwohl sie ihn kein einziges Mal unterbrach. Erst als er zum Ende kam, begann sie zu sprechen.

»Ich werde ihn einmal besuchen. Vielleicht kann das Krankenhaus …«

Er ließ sie ihren Satz nicht beenden. »Nein, das wirst du nicht!« Er wusste nicht einmal, warum er dies sagte, nur dass er bei Robb nicht den Eindruck erwecken wollte, sich einzumischen. Der Sergeant sollte nicht glauben, er, Monk, sei der Meinung, dass er sich nicht genügend um seinen Großvater kümmerte.

Hester verkrampfte sich; ihr ganzer Körper nahm eine andere Haltung an. »Wie bitte?« Ihre Stimme klang kühl.

Dies war der Zeitpunkt ihr klarzumachen, wer von ihnen beiden die Hosen anhatte.

»Ich will nicht, dass du dich einmischst«, sagte er klar und deutlich. Er erklärte nicht, warum. Seine Gründe waren einleuchtend, aber darum ging es nicht. Wenn er sich jetzt darauf einließ, würde sie es jedes Mal von ihm verlangen. »Es wäre unpassend.«

»Warum?«, fragte sie, und ihre Augen funkelten ihn herausfordernd an.

Er hatte nicht vorgehabt, die Unterhaltung in einen Streit ausarten zu lassen.

»Ich werde nicht darüber diskutieren«, antwortete er. »Ich habe es dir gesagt, und das muss genügen.« Er erhob sich, um anzudeuten, dass die Angelegenheit erledigt sei. Robb würde sich nicht nur gekränkt fühlen, er würde, was viel schlimmer war, den Eindruck haben, dass Monk ihm vorwarf, er würde seine Dienstzeit benutzen, um den alten Mann zu versorgen.

Hester erhob sich ebenfalls. Ihre Stimme war leise und sehr deutlich, und sie wählte jedes ihrer Worte mit Bedacht. »Willst du mir etwa verbieten, das zu tun, was ich für richtig halte, William?«

»Du darfst alles tun, was richtig ist«, erwiderte er mit einem kleinen, erleichterten Lächeln, weil sie ihm diesen Fluchtweg gelassen hatte. »Immer. Aber dies hier wäre nicht richtig.«

»Du meinst, ich darf tun, was du für richtig hältst?«, fragte sie herausfordernd.

»Das darfst du«, pflichtete er ihr bei. »Du musst nicht so handeln. Die Entscheidung liegt bei dir.« Und mit diesen Worten ging er in das andere Zimmer und ließ sie mit ihrem Zorn allein. Es war ganz und gar nicht seine Absicht gewesen, dass die Dinge sich so entwickelten, aber im Augenblick zählte nur der Sieg. Es gab eine ganze Anzahl von Gründen, warum er, um ihrer beider Glück willen, Herr in seinem eigenen Haus bleiben wollte. Wenn Hesters Erregung sich gelegt hatte, würde sie das sicher einsehen.

Er blieb über eine Stunde allein, und sie kam nicht zu ihm. Zuerst vermisste er sie, dann wurde er langsam wütend. Wie kindisch sie sich benahm. Immer wollte sie ihren Willen durchsetzen.

Aber das durfte er ihr nicht durchgehen lassen. Das war unerträglich. Er stand auf und machte sich auf die Suche nach ihr.

Sie saß am Tisch und schrieb. Als er eintrat, blickte sie auf.

»Ah, schön«, sagte sie mit einem Lächeln. »Du bist gekommen, um mir mehr darüber zu erzählen. Das hatte ich schon erwartet. Der Kessel steht schon auf dem Feuer. Möchtest du eine Tasse Tee? Wir haben auch Kuchen im Haus.«

Er dachte an die vor ihnen liegende Nacht, in der er neben ihrem warmen, schlanken Körper liegen würde, und beschloss, das Thema auf ein andermal zu verschieben.

»Ja«, stimmte er ihr zu, während er sich auf den anderen Stuhl setzte. »Eine Tasse Tee wäre schön, danke. Und Kuchen auch.«

Gehorsam und mit einem kleinen Lächeln erhob sie sich.

4

Am Morgen verließ Monk das Haus, um seine Suche nach Miriam Gardiner fortzusetzen. Allerdings war da noch eine weitere Schwierigkeit: Er musste sie finden, ohne gleichzeitig Robb zu ihr zu führen. Seine Intelligenz war keineswegs zu unterschätzen.

Pferde waren gescheite Tiere. Wenn Treadwell mit ihnen schon einmal in Hampstead gewesen wäre, hätten sie wahrscheinlich an denselben Ort zurückgefunden.

So fand Monk sich an dem stillen Sommermorgen um sieben Uhr auf der Lyndhurst Road ein, wo er die sonnenbeschienenen Häuser mit ihren gepflegten Gärten und den weiß gestrichenen Treppenaufgängen eingehend betrachtete.

Er hatte Miriams Adresse von Lucius Stourbridge erhalten. Natürlich war dies der erste Ort gewesen, an dem er sich nach ihrem Verbleib erkundigt hatte, aber all seine Fragen waren nur auf Verständnislosigkeit gestoßen. Trotzdem war dies wahrscheinlich die Stelle, an der Robb mit seinen Ermittlungen beginnen würde.

Monk ließ sich die Sonne auf den Rücken scheinen und lauschte den frühmorgendlichen Geräuschen: Küchentüren, die geöffnet und wieder geschlossen, Teppiche, die geklopft wurden. Die Schritte der Laufjungen und das Scheppern eines Kohleneimers hallten auf dem Pflaster wider. Monk beschäftigte nur der Gedanke, wo Miriam sich aufgehalten hatte, als James Treadwell ermordet wurde. War sie zugegen gewesen? Hatte sie ihm diesen einen Schlag versetzt und war dann geflohen? Hatte sie die Kutsche genommen? Wenn ja, warum hatte sie das Gefährt dann in einer Straße zurückgelassen, die dem Tatort so nahe war?

Vielleicht war sie in Panik geraten und einfach davongelaufen. Möglicherweise hatte sie keine Ahnung von Pferden und konnte selbst nicht kutschieren.

Oder war noch eine dritte Person zugegen gewesen? Hatte Miriam den Mord beobachtet und war dann geflohen, vielleicht um sich selbst zu retten? War sie überhaupt Zeugin des Mords gewesen?

Er würde allerdings keine Antwort auf all diese Fragen erhalten, wenn er nur in der Sonne herumstand, während die Welt langsam zum Leben erwachte. Er ging auf das ihm am nächsten gelegene Haus zu und klopfte an die Tür. Ein Dienstmädchen öffnete ihm. Die Frau sah ihn überrascht an, schon im Begriff, einem verirrten Händler zu sagen, wo der für ihn bestimmte Eingang war. Dann fiel ihr Blick zuerst auf Monks Gesicht, anschließend auf seine elegante Jacke und die blank geputzten Stiefel. Dies änderte ihre Meinung.

»Ja, Sir?«, erkundigte sie sich neugierig und strich sich geistesabwesend das Haar zurück. »Ich fürchte, der Herr schläft noch.« Dann wurde ihr wohl bewusst, dass sie bereits zu viel gesagt hatte. »Ich meine, er hat noch nicht gefrühstückt.«

Monk rang sich ein Lächeln ab. »Sie können mir sicher helfen, ohne die übrigen Bewohner des Hauses zu stören. Ich fürchte, ich habe mich verlaufen. Ich kenne mich nicht besonders gut aus hier in der Gegend. Ich suche eine gewisse Mrs. Miriam Gardiner, die, so weit ich weiß, irgendwo hier in der Nähe wohnt.« Er wusste sehr genau, dass sie ungefähr fünf Häuser weiter wohnte, aber er wollte so viel wie möglich von dieser jungen Dienerin erfahren. Sie musste Miriam Gardiner gekannt haben, und sie bekam sicher all den Klatsch und Tratsch der Nachbarschaft zu hören. Wenn zwischen ihr und Treadwell tatsächlich eine Beziehung bestanden hatte, dann waren sie hier, weit entfernt vom Cleveland Square, vielleicht weniger vorsichtig gewesen.

»Mrs. Gardiner? O ja«, antwortete sie fröhlich. Sie trat

einen Schritt weiter vor das Haus, um ihm den Weg zu weisen. »Sie müssen dort entlanggehen. Vier Häuser weiter wohnt Mrs. Gardiner. Vielleicht sind es auch fünf, jedenfalls hat sie Hausnummer acht. Gehen Sie einfach geradeaus. Sie können es nicht verfehlen.«

»Wissen Sie zufällig, ob sie im Augenblick zu Hause ist?«, fragte er, ohne sich von der Stelle zu rühren.

»Nein, da bin ich überfragt. Ich hab sie seit einer Woche nicht mehr gesehen. Die Leute sagen, sie wollte sich wieder verheiraten, und wenn Sie mich fragen, ist das eine gute Sache.«

»Ihr zukünftiger Gemahl ist ein älterer Herr, der ungefähr eine Meile von hier entfernt wohnt, stimmt das?«, Monk gab sich bewusst ein wenig naiv.

»Davon weiß ich nichts«, antwortete das Mädchen. »Aber irgendwie glaube ich das nicht. Er kommt immer mit einer richtig eleganten Kutsche vorgefahren, der Herr. Und tolle Pferde hat er! Laufen nebeneinander her, als wären es Maschinen.«

»Haben sie auch die gleiche Farbe?«, erkundigte Monk sich interessiert.

»Die Farbe ist nicht wichtig«, antwortete sie ein wenig ungeduldig. »Größe und Gangart machen ein gutes Paar aus.«

»Verstehen Sie etwas von Pferden?«, fragte er weiter.

»Mein Pa war Kutscher«, erwiderte sie. »Er war der Beste, auch wenn ich das selber sage.«

Er lächelte und diesmal war sein Lächeln echt. Etwas an ihrem Stolz auf ihren Vater gefiel ihm. »Ich nehme an, Sie haben die Pferde ziemlich oft hier gesehen? Taugte der Kutscher was?«

»Einigermaßen«, erwiderte sie mit Sachverstand. »Nicht annähernd so gut wie mein Pa allerdings. Eine zu harte Hand.«

»Haben Sie ihn in letzter Zeit mal hier gesehen? Ich würde gern ein paar Worte mit ihm reden.« Er hielt es für besser, einen Grund für all seine Fragen anzugeben.

»Nein, in den letzten paar Tagen war er nicht mehr hier, so weit ich weiß.« Sie schüttelte den Kopf, als verwundere sie dieser Umstand. »Aber normalerweise sieht man ihn ziemlich oft hier in der Gegend. Ich bin ihm neulich in der High Street begegnet. Diese Pferde würde ich überall erkennen. Er fuhr Richtung Heide.«

»Sie meinen, die Kutsche war nicht auf dem Weg zu Mrs. Gardiners Haus«, fragte er überrascht. »Ist es möglich, dass er in ein Wirtshaus wollte?«

»In der Richtung gibt es kein Wirtshaus«, antwortete sie. »Er muss jemanden da gekannt haben.«

»Ich danke Ihnen! Ich danke Ihnen ganz herzlich.« Er trat zurück. »Auf Wiedersehen.«

Sie sah ihm lächelnd nach, als er davonging, dann kehrte sie ins Haus zurück.

Monk unterhielt sich gerade mit einem Gärtner, der eifrig Unkraut jätete, als er Sergeant Robb um die Straßenecke biegen sah. Er war tief in Gedanken und hatte die Hände in den Taschen vergraben. Seinem konzentrierten Gesichtsausdruck nach zerbrach er sich über etwas den Kopf, das ihm schwer zu schaffen machte.

Monk war dankbar für diesen Umstand, denn sonst hätte Robb ihn sicherlich erkannt, und das wollte er gern vermeiden. Der Sergeant schien genauso gründlich nach Miriam zu suchen wie er selbst. Aber Monk musste sie als Erster finden und sei es nur, um ihr Zeit zu geben, sich auf ihre Aussage bei der Polizei vorzubereiten.

Er bedankte sich bei dem Gärtner, machte auf dem Absatz kehrt und ging so schnell er konnte weiter, ohne allzu große Aufmerksamkeit zu erregen. Er bog in die erste Nebenstraße ein.

Aber Robb überquerte nicht die Straße. Verdammt! Er musste stehen geblieben sein, um mit demselben Gärtner zu sprechen. Der Gedanke war nahe liegend. Dann würde der Mann auch ihm berichten, dass die Kutsche seit mindestens einem Jahr regelmäßig diesen Weg entlangfuhr. Und Robb würde sich erkundigen, mit wem er sich gerade unterhalten habe, und der Gärtner würde sagen, dass er dem anderen Mann dieselbe Information gegeben hatte. Und würde wissen, dass es Monk gewesen war. Wer sonst hätte es sein sollen?

Was hatte James Treadwell in dieser Gegend zu suchen gehabt, außer Miriam abzuholen und sie nach ihren Besuchen bei Lucius Stourbridge wieder nach Hause zu bringen? Hatte er Verwandte hier? Waren da eine oder vielleicht sogar mehrere Frauen im Spiel? Oder hatten ihn irgendwelche Geschäfte hierher geführt? Hingen diese mit Miriam zusammen oder nicht?

Ein Gefährt wie dieses würde jedem in Erinnerung bleiben, der etwas von Pferden verstand. Die meisten Leute hier benutzten öffentliche Transportmittel, Hansoms oder sogar Omnibusse. Kurze Strecken legte man meist zu Fuß zurück.

Monk verwandte die nächsten drei Stunden darauf, die nähere Umgebung zu erkunden. Er fragte Stiefeljungen, Diener und auch ein Spülmädchen nach den verschiedenen Häusern. Er hielt einen Mann an, der Kohle für die Küchenfeuer brachte, die selbst an einem so heißen Sommertag brannten. Das Gesicht des Händlers war kohlengeschwärzt und von Schweißspuren durchzogen.

Noch zweimal konnte er es nur knapp vermeiden, Robb über den Weg zu laufen. Er unterhielt sich mit einem Zeitungsjungen und einem Mann, der Schinkenbrote verkaufte. Die meisten der Leute, mit denen er sprach, waren nur allzu gern bereit, ihn wissen zu lassen, dass sie Miriam Gardiner zumindest vom Sehen kannten. Und sie lächelten, als hätten sie dabei eine angenehme Erinnerung.

Aber sie wussten, dass Treadwell ermordet worden war, und keiner von ihnen wollte mit diesem Verbrechen in Zusammenhang gebracht werden. Ja, sie hatten ihn früher gesehen, aber nein, nicht mehr in letzter Zeit, ganz gewiss nicht an dem Abend, an dem er zu Tode gekommen war. Sie sahen Monk mit ausdruckslosem Blick an und stritten alles ab. Er konnte nur hoffen, dass es Robb genauso erging.

Jetzt blieb ihm nur noch, sich langsam dem Ort zu nähern, an dem die Leiche gefunden worden war, und es dort noch einmal zu versuchen. Er musste jemanden finden, der das Kommen und Gehen dort beobachten konnte und keine Angst davor hatte, das, was er wusste, auch mitzuteilen. Diener, die beim Schwatzen erwischt wurden, brachten sich unweigerlich in Schwierigkeiten. Monk hatte Robb gegenüber einen Vorteil: Er gehörte nicht zur Polizei. Dieser Umstand war jedoch nicht immer von Vorteil. Er konnte nur versuchen zu überreden, erzwingen konnte er nichts.

Er ging langsam den Gehweg hinunter. Es war eine hübsche Gegend, mit kleinen, adretten Reihenhäusern. Die Salons darin würden ordentlich und selten benutzt und voller Gemälde und Stickereien mit gottesfürchtigen Sprüchen sein, und das Leben selbst würde sich überwiegend in den Küchen und Schlafzimmern abspielen.

Er fragte sich, was Treadwell wohl hier gewollt hatte. Hatte er sich mit Freunden getroffen, vielleicht mit einer Frau? Warum auch nicht? Es wäre jedenfalls sehr töricht von ihm gewesen, die Freundschaft einer Frau zu suchen, die im Hause Stourbridge verkehrte, denn es bestand immer die Gefahr, dass jemand etwas bemerkte. Der Küchentratsch hatte schon mehr als einen Dienstboten ruiniert.

War er hergekommen, um etwas zu besorgen oder alte Schulden zu begleichen oder einzufordern? Oder wollte er einfach nur seinem alltäglichen Leben entfliehen, dem Leben, in dem er stets dem Willen anderer gehorchen musste?

Monk überquerte langsam die Straße. Eine junge Frau ging an ihm vorüber. Sie trug die gestärkte Uniform eines Kindermädchens und hielt ein kleines Mädchen an der Hand, das hin und wieder über einen Pflasterstein hopste. Die Schleife in seinem Haar wippte dabei auf und nieder. Die junge Frau lächelte ihm zu. Irgendwo in der Ferne, wahrscheinlich in der Heide, spielte eine Drehorgel.

Wenn Treadwell hierher gekommen war, hätte er Kutsche und Pferde wohl kaum unbewacht zurückgelassen. Selbst wenn er nur Halt gemacht hätte, um sich irgendwo ein Gläschen zu genehmigen, hätte er sie an einem geeigneten Ort, wie zum Beispiel einem Stallhof, unterstellen müssen.

Ein Stückchen weiter die Straße entlang lag ein Laden. Monk befand sich hier nicht mehr als eine Viertelmeile von Miriam Gardiners Haus entfernt. Genau der richtige Punkt, um seine Suche wieder aufzunehmen. Er beschleunigte seinen Schritt. Jetzt hatte er ein Ziel vor Augen.

Er öffnete die Tür und im Innern läutete eine Glocke, die ein wenig blechern klang. Ein älterer Herr trat hinter einem Vorhang hervor und sah Monk erwartungsvoll an.

»Ja, Sir. Wunderschöner Tag heute, nicht wahr? Was kann ich für Sie tun, Sir? Tee, Kerzen, ein halbes Pfund Pfefferminzbonbons vielleicht?« Er deutete mit einer Hand auf das Durcheinander um ihn herum. »Oder eine Postkarte für einen Penny? Vielleicht brauchen Sie ja ein Knäuel Bindfaden oder Siegellack?«

»Bindfaden und Siegellack klingen gut«, pflichtete Monk ihm bei. »Und Pfefferminzbonbons sind auch nicht schlecht an einem so warmen Tag. Vielen Dank.«

Der Mann nickte mehrmals und machte sich auf die Suche nach den genannten Waren.

»Mrs. Gardiner sagte, bei Ihnen würde ich fast alles bekommen, was ich brauche«, bemerkte Monk, der den Mann genau beobachtete.

»Ach, das hat sie gesagt?« Der Krämer antwortete ihm, ohne aufzusehen. »Das ist wirklich eine nette Dame, zweifellos! Ich freue mich für sie, dass sie wieder heiraten wird, und das meine ich ernst. Ist viel zu früh Witwe geworden, das arme Ding. Oh! Da ist der Siegellack.« Er hielt ihn triumphierend in die Höhe. »Er hat auch eine schöne Farbe. Nicht zu orange. Ich hab's nicht gern, wenn er zu orange ist. Rot ist besser.«

»Sie kennen sie wahrscheinlich schon lange«, bemerkte Monk beiläufig, während er mit einem Kopfnicken seine Zustimmung zum Kauf des Lacks signalisierte.

»Mein lieber Herr, ich kenne sie, seit sie als kleines Mädchen hierherkam, und das ist nicht gelogen«, stimmte er Monk zu. »Armes kleines Ding!«

Monk versteifte sich. Was konnte er sagen, um dem Mann weitere Vertraulichkeiten dieser Art zu entlocken, ohne seine Neugier zu verraten?

Der Krämer hatte den Bindfaden gefunden und richtete sich mit einem Knäuel in jeder Hand aus seiner gebückten Haltung auf.

»Bitte schön, Sir!«, sagte er triumphierend und mit strahlender Miene. »Welche Sorte möchten Sie? Das da ist ein guter Bindfaden für Päckchen und dergleichen und der andere ist weicher und eignet sich besser zum Zusammenbinden von Pflanzen. Schneidet nicht in die Stängel, verstehen Sie?«

»Ich nehme beide«, antwortete Monk, dessen Gedanken sich überschlugen. »Und zwei Stangen Siegellack. Wie Sie bereits sagten, die Farbe ist sehr ansprechend.«

»Gut! Gut! Und die Pfefferminzbonbons. Vergessen Sie nur nicht die Pfefferminzbonbons!« Er legte die beiden Knäuel Bindfaden auf die Theke und verschwand wieder darunter, wahrscheinlich auf der Suche nach einer zweiten Stange Siegelwachs. Monk hoffte, dass es nicht die Pfefferminzbonbons waren, die in den staubigen Schubfächern lagerten.

»Ich wusste gar nicht, dass sie so jung war, als es passierte«, sagte Monk beiläufig.

»Mein lieber Herr, nicht mehr als zwölf oder dreizehn war sie, und das ist nicht gelogen«, antwortete der Mann, der auf allen vieren die Regalfächer unter der Theke durchsuchte. Schließlich zog er einen großen Karton voller Umschläge und Leinenpapier hervor. »Armes kleines Geschöpf. Wie winzig sie war, einfach schrecklich. Und sie hatte keinen Menschen auf der Welt. Damals jedenfalls nicht. Aber natürlich hat unsere Cleo sie bei sich aufgenommen.« Er zog einen weiteren Kasten mit verschiedenen Papieren hervor. Monk interessierte sich nicht im Mindesten für den Siegellack, aber er wollte den Redefluss des Mannes nicht unterbrechen. »Eine gute Frau, die Cleo Anderson. Ein Herz aus Gold, lassen Sie sich da bloß nichts anderes einreden«, fuhr der Mann mit großem Nachdruck fort.

»Bitte, machen Sie sich keine Mühe.« Monk war bestürzt, dass er dem alten Krämer so viel Arbeit machte, außerdem hatte er jetzt, was er wollte. »Ich benötige die zweite Stange Siegellack nicht dringend, mir gefiel lediglich die Farbe.«

»Man darf sich nie geschlagen geben«, murmelte der Mann aus den Tiefen der Theke. »Das haben sie einem immer bei Trafalgar eingetrichtert – und bei Waterloo bestimmt auch. Man darf einen Kunden nicht unzufrieden weggehen lassen.«

»Ich nehme an, Sie kennen auch Mr. Treadwell?« Monk versuchte es mit einer letzten weiteren Frage.

»Ich glaube nicht. Ah! Da ist es ja! Ich wusste doch, dass ich noch irgendwo welches habe. Eine halbe Kiste!« Er erhob sich mühsam, die Schultern voller Staub und einen Pappkarton in einer Hand. Er strahlte Monk an. »Bitte schön, Sir. Wie viele hätten Sie denn gern?«

»Drei Stangen, vielen Dank«, erwiderte Monk und fragte sich, wofür um alles in der Welt er sie benutzen konnte. »Gibt es hier in der Nähe einen guten Mietstall?«

Der Mann beugte sich über die Theke und wies mit einer weit ausholenden Geste nach links. »Ungefähr eine Meile in die Richtung, dann die nächste Straße. Sie können's gar nicht verfehlen. Gegenüber von Mrs. Andersons Haus. Aber das wissen Sie ja sicher, da Sie doch Mrs. Gardiner so gut kennen. Das macht zusammen zehn Pence und einen halben Penny, Sir, bitte sehr. Oh… und hier hätten wir noch die Pfefferminzbonbons. Das sind dann noch einmal zwei Pence, Sir.«

Monk nahm die Bonbons, dankte dem Mann und zahlte, dann machte er sich auf den Weg zu dem Stall, sehr zufrieden mit sich, dass er so viel herausgefunden hatte. Obwohl die Einzelheiten von Miriams Jugend nur insofern bedeutsam waren, als sie ihr außerordentliches Benehmen erklären oder einen Hinweis darauf geben konnten, wo sie sich jetzt befand.

Der Mietstall war genau da, wo der Krämer es gesagt hatte.

»Ja«, meinte ein alter Mann, der an einem Strohhalm sog. Er hatte O-Beine und roch nach Stall, Pferdeschweiß, Heu und Leder. »Er war oft hier. Wirklich schöne Pferde, die beiden. Passten genau zusammen.«

»Er verstand sich gut auf Pferde, nicht wahr?«, fragte Monk beiläufig.

»Nun, gut würde ich nicht sagen«, erwiderte der Stallknecht. »Ordentlich würde es eher treffen.« Er sah Monk mit zusammengekniffenen Augen an und wartete auf eine Erklärung.

Monk verzog angewidert das Gesicht. »Nicht das, was er mir erzählt hat. Deshalb dachte ich, ich höre mich mal um.«

»Das macht jetzt ohnehin keinen Unterschied mehr.« Der Stallknecht spuckte den Strohhalm aus. »Er ist tot, das arme Schwein. Nicht dass ich viel für ihn übrig gehabt hätte. Er war ein dreister Kerl, wenn Sie mich fragen. Immer das Maul offen. Aber das hätte ich ihm dann doch nicht gewünscht. Sie sind nicht hier aus der Gegend, sonst wüssten Sie, dass er tot ist. Ermordet hat man ihn. Praktisch auf Mrs. Andersons Grundstück, und das ist eine kreuzbrave Frau. Sie hat meine Annie versorgt, die Mrs. Anderson, und sie war wunderbar zu ihr.« Er schüttelte den Kopf. »Keine Mühe war ihr zu groß.«

Monk ergriff die Gelegenheit. »Eine großartige Frau«, pflichtete er dem anderen Mann bei. »Ich glaube, sie hat auch Mrs. Gardiner bei sich aufgenommen, als sie noch ein Kind war.«

Der Stallknecht suchte sich einen neuen Strohhalm und steckte ihn zwischen die Lippen. »O ja. Sie war ganz durcheinander und irrte herum, als man sie fand. Hat wirres Zeug geredet und wusste kaum ihren eigenen Namen, das arme Ding. Cleo Anderson hat sie zu sich genommen und sie gewaschen und dann großgezogen, als wär's ihre eigene Tochter. Eine Schande, dass dieser nichtsnutzige Aufschneider ausgerechnet vor ihrer Tür sterben musste.«

»Gegen einen Unfall kann man nichts machen«, erwiderte Monk lapidar, aber in Gedanken suchte er nach einem Grund, warum die kleine Miriam so gelitten haben mochte. Hatte sie etwas Ähnliches durchgemacht wie er nach seinem Unfall? Wusste auch sie nicht, wer sie war? War es das, was sie zu Tode erschreckt und von Lucius Stourbridge weggetrieben hatte?

Der Stallknecht spie auch diesen Strohhalm wieder aus. »Aber es war kein Unfall!«, rief er höhnisch. »Ich hab Ihnen doch schon gesagt, er wurde ermordet! Hat eins über die Rübe bekommen.«

»Er hat seine Pferde ziemlich oft hier untergestellt«, bemerkte Monk und zwang sich, in die Gegenwart zurückzukehren.

»Das hab ich Ihnen doch schon gesagt, oder? Klar hat er seine Pferde hergebracht. Meilenweit der beste Stall, meiner hier. Es gibt nichts, was ich über Pferde nicht wüsste.« Er wartete förmlich darauf, dass Monk ihm widersprach.

Monk lächelte und warf einen Blick auf das Tier, das ihm am nächsten stand. »Das sehe ich«, sagte er anerkennend. »So etwas merkt man gleich. Und Ihre Meinung über Treadwell entspricht ziemlich genau dem, was ich selbst schon herausgefunden habe. Ein arroganter Kerl.«

Der Stallknecht schien zufrieden zu sein. Er nickte. »Genau das hab ich auch diesem Polizisten erklärt, der hier war und Fragen gestellt hat. Treadwell war nicht viel wert, hab ich ihm gesagt. Man kann eine Menge über einen Mann erfahren, wenn man weiß, wie er ein Pferd behandelt. Verstehen Sie, er war immer ein bisschen zu sehr von sich selber eingenommen!«

Monk lächelte, und der Stallknecht freute sich, dass ihm nicht widersprochen wurde.

Monk dankte ihm und verabschiedete sich. Während er weiterging, machte er sich Gedanken über das, was er erfahren hatte. Nicht nur über Treadwells Besuche hier in der Gegend, sondern auch über Miriams seltsame Jugend und die Tatsache, dass Treadwell vor dem Haus eben jener Frau ermordet wurde, die die kleine Miriam vor etwa zwanzig Jahren bei sich aufgenommen hatte. Und Sergeant Robb war natürlich auf den gleichen Gedanken gekommen. Monk wusste, dass er äußerst vorsichtig sein musste, wenn er den Polizisten nicht direkt zu Miriam führen wollte.

Als er wieder auf der Straße war, verlangsamte er seinen Schritt. Warum wollte er unbedingt vermeiden, Robb zu Miriam zu führen? Die Antwort war einfach. Weil er befürchtete, sie könne etwas mit Treadwells Tod zu tun haben, und sei es auch nur indirekt. Sie versteckte sich vor Lucius, aber sie versteckte sich auch vor der Polizei. Warum? Was hatte Treadwell ihr bedeutet, abgesehen davon, dass er der Kutscher der Stourbridges war? Was konnte er gewusst – oder geargwöhnt – haben?

Es war Zeit, Cleo Anderson einen Besuch abzustatten. Er wollte Robb nicht in die Arme laufen, daher näherte er sich dem Haus nur langsam.

Er war bereits an der Green Man Hill Street, als er Robb vor sich die Straße überqueren sah und abrupt stehen blieb. Er zog den Kopf ein und hob die Hände, wie um sich eine Zigarre anzuzünden, dann wandte er sich ab, wie man es tat, wenn man Schutz vor dem Wind suchte. Ohne aufzublicken, obwohl die Versuchung groß war, schlenderte er weiter und bog um die nächste Ecke.

Er hielt inne und stellte zu seiner Verärgerung fest, dass er zitterte. Es war absurd. Wie tief war er gesunken, wenn er schon um Straßenecken schlich, um nicht von der Polizei erkannt zu werden? Noch dazu von einem Sergeant! Vor wenigen Jahren hatten alle Sergeants in London seinen Namen gekannt und Habtachtstellung eingenommen, wenn sie ihn sahen. Den Menschen war es wichtig gewesen, was er von ihnen hielt; sie wollten ihm gefallen.

Was sich doch alles geändert hatte!

Er kam sich lächerlich vor, wie er da auf dem Gehweg stand und so tat, als zünde er sich eine imaginäre Zigarre an, nur damit Robb sein Gesicht nicht sah. Und doch machte ihm der Mann, der er damals gewesen war, rückblickend nur wenig Freude. Robb hätte ihn gefürchtet, wahrscheinlich Respekt vor seinem Können gehabt, aber vor allem hätte er ihn gefürchtet, auf Grund der Macht, die er besaß, und seiner Entschlossenheit sie einzusetzen. Ebenso wie alle seine Untergebenen Angst vor seiner scharfen Zunge gehabt hatten.

Wenn Robb zu Cleo Anderson gegangen war, sei es wegen Miriam oder einfach weil Treadwell vor ihrem Haus gefunden worden war, dann hatte es keinen Sinn, hier zu warten, bis er den Heimweg antrat. Es konnte ein oder zwei Stunden dauern, daher war es besser, irgendwo zu Abend zu essen und dann später zurückzukehren.

Er aß sehr gut und nutzte dann noch ein klein wenig Wartezeit, um weitere Erkundigungen über Miriam einzuholen. Er gab vor, eine Schwester zu haben, die jüngst geheiratet hatte und erwog, in diese Gegend zu ziehen. Er erfuhr mehr als erwartet. Miriams Name tauchte im Zusammenhang mit einer botanischen Gesellschaft auf, mit den Freunden einer Missionsgruppe in Afrika und einem Zirkel, der sich jeden Freitag traf, um literarische Werke zu erörtern. Zudem hatte sie verschiedene Pflichten in ihrer Gemeinde übernommen. Natürlich, er hätte selbst an die Kirche denken sollen. Diesen Fehler wollte er am nächsten Tag wettmachen.

Alles in allem war er sehr zufrieden mit sich, als er im Licht des frühen Abends auf Cleo Andersons Türschwelle stand.

In Anbetracht der Tatsache, dass Cleo Anderson bereits ein Gutteil ihres Abends auf die Beantwortung von Sergeant Robbs Fragen verwandt hatte, öffnete sie Monk die Tür mit bemerkenswerter Freundlichkeit. Einen Augenblick lang kam ihm der Gedanke, dass sie ihn vielleicht für einen Patienten hielt. Schließlich war es ihr Beruf, sich um Kranke zu kümmern.

Sie brauchte nicht lange, um festzustellen, dass er ein Fremder war und auch nicht aus der unmittelbaren Nachbarschaft stammte. Obwohl ihre Augen bei seinem Anblick ein klein wenig schmaler wurden, schickte sie ihn nicht fort.

»Ja, Sir, was kann ich für Sie tun?«, fragte sie und blieb so stehen, dass sie jederzeit die Tür zuschlagen konnte, falls er sich mit Gewalt Zutritt zum Haus verschaffen wollte.

Er machte absichtlich einen großen Schritt zurück.

»Guten Abend, Mrs. Anderson«, erwiderte er. In diesem Augenblick beschloss er sie nicht anzulügen. »Mein Name ist William Monk. Mr. Lucius Stourbridge hat mich beauftragt, Miriam Gardiner ausfindig zu machen. Wie Sie vielleicht wissen, ist sie aus seinem Haus verschwunden, wo sie zu Gast war, und er ist ganz außer sich vor Sorge um sie.« Er hielt inne, weil plötzlich ein Schatten von Furcht in ihre Augen trat. Ihr Atem beschleunigte sich, ihre Haltung wurde starr. Aber andererseits hatte man Treadwells Leiche vor ihrem Haus gefunden, und sie machte sich bestimmt Sorgen um Miriam, außer, sie hätte bereits gewusst, dass sie sich in Sicherheit befand, dass ihr keine Gefahr drohte.

»Können Sie mir helfen?«, fragte er leise.

Eine Sekunde lang stand sie reglos da, dann trat sie einen Schritt zurück und zog die Tür weiter auf. »Es ist besser, Sie kommen herein«, forderte sie ihn widerstrebend auf.

Er folgte ihr in einen schmalen Flur, von dem drei Türen abzweigten. Sie öffnete die mittlere, die in ein sauberes und überraschend helles Wohnzimmer mit gemütlichen Sesseln vor dem Kamin führte. An der einen Wand standen mehrere Schränke, in deren mit Messingschlüssellöchern versehenen Türen kein einziger Schlüssel steckte.

»Mr. Stourbridge schickt Sie?«, erkundigte sie sich unsicher. Der Gedanke schien nichts Tröstliches für sie zu haben. Sie war immer noch so angespannt wie zu Beginn ihrer Unterredung und hielt die Hände verkrampft hinter ihrem Rücken verborgen.

Er war viele Meilen gegangen und seine Füße brannten, aber er hätte niemals unaufgefordert Platz genommen. Es wäre ein Zeichen von schlechter Erziehung gewesen. »Er macht sich furchtbare Sorgen, dass ihr etwas zugestoßen sein könnte«, antwortete er. »Vor allem angesichts dessen, was mit dem Kutscher, Treadwell, geschehen ist.«

So sehr Cleo Anderson sich um Selbstbeherrschung bemühte, sog sie bei dieser Bemerkung doch scharf den Atem ein. »Ich weiß nicht, wo sie ist!« Sie rang um Fassung. »Ich habe sie nicht mehr gesehen, seit sie zu der Krocketgesellschaft nach Bayswater gefahren ist. Davon hatte sie mir natürlich erzählt.« Sie sah ihm in die Augen.

Er hatte das ungute Gefühl, dass sie log, wusste aber nicht, warum. Die Angst in ihrem Gesicht war nicht zu übersehen. Er sprach so sanft wie möglich.

»Mr. Stourbridge hegt sehr tiefe Gefühle für Mrs. Gardiner. Er würde nichts tun, was nicht in ihrem Interesse läge oder zu ihrem Wohlergehen beitrüge.«

Seine Stimme klang plötzlich belegt, so sehr nahm ihn diese Situation mit, und auch seine Gastgeberin hatte mit den Tränen zu kämpfen. »Das weiß ich. Er ist ein sehr netter junger Herr.« Sie blinzelte. »Aber das ändert nichts, weiß Gott.« Sie schien noch etwas hinzufügen zu wollen, schwieg dann jedoch.

»Sie sind diejenige, die Miriam als Kind gefunden hat, nicht wahr?«, sagte er leise und mit großem Respekt. Es war weniger eine Frage als eine Feststellung.

Sie zögerte. »Ja, aber das ist viele Jahre her. Sie war damals erst zwölf oder dreizehn und in einen Unfall verwickelt. Ich weiß nicht, was mit ihr geschehen war. Sie befand sich in einem Zustand, den Sie sich gar nicht vorstellen können. Es ist niemand da gewesen, der zu ihr gehörte und sich um sie gekümmert hat. Ich habe sie aufgenommen. Das musste ich einfach, das arme kleine Ding.« Sie ließ Monk keine Sekunde aus den Augen. »Niemand hat je nach ihr gefragt oder nach ihr gesucht. Zu Anfang habe ich jeden Tag damit gerechnet, aber es vergingen Wochen und schließlich Monate, und niemand kam. Also habe ich einfach für sie gesorgt, als wäre sie mein eigenes Kind.«

In Monk stiegen Erinnerungen auf: Er hatte in dem schmalen Bett gelegen und zur Decke hinaufgestarrt und sein erster Gedanke war gewesen: Ich bin im Arbeitshaus. Dann hatte er sich umgesehen, die in Reih und Glied stehenden Betten bemerkt und begriffen, dass es heller Tag war und in allen Betten Menschen lagen. In einem Arbeitshaus wäre so etwas undenkbar gewesen! Er musste sich also in einem Hospital befinden. Aber er konnte sich an nichts erinnern! Nicht einmal an seinen Namen. Nichts war je zurückgekehrt, nur Bruchstücke hier und da, Ängste und Träume, Einzelheiten, nach denen er zu greifen versuchte, Gefühle, die ihm jetzt abhanden gekommen waren. Konnte Miriam Gardiner etwas Ähnliches widerfahren sein? Kannte sie ihren wirklichen Namen?

Vielleicht sah sie etwas in seinen Augen aufblitzen, eine Art von Verstehen, denn ihre Abwehr ließ ein wenig nach. »Sie war fast von Sinnen vor Angst, das arme kleine Wesen«, fuhr sie fort. »Sie konnte sich nicht erinnern, was passiert war.«

Cleo Anderson hatte sie bei sich aufgenommen und sie großgezogen, bis sie eine achtbare und so wie es schien glückliche Ehe mit einem reputablen Herrn aus der Nachbarschaft eingegangen war. Dann war sie Witwe geworden, hatte aber über genügend finanzielle Mittel verfügt, um recht zufrieden zu leben… bis sie bei einem Spaziergang durch Hampstead Heath Lucius Stourbridge getroffen hatte.

Aber es waren die Ereignisse von vor einer Woche, die zählten, und die Frage, wo Miriam jetzt sein konnte.

»Kannten Sie James Treadwell?«, fragte Monk Cleo Anderson.

Ihre Antwort kam sofort. »Nein.«

Sie war zu schnell, aber er wollte sie nicht mit seinem Verdacht konfrontieren. Er musste ihr Zeit lassen, ihre Meinung zu ändern.

»Sie waren also alles, was Miriam nach dem Unfall an Familie hatte.« In seiner Stimme schwang aufrichtige Bewunderung mit.

»Das ist wahr«, stimmte sie sanft zu. »Und sie war für mich wie das eigene Kind, das ich nie hatte. Und niemand hätte sich eine bessere Tochter wünschen können.«

»Dann müssen Sie also sehr glücklich gewesen sein, als sie einen guten Mann wie Mr. Gardiner heiratete«, bemerkte er.

»Natürlich. Und er war wirklich ein guter Mann! Ein wenig älter als Miriam, aber er hat sie geliebt, wirklich. Und sie mochte ihn ebenfalls.«

»Es muss sehr angenehm für Sie gewesen sein, dass Miriam nach ihrer Verheiratung in der Nähe blieb.«

Sie lächelte. »Natürlich. Aber es ist mir egal, wo sie lebt, so lange sie nur glücklich ist. Und sie liebt Mr. Lucius mehr, als ich Ihnen sagen kann. Ihr Gesicht leuchtete auf, wenn sie nur seinen Namen aussprach.« Diesmal brach sie in Tränen aus.

»Was ist passiert, Mrs. Anderson?«, fragte Monk beinahe flüsternd.

»Ich weiß es nicht.«

Im Grund hatte er gar nichts anderes erwartet. Diese Frau schützte das einzige Kind, das sie großgezogen und geliebt hatte.

»Aber Sie müssen Treadwell gesehen haben, wenn auch nur aus der Ferne, wenn Miriam Sie besuchte«, beharrte er.

Sie zögerte nur einen Moment. »Ich habe einen Kutscher gesehen, mehr nicht.«

Das konnte die Wahrheit sein. Vielleicht war Treadwell hierher gekrochen, weil er von Miriam erfahren hatte, dass Cleo Krankenschwester war.

Wer hatte Treadwell getötet … und warum? Warum hier?

»Was haben Sie Sergeant Robb erzählt?«, fragte er.

Ihre Haltung entspannte sich ein wenig. Sie trug ein schlichtes, beinahe uniformähnliches Kleid, wie er es Hester im Dienst oft hatte tragen sehen. Das Gefühl der Vertrautheit, das es in ihm weckte, gab ihm einen Stich.

»Das gleiche, das ich Ihnen sage«, antwortete sie. »Ich habe Miriam nicht mehr gesehen, seit sie zu ihrem Besuch bei Mr. Lucius und seiner Familie aufgebrochen ist. Ich weiß nicht, wo sie sich jetzt befindet, und ich habe keine Ahnung, was dem Kutscher zugestoßen ist oder von wem und warum er getötet wurde – ich kann nur sagen, dass ich Miriam kenne, seit sie ein kleines Mädchen war, und ich habe nie erlebt, dass sie die Beherrschung verlor oder gegen jemanden die Hand erhoben hätte, und darauf würde ich mein Leben verwetten.«

Monk glaubte ihr, zumindest was den letzten Teil ihrer Aussage betraf. Er akzeptierte es, dass sie Miriam für unschuldig hielt. Was er allerdings stark bezweifelte, war ihre Behauptung, nicht zu wissen, wo Miriam sich gegenwärtig aufhielt. Wenn mit Miriam alles in Ordnung gewesen wäre, wäre sie zweifellos nicht auf diese Weise aus dem Haus der Stourbridges geflohen, und sie hätte sich mit Sicherheit bei Lucius gemeldet. Wenn sie in Schwierigkeiten steckte, ganz gleich welcher Art, hätte sie sich als Erstes an Cleo Anderson gewandt, die Frau, die sie einst gerettet hatte.

»Ich hoffe, Sie werden nichts Derartiges tun müssen«, erwiderte er ernst, dann wünschte er ihr, ohne weitere Fragen zu stellen, eine gute Nacht.

Ein paar Häuser weiter kaufte er einem Straßenhändler ein Sandwich ab und plauderte ein wenig mit dem Mann, während er aß. Dann nahm er einen Omnibus zurück in die Fitzroy Street und war dankbar, sich endlich setzen zu können, so überfüllt das schwankende Gefährt auch war.

Er ließ seinen Gedanken freien Lauf. Wohin konnte Miriam sich wenden? Sie hatte Angst. Sie vertraute niemandem, mit Ausnahme vielleicht von Cleo. Gewiss vertraute sie Lucius Stourbridge nicht. Sie würde Orte meiden, die ihr vollkommen fremd waren; andererseits würde sie auch keine Freunde aufsuchen, da man sie dort zuerst suchen konnte.

Die korpulente Frau, die neben ihm saß, schwitzte stark. Sie tupfte sich mit einem großen Taschentuch das Gesicht ab. Ein kleiner Junge blies durchdringend auf einer Pfeife, und seine Mutter befahl ihm vergeblich, damit aufzuhören. Ein älterer Mann mit einem Zylinder sog hörbar durch eine Zahnlücke die Luft ein. Monk sah den Jungen mit der Pfeife wütend an, woraufhin dieser sofort aufhörte. Der Mann mit der Zahnlücke lächelte erleichtert.

Miriam würde sich an jemanden wenden, dem sie trauen konnte, jemanden, dem auch Cleo traute, vielleicht an jemanden, der ihr für einen früheren Freundschaftsdienst noch einen Gefallen schuldete. Cleo war Krankenschwester. Wenn sie auch nur im Entferntesten wie Hester war, konnte sie darauf bauen, dass eine ganze Reihe von Menschen, ohne Fragen zu stellen, Schweigen bewahren würden. Das war der Punkt, an dem er beginnen musste, bei den Leuten, die Cleo Anderson gepflegt hatte. Er lehnte sich zurück und entspannte sich, ohne jedoch den kleinen Jungen aus den Augen zu lassen, für den Fall, dass er von neuem seine Pfeife an die Lippen führte.

Als Monk am nächsten Tag seine Arbeit wieder aufnahm, war es bereits sehr warm, obwohl der Uhrzeiger noch nicht ganz auf neun stand. Er hörte die Stimme des Lumpensammlers hinter sich verklingen, als er sich langsam von der Heide entfernte und Richtung Süden fuhr. Im Schatten hoher Bäume funkelte noch immer der Tau, aber die freien Grasflächen waren trocken.

Monk machte sich nicht die Mühe, Patienten mit großen Familien aufzusuchen, und natürlich ließ er auch jene außer Acht, deren Krankheit zum Tod geführt hatte. Cleo Anderson genoss einen guten Ruf. Kaum jemand hatte ein schlechtes Wort für sie. Auch Miriam war bei den Leuten sehr beliebt. Wie es schien, hatte sie Cleo häufig bei ihren Krankenbesuchen begleitet, vor allem nachdem sie selbst Witwe geworden war und sich nicht länger um das Wohlergehen von Mr. Gardiner kümmern musste.

Monk folgte jeder Spur, die vielleicht zu Miriam führen konnte. Bis zum späten Vormittag war er Sergeant Robb zweimal über den Weg gelaufen und fragte sich, ob dieser ihn ebenfalls bemerkt hatte. Auch wenn er ihn vielleicht nicht mit eigenen Augen gesehen hatte, so musste er doch zahlreichen Hinweisen entnommen haben, dass er die gleichen Spuren verfolgte?

Kurz nach Mittag bog er um die Ecke der Prince Arthur Road und blieb jäh stehen. Zehn Meter vor ihm warf Robb einen nervösen Blick auf seine Uhr. Dann blickte er widerstrebend zu einem Haus auf der anderen Straßenseite hinüber, biss sich auf die Unterlippe und ging mit sehr eiligem Schritt in die entgegengesetzte Richtung.

Einen Moment war Monk verwirrt, dann begriff er, dass Robb sich auf den Heimweg machte. Sein Großvater musste seit dem frühen Morgen allein gewesen sein und würde Hilfe sowie etwas zum Essen benötigen.

Monk war voller Mitleid für den Sergeant und auch für den alten Mann, der Tag für Tag allein zu Hause saß und auf seinen Enkel wartete, der verzweifelt zwischen seiner Arbeit und der Pflicht, seinen Großvater zu pflegen, hin und her gerissen war.

Aber Monks erste Pflicht galt Miriam Gardiner, denn dafür hatte Lucius Stourbridge ihn engagiert, und er hatte ihm sein Wort gegeben. Monk suchte sie, weil es sein Auftrag war, Robb, weil er sich von ihr Informationen zur Aufklärung von Treadwells Tod erhoffte oder sie vielleicht sogar als Komplizin entlarven wollte. Es war unerlässlich, dass Monk sie als Erster fand.

Er schlenderte zu dem Haus hinüber, das Robb beobachtet hatte. Er wusste nicht, wer hier lebte oder was Robb zu finden gehofft hatte, aber die Zeit war zu knapp, um vorsichtig

Erkundigungen einzuziehen. Dies war eine Chance, sich einen Vorteil zu verschaffen. Er klopfte an die Tür und trat einen Schritt zurück, um abzuwarten.

Das Dienstmädchen, das ihm kurz darauf mit ängstlichem Blick öffnete, konnte nicht älter als vierzehn oder fünfzehn sein, aber sie bemühte sich, einen selbstbewussten Eindruck zu machen.

»Ja, Sir?«

Er lächelte. »Guten Tag. Mrs. Gardiner hat mich gebeten, Ihrer Herrin eine Nachricht zu überbringen, falls sie im Haus ist.« Er wünschte, er hätte wenigstens den Namen der Familie gewusst.

Einen Augenblick lang sah die junge Frau ihn verständnislos an, aber sie wollte gern hilfsbereit sein. »Sind Sie sicher, dass Sie das richtige Haus erwischt haben, Sir? Hier wohnt niemand außer dem alten Mr. Hornchurch.«

»Oh.« Er war verwirrt. Was konnte Robb von dem alten Mr. Hornchurch gewollt haben?

Ihre Miene hellte sich auf. »Vielleicht meinte sie die Haushälterin, Mrs. Whitbread, die tagsüber herkommt und für Mr. Hornchurch kocht. Sie war sehr krank im vorletzten Winter, und Mrs. Gardiner hat sie damals gepflegt.«

Er spürte, wie ihm vor Erleichterung ganz flau im Magen wurde. Bevor er wieder richtig durchatmen konnte, schluckte er. »Ja. Natürlich. Das hätte ich erwähnen sollen. Vielleicht wäre es einfacher, wenn ich Mrs. Whitbread in ihrem eigenen Heim besuchen würde? Können Sie mir sagen, wie ich von hier aus dorthin komme?« An wen sollte Miriam sich in ihrer Lage wenden, wenn nicht an Menschen, denen sie in ihrer Not beigestanden hatte?

Das Mädchen sah ihn zweifelnd an. »Vielleicht. Ich werde sie fragen. Sie hat es nicht gern, wenn jemand zu ihr nach Hause kommt. Ich schätze, wenn man mit seiner Arbeit fertig ist, möchte man gern für sich sein.«

»Natürlich«, pflichtete er ihr bei. Er stand noch immer ein gutes Stück von der Treppe entfernt. »Aber Sie könnten ihr doch sicher eine Nachricht übermitteln, wenn Sie so freundlich sein wollten?«

»Das kann ich ganz sicher«, stimmte sie erleichtert zu.

Er nahm ein Stück Papier und einen Bleistift aus der Tasche und schrieb. »Sagen Sie Sergeant Robb nichts über Miriam«, dann faltete er das Papier zweimal zusammen, knickte die Enden um und gab es dem Mädchen. »Es ist wichtig, dass Mrs. Whitbread die Nachricht sofort erhält«, schärfte er der jungen Frau ein. »Und wenn die Polizei Sie besucht, seien Sie sehr vorsichtig, was Sie sagen.«

Ihre Augen weiteten sich. »Das mach ich«, versprach sie. »Man soll nie mit denen sprechen, das sagt mein Vater auch immer. Das ist das Beste. Ich habe nichts gehört und nichts gesehen.«

»Sehr klug«, nickte er und lächelte ihr noch einmal zu, »vielen Dank.« Dann drehte er sich um und wandte sich zum Gehen.

Er würde warten, bis Mrs. Whitbread ihre Arbeit beendet hatte, und ihr dann folgen. Seine Hoffnung, dass sie ihn vielleicht zu Miriam führen könnte, war sehr groß. In der Zwischenzeit würde er sich etwas zu essen besorgen und sich möglichst von Robb fern halten, wenn dieser wieder auftauchte, um selbst mit Mrs. Whitbread zu sprechen.

Er schlenderte über den Gehsteig und kaufte einem Händler ein Sandwich mit Rindfleisch und Zwiebeln ab. Es war frisch, und er verzehrte es mit beträchtlichem Appetit. Und weil es so gut mundete, leistete er sich noch ein zweites. Er fragte sich, wie Robb Mrs. Whitbread gefunden haben mochte. Es war eine anerkennenswerte Leistung und nötigte ihm einigen Respekt ab.

Er musste in Sichtweite von Mr. Hornchurchs Haus bleiben, gleichzeitig aber durfte Robb ihn bei seiner Rückkehr nicht bemerken.

Er nahm an, dass dieser auf demselben Weg zurückkommen würde, über den er ihn hatte weggehen sehen, daher war er mehr als überrascht, als er Robbs Stimme direkt hinter sich hörte und ihn, als er herumfuhr, mit grimmiger Miene vor sich stehen sah.

»Warten Sie auf mich, Inspektor Monk?«, fragte er eisig.

Monk war, als hätte man ihn geohrfeigt. Mit einem einzigen Satz hatte Robb gezeigt, dass er von Monks Vergangenheit bei der Polizei wusste. Und er wusste auch, dass er für seine Tüchtigkeit wie auch für seine Skrupellosigkeit bekannt gewesen war. Er sah es in seinem wachsamen, herausfordernden Blick. Monk spürte auch den Zorn des anderen Mannes und noch etwas anderes, das vielleicht Furcht war.

Hatte es einen Sinn zu lügen? Er wollte sich Robb nicht zum Feind machen, weder aus praktischen noch aus persönlichen Gründen. Seine erste Sorge galt Miriam. Möglicherweise hing ihre Freiheit, vielleicht sogar ihr Leben, von seinem Verhalten ab.

Er verlagerte sein Gewicht, um ein wenig lockerer zu wirken. Dann hob er die Augenbrauen. »Eigentlich hatte ich gehofft, Ihnen aus dem Weg gehen zu können«, sagte er wahrheitsgemäß.

Robbs Mund verzog sich. »Sie dachten, ich würde auf demselben Weg zurückkommen, auf dem ich weggegangen war? Das war auch meine Absicht, hätte ich Sie nicht vorhin gesehen, und ich gebe zu, das war reiner Zufall. Aber ich kenne die Gegend hier besser als Sie, das ist ein Vorteil. Ich habe mich gefragt, ob Sie mir folgen würden. Es schien das Naheliegende zu sein, wenn Ihnen selbst nichts eingefallen wäre.« In seiner Stimme lag Verachtung. »Warum haben Sie hier auf mich gewartet? Ich nehme an, Sie wussten, dass ich zu meinem Großvater gehen würde.«

Monk zuckte zusammen und stellte zu seiner eigenen Überraschung fest, dass die Worte des anderen ihn kränkten. Das hatte er nicht verdient. Sicher, er versuchte Robb bei der Suche nach Miriam zuvorzukommen, aber damit hatte Lucius Stourbridge ihn schließlich beauftragt. Und das war Robb bekannt.

»Natürlich wusste ich, wo Sie hinwollten«, antwortete er

mit beinahe ausdrucksloser Stimme. »Aber ich bin Ihnen deshalb nicht nachgegangen, weil ich Ihnen von Anfang an nicht gefolgt bin. Überrascht es Sie denn, dass meine Ermittlungen mich an dieselben Orte führen wie Sie?«

»Nein«, sagte Robb sofort. »Sie haben einen weithin bekannten Ruf, Inspektor Monk.« Er äußerte sich nicht näher über die Art dieses Rufs, aber der Ausdruck in seinen Augen sagte alles.

Die Erinnerungen an Runcorn kehrten zurück, an seinen stets latenten Zorn, den er unter einer dünnen Tünche von Selbstbeherrschung verbarg, die Angst, die durch die Fassade aufschimmerte, die Erwartung, dass Monk ihm, egal, was er tat, immer zuvorkommen würde, dass er seine Autorität untergraben und die Antwort als Erster finden würde. Diese Gefühle hatten sich im Lauf der Jahre so tief eingeprägt, dass sie keiner bewussten Überlegung mehr bedurften, sondern reiner Instinkt waren – so wie man zusammenzuckte, bevor man geschlagen wurde.

Nach dem Unfall hatte Monk hier und da Dinge über sich selbst erfahren und sie zusammengefügt, wobei er sich manchmal gewünscht hätte, sie seien nicht wahr. Aber er hatte diese Eigenschaften doch im letzten Jahr abgelegt! Er besaß zwar immer noch eine scharfe Zunge und konnte Narren nicht ertragen – aber er war nicht ungerecht! Robb beurteilte ihn nach seiner Vergangenheit.

»Offensichtlich«, erwiderte er kühl. Er wusste auch, dass er in dem Ruf stand, sein Handwerk zu verstehen. »Dann sollte es Sie nicht überraschen, dass ich dieselben Schlussfolgerungen gezogen habe wie Sie und auf dieselbe Person gestoßen bin, ohne Ihre Fährte verfolgen zu müssen!«

Robb straffte die Schultern und versteifte sich. In seiner Miene spiegelten sich Verachtung und Abneigung, aber gleichzeitig auch die Erkenntnis, dass er es mit einem überlegenen Feind zu tun hatte.

»Sie haben mir gegenüber einen Vorteil, Mr. Monk. Sie kennen meinen einzigen wunden Punkt. Sie müssen die Angelegenheiten so angehen, wie Sie es für richtig halten, aber ich lasse mich nicht erpressen, auf die Verfolgung des Mörders von James Treadwell zu verzichten – ob es sich dabei nun um Mrs. Gardiner handelt oder nicht.« Er sah Monk mit ruhigem Blick an.

Monk war plötzlich übel. So ein Mensch konnte er nicht gewesen sein! Ein Mensch, der schäbig genug war, einen jungen Mann zu erpressen, weil dieser einen Teil seiner Dienstzeit darauf verwandte, seinen alten kranken Großvater zu versorgen?

Sein Mund war mit einem Mal trocken geworden, und es fiel ihm schwer, Worte zu finden. Was hatte er sagen wollen? Er würde dem anderen nicht mit Bitten kommen, das wäre ebenso demütigend wie sinnlos gewesen.

»Worüber Sie mit Ihren Vorgesetzten sprechen, ist Ihre Angelegenheit«, erwiderte er eisig, »wenn Sie überhaupt mit ihnen über etwas sprechen. Ich persönlich hielt es nie für nötig, meinen Vorgesetzten Erklärungen abzugeben. Meine Arbeit hat für mich gesprochen.« Er klang arrogant und er wusste es. Aber was er sagte, entsprach der Wahrheit.

Er sah einen Anflug von Anerkennung in Robbs Gesicht aufschimmern und Vertrauen.

»Und Sie werden feststellen, dass ich eine Menge Fehler gemacht habe«, fuhr er mit schneidender Stimme fort. »Aber Sie werden niemanden finden, der Ihnen sagen wird, ich hätte mich auf das Niveau eines Erpressers herabgelassen.«

Ganz allmählich entspannte sich Robbs Haltung. Er sah Monk immer noch argwöhnisch an, aber während langsam die Furcht von ihm wich, verschwand auch die Feindseligkeit aus seinen Augen. Er fuhr sich mit der Zunge über die Lippen. »Es tut mir Leid – vielleicht habe ich Ihre Fähigkeiten unterschätzt.« Das war das Äußerste an Entschuldigung, was Monk von ihm zu hören bekommen würde.

Monk ging es allerdings nicht um seine Fähigkeiten, sondern um seine Ehre, aber es hätte keinen Sinn gehabt, diese

Frage im Augenblick weiterzuverfolgen. Wichtiger als alles andere war es, in Sichtweite des Hauses zu bleiben, damit er Mrs. Whitbread folgen konnte, wenn sie das Haus verließ. Gleichzeitig durfte er Robb keine Gelegenheit geben, sich seinerseits auf Monks Fährte zu setzen. Und auch das spielte natürlich nur dann eine Rolle, wenn das Dienstmädchen an der Tür Robb nicht die gleiche Information wie ihm gab. Das Ergebnis hing wahrscheinlich von Mrs. Whitbreads Geistesgegenwart ab.

Er sah Robb an, lächelte dann und verabschiedete sich. Er würde einen Kreis um das Haus machen und äußerst vorsichtig zurückkehren.

Mrs. Whitbread brach um Viertel vor fünf auf. Robb war nirgends zu sehen. Während Monk ihr in sicherem Abstand folgte, fiel seine Müdigkeit, die er inzwischen verspürte, von ihm ab, und seine Sinne schärften sich. Ein Gefühl der Hoffnung erfüllte ihn.

Sie waren nicht weit gegangen, vielleicht eineinviertel Meilen, als Mrs. Whitbread, eine hagere Frau mit einem sanften Gesicht, sich einem kleinen Haus auf der Kemplay Road näherte und mit einem Schlüssel die Haustür öffnete.

Monk wartete ein paar Sekunden, sah sich nach beiden Seiten um und trat dann, als er niemanden entdecken konnte, an die Tür. Er klopfte.

Einen Moment später stand Mrs. Whitbread vor ihm und musterte ihn argwöhnisch. »Ja?«

Er hatte lange darüber nachgedacht, was er sagen sollte. Es lag auf der Hand, dass Miriam weder von der Polizei noch von Lucius Stourbridge gefunden werden wollte. Wenn sie Letzterem gegenüber vertraut hätte, hätte sie sich schon lange bei ihm gemeldet. Entweder fürchtete sie, er werde sie an die Polizei verraten, oder aber sie wollte ihn schützen.

»Guten Abend, Mrs. Whitbread«, sagte Monk mit fester Stimme. »Ich habe eine dringende Nachricht von Mrs. Anderson – für Miriam. Ich muss sie sofort sprechen.« Cleo

Anderson war der einzige Name, der vielleicht Vertrauen weckte.

Sie zögerte nur kurz, dann zog sie die Tür weiter auf.

»Sie kommen besser herein«, sagte sie hastig. »Man kann nie wissen, wer einen beobachtet. Ich hatte heute erst einen Besuch von der Polizei, in dem Haus, in dem ich arbeite.«

Monk trat ein, und sie schloss die Tür hinter ihm. »Ich weiß, ich war derjenige, der sie unbeabsichtigt auf Ihre Spur gebracht hat. Haben Sie dem Polizisten etwas gesagt?«

»Natürlich nicht«, antwortete sie und warf ihm einen vernichtenden Blick zu. »Denen traue ich nicht über den Weg. Kann ich mir gar nicht leisten.«

Er sagte nichts, sondern folgte ihr durch den Flur in die Küche. Am Herd stand, mit weit aufgerissenen Augen, die Frau, nach der er gesucht hatte. Er wusste sofort, dass es Miriam Gardiner war. Sie entsprach ganz genau Lucius' Beschreibung: durchschnittlich groß, sanft gerundete Figur, ein schön proportioniertes, weiches Gesicht, in dem jedoch eine gewisse Stärke verborgen lag. Auf den ersten Blick wirkte sie sehr sanftmütig, eine Frau, die denen, die sie liebte, gehorchte und ihnen gefallen wollte, aber sie besaß eine natürliche Würde. Schon in diesen wenigen Augenblicken wurde Monk klar, warum Lucius Stourbridge so leidenschaftlich nach ihr suchte, ungeachtet der Umstände, unter denen James Treadwell zu Tode gekommen sein mochte.

»Mrs. Gardiner«, sagte er leise, »ich bin nicht von der Polizei. Aber ich komme auch nicht von Mrs. Anderson. Ich habe in diesem Punkt gelogen, weil ich befürchtete, Sie würden nicht mit mir sprechen. Aber ich komme von Lucius Stourbridge.«

Sie erstarrte und schien plötzlich nicht mehr wahrzunehmen, dass die Deckel der Töpfe auf dem Herd laut klapperten. Bis auf dieses Geräusch war es vollkommen still im Raum. Miriams Angst war beinahe mit Händen zu greifen.

Monk wusste, dass Mrs. Whitbread mit vor Zorn funkelnden Augen neben ihm stand. Er war froh, dass die Stielpfanne an der Wand gegenüber für sie außer Reichweite war, denn er hätte es ihr durchaus zugetraut, dass sie damit auf ihn losging.

»Ich bin nicht hier, um Sie nach Bayswater zurückzubringen«, sagte er sanft und ohne den Blick von Miriam abzuwenden. »Ich will Sie auch nicht zur Polizei bringen. Wenn Sie wünschen, dass ich Mr. Stourbridge nicht mitteile, wo Sie sich befinden, werde ich das auch nicht tun. Ich werde ihm lediglich sagen, dass Sie noch leben und unverletzt sind. Er macht sich große Sorgen um Sie und das wird ihn zumindest beruhigen, auch wenn es wohl kaum etwas erklärt.«

Miriam erwiderte seinen Blick. Ihr Gesicht war leichenblass. Die Qual, die er darin las, weckte ernste Zweifel in ihm. War es richtig, was er hier tat? Er hatte Angst vor dem, was er möglicherweise enthüllen würde.

»Er weiß nicht, was er glauben soll«, fuhr Monk behutsam fort, »abgesehen davon, dass Sie nicht wissentlich etwas Böses tun könnten.«

Sie holte Luft und begann zu weinen. Ungeduldig wischte sie die Tränen fort, aber es dauerte eine Weile, bis sie sich wieder unter Kontrolle hatte.

»Ich kann nicht zurückkommen.« Es war eine Feststellung, an der es nichts zu rütteln gab. In ihrer Stimme lag nicht der Schimmer einer Hoffnung, dass sich etwas an ihrer Entscheidung ändern würde.

»Ich kann versuchen, die Polizei von Ihnen fernzuhalten«, sagte er, als sei dies eine Antwort auf ihre Worte. »Aber es wird mir vielleicht nicht gelingen. Sie sind mir dicht auf den Fersen.«

Mrs. Whitbread ging um ihn herum und nahm die Töpfe vom Herd. Sie sah Monk mit Abscheu an.

Miriam machte ihr Platz.

»Was ist passiert?«, fragte Monk, so sanft er konnte.

Sie räusperte sich. Ihre Stimme war heiser. »Geht es Cleo – Mrs. Anderson – gut?«

»Ja.«

Es hatte keinen Sinn ihr zu sagen, dass Cleo Anderson in Gefahr war, falls Robb den Eindruck gewann, dass sie ihm Informationen vorenthielt oder dass es kein Zufall war, dass man Treadwell vor ihrem Haus gefunden hatte.

Miriam schien sich ein wenig zu entspannen. Ihre Wangen röteten sich wieder.

»Wo haben Sie Treadwell das letzte Mal gesehen?«, fragte er.

Sie biss sich auf die Lippen und schüttelte kaum merklich den Kopf.

Er sprach mit Bedacht sehr leise und geduldig, um möglichst wenig einschüchternd zu klingen.

»Sie werden diese Fragen irgendwann beantworten müssen, wenn nicht mir, dann der Polizei. Er wurde ermordet, erschlagen ...« Monk brachte den Satz nicht zu Ende. Sie war so aschfahl geworden, dass er fürchtete, sie werde in Ohnmacht fallen. Er machte einen Satz auf sie zu und hielt sie an den Armen fest, dann schob er sie rückwärts zu einem Küchenstuhl, wo er sie noch einen Augenblick stützte, bevor sie sich auf den Stuhl sinken ließ.

»Raus!«, hörte er Mrs. Whitbreads wütende Stimme. »Verlassen Sie mein Haus!« Sie griff nach der Stielpfanne und machte einen Schritt auf ihn zu.

Er wich nicht zurück, behielt sie aber im Auge. »Setzen Sie den Kessel auf«, befahl er. »Mich wegzuschicken, ist keine Lösung. Wenn die Polizei auftaucht, und das wird sie, dann kommt sie nicht in Freundschaft, wie ich es tue. Die Polizei wird nur nach Beweisen suchen und Gerechtigkeit fordern – oder was sie dafür hält.«

Miriam schloss die Augen. Sie brauchte ihre ganze Kraft, um langsam ein- und auszuatmen und nicht ohnmächtig zu werden.

Mrs. Whitbread füllte widerstrebend den Kessel mit Wasser und stellte ihn auf den Herd. Sie musterte Monk argwöhnisch, bevor sie schließlich Tassen und eine Kanne aus dem

Schrank kramte. Dann ging sie mit klappernden Absätzen zur Speisekammer, um die Milch zu holen.

Monk setzte sich auf den Stuhl Miriam gegenüber.

»Was ist passiert?«, wiederholte er. »Wo war Treadwell, als Sie ihn das letzte Mal sahen? Lebte er zu diesem Zeitpunkt noch?«

»Ja…«, flüsterte sie, aber als sie den Blick hob, stand ein so tiefes Entsetzen darin, dass ihre Worte ihm wenig tröstlich erschienen.

»Waren Sie dabei, als er getötet wurde?«

Sie schüttelte den Kopf, eine Bewegung, die Monk kaum wahrnehmen konnte.

»Wissen Sie, wer ihn getötet hat oder warum?«

Sie sagte nichts.

Mrs. Whitbread kam mit einem Krug Milch zurück. Sie funkelte Monk wütend an, aber sie unterbrach ihn nicht. Sie ging durch den Raum und goss ein wenig kochendes Wasser in die Kanne, um sie wärmen.

»Wer hat Treadwell getötet?«, fragte Monk noch einmal. »Und warum?«

Miriam sah ihn mit großen Augen an. »Ich kann es Ihnen nicht sagen«, flüsterte sie. »Ich kann Ihnen gar nichts sagen. Ich kann nicht mit Ihnen kommen. Bitte gehen Sie. Ich kann nicht helfen – es gibt nichts – nichts, was ich tun könnte.«

In ihrer Stimme lag eine solche Hoffnungslosigkeit, dass alle Einwände auf seinen Lippen erstarben.

Der Kessel begann zu pfeifen. Mrs. Whitbread nahm ihn vom Herd und drehte sich zu Monk um.

»Gehen Sie jetzt«, sagte sie ruhig, aber ihr Blick war hart. »Es gibt hier nichts für Sie zu erfahren. Sagen Sie Lucius Stourbridge, was immer Sie ihm sagen wollen, aber gehen Sie jetzt. Wenn Sie zurückkommen, wird Miriam nicht mehr hier sein. Es gibt genug andere Leute, die sie verstecken werden. Wenn Mr. Stourbridge der Freund ist, der er zu sein behauptet, wird er sie in Ruhe lassen. Sie finden sicher selbst hinaus.« Sie hielt noch immer den Kessel in der Hand, aus dem Dampf quoll. Es war nicht direkt eine Drohung, aber Monk deutete ihre Geste richtig.

Er erhob sich, warf einen letzten Blick auf Miriam und ging dann zur Tür. Erst da fiel ihm Robb wieder ein, und er änderte seine Meinung. Der Eingang durch die Küche führte wahrscheinlich in einen Kohlenkeller und von dort aus weiter in eine Gasse jenseits der Hauptstraße.

»Ich werde Mr. Stourbridge mitteilen, dass Sie gesund und wohlauf sind«, sagte er leise. »Mehr nicht. Aber die Polizei ist mir dicht auf den Fersen. Ich bin dem Sergeant, der mit dem Fall betraut ist, in den letzten zwei Tagen ständig begegnet.«

Mrs. Whitbread verstand, was er damit sagen wollte. Sie nickte. »Gehen Sie nach links«, wies sie ihn an. »Dann kommen Sie wieder auf die Straße. Passen Sie auf, dass Sie nicht über die Ascheneimer stolpern.«

»Und mehr hat sie nicht gesagt?« Hester sah ihn ungläubig an, als er ihr berichtete, was er erlebt hatte. Sie saßen in dem behaglichen Raum, in dem er seine Klienten empfing und der ihnen gleichzeitig als Wohnzimmer diente. Die Fenster standen offen, um die warme Abendluft einzulassen. Man konnte das Rascheln der Blätter von einem Baum in der Nähe hören und in der Ferne das gelegentliche Klappern von Hufen, wenn ein Wagen über die Straße rollte.

»Nein«, antwortete er und sah zu ihr hinüber. Sie hatte keine Näharbeit auf dem Schoß, wie es bei anderen Frauen vielleicht der Fall gewesen wäre. Sie griff nur dann zur Nadel, wenn es nicht zu vermeiden war. Sie konzentrierte sich ganz auf seinen Bericht, mit geradem Rücken und aufmerksamem Blick.

»Wie war sie denn?«, fragte sie.

Er zuckte zusammen. »Wie sie war?«

»Ja«, sagte sie ungeduldig. »Sie hat dir keinerlei Erklärungen gegeben! Hat sie dir nicht gesagt, warum sie aus Kensington weggegangen ist? Du hast sie doch gefragt, nehme ich an?«

Er hatte sie nicht gefragt. An dem Punkt wusste er bereits, dass sie es ihm nicht sagen würde.

»Du hast es nicht getan!« Hesters Stimme wurde eine Oktave höher.

»Sie hat sich standhaft geweigert, irgendetwas preiszugeben«, erwiderte er. »Nur dass sie nicht dabei war, als Treadwell getötet wurde. Ich glaube, sie wusste nicht einmal, dass er tot war. Als ich es ihr mitteilte, war sie so entsetzt, dass es ihr die Stimme verschlug. Es fehlte nicht mehr viel, und sie wäre in Ohnmacht gefallen.«

»Sie weiß etwas darüber!«, sagte Hester sofort.

Das war eine unbegründete Schlussfolgerung und doch hatte er den gleichen Eindruck gehabt. Er sah Hester an und lächelte unglücklich.

»Das heißt, du hast nichts Neues erfahren«, sagte sie.

»Ich habe immerhin erfahren, dass Mrs. Whitbread sie notfalls mit Gewalt verteidigt hätte. Außerdem hätte sie für Miriam sogar Ärger mit der Polizei auf sich genommen«, stellte er fest. »Und dann wäre da noch die Tatsache, dass Robb sie mit ziemlicher Sicherheit früher oder später finden wird.«

»Also, wie war sie?«, fragte sie noch einmal.

Er machte keine Ausflüchte, keine Bemerkung über die Unergründlichkeit weiblicher Logik.

»Ich habe nie jemanden gesehen, der solche Angst hatte«, antwortete er aufrichtig, »oder solche Qualen litt. Aber ich glaube nicht, dass sie mir – oder irgendjemandem sonst – erzählen wird, was geschehen oder warum sie weggelaufen ist. Lucius Stourbridge wird es auf keinen Fall erfahren.«

»Was wirst du tun?« Ihre Stimme war kaum mehr als ein Flüstern.

Plötzlich wurde ihm klar, dass er seine Entscheidung bereits getroffen hatte.

»Ich werde Stourbridge mitteilen, dass ich sie gefunden habe, dass sie wohlauf ist und dass sie versichert, nichts mit Treadwells Tod zu tun zu haben, aber ich werde ihm nicht verraten, wo sie sich aufhält. Außerdem wird sie, bis ich ihm Bericht erstatte, kaum mehr dort sein. Ich habe sie gewarnt, dass Robb mir dicht auf den Fersen ist.« Er brauchte nicht zu erwähnen, welches Risiko er mit dieser Warnung eingegangen war. Hester wusste es.

»Die arme Frau«, sagte sie leise. »Die arme Frau.«

5

Es war der sechste Tag, an dem Monk versuchte, die Umstände von Miriam Gardiners Flucht aufzuklären. Hester hatte beim Einschlafen über sie nachgedacht und sich gefragt, was für eine Tragödie die Frau zu dieser Handlung getrieben hatte. Warum konnte sie nicht darüber sprechen, nicht einmal mit dem Mann, den sie heiraten wollte?

Aber das war es nicht, was sie weckte. Sie spürte ein Pochen im Kopf und hatte plötzlich ein übermächtiges Gefühl von Angst, das Gefühl, dass etwas Schreckliches passieren würde, das sie nicht verhindern konnte und dem sie nicht gewachsen war.

Neben ihr lag Monk in tiefem Schlaf, das Gesicht im klaren Licht des frühen Tages entspannt und friedlich. Er nahm sie so wenig wahr, als hätten sie sich in getrennten Räumen aufgehalten, in verschiedenen Welten.

Es war nicht das erste Mal, dass sie mit diesem Gefühl der Hilflosigkeit und Erschöpfung aufwachte, und doch konnte sie sich nie daran erinnern, wovon sie geträumt hatte.

Sie sollte Monk wecken, mit ihm reden, von ihm hören, dass es bedeutungslos sei, irreal, und der Welt des Schlafes angehöre. Aber das wäre selbstsüchtig gewesen. Er erwartete mehr Kraft von ihr und würde enttäuscht sein, und das konnte sie nicht ertragen. Sie lag da, starrte an die Decke und fühlte sich unendlich allein, denn mit diesem Gefühl war sie erwacht, und sie konnte es nicht beiseite drängen. Da war etwas, vor dem sie fliehen wollte, aber sie wusste, dass es keine Flucht gab. Es war überall um sie herum.

Das Licht, das durch den Spalt zwischen den Vorhängen drang, wurde langsam heller. In etwa einer Stunde musste sie aufstehen. Beschäftige dich mit dem, was vor dir liegt, beschloss sie. Es war immer besser, etwas zu tun zu haben. Schließlich gab es viele Kämpfe, die es wert waren, ausgefochten zu werden. Sie musste noch einmal mit Fermin Thorpe sprechen. Mit Vernunft war dem Mann nicht beizukommen, denn er fürchtete sich vor Veränderungen, fürchtete sich davor, die Kontrolle zu verlieren und damit etwas von seiner Bedeutung einzubüßen.

Es würde wahrscheinlich weiterer endloser Briefe bedürfen, von denen nur wenige je eine zufrieden stellende Antwort erhielten.

Florence Nightingale war an ihr Haus gefesselt, einige meinten sogar, an ihr Bett, und sie brachte fast ihre ganze Zeit mit dem Verfassen von Briefen zu.

Natürlich hatten ihre Briefe viel bewirkt. In den vier Jahren seit Ende des Krieges hatten sie große Veränderungen herbeigeführt, vor allem was die Bauweise der Hospitäler betraf. Zuerst hatte ihre Aufmerksamkeit natürlich Militärhospitälern gegolten, und ihre Erfolge hatte sie schließlich trotz eines Regierungswechsels, durch den sie ihren Hauptverbündeten verlor, errungen. Jetzt konzentrierte sie ihre Willenskraft auf zivile Krankenhäuser und, genau wie Hester, auf die Ausbildung der Krankenschwestern. Aber es war ein Kampf gegen halsstarrige und eingefleischte Ansichten mächtiger Stellen. Fermin Thorpe war lediglich einer der vielen führenden Mediziner im Land, ein typischer Vertreter seines Berufsstands.

Und die Gesundheit der armen Florence hatte sich seit ihrer Rückkehr verschlechtert. Hester machte es zu schaffen, diese Tatsache zu akzeptieren. In Scutari hatte Florence Nightingale den Eindruck erweckt, über unerschöpfliche Kräfte zu verfügen – sie war keine Frau, die sich Ohnmachtsanfällen hingab oder über Herzklopfen und allgemeine Erschöpfung klagte. Und doch schien jetzt genau das der Fall zu sein! Mehrfach hatte ihr Leben am seidenen Faden gehangen. Ihre Familie durfte sie nicht mehr besuchen, weil man befürchtete, eine solche Aufregung könnte zu viel für sie sein. Freunde und Bewunderer gaben ihre eigene Beschäftigung auf, um für sie zu sorgen.

Aber in letzter Zeit schien sie sich erholt zu haben und sprudelte förmlich über von neuen Ideen. Sie hatte die Einrichtung einer Schule zur Ausbildung von Krankenschwestern vorgeschlagen und ging systematisch gegen die Gegner dieser Idee vor. Es hieß, nichts bereite ihr so viel Vergnügen wie eine Statistik, die beweisen konnte, wie wichtig sauberes Wasser und gute Belüftung für die Genesung eines Patienten waren.

Hester lächelte, als sie im Geist Florence in der heißen türkischen Sonne sah, wie sie einem Armeesergeant befahl, ihr seine Zahlen bezüglich der Toten der vorherigen Woche zu bringen. Sie wollte das Datum wissen, an dem sie ins Hospital eingeliefert wurden, die Art ihrer Verletzungen und die Todesursache. Der arme Mann war so erschöpft gewesen, dass er nicht einmal protestiert hatte. Er hielt es für eine sinnlose Aufgabe, und nur sein Mitgefühl mit den Kameraden und sein Anstandsgefühl hatten ihn dazu gebracht, ihr widerstrebend zu gehorchen. Florence hatte versucht, ihm zu erklären, dass sie aus solchen Dingen wertvolle Informationen gewinnen konnte. Mit strahlendem Blick hatte sie von den Rückschlüssen gesprochen, die man aus solchen Dingen ziehen konnte, von Erfahrungen, die zu machen waren, von Fehlern, die man aufdecken und vielleicht korrigieren konnte. Es starben Menschen, die nicht hätten sterben müssen; es gab Schmerzen, die sich vermeiden ließen. Aber die Armee schenkte ihrer Arbeit keine Beachtung, genauso Fermin Thorpe.

Und hier lag sie warm und behaglich im Bett, während Monk an ihrer Seite schlief. Sie hatte immer noch das Bedürfnis, ihn zu wecken und mit ihm zu reden – nein, das stimmte nicht ganz, sie wollte im Grunde, dass er mit ihr redete. Sie wollte seine Stimme hören.

Sie wäre gern aufgestanden, um etwas zu tun, das sie von

ihren Gedanken ablenkte, aber dann hätte sie ihn gestört. Also blieb sie still liegen und verfolgte das Muster, welches das Sonnenlicht an die Decke zeichnete, bis sie nach einer Weile wieder einschlief.

Als sie zum zweiten Mal erwachte, rüttelte Monk sie sanft an der Schulter. Sie hatte das Gefühl, aus einem tiefen Brunnen emporgeklettert zu sein, und ihr Kopf schmerzte noch immer.

Sie erwiderte sein Lächeln und zwang sich, eine fröhliche Miene zu machen. Wenn er etwas Gezwungenes darin wahrnahm, so sprach er es jedenfalls nicht aus. Vielleicht war er in Gedanken bereits bei Miriam Gardiner und überlegte, wie er ihr helfen konnte und was er zu Lucius Stourbridge sagen sollte.

Es war bereits spät am Vormittag, als Hester im Hauptkorridor auf Fermin Thorpe traf.

»Ah, guten Morgen, Miss – Mrs. Monk«, begrüßte er sie und blieb stehen. »Wie geht es Ihnen heute?« Er sprach sofort weiter, damit sie ihn nicht mit einer Antwort unterbrechen konnte. »Um auf Ihren Wunsch zurückzukommen, Frauen für die Krankenpflege auszubilden, habe ich mir eine Ausgabe von Mr. J. F. South' Buch besorgt, das vor drei Jahren erschienen ist. Ich bin sicher, es wird Sie sehr interessieren.« Er lächelte und sah ihr direkt in die Augen.

Ein Medizinstudent ging an ihnen vorbei, den Thorpe nicht beachtete – ein Gradmesser für die Ernsthaftigkeit seiner Absichten.

»Sie wissen vielleicht nicht, wer er ist, daher werde ich es Ihnen sagen, damit Sie das, worüber er schreibt, richtig beurteilen können.« Er straffte die Schultern und hob das Kinn. »Er ist Chefchirurg des St.-Thomas-Hospitals und mehr noch, er ist der Präsident des Kollegiums für Chirurgie.« Er verlieh diesen Worten besonderen Nachdruck, damit sie nur ja deren Bedeutung erfasste. »Ich zitiere, Miss – Mrs. Monk, er ist…« Seine Stimme wurde an dieser Stelle noch eindringlicher – »›ganz und gar nicht geneigt einzuräumen, dass die Pflegeeinrichtungen in unseren Hospitälern unzureichend sind oder dass sie durch eine spezielle Ausbildungsinstitution zu verbessern wären‹. Ferner weist er darauf hin, dass selbst Schwestern, die mit der Leitung von Stationen betraut sind, nur durch Erfahrung lernen können.« Er lächelte sie mit wachsendem Selbstvertrauen an. »›Krankenpflegerinnen selbst sind Untergebene in der Position von Hausmädchen und brauchen nur die simpelsten Anweisungen zu erhalten.‹«

Zwei Krankenschwestern kamen an ihnen vorüber, die Gesichter gerötet vor Anstrengung, die Ärmel hochgekrempelt.

Hester wollte protestieren, aber er ließ sie nicht zu Wort kommen und hob ein wenig die Stimme. »Ich weiß selbstverständlich von Miss Nightingales Fond zur Ausbildung junger Frauen, aber ich muss Sie davon in Kenntnis setzen, Madam, dass sich unter den Anhängern dieser Idee nur drei Chirurgen und zwei praktische Ärzte befinden. Das allein dürfte als unfehlbares Zeichen für die Meinung dieses Berufsstandes angesehen werden, dem die qualifiziertesten und erfahrensten Männer dieses Landes angehören. Und nun, Mrs. Monk«, er sprach ihren Namen klar und deutlich aus, um zu zeigen, dass er ihn sich endlich gemerkt hatte, »nun baue ich darauf, dass Sie Ihre beträchtlichen Energien auf das Wohlergehen der Krankenschwestern und auch der Patienten hier konzentrieren werden, und auf Ihren Gehorsam den Ärzten gegenüber. Auf Wiedersehen.« Ohne ihre Antwort abzuwarten, ging er mit großen Schritten auf den Operationssaal zu, davon überzeugt, das Thema ein für alle Mal aus der Welt geschafft zu haben.

Hester war einige Sekunden lang sprachlos vor Wut. Dann ging sie in die entgegengesetzte Richtung, wo das Wartezimmer der praktischen Ärzte lag.

Dort fand sie Cleo im Gespräch mit einem alten Mann, der offensichtlich Angst hatte und sich alle Mühe gab, dies zu verbergen. Er hatte an beiden Beinen offene Geschwüre, die arge Schmerzen verursachen mussten und so aussahen, als hätten sie ihn schon eine ganze Weile geplagt. Er lächelte Cleo zu, aber seine Hände verkrampften sich, bis die Knöchel weiß hervortraten. Er saß stocksteif auf seinem Stuhl.

»Sie müssen sie regelmäßig frisch verbinden lassen«, erklärte Cleo ihm. »Vor allem müssen Sie sie sauber halten, sonst heilen sie nie. Ich mache das für Sie, wenn Sie herkommen und nach mir fragen.«

»Ich kann nicht jeden Tag herkommen«, antwortete er höflich, aber bestimmt. »Es geht einfach nicht, Miss.«

»So, es geht nicht?« Sie sah ihn nachdenklich an und betrachtete dann die abgetretenen Stiefel und die abgetragene Jacke. »Nun, dann muss ich wohl zu Ihnen kommen. Ist es weit, hm?«

»Und warum sollten Sie das tun?«, fragte er zweifelnd.

»Weil diese Geschwüre sonst nicht heilen«, antwortete sie spitz.

»Ich will aber keine Gefälligkeiten«, empörte er sich. »Ich will keine Schwestern im Haus haben! Was sollen denn die Nachbarn von mir denken?«

Cleo zuckte kaum merklich zusammen. »Dass Sie verdammtes Glück haben, in Ihrem Alter noch eine so gut aussehende Frau wie mich geködert zu haben!«, blaffte sie ihn ihrerseits an.

Er konnte sich ein Lächeln nicht verkneifen. »Aber Sie können trotzdem nicht kommen.«

Sie sah geduldig auf ihn hinab. »So was nennt sich Soldat und kann keine Befehle von jemandem entgegennehmen, der es besser weiß – und dass Sie sich da nicht irren, mein Herr, wenn es um diese Geschwüre geht, bin ich Ihr Sergeant.«

Er holte tief Luft und schwieg.

»Also?«, fragte Cleo. »Werden Sie mir verraten, wo Sie wohnen, oder muss ich erst meine Zeit damit verschwenden, es selbst herauszufinden?«

»Church Row«, erwiderte er widerstrebend.

»Und soll ich vielleicht die ganze Straße rauf und runter marschieren und nach Ihnen fragen, wie?«, sagte Cleo mit hochgezogenen Augenbrauen.

»Nummer einundzwanzig.«

»Wunderbar! Himmel, das ist ja wie Zähneziehen!«

Er war sich nicht sicher, ob sie einen Witz gemacht hatte oder nicht. Er lächelte zaghaft.

Sie erwiderte sein Lächeln, dann sah sie Hester auf sich zukommen und versuchte den Anschein zu erwecken, als habe die Begegnung mit dem alten Mann sie nicht aus der Fassung gebracht.

»Ich werd's nicht in meiner Dienstzeit tun«, flüsterte sie ihr zu. »Der arme alte Kerl hat bei Waterloo gekämpft, und sehen Sie sich an, in was für 'nem Zustand er ist.« Ihre Miene verdüsterte sich, und sie vergaß den gebührenden Respekt gegenüber einer gesellschaftlich höher gestellten Frau. Zorn funkelte in ihrem Blick. »Was waren wir nicht alle begeistert von unseren Soldaten, als wir dachten, die Franzmänner würden uns überfallen, und wir könnten vielleicht verlieren. Jetzt, fünfundvierzig Jahre später, haben wir vergessen, was sie für uns getan haben, und wer schert sich schon um einen alten Mann mit offenen Beinen, der kein Geld hat und über Kriege redet, von denen wir nichts wissen?«

Hester dachte an die Männer, die sie in Scutari und Sewastopol kennen gelernt hatte und an die Zelte der Chirurgen nach dem chaotischen Sturm auf Balaklava. Sie waren so jung gewesen und hatten so schreckliche Schmerzen gelitten. Ihre leichenblassen Gesichter waren es, die letzte Nacht Hesters Träume heimgesucht hatten. Sie konnte sie vor ihrem inneren Auge deutlich sehen. Jene, die überlebt hatten, würden in vierzig Jahren alte Männer sein. Würden die Menschen sich ihrer dann noch erinnern? Oder würde es eine neue Generation geben, die nur den Frieden kannte und alte Soldaten langweilig und lästig fand?

»Sorgen Sie dafür, dass er versorgt wird«, sagte Hester leise. »Das ist alles, was zählt. Tun Sie, wann immer Sie es einrichten können.«

Cleo sah Hester erstaunt an. Einen Moment lang wusste sie nicht, ob sie richtig gehört hatte. Sie kannten einander kaum. Hier im Hospital verband sie die Arbeit, aber wenn sie nach Hause gingen, kehrten sie in verschiedene Welten zurück.

»Das, was wir ihnen schulden, kann niemand ermessen«, erwiderte Hester, »geschweige denn bezahlen.«

Cleo bewegte sich nicht.

»Ich war in Scutari«, erklärte Hester.

»Oh...« Es war nur ein einziges Wort, aber es rief Verständnis hervor und tiefen Respekt. Cleo nickte leicht und ging zum nächsten Patienten.

Hester verließ den Raum. Sie war jetzt gerade in der richtigen Stimmung, dafür zu sorgen, dass den moralischen Anforderungen Genüge getan wurde und jede Krankenschwester sauber, ordentlich, pünktlich und nüchtern war.

Als sie durch den Korridor ging, lief eine Krankenschwester an ihr vorbei, die wohl gerade erst zum Dienst erschienen war; sie trug noch immer ihren Umhang.

»Sie kommen zu spät!«, sagte Hester streng. »Ich möchte nicht, dass das noch einmal vorkommt!«

Die Frau zuckte zusammen. »Nein, Ma'am«, erwiderte sie gehorsam und hastete mit gesenktem Kopf weiter. Noch im Laufen nahm sie den Umhang ab.

Direkt vor der Krankenhausapotheke stieß Hester auf einen jungen Medizinstudenten, der unrasiert war und dessen Jacke weit offen stand.

»Ihr Aussehen lässt zu wünschen übrig, Sir!«, sagte sie mit der gleichen Schärfe. »Wie sollen Ihre Patienten Vertrauen zu Ihnen haben, wenn Sie aussehen, als hätten Sie in Ihren Kleidern geschlafen? Wenn Sie ein Herr sein wollen, sollten Sie auch so aussehen wie einer!«

Er war so verblüfft, dass es ihm die Sprache verschlug,

und er nur reglos dastand, während sie an ihm vorbei in die Warteräume der Chirurgen trat.

Den Rest des Vormittags verwandte sie darauf, die wartenden Patienten zu trösten und ihnen Mut zuzusprechen. Sie hatte Florence Nightingales Bemerkung nicht vergessen, dass der seelische Schmerz eines Patienten dem körperlichen gleichzusetzen sei und dass eine gute Krankenschwester Zweifel zerstreuen und Hoffnung wecken solle.

Gegen Mittag setzte sie sich an einen der Tische im Speisesaal für das Personal, dankbar für eine Stunde Ruhe. Fünfzehn Minuten später gesellte Callandra sich zu ihr. Ausnahmsweise war ihr Haar ordentlich hochgesteckt, und ihr Rock passte genau zu der gut sitzenden Jacke. Einzig ihre Miene verdarb den erfreulichen Anblick. Sie sah zutiefst unglücklich aus.

»Was ist passiert?«, fragte Hester, als Callandra es sich auf dem harten Stuhl bequem gemacht hatte.

»Es sind weitere Medikamente verschwunden«, flüsterte Callandra so leise, dass sie kaum zu verstehen war. »Es gibt keinen Zweifel mehr. Es ist eine grässliche Vorstellung, dass jemand vorsätzlich solche Mengen an Medikamenten stiehlt, aber eine andere Erklärung gibt es nicht.« Sie verzog das Gesicht, und die Lippen waren nur noch eine schmale Linie. »Stellen Sie sich nur vor, was Thorpe daraus machen wird, ganz abgesehen von allem anderen!«

»Ich hatte heute Morgen bereits eine Unterredung mit ihm«, erwiderte Hester, die ihrem Teller mit dem kalten Hammelfleisch und den frischen Kartoffeln keine Beachtung schenkte. »Er zitierte Mr. South. Ich hatte nicht einmal die Gelegenheit, ihm zu antworten. Jetzt würde ich ihn gern fragen, ob er nicht besondere Maßnahmen für die Männer treffen könnte, die in der Vergangenheit für uns gekämpft haben und die jetzt alt und krank sind.«

Callandra runzelte die Stirn. »An was für eine Art von Maßnahmen haben Sie denn gedacht?«

»Das weiß ich selbst noch nicht so genau.« Hester schnitt

eine Grimasse. »Ich nehme an, dies ist nicht der geeignete Augenblick, um vorzuschlagen, dass wir ihnen Medikamente und Verbandszeug aus dem Etat des Krankenhauses zur Verfügung stellen?«

»Aber das tun wir doch ohnehin«, sagte Callandra mit einiger Überraschung.

»Nur wenn sie hierher kommen«, bemerkte Hester. »Einige von ihnen können aber nicht jeden Tag den weiten Weg machen. Sie sind zu alt oder zu krank, oder sie sind lahm und können deshalb keinen Omnibus benutzen. Und ein Hansom kostet einfach zu viel, selbst wenn es ihnen möglich wäre, einen zu besteigen.«

»Wer sollte ihnen denn zu Hause die Medizin verabreichen?«, fragte Callandra neugierig. Langsam begann sie zu begreifen.

»Wir«, antwortete Hester. »Es wäre nicht einmal ein Arzt dafür notwendig, nur eine Krankenschwester mit Erfahrung und Selbstvertrauen – jemand mit einer Ausbildung.«

»Und jemand, dem man vertrauen kann«, fügte Callandra viel sagend hinzu.

Hester seufzte. Das Damoklesschwert der gestohlenen Medikamente schwebte über ihren Köpfen. Sie konnten die Sache nicht mehr lange vor Fermin Thorpe geheim halten.

»Da beißt die Katze sich in den Schwanz, nicht wahr?«, fragte sie mit einem Anflug von Verzweiflung. »So lange wir keine ausgebildeten Frauen haben, die pflichtbewusst ihre Arbeit verrichten und mit Respekt behandelt und entsprechend entlohnt werden, so lange können wir nicht verhindern, dass solche Dinge geschehen. Und solange das passiert, werden Menschen wie Thorpe – und aus solchen Leuten scheint die Ärzteschaft in der Mehrzahl zu bestehen – Krankenschwestern als die unterste Schicht von Hausmädchen ansehen.«

Callandra verzog den Mund. »Ich kenne kein Hausmädchen, das nicht beleidigt wäre – und wahrscheinlich sogar kündigen würde –, wenn Sie es in einem Atemzug mit einer Krankenschwester nennen.«

»Das genau ist das Problem, mit dem wir uns herumschlagen!«, erwiderte Hester, während sie sich eine halbe Kartoffel und ein Stück kaltes Hammelfleisch nahm.

»Die Nightingale-Schule wird in Kürze eröffnen.« Callandra gab sich alle Mühe, ein wenig optimistischer zu erscheinen. »Aber ich glaube, sie hatte Mühe, geeignete Bewerberinnen zu finden. Sie haben sehr hohe Anforderungen in puncto Moral, und sie verlangen natürlich absolute Hingabe an den Beruf. Die Regeln sind fast so streng wie in einem Nonnenkloster.«

»Man nennt sie nicht umsonst ›Schwestern‹«, antwortete Hester mit humorvollem Blick.

Aber es gab noch andere Dinge, die sie beschäftigten. Sie hatte noch einmal über Sergeant Robbs Großvater nachgedacht, der allein in seiner Wohnung saß und wartete, dass sein Enkel ihn versorgte. Die Situation musste eine schwere Last für ihn sein.

Und wie viele andere alte Männer mochte es geben, die jetzt krank und mittellos waren, Opfer von Kriegen, an die die jungen Menschen sich nicht mehr erinnern konnten? Und auch alte Frauen, vielleicht die Witwen von Männern, die im Krieg gefallen waren, oder solche, die unverheiratet geblieben sind, weil die Männer, die sie ehelichen wollten, in einer Schlacht den Tod gefunden haben?

Sie beugte sich ein wenig vor. »Könnte man nicht eine Art Vereinigung schaffen, von Frauen, die diese Menschen besuchen … die zumindest die augenfälligeren Probleme angehen und Rat geben, in welchen Fällen ein Arzt hinzugezogen werden sollte …«

Der Ausdruck auf Callandras Gesicht ließ sie innehalten. »Sie träumen, meine Liebe«, sagte sie sanft. »Wir bekommen nicht einmal ordentliche Krankenschwestern für die Armenhospitäler, die an die Arbeitshäuser angeschlossen sind, und Sie sprechen von Krankenschwestern, die die Armen in ihren Häusern aufsuchen? Da greifen Sie Ihrer Zeit fünfzig Jahre voraus. Aber dennoch, es ist ein schöner Traum, ein guter Traum.«

»Wie wäre es denn mit einer Art Hospital eigens für Männer, die ihre Gesundheit im Kampf für England gelassen haben?«, hakte Hester nach. »Wäre das nicht wenigstens ein Gebot des Respekts, wenn schon nichts anderes?«

»Wenn man der Ehre überall Genüge täte, wäre dies eine ganz andere Welt.« Callandra schluckte den letzten Bissen ihrer Pastete hinunter. »Vielleicht hätte man mehr Erfolg, wenn man auf aus der Erkenntnis geborenen Eigennutz setzte.«

»Wie das?«, fragte Hester.

»Die besten Pflegereformen hat es bisher in Armeehospitälern gegeben, und sie sind fast ausschließlich Miss Nightingales Werk.« Sie dachte mit gerunzelter Stirn nach, bevor sie weitersprach. »Neue Häuser werden so gebaut, dass sie über sauberes Wasser verfügen, über eine bessere Belüftung und erheblich weniger überfüllte Stationen…«

»Ich weiß.« Hester ließ ihren Teller unbeachtet stehen.

»Ich bin überzeugt, Mr. Thorpe würde gern als fortschrittlich gelten…«, fuhr Callandra fort.

Hester verzog das Gesicht, fiel der anderen Frau aber nicht noch einmal ins Wort.

»…ohne dabei irgendein Risiko einzugehen«, fuhr Callandra fort. »Ein Armenhospital für alte Soldaten könnte ein guter Kompromiss sein.«

»Natürlich könnte es das!«, stimmte Hester ihr zu. »Nur dass man es natürlich anders bezeichnen müsste. Sehr viele Soldaten würden lieber sterben, als die Wohltätigkeit ihrer Gemeinde anzunehmen. Und das sollten sie auch nicht nötig haben! So viel zumindest sind wir ihnen schuldig.« Sie schob ihren Stuhl zurück und stand auf. »Aber ich werde sehr zurückhaltend sein, wenn ich mit Mr. Thorpe spreche.«

»Hester!«, rief Callandra ihr beschwörend nach, aber Hester war schon an der Tür, und wenn sie etwas gehört hatte, so ließ sie es sich nicht anmerken.

»Unmöglich«, sagte Thorpe, ohne zu zögern. »Ganz ausgeschlossen. Es gibt Arbeitshäuser, die für die Bedürftigen Sorge tragen …«

»Ich rede nicht von Bedürftigen, Mr. Thorpe.« Hester bemühte sich, ruhig zu bleiben, aber es kostete sie einige Anstrengung. »Ich denke an Männer, die ihre Gesundheit im Krieg eingebüßt haben, oder in den großen Schlachten wie Quatre-Bras oder Waterloo …«

Er runzelte die Stirn. »Quatre-Bras? Wovon reden Sie?«, fragte er ungeduldig.

»Das war direkt vor Waterloo«, erklärte sie geduldig, obwohl sie wusste, dass sie herablassend klang. »Es ging damals nicht darum, für die Ausweitung des Empires zu kämpfen, sondern um uns gegen eine Invasion zu schützen und von einer ausländischen Macht unterworfen zu werden …«

»Ich brauche keine Lektion in Geschichte, Mrs. Monk«, erwiderte er gereizt. »Diese Männer haben ihre Pflicht getan, wie wir alle es tun. Für eine junge Frau hat die Uniform sicher einen gewissen Reiz und man neigt dazu, diese Männer zu Helden zu machen …«

»Niemand macht aus ihnen Helden, Mr. Thorpe«, korrigierte sie ihn. »Ich sorge mich um die Verletzten und Kranken, die unsere Hilfe benötigen und die, wie ich glaube, ein Recht darauf haben. Ich bin davon überzeugt, dass Sie mir als Patriot und als Christ in diesem Punkt Recht geben werden.«

Widersprüchliche Gefühle spiegelten sich auf seinem Gesicht wider, aber er hätte niemals ihre Einschätzung seiner Person korrigiert, selbst wenn er argwöhnte, dass sie eine gehörige Portion Sarkasmus enthielt.

»Natürlich«, pflichtete er ihr widerstrebend bei. »Ich werde es mir durch den Kopf gehen lassen. Es ist sicher etwas, das wir alle gern tun würden, falls es sich als machbar erweisen sollte.« Er hatte beschlossen, nicht länger mit ihr zu streiten, sondern sie einfach hinzuhalten. Gewiss würde er über ihren Vorschlag nachdenken – bis in alle Ewigkeit.

Sie wusste, dass sie ein weiteres Mal geschlagen war. Wie oft sie sich auch an ihn wenden mochte, er würde jedes Mal lächeln, ihr zustimmen und sagen, er werde sich um mögliche Lösungen für ein bestimmtes Problem bemühen. Und sie würde ihm nie nachweisen können, dass er Unrecht hatte. Mit einem Mal konnte sie ganz deutlich nachempfinden, was es für Florence Nightingale bedeutete, vor solchen Hindernissen zu stehen, und warum sie krank geworden war.

Hester erwiderte Fermin Thorpes Lächeln. »Sie werden gewiss Erfolg haben«, log sie ihrerseits. »Ein Mann, dessen Fähigkeiten es ihm erlauben, ein Krankenhaus von dieser Größe so gut zu leiten, wird sicher auch die richtigen Argumente haben und seinen Einfluss geltend machen können, um andere von der Gerechtigkeit einer solchen Sache zu überzeugen. Wenn Sie so etwas nicht könnten, dann wären Sie wohl kaum der richtige Mann für Hampstead... nicht wahr?« Sie hätte sich eine solche Bemerkung nie erlaubt, wenn sie von ihm abhängig gewesen wäre, um ihren Lebensunterhalt zu verdienen – aber das war sie gottlob nicht! Sie war eine verheiratete Frau mit einem Ehemann, der für sie sorgte, und – wie Callandra – als freiwillige Helferin hier, nicht als bezahlte Arbeitskraft. Es war ein wunderbares Gefühl.

Seine Wangen röteten sich noch mehr. »Es freut mich, dass Sie meine Position zu würdigen wissen, Mrs. Monk«, sagte er mit zusammengebissenen Zähnen. »Ich weiß nicht immer so genau, ob Ihnen bewusst ist, dass ich tatsächlich mit der Leitung dieses Krankenhauses betraut bin.«

»Das tut mir Leid«, antwortete sie. »Man braucht sich ja nur umzusehen, um den Leistungsstandard eines Krankenhauses zu erkennen.«

Er blinzelte, denn er war sich der Doppeldeutigkeit ihrer Worte durchaus bewusst. Sein Tonfall war herablassend, als er weitersprach. »Sie haben gewiss ein gutes Herz, Mrs. Monk, aber ich fürchte, Ihr mangelndes Verständnis für finanzielle Dinge steht der Beurteilung dessen, was machbar ist, im Weg. So sind zum Beispiel die Kosten für Medikamente weitaus höher, als Ihnen wahrscheinlich bewusst ist, und wir sind in der unglücklichen Lage, dass wir von moralisch nicht gerade integren Angestellten in einem beträchtlichen Maß bestohlen werden.« Er sah sie durchdringend an. »Wenn Sie Ihre Aufmerksamkeit auf die Ehrlichkeit und das Nüchternsein der Krankenschwestern hier verwenden würden, hätten wir weitaus geringere Verluste und könnten den Kranken, die sich auf uns verlassen, eine bessere Fürsorge angedeihen lassen. Richten Sie Ihre Energie auf diese Dinge, Mrs. Monk, dann werden Sie der Allgemeinheit den größten Dienst erweisen. Ehrlichkeit! Ehrlichkeit wird die Kranken von ihrem Leiden befreien und die moralisch Minderbemittelten vor den Konsequenzen ihres Handelns bewahren.« Er lächelte. Er war sehr zufrieden mit seiner kleinen Ansprache.

Hester trat den Rückzug an, bevor er die Frage der verschwundenen Medikamente weiter verfolgen konnte.

Sie hatte sich bereits entschlossen, John Robb einen Besuch abzustatten, um zu sehen, ob sie ihm irgendwie helfen konnte. Das zumindest war etwas, das sich ohne Fermin Thorpes Unterstützung ausführen ließ.

Es war ein schöner Sommernachmittag, und sie brauchte nicht lange bis zu der Straße, in der Robb lebte. Sie wusste die Hausnummer nicht, musste aber nur einmal nachfragen, um sie in Erfahrung zu bringen.

Die Häuser sahen ärmlich aus, waren aber sauber. Einige hatten geweißte Treppen, während vor anderen nur ordentlich gefegt worden war. Sie überlegte, ob sie klopfen sollte oder nicht. Nach allem, was Monk ihr erzählt hatte, konnte der alte Mann nicht aufstehen, um die Tür zu öffnen. Doch es ging auch nicht an, einfach unangemeldet das Haus zu betreten.

Sie entschied sich dafür, an der Tür stehen zu bleiben und seinen Namen zu rufen. Dann wartete sie schweigend ein paar Sekunden ab, bevor sie noch einmal rief.

»Wer ist da?« Die Stimme war ein gedämpftes Brummen.

»Mein Name ist Hester... Monk.« Sie hätte um ein Haar »Latterly« gesagt. Sie war noch nicht an den neuen Namen gewöhnt. »Mein Mann hat Sie neulich besucht.« Sie durfte ihm nicht das Gefühl geben, Mitleid zu erregen. Ein unbedachter Satz konnte so leicht verletzen. »Er hat so viel von Ihnen erzählt, dass ich Sie gern einmal selbst besuchen wollte.«

»Ihr Mann? Ich erinnere mich nicht...« Er begann so stark zu husten, dass sie alle Höflichkeit vergaß und über die Schwelle trat.

Der Raum war klein und vollgestellt mit Möbeln, aber er war sauber und so aufgeräumt wie das unter diesen Umständen nur möglich war.

Sie ging direkt zum Spülstein, suchte eine Tasse, füllte sie mit Wasser aus einem Krug auf der Bank und hielt sie dem alten Mann an die Lippen; mehr konnte sie kaum für ihn tun. Sein Körper bebte, als er nach Luft rang. Sie konnte das Rasseln in seiner Brust hören.

Nach einer Weile ließ der Krampf nach und der alte Mann nahm dankbar das Wasser entgegen, nippte daran und gab ihr die Tasse wieder zurück.

»Tut mir Leid, Miss«, sagte er heiser. »Das kommt von der Bronchitis. Wirklich dumm, so was um diese Jahreszeit zu kriegen.«

»Es kann jederzeit passieren, wenn man anfällig dafür ist«, antwortete sie mit einem Lächeln. »Manchmal ist es im Sommer am schlimmsten. Da wird man es noch schlechter los als sonst.«

»Sie haben sicher Recht«, stimmte er ihr mit einem leichten Nicken zu. Er war blass, aber seine Wangen waren ein wenig gerötet. Sie vermutete, dass er leichtes Fieber hatte.

»Was kann ich für Sie tun, Miss? Wenn Sie meinen Enkel

suchen, der ist nicht hier. Er ist Polizist und zurzeit im Dienst. Übrigens ist er sehr gut in seinem Beruf als Sergeant.« Sein Stolz war nicht zu überhören.

»Ich bin Ihretwegen hergekommen«, erinnerte sie ihn. Sie musste einen Grund finden, den er akzeptieren konnte. »Mein Mann sagte, Sie seien Matrose gewesen und hätten einige der wichtigsten Schlachten in der Geschichte Englands mitgemacht.«

Er sah sie von der Seite an. »Und was für eine Verwendung hat eine junge Dame wie Sie für Geschichten von alten Schlachten, die noch vor ihrer Geburt stattgefunden haben?«

»Wenn sie verloren worden wären, spräche ich jetzt Französisch«, erwiderte sie und sah ihn lächelnd an.

»Hm … ja, das könnte stimmen. Trotzdem, das war Ihnen ja schon bekannt, bevor Sie den weiten Weg zu mir machten!« In seinen Worten schwang immer noch eine Spur Misstrauen mit.

Hester verstand sofort. Junge, gebildete Frauen mit guten Manieren pflegten keinen alten, kranken Kriegsveteranen zu besuchen, der, nach diesem Zimmer zu urteilen, in finanziellen Schwierigkeiten steckte.

Der Wahrheit entsprechend zu antworten, schien ihr jetzt das Beste zu sein.

»Ich war Armeekrankenschwester auf der Krim«, sagte sie. »Ich weiß mehr über den Krieg, als Sie sich vielleicht vorstellen können. Ich habe wahrscheinlich nicht so viele Schlachten miterlebt wie Sie, aber ich war bei manchen dabei und oft näher, als mir lieb war. Ich habe eine ganze Menge Leid gesehen.« Plötzlich sprach sie mit großer Überzeugung. »Ich kenne niemanden, mit dem ich über diese Dinge sprechen, dem ich von all dem Elend erzählen könnte, das mich noch heute in meinen Träumen verfolgt. Niemand will solche Dinge hören, schon gar nicht von einer Frau. Die Menschen denken, man sollte besser alles vergessen … es wäre einfacher. Aber das stimmt nicht …«

Er sah sie mit großen Augen an. »Hm, also … Sie waren

wirklich auf der Krim? Und das, wo Sie so ein mageres Ding sind!« Er betrachtete ihren schlanken Körper und die knochigen Schultern, aber in seinem Blick lag nicht Missbilligung, sondern Bewunderung. »Auf See haben wir festgestellt, dass die Dünnen, Drahtigen besser durchhielten als die Großen, Kräftigen. Ich schätze, wenn es hart auf hart geht, ist Stärke einzig und allein eine Frage der Einstellung.«

»Ja, das stimmt«, pflichtete sie ihm bei. »Möchten Sie jetzt vielleicht etwas Heißes zu trinken? Ich könnte Ihnen einen Tee zubereiten, wenn Sie wollen. Er würde Ihrer Brust vielleicht gut tun.« Dann fügte sie, damit sie nicht so herablassend klang, hinzu: »Ich würde mich sehr gern mit Ihnen unterhalten, und das dürfte schwierig sein, wenn Sie wieder anfangen zu husten.«

Er verstand sehr gut, was sie vorhatte, aber sie hatte dennoch die richtige Taktik gewählt. »Sie sind eine ganz Schlaue, hm?«, bemerkte er mit einem Lächeln und zeigte dann auf den Herd. »Der Kessel steht da drüben, und Tee ist in der Dose. In der Vorratskammer finden Sie vielleicht noch einen Tropfen Milch. Könnte aber sein, dass sie uns ausgegangen ist. Michael wird heute Abend sicher welche mitbringen.«

»Das macht nichts«, antwortete sie und erhob sich. »Wenn der Tee nicht zu stark ist, kann man ihn auch gut ohne Milch trinken.«

Sie spülte gerade die Kanne aus, um den Tee zuzubereiten, als die Tür geöffnet wurde. Sie drehte sich um und sah einen jungen Mann vor sich. Er war von durchschnittlicher Größe, schlank und hatte sehr schöne, dunkle Augen. Er starrte sie wütend an.

»Wer sind Sie?«, fragte er und trat einen Schritt näher. »Und was machen Sie hier?« Er ließ die Tür hinter sich offen, als wolle er sie so schnell wie möglich loswerden.

»Hester Monk«, antwortete sie und sah ihm direkt in die Augen. »Ich habe Mr. Robb einen Besuch abgestattet. Wir haben viele Gemeinsamkeiten, und er war so freundlich, mir zuzuhören. Er hat mir erlaubt, eine Tasse Tee für ihn zu machen, damit ihm das Sprechen leichter fällt.«

Der junge Mann sah sie ungläubig an. Seinem Blick zufolge hätte man denken können, er glaube, sie sei gekommen, um die mageren Vorräte auf dem Regal hinter ihr zu stehlen.

»Was um alles in der Welt könnten Sie mit meinem Großvater gemeinsam haben?«, fragte er grimmig.

»Es ist schon gut, Michael«, schaltete der alte Mann sich ein. »Ich würde gern sehen, wie sie es mit dir aufnimmt. Ich schätze, sie steckt dich, was das Reden anbelangt, im Handumdrehen in die Tasche. Sie ist eine Krimschwester, jawohl! Sie hat mehr Schlachten erlebt als du – genau wie ich. Sie führt nichts Böses im Schilde.«

Michael sah den alten Mann unsicher an, dann wandte er sich wieder Hester zu. Sie verstand seinen Wunsch, seinen Großvater zu schützen. Und sie war fraglos ein Eindringling. Aber dennoch sollte der alte Robb nicht behandelt werden, als sei er ein Kind, auch wenn er in körperlicher Hinsicht auf Hilfe angewiesen war. Obwohl ihr die Worte bereits auf der Zunge lagen, hielt sie sich zurück, um den alten Mann diese Sache allein austragen zu lassen.

Der alte Robb sah Hester mit funkelndem Blick an. »Sie haben doch bestimmt nichts dagegen, Miss, noch eine Tasse auf den Tisch zu stellen, oder?«

»Natürlich nicht«, antwortete Hester und nahm dann die letzte Tasse von ihrem Haken an dem Regal, das als Küchenschrank diente. Sie spülte, wie sie es vorgehabt hatte, die Kanne aus, gab eine Portion Teeblätter hinein und goss anschließend das kochende Wasser darüber. Dabei wandte sie Michael den Rücken zu. Schließlich hörte sie, wie die Tür geschlossen wurde und er durch den Raum ging.

Als er hinter ihr stand, war seine Stimme sehr leise. »Hat Monk Sie hierher geschickt?«

»Nein.« Sie wollte gerade hinzufügen, dass Monk sie nirgendwo »hinschickte«, aber als sie darüber nachdachte, wurde ihr klar, dass das nicht stimmte. Er hatte sie häufig ausgeschickt, um das eine oder andere in Erfahrung zu bringen. »So weit ich weiß, hat er keine Ahnung, dass ich hier bin. Er hat mir von Mr. Robb erzählt, und ich hatte den Wunsch, ihn zu besuchen. Ich will Ihnen nicht zu nahe treten, Sergeant Robb, ebenso wenig wie ich Ihrem Großvater etwas Böses will. Und ich interessiere mich auch nicht für Ihre Arbeit, was den Fall Miriam Gardiner betrifft.«

Er errötete, aber sein Blick blieb feindselig.

»Sie sagen wirklich, was Sie denken, Ma'am.«

Sie lächelte. »Ja – ich weiß. Wäre es Ihnen lieber, ich würde um den heißen Brei herumreden? Ich könnte noch einmal von vorn anfangen, wenn Sie es wünschen?«

»Nein, das wünsche ich nicht!« Gegen seine Absicht wurde seine Stimme lauter. »Ich …«

Was er auch hätte sagen wollen, es ging in einem neuerlichen Hustenanfall des alten Mannes unter. Er hatte sich halb in seinem Stuhl aufgebäumt und litt offensichtlich starke Schmerzen. Sein Gesicht war hochrot, und auf seinen Lippen und der Stirn standen Schweißperlen.

Michael fuhr herum, stützte ihn und schob ihn vorsichtig wieder in den Sessel zurück. Einen Augenblick lang war Hester vollkommen vergessen.

Der alte Mann rang nach Atem und versuchte verzweifelt, Luft in seine kranken Lungen zu saugen, bis sein ganzer Körper unter heftigen Krämpfen zuckte. Er hustete zähen, dunkelgelben und mit Blut vermischten Schleim aus.

Hester hatte bereits geahnt, dass es nicht gut um ihn stand, und dies war die Bestätigung. Sie wünschte, sie hätte irgendetwas tun können, aber im Moment gab es keine Hilfe für den alten Mann. Michael stützte ihn, so gut es ging.

Wäre er im Krankenhaus gewesen, hätte sie seine Lunge mit einer winzigen Dosis Morphium beruhigen und ihm ein wenig Ruhe verschaffen können. Auch Sherry und Wasser wären ein gutes Stärkungsmittel gewesen. Sie ließ ihren Blick über die Regale wandern. Wie konnte sie ihm geben, was er brauchte, ohne seinen Stolz zu verletzen. Sie wusste, dass Angst krank machen, dass Furcht den Lebenswillen zerstören konnte. Das Gefühl, nur mehr eine Last für die Menschen zu sein, die man liebte, hatte schon häufig den Tod eines Menschen herbeigeführt, der sich vielleicht wieder erholt hätte, wäre ihm seine Existenz nicht so nutzlos erschienen.

Sie sah Brot und Käse, drei Eier, ein sorgfältig abgedecktes Stück kaltes Rindfleisch, etwas rohes Gemüse und eine Scheibe Pastete. Nicht viel, um zwei Männer zu ernähren. Vielleicht aß Michael Robb ja während des Dienstes zu Mittag. Andererseits wandte er wahrscheinlich einen großen Teil seines Einkommens dafür auf, den Lebensunterhalt seines Großvaters zu bestreiten, aber auf eine Weise, dass der alte Mann es nicht bemerkte.

Es gab noch einen geschlossenen Schrank, aber sie zögerte, da es ihr widerstrebte, sich in die privaten Dinge der beiden Männer einzumischen. Ob sie wohl Kristian Beck bewegen konnte, Mr. Robb einen Besuch abzustatten und ihm Morphium zu verschreiben? Er war zu alt, und seine Krankheit war zu weit fortgeschritten, um mehr zu tun als sein Leiden zu lindern. Keine Schwester, die ihren Beruf ernst nahm, schrieb solche Fälle einfach ab.

Gab es nicht irgendetwas, das sie in der Zwischenzeit tun konnte? Auch heißer Tee allein würde den Hustenreiz vielleicht ein wenig lindern, sobald der alte Mann wieder in der Lage war, etwas zu trinken. Dann entdeckte sie einen kleinen Krug mit Honig.

Sie schenkte ihm eine Tasse Tee ein, fügte den Honig und ein wenig kaltes Wasser hinzu, um den Tee trinkbar zu machen, und ging zu ihm. Als der Hustenkrampf einen Moment nachließ, hielt sie dem alten Mann die Tasse an die Lippen.

»Nehmen Sie einen Schluck!«, sagte sie. »Es wird helfen.«

Er gehorchte, und vielleicht half der Honig ja wirklich gegen die Krämpfe, denn sein Körper entspannte sich nach und nach, während er in kleinen Schlucken trank. Es schien, als sei die Attacke vorüber.

Sie stellte die Tasse ab, ging wieder zum Spülstein und entdeckte dort eine Schüssel, in der wohl der Abwasch gemacht wurde. Sie goss den Rest des heißen Wassers aus dem Kessel hinein und setzte automatisch neues auf. Dann fügte sie ein wenig kaltes Wasser hinzu, prüfte mit der Hand die Temperatur und kehrte mit einem Lappen und einem Handtuch zu dem alten Mann zurück.

Er war erschöpft und sehr blass, aber erheblich ruhiger. Die Tatsache, dass er für eine Weile nicht mehr Herr seines Körpers gewesen war, stellte für ihn offensichtlich eine große Belastung dar.

Michael wirkte angespannt und ärgerlich, er war sich der Gefühle seines Großvaters schmerzlich bewusst und hätte den Alten gern vor fremden Blicken geschützt.

Hester wrang das Tuch in dem heißen Wasser aus und tupfte dem alten Mann sanft Gesicht und Hals ab und als er keinen Protest erhob, öffnete sie sein Hemd und zog es ihm aus. Dabei ließ Michael sie nicht aus den Augen. Dann wusch sie dem alten Mann ohne ein Wort zu verlieren die Arme und den Leib. Auch die beiden Männer schwiegen.

Als Michael erkannte, dass sie seinem Großvater mit dem, was sie tat, half, statt ihm weiteres Ungemach zu bereiten, ging er hinaus, um ein frisches Hemd zu holen. Hester half dem alten Mann beim Anziehen und leerte dann die Waschschüssel draußen in den Rinnstein.

Als Hester zurückkam, lächelte Robb ihr zu; die hektische Röte war aus seinen Wangen gewichen. Michael hingegen wirkte immer noch argwöhnisch, aber weniger kampflustig.

»Vielen Dank, Miss«, sagte Robb ein wenig ängstlich. »Tut mir wirklich Leid, dass ich Ihnen solche Unannehmlichkeiten bereitet habe.«

»Das haben Sie nicht.« Sie lächelte. »Ich hoffe immer noch, dass wir uns vielleicht ein Weilchen unterhalten können und dass Sie mir von Dingen erzählen, die ich nicht aus eigener Anschauung kenne.«

»Das werde ich«, erklärte er mit einem Wiederaufflackern seiner Lebensgeister.

»Ein anderes Mal«, fiel Michael ihm ins Wort. »Du bist müde …«

»Mir geht es gut«, beteuerte Robb. »Mach dir mal keine Sorgen, Michael. Ich habe dir doch gesagt, diese Dame ist eine von den Krimschwestern, also wird sie wohl wissen, wie man mit Kranken umgeht. Du geh mal wieder auf dein Revier, Junge. Da warten wichtige Dinge auf dich.«

Michael zögerte. Er sah Hester an, runzelte ein wenig die Stirn und presste die Lippen zusammen.

»Ich weiß Ihre Freundlichkeit zu schätzen, Mrs. Monk.« Er geriet ins Stocken, und der innere Konflikt kam deutlich in seiner Miene zum Ausdruck. »Und ich bin davon überzeugt, dass mein Großvater Ihre Gesellschaft genießen wird.«

»Und ich seine«, erwiderte Hester. »Ich freue mich schon darauf, ihn zu besuchen, wann immer ich kann. Ich arbeite in dem Krankenhaus hier in der Nähe. Es ist ein Katzensprung für mich.«

»Vielen Dank.« Er musste spüren, was für eine Erleichterung es für den alten Mann bedeutete, wenn er auf Gesellschaft und Hilfe bauen konnte, ohne befürchten zu müssen, Michael von der Arbeit abzuhalten. Aber unter der Dankbarkeit blieb trotz allem ein gewisser Ärger zurück.

»Es macht mir überhaupt keine Mühe«, wiederholte Hester.

Michael ging zur Tür und bedeutete ihr, ihn zu begleiten.

»Auf Wiedersehen, Großpapa«, sagte er sanft. »Ich versuche nicht allzu spät nach Hause zu kommen.«

»Mach dir keine Gedanken«, beruhigte Robb ihn noch einmal. »Ich komme schon klar.« Es waren tapfere Worte, auch wenn sie nichts mit der Realität zu tun hatten.

An der Tür angekommen, senkte Michael die Stimme und sah Hester durchdringend an.

»Sie sind eine gute Krankenschwester, Mrs. Monk, und ich weiß es zu schätzen, dass Sie sich um ihn kümmern, besser, als ich es kann. Und Sie haben ihm nicht das Gefühl gegeben, ein Almosenempfänger zu sein. Sie haben ein Geschick für so etwas. Das kommt bestimmt daher, dass Sie im Krieg waren.«

»Es kommt daher, dass ich ihn mag«, erwiderte sie wahrheitsgemäß.

Sein Blick verriet nicht, ob er ihren Worten Glauben schenkte.

»Aber bilden Sie sich nicht ein, irgendetwas, das Sie hier tun, würde einen Einfluss auf meine Entscheidungen haben, denn das wäre ein Irrtum«, fuhr er gelassen fort. »Ich werde nicht aufhören, nach Miriam Gardiner zu suchen. Und wenn ich sie finde, wovon ich überzeugt bin, und sich herausstellt, dass sie die Mörderin von James Treadwell ist, werde ich sie hinter Schloss und Riegel bringen, ganz gleich, was Sie für meinen Großvater tun.« Seine Stimme wurde heiser. »Und es wird keine Rolle spielen, wenn Sie mich bei meinen Vorgesetzten hinhängen.« Er errötete leicht. »Und wenn Sie das als Beleidigung auffassen, tut es mir Leid.«

»Ich bin daran gewöhnt beleidigt zu werden, Sergeant Robb«, erwiderte sie, selbst überrascht darüber, wie sehr sie seine Worte schmerzten. »Aber ich gebe zu, das ist eine vollkommen neue Art, mir zu sagen, dass meine Arbeit wertlos ist, inkompetent oder ganz allgemein moralisch fragwürdig.«

»Ich meinte nicht …«, begann er, brach aber sogleich wieder ab. Eine heiße Röte überzog jetzt seine Wangen.

»O doch, genau das meinten Sie«, widersprach sie ihm, um das Beste aus seiner Verlegenheit zu machen. »Aber ich verstehe Sie. Sie müssen sich sehr angreifbar fühlen, wenn Sie jeden Tag Ihren Posten verlassen, um Ihren Großvater zu versorgen. Ich schwöre Ihnen, dass ich für meinen Besuch hier kein anderes Motiv habe als den Wunsch, ihm ein wenig Fürsorge angedeihen zu lassen, so wie es mein Beruf verlangt. Und ich würde gern mit ihm über alte Erinnerungen reden, die ich mit niemandem teilen kann, der nicht die gleichen Erfahrungen gemacht hat wie ich. Die Zukunft wird erweisen, ob Sie mir glauben können oder nicht.« Und ohne auf seine Antwort zu warten, drehte sie sich um und ging wieder ins Haus.

Hester blieb viel länger, als sie beabsichtigt hatte. Zunächst hatte sie nur einige Fragen nach dem Leben beantwortet, das sie in dem Hospital in Scutari geführt hatte, und schließlich erzählte sie noch ein wenig von Florence Nightingale. Der alte Robb wollte wissen, wie Miss Nightingale aussah, wie sie sich benahm, wie ihre Stimme klang, ja sogar wie sie sich kleidete. Sie war so bekannt, dass selbst die kleinsten Einzelheiten sein Interesse weckten. Hester antwortete nur allzu bereitwillig, obwohl die Erinnerungen an diese Zeit so deutlich waren, dass sie das Blut und den Essig wieder zu riechen glaubte, den Übelkeit erregenden Geruch von Wundbrand und anderen Krankheiten. Sie konnte die sommerliche Hitze spüren und das Summen der Fliegen hören, als befände sich hinter dem Haus eine türkische Straße.

Im Lauf des Nachmittags schlief Mr. Robb schließlich ein, und sie konnte ein wenig die Küche aufräumen. Nachher wollte sie ihm noch eine Tasse aufbrühen, falls er es wünschte. Sie selbst könnte selbst etwas Tee vertragen.

Sie öffnete den geschlossenen Schrank, um nachzusehen, ob sich dort etwas fand, das ihm im Fall eines neuerlichen Hustenkrampfs helfen konnte, Kräuter vielleicht, wie Kamille, um den Magen zu beruhigen, oder Mutterkraut gegen Kopfschmerzen. Vielleicht gab es sogar ein wenig Chinin, um das Fieber zu senken. Sie stellte erfreut fest, dass all diese Dinge vorhanden waren und daneben auch ein kleines Päckchen, das nach Morphium aussah. Sie befeuchtete einen Finger und kostete etwas von dem weißen Pulver. Es war tatsächlich Morphium. Alles in allem hatte sie einen recht gut bestückten Medizinschrank vor sich, zu exakt auf seine Bedürfnisse abgestimmt, um an eine zufällige Zusammenstellung zu denken, und zu teuer, um von dem Lohn eines Polizeisergeanten bezahlt werden zu können.

Sie ließ die Schranktür wieder zuklappen und blickte nachdenklich vor sich hin. Morphium war eines der Medikamente, die im Krankenhaus verschwanden. Sie hatte genau wie alle anderen vermutet, dass es für Süchtige gestohlen wurde, die es gegen Schmerzen bekommen hatten und jetzt nicht mehr ohne es leben konnten. Aber vielleicht war es auch gestohlen worden, um die Kranken damit zu versorgen, die nicht ins Krankenhaus kommen konnten, Menschen wie John Robb. Natürlich war es Diebstahl, aber sie konnte diese Art von Diebstahl nicht verurteilen.

Die Frage, die sie brennend interessierte, war eine andere. Wer hatte die Medikamente beschafft, und wusste Michael Robb darüber Bescheid? War das vielleicht mit ein Grund, warum ihr Besuch ihn so aufgebracht hatte?

Der alte Mann selbst, der so friedlich in der Nachmittagssonne schlief, musste wissen, wer diese Dinge ins Haus brachte, aber würde ihm auch bekannt sein, dass jemand sie gestohlen hatte? Vielleicht ahnte er etwas, aber eigentlich hielt sie es für unwahrscheinlich. Sie würde ihn nicht danach fragen. Sie setzte sich auf einen Stuhl und wartete geduldig, dass er wieder erwachte, dann würde sie ihm noch einen Tee mit Honig kochen.

Er wachte erfrischt aus seinem Schlaf auf und war hocherfreut, dass sie noch immer da war. Er wartete nicht einmal ab, bis sie den Tee zubereitet und ihnen beiden eine Tasse eingeschenkt hatte, und fing sofort an zu reden.

»Sie haben mich nach meiner Zeit auf See gefragt«, begann er munter. »Ja, das Größte damals war die Schlacht, nicht wahr?« Er sah sie erwartungsvoll und mit leuchtenden Augen an.

»Die Schlacht?«, fragte sie und drehte sich zu ihm um.

»Na, kommen Sie schon, Mädchen! Es gibt nur eine einzige Schlacht für einen Seemann – nur eine einzige Schlacht für England – wirklich für England, meine ich!«

Sie lächelte. »Oh ... Sie sprechen von Trafalgar?«

»Natürlich spreche ich von Trafalgar! Sie nehmen mich nicht ernst, oder?«

»Sie waren bei Trafalgar dabei! Wirklich?« Sie war beeindruckt und ließ es sich deutlich anmerken.

»Klar war ich das. Das werde ich nie vergessen und wenn ich hundert werde – was nicht passieren wird. Ein großer Tag war das ... und ein schrecklicher. Ich schätze, so etwas hat es nie zuvor gegeben und wird es auch nie wieder geben.«

Sie brühte den Tee auf.

»Auf welchem Schiff waren Sie denn?«

»Na, auf der *Victory* natürlich.« Der Stolz in seiner Stimme war unüberhörbar. Sie konnte einen Augenblick lang den jungen Mann sehen, der er damals gewesen war, als England sich durch Napoleons Armee bedrängt sah und nichts zwischen ihnen und der Eroberung ihres Landes stand, als die britische Flotte mit Horatio Nelson an der Spitze und den tapferen Männern, die mit ihm segelten. Sie spürte, wie etwas von dem Stolz sich auch in ihr regte.

Sie brachte ihm den Tee. Er nahm ihn entgegen und sah Hester über den Rand der Tasse hinweg an.

»Ich war dabei«, sagte er leise. »Ich erinnere mich noch an diesen Morgen, als wäre es erst gestern gewesen. Das erste Signal kam gegen sechs. Es war der neunzehnte Oktober. Der Feind hatte alle Segel gehisst. Zumindest hat man uns das später so erzählt. Dann kamen sie aus dem Hafen. Es war halb neun und überm Meer schon heller Tag, als wir es auf der *Victory* hörten.« Er schüttelte den Kopf. »Den ganzen Tag lang kreuzten wir Richtung Gibraltar, ohne es zu erblicken. Die Sicht war schlecht. Das Wetter trübte von Stunde zu Stunde mehr ein. Wir fuhren mit gerafften Toppsegeln, und wir waren zu dicht an Cadiz.«

Hester nickte, nippte an ihrem Tee und schwieg.

»Der Admiral gab das Signal zu halsen und auf Kurs Nordwest zu gehen, zurück in unsere ursprüngliche Position. Das war am nächsten Tag, verstehen Sie?«

»Ja, ich verstehe. Ich weiß, dass die Schlacht am Einundzwanzigsten war.«

Er nickte anerkennend. »Bei Sonnenaufgang des Einundzwanzigsten hatte der Admiral, was er wollte. Wir waren einundzwanzig Meilen Nord zu West vor Cap Trafalgar, in Luv des Feindes.« Seine Augen strahlten und waren leuchtend blau wie das Meer an jenem Tag. »Ich kann das Salz in der Luft riechen«, sagte er leise und kniff die Augen zusammen, als blendete ihn der grelle Schein der Sonne auf dem Wasser. »Er befahl, unter vollen Segeln zwei Linien zu bilden.«

Sie erwiderte nichts.

Er lächelte. Der Tee war vergessen. »Ich habe eine Kerbe in meine Kanone geritzt, wie der Mann neben mir auch. Er war Ire, das weiß ich noch. Der Admiral machte die Runde und sprach mit jedem Einzelnen von uns. Er fragte, was wir da täten. Der Ire sagte, wir ritzten eine Kerbe ein für einen weiteren Sieg, nur für den Fall, dass wir in der Schlacht fielen und nachher nicht mehr dazu kämen. Nelson lachte und sagte, dass er Kerben genug in den Schiffen des Feindes hinterlassen werde.

Gegen elf Uhr morgens ging der Admiral nach unten, um zu beten und in sein Tagebuch zu schreiben, wie wir später erfuhren. Dann kam er herauf, um bei uns anderen zu sein und die Signalflagge hissen zu lassen.« Er lächelte und schüttelte den Kopf, als beschäftige ihn ein bestimmter Gedanke. »Zuerst wollte er durchgeben: ›Nelson vertraut darauf‹, aber Lieutenant Pascoe erklärte ihm, dass ›erwartet‹ im Popham-Code enthalten sei, sodass er dieses Wort nicht Buchstabe für Buchstabe durchgeben müsse. So ließ er also signalisieren. ›England erwartet, dass jeder seine Pflicht tun wird.‹« Er zuckte kaum merklich mit den Schultern und sah sie an, wie um sich zu vergewissern, dass sie wusste, dass diese Worte unsterblich geworden waren. Er sah es in ihrem Gesicht und war es zufrieden.

»Ich weiß im Grunde gar nicht, was sich leewärts abgespielt hat«, fuhr er fort. Er sah sie immer noch an, aber sein Blick wirkte abwesend, war weit fort und das Bild, das sich ihm bot, war voller großer Schiffe, deren Segel sich blähten und die darauf warteten, das Feuer auf den Feind zu eröffnen, und voller Männer, die schweigend und angespannt an ihren Geschützen standen.

»Sie können sich den Lärm nicht vorstellen«, sagte er so leise, dass es nur noch ein Flüstern war. »Daneben sind diese Eisenbahnmaschinen, die es heute gibt, gar nichts. Ich war damals Kanonier, und zwar ein guter. Niemand weiß, wie viele Breitseiten wir an diesem Tag abgefeuert haben. Es war halb zwei, als der Admiral getroffen wurde. Er schritt gerade das Achterdeck ab. Zusammen mit Kapitän – Kapitän Hardy.« Er verzog das Gesicht. »Es gibt immer noch ein paar Idioten, die sagen, er sei mit der Brust voller Medaillen auf und ab paradiert. Die waren nie bei einer Seeschlacht dabei! Außerdem war er auf See nie so gekleidet! Richtig schäbig sah er aus; er trug eine gewöhnliche blaue Jacke wie alle anderen auch. Natürlich hatte er am Revers die Abzeichen seiner Orden, aber wenn man eine Weile auf See war, weiß man, dass diese Dinger binnen Tagen anlaufen.« Er schüttelte noch einmal verständnislos den Kopf. »Und niemand kann sie während einer Schlacht deutlich sehen. Da ist überall Rauch. Man würde glatt seine eigene Mutter nicht erkennen, wenn sie nur ein paar Fuß von einem entfernt wäre!« Er hielt kurz inne, um Atem zu schöpfen.

Hester dachte flüchtig darüber nach, ihm noch eine Tasse Tee zu bringen, aber sie verwarf diesen Gedanken und wartete.

Er nahm seinen Bericht wieder auf und berichtete ihr von der Siegesnachricht und der großen Trauer, die die ganze Flotte befiel, als sie erfuhr, dass Nelson tot war. Dann erzählte er von den Verlusten an Schiffen und Männern, den Verwundeten, dem Sturm, der anschließend aufkam und das Zerstörungswerk vollendete. Er beschrieb das alles mit einfachen, lebhaften Worten und war dabei so aufgewühlt, als lägen diese Dinge nicht schon fünfundfünfzig Jahre, sondern erst wenige Wochen zurück.

Er schilderte, wie sie Nelsons Leichnam in ein Fass mit Brandy gelegt hatten, um ihn zu konservieren und ihn dann, wie es sein Wunsch gewesen war, in England zu begraben.

»Er war so ein kleiner Mann. Reichte mir nur bis ans Kinn«, sagte er mit einem Schniefen. »Wirklich komisch, das. Er errang die größten Siege, rettete unser Land vor den Franzosen, und wir liefen mit den Flaggen auf halbmast ein, als hätten wir verloren – weil er gefallen war.« Er schwieg cinc Wcilc.

Hester erhob sich, setzte den Teekessel wieder auf und bereitete ihm ein leichtes Abendessen zu.

Nachdem er mit einigem Appetit gegessen hatte, berichtete er ihr von Nelsons Beerdigung, zu der ganz London erschienen war, um ihm das letzte Geleit zu geben.

»Sie haben ihn in einem speziellen Sarg beerdigt«, fügte er stolz hinzu. »Schlicht und einfach wie der Tod. Oder das Meer. Der Sarg war aus Holz gezimmert, das von dem Wrack des französischen Admiralsschiffs bei der Seeschlacht am Nil stammte. Wie er sich gefreut hatte, als Hallowell es ihm seinerzeit übergab, dieses Holz. Er hat es all die Jahre über aufbewahrt. Sie haben ihn in der Painted Hall im Greenwich Hospital aufgebahrt. Die ersten Trauergäste kamen am vierten Januar. Der Prinz von Wales persönlich.«

Er holte tief Luft und stieß sie in einem krächzenden Husten wieder aus, hob dann aber hastig die Hand, um zu verhindern, dass sie ihn unterbrach. »Vier Tage war er dort aufgebahrt. Und die ganze Welt kam, um ihren Respekt zu erweisen. Dann, am Mittwochmorgen, brachten wir ihn flussaufwärts. Der Sarg wurde auf einer der für König Charles II. angefertigten Barkassen befördert; er war ganz mit schwarzem Samt verhüllt und mit Pfauenfedern geschmückt. Elf weitere Barkassen gaben ihm mit den Londoner Stadtzünften und ihren wehenden Bannern das Geleit. Ich hab noch nie in meinem Leben so viel Gold und so viele prächtige Farben gesehen. Und eine steife Brise hatten wir an diesem Tag. Den ganzen Weg bis nach Whitehall Stairs wurde jede Minute ein Schuss abgegeben.«

Er hielt abermals inne und blinzelte heftig, konnte aber nicht verhindern, dass ihm Tränen über die Wangen liefen.

»Am nächsten Tag brachten wir ihn nach St. Pauls. Eine riesige Prozession war das, aber meist Leute vom Heer. Von der Marine waren nur wir dabei – die Besatzung der *Victory*.« Seine Stimme brach, aus Trauer, aber auch aus Stolz. »Ich war einer von den Männern, die unsere Gefechtsfahne trugen. Ab und zu entrollten wir sie, sodass die Menge die Einschusslöcher sehen konnte. Alle haben sie den Hut gezogen, als wir vorbeimarschiert sind. Es war ein Geräusch wie das Rauschen der Wellen auf See.« Er rieb sich die Wange. »Es gibt nichts, das mich veranlassen könnte, mit jemandem den Platz zu tauschen, der damals nicht dabei war.«

»Alles andere hätte ich auch nicht verstanden«, antwortete sie und lächelte. Sie schämte sich nicht, dass auch sie zu weinen begonnen hatte.

Er nickte. »Sie sind ein liebes Mädchen. Sie wissen, was das heißt, nicht!« Es war eine Feststellung, keine Frage.

Bevor sie eine Antwort geben konnte, wurde die Tür geöffnet, und Michael Robb trat ein. Erst da wurde ihr bewusst, dass es bereits Abend war. Sie lief vor Verlegenheit rot an. Automatisch erhob sie sich.

Michaels Verärgerung ließ sich nicht verbergen. Er sah die Tränen im Gesicht des alten Mannes und drehte sich mit zornigem Blick zu Hester um.

»Ich habe den schönsten Nachmittag seit Jahren gehabt«, sagte Robb leise und sah zu seinem Enkelsohn auf. »Sie ist eine gute Zuhörerin. Wir haben über alle möglichen Dinge gesprochen. Ich habe das Gefühl, tiefen Frieden gefunden zu haben. Komm, setz dich und trink eine Tasse Tee. Du siehst aus, als täten dir die Füße weh, Junge, und du bist todmüde.«

Michael zögerte, und seine Verwirrung stand ihm im Gesicht geschrieben. Er blickte von einem zum anderen, bis er endlich begriff, dass sein Großvater ihm die Wahrheit sagte. Ein Lächeln der Erleichterung huschte über sein Gesicht, und einen Augenblick lang schimmerte der junge Mann hindurch, der er gern gewesen wäre.

»Ja«, stimmte er froh zu. »Ja, das wäre schön.« Er drehte sich zu Hester um. »Ich danke Ihnen, Mrs. Monk.« Dann wurden seine Augen plötzlich dunkler. »Es tut mir Leid... Ich habe Miriam Gardiner gefunden.«

Hester fröstelte.

»Ich musste sie wegen des Mordes an Treadwell verhaften«, fuhr er fort und ließ sie nicht aus den Augen.

»Warum?«, protestierte sie. »Warum um alles in der Welt sollte Miriam Gardiner den Kutscher ermorden? Wenn sie Lucius Stourbridge verlassen wollte, aus welchem Grund auch immer, brauchte sie Treadwell doch nur zu befehlen, sie irgendwo abzusetzen. Er hätte nie gewusst, wohin sie von dort aus gehen würde!« Sie holte tief Luft. »Und wenn sie sich in die Gegend hat bringen lassen, wo ihr Haus steht: Darüber wusste Lucius ohnehin besser Bescheid als Treadwell.«

Michael sah aus, als mache ihm die Antwort kein Vergnügen. Er hätte wahrscheinlich gern seine Stiefel ausgezogen, aber ihre Anwesenheit hinderte ihn daran. »Der nahe liegendste Grund wäre, dass Treadwell etwas gewusst haben könnte, das ihre Aussicht auf eine Einheirat in die Familie Stourbridge zunichte gemacht hätte«, antwortete er. »Ich vermute, sie liebte den jungen Mr. Stourbridge wirklich, aber ob sie das nun tat oder nicht, es stand eine Menge Geld auf dem Spiel, mehr als sie in ihrem ganzen Leben gesehen haben dürfte.«

Hester wollte einwenden, dass Miriam sich nichts aus Geld machte, aber sie wusste nicht, ob das der Wahrheit entsprach. Sie kannte diese Frau nur aus Erzählungen.

Sie ging zum Herd und füllte den Kessel aus dem inzwischen fast leeren Krug nach und stellte ihn wieder aufs Feuer.

»Es tut mir Leid«, sagte Michael müde und ließ sich in den Sessel sinken. »Es ist zu nahe liegend, um es zu ignorieren. Die beiden sind zusammen von den Stourbridges weggefahren. Sie sind bis nach Hampstead Heath gekommen. Seine Leiche wurde gefunden, und sie lief weg. Ein unschuldiger Mensch wäre doch sicher am Tatort geblieben oder wäre zumindest zurückgekommen, um zu melden, was geschehen war.«

Sie dachte nach. »Was wäre, wenn sie beide von einer dritten Person bedroht wurden und Miriam Gardiner zu eingeschüchtert war, um jemandem mitzuteilen, was passiert war?«

Er sah sie zweifelnd an. »So eingeschüchtert, dass sie selbst nach ihrer Verhaftung nichts sagt?« Seine Stimme verriet nur allzu deutlich, was er von dieser Theorie hielt.

»Kennen Sie diese Miriam Gardiner, Mädchen?«, fragte Mr. Robb bekümmert.

»Nein … nein, ich bin ihr nie begegnet.« Es überraschte sie, dass das der Wahrheit entsprach, da sie solchen Anteil an Mrs. Gardiners Schicksal nahm. Es war unvernünftig. »Ich … ich weiß nur wenig von ihr … Wahrscheinlich habe ich mich an ihre Stelle versetzt … ein wenig.«

»An ihre Stelle?«, wiederholte Michael. »Was könnte Sie dazu bringen, einen Mann allein zu lassen, der niedergeschlagen wurde und im Sterben liegt? Wegzulaufen und sich zu verstecken, bis die Polizei Sie aufspürt? Was würde Sie dazu bringen, selbst dann keine Erklärung abzugeben, wenn man Sie bereits für den Mord festgenommen hat?«

»Ich weiß es nicht«, gab sie widerstrebend zu. »Ich … mir fällt kein Grund ein … aber das heißt nicht, dass es keinen gibt.«

»Sie schützt jemanden«, bemerkte der alte Mann mit einem Kopfschütteln. »Frauen tun alle möglichen Dinge, um jemanden zu schützen, den sie lieben. Ich wette mit Ihnen, Mädchen, wenn sie ihn nicht selbst getötet hat, weiß sie, wer es war.«

Michael sah Hester von der Seite an. »Möglich, dass sie eine Affäre mit Treadwell hatte«, sagte er und spitzte die Lippen. »Möglich, dass er mit Gewalt versuchte, die Sache aufrechtzuerhalten, während sie ihr wegen Stourbridge ein Ende machen wollte.«

Hester erhob keine Einwände mehr. Alle vernünftigen Argumente sprachen für seine Vermutung, und sie hatte nichts, was sie dagegen anführen konnte. Sie richtete ihre Aufmerksamkeit auf den Kessel.

Als sie nach Hause kam, war Monk bereits da, und es überraschte sie, dass er eine kalte Wildpastete und Gemüse fürs Abendessen vorbereitet hatte, die bereits auf dem Tisch standen. Ihr wurde klar, wie spät es schon war, und sie entschuldigte sich.

»Was ist passiert?«, fragte er, als er ihre herunterhängenden Schultern bemerkte. Er kannte sie zu gut und wusste, dass es nicht nur Erschöpfung sein konnte.

»Sie haben Miriam gefunden«, antwortete sie und blickte von ihren Stiefeln auf, die sie aufzuschnüren begonnen hatte.

Er blieb reglos in der Tür stehen und starrte sie an.

»Sie haben sie verhaftet«, fügte sie leise hinzu. »Michael Robb glaubt, dass sie Treadwell getötet hat, entweder weil er etwas über sie wusste, das ihre Aussicht auf eine Heirat mit Lucius zunichte gemacht hätte, oder weil sie eine Affäre mit ihm hatte und sie beenden wollte.«

Sein Gesicht war ernst, und die feinen Linien darin zeichneten sich ein wenig deutlicher ab als sonst. »Woher weißt du das?«

Der Gedanke, eine Erklärung abzugeben, kam ihr ein wenig spät. »Ich habe Sergeant Robbs Vater besucht, weil er ernstlich krank ist. Ich war noch bei ihm, als sein Sohn nach Hause kam.«

»Und Robb hat dir das alles einfach so erzählt?« Er sah sie mit großen Augen an.

»Er weiß, dass ich deine Frau bin.«

»Oh.« Er zögerte. »Und glaubst du auch, dass Miriam Treadwell getötet hat?« Er beobachtete sie genau und wirkte seltsam niedergeschlagen, so als hätte er wie sie gehofft, dass Miriam unschuldig sei.

Sie zog ihre Stiefel aus und bewegte ihre Zehen, dann stand sie auf und ging auf ihn zu. Sie lächelte und küsste ihn sanft auf die Wange. »Ich danke dir für das Abendessen.«

Er grinste selbstgefällig. »Denk nur nicht, dass das zur Gewohnheit wird«, sagte er.

Sie war klug genug, sich eine Antwort zu verkneifen.

6

Monk ging der Gedanke an Miriam Gardiners Verhaftung einfach nicht aus dem Kopf. Er schlief sehr tief, aber als er aufwachte, musste er sofort an sie denken. Er fasste den Entschluss, sie zu besuchen.

Für den Fall, dass die Gefängniswärter Schwierigkeiten machen sollten, würde er ohne Skrupel behaupten, ihr Rechtsbeistand zu sein, den zu sprechen sie berechtigt war.

Monk fand sie allein in einer Zelle vor, die Hände auf dem Schoß gefaltet, das Gesicht bleich, aber so gefasst, dass es fast beängstigend war. Sie schien nicht wütend zu sein, aller Kampfesmut hatte sie verlassen. Sie war weder erfreut noch verärgert, ihn zu sehen, so als spiele seine Anwesenheit überhaupt keine Rolle.

Die Zellentür fiel klirrend hinter ihm ins Schloss, und er hörte, wie der schwere Riegel vorgeschoben wurde. Der Raum war vielleicht fünf mal fünf Schritte groß, schwarzer Steinboden und weiß getünchte Wände. Eine hoch in der Wand gelegene Öffnung, die mit einem schweren Glas versehen war, ließ zwar Licht, aber keine Farbe hinein. Der Himmel dahinter konnte ebenso gut blau wie grau sein. Die Luft war stickig.

»Mrs. Gardiner...«, begann Monk. Er hatte sich genau zurechtgelegt, was er ihr sagen wollte, aber jetzt schien ihm alles gleichermaßen unpassend. Hier war Intelligenz gefordert, wenn er ihr in ihrer Verwirrung und ihrem Schmerz beistehen sollte. »Ich hatte gehofft, Robb würde sie nicht finden, aber da es ihm nun doch gelungen ist, erlauben Sie mir bitte, Ihnen zu helfen.«

Sie sah ihn mit leerer, beinahe ausdrucksloser Miene an.

»Sie können mir nicht helfen, Mr. Monk. Ich spreche nicht von Ihren Fähigkeiten, sondern davon, dass meine Situation es einfach nicht zulässt.«

Er nahm ihr gegenüber Platz. »Was ist passiert?«, fragte er. »Wissen Sie, wer Treadwell getötet hat?«

Sie hielt den Blick abgewandt und starrte vor sich hin.

»Wissen Sie es?«, wiederholte er eindringlicher.

»Ich kann Ihnen nichts sagen, was irgendjemandem von Nutzen sein könnte, Mr. Monk.« Sie sprach mit großer Entschiedenheit, und in ihren Worten schwang nicht die geringste Hoffnung mit.

»Haben Sie ihn getötet?«, wollte er wissen.

Sie hob langsam den Kopf und sah ihn mit großen Augen an. Bevor sie sprach, wusste er schon, was sie sagen würde.

»Nein.«

»Wer war es dann?«

Sie senkte erneut den Blick.

Seine Gedanken überschlugen sich. Es konnte nur einen einzigen Grund für ihr Schweigen geben: Sie musste jemanden schützen. Hatte sie überhaupt eine Vorstellung davon, was das für sie bedeutete?

»Hat Treadwell Sie bedroht?«, fragte er.

»Nein.« Aber sie schien über diese Frage nicht im Geringsten überrascht zu sein. Wen schützte sie? Cleo Anderson, die fast wie eine Mutter für sie gewesen war? Einen Geliebten von früher oder vielleicht einen Verwandten ihres ersten Mannes?

»Hat er jemand anderen bedroht? Hat er Sie erpresst?«, hakte Monk nach. »Hat Treadwell Sie wegen etwas erpresst, das mit Ihrem Leben hier in Hampstead zusammenhing?«

»Nein.« Wieder hob sie den Kopf. »Es gab nichts, womit er mich hätte erpressen können.« Tränen traten ihr in die Augen, dann versank sie wieder in Apathie. Die nüchterne Zelle mit dem hölzernen Bettgestell und der Strohmatratze, die nackten Wände und die drückende Luft nahm sie kaum wahr. Sie war ganz in sich selbst versunken und hatte keine

Vorstellung davon, was geschehen würde, wenn sie sich nicht verteidigte.

Er betrachtete ihre zusammengesunkene Gestalt auf dem Stuhl, halb abgewandt von ihm und teilnahmslos.

»Miriam!« Er streckte die Hand aus und berührte sie. Ihr Körper war wie erstarrt. »Miriam! Was ist passiert? Warum haben Sie das Haus der Stourbridges verlassen? Hatte es etwas mit Treadwell zu tun?«

»Nein …« Ihre Stimme klang ein wenig lebhafter als zuvor. »Nein«, wiederholte sie. »Es hatte nichts mit Treadwell zu tun. Er war nur so freundlich, mich zu kutschieren.«

»Sie haben ihn einfach darum gebeten, und er war einverstanden?«, fragte er überrascht. »Wollte er nicht wissen, warum?«

»Nein, keine Gründe. Bezahlung.«

»Sie haben ihm Geld gegeben?«

»Mein Medaillon. Es ist nicht wichtig.«

Dass sie sich vielleicht von einem persönlichen Schmuckstück trennte, zeigte, wie groß ihre Verzweiflung gewesen sein musste. Er fragte sich, was aus dem Medaillon geworden war. Man hatte es nicht bei Treadwells Leiche gefunden. Hatte der Mörder es mitgenommen?

»Wo ist es jetzt?«, fragte er sie. »Haben Sie es wieder an sich genommen?«

Sie runzelte die Stirn. »Wo es ist? Ist es denn nicht bei ihm … bei seiner Leiche?«

»Nein.«

Sie zuckte leicht mit den Schultern. »Dann weiß ich es nicht. Aber es spielt keine Rolle. Verschwenden Sie Ihre Energie nicht auf diese Frage, Mr. Monk. Vielleicht findet es seinen Weg zu jemandem, der Gefallen daran findet. Ich würde mich freuen, wenn es nicht in irgendeinem Rinnstein landet, aber wenn es so wäre, könnte ich es jetzt auch nicht mehr ändern.«

»Worauf sollte ich denn Ihrer Meinung nach meine Energie verwenden, Miriam?«

Sie schwieg so lange, dass er seine Frage gerade wiederholen wollte, als sie endlich antwortete.

»Sprechen Sie Lucius Mut zu …« Ohne Vorwarnung verlor sie die Beherrschung, beugte den Kopf vor und schlug sich die Hände vors Gesicht. Ein heftiges Schluchzen schüttelte ihren Körper.

Wie viel er darum gegeben hätte, ihr zu helfen. Sie war allein und schutzlos. Er streckte die Hand aus und umfasste ihren Arm. »Worte werden ihn nicht trösten, wenn Sie auf der Anklagebank sitzen oder wenn der Richter Sie zum Tod durch den Strick verurteilt! Sagen Sie mir die Wahrheit, so lange ich noch etwas tun kann! Warum haben Sie das Haus der Stourbridges verlassen? Und wenn Sie darüber nicht sprechen wollen, sagen Sie mir wenigstens, was in Hampstead passiert ist. Wer hat Treadwell getötet? Wo waren Sie? Warum sind Sie weggelaufen? Vor wem haben Sie Angst?«

Sie brauchte einige Augenblicke, um sich wieder zu fassen. Sie putzte sich die Nase, dann antwortete sie ihm mit einer leisen, erstickten Stimme.

»Ich kann Ihnen nicht sagen, warum ich weggegangen bin, nur dass mir nichts anderes übrig blieb. Was in Hampstead geschah, ist sehr einfach. Treadwell wurde überfallen und ermordet. Vielleicht war es meine Schuld, aber ich habe es nicht getan, das schwöre ich. Ich habe nie in meinem Leben jemandem absichtlich wehgetan.« Sie sah ihn mit rot geränderten Augen an. »Bitte, sagen Sie das Lucius, Mr. Monk. Ich habe noch nie jemandem wissentlich Schmerz zugefügt. Ich möchte, dass er glaubt …« Ihre Worte gingen in einem Schluchzen unter.

»Das glaubt er ohnehin«, beruhigte er sie. »Es ist nicht Lucius, um den Sie sich Sorgen machen müssen. Ich bezweifle, dass er jemals schlecht von Ihnen denken wird. Es sind die anderen, vor allem Sergeant Robb und später dann die Geschworenen, mit denen Sie es zu tun haben werden. Es sei denn, Sie machen eine Aussage. Haben Sie gesehen, wer

Treadwell getötet hat? Antworten Sie mir wenigstens mit ja oder nein.«

»Ja. Aber niemand würde mir glauben, selbst wenn ich spräche ... und das werde ich nicht.« Ihre Worte klangen unwiderruflich.

»Stellen Sie mich auf die Probe!«, bedrängte er sie. »Sagen Sie mir die Wahrheit und lassen Sie mich entscheiden, ob ich Ihnen glaube oder nicht! Wenn Sie unschuldig sind, muss ein anderer den Mord begangen haben, und wir müssen ihn finden! Wenn man ihn nicht findet, werden Sie gehängt!«

»Ich weiß. Dachten Sie, das wäre mir nicht klar?«

Er fragte sich, ob sie geistig überhaupt zurechnungsfähig sei, ob sie vielleicht labiler war, als Lucius ahnte, aber der Gedanke verflüchtigte sich rasch wieder.

»Werden Sie mit Lucius sprechen? Oder mit Major Stourbridge?«, fragte er.

»Nein!« Sie wich entsetzt zurück und zum ersten Mal hörte er echte Angst in ihrer Stimme. »Nein ... das will ich nicht. Wenn Sie mir wirklich helfen wollen, dann fragen Sie mich nicht noch einmal danach.«

»Das werde ich nicht«, versprach er.

»Geben Sie mir Ihr Wort darauf?« Sie sah ihn mit eindringlichem Blick an.

»Ja, das tue ich. Aber ich möchte Sie noch einmal darauf hinweisen, dass niemand Ihnen helfen kann, solange Sie nicht die Wahrheit sagen. Wenn Sie schon nicht mit mir sprechen, würden Sie dann mit einem Anwalt reden, mit jemandem, der gesetzlich verpflichtet ist, Stillschweigen zu bewahren?«

Ein Lächeln huschte über ihre Züge und verschwand wieder. »Es würde keinen Unterschied machen. Es ist die Wahrheit selbst, die verletzt, Mr. Monk, nicht das, was man damit tun kann. Ich danke Ihnen, dass Sie hergekommen sind. Ich bin sicher, Sie haben nur die besten Absichten, aber Sie können nicht helfen. Bitte lassen Sie mich jetzt allein.« Sie wandte sich wieder ab, und er war entlassen.

Ihm blieb nichts anderes übrig, als sich zu verabschieden. Er stand auf, zögerte noch einen Moment, ohne etwas Konkretes im Sinn zu haben, und rief dann nach dem Gefängniswärter, der ihn hinaus ließ.

Direkt vor dem Gefängnistor traf er auf Michael Robb. Er sah müde aus, und es erfüllte Monk mit einer seltsamen Genugtuung, dass der Sergeant offensichtlich keinen Triumph über seinen Sieg empfand.

Sie standen einander auf dem staubigen Fußweg gegenüber.

»Sie waren bei ihr«, stellte Robb fest.

»Sie wird nicht mit Ihnen sprechen«, erwiderte Monk. Es war keine Antwort, sondern eine Feststellung. »Sie wird mit niemandem sprechen. Sie will nicht einmal Stourbridge sehen.«

Robb musterte ihn von Kopf bis Fuß. »Wissen Sie, was passiert ist?«, fragte er mit hochgezogenen Augenbrauen.

»Nein«, entgegnete Monk.

Robb schob die Hände in die Taschen und gab sich bewusst lässig, wie um den Gegensatz zu Monk zu unterstreichen. »Ich werde es herausfinden«, versprach er. »Ganz gleich, wie lange ich dafür brauche, ich werde in Erfahrung bringen, was mit Treadwell passiert ist – oder jedenfalls so viel, um Anklage zu erheben. Es muss etwas in seiner oder in ihrer Vergangenheit geben, das zu dem Mord geführt hat.« Er ließ Monk nicht aus den Augen, als wolle er aus seiner Reaktion herauslesen, was der andere Mann wusste.

»Das müssen Sie wohl«, pflichtete Monk ihm bei. »Im Augenblick haben Sie nicht mehr als einen Verdacht – nicht genug, um jemanden dafür zu hängen.«

Robb zuckte unmerklich zusammen. Es war ein hässliches Wort, eine hässliche Realität. »Ja, ich weiß.« Seine Stimme war sehr leise. »Treadwell mag von Grund auf schlecht gewesen sein und nach allem, was ich weiß, hat er einiges auf dem Kerbholz gehabt und etwas in der Art herausgefordert, aber an dem Tag, an dem wir zulassen, dass

Leute auf der Straße das Recht selbst in die Hand nehmen, an dem Tag verlieren wir das Recht, uns zivilisiert zu nennen.« Er brachte seine Worte mit großer Überzeugung vor und forderte Monk förmlich heraus, ihn auszulachen, aber gleichzeitig erfüllten sie ihn auch mit Stolz.

»Ich werde Ihnen nicht im Weg stehen«, antwortete er ruhig und bestimmt. »Keiner von uns kann sich private Rachefeldzüge leisten.« Er begleitete seine Worte mit einem Lächeln und fragte sich, ob Robb auch nur die leiseste Ahnung davon hatte, wie nahe er der Wahrheit kam.

»Sie wäre besser beraten, wenn sie uns alles erzählte«, meinte Robb mit einem Stirnrunzeln. »Können Sie sie nicht dazu überreden? Wenn sie es nicht tut, werde ich ihr ganzes Leben unter die Lupe nehmen müssen, ihre Freunde, ihren ersten Ehemann ... alles.«

»Das ist eines der Probleme bei Mordfällen.« Monk nickte. »Sie erfahren mehr über die Beteiligten, als Ihnen lieb ist, nicht nur die Geheimnisse, die mit dem Verbrechen zusammenhängen, sondern auch all die Dinge, die nichts damit zu tun haben. Unschuldigen Menschen wird ihre Maske heruntergerissen. Man muss alles in Erfahrung bringen, was das Opfer getan haben könnte, um zu verstehen, was zu diesem Mord geführt hat. Natürlich werden Sie Treadwell kennen lernen ... und Sie werden vielleicht Mitleid mit ihm empfinden und ihn zugleich hassen.«

»Haben Sie viele Mordfälle aufgeklärt?«, fragte Robb. Es war keine Herausforderung, in seiner Miene lagen Neugier und Respekt.

»Ja«, antwortete Monk. »Einige Morde konnte ich nachvollziehen, andere waren so kaltblütig, dass sie mir Angst machten.«

Robb musterte ihn eindringlich. Sekundenlang blieben beide Männer reglos an ihrem Platz stehen, ohne den Straßenlärm um sich herum wahrzunehmen.

»Ich denke, dieser Mord wird in die erste Kategorie fallen«, bemerkte der Sergeant schließlich. »Ich wünschte, es wäre anders. Ich hoffe keinen Schandfleck in Mrs. Gardiners Leben zu finden, mit dem Treadwell sie erpresst hat und mit dem er ihr Glück zerstören wollte. Aber ich muss trotzdem danach suchen. Und wenn ich etwas in der Art finde, werde ich es dem Gericht vorlegen.«

Monk dachte, wie jung der Sergeant doch war. Und er fragte sich, was er jetzt tun würde, wäre er an Robbs Stelle.

Aber das war er nicht. Er hatte kein weiteres Interesse an dem Fall. Seine Arbeit war getan, wenn auch nicht sehr zufrieden stellend.

»Natürlich werden Sie so handeln«, antwortete er. »Und nun auf Wiedersehen, Sergeant Robb.«

Robb blinzelte in der Sonne. »Auf Wiedersehen, Mr. Monk. Es war interessant, Sie kennen zu lernen.«

Er sah so aus, als wolle er noch etwas hinzufügen, aber dann änderte er seine Meinung und ging an ihm vorbei zum Gefängnistor.

Monk hatte keine weiteren Verpflichtungen in dem Fall, nicht einmal moralische. Miriam hatte jede Aussage verweigert. Er konnte nichts weiter tun.

Monk saß an seinem Schreibtisch und verfasste Briefe, aber er war nur mit halbem Herzen bei der Sache und daher hocherfreut, als es an der Tür läutete. Erst als er öffnete und sah, dass Lucius Stourbridge sein Besucher war, ließ die Freude nach. Konnte er irgendwelche tröstenden Worte sagen, die sein Mitleid ausdrückten? Lucius hatte ihn beauftragt, Miriam zu finden, und das war ihm gelungen, auch wenn das Ergebnis eine Katastrophe war.

Lucius wirkte erschöpft, er hatte dunkle Ringe unter den Augen und die Blässe unter der olivfarbenen Haut verlieh ihm ein fahles Aussehen.

»Ich weiß, Sie haben bereits alles getan, worum ich Sie gebeten habe, Mr. Monk«, begann er, noch bevor Monk ihn hereinbitten konnte. »Und dass Sie bereit waren, Mrs. Gardiner zu helfen, ja sogar ihren Aufenthaltsort vor der Polizei zu verbergen. Aber man hat sie trotzdem gefunden und sie verhaftet …« Seine Stimme brach, und er musste sich räuspern, bevor er fortfahren konnte, »… wegen des Mordes an Treadwell.« Er schluckte. »Ich weiß, dass sie so etwas niemals tun könnte. Bitte, Mr. Monk, ich zahle jeden Preis, ich gebe Ihnen alles, was ich habe, aber bitte, helfen Sie mir, das zu beweisen!« In seinem Blick spiegelte sich innere Qual.

»Es geht nicht um die Bezahlung, Mr. Stourbridge«, antwortete Monk bedächtig. »Bitte, treten Sie ein. Es geht um die Frage, was möglich ist und was nicht. Ich habe bereits mit Mrs. Gardiner gesprochen«, fuhr er fort, während er Lucius ins Wohnzimmer führte. »Sie will mir nicht sagen, was geschehen ist, nur dass sie nicht Treadwells Mörderin ist.«

»Natürlich ist sie das nicht«, protestierte Lucius. »Wir müssen sie retten, bevor man sie …« Er konnte es nicht ertragen, das Wort auszusprechen. »Wir müssen sie verteidigen. Ich … ich weiß nicht, wie oder …« Seine Stimme wurde leiser. »Aber ich kenne Ihre Reputation, Mr. Monk. Wenn irgendein Mensch in London uns helfen kann, dann sind Sie es.«

»Wenn Sie meinen Ruf kennen, dann wissen Sie auch, dass ich die Wahrheit nicht vertuschen werde, wenn ich sie herausfinde«, warnte Monk ihn. »Auch dann nicht, wenn sie nicht nach Ihrem Geschmack ist.«

Lucius reckte das Kinn vor. »Möglich, dass sie nicht nach meinem Geschmack ist, Mr. Monk, aber sie wird nicht darin bestehen, dass Miriam Treadwell ermordet hat. Es war jemand anderer, aber sie wagt nicht, es zu sagen, weil sie aus irgendeinem Grund Angst vor ihm hat.« Seine Stimme bebte ein wenig. »Aber sollte sie doch an seinem Tod schuld sein, dann war es entweder ein Unfall oder eine Bedrohung, der sie nicht im Stande war, etwas entgegenzusetzen.«

»Mr. Stourbridge«, sagte Monk barsch. »Ich weiß nicht, ob ich in diesem Fall die Wahrheit herausfinden kann. Wenn Sie es wünschen, werde ich es versuchen. Aber ich habe weitaus weniger Hoffnung als Sie, dass das Ergebnis für Sie angenehm sein wird. Die Tatsachen legen bisher nicht den Schluss nahe, dass Mrs. Gardiner unschuldig ist.«

Lucius war sehr blass. »Dann finden Sie weitere Fakten heraus, Mr. Monk. Ich kenne Miriam, und diese Fakten werden Miriams Ehre wiederherstellen.«

Monk hätte gern mehr Zeit gehabt, alle Konsequenzen abzuwägen, aber sie hatten keine Zeit. Robb würde bereits auf der Suche nach Beweisen sein und die Krone würde Anklage erheben, wenn diese ausreichten. Es gab nichts, worauf sich eine Verteidigung hätte gründen können.

»Sind Sie sich wirklich sicher?«, versuchte er ihn noch einmal von seinem Vorhaben abzubringen, obwohl er wusste, dass es sinnlos war.

»Ja«, antwortete Lucius sofort. »Ich habe zwanzig Guineen hier, und ich werde Ihnen noch mehr geben, so viel Sie brauchen. Alles, was Sie wollen, Sie müssen es mir nur sagen.« Er hielt Monk einen Lederbeutel voller Münzen hin.

Monk nahm das Geld nicht sofort an. »Als Erstes werde ich Ihre praktische Hilfe benötigen. Wenn Miriam nicht verantwortlich war für Treadwells Tod, dann handelt es sich entweder um einen Zufall, was ich nicht glaube, oder der Mord muss mit Treadwells Charakter und seinem Leben zusammenhängen. Ich werde damit beginnen, dass ich mir diesbezüglich ein möglichst genaues Bild mache. Auf diese Weise kann ich auch verhindern, auf Schritt und Tritt Sergeant Robb zu begegnen und damit vielleicht den Eindruck zu erwecken, seine Ermittlungen zu behindern. Und falls ich etwas in Erfahrung bringe, kann ich immer noch selbst entscheiden, ob ich ihm davon Mitteilung mache oder nicht.«

»Ja … ja«, stimmte Lucius ihm erleichtert zu. »Was kann ich tun?« Er zuckte ein wenig die Achseln. »Ich habe darüber nachgedacht, was für ein Mann Treadwell war, aber mir ist nichts eingefallen. Ich habe ihn fast jeden Tag gesehen, aber ich kann auf diese Frage keine vernünftige Antwort geben.«

»Ich habe nicht erwartet, dass Sie mir diesbezüglich Aufschluss geben können«, erklärte Monk. »Ich würde gern mit den anderen Dienern sprechen und dann so viel wie möglich über Treadwells Leben außerhalb von Bayswater herausfinden. Diese Dinge wüsste ich gern vor der Polizei, wenn sich das machen lässt.«

»Natürlich! Natürlich«, pflichtete Lucius ihm bei. »Ich danke Ihnen, Mr. Monk. Ich werde für immer in Ihrer Schuld stehen. Wenn es etwas gibt...«

Monk unterbrach ihn. »Bitte, danken Sie mir erst, wenn ich es verdient habe. Meine Ermittlungen könnten anders ausfallen, als Sie es sich wünschen.«

»Ich muss es wissen«, sagte Lucius. »Bis morgen früh dann, Mr. Monk...«

»Auf Wiedersehen, Mr. Stourbridge«, erwiderte Monk und begleitete ihn zur Tür.

Um zehn Uhr am nächsten Morgen fand Monk sich in dem Haus am Cleveland Square ein, und mit Lucius' Unterstützung befragte er sämtliche Diener innerhalb und außerhalb des Hauses nach James Treadwell. Es widerstrebte ihnen, überhaupt von dem Mann zu sprechen, geschweige denn, ihm etwas Böses nachzusagen, aber Monk konnte in ihren Mienen und an der Unbeholfenheit ihrer Ausdrucksweise erkennen, dass der Kutscher zwar nicht allzu beliebt gewesen war, andererseits aber durchaus respektiert wurde, weil er sich auf seine Arbeit verstand.

Langsam entstand das Bild eines Mannes, der wenig von sich selbst preisgab, dessen Humor eher grausam als gutmütig war, der aber genug Sinn für die Hierarchie innerhalb des Hauses besaß, um sich nicht im Ton zu vergreifen oder Gefühle zu verletzen. Er hatte Charme und war gelegentlich großzügig, wenn er im Spiel gewann, was häufig geschah.

Keines der Dienstmädchen beklagte sich über Zudringlichkeiten. Nichts war verschwunden. Für seine wenigen Fehler hatte er nie die Schuld anderen in die Schuhe zu schieben versucht.

Monk durchsuchte Treadwells Räume, die immer noch leer standen, da bisher noch kein Ersatz für ihn gefunden worden war. Seine ganze Habe befand sich dort. Alles war ordentlich aufgeräumt, aber auf dem Nachttisch lag ein aufgeschlagenes Buch über Pferderennen. Neben der Kerze auf dem Fenstersims fand sich eine halb geöffnete Streichholzschachtel, und über der Rückenlehne eines Stuhls hing eine modische Weste. Es war das Zimmer eines Mannes, der damit rechnete zurückzukehren.

Monk untersuchte sowohl die Kleidung als auch die Stiefel mit großer Sorgfalt. Es überraschte ihn, von welch guter Qualität sie waren – in einigen Fällen seiner eigenen Kleidung ähnlich. Diese Dinge konnte Treadwell mit Gewissheit nicht vom Lohn eines Kutschers bezahlt haben. Wenn er beim Spiel so viel Geld gewonnen hatte, musste er sehr viel Zeit darauf verwandt haben. Die Wahrscheinlichkeit, dass er über eine andere Einkommensquelle verfügt hatte, schien da erheblich größer zu sein.

Monk erkundigte sich, ob die Kleider vielleicht abgelegte Sachen von Lucius oder Harry Stourbridge waren. Es überraschte ihn nicht zu hören, dass dies nicht zutraf. Solche Sachen gingen an Diener, die erheblich länger im Haus waren, und diese pflegten sie für gewöhnlich nicht weiterzugeben.

So weit es Miriam Gardiner betraf, erfuhr Monk nicht mehr als das, was man ihm bereits erzählt hatte: Sie war nicht gewöhnt an den Umgang mit Dienstboten und behandelte Treadwell daher nicht mit der schicklichen Distanz, aber das galt auch für alle anderen Diener der Stourbridges. Niemand hatte beobachtet, dass sie sich dem Kutscher gegenüber anders benahm als gewöhnlich. Alle Diener sprachen sehr gut von ihr und schienen über die gegenwärtige Situation bekümmert zu sein.

Monk verbrachte den folgenden Tag in Hampstead und Kentish Town, wie er es Lucius gesagt hatte. Er ging meilenweit zu Fuß und stellte Fragen, bis sein Mund trocken und seine Kehle rau war. Er kam erst kurz nach neun nach Hause, als es draußen noch hell war, die Nachmittagshitze jedoch von einem leichten Abendwind gelindert wurde.

Zunächst wünschte er sich nichts sehnlicher, als seine Stiefel auszuziehen und seine müden Füße in einen Eimer mit Wasser zu stellen, aber Hesters Anwesenheit hielt ihn davon ab. Es war keine Beschäftigung, die einen Mann attraktiv erscheinen ließ. Er begrüßte sie freudig und ließ sich dann in der Kühle des Wohnzimmers nieder, ein Glas kalte Limonade neben sich, seine Stiefel noch immer fest geschnürt, und beantwortete ihre Fragen.

»Er hatte einen teuren Geschmack, der den Lohn, den Stourbridge ihm zahlte, bei weitem überstieg. Mindestens um das Dreifache.«

Hester runzelte die Stirn. »Glücksspiel?«

»Spieler gewinnen und verlieren. Er scheint sein Geld ziemlich regelmäßig bekommen zu haben. Aber was noch mehr ins Gewicht fällt, er hatte nur alle zwei Wochen einen freien Tag. Für Glücksspiel in dieser Größenordnung braucht man Zeit.«

Sie sah ihn mit ängstlichem Blick an. Ganz gegen ihre Gewohnheit drang sie nicht weiter in ihn.

Er war überrascht. »Ich frage mich, ob er vielleicht eine Mätresse mit dem nötigen Kleingeld hatte, die ihm teure Geschenke machte«, fuhr er fort. »Aber so wie es aussieht, hatte er selbst das Geld und hat die Sachen auch selbst gekauft. Er gab gern Geld aus, und er hat es keineswegs heimlich getan.«

»Also denkst du, dass er es auf ehrlichem Weg erworben hat?« Ihre Augen weiteten sich.

»Nein … Ich denke, er hatte keine Angst, dass jemand seine Unehrlichkeit enthüllen könnte«, korrigierte er sie. »Das Geld war nicht gestohlen, aber es gibt noch andere unehrenhafte Möglichkeiten …«

»Für einen Kutscher? Was soll das sein?«

Die Antwort lag auf der Hand. Warum sprach sie sie nicht aus?

»Erpressung«, erwiderte er.

»Oh.« Sie sah ihn ruhig an. Er hatte das Gefühl, dass sie ihre Gedanken vor ihm verbarg und dass sie etwas mit dem Thema zu tun hatten, über das sie sprachen. Aber wie konnte sie etwas über Treadwell wissen? Allerdings hatte sie in dem Krankenhaus in Hampstead gearbeitet.

»Es scheint das Naheliegendste zu sein«, sagte er und bemühte sich, seiner Stimme einen gleichgültigen Klang zu geben. »Das oder Diebstahl, wofür er jedoch kaum Zeit gehabt haben dürfte. Er lebte im Haus der Stourbridges, und sie haben keine Diebstähle gemeldet. Er lebte an seinem freien Tag gut, aß teuer, trank, so viel er wollte, besuchte Revuen und las die nächstbeste Frau auf, die ihm gefiel.«

Sie wirkte nicht überrascht, nur traurig.

»Ich verstehe.«

»Tatsächlich?«

»Nein ... ich meinte nur, ich kann deiner Argumentation folgen. Es sieht tatsächlich so aus, als hätte er vielleicht jemanden erpresst ...«

Er konnte die Barriere zwischen ihnen nicht länger ertragen. Er durchbrach sie unvermittelt mit einer Frage, wohl wissend, dass die Antwort ihn vielleicht schmerzen würde. »Was ist los, Hester?«

»Was soll los sein?«, wich sie ihm ganz gegen ihre sonstige Gewohnheit aus.

War es eine Warnung oder lediglich Selbstschutz?

Er sah ihr in die Augen und versuchte den Ausdruck darin zu deuten, entdeckte aber nur Angst.

»Du bist in der Vergangenheit«, begann er, »unvernünftig gewesen, übereifrig, selbstherrlich, prüde – und auch kritisch –, aber du hast nie taktiert, auch wenn es bisweilen vielleicht klüger gewesen wäre. Und vor allem, du hast nie gelogen.«

Sie errötete, hielt aber seinem Blick stand. »Ich weiß

nicht, wen er erpresst oder ob er überhaupt etwas Derartiges getan hat, aber ich fürchte, ich habe so eine Ahnung. Es ist etwas, das ich bei meiner Arbeit, bei der Versorgung der Kranken, erfahren habe, daher kann ich es dir nicht sagen. Es tut mir Leid.« Ihre Miene drückte tatsächlich Bedauern aus, und er wusste auch, dass sie ihre Meinung nicht ändern würde.

»Hester – weißt du etwas über ein Verbrechen, das begangen wurde?«

»Kein Verbrechen in moralischer Hinsicht«, antwortete sie sofort. »Es ist nichts geschehen, das einem Christenmenschen zuwider sein müsste.«

»Höchstens einem Polizisten«, ergänzte er ohne zu zögern.

Ihre Augen weiteten sich. »Bist du denn ein Polizist?«

»Nein ...«

»Dachte ich mir doch. Nicht dass es einen Unterschied machen würde. Es wäre nicht richtig, dir davon zu erzählen, selbst wenn du bei der Polizei wärst. Ich kann es nicht.«

Er schwieg. Es war zum Verzweifeln. Sie hielt vielleicht das fehlende Mosaiksteinchen in Händen, das dem Ganzen einen Sinn geben könnte. Sie wusste es, und doch wollte sie es ihm nicht sagen. Sie hatte ihre Grundsätze und stellte diese noch über ihre Liebe zu ihm. Aber es tat nicht wirklich weh, denn er war sich ganz sicher, dass er es nicht anders hätte haben wollen.

»William?«

»Ja?«

»Weißt du am Ende doch etwas?«

»Nein. Warum fragst du?«

»Du lächelst.«

»Oh!« Er war überrascht. »Tu ich das? Nein, ich weiß nichts. Ich nehme an, ich bin einfach nur ... glücklich ...« Er beugte sich vor und zu ihrer größten Überraschung küsste er sie leidenschaftlich.

Der nächste Tag war der zehnte Tag, seit Monk den Auftrag, Lucius Stourbridges Verlobte zu suchen, übernommen hatte. Jetzt saß sie unter Mordanklage im Gefängnis, und Monk wusste kaum mehr über den Tag ihrer Flucht als am Anfang. Er konnte sich weniger denn je vorstellen, was der Auslöser dieser Flucht gewesen sein mochte, außer jemand hätte mit Enthüllungen bezüglich ihrer Vergangenheit gedroht, Enthüllungen, von denen sie befürchtete, sie würden entweder sie selbst ruinieren oder jemanden, den sie liebte. Aber sie schwieg, trotz der Verhaftung, dem nachfolgenden Gerichtsverfahren und der möglicherweise drohenden Hinrichtung.

Welches Geheimnis konnte so schrecklich sein?

Ihm fiel keine Antwort auf die Frage ein, während er mit einem Hansom zum Polizeirevier von Hampstead fuhr.

Er erreichte sein Ziel kurz vor neun, nur um zu erfahren, dass Sergeant Robb am vergangenen Abend bis Einbruch der Dunkelheit gearbeitet hatte und deshalb noch nicht wieder erschienen war. Monk bedankte sich bei dem diensthabenden Sergeant und machte sich auf den Weg zu Robbs Haus. Die Sonne schien, und er schritt zügig aus, denn er hatte keine Zeit zu verlieren.

Es gab nur wenig, was er Robb mitteilen wollte; nur dass er Treadwells extravagante und teure Vorlieben entdeckt hatte. Er hatte mit sich gerungen, ob er das Thema anschneiden sollte oder nicht. Es gab Miriam ein starkes Motiv, wenn sie erpresst wurde. Aber ein Mann, der einen Menschen erpresste, tat dies vielleicht noch mit anderen, sodass es weitere Verdächtige geben würde. Vielleicht hatte einer dieser Verdächtigen ihm aufgelauert, und Miriam war vom Tatort geflohen, nicht weil sie schuldig war, sondern weil sie ihre Unschuld nicht beweisen konnte.

Es war ein schwacher Hoffnungsschimmer. Was, wenn es irgendwo ein uneheliches Kind gab, ein Kind von Miriam und Treadwell? Oder wenn Treadwell auch nur gewusst hätte, dass es ein solches Kind von einem anderen Mann gab? Das hätte genügt, um ihre Heirat mit Lucius Stourbridge zu verhindern.

Aber war irgendeine Erpressung den Tod wert?

Oder war sie lediglich in Panik geraten und glaubte nun, es sei alles verloren? Das wäre durchaus möglich.

Monk konnte die anderen möglichen Opfer nicht allein ermitteln, falls Treadwell tatsächlich ein Erpresser gewesen war. Dazu brauchte man die zahlenmäßige Überlegenheit der Polizei sowie deren Autorität.

Als er Robbs Haus erreichte, klopfte er an die Tür. Es vergingen einige Sekunden, bis Robb selbst öffnete. Er wirkte müde und gehetzt und obwohl er Monk höflich begrüßte, nahm seine Anspannung noch zu.

»Was gibt es? Fassen Sie sich bitte kurz. Ich bin ohnehin spät dran, und ich muss meinem Großvater noch das Frühstück machen.«

Monk hätte gern Hilfe angeboten, aber er verfügte über keinerlei Fähigkeiten, die in diesem Fall von Nutzen gewesen wären. Er war sich seines Unvermögens deutlich bewusst.

»Ich habe einige Dinge über James Treadwell in Erfahrung gebracht, und ich dachte, Sie möchten sie vielleicht gern hören. Ich könnte sie Ihnen mitteilen, während Sie das Frühstück zubereiten«, bot Monk an.

Robb akzeptierte den Vorschlag widerstrebend.

Monk entschuldigte sich bei dem alten Mann für sein Eindringen, dann setzte er sich und berichtete, was er während der vergangenen zwei Tage herausgefunden hatte. Während Michael das Brot strich, den Tee aufbrühte und seinem Großvater beim Essen half, wanderte Monks Blick über den Raum. Er bemerkte die offen stehende Schranktür und den kleinen Vorrat an Medikamenten. Außerdem lagen in einer Schale auf dem Tisch neben dem Spülstein mehrere Eier, und auf dem Boden stand eine Flasche Sherry. Michael versorgte seinen Großvater sehr gut. Es musste ihn jeden Penny seines kargen Polizeilohns kosten.

Michael nahm den Teller und die Tasse und spülte sie, mit dem Rücken zum Raum, in einer Schüssel ab.

Der alte Mann sah Monk an. »Eine wunderbare Frau, Ihre Gattin. Sie gibt einem nie das Gefühl, lästig zu sein. Kommt hierher und hört sich meine alten Geschichten an, und ihre Augen leuchten wie Sterne. Ich hab die Tränen über ihre Wangen laufen sehen, als ich ihr vom Tod des Admirals erzählt habe und wie wir nach Trafalgar mit den Flaggen auf halbmast nach England zurückkamen.«

»Sie hat es genossen, Ihnen zuzuhören«, erwiderte Monk aufrichtig.

»Sie hat ja selbst so manche Schlacht miterlebt«, sagte der alte Mann nun mit einem Lächeln. »Sie hat mir davon erzählt. Ganz ruhig und gefasst war sie dabei, aber ich konnte in ihren Augen sehen, was sie wirklich empfunden hat. So etwas kann man nämlich sehen. Menschen, die den Krieg ganz nah miterlebt haben, reden nicht viel darüber. Nur manchmal müssen sie es tun, und ich konnte sehen, dass es bei ihr so war.«

Stimmte das? Hester hatte selbst heute noch das Bedürfnis, über ihre Erfahrungen auf der Krim zu sprechen. Sie teilte diese Dinge mit einem alten Mann, den sie kaum kannte, statt mit ihm oder mit Callandra. Aber andererseits hatten sie beide den Krieg nicht miterlebt. Sie konnten nicht verstehen, was dieser Mann ohne weiteres begriff.

»Dann war sie wohl mehrmals hier«, sagte er laut.

Der alte Mann nickte. »Sie kommt jeden Tag vorbei, vielleicht nur für eine halbe Stunde oder so, um nach mir zu sehen. Nicht viele Menschen interessieren sich für Alte und Kranke außerhalb ihrer eigenen Familie.«

»Nein«, pflichtete Monk ihm mit einem seltsam beklommenen Gefühl bei. »Hat sie Sie nach anderen Matrosen und Soldaten gefragt?«

»Sie meinen, nach alten Männern wie mir? Ja, das hat sie. Hat sie es Ihnen nicht erzählt?«

»Ich fürchte, ich habe nicht so genau hingehört, wie ich es vielleicht hätte tun sollen.«

Robb lächelte und nickte. Auch er hatte so mancher Frau nicht richtig zugehört. Er verstand.

»Natürlich interessiert sie das alles«, fuhr Monk fort und hasste sich gleichzeitig für den Gedanken an möglicherweise verschwundene Medikamente und Erpressung, die er im Hinterkopf hatte und die er nicht ignorieren konnte. »Sie ist eine gute Krankenschwester. Das Wohl ihrer Patienten geht über ihr eigenes Wohl, wie bei einem guten Soldaten – die Pflicht kommt als Erstes.«

»Das ist richtig«, nickte der alte Mann, und seine Augen strahlten. »Sie ist eine wirklich gute Frau. Ich habe einige gute Krankenschwestern in meinem Leben kennen gelernt. Sie kommen ab und zu bei einem vorbei, um zu sehen, wie's geht.«

»Und diese Schwestern – bringen sie auch Medikamente mit?«

»Natürlich«, pflichtete Robb ihm bei. »Ich kann mir ja nicht selbst welche holen und der Junge, Michael, würde gar nicht wissen, was ich brauche, nicht?«

Ihm war überhaupt nicht bewusst, dass irgendetwas nicht stimmen könnte. Er sprach lediglich von der Freundlichkeit, die ihm zuteil geworden war. Die finsteren Gedanken lauerten einzig in Monks Kopf.

Michael hatte inzwischen alles abgewaschen und aufgeräumt, sodass er möglichst wenig zu tun haben würde, wenn es ihm gegen Mittag gelang, sich für kurze Zeit nach Hause zu stehlen. Er stellte eine Tasse Wasser in Reichweite des alten Mannes auf den Tisch, legte noch eine Scheibe Brot daneben und versicherte sich ein letztes Mal, dass er es so bequem wie nur möglich hatte. Dann wandte er sich an Monk.

»Ich muss jetzt aufs Revier. Ich werde über das nachdenken, was Sie mir erzählt haben. Es könnte noch eine dritte Person dabei gewesen sein, als Treadwell getötet wurde, aber es gibt keine Beweise dafür, nichts, was auf die Identität dieser Person schließen ließe. Und warum ist Miriam Gardiner weggelaufen? Warum sagt sie uns nicht wenigstens jetzt die Wahrheit?«

Monk fielen mehrere Antworten auf diese Frage ein, aber nicht eine einzige davon war überzeugend oder hätte ihre Unschuld bewiesen. Die Befürchtung, die langsam Gestalt annahm, gefiel ihm noch weniger, aber er konnte sich den Tatsachen nicht länger verschließen. Er erhob sich, verabschiedete sich von dem alten Mann, wünschte ihm alles Gute und kam sich dabei wie ein Heuchler vor. Dann folgte er Michael Robb hinaus auf die sonnenbeschienene, lärmende Straße.

Hundert Meter weiter trennten sie sich, Robb wandte sich nach links, und Monk ging nach rechts, Richtung Krankenhaus. Er war sich jetzt beinahe sicher, den Grund für Hesters Besorgnis zu kennen und auch zu wissen, warum sie mit ihm nicht darüber sprechen konnte. Im Krankenhaus waren Medikamente verschwunden. Man ging davon aus, dass sie gestohlen worden waren, entweder um die Sucht des Diebes selbst zu befriedigen oder um sie zu verkaufen, was wahrscheinlicher war. Hester hatte John Robb mehrmals in seinem Haus besucht und musste auch den Medizinschrank bemerkt haben. Der alte Mann hatte keinen Hehl daraus gemacht, dass die Medikamente von einer Krankenschwester gebracht wurden. Man konnte daraus leicht den Schluss ziehen, dass die Diebstähle nicht aus egoistischen Motiven begangen wurden, sondern um mittellose alte und kranke Menschen damit zu versorgen.

John Robb hatte keine Ahnung davon. Abgesehen von den Schuldgefühlen hätte sein Stolz niemals zugelassen, eine Hilfe anzunehmen, die mit solchen Risiken verbunden war. Er nahm die Medikamente an, weil er davon ausging, dass sie bereits bezahlt waren.

Hester hatte sich sehr präzise ausgedrückt, als sie leugnete, von irgendeinem Verbrechen zu wissen – »nicht in moralischer Hinsicht«, hatte sie gesagt. Vor dem Gesetz jedoch war es eindeutig Diebstahl.

Die Frage war nun, konnte Treadwell davon gewusst haben?

Warum nicht? Er verbrachte die meisten seiner freien Tage in Hampstead. Seine Leiche war auf dem Weg vor dem Haus einer Krankenschwester gefunden worden – Cleo Anderson. Monk erinnerte sich lebhaft an sie, an ihre Verteidigung Miriams und ihr nachdrückliches Leugnen zu wissen, wohin Miriam nach ihrer Flucht vom Cleveland Square gegangen sein könnte. Es war ihm verhasst, dieser Sache nachzugehen, aber die Schlussfolgerung lag auf der Hand. Es war Cleo Anderson, die von Treadwell erpresst worden war, und es war alles andere als Zufall, dass man ihn auf dem Weg vor ihrem Haus fand. Er war in dem Wissen dorthin gekrochen, dass er sterben würde, und bis zum letzten Atemzug entschlossen, sie in Verdacht zu bringen und gleichzeitig eine gewisse Gerechtigkeit für sich selbst zu erreichen, Gerechtigkeit und Rache. Sein Leichnam würde die Polizei unausweichlich zu Cleo führen.

Vielleicht hatte Miriam am Ende doch nichts mit dem Mord zu tun, aber da sie wusste, warum Cleo die Medikamente gestohlen hatte, und da sie ihr für ihre Güte sehr viel schuldete, konnte sie ihre eigene Freilassung unmöglich auf Cleos Kosten erwirken. Das wäre eine Erklärung für ihr Schweigen! Die Schuld war zu groß.

Monk beschleunigte seinen Schritt und drängte sich zwischen Fußgängern hindurch, die in der warmen Vormittagssonne einherschlenderten, Hausierern, die Sandwiches, kandierte Äpfel und Pfefferminzgetränke feilboten, und Händlern, die lauthals ihre Ware anpriesen. Er nahm all diese Leute kaum wahr. Der Lärm drang wie von ferne an sein Ohr, nicht mehr als ein undeutliches Summen. Er wollte diese Angelegenheit so schnell wie möglich hinter sich bringen.

Er ging die Krankenhaustreppe hinauf und trat durch das breite Tor ein. Fast sofort wurde er von einem jungen Mann begrüßt, der eine Weste trug und sich die blutbefleckten Hemdsärmel bis über die Ellbogen hochgekrempelt hatte.

»Guten Morgen, Sir!«, sagte er beflissen. »Brauchen Sie einen Arzt oder einen Chirurgen? Was können wir für Sie tun, Sir?«

In Monk stieg Panik auf, und er konnte sich nur mit Mühe dieses Gefühls erwehren. Gott sei Dank brauchte er weder den einen noch den anderen.

»Ich erfreue mich bester Gesundheit, vielen Dank«, sagte er hastig. »Ich würde gern mit Lady Callandra Daviot sprechen, falls sie hier ist.«

»Wie bitte?« Der junge Mann sah ihn verwirrt an. Es war ihm offensichtlich nie in den Sinn gekommen, dass jemand eine Frau, irgendeine Frau, aufsuchen könnte, statt eines ausgebildeten Mediziners.

»Ich würde gern mit Lady Callandra Daviot sprechen«, wiederholte Monk sehr deutlich. »Oder wenn sie nicht hier ist, dann mit Mrs. Monk. Wo kann ich warten?« Er hasste das Krankenhaus. Die grauen Korridore rochen nach Essig und Lauge und erinnerten ihn an ein anderes Hospital, dasjenige, in dem er nach dem Unfall erwacht war, ohne seine eigene Identität zu kennen. Die Panik jener Tage war schon lange abgeklungen, ließ sich aber in seiner Phantasie nur allzu leicht wieder heraufbeschwören.

»Oh, versuchen Sie es mal in der Richtung«, erwiderte der junge Mann und deutete mit einer nachlässigen Geste dorthin, wo die Warteräume der Ärzte lagen. Dann drehte er sich auf dem Absatz um und widmete sich wieder seiner Arbeit.

Monk ging in den Warteraum, wo ein halbes Dutzend Menschen saß, starr vor Angst, zu krank oder zu verängstigt, um miteinander zu plaudern. Glücklicherweise tauchte Callandra schon nach wenigen Augenblicken auf.

»William! Was tun Sie denn hier? Ich nehme an, Sie wollen Hester sprechen? Ich fürchte, sie ist nicht da.« Sie zögerte. »Sie besucht einen Patienten.«

»Alt und krank, nehme ich an, und arm«, erwiderte er trocken.

Sie kannte ihn zu gut, um die tiefere Bedeutung dieser Worte zu überhören. »Was ist passiert, William?«, fragte sie. Obwohl er stand und sie um etwa zwanzig Zentimeter überragte, brachte sie es dennoch fertig, ihm das Gefühl zu geben, dass er besser wahrheitsgemäß antworten sollte.

»Ich glaube, aus der Krankenhausapotheke sind in letzter Zeit gewisse Medikamente verschwunden.« Es war eine Feststellung.

»Hester hat Sie doch nicht in dieser Angelegenheit konsultiert?« Sie war erstaunt und konnte es offensichtlich nicht glauben.

»Nein, natürlich nicht. Warum? Haben Sie das Problem gelöst?«

»Ich glaube nicht, dass Sie sich darüber den Kopf zerbrechen müssen«, antwortete sie ernst. »Zumindest jetzt noch nicht.«

»Warum? Weil eine Krankenschwester die Medikamente gestohlen hat?« Die Worte klangen herausfordernd.

»Wir wissen nicht, wer es ist«, antwortete sie. »Und da Hester Sie, wie Sie mir versichert haben, nicht gebeten hat, für uns zu ermitteln, brauchen wir uns auch nicht über das Thema zu unterhalten. Sie können sich doch unmöglich dafür interessieren.«

»Da irren Sie sich. Bedauerlicherweise muss ich mich dafür interessieren.« Seine Stimme wurde leiser. »Ich wünschte, ich könnte diese Diebstähle auf sich beruhen lassen. Es geht nicht darum, dass Ihnen diese Dinge fehlen, sondern darum, dass die Betreffende möglicherweise wegen der Diebstähle erpresst wurde, obwohl ich glaube, dass sie die Arznei für den denkbar besten Zweck benutzt hat.«

»Erpressung!« Callandra sah ihn entsetzt an.

»Ja… und Mord. Es tut mir Leid.«

Sie schwieg, aber der ernste Ausdruck ihres Gesichts verriet ihre Angst, und Monk vermeinte in ihren Augen zu lesen, dass sie eine Vermutung hatte. Sie ahnte bereits, was hinter den Diebstählen lag, hinter dem ständigen Verschwinden von Medikamenten im Laufe von Monaten, ja vielleicht Jahren. Es war geschehen, um Menschen zu helfen, von deren Not sie selbst, Callandra Daviot, überzeugt war.

»Wissen Sie, wer für die Diebstähle verantwortlich ist?«, fragte er.

Sie sah ihm in die Augen. »Ich habe nicht die geringste Ahnung«, antwortete sie.

Sie wussten beide, dass es eine Lüge war und dass Callandra nichts mehr zu diesem Thema sagen würde. Er erwartete es im Grunde auch nicht von ihr.

»Und Hester weiß auch nichts!«, fügte sie entschieden hinzu.

»Nein … das dachte ich mir«, gab er mit dem Anflug eines Lächelns zu. »Aber Sie können mir vielleicht weiterhelfen, was die Frage betrifft, welche Medikamente verschwunden sind und in welcher Menge.«

Sie zögerte.

»Es wäre Ihnen doch gewiss nicht angenehm, wenn ich jemand anderen danach frage?«, sagte er ohne mit der Wimper zu zucken.

Sie wusste, dass es eine Drohung war. Er würde seine Worte wahr machen, ganz gleich, wie sehr es ihm widerstrebte.

»Ja«, kapitulierte sie. »Kommen Sie mit, dann gebe ich Ihnen eine Liste. Es beruht natürlich alles auf Vermutungen!«

»Selbstverständlich«, erwiderte er.

Monk beschäftigte sich bis zum Abend und während des größten Teils des nächsten Tages zuerst mit Callandras Medikamentenlisten, dann versuchte er herauszufinden, wen Cleo Anderson besucht hatte und unter welchen Krankheiten ihre Patienten litten. Er brauchte den Kranken und Armen nicht viele Fragen zu stellen. Sie sprachen nur allzu bereitwillig von einer Frau, die viel Zeit und Geduld aufwendete, um sich um sie zu kümmern, und die ihnen so oft Medikamente brachte, die der Arzt ihr mitgegeben habe. Niemand stellte deswegen Fragen, niemand hatte Zweifel daran, woher sie das Chinin nahm, das Morphium und all die anderen Pulver und Infusionen. Die Leute waren einfach dankbar.

Je mehr er erfuhr, desto mehr war es Monk verhasst, was er da tat. Wieder und wieder schob er es hinaus, die alles entscheidende Frage zu stellen, die ihm einen Beweis geliefert hätte. Er schrieb nichts auf. Er kümmerte sich nicht um einen Zeugen für seine Gespräche und nahm keine Beweisstücke mit.

Am Nachmittag des zweiten Tages wandte er seine Aufmerksamkeit Cleo Anderson selbst zu, ihrem Haus, ihren Ausgaben, der Frage, was sie einkaufte und wo. Es war ihm nie in den Sinn gekommen, dass sie irgendeinen Lohn für ihre Arbeit oder die Medikamente verlangte. Dennoch erstaunte es ihn, wie überaus bescheiden ihr Leben war, viel bescheidener, als er es bei einer Krankenschwester mit ihrem Lohn erwartet hätte. Sie trug offensichtlich nur abgelegte Kleider, die ihr dankbare Verwandte einer Patientin schenkten, die gestorben war. Ihre Ernährung bestand aus den einfachsten Dingen, und auch hier wurde sie oft in den Häusern derer versorgt, die sie pflegte: Brot, Hafermehlbrei, ein wenig Käse und Eingemachtes. Es schien, als esse sie häufig im Krankenhaus und sei dankbar dafür.

Das Haus war ihr Eigentum, eine Hinterlassenschaft aus besseren Zeiten, aber es war im Lauf der Jahre baufällig geworden und brauchte dringend ein neues Dach.

Niemand hatte je gesehen, dass sie trank oder um Geld spielte.

Also, wo blieb das Geld?

Monk hatte keinen Zweifel daran, dass es in den Taschen von James Treadwell gelandet war, zumindest zu dessen Lebzeiten. Seit seinem Tod vor zwei Wochen hatte Cleo Anderson einen Küchentisch aus zweiter Hand erworben, einen neuen Krug, eine Schüssel und zwei Handtücher, alles Dinge, die sie sich seit Jahren nicht mehr geleistet hatte, wie ihre Nachbarn zu berichten wussten.

Monk fand sich kurz vor halb fünf vor ihrem Haus ein, als er Michael Robb auf sich zukommen sah. Der Sergeant ging sehr langsam, als sei er müde, und seine Füße schienen zu schmerzen. Er war erhitzt und sah niedergeschlagen aus. Er blieb vor Monk stehen. »Hätten Sie es mir gesagt?«, fragte er.

Es war nicht notwendig, etwas zu erklären. Monk wusste nicht, ob er es getan hätte oder nicht, aber er war sich, wie sehr es ihm auch missfiel, ganz sicher, dass Robb Bescheid wusste.

»Ich kann nichts beweisen«, antwortete er. Das war für einen Mann wie ihn eine ungewöhnlich vage Bemerkung. Im Allgemeinen stellte er sich der Wahrheit, wie bitter sie auch sein mochte. Dies schmerzte ihn mehr, als er selbst erwartet hatte.

»Aber ich habe Beweise«, entgegnete Robb müde. »Genug, um sie zu verhaften. Bitte, stehen Sie mir nicht im Weg. Zumindest können wir Miriam Gardiner entlassen. Sie können Mr. Stourbridge darüber in Kenntnis setzen. Er wird erleichtert sein… nicht dass er je an ihre Schuld geglaubt hätte.«

»Ja…« Monk wusste, dass Lucius glücklich sein würde, aber das Glück würde nicht lange dauern, denn Miriam hatte alles getan, um Cleo Anderson nicht mit in die Sache hineinzuziehen. Ihre Trauer würde sehr tief gehen und wahrscheinlich von Dauer sein.

Auf dem Weg zum Revier teilte Robb Monk mit, zu welchen Ergebnissen die Polizei bisher gekommen war. Man hielt Miriam für eine unentbehrliche Zeugin des Verbrechens, die selbst unter Druck die Wahrheit verschwiegen hatte. Sie war offensichtlich keine Mörderin, befand sich jedoch in einem Zustand, der an Hysterie grenzte, und wenn man sie entließ, dann nur in die Obhut eines verantwortungsbewussten Menschen, der sich um sie kümmern würde. Überdies musste man sicherstellen, dass sie als Zeugin vor Gericht erscheinen würde, wie das Gesetz es verlangte. Lucius und sein Vater schienen dafür am geeignetsten zu sein.

Diese Idee stieß bei Miriam auf leidenschaftlichen Widerstand. Sie stand mit bleichem Gesicht im Büro des Superintendent und wandte sich Monk zu, als dieser mit Robb den Raum betrat.

»Bitte, Mr. Monk, ich gebe Ihnen jede Garantie, die Sie verlangen, ich verspreche Ihnen alles, was Sie wollen, aber zwingen Sie mich nicht, zum Cleveland Square zurückzukehren! Ich will gern Tag und Nacht im Krankenhaus arbeiten, wenn Sie mir gestatten, dort zu wohnen.«

Der Superintendent des Polizeireviers sah erst sie, dann Robb mit ernster Miene an.

»Ich glaube …«, begann Robb.

Aber der Superintendent wollte seine Meinung gar nicht hören. »Sie befinden sich offensichtlich in einem Zustand äußerster Erregung«, sagte er an Miriam gewandt. Er sprach sehr langsam und deutlich. »Mr. Stourbridge ist Ihr zukünftiger Ehemann. Er kann am besten für Sie sorgen und wird Ihnen in Ihrem Kummer beistehen, nachdem die Frau verhaftet wurde, die Ihnen in der Vergangenheit mit so viel Freundlichkeit begegnet ist. Das hat Sie sehr mitgenommen. Sie brauchen Ruhe, um wieder zu Kräften zu kommen.«

Miriam fuhr herum und sah Monk an. In ihren Augen brannte eine wilde Verzweiflung, als müsse sie ihm dringend etwas mitteilen, was sie jedoch in Anwesenheit der anderen nicht tun konnte.

Ihm fiel keine Ausrede ein, um allein mit ihr zu reden. Major Stourbridge und Lucius waren bereits eingetroffen und warteten darauf, sie zum Cleveland Square zu bringen. Links von ihr stand ein Wachtmeister und rechts der diensthabende Sergeant. Die Absicht der beiden Männer war es, sie zu stützen, falls sie plötzlich ohnmächtig würde.

Es gab nichts, was er tun konnte. Hilflos sah er zu, wie sie aus dem Raum geführt wurde. Die Tür öffnete sich und Lucius Stourbridge trat vor. Sein Gesicht war erfüllt von Zärtlichkeit und Glück. Harry Stourbridge stand hinter ihm und lächelte, als sei ein Albtraum zu Ende.

Miriam stolperte, taumelte einen Schritt nach vorn und Wachtmeister und Sergeant mussten sie beinahe tragen. Als Lucius sie berührte, zuckte sie zusammen.

7

Hester war vor Monk zu Hause und freute sich auf seine Ankunft, aber als er durch die Tür trat und sie sein Gesicht sah, wusste sie sofort, dass etwas passiert war. Er sah erschöpft aus. Sein Gesicht war blass, und das dunkle Haar klebte ihm schweißnass an der Stirn.

Angst und Sorge stiegen in ihr auf. »Was ist geschehen?«, fragte sie beunruhigt.

Er stand mitten im Raum, hob die Hand und strich ihr ganz sanft über die Wange. »Ich weiß jetzt,was es ist, das du mir nicht erzählen konntest… und warum. Es tut mir Leid, dass ich der Sache nachgehen musste.«

Sie schluckte. »Der Sache?«

»Den gestohlenen Medikamenten«, antwortete er. »Der Frage, wer sie gestohlen hat und warum und wo sie geblieben sind. Dies ist eine weitaus nahe liegendere Begründung für eine Erpressung.«

Sie wollte einfach nicht verstehen, was er da sagte. »Die Medikamente können unmöglich etwas mit Miriam Gardiner zu tun haben.«

»Nicht direkt, aber das eine führt zum anderen.« Sie spürte, dass er sich seiner Sache ganz sicher war.

»Was? Was für eine Verbindung besteht da?«, fragte sie. »Was ist passiert?«

»Cleo Anderson hat die Medikamente gestohlen, um alte und kranke Menschen damit zu behandeln«, antwortete er leise. »Irgendwie hat Treadwell davon erfahren und sie erpresst. Vielleicht ist er Miriam gefolgt. Vielleicht ist ihr unbeabsichtigt eine Bemerkung herausgerutscht, und er hat sich den Rest zusammengereimt.«

»Weißt du das mit Sicherheit?« Sie war verwirrt, und ihre Gedanken überschlugen sich. »Wenn Treadwell Cleo Anderson erpresst hat, warum sollte Miriam ihn dann töten? Um sie zu schützen? Das erklärt aber nicht, warum sie den Cleveland Square so plötzlich verlassen hat. Was ist mit Lucius Stourbridge? Warum ist sie nicht zu ihm gegangen und hat es ihm erklärt? Irgendetwas …« Ihre Stimme wurde leiser. Nichts von alledem ergab wirklich einen Sinn.

»Miriam hat Treadwell nicht getötet«, entgegnete er. »Die Polizei hat sie freigelassen. Sie wollte Cleo schützen, weil sie tief in ihrer Schuld steht und wohl auch glaubte, sie sei im Recht.«

»Das ist nicht genug«, protestierte Hester. »Warum ist sie von dem Fest am Cleveland Square weggelaufen? Warum sollte sie Lucius verschweigen, wo sie sich aufhielt?«

»Das weiß ich nicht«, gab er zu. »Sie wurde, als man sie aus dem Gefängnis entließ, seiner Obhut unterstellt, und sie sah aus, als ginge sie zu ihrer Hinrichtung. Sie flehte förmlich darum, sie nicht zu Lucius zu schicken, aber auf dem Revier wollte man nichts davon wissen.« Er runzelte die Stirn. »Einen Moment lang dachte ich, sie würde mich um Hilfe bitten, aber dann änderte sie ihre Meinung. Sie mussten sie beinahe hinaustragen.«

Das Mitleid in seiner Stimme war nicht zu überhören. Auch sie empfand so, und es erzürnte sie, dass die Polizei bestimmte, in wessen Obhut Miriam gegeben werden müsse. Man hätte es ihr überlassen sollen, wohin sie gehen wollte und zu wem. Schließlich stand sie nicht länger unter Mordanklage.

Aber weitaus drängender war im Augenblick ihre Sorge um Cleo Anderson.

»Was können wir tun, um ihr zu helfen?« Sie hielt es für selbstverständlich, dass er dies auch wollte.

Monk stand nach wie vor mitten im Zimmer, erhitzt, müde und mit schmerzenden Füßen. Erstaunlicherweise verlor er nicht die Fassung.

»Gar nichts. Es ist jetzt eine private Angelegenheit zwischen zwei Menschen.«

»Ich spreche von Cleo!«, korrigierte sie ihn. »Miriam hat andere Menschen, die sich um sie kümmern. Außerdem wird sie nicht eines Verbrechens bezichtigt.«

»Doch, das wird sie: Man betrachtet sie als Komplizin bei der Vertuschung von Treadwells Ermordung. Auch wenn sie behauptet, sie sei nicht zugegen gewesen und habe nicht gewusst, dass er tot war. Man kann fast mit Sicherheit davon ausgehen, dass sie Augenzeugin des Verbrechens war. Die Polizei wird auf einer Zeugenaussage vor Gericht bestehen.«

Hester machte eine ungeduldige Handbewegung. Sie kannte Miriam Gardiner nicht, aber sie kannte Cleo und wusste, was sie für den alten John Robb und andere getan hatte.

»Na schön, sie wird also eine Aussage machen müssen! Es wird nicht angenehm sein, aber sie wird es überleben. Wenn sie auch nur den geringsten Anstand hat, wird ihre erste Sorge Cleo gelten, so wie auch wir jetzt vor allen Dingen an Cleo denken müssen. Was können wir tun? Wo sollen wir beginnen?«

Seine Züge spannten sich an. »Es gibt nichts, was wir tun können«, erwiderte er knapp, dann wandte er sich ab und setzte sich erschöpft in einen der Sessel. »Ich habe Miriam Gardiner gefunden und sie zu ihrer zukünftigen Familie zurückgebracht. Ich wünschte, die Schuldige wäre nicht ausgerechnet Cleo Anderson, aber so ist es nun mal. Ich bin auf keine Beweise für ihre Tat gestoßen, das war das Äußerste, was ich für sie tun konnte, aber Robb wird sicher auf etwas stoßen. Er ist ein guter Polizist. Außerdem ist sein Vater betroffen.« Er ärgerte sich über seine eigenen Gefühle, was sich in seiner Miene und seinem Tonfall äußerte.

Hester blieb mitten im Raum stehen. Sie trug ein hübsches bedrucktes Kattunkleid mit weiten Röcken und einem kleinen, weißen Kragen. Es war hübsch anzusehen, aber bedeutungslos angesichts dessen, was Cleo Anderson bevorstand.

»Es muss doch irgendetwas geben ...« Sie wusste, dass sie nicht mit ihm hätte streiten sollen, gerade jetzt, wo er so erschöpft war und ihm diese Geschichte genauso nahe ging wie ihr. Aber ihre Selbstbeherrschung reichte nicht aus, um geduldig dazusitzen und auf einen günstigeren Zeitpunkt zu warten. »Ich weiß nicht, was ... aber wenn wir suchen ... vielleicht hat er sie bedroht. Vielleicht war Notwehr im Spiel.« Sie suchte verzweifelt nach einem Ausweg. »Vielleicht wollte er sie überreden, irgendein Verbrechen zu begehen. Das könnte eine Rechtfertigung dafür sein ...«

»Dass sie ihn stattdessen umbrachte?«, fragte er sarkastisch.

Sie wurde rot. »Also schön, es war keine besonders gute Idee«, räumte sie ein. »Aber es gibt noch andere Möglichkeiten!«

Er sah überrascht zu ihr auf, aber seine Überraschung galt nicht ihren Worten selbst, sondern dem milden Tonfall, in dem sie gesprochen hatte.

Sie wusste, was in ihm vorging, und errötete noch mehr. Diese ganze Auseinandersetzung war lächerlich und empörend.

»Ich wünschte, ich könnte ihr helfen«, sagte er sanft. »Aber ich weiß nicht, wie, und du weißt es auch nicht. Lass die Dinge auf sich beruhen, Hester. Misch dich nicht ein.«

Sie musterte ihn und versuchte herauszufinden, wie ernst es ihm mit diesen Worten war. War es ein Rat oder ein Befehl?

Sie konnte keinen Zorn in seinem Gesicht entdecken, aber auch keinen Hinweis darauf, dass er seine Meinung ändern würde. Sie konnte Cleo jedoch nicht im Stich lassen, nicht einmal, um Monk einen Gefallen zu tun, oder, wenn es zum Schlimmsten kam, einem ernsten Streit mit ihm aus dem Weg zu gehen. Sie würde nicht damit leben können, wenn sie das tat. Wie sollte sie ihm das erklären? Es war das erste Mal, dass sich eine Kluft zwischen ihnen auftat, die sich wohl nicht so leicht überbrücken ließ.

Sie sah den Schatten auf seinem Gesicht. Er verstand sie, wenn schon nicht in allen Einzelheiten, so doch zumindest, was das Wesentliche betraf.

»Vielleicht könntest du Erkundigungen einziehen«, schlug er vor. »Aber du wirst äußerst vorsichtig sein müssen, sonst machst du alles nur noch schlimmer. Ich kann mir nicht vorstellen, dass der Leiter des Hospitals Mrs. Anderson freundlich gesinnt ist.«

Er versuchte einzulenken, was sie mit großer Freude erfüllte. Am liebsten hätte sie jetzt die Arme um ihn geschlungen und ihn an sich gedrückt, aber sie widerstand der Versuchung. Stattdessen senkte sie den Blick.

»O ja«, sagte sie ernst. »Ich werde wirklich äußerst vorsichtig sein müssen – falls ich irgendwelche Nachforschungen anstelle. Im Augenblick weiß ich nicht, wie ich vorgehen soll. Ich werde einfach zuhören und beobachten ... fürs Erste.«

Dann bereitete sie das Abendessen vor: kalten Schinken und Gemüse und anschließend warmen Apfelkuchen mit Sahne. Während sie am Tisch saßen und ihre Mahlzeit einnahmen, stellte sie ihm weitere Fragen nach Miriam und der Familie Stourbridge.

»Alles, was ich weiß, scheint irgendwie keinen Sinn zu ergeben«, sagte er, nachdem er eine Weile nachgedacht hatte. »Die Stourbridges haben Miriam herzlicher willkommen geheißen, als man es hätte erwarten dürfen bei einer Frau, die kein Vermögen und keine Familie besitzt und ihren einzigen Sohn heiraten wollte. Meine Beobachtungen bestätigen ihre Aussage, dass sie Miriam gern haben und als die Frau akzeptierten, die ihren Sohn glücklich machen wird. Ob sie ihm einen Erben schenken kann oder nicht, wird sich erweisen; jung genug ist sie ja.«

»Aber sie hat keine Kinder aus ihrer Ehe mit Mr. Gardiner«, bemerkte Hester. »Dadurch wird es weniger wahrscheinlich, dass sie in dieser neuen Ehe Kinder bekommt.«

»Das haben sie gewiss bedacht.« Er nahm noch etwas Sahne, verteilte sie großzügig über dem zweiten Stück Kuchen und verspeiste das Ganze mit unverhohlenem Genuss.

Sie beobachtete ihn erleichtert. Sie war, was die Zubereitung von Süßspeisen betraf, noch immer sehr unsicher, und sie hatte bisher noch nicht die Zeit gefunden, nach einer Frau zu suchen, die tagsüber die nötigsten Hausarbeiten erledigte. Sie würde das Problem möglichst bald in Angriff nehmen müssen. Ein wohl geordnetes häusliches Leben würde nicht nur einen Teil von Monks Glück ausmachen, sondern auch von ihrem eigenen. Sie hatte nicht den Wunsch, ihre Zeit oder Energie auf alltäglichen Kleinkram zu verwenden. Sie würde sich gleich morgen umhören, außer ihre Nachforschungen im Fall Cleo Anderson würden sie zu sehr beanspruchen. Diese Angelegenheit war natürlich wichtiger als die Suche nach einem Dienstmädchen.

»Cleo Anderson!«, rief Callandra. »Bist du dir sicher?« Es war mehr ein Protest als eine Frage. Hester war ein paar Minuten allein mit Beck und Callandra im Warteraum der Chirurgen.

»Ich hatte keine Ahnung«, sagte er leise. »Was für ein Risiko sie eingegangen ist ... die ganze Zeit über. Wie lange wissen Sie es schon?« Er sah Hester an.

»Ich weiß es eigentlich nicht mit letzter Sicherheit.« Sie war immer noch übervorsichtig, als lausche Sergeant Robb hinter der Tür. »Zumindest ... habe ich keine Beweise.«

»Natürlich nicht«, sagte Kristian und verzog kaum merklich die Lippen. »Niemand möchte Beweise finden. Sie hatten ganz Recht, dass Sie bisher nicht darüber gesprochen haben. Die arme Frau.« Er ballte die Fäuste. »Es ist ein schreckliches Unrecht, dass ein Mensch solche Risiken auf sich nehmen muss, um den Armen und Kranken zu helfen.«

»Es ist ungeheuerlich!«, stimmte Callandra ihm zu, ohne ihn anzusehen. »Aber wir müssen etwas tun! Es muss einen Weg geben. Was sagt William dazu?«

Hester gab nur eine leicht abgeänderte Zusammenfassung des Gesprächs wieder. »Er meint, wir sollten äußerst vorsichtig sein, wenn wir Erkundigungen einziehen«, erwiderte sie.

»Mehr als vorsichtig«, pflichtete Kristian ihr bei. »Thorpe wäre begeistert, wenn er sämtliche Krankenschwestern als Diebinnen hinstellen könnte…«

»Aber genau das wird er tun!«, fiel Callandra ihm ins Wort, und ihr Gesicht wirkte kummervoll. »Er wird schneller davon erfahren als uns lieb ist. Die Polizei taucht hier sicher bald auf, um Fragen zu stellen.«

»Gibt es etwas, das wir verheimlichen könnten?« Hester blickte von einem zum anderen. Wenn Cleo für den Mord an Treadwell verurteilt würde, dürften ein oder zwei Flaschen Morphium kaum eine Rolle spielen. Aber noch bevor die Worte heraus waren, wusste sie, wie töricht diese Idee war.

»Welche Beweise hat die Polizei denn für ihre Schuld?«, fragte Kristian ein wenig ruhiger. Der erste Schreck ließ langsam nach. »Möglicherweise hat er sie erpresst, aber er könnte das auch mit anderen getan haben. Sie verfügte kaum über ein Einkommen, aus dem sich viel herausholen ließ.«

»Es sei denn, sie hätte ihm Morphium besorgt«, sagte Callandra mit Sorge, »und er hat es verkauft. Das würde erheblich mehr bringen.«

Auf diesen Gedanken war Hester überhaupt noch nicht gekommen. Sie glaubte nicht, dass Cleo selbst Morphium verkaufen würde, aber es wäre ihr vielleicht nichts anderes übrig geblieben, wenn Treadwell ihr Geld abgepresst hatte. Aber was war geschehen, das sie vielleicht gerade an diesem Abend zur Mörderin machte? War es Verzweiflung… oder nur die günstige Gelegenheit?

»Aber welche Beweise gibt es?«, wiederholte Kristian. »Hat jemand sie gesehen? Hat sie etwas am Tatort zurückgelassen? Gibt es Hinweise, die andere Personen als Täter ausschließen?«

»Nein… Fest steht nur, dass sein Leichnam auf dem Weg

vor ihrem Haus gefunden wurde und dass er vom Ort des Geschehens dorthin gekrochen ist. Zuerst vermutete man, dass er sie um Hilfe bitten wollte. Jetzt werden die Leute glauben, dass es kein Zufall war, sondern dass er bewusst auf sie hinweisen wollte.«

Kristian runzelte die Stirn. »Sie meinen, die beiden haben sich irgendwo in der Nähe getroffen, sie hat ihn niedergeschlagen und ihn, weil sie ihn für tot hielt, liegen lassen. Aber er war noch bei Bewusstsein und kroch hinter ihr her?«

Callandras Gesicht war vor Kummer wie versteinert.

»Warum nicht?« Es widerstrebte Hester zutiefst, es auszusprechen, aber die Worte hingen zwischen ihnen. »Er traf sich mit ihr, um sie zu erpressen, und sie fühlte sich zum Äußersten getrieben – vielleicht hatte sie nichts mehr, um ihn zu bezahlen. Entweder war sie von Anfang an in der Absicht, ihn zu töten, zu dem Treffen gegangen, oder es ergab sich aus den Umständen.«

»Und wo war Miriam?«, fragte Callandra. Dann wurde ihre Miene plötzlich lebhafter. »Oder hat er Miriam vielleicht irgendwo abgesetzt und ist dann zu Cleo Anderson gefahren? Das würde erklären, warum Miriam nicht wusste, dass er tot war!«

Hester schüttelte den Kopf. »Was auch immer die Antwort auf diese Frage sein mag, Cleo hilft es jetzt nichts mehr.«

Sie sahen einander unglücklich an und keinem von ihnen fiel etwas Tröstliches ein.

Die Dinge schienen sich noch zu verschlimmern, als Hester und Callandra etwa eine Stunde später von einem äußerst wütenden Fermin Thorpe in dessen Büro bestellt wurden, wo er ihnen die Anweisung gab, Sergeant Robb bei seinen Ermittlungen zu unterstützen.

Robb fühlte sich sichtlich unbehaglich. Er stand neben Thorpes Schreibtisch und musterte zuerst Thorpe selbst, dann Callandra und zu guter Letzt Hester.

»Es tut mir Leid, Ma'am«, er schien sie beide gleichzeitig

anzusprechen, »ich hätte Sie lieber nicht in diese Lage gebracht, aber ich muss mehr über die Medikamente wissen, von denen Mr. Thorpe mir sagt, sie seien aus Ihrer Apotheke verschwunden.«

»Ich wusste bis heute Morgen nichts davon«, sagte Thorpe, dessen Gesicht von Zornesröte überzogen war. »Man hätte mir schon den ersten Vorfall dieser Art melden müssen. Irgendjemand wird sich dafür verantworten!«

»Ich denke, wir sollten zunächst ganz präzise feststellen, was sich beweisen lässt, Mr. Thorpe«, entgegnete Callandra kalt. »Es geht nicht an, wild mit Anschuldigungen um sich zu werfen, bevor man Beweise hat. Ein Ruf ist schnell ruiniert und lässt sich nicht so leicht wieder herstellen.« Sie sah ihn herausfordernd an.

Thorpe war sich seiner Stellung als Leiter des Hospitals und seiner seinem Amt innewohnenden Autorität durchaus bewusst. Andererseits konnte er sich aber kaum über gesellschaftliche Zwänge hinwegsetzen, und Callandra besaß immerhin einen Titel, auch wenn es nur ein Ehrentitel war, den sie der Position ihres verstorbenen Vaters verdankte. Er entschied sich für umsichtiges Vorgehen, zumindest für den Augenblick.

»Selbstverständlich, Lady Callandra. Wir sind noch nicht über die ganze Situation im Bilde.« Er sah Robb von der Seite an. »Ich versichere Ihnen, Sergeant, ich werde alles in meiner Macht Stehende tun, um Ihnen behilflich zu sein. Wir müssen zuerst alle Fakten zusammentragen und dann jedweder Unehrlichkeit einen Riegel vorschieben. Ich werde Sie persönlich in Ihren Ermittlungen unterstützen.«

Genau das hatte Hester befürchtet. Es wäre so viel einfacher gewesen, die Verluste zu verharmlosen, ja sogar Robb ein klein wenig an der Nase herumzuführen, wenn Thorpe nicht seine Hände im Spiel hatte. Sie wusste nicht, was der Apotheker tun würde, wem seine Loyalität galt oder wie sehr er um seine eigene Stellung bangen würde.

Thorpe zögerte, und Hester wurde mit einem Aufkeimen

von Hoffnung klar, dass er nicht genug über die Medikamente wusste, um ohne Hilfe eine Bestandsaufnahme der Apotheke durchzuführen.

»Vielleicht könnte einer von uns Mr. Phillips holen?«, schlug sie vor. »Und Sie vielleicht auch begleiten, um Notizen zu machen… für unsere eigenen Zwecke. Schließlich werden wir uns um die Angelegenheit kümmern und dafür sorgen müssen, dass es nicht wieder vorkommt. Es ist für uns noch wichtiger, die Wahrheit ans Licht zu bringen als für Sergeant Robb.«

Thorpe ergriff den Strohhalm, der ihm angeboten wurde. »So ist es, Mrs. Monk.« Plötzlich besann er sich ihres Namens, ohne sich besonders anstrengen zu müssen.

Sie lächelte, sagte aber nichts. Bevor er seine Meinung ändern konnte, warf sie Callandra einen Blick zu und führte die anderen dann aus dem Büro und durch den breiten Korridor zur Apotheke. Sie wusste, dass Callandra Mr. Phillips holen würde, und vielleicht konnte sie sogar diskret ein Wort mit ihm wechseln, um ihm klarzumachen, was seine Aussage für sie alle bedeuten konnte. Wahrscheinlich war er bisher noch nicht über das, was Cleo Anderson vorgeworfen wurde, informiert.

Sie wagte es nicht, Sergeant Robb anzusehen. Zu leicht hätte er Callandras Absicht durchschauen können. Dazu bedurfte es keines großen Geschicks.

Sie gingen eilig nebeneinander her, bis Hester an der Tür zur Apotheke Halt machte. Natürlich besaß Thorpe einen Schlüssel, er hatte für sämtliche Türen einen Schlüssel. Er schloss auf und trat ein, und sie folgten ihm in den kleinen Raum, wo kaum Platz für alle war. An den Wänden standen Schränke, die bis zur Decke reichten. Jeder dieser Schränke hatte ein eigenes Messingschloss, selbst die Schubladen unter dem Regal.

»Ich fürchte, für die Schränke habe ich keine Schlüssel«, erklärte Thorpe widerstrebend. »Aber wie Sie sehen, wird hier auf größte Sorgfalt geachtet. Ich weiß nicht, was wir noch tun könnten, außer, wir stellen einen zweiten Apotheker ein, sodass jede Minute des Tages jemand hier ist. Es wird Ihnen aber einleuchten, dass wir nicht nur tagsüber, sondern auch nachts Medikamente benötigen, und niemand kann rund um die Uhr verfügbar sein, wie diensteifrig er auch ist.«

»Wer bewahrt die Nachtschlüssel auf?«, fragte Robb.

»Wenn Mr. Phillips geht, bringt er sie mir«, erwiderte Thorpe mit einem gewissen Unbehagen, »und ich gebe sie dem diensthabenden Arzt der Nachtschicht.«

»Ihren Worten entnehme ich, dass es sich dabei nicht immer um dieselbe Person handelt«, bemerkte Robb.

»Nein. Wir operieren nachts nicht. Daher bleibt nur selten einer der Chirurgen hier. Doktor Beck bleibt gelegentlich im Krankenhaus, wenn er einen besonders schweren Fall hat. Häufiger ist es ein Praktikant.« Er schien noch etwas hinzufügen zu wollen, änderte dann aber seine Meinung. Vielleicht hatte er das Gefühl, das ganze Krankenhaus würde angeschuldigt, weil eine seiner Krankenschwestern die Möglichkeit gehabt hatte zu stehlen und weil aus diesem Diebstahl ein Mord erwachsen war. Er hätte sich gern von den Vorgängen distanziert, was deutlich an seiner Miene abzulesen war.

»Wer verabreicht in der Nacht die Medikamente?«, erkundigte Robb sich weiter.

Thorpes Unbehagen nahm noch zu. »Der diensthabende Arzt.«

»Keine Krankenschwester?« Robb schien überrascht zu sein.

»Krankenschwestern sind dazu da, die Patienten sauber zu halten und es ihnen möglichst bequem zu machen«, antwortete Thorpe eine Spur schärfer. »Sie verfügen weder über eine medizinische Ausbildung noch über Erfahrung, und man überträgt ihnen keine derartigen Pflichten; sie haben einfach genau das zu tun, was man ihnen sagt.« Er vermied es, Hester bei diesen Worten anzusehen.

Robb nahm diese Information mit nachdenklicher Miene auf. Bevor er jedoch weitere Fragen stellen konnte, trat der Apotheker ein, dicht gefolgt von Callandra, die Hesters Blick auswich.

»Ah!«, sagte Thorpe erleichtert. »Phillips. Dies ist Sergeant Robb. Er glaubt, dass eine beträchtliche Menge an Medikamenten aus unseren Vorräten verschwunden ist, gestohlen von einer unserer Krankenschwestern, und dass diese Tatsache jemandem die Möglichkeit geliefert hat, sie zu erpressen.« Er räusperte sich. »Wir müssen feststellen, ob dies der Wahrheit entspricht, und wenn dem so ist, muss herausgefunden werden, wie viel gestohlen wurde und wer der Täter ist. Und natürlich muss man klären, wie diese Diebstähle überhaupt möglich waren.« Er hatte höchst geschickt Phillips den schwarzen Peter zugeschoben, vielleicht sogar die Verantwortung für die Diebstähle.

Phillips antwortete nicht sofort. Er war ein untersetzter Mann mit deutlich zu viel Gewicht, wirrem dunklem Haar und einem Bart, der dringend gestutzt werden musste. Hester hatte ihn stets als einen angenehmen Menschen empfunden, der einen Sinn für Humor hatte, wenn auch gelegentlich mit einer Prise Sarkasmus darin. Sie hoffte, dass man die Schuld nicht auf ihn abwälzen würde, und es wäre eine schmerzliche Enttäuschung für sie, wenn er diese Schuld allzu leicht Cleo zuschieben würde.

»Haben Sie nichts zu sagen, Mann?«, fragte Thorpe ungeduldig.

»Nicht, ohne genau darüber nachgedacht zu haben, Sir«, erwiderte Phillips. »Wenn wirklich Medikamente verschwunden sind und es sich nicht nur um Verschwendung oder einen Fehler bei der Auflistung der Vorräte handelt oder jemandem beim Vermerk in den Entnahmelisten ein Irrtum unterlaufen ist, dann haben wir es mit einer sehr ernsten Angelegenheit zu tun.«

»Natürlich ist es eine ernste Angelegenheit!«, fuhr Thorpe den Mann an. »Es geht schließlich um Erpressung und Mord!«

»Mord?«, fragte Phillips mit einer Spur Überraschung in der Stimme. »Wegen unserer Medikamente? Einen Diebstahl in einer solchen Größenordnung hat es nicht gegeben. Dessen bin ich mir sicher.«

»Er muss sich über längere Zeit hingezogen haben«, setzte Thorpe den Apotheker ins Bild. »Zumindest denkt der Sergeant, dass es so war.«

Phillips suchte nach seinen Schlüsseln und förderte einen großen Schlüsselring zu Tage. Als Erstes öffnete er eine der Schubladen und zog das Hauptbuch heraus. »Wie weit soll ich zurückgehen, Sir?«, fragte er Robb höflich.

»Das weiß ich nicht«, antwortete Robb. »Versuchen wir's mal mit einem Zeitraum von etwa einem Jahr. Das müsste genügen.«

»Ich weiß nicht recht, wie man das jetzt noch feststellen kann«, erwiderte Phillips und schlug das Hauptbuch im gleichen Monat des vergangenen Jahres auf. Er überflog die Seite und nahm sich dann die nächste vor. »Hier stimmen alle Zahlen überein und es gibt keine Möglichkeit herauszufinden, ob sie genau den Mengen entsprechen, die zu der Zeit in den Schränken lagen. Es sieht nicht so aus, als hätte jemand die Zahlen manipuliert. Außerdem wäre mir das sofort aufgefallen, und ich hätte es Mr. Thorpe gemeldet.«

Thorpe trat einen Schritt näher und blätterte selbst die Seiten des Hauptbuchs um, ohne sie bis zum gegenwärtigen Tag zu überprüfen. Die Einträge waren ganz offensichtlich nicht nachträglich geändert worden. Das Buch half ihnen nicht weiter. Die Lieferungen der Medikamente waren stets in derselben Handschrift verzeichnet worden, die Entnahmen in verschiedenen anderen. Es kamen gelegentlich Rechtschreibfehler vor.

Robb sah sich die Einträge an. »Sind das alles Ärzte?«, fragte er.

»Selbstverständlich«, erwiderte Thorpe scharf. »Sie glauben doch nicht, dass wir den Krankenschwestern die Schlüssel geben, oder? Wenn dieses elende Frauenzimmer wirklich

Medikamente aus dem Krankenhaus gestohlen hat, dann muss sie es hinter dem Rücken eines der Ärzte getan haben, vielleicht als dieser sich gerade um einen Patienten kümmerte oder sonstwie abgelenkt war. Es ist in jedem Fall eine verwerfliche Tat. Ich hoffe, dass die Schuldige die schwerste Strafe erhalten wird, die das Gesetz für solche Fälle vorsieht, zur Abschreckung für jede andere Person, die sich versucht fühlt, sich auf Kosten derer zu bereichern, für deren Wohl sie zu sorgen hat!«

»Vielleicht handelt es sich einfach um Verschwendung«, bemerkte Phillips, der mit großen Augen von Thorpe zu Robb blickte. »Es ist nicht ganz einfach, Pulver exakt abzumessen. Annäherungsweise natürlich, aber bei ein paar Dutzend Dosen kann schon mal ein bisschen was zusammenkommen. Haben Sie diese Möglichkeit schon in Erwägung gezogen, Sir?«

»Deswegen könnte man niemanden erpressen«, erwiderte Robb ein wenig widerstrebend. »Es muss mehr dahinter stecken. Wenn die Diebstähle in der Vergangenheit heute nicht mehr nachzuweisen sind, würden Sie dann bitte Ihre gegenwärtigen Vorräte überprüfen und genau mit den Mengen vergleichen, die in Ihren Büchern eingetragen sind?«

»Selbstverständlich.« Phillips hatte in dieser Hinsicht kaum eine andere Wahl – ebenso wenig übrigens wie Robb.

Sie warteten schweigend, während Phillips seine Schränke durchsah, wog, zählte und abmaß, während Thorpe ihn ungeduldig, Callandra ihn ängstlich und Robb ihn beklommen beobachtete.

Hester fragte sich, ob Robb auch nur die leiseste Ahnung hatte, dass das Leiden seines Großvaters mit eben diesen Medikamenten gelindert worden war, Medikamenten, die nicht aus Habgier, sondern aus Barmherzigkeit gestohlen worden waren, von Cleo Anderson, die er jetzt des Mordes an Treadwell überführen wollte. Sie blickte in sein ernstes Gesicht und sah Mitleid darin, aber keinen Zweifel, keinen Konflikt … noch nicht.

War Cleo schuldig? Wenn Treadwell ein Erpresser war, war es möglich, dass Cleo lieber ihn opfern wollte als die Patienten, die sie behandelte?

»Beim Chinin scheint ein wenig zu fehlen«, bemerkte Phillips, als sei das nicht weiter wichtig. »Möglich, dass dem Ungenauigkeiten beim Abmessen zugrunde liegen. Oder vielleicht hat jemand in einem Notfall ein paar Dosen entnommen und vergessen, sie einzutragen.«

»Wie viel fehlt?«, fragte Thorpe mit düsterer Miene. »Verdammt noch mal, Mann, Sie können sich doch sicher genauer ausdrücken! Was meinen Sie mit ›ein wenig‹? Sie sind Apotheker! Man verabreicht einem Patienten nicht ›ein wenig‹ von einem Medikament!«

»Es fehlen ungefähr dreißig Gramm, Sir«, antwortete Phillips leise.

Thorpe lief dunkelrot an. »Gütiger Gott! Das ist genug, um ein Dutzend Männer zu behandeln! Wir haben es wahrhaftig mit einem schweren Vergehen zu tun. Stellen Sie fest, was sonst noch fehlt! Sehen Sie sich das Morphium an.«

Phillips gehorchte. Die Differenz beim Morphium war noch größer, was Hester nicht überraschte. Morphium wurde gegen Schmerzen verwendet, Chinin gegen Fieber. Cleo musste es im Lauf der Jahre häufig genug unter ärztlicher Aufsicht gegeben haben, sodass sie genau wissen konnte, wie viel sie wann zu verabreichen hatte. Hester selbst wäre dazu jedenfalls in der Lage gewesen.

Thorpe wandte sich an Robb. »Ich bedaure, Sergeant, aber wie es aussieht, haben Sie vollkommen Recht. Uns fehlen Medikamente in beträchtlicher Menge, und es ist ausgeschlossen, dass wir es hier mit reinen Zufallsdiebstählen zu tun haben. Es muss eine unserer Schwestern sein.«

Hester wollte darauf hinweisen, dass es jemand sein musste, der während der letzten Jahre zum Fachpersonal gehört hatte, aber sie wusste, dass dieser Einwand sinnlos gewesen wäre. Thorpe würde es nicht einmal in Erwägung ziehen, dass einer der Ärzte etwas Derartiges tun könnte, und sie wollte auf keinen Fall versuchen, die Schuld Phillips in die Schuhe zu schieben.

Vielleicht war es Cleo Anderson ... Tatsächlich hatte Hester, wenn sie ehrlich war, keinen Zweifel daran. Sie hatten lediglich die Motive für ihren Diebstahl bisher falsch gedeutet, und Hester wollte die Männer nicht darauf aufmerksam machen, denn für die Anklage würden Cleos Beweggründe keine Rolle spielen.

Wer würde jetzt, da Cleo im Gefängnis war, für die Alten und Kranken sorgen, denen sie mit den gestohlenen Medikamenten ein wenig Linderung verschafft hatte? Und vor allem, was sollte aus John Robb werden?

Callandra reichte Robb die Liste, in die sie eingetragen hatte, welche Medikamente verschwunden waren und in welchen Mengen. Der Sergeant nahm die Liste entgegen, steckte sie in die Tasche und dankte ihr. Dann wandte er sich wieder Phillips zu.

»Über welchen Zeitraum haben sich diese Fehlbeträge angesammelt, Mr. Phillips?«

»Das kann ich nicht sagen, Sir«, erwiderte Phillips prompt. »Ich hatte schon seit einer ganzen Weile keinen Anlass mehr, eine so detaillierte Überprüfung vorzunehmen. Es könnte sich um mangelnde Sorgfalt bei der Abmessung von Medikamenten handeln, vielleicht hatte sogar jemand etwas verschüttet.« Seine dunklen Augen waren ausdruckslos, und seine Stimme klang sehr vernünftig. Er drehte sich um, um Thorpe mit in das Gespräch einzubeziehen. »Wahrscheinlicher ist jedoch, dass in der Hektik einer schlimmen Nacht oder in einem Notfall jemand nicht richtig aufgeschrieben hat, was entnommen wurde. So etwas kann schon einmal vorkommen. Die Medizin ist eine Kunst, Mr. Thorpe, keine exakte Wissenschaft.«

»Verdammt noch mal, Mann!«, platzte es aus Thorpe heraus. »Erzählen Sie mir nicht, wie ich in meinem eigenen Krankenhaus Medizin zu machen habe!«

Phillips antwortete nicht, und Thorpes Zorn schien ihn nicht besonders zu beeindrucken, was den anderen Mann einerseits noch mehr in Rage brachte, ihn andererseits aber derart verwirrte, dass er in Schweigen verfiel. Er hatte nicht damit gerechnet, dass ein Apotheker ihm mit solcher Gleichgültigkeit gegenübertreten würde.

Phillips wandte sich an Robb. »Wenn ich sonst noch etwas für Sie tun kann, Sergeant, wäre das sicher in Mr. Thorpes Sinn. Sie brauchen es mir nur zu sagen. Und bevor Sie mich danach fragen, ich habe keinen Verdacht gegen irgendeine bestimmte Krankenschwester... nicht in dieser Hinsicht. Einige von ihnen trinken ein wenig zu viel Portwein auf nüchternen Magen. Aber das tut wohl halb London von Zeit zu Zeit, wenn Sie mich fragen. Vor allem da Portwein einen Teil der Bezahlung für Krankenschwestern ausmacht. Wenn Sie mich suchen, ich bin außer sonntags jeden Tag im Krankenhaus.« Dann reichte er Thorpe die Schlüssel und ging hinaus.

»Impertinenter Dummkopf!«, fluchte Thorpe leise.

»Aber ehrlich?«, fragte Robb.

Hester sah den Widerwillen in Thorpes Gesicht. Er hätte Phillips nur allzu gern für seine Arroganz bestraft, und diese Gelegenheit war wie geschaffen dafür. Andererseits wäre es ein Eingeständnis seiner eigenen Inkompetenz gewesen, hätte er zugegeben, dass er einen Apotheker eingestellt hatte, dem er nicht vertraute.

Aber für den Fall, dass die Versuchung doch zu groß war, nahm Hester ihm die Antwort ab.

»Selbstverständlich ist Mr. Phillips ehrlich, Sergeant«, sagte sie mit einem Lächeln. »Glauben Sie, Mr. Thorpe hätte zugelassen, dass der Mann in einer so verantwortungsvollen Position verbleibt, wenn er nicht in jeder Hinsicht vertrauenswürdig wäre? Wenn eine Krankenschwester mal ein klein wenig beschwipst den Dienst antritt, ist das eine Sache. Sie verschüttet vielleicht einen Eimer Wasser oder versäumt es, den Fußboden aufzuwischen. Wenn ein Apotheker nicht über jeden Tadel erhaben ist, könnte das Menschenleben kosten.«

»Ganz recht!«, schaltete Thorpe sich hastig ein. Er warf Hester einen giftigen Blick zu und gab sich dann beträchtliche Mühe, seine Miene in den Griff zu bekommen, bevor er sich an Robb wandte. »Bitte, befragen Sie jeden, den Sie zu befragen wünschen. Ich befürchte allerdings, dass Sie keine Beweise dafür finden werden, dass dieses elende Frauenzimmer das Chinin und Morphium gestohlen hat. Wenn es solche Beweise gäbe, hätten wir selbst schon lange davon erfahren. Ich darf doch davon ausgehen, dass Sie sie in Gewahrsam genommen haben?«

»Ja, Sir, das haben wir. Ich danke Ihnen für Ihr Entgegenkommen, Sir«, sagte Robb, dann wünschte er ihnen allen noch einen schönen Tag.

Hester sah Callandra von der Seite an, dann entschuldigte sie sich ebenfalls. Sie musste sich um andere Dinge kümmern und zwar dringend.

Hester hatte keine Mühe, die Erlaubnis zu bekommen, Cleo Anderson in ihrer Zelle zu besuchen. Sie erklärte dem Gefängniswärter einfach, dass sie vom Hospital, in dem Cleo arbeitete, geschickt worden war und dass sie gewisse medizinische Informationen von ihr benötigten, um die Behandlung der Patienten in ihrer Abwesenheit fortsetzen zu können.

Es stellte sich heraus, dass der Gefängniswärter Cleo kannte – sie hatte seiner Mutter in ihrer Krankheit beigestanden, bevor sie gestorben war –, und er war nur allzu gern bereit, ihr diese Freundlichkeit zu vergelten, wo er nur konnte. Tatsächlich schien ihn die ganze Situation in große Verlegenheit zu stürzen, und Hester konnte an seinem Verhalten nicht ablesen, ob er Cleo für schuldig hielt oder nicht. Es hatte sich jedoch herumgesprochen, dass sie beschuldigt wurde, einen Erpresser getötet zu haben, und er hatte eine sehr niedere Meinung von solchen Leuten, sodass er vielleicht den Tod eines solchen Mannes nicht allzu beklagenswert fand.

Die Zellentür fiel schwer ins Schloss und jagte Hester einen kalten Schauder über den Rücken. Sofort standen ihr wieder jene schrecklichen Tage in Edinburgh vor Augen, als sie sich in der gleichen Lage befand wie Cleo jetzt – allein und des Mordes angeklagt. Auch sie hatte damals den Tod vor Augen gehabt.

Cleo sah sie überrascht an. Ihr Gesicht war blass, und der Ausdruck ihrer weit aufgerissenen Augen zeigte, dass sie unter Schock stand, aber dennoch schien sie sehr gefasst zu sein. Hester konnte sich nicht daran erinnern, genauso empfunden zu haben. Aber andererseits war sie für Mary Farralines Tod auch nicht verantwortlich gewesen.

Selbst wenn Cleo Treadwell getötet und er sie wegen der Medikamente erpresst hatte, so wäre es doch eine höchst verständliche Tat gewesen. Nicht entschuldbar vielleicht, aber gewiss würde Gott ihr verziehen haben.

»Kann ich Ihnen helfen?«, fragte Hester. »Kann ich Ihnen irgendetwas bringen? Kleider, Seife, ein sauberes Handtuch, besseres Essen? Möchten Sie vielleicht Ihren eigenen Löffel haben? Oder eine Tasse?«

Cleo lächelte schwach. Die praktische Natur der Vorschläge stand in krassem Gegensatz zu dem, was sie erwartet hatte, nämlich Wut, Empörung, Mitleid oder Neugier. Sie sah die andere Frau verwirrt an.

»Ich war selbst einmal im Gefängnis«, erklärte Hester. »Ich habe die Seife und die rauen Handtücher gehasst. Und ich hätte gern meinen eigenen Löffel gehabt. Daran erinnere ich mich noch ganz genau.«

»Aber sie haben Sie laufen lassen …« Cleo sah die Angst in ihrem Gesicht und welche Mühe sie hatte, nicht die Fassung zu verlieren. »Und sie haben doch auch Miriam laufen lassen? Geht es ihr gut?«

Hester setzte sich auf den Stuhl und beugte sich ein wenig vor. Sie konnte Cleo immer besser leiden, je häufiger sie ihr begegnete. Ihr Kummer ging ihr nahe. »Ja, sie haben sie freigelassen.«

»Ist sie nach Hause gegangen?« Sie sah Hester eindringlich an.

»Nein … Man hat sie in die Obhut von Lucius und Major Stourbridge gegeben.« Sie forschte in Cleos Zügen nach etwas, das ihr helfen würde zu verstehen, warum Miriam sich so sehr vor diesem Schritt gefürchtet hatte.

»Geht es ihr gut?«, wiederholte Cleo voller Angst.

Es schien grausam, ihr die Wahrheit zu sagen, aber Hester wusste nicht genug über die Situation, um beurteilen zu können, welche Lügen am wenigsten Schaden anrichten würden.

»Nein«, antwortete sie. »Ich glaube nicht. Nach dem, was mein Mann mir erzählt hat, ging es ihr nicht besonders gut. Ihr wäre jeder andere Ort lieber gewesen als das Haus der Stourbridges – sogar das Gefängnis –, aber man hat ihr in dieser Hinsicht keine Wahl gelassen. Die Polizei konnte sie nicht länger festhalten, aber es war für alle Beteiligten offensichtlich, dass Miriam zutiefst aufgewühlt war, und da sie wahrscheinlich Zeugin des Verbrechens war, konnte die Polizei einen gewissen Einfluss darauf nehmen, wohin sie gehen sollte.«

Cleo schwieg. Sie starrte nur auf ihre Hände, die gefaltet im Schoß lagen.

Hester sah sie eindringlich an. »Wissen Sie, warum sie vom Cleveland Square weggelaufen ist und warum man sie beinahe mit Gewalt dorthin zurückbringen musste?«

Cleo blickte schnell auf. »Nein – nein, ich weiß es nicht. Sie wollte es mir nicht sagen.«

Hester glaubte ihr. Die Verwirrung und der Kummer in ihren Augen waren aufrichtig. »Sie brauchen mir nicht zu sagen, ob Sie die Medikamente genommen haben oder nicht«, fuhr sie leise fort. »Ich weiß, dass Sie es getan haben, und ich weiß auch, warum.«

Cleo sah sie einige Sekunden lang nachdenklich an, bevor

sie zu sprechen begann. »Was soll jetzt bloß aus ihnen werden, Miss? Es gibt niemanden, der sich um sie kümmert. Die, die Familie haben, sind besser dran als die anderen, aber selbst die können sich nicht das leisten, was sie brauchen, oder sie wissen gar nicht, was es ist. Sie werden alt und ihre Kinder ziehen weg und lassen sie allein. Die Jungen scheren sich doch heute nicht mehr um Trafalgar und Waterloo. In ein paar Jahren wird auch die Krim vergessen sein. Die Soldaten, die dort gekämpft haben und vielleicht Arme und Beine verloren haben, sind noch jung und deshalb kümmert man sich um sie. Aber im Alter sind sie uns dann egal. Wir sagen, die sterben ja doch irgendwann. Welchen Sinn hat es, Geld für diese Leute auszugeben?«

Hester konnte ihr nicht widersprechen, auch wenn es nicht in allen Fällen so war.

»Was ist mit John Robb, der als Seemann die Schlacht bei Trafalgar miterlebt hat?«, fragte Hester. »Sein Husten hört sich an, als ob er Schwindsucht hätte.«

Cleo nickte. »Ich glaube nicht, dass er noch lange durchhält. Sein Enkel tut alles für ihn, aber das ist nicht viel. Er kann ihm ohne das Morphium keine Linderung verschaffen.« Sie sah sie bittend an.

Hester wusste, was das bedeutete. Sie würde ihm das Morphium selbst geben müssen und damit in den Diebstahl verwickelt werden. Aber wenn sie Cleos Bitte abschlug, würde das Leiden des alten Mannes noch unerträglicher werden, und er würde sich erst recht im Stich gelassen fühlen.

»Ja, selbstverständlich.« Die Worte kamen über ihre Lippen, noch bevor sie darüber nachgedacht hatte, worauf sie sich da einließ.

»Ich danke Ihnen«, sagte Cleo leise. »Und ich hätte tatsächlich gern die Seife und den Löffel, wenn es Ihnen nicht zu viel Mühe macht.«

»Selbstverständlich.« Viel mehr lag ihr der Wunsch am Herzen, Cleo bei ihrer Verteidigung zu helfen. »Haben Sie einen Anwalt, der Sie vertritt?«

»Ein Anwalt? Was könnte der schon sagen? Es würde keinen Unterschied machen.« Ihre Stimme war ausdruckslos. Sie wirkte plötzlich verschlossen und Hester gegenüber distanziert. Versuchte Cleo immer noch Miriam Gardiner zu schützen? Oder war sie tatsächlich schuldig und glaubte, dass sie es verdiene zu sterben?

»Haben Sie Treadwell getötet?«, fragte Hester unvermittelt.

Cleo zögerte, wollte etwas sagen, änderte dann aber ihre Meinung und schwieg.

»Hat er Sie erpresst?«

Cleo seufzte. »Ja, natürlich hat er das. Der hätte für Geld so ziemlich alles getan.«

»Ich verstehe.« Hester war fest entschlossen, alles in ihrer Macht Stehende zu tun, um Cleo zu helfen, es ging nur noch darum, sich eine Strategie zurechtzulegen. In ihrem Kopf war bereits der Name Oliver Rathbone aufgetaucht.

Cleo umfasste Hesters Handgelenk mit einem so harten Griff, dass sie erschrocken zusammenfuhr. »Erzählen Sie es nicht dem Sergeant!«, bat sie eindringlich. »Es würde für ihn nichts ändern, und …« Sie blinzelte, und ihr Gesicht verzog sich vor Schmerz, »und sagen Sie dem alten Mr. Robb nicht, warum ich nicht zu ihm komme. Erfinden Sie eine Ausrede … irgendetwas. Vielleicht ist er, wenn ich vor Gericht gestellt werde, bereits … nun, vielleicht braucht er es nie zu erfahren.«

»Ich werde ihm vielleicht sagen, dass Sie sich um eine Verwandte kümmern müssen oder etwas in der Art«, versprach Hester.

»Das ist gut, ja«, erwiderte Cleo dankbar.

»Ich komme wieder und bringe Ihnen die Seife«, versprach sie. »Und den Löffel.« Dann ging sie zur Tür und klopfte kräftig dagegen, damit der Wärter sie hinausließ.

Was sie als Nächstes tun musste, würde wahrscheinlich das Schwierigste von allem sein, und auch das, wovor sie am meisten Angst hatte.

Aber es gab kein Entrinnen für sie. Ganz abgesehen davon, dass sie John Robb mochte, hatte sie Cleo ihr Wort gegeben. Sie hatte versucht, sich einen Plan zurechtzulegen, aber so vieles hing einfach davon ab, dass sich eine günstige Gelegenheit bot. Der Versuch, Phillips' Schlüssel zu stehlen, war praktisch aussichtslos und außerdem unfair ihm gegenüber.

Wie lange würde es dauern, bis ein Notfall eintrat, bei dem die Apotheke offen und unbewacht sein würde? Eine Chance, dass Phillips dort war, ihr aber den Rücken zukehrte? Sie war plötzlich wütend auf sich selbst, weil sie vergessen hatte, Cleo zu fragen, wie sie es angestellt hatte, an die Medikamente zu kommen.

Sie stand noch immer mitten im Korridor, als Kristian Beck auf sie zukam.

»Hester?«, fragte er besorgt. »Geht es Ihnen nicht gut?«

Sie nahm sich zusammen und begann ihm eine Idee darzulegen, die in ihren Gedanken noch nicht ganz Gestalt angenommen hatte. »Ich habe mich gefragt, wie Cleo Anderson es bewerkstelligt hat, das Morphium zu stehlen. Phillips ist doch wirklich sehr vorsichtig. Ich meine, was glauben Sie, wie sie vonstatten gegangen ist, die praktische Abwicklung der Diebstähle?«

Er runzelte die Stirn. »Ist das wichtig?«

Warum fragte er? Waren ihm die Diebstähle gleichgültig? Oder war er so überzeugt von Cleos Schuld, dass die Einzelheiten keine Rolle spielten?

»Ich möchte es nicht beweisen«, antwortete sie gelassen und sah ihm in die Augen. »Wenn irgend möglich, würde ich gern das Gegenteil beweisen, aber wenn mir das nicht gelingt, möchte ich es wenigstens verstehen.«

»Die Anklage gegen sie lautet auf Mord, Mord an Treadwell«, erwiderte er leise. »Das ist eine Schuld, von der die Geschworenen sie nicht lossprechen können, ganz gleich, was sie insgeheim darüber denken. Es gibt kein Gesetz, das die Ermordung von Erpressern oder den Diebstahl von Medikamenten erlaubt, selbst wenn sie für alte und kranke

Menschen bestimmt sind.« Die Schärfe in seiner Stimme verriet nur allzu deutlich, wie er selbst über diese Dinge dachte.

»Das weiß ich«, sagte sie, und ihre Worte waren kaum mehr als ein Flüstern. »Ich würde trotzdem gern genau wissen, wie sie es angestellt hat.«

Er ließ etliche Sekunden verstreichen, ohne ihr zu antworten.

Sie wartete. Sie wäre am liebsten weggelaufen, bevor es zu spät war.

»Welche Medikamente hat sie denn genommen, was glauben Sie?«, fragte Kristian endlich.

Sie schluckte. »Morphium für einen alten Mann, der die Schwindsucht hat. Es wird ihn nicht heilen, aber es verschafft ihm ein wenig Linderung.«

»Sehr verständlich«, antwortete er. »Ich hoffe, sie hat ihm auch ein wenig mit Wasser verdünnten Sherry gegeben?«

»Ich glaube schon.«

»Gut. Ich brauche selbst einige Dinge aus der Apotheke. Ich gehe jetzt die Schlüssel holen. Sie können mir helfen, wenn Sie so freundlich sein wollen.« Und ohne auf ihre Antwort zu warten, drehte er sich auf dem Absatz um und ging davon.

Ein paar Minuten später kam er mit den Schlüsseln zurück und öffnete die Tür. Er trat in den Raum, und sie folgte ihm. Dann machte er sich daran, verschiedene Schränke aufzuschließen und Teeblätter für Aufgüsse herauszunehmen, Stärkungsmittel und diverse Pulver. Einige dieser Dinge reichte er an Hester weiter, während er selbst Flaschen und Krüge öffnete und wieder verschloss. Als er fertig war, schob er sie aus dem Raum, schloss die Tür wieder ab, nahm ihr einige der Medikamente ab, bedankte sich bei ihr und ließ sie allein im Korridor zurück – mit einer kleinen Flasche Stärkungsmittel und Morphium für eine ganze Woche sowie einigen kleinen Papiertütchen mit Chinin.

Sie schob die Medikamente hastig in ihre Taschen und

ging wieder zum Eingangsportal. Ihr war, als bohrten sich ihr Dutzende von Augenpaaren in den Rücken, aber tatsächlich kam sie nur an einer Krankenschwester mit Schrubber und Eimer vorbei und an Fermin Thorpe persönlich, der mit starrer Miene ausschritt und sie kaum registrierte.

John Robb war überglücklich, Hester zu sehen. Er hatte eine schlimme Nacht hinter sich, fühlte sich aber jetzt am späten Nachmittag ein wenig besser. Sein Gesicht leuchtete auf, als sie eintrat.

»Guten Tag!«, sagte er freudig. »Wie geht es Ihnen?«

»Mir geht es glänzend«, antwortete sie wohlgelaunt. Er durfte auf keinen Fall von Cleo erfahren. »Ja, mir geht es wirklich gut. Und Ihnen? Ich hoffe, Sie trinken mit mir eine Tasse Tee? Ich habe eine Sorte mitgebracht, die Sie vielleicht gern einmal probieren möchten, und dazu ein paar Kekse.« Sie lächelte. »Natürlich ist das alles nur ein Vorwand, damit Sie mir noch mehr über Ihr Leben auf See erzählen und über die Länder, die Sie gesehen haben. Sie wollten mir von Indien berichten. Sie sprachen davon, wie das Wasser dort leuchtet, wie Juwelen, und dass Sie dort Fische gesehen hätten, die fliegen konnten.«

»Oh, Mädchen, und ob ich das gesehen habe«, pflichtete er ihr glücklich bei. »Das und noch vieles mehr. Setzen Sie schon mal den Kessel auf, dann erzähle ich Ihnen alles, was Sie wissen wollen.«

»Natürlich.« Sie nahm die Kekse und den Tee aus dem Beutel, in dem sie sie mitgebracht hatte, füllte den Kessel mit Wasser und stellte ihn auf den Herd. Als Nächstes nahm sie, dem alten Robb den Rücken zugekehrt, die Flasche mit dem Stärkungsmittel heraus und versteckte sie halb hinter einem blauen Beutel mit Zucker. Zu guter Letzt zog sie unauffällig das Morphium aus ihrer Rocktasche und schob es unter die beiden dünnen Papiertütchen, die noch von Cleos letztem Besuch übrig waren.

»War es sehr heiß in Indien?«, fragte sie.

»Sie können sich nicht vorstellen wie heiß, Mädchen«, erwiderte er. »Es war ein Gefühl, als koche das Meer selbst, überall war Dampf und feuchter Nebel. Die Luft war so dick, dass man das Gefühl hatte, sie trinken zu können.«

»Ich glaube, das kann man hier auch, wenn es nur kalt genug ist!«, sagte sie mit einem Lachen.

»Jawohl! Und im Norden war ich auch!«, erklärte er mit Begeisterung. »Da ragten gewaltige Mauern aus Eis aus dem Meer. So etwas haben Sie noch nie gesehen, mein Kind: Es war schön und schrecklich zugleich. Und wenn man in ihre Nähe kam, gefror einem der Atem zu einem weißen Nebel.«

Sie drehte sich um und lächelte ihn an, dann begann sie den Tee aufzubrühen. »Mrs. Anderson musste für ein Weilchen verreisen. Wenn ich richtig verstanden habe, ist jemand aus ihrer Familie erkrankt.« Sie spülte die Kanne mit kochendem Wasser aus, dann gab sie frische Blätter hinein und goss den Rest des Wassers aus dem Kessel darüber. »Sie hat mich gebeten, Sie an ihrer Stelle zu besuchen. Ich denke, sie wusste, wie sehr mir das gefallen würde. Ich hoffe, Sie sind damit einverstanden?«

Er sah sie mit unverhohlener Freude an. »Klar bin ich das. Dann können Sie mir von einigen der Orte erzählen, an denen Sie gewesen sind. Ich würde gern was über diese Türken hören. Obwohl Cleo mir fehlen wird. Eine gute Frau, die Cleo. Keine Mühe war ihr zu viel. Und ich hab oft gesehen, dass sie zum Umfallen müde war. Ich hoffe, ihre Familie weiß, was sie an ihr hat.«

»Davon bin ich überzeugt«, sagte sie bestimmt. »Und ich sorge dafür, dass sie die Nachricht erhält, dass es Ihnen gut geht.«

»Das machen Sie mal, Mädchen. Und sagen Sie ihr, ich hätte mich nach ihr erkundigt.«

»Das werde ich tun.« Plötzlich fiel es ihr schwer, nicht die Beherrschung zu verlieren. Am liebsten wäre sie in Tränen ausgebrochen, obwohl nichts sich geändert hatte. Sie putzte sich die Nase, stellte die Teetassen auf den Tisch und legte die Kekse – die besten, die sie finden konnte – dekorativ auf einen Teller. Hester wollte, dass dieser Nachmittag ein Fest werden sollte.

Hester sprach Monk erst auf das Thema an, nachdem sie gegessen hatten. Sie beobachteten schweigend, wie das letzte Licht hinter den Fenstern verblasste.

Natürlich hatte sie nicht die geringste Absicht, John Robb auch nur zu erwähnen, geschweige denn, Monk mitzuteilen, dass sie jetzt statt Cleo für ihn sorgte.

»Was können wir tun, um Cleo Anderson beizustehen?«, fragte sie, als bestehe nicht der geringste Zweifel, dass sie ihr helfen würden.

Er hob ruckartig den Kopf.

Sie wartete ab.

»Alles, was wir bisher getan haben, hat es nur noch schlimmer gemacht«, sagte er bekümmert. »Wenn wir der armen Frau einen Dienst erweisen wollen, lassen wir sie wohl am besten einfach in Ruhe.«

»Wenn wir das tun, wird sie möglicherweise gehängt!«, wandte Hester ein. »Und das wäre ein großes Unrecht. Treadwell war ein Erpresser. Sie mag dem Gesetz nach ein Verbrechen begangen haben, aber eine moralische Verfehlung war es nicht. Wir müssen etwas unternehmen. Es ist ein Gebot der Menschlichkeit.«

»Ich werde dafür bezahlt, Fakten aufzudecken, Hester«, sagte er leise. »Alles, was ich bisher herausgefunden habe, deutet darauf hin, dass Cleo ihn getötet hat. Ich habe wirklich Mitleid mit ihr und Gott weiß, dass ich an ihrer Stelle vielleicht das Gleiche getan hätte.«

In seinem Gesicht zuckte ein Muskel, und sie wusste, dass er an die Vergangenheit dachte. Auch sie erinnerte sich an Joscelin Grey und die Wohnung am Mecklenburgh Square und wie nahe Monk damals daran gewesen war, zum Mörder zu werden.

»Aber vor dem Gesetz ist das keine Rechtfertigung«, fuhr

er fort. »Wenn sie ihn tatsächlich getötet hat, könnte es mildernde Umstände geben, doch dann müsste sie sagen, was geschehen ist, und ich könnte Beweise dafür suchen, falls es welche gibt.«

Sie zögerte noch, ihn nach Oliver Rathbone zu fragen. Zu viele Gefühle waren hier im Spiel, alte Freundschaft, alte Liebe und vielleicht Schmerz. Sie wusste nicht, wie die Dinge standen. Sie hatte Rathbone seit ihrer Heirat nicht mehr gesehen, aber sie erinnerte sich sehr deutlich an den Abend, an dem Rathbone sie um ein Haar gebeten hätte, seine Frau zu werden. Er hatte seine Absicht nur deshalb nicht verwirklicht, weil sie ihn hatte wissen lassen, dass sie seinen Antrag nicht annehmen konnte, noch nicht. Und er hatte den Augenblick verstreichen lassen.

»Es geht nicht nur um das, was passiert ist«, begann sie zögernd. »Es geht um die Interpretation, die richtigen Argumente, wenn du so willst.«

Monk musterte sie ernst, bevor er ihr eine Antwort gab. In seinem Gesicht lag kein Tadel, nur Kummer. »Du forderst mildernde Umstände? Meinst du nicht, dass du damit falsche Hoffnungen in ihr wecken würdest?«

»Aber wir müssen es wenigstens versuchen ... nicht wahr? Wir können doch nicht kampflos aufgeben.«

»Was willst du tun?«

Sie sprach aus, womit er gerechnet hatte. »Wir könnten Oliver fragen ...« Sie holte tief Luft. »Wir könnten ihm die Sache doch zumindest schildern und uns seine Meinung anhören?« Sie formulierte ihre Bitte als Frage.

Sie konnte keine Veränderung in seiner Miene erkennen, keinen Ärger, keine Anspannung.

»Natürlich«, pflichtete er ihr bei. »Aber erwarte nicht zu viel.«

Sie lächelte. »Nein ... es ist nur ein Versuch.«

Als Hester in der Dunkelheit erwachte, nahm sie eine Bewegung wahr; Monk drehte sich auf die Seite, um aus dem Bett zu steigen. Unten klopfte jemand an die Haustür, nicht allzu laut, aber dafür umso beharrlicher.

Monk zog sein Jackett über das Nachthemd. Hester richtete sich auf und sah ihm nach. Sie hörte, wie die Tür geöffnet und einen Augenblick später wieder geschlossen wurde.

Als Nächstes nahm sie den Schein der Lampe im Korridor wahr, als das Gas entzündet wurde.

Sie konnte es nicht länger ertragen, schlüpfte aus dem Bett und zog sich einen Morgenmantel über. Monk kam ihr auf der Treppe entgegen, ein Stück Papier in der Hand. Sein Gesicht war düster und in seinem Blick lag tiefe Bestürzung.

»Was ist passiert?«, sagte sie atemlos.

»Verona Stourbridge.« Seine Stimme zitterte ein wenig. »Sie ist ermordet worden! Auf die gleiche Weise wie Treadwell. Ein einziger, kräftiger Schlag auf den Kopf ... mit einem Krocketschläger.« Seine Faust schloss sich um das weiße Papier. »Robb hat mich gebeten hinzufahren.«

8

Monk brauchte fast eine Viertelstunde, um einen Hansom aufzutreiben; er ging zuerst die Fitzroy Street entlang bis zur Tottenham Court Road, dann Richtung Süden, zur Oxford Street.

Hester war wütend gewesen, dass sie zu Hause bleiben musste, aber es hätte sich nicht gehört, sie mitzunehmen. Sie hatte keine Einwände gegen seine Argumente erhoben, nur innerlich gekocht, weil sie sich hilflos fühlte und genauso durcheinander war wie er.

Es war eine schöne Nacht. Eine dünne Wolkenschicht schob sich am leuchtend hellen Mond vorbei. Die Luft war mild, die Pflastersteine gaben noch immer etwas von der Hitze des Tages ab. Seine Schritte hallten laut durch die Stille der Straßen. Eine Kutsche kam aus der Percy Street und fuhr Richtung Bedford Square, und das Mondlicht schimmerte einen Augenblick lang auf blankpolierten Türen und den Flanken der Pferde. Wer auch immer Verona Stourbridge ermordet hatte, Cleo Anderson konnte es nicht sein. Sie saß sicher hinter Schloss und Riegel auf dem Polizeirevier von Hampstead.

Was konnte dieses neue, schreckliche Ereignis mit dem Tod von James Treadwell zu tun haben?

Monk erblickte auf dem Fußweg an der Ecke zur Oxford Street einige Passanten, zwei Männer und eine Frau, die lachten.

Er versuchte, sich Mrs. Stourbridge vorzustellen, wie er sie bei ihrer Begegnung erlebt hatte. Es gelang ihm nicht, sich an ihre Gesichtszüge oder die Farbe ihrer Augen zu erinnern. Was sich ihm eingeprägt hatte, war eine gewisse Verletzlichkeit. Hinter dem sicheren Auftreten und den schönen Kleidern verbarg sich eine Frau, für die Angst nichts Unbekanntes war. Oder vielleicht empfand er das nur jetzt so, da sie tot war … ermordet.

Es musste ein Mitglied ihrer eigenen Familie gewesen sein, ein Dienstbote – oder Miriam. Aber warum sollte Miriam sie töten, es sei denn, sie war wirklich verrückt.

Er bog um die Ecke und ging am äußersten Rand des Gehwegs in der Oxford Street entlang, wobei er die ganze Zeit über die Straße im Auge behielt, falls eine Droschke auftauchte. Die Erinnerung an Miriam fiel ihm nicht schwer, an die großen Augen, das sanft gewellte Haar, den ausdrucksvollen Mund. Ihr Verhalten hatte scheinbar jeder vernünftigen Grundlage entbehrt, aber er glaubte keinen Moment lang, dass ihr Verstand durch Wahnsinn getrübt war. Sie machte den Eindruck eines Menschen, dessen geistige Gesundheit durch nichts zerrüttet werden konnte.

Ein Hansom verlangsamte sein Tempo. Monk winkte ihn heran und nannte dem Fahrer dann die Adresse der Stourbridges am Cleveland Square. Der Droschkenkutscher gab brummend seinem Missfallen Ausdruck, so weit fahren zu müssen, aber Monk ignorierte dies und stieg ein.

Als sie das Haus der Stourbridges erreichten, bezahlte er den Fahrer und ging die Stufen hinauf. Es war nach ein Uhr nachts. Alle Häuser der Gegend lagen im Dunkeln, aber hier waren der Flur und mindestens vier weitere Räume hell erleuchtet, und das Licht der Lampen schien durch die nachlässig zugezogenen Vorhänge auf die Straße. Vor dem Haus stand noch eine zweite Kutsche. Wahrscheinlich gehörte sie dem Arzt.

Der Butler öffnete die Tür, kaum dass Monk angeklopft hatte, und bat ihn mit heiserer Stimme und fahlem Gesicht herein. Man musste ihn wohl darüber informiert haben, dass Monk erwartet wurde, denn er führte ihn geradewegs in den Salon.

Drei Minuten später trat Robb ein und zog die Tür hinter sich zu. Er sah fast so aus, als habe ihn der Verlust persönlich getroffen. Monks Anblick schien ihn jedoch ein wenig aufzuheitern.

»Danke, dass Sie gekommen sind«, sagte er schlicht. »Dies hier… Es ist das Letzte, was ich erwartet hätte. Warum sollte jemand Mrs. Stourbridge töten?« Seine Stimme wurde lauter und Verzweiflung und Ratlosigkeit schwangen in seinen Worten mit. Er sah erschöpft aus. Seine Haltung war starr und verriet Angst. Das war nicht die Art von Verbrechen, auf die er sich verstand, ebenso wenig wie dies Menschen waren, mit denen er vertraut war. Er wusste, dass er mit seiner Weisheit am Ende war.

»Beginnen Sie mit den Tatsachen«, forderte Monk ihn auf. »Sagen Sie mir genau, was Sie wissen. Wer hat Sie gerufen? Um wie viel Uhr? Was hat der Betreffende zu Ihnen gesagt?«

Robb wirkte eine Spur verunsichert, als hätte er erwartet, dass Monk ihn als Erstes nach der Leiche fragen würde und danach, wo die einzelnen Personen im Haushalt sich zur Tatzeit aufhielten.

»Es war kurz vor Mitternacht«, begann er. Er rang sichtlich um Fassung, hatte aber noch immer nicht Platz genommen, sondern stand mitten im Raum. »Vielleicht Viertel vor zwölf. Ein Wachtmeister klopfte an meine Tür, um Meldung zu machen, dass es in Bayswater einen Mord gegeben habe, der mit meinem Fall in Zusammenhang stehe, und dass die örtliche Polizei nach mir schicken lasse. Vor dem Haus wartete bereits eine Droschke. Fünf Minuten später war ich auf dem Weg.« Er begann, rastlos im Raum auf und ab zu gehen. Sein Blick verweilte kurz auf Monk, um dann wieder umherzuirren. »Der Wachtmeister berichtete mir, dass es sich um Mrs. Stourbridge handelte. Dann habe ich den diensthabenden Wachtmeister angewiesen, Sie zu holen.« Er schüttelte den Kopf. »Ich verstehe es nicht! Diesmal kann es nicht Cleo Anderson gewesen sein.« Er sah Monk direkt in die Augen. »Habe ich mich geirrt, was Mrs. Gardiner betrifft, und hat sie auch dieses Verbrechen begangen? Aber warum? Es ergibt keinen Sinn!«

»Wenn die örtliche Polizei hinzugezogen wurde«, meinte Monk nachdenklich, »und sie dann nach Ihnen geschickt hat, dann muss der Leichnam gegen elf Uhr gefunden worden sein. Das wäre also etwa vor zwei Stunden gewesen. Wer hat Mrs. Stourbridge gefunden und wo?«

»Major Stourbridge hat sie gefunden«, antwortete Robb. »Sie befand sich in ihrem Schlafzimmer. Es war Zufall, dass er hineinging, um etwas mit ihr zu besprechen, obwohl er ihr bereits gute Nacht gewünscht und die ganze Familie sich zur Ruhe begeben hatte. Er sagte, er habe vergessen, eine Kleinigkeit zu erwähnen; es ging um einen Vetter, dessen Besuch erwartet wird, und Major Stourbridge wollte sie lediglich daran erinnern. Der arme Mann ging ins Schlafzimmer und fand sie auf dem Boden liegend vor; der Teppich war voller Blut.«

»Hat er sie angefasst?«, fragte Monk. Es wäre eine durchaus natürliche Reaktion gewesen.

»Er sagt, er habe sie halb hochgehoben.« Robbs Stimme klang gepresst, als sei seine Kehle zugeschnürt. »Er hat sie in die Arme genommen. Wahrscheinlich dachte er im ersten Augenblick, sie sei noch am Leben.« Er schluckte. »Es ist eine schreckliche Wunde. Sieht nach einem einzigen, sehr kräftigen Schlag aus. Der Krocketschläger ist noch da, er liegt neben Mrs. Stourbridge auf dem Boden. Zumindest hat man mir erzählt, dass es sich dabei um einen Krocketschläger handelt. Ich selbst habe noch nie einen gesehen.«

Monk versuchte, das Bild, das der andere Mann mit seiner Schilderung heraufbeschwor, nicht an sich herankommen zu lassen, aber es gelang ihm nicht. Im Geist sah er die zusammengekrümmte Gestalt vor sich, den gebrochenen Schädel und das Blut.

»Er sagt, er habe sie dahin zurückgelegt, wo sie war«, fügte Robb hinzu.

»Was hatte sie an?«, fragte Monk.

»Ähm.«

»Ein Nachthemd oder ein Kleid?«, hakte Monk nach.

Robb errötete leicht. »Eine Art langer, weißer Robe. Ich denke, es ist ein Nachthemd.« Er fühlte sich sichtlich unbehaglich, über solche Dinge zu reden. Sie gehörten in ein Reich, in dem er sich als Eindringling fühlte.

»Wo genau hat sie gelegen?«, fragte Monk. »Was könnte sie Ihrer Meinung nach getan haben, als der Schlag sie traf? Kam der Schlag von hinten oder von vorn?«

Robb dachte einen Augenblick nach. »Sie lag halb auf der Seite, knapp zwei Meter vom Bett entfernt. Es sah aus, als hätte sie sich mit jemandem unterhalten, und als sie sich von dem Betreffenden abwandte, hat er von hinten zugeschlagen. Zumindest stelle ich mir vor, dass es so war. Es würde passen.«

»Sie wandte ihrem Mörder den Rücken zu? Sind Sie sich sicher?«

»Wenn der Major sie nicht zu sehr bewegt hat, ja. Die Wunde befindet sich am Hinterkopf, aber nicht direkt in der Mitte. Es ist unmöglich, dass jemand, der von vorn zuschlug, sie an dieser Stelle treffen konnte.« Seine Augen weiteten sich ein wenig. »Wenn man also bedenkt, dass die Tat sich in ihrem Schlafzimmer ereignet hat, hätte sie gewiss jemandem, den sie fürchtete, nicht den Rücken zugewandt.« Seine Lippen verzogen sich zu einer schmalen Linie. »Nicht dass ich auch nur eine Sekunde lang geglaubt hatte, wir könnten es hier mit einem Einbrecher zu tun haben. Es gibt keine Anzeichen dafür, dass jemand sich mit Gewalt Zugang zum Haus verschafft hat. Keine eingeschlagenen Fensterscheiben. Außerdem wäre es für Einbrecher ohnehin noch zu früh gewesen. Niemand bricht in ein Haus ein, wenn die Hälfte der Bewohner noch wach ist. Es war jemand aus dem Haus, nicht?« Das war weniger eine Frage als eine Feststellung.

»Und es sieht so aus, als sei die örtliche Polizei zu dem gleichen Schluss gekommen«, bemerkte Monk trocken. »Es überrascht mich nicht, dass die den Fall gern loswerden wollen. Haben Sie schon gefragt, wo sich die einzelnen Hausbewohner zur Tatzeit aufhielten?«

»Ich habe nur Major Stourbridge gefragt. Er scheint ein sehr disziplinierter Mann zu sein, aber er ist leichenblass und sieht meiner Meinung nach ziemlich erbärmlich aus. Er sagte, er habe im Bett gelegen. Er hatte seinen Kammerdiener für die Nacht entlassen und wollte gerade das Licht löschen, als er sich an den Besuch dieses Vetters erinnerte. Es sieht so aus, als hätte Mrs. Stourbridge den Mann nicht besonders gemocht. Der Major dachte darüber nach, ob er besagtem Vetter morgen schreiben und ihm mitteilen solle, dass sein Besuch ungelegen komme.«

»Um wie viel Uhr wurde Mrs. Stourbridge das letzte Mal lebend gesehen?«

»Das weiß ich nicht. Ihre Zofe ist hysterisch geworden; die Haushälterin kümmert sich im Augenblick um sie. Ich habe noch nicht mit ihr gesprochen.« Er sah sich in dem geräumigen Salon um, in dem sie ihr Gespräch führten. Obwohl nur eine Lampe brannte, strahlte der Raum Wärme aus. »Ich habe keine Übung im Umgang mit Menschen dieser Klasse, die in ein Verbrechen verwickelt sind«, sagte er kläglich. »Ich meine, sie zu verhören. Meist geht es bei uns um Einbrüche, um Dienstboten, die nach Fremden im Haus gefragt werden müssen, oder darum, dass jemand nicht richtig abgeschlossen hat.«

»Solche Vorfälle sind nicht nur in dieser Gesellschaftsschicht selten, sondern auch in allen anderen«, erwiderte Monk. »Aber es ist das Beste, jetzt Fragen zu stellen, bevor die Betreffenden Zeit hatten, miteinander zu reden und sich irgendwelche Lügen zurechtzulegen oder Dinge zu vergessen.«

»Einer von ihnen wird mit Sicherheit lügen …«, begann Robb.

Monk stieß ein verächtliches Schnauben aus. »Die Menschen lügen aus allen möglichen Gründen und wegen Dingen, von denen sie glauben, sie hätten nichts mit dem Fall zu tun. Sie sollten sofort mit der Zofe sprechen, Hysterie hin oder her. Sie müssen in Erfahrung bringen, um welche Uhrzeit sie Mrs. Stourbridge allein und lebend zurückgelassen hat und ob sie noch jemanden erwartete. Was sie gesagt hat, was für einen Eindruck sie machte, alles, was die Frau weiß.«

»Werden Sie bleiben?«

»Wenn Sie es wünschen.«

Man schickte nach der Zofe, die, gestützt von dem Butler, nach einer Weile erschien. Ihre Augen waren rot gerändert, und sie betupfte sich unaufhörlich mit einem tränennassen, zerknüllten Taschentuch das Gesicht.

Man führte sie zu einem der Sessel und erlaubte dem Butler zu bleiben. Robb begann, seine Fragen zu stellen. Er ging sehr sanft dabei vor, so als sei das Ganze ihm selbst schrecklich peinlich.

»Ja, Sir«, schluchzte sie. »Mrs. Stourbridge ist um zehn Uhr oder kurz danach zu Bett gegangen. Ich habe ihre Kleider für morgen bereitgelegt. Ein grün-weißes Kleid für den Vormittag. Sie wollte eine Bildergalerie besuchen.« Ihre Augen füllten sich mit Tränen.

»Um wie viel Uhr sind Sie gegangen?«, fragte Robb.

Sie zog hörbar die Nase hoch. »Gegen Viertel vor elf.«

»Lag sie bereits im Bett?«, unterbrach Monk das Verhör.

Sie sah ihn überrascht an.

»Ich bin sicher, Sie werden sich erinnern, wenn Sie einen Moment lang nachdenken«, ermutigte er sie. »Es ist ziemlich wichtig.«

»Wirklich?«

»Ja. Es ist wichtig, ob sie noch einen Besucher erwartete oder nicht.«

»O ja, ich verstehe. Nein, ich verstehe nicht. Sie hätte wohl kaum einen Dieb erwartet, der ins Haus dringt, um sie umzubringen!«

»Es ist niemand eingedrungen, Pearl.«

»Was sagen Sie da?« Sie war entsetzt. Ihre Hände bewegten sich unruhig auf ihrem Schoß, bis das Taschentuch zerriss.

In diesem Moment übernahm Robb wieder die Befragung.

»Wir gehen davon aus, dass der Mörder von Mrs. Stourbridge sich bereits im Haus befand.«

»Das ... das ist unmöglich!« Sie schüttelte den Kopf. »Niemand hier würde so etwas tun! Wir sind keine Mörder!« Jetzt war sie nicht nur verängstigt, sondern auch gekränkt.

»Aber so war es«, beharrte Robb. »Die örtliche Polizei sowie Ihr eigener Butler und der Lakai haben das Haus von oben bis unten durchsucht. Es ist niemand eingebrochen. Jetzt erzählen Sie mir alles, was Sie wissen. Von dem Zeitpunkt an, als Sie vom Abendbrottisch aufgestanden sind, bis jetzt möchte ich wissen, wer was getan hat und wer sich wo aufgehalten hat.«

Sie antwortete pflichtschuldigst, aber sie hatte nichts zu sagen, was einen der Hausbewohner verdächtig machte oder ihn entlastete.

Das Dienstmädchen, das Miriam zugewiesen worden war, war auch keine größere Hilfe. Sie hatte Miriam noch früher für die Nacht fertig gemacht und konnte nicht sagen, ob sie in ihrem Zimmer geblieben war oder nicht. Sie war entlassen worden und in ihr eigenes Zimmer unter dem Dach gegangen. Es sei sehr angenehm, für Mrs. Gardiner zu arbeiten, meinte sie, und sie könne nichts Schlechtes von ihr denken, ganz egal, was die Leute tratschten. Wer nichts Gutes zu sagen habe, solle überhaupt nichts sagen!

Auch keiner der anderen Dienstboten konnte sich für das Tun und Lassen der übrigen Familienmitglieder verbürgen. Die Dienstmädchen untereinander jedoch wussten genau, wann die anderen sich zurückgezogen hatten. Die Köchin, deren Zimmer der Treppe nach unten am nächsten lag, hatte einen leichten Schlaf, und die zweite Stufe knarrte. Sie war ganz sicher, dass niemand die Treppe benutzt hatte, nachdem sie um Viertel vor elf hinaufgegangen war.

Zu guter Letzt zwang Monk sich, einen Blick auf die Leiche zu werfen. Ein Wachtmeister aus dem örtlichen Revier stand auf dem Flur vor der Tür Wache. Er war müde und fühlte sich sichtlich unwohl. Er ließ sie eintreten, ohne in den Raum zu sehen.

Verona Stourbridge lag da, als hätte jemand sie auf halbem Weg zwischen Kommode und Bett sanft zu Boden gleiten lassen. Das musste die Stelle im Zimmer sein, an der ihr Mann sie niedergelegt hatte, als ihm klar wurde, dass er nichts mehr für sie tun konnte. Der Teppich war etwa einen Fußbreit von ihrem Kopf entfernt mit Blut getränkt. Es war leicht zu erkennen, wo sie ursprünglich zu Boden gefallen war.

Ihre Hände waren leer und schlaff. Sie trug einen Morgenmantel über ihrem Nachthemd, dessen Stoff aus Seide zu sein schien. Als Monk sich vorbeugte, um ihn zu befühlen, bestätigte sich seine Vermutung: Das Gewand war weich, teuer und sehr schön. Er fragte sich, ob er je in der Lage sein würde, Hester etwas wie das hier zu kaufen. Dieses Kleidungsstück würde man gewiss wegwerfen, wenn der Fall abgeschlossen war. Niemand würde es je wieder tragen wollen.

Er stand auf und wandte sich zu Robb um.

»Ein Familienmitglied?«, fragte Robb heiser.

»Ja«, pflichtete Monk ihm bei.

»Warum?« Robb war zutiefst verwirrt. »Warum sollte einer von ihnen sie töten? Ihr Mann vielleicht, was meinen Sie? Oder Lucius?« Er holte tief Atem. »Oder Miriam Gardiner? Aber warum?«

»Wir werden später nach dem Grund forschen«, antwortete Monk. »Lassen Sie uns jetzt zuerst mit Major Stourbridge sprechen.«

Robb drehte sich widerstrebend um und folgte Monk durch den Korridor.

Harry Stourbridge empfing sie in der Bibliothek. Er war mit einem dunklen Anzug bekleidet. Sein blondes Haar stand ihm in Büscheln vom Kopf, und seine Augen lagen tief in ihren Höhlen. Er sagte nichts, sondern blickte nur zwischen Robb und Monk hin und her.

»Bitte, nehmen Sie Platz, Major Stourbridge«, sagte Robb verlegen. Er wusste nicht, ob er einen Gatten vor sich hatte, der einen schrecklichen Verlust erlitten hatte und sein Mitleid verdiente, oder einen Verdächtigen, dem man nur mit Verachtung gegenübertreten konnte.

Stourbridge gehorchte. Seine Beine schienen unter ihm nachzugeben, und er fiel mehr auf den Sessel, als dass er sich setzte.

Robb nahm ihm gegenüber Platz, und Monk ging auf den dritten der Stühle zu.

Mit leiser, belegter Stimme schilderte Stourbridge noch einmal die Sache mit der vergessenen Nachricht, wie er sein eigenes Zimmer verlassen hatte und durch den Flur gegangen war. Er hatte niemanden sonst gesehen oder gehört, dann hatte er an die Tür seiner Frau geklopft und war eingetreten.

Monk unterbrach ihn. »Brannte im Zimmer Ihrer Frau noch Licht, Sir?«

»Nein … jedenfalls nicht das Hauptlicht, nur die Lampe an der Wand.« Er drehte sich um, um ihm einen überraschten Blick zuzuwerfen. »Hat das etwas zu bedeuten? Sie schläft immer bei Licht. Sie mag die Dunkelheit einfach nicht. Sie braucht nicht viel Licht, aber genug, um ein wenig sehen zu können.«

»Aber doch genug, falls sie mit jemandem gesprochen hat?«, hakte Monk nach.

»Ja, möglicherweise. Wenn es jemand war … jemand, den sie gut kannte. Man würde im Schlafzimmer keine Dienstboten …« Er brach ab und wieder trat Unsicherheit in seine Züge.

»Wir haben bereits festgestellt, dass es keiner der Dienstboten war«, sagte Robb leise. »Damit bleibt nur die Familie und natürlich Mrs. Gardiner.«

Stourbridge sah aus, als hätte man ihm einen Schlag versetzt.

»Das ist unm-möglich«, stammelte er. »Niemand würde…« Er war ein erfahrener Soldat und hatte im Krieg Gewalt und Schmerz kennen gelernt. Nur wenige Dinge konnten ihn erstaunen oder in Angst und Schrecken versetzen, aber dieses Erlebnis hatte ihn zutiefst aufgewühlt. Er wandte sich an Monk.

Monk konnte nichts an dem Geschehenen ändern, aber er konnte die Art und Weise, wie damit umgegangen wurde, ein wenig abmildern.

»Wir müssen mit allen Anwesenden sprechen«, sagte er und sah Stourbridge dabei in die Augen. »Sobald wir all das ausgeschlossen haben was nicht sein kann, werden wir mehr darüber wissen, was geschehen ist.«

»Was? O ja, ich verstehe. Ich glaube allerdings nicht, dass ich Ihnen weiterhelfen kann.« Er schien sich alle Mühe zu geben, sich zu konzentrieren. »Ich glaube, Aiden hat sich ziemlich früh auf sein Zimmer begeben. Er wollte noch einige Briefe schreiben. Er ist eine ganze Weile nicht in seinem Haus gewesen. Verona… er war Verona immer eine große Stütze. Die beiden haben sich sehr nahe gestanden. Ich…« Er holte tief Luft und rang um Fassung. »Ich war in den ersten Jahren unserer Ehe viel außer Haus. Militärische Pflichten.« Er sah an Monk vorbei in die Ferne. »Eine junge Soldatenfrau hat es nicht leicht. Ich wurde häufig in Länder geschickt, in die sie mich nicht begleiten konnte. Keine entsprechenden Einrichtungen für Frauen, verstehen Sie? Wir zogen von Schlacht zu Schlacht und waren ständig unterwegs. Es mangelte ihr nicht an Mut, aber es fehlte die körperliche Kraft. Sie…« Er blinzelte heftig, »sie hatte mehrere Fehlgeburten… immer ganz zu Anfang der Schwangerschaft. Lucius war… ein lang ersehntes Kind. Sie war fünfunddreißig. Wir hatten schon fast alle Hoffnung aufgegeben.« Seine Stimme brach. »Sie sehnte sich so sehr nach einem Kind.«

Monk widerstrebte es, ihn zu unterbrechen, obwohl er vom Thema abschweifte.

»Wenn ich in Ägypten und dem Sudan war«, fuhr er fort, »wo ich mich ziemlich viel aufgehalten habe, war Aiden immer bei ihr.«

»Mrs. Gardiner...?«, unterbrach Robb ihn.

Stourbridge riss den Kopf hoch. »Nein! Nein – ich kann nicht glauben, dass sie es war.«

Monk konnte es ebenso wenig glauben, und doch gab es nicht allzu viele Alternativen, die ihm mehr zugesagt hätten. Natürlich war es denkbar, dass Stourbridge selbst log, aber diese Möglichkeit war nicht auszuschließen.

»Um wie viel Uhr zog sie sich für die Nacht zurück?«, fragte er. »Vielleicht geben Sie mir einen Bericht über den Ablauf des ganzen Abends, angefangen von dem Zeitpunkt, als Sie Ihr Dinner einnahmen.«

Wieder sah Stourbridge nicht seine Zuhörer an, sondern richtete den Blick nach innen. »Miriam speiste nicht mit uns. Sie sagte, sie fühle sich unwohl und ziehe es vor, in ihrem Zimmer zu essen. Ich glaube nicht, dass es sie interessierte, ob sie überhaupt etwas zu sich nahm oder nicht, sie bat nur deshalb darum, ihr ein Tablett aufs Zimmer zu schicken, weil sie uns einen Gefallen tun wollte. Vielleicht wollte sie auch nur ein Gespräch vermeiden. Überhaupt weigert sie sich, allein mit Lucius zu reden.«

»Hatten die beiden sich gestritten?«, fragte Robb schnell.

»Nein.« Er schüttelte den Kopf. »Das ist es ja gerade, was ich nicht verstehe. Genauso wenig wie Lucius es versteht. Es hat überhaupt keinen Streit gegeben. Sie spricht ganz freundlich mit ihm, weigert sich aber zu erklären, warum sie fortging oder was Treadwell zugestoßen ist. Und da diese Frau, diese Anderson, verhaftet wurde, ist das Thema auch nicht länger von Interesse.« Er runzelte die Stirn. »Sie sitzt immer nur in ihrem Zimmer und weigert sich, mehr zu tun und zu sagen, als unbedingt nötig.«

»Die Verhaftung von Mrs. Anderson bereitet ihr großen Kummer«, warf Monk ein. »Sie war wie eine Mutter für sie, vielleicht die einzige, die sie je gekannt hat.«

Stourbridge starrte zu Boden. »Das habe ich ganz vergessen. Natürlich muss sie schrecklich unglücklich sein. Aber ich wünschte, sie würde sich an uns wenden und von uns trösten lassen, anstatt zu versuchen, mit ihrer Trauer allein fertig zu werden. Wir wissen einfach nicht, wie wir ihr helfen sollen.«

»Niemand kann ihr helfen«, erwiderte Monk. »Sie muss diese Bürde einfach tragen. Bitte, schildern Sie mir, was während des Essens geschah, ich möchte genau wissen, worüber gesprochen wurde, vor allem, wenn es irgendwelche Meinungsverschiedenheiten gab, und seien sie noch so unbedeutend gewesen.«

Stourbridge blickte zu ihm auf. »Das ist es ja gerade, es hat keine Meinungsverschiedenheiten gegeben. Die Mahlzeit verlief überaus harmonisch. Der einzige Schatten, der darüber lag, war Miriams Schweigen.«

»Worüber haben Sie gesprochen?«

Robb beobachtete den Major, dann warf er Monk einen Blick zu.

Stourbridge zuckte kaum merklich mit den Achseln.

»Über Ägypten, wenn ich mich recht entsinne. Verona hat mich einmal dort besucht. Es war wunderschön. Die Dinge, die wir zusammen dort erlebt haben! Sie liebte Ägypten, sogar die Hitze und das ungewohnte Essen und die seltsamen Gebräuche der Einheimischen.« Er lächelte. »Sie hat über alles genau Tagebuch geführt, vor allem über die Rückreise den Nil hinunter. Als ich wieder nach Hause kam, erlaubte sie mir, einen Teil des Tagebuchs zu lesen. Auch Lucius durfte einen Blick hineinwerfen. Hätte sie bleiben können, wäre er in Ägypten zur Welt gekommen. Ich denke, es war dieses Wissen, das in ihm den Wunsch weckte, selbst einmal dorthin zu reisen. Es war fast so, als könne er sich durch sie an alles erinnern.« Er hielt jäh inne und die Röte stieg ihm in die Wangen. »Es tut mir Leid. Ich bin sicher, dass all diese Einzelheiten für Sie gar nicht von Interesse sind. Mir fiel nur gerade ein ... wie nahe wir uns standen ... Es war alles so ... normal ...«

»Ist das alles?«, drängte Monk, der immer noch nach etwas suchte, das die Tat erklären würde. Ägypten schien ein so allgemeines Thema zu sein, etwas, das jede halbwegs kultivierte Familie beim Abendessen diskutiert haben konnte.

»So weit ich mich erinnere, sprach Aiden über politische Neuigkeiten, aber es war nur eine Bemerkung über das Außenministerium, und er erwähnte bloß seine eigene Einstellung zum Thema der nationalen Einigung Deutschlands. Es war alles...«, er schüttelte den Kopf, »...vollkommen bedeutungslos. Verona zog sich zurück, um zu Bett zu gehen, Aiden, um Briefe zu schreiben. Lucius ging für eine Weile in den Garten. Ich weiß nicht, wann er wieder hereinkam, aber das kann Ihnen zweifellos der Lakai sagen.«

Sie stellten ihm noch weitere Fragen, aber er konnte nichts hinzufügen, was die Gewalttat in Veronas Schlafzimmer erklärt hätte. Ebenso wenig kam irgendetwas ans Licht, das einen der Hausbewohner aus dem Kreis der Verdächtigen ausschloss.

Robb fasste seinen Gedanken nicht in Worte, aber man konnte von seiner Miene ablesen, dass er sich mit der Frage beschäftigte, ob Stourbridge selbst seine Frau getötet haben konnte.

Auch Monks Gefühle waren zwiespältig. Eigentlich war er fest davon überzeugt, dass Stourbridge es nicht getan hatte, aber gleichzeitig befürchtete er, dass diese Meinung der Loyalität für einen Klienten und seiner ganz persönlichen Sympathie für den Mann entspringen könne. Es gab nichts, was die Unschuld des Majors bewiesen hätte.

Es klopfte an der Tür.

Robb stand auf und öffnete.

Aiden Campbell trat ein. Er war sehr blass, und seine Hände zitterten ein wenig. Seine Augen hatten einen unnatürlichen Glanz. Er hielt sich sehr gerade und seine Bewegungen wirkten ungelenk.

»Ich kann mir nicht vorstellen, dass Harry Sie in dieser Sache hinzugezogen hat!«, sagte er und sah dabei Monk überrascht an.

»Nein. Sergeant Robb hat mich hergebeten, da ich bereits ein wenig in die Vorgänge des Hauses eingeweiht bin«, erwiderte Monk.

»Oh – ich verstehe. Nun, das ist wahrscheinlich nur vernünftig«, räumte er ein, während er langsam näher trat. »Wir müssen alles tun, um diese Angelegenheit so schnell wie möglich hinter uns zu bringen. Meine Familie hat in letzter Zeit sehr gelitten. Zuerst Mrs. Gardiners befremdliches Benehmen und jetzt diese – diese Tragödie. Wir wissen kaum, wo uns der Kopf steht. Lucius ist…«

Er brach ab. »Worsnip sagte mir, Sie hätten keine Hinweise auf einen Eindringling gefunden. Ist das zutreffend?«

»Jawohl, Sir«, antwortete Robb. »Und ich bedaure, sagen zu müssen, dass auch sämtliche Mitglieder Ihres Personals als Täter nicht in Frage kommen.«

»Was?« Aiden drehte sich zu Monk um.

»Es stimmt, Mr. Campbell«, bestätigte Monk. »Wer auch immer Mrs. Stourbridge getötet hat, es muss ein Mitglied Ihrer Familie gewesen sein. Es tut mir Leid.«

»Oder es war Mrs. Gardiner«, erwiderte Aiden rasch. »Sie gehört nicht zur Familie, Mr. Monk, noch nicht, und nach den Ereignissen der vergangenen zwei Wochen zu urteilen, wäre es wohl besser, sie würde auch in Zukunft nicht dazugehören. Es war ein Fehler, dass die Polizei darauf bestand, sie in Lucius' Obhut zu geben. Sie hätte zu ihren eigenen Leuten zurückkehren sollen.«

»Mrs. Anderson ist der einzige Mensch, den sie hat«, warf Monk ein. »Und sie befindet sich gegenwärtig wegen Mordes an James Treadwell im Gefängnis von Hampstead.«

»Dann hätte man jemand anderen finden müssen!«, entrüstete sich Aiden. »Sie hat zwanzig Jahre lang in Hampstead gelebt! Sie muss doch noch andere Freunde haben.«

Einen Augenblick lang herrschte Schweigen.

»Ich entschuldige mich«, sagte Aiden leise, dann senkte

er den Blick. »Das war nicht nötig. Diese Nacht war einfach schrecklich.« Seine Stimme brach. »Ich habe meiner Schwester sehr nahe gestanden… mein Leben lang. Jetzt muss ich das Unglück meines Schwagers und meines Neffen mit ansehen, und es gibt nichts, was ich tun kann, um ihnen zu helfen.« Er hob den Blick und sah Robb an. »Abgesehen davon natürlich, dass ich Ihnen zur Seite stehe, damit Sie diesen Fall so schnell wie möglich aufklären können und wir die Zeit haben zu trauern, wie es sich geziemt.«

Robb schien sich äußerst unwohl in seiner Haut zu fühlen. Seine Unerfahrenheit mit Mordfällen war ihm deutlich anzusehen. Außerdem war Monk sich nur allzu bewusst, dass der Sergeant sich ein Versagen in diesem Fall nicht leisten konnte. Er brauchte seine Arbeit bei der Polizei nicht nur für sich selbst, sondern auch, um für seinen Großvater sorgen zu können.

»Wir werden alles in unserer Macht Stehende tun, um den Fall so schnell wie möglich zu lösen, Sir«, versprach er. »Aber wir müssen uns an die Gesetze halten und sichergehen, dass wir keinen Fehler machen. Und nun möchte ich Sie bitten, uns einen Bericht über den Abend zu geben, so weit Sie ihn in Erinnerung haben, Sir…«

»Selbstverständlich. Wo soll ich anfangen?«

»Wie wäre es mit dem Zeitpunkt, als Sie sich alle zum Essen an den Tisch setzten?«

Aiden ließ sich in einen großen Sessel sinken, und Robb und Monk nahmen daraufhin ebenfalls Platz. Er sagte ihnen im Großen und Ganzen das Gleiche wie Harry Stourbridge, nur hier und da wich seine Beschreibung ein wenig ab. Er hatte geschlafen, als Harry Stourbridge ihn weckte, um ihn über den schrecklichen Vorfall zu informieren. Er war der Meinung, dass sein Kammerdiener Gibbons das meiste davon würde bestätigen können.

»Nun?«, fragte Robb, als er gegangen war und die Tür hinter sich zugezogen hatte. »Das hilft uns nicht viel weiter, hm?«

»Überhaupt nicht«, stimmte Monk ihm zu. »Ich sehe keinen Grund, warum er lügen sollte. Stourbridge zufolge hatte er das denkbar beste Verhältnis zu seiner Schwester, jetzt wie auch in der Vergangenheit.«

»Ich kann auch kein finanzielles Motiv erkennen«, fügte Robb hinzu. »Wenn Mrs. Stourbridge vor ihrer Ehe Vermögen besessen haben sollte, gehört es jetzt ihrem Ehemann, und Lucius würde es erben, wenn sein Vater stirbt ... zusammen mit allem übrigen Besitz und den Ländereien.«

Monk machte sich nicht die Mühe zu antworten. »Und sollte Mrs. Stourbridge Campbell mit Geld unterstützt haben, dann hätte das jetzt mit ihrem Tod ein Ende. Nein, ich sehe keinen Grund, der ihn verdächtig machen würde. Wir sprechen jetzt am besten noch mit Lucius.«

Dies war das Gespräch, das Monk am meisten fürchtete, vielleicht weil Lucius ursprünglich sein Klient gewesen war und er dem jungen Mann bisher nur Kummer beschert hatte. Ein schreckliches Unglück nach dem anderen. Und jetzt verdächtigte er ihn obendrein noch des Mordes – oder auch Miriam, was Lucius vielleicht noch schlimmer finden würde. Und doch – welche Alternative blieb ihnen? Es war jemand aus dem Haus, und zwar kein Dienstbote. Nicht dass er die Dienstboten überhaupt ernsthaft in Betracht gezogen hatte.

Als Lucius eintrat, wirkte er mager und ausgezehrt. Seine Augen lagen tief in den Höhlen, die Lider waren rot gerändert, und sein Blick war starr vor Entsetzen. Sein dunkler Teint war fahl. Lucius nahm Platz und wartete darauf, dass Monk zu sprechen beginnen würde. Robb beachtete er kaum.

Monk war noch nie einer Verpflichtung aus dem Weg gegangen, ganz egal, wie unangenehm sie sein mochte. Er neigte eher dazu, die Dinge umso energischer anzupacken, je schwieriger sie waren.

»Können Sie uns schildern, was heute Abend geschehen ist, angefangen von dem Zeitpunkt, als Sie sich zum Essen an den Tisch setzten? Und falls sich vor dem Abendessen etwas Bemerkenswertes ereignet haben sollte, müssten Sie uns auch davon in Kenntnis setzen«, begann er.

»Ja.« Lucius' Stimme klang ein wenig höher als sonst. »Es war ein ganz gewöhnliches Essen. Wir sprachen über Belanglosigkeiten. Es ging vor allem um Ägypten.« Ein Schatten grimmiger Erheiterung huschte über seine Züge. »Mein Vater erzählte von Karnak und der großen Halle dort, wie gewaltig sie ist, jenseits unserer Vorstellungskraft. Wir spekulierten eine Weile darüber, was dazu geführt hatte, dass eine Zivilisation, die in der Lage war, solche Schönheit zu schaffen, untergegangen ist. Dann sprach er vom Tal der Könige. Er beschrieb es uns in allen Einzelheiten. Die Tiefe der Schluchten und wie klein und bedeutungslos man sich fühlt, wenn man auf ihrem Grund steht und zu einem winzigen Stückchen strahlend blauem Himmel hinaufblickt. Er sagte, es sei ein Ort, der die Menschen zwingt, an Gott und die Ewigkeit zu denken. All diese uralten Pharaonen, die dort in ihren riesigen Grabmälern liegen, ihre irdischen Schätze um sich versammelt – wie sie Jahrtausend um Jahrtausend darauf warten, ins Jenseits einzugehen. Er berichtete ein wenig über den Glauben dieser alten Völker. Es war ein seltsames Gespräch. Meine Mutter hatte ihn dort besucht, bevor ich geboren wurde. Sie war so einsam in England ohne ihn.« Seine Stimme versagte, und er musste innehalten.

Robb ließ einige Sekunden verstreichen, bevor er das Wort ergriff. »Und es gab keine Meinungsverschiedenheiten?«, fragte er schließlich.

Lucius schluckte. »Nein, keine. Wie könnte ein solches Thema zu Meinungsverschiedenheiten führen?«

»Und Mrs. Gardiner war nicht bei Tisch?«

Lucius' Miene wurde starr. »Nein. Es ging ihr nicht gut. Sie macht sich furchtbare Sorgen um Mrs. Anderson, die für sie wie eine Mutter war. Wie hätte sie da gleichgültig bleiben können? Ich wünschte, wir könnten irgendwie helfen! Natürlich werden wir ihr den besten Anwalt zur Seite stellen, aber es sieht nicht gut für sie aus. Ich würde Miriam das alles gerne ersparen, aber ich weiß nicht, wie.« Er sah Monk an, als hoffe er immer noch, dass dem anderen Mann etwas einfallen würde.

»Sie haben bereits alles getan, was Sie können«, erwiderte Monk, »es sei denn, Mrs. Anderson selbst könnte etwas vorbringen, um mildernde Umstände zu erhalten, aber bisher hat sie sich geweigert, auch nur das Geringste zu äußern. Aber heute Abend müssen wir uns mit einem anderen Thema beschäftigen, und das hat nichts mit ihr zu tun.« Er sah, wie Lucius zusammenzuckte. »Bitte, fahren Sie fort. Sie waren alle zusammen, bis Ihre Mutter sich relativ früh zurückzog?«

Lucius nahm sich zusammen. »Ja. Niemand wollte nach oben gehen; es gab keinen Grund, sich zu trennen«, sagte er müde. »Wir sprachen noch ein wenig über Politik, ich weiß nicht mehr genau, worum es ging. Es hatte etwas mit Deutschland zu tun. Niemand interessierte sich übermäßig für das Thema. Wir haben einfach Konversation gemacht. Ich bin dann für eine Weile im Garten spazieren gegangen. Es war alles so friedlich dort, und ich wollte ein wenig für mich allein sein. Ich... habe nachgedacht.« Er brauchte nicht auszusprechen, was ihn bekümmert hatte.

»Haben Sie jemanden gesehen, als Sie wieder ins Haus gingen oder später, als Sie nach oben gingen?«, fragte Monk.

»Nur die Dienstboten... und Miriam. Ich bin in ihr Zimmer gegangen, aber sie sagte mir lediglich gute Nacht, zu mehr war sie nicht bereit. Sonst bin ich niemandem mehr über den Weg gelaufen.«

»Hat Ihr Kammerdiener Ihnen geholfen, sich auszuziehen, oder hat er Kleidung für den nächsten Tag bereitgelegt?«

»Nein. Ich habe ihn zu Bett geschickt. Ich brauchte ihn nicht mehr, und ich zog es vor, allein zu sein.«

»Ich verstehe. Haben Sie danach noch irgendetwas gehört oder gesehen? Irgendein Geräusch, eine Bewegung, einen Schrei, Schritte?«

»Nein. Jedenfalls kann ich mich an nichts dergleichen erinnern.«

Monk dankte ihm. Lucius schien noch etwas sagen zu wollen, änderte dann jedoch seine Meinung und erhob sich steif aus dem Sessel.

Als er gegangen war, drehte Robb sich zu Monk um. Sie hatten nichts Neues erfahren. Es gab keinen Verdacht, der auf einen der Hausbewohner hinwies, nichts, was einen der möglichen Täter entlastet hätte. Robb strich sich mit den Händen über den Kopf, als wolle er sich die Haare raufen. »Einer von ihnen hat sie getötet! Es kann unmöglich ein Unfall gewesen sein, und niemand fügt sich solche Verletzungen selbst zu!«

»Wir sollten auch noch mit Miriam Gardiner sprechen«, sagte Monk grimmig.

Robb warf ihm einen Blick zu, in dem sich Hilflosigkeit mit Frustration mischte, dann erhob er sich und ging zur Tür, um das Mädchen zu Miriam zu schicken.

Sie war nur mehr ein Schatten ihrer selbst, seit Monk sie das erste Mal gesehen hatte. Ihr Körper war abgemagert, als hätte sie jegliches Essen verweigert. Ihr Kleid hing an ihr herab, sodass sich die Knochen ihrer Schultern unter dem dünnen Stoff abzeichneten. Ihr Busen war flach, die Haut hatte jede Farbe verloren, und das schöne Haar war ohne die geringste Sorgfalt frisiert. Sie sah vollkommen erschöpft aus.

Sie bewegte sich ruckartig und weigerte sich, Platz zu nehmen, als Robb auf einen der Sessel wies. Ihre Hände zitterten und waren zu Fäusten geballt. Sie starrte vor sich hin, als sei sie in Gedanken weit fort.

Robb warf Monk einen verzweifelten Blick zu, begann sie dann aber, als Monk schwieg, zu befragen.

Sie antwortete mit unnatürlich ruhiger Stimme, dass sie nicht das Geringste wisse. Sie habe das Abendessen in ihrem Zimmer eingenommen und es nicht verlassen, außer um in den Badraum zu gehen. Sie habe niemanden gesehen, außer der Dienerin, die sich um ihre persönlichen Bedürfnisse gekümmert hatte. Sie habe keine Ahnung, was vorgefallen sei. Sie habe nie einen Streit mit Mrs. Stourbridge gehabt… oder mit sonst jemandem. Mehr wollte sie nicht sagen.

Und wie sehr Robb oder Monk auch in sie drangen, sie gab kein Wort mehr von sich. Sie verließ mit steifem Gang das Zimmer, ein wenig schwankend, als habe sie Mühe, das Gleichgewicht zu halten.

»Hat sie es getan?«, fragte Robb, kaum dass die Tür sich hinter ihr geschlossen hatte.

»Ich weiß es nicht«, gestand Monk. Sie schien sich in einem Zustand unterdrückter Hysterie zu befinden, beinahe so, als sei sie in Trance, gefangen in einer Welt, die nur wenig Bezug zur Realität hatte. Er nahm an, dass es nicht mehr viel brauchte, um sie jede Beherrschung verlieren zu lassen.

War vielleicht genau das geschehen? War sie aus irgendeinem Grund zu Mrs. Stourbridge in deren Schlafzimmer gegangen und hatte irgendeine Bemerkung von ihr, sei sie noch so harmlos oder gut gemeint gewesen, Miriam über jene Grenze getrieben, die einen gesunden Geist vom Wahnsinn trennte? Hatte Verona Stourbridge etwas über Cleo Anderson gesagt, hatte sie Miriam vielleicht nahe gelegt, die Vergangenheit hinter sich zu lassen, und hatte Miriam daraufhin mit einem einzigen furchtbaren Schlag all der Angst und dem Entsetzen, die in ihr schlummerten, Luft gemacht?

Aber woher war der Krocketschläger gekommen? Solche Dinge bewahrte man wohl kaum im Schlafzimmer auf! Wer immer der Mörder Verona Stourbridges war, hatte den Schläger mitgebracht, und zwar in der Absicht, ihn als Waffe zu benutzen.

Der Mord war geplant gewesen. Monk sprach diesen Gedanken laut aus.

»Ich weiß«, stimmte Robb ihm zu. »Ich weiß. Aber sie scheint mir immer noch die Hauptverdächtige zu sein. Wir müssen weiter zurückgehen, als ich gedacht hatte. Ich werde noch einmal bei den Dienstboten anfangen. Der Grund für diese Tat muss hier liegen, in diesem Haus. Eifersucht, Furcht oder Zorn, wir müssen das Motiv hier suchen.«

Sie arbeiteten die ganze Nacht hindurch, stellten Fragen, erwogen die verschiedensten Möglichkeiten, gingen alle Einzelheiten noch einmal durch. Sie waren so müde, dass das ganze Haus ihnen am Ende wie ein Labyrinth erschien, wie ein Symbol für die Konfusion, die dort herrschte. Monks Kehle war trocken, und seine Augen brannten. Die Köchin brachte ihnen um drei Uhr morgens ein Tablett mit Tee und ein weiteres um Viertel vor fünf, diesmal mit Rindfleischsandwiches.

Sie befragten noch einmal Mrs. Stourbridges Zofe. Die Frau sah erschöpft und verängstigt aus, aber sie antwortete durchaus klar und verständlich.

»Ich kann nichts Nachteiliges über sie sagen, nicht wirklich«, erwiderte sie, als Robb sie nach Miriam fragte. »Sie war immer sehr höflich, so weit ich weiß.«

Monk spürte das Zögern in ihren Worten und sah die Unentschiedenheit in ihrer Miene.

»Sie müssen ganz offen sein«, ermahnte er sie ernst. »Das sind Sie Mrs. Stourbridge schuldig. Was meinen Sie mit ›nicht wirklich‹? Woran haben Sie gedacht, als Sie das sagten?«

Es war ihr sichtlich unangenehm, diese Frage zu beantworten.

Monk sah sie durchdringend an, bis sie errötete und widerstrebend nachgab.

»Nun … ich dachte an einen Tag, als ich Mrs. Stourbridges saubere Unterröcke aufhängen wollte und … und da saß Mrs. Gardiner an Mrs. Stourbridges Ankleidetisch … und sie hatte eine von Mrs. Stourbridges Ketten um den Hals. Sie sagte, Mrs. Stourbridge hätte ihr erlaubt, sie sich auszuborgen – aber sie, ich meine Mrs. Stourbridge, hat nie was mir gegenüber verlauten lassen, dass sie ihren Schmuck verleihen würde. Und … und Mrs. Stourbridges Tagebuch lag aufgeschlagen auf dem Bett, und das ist etwas, das ich noch nie erlebt hatte.«

»Hat sie auch das erklärt?«

»Nein... ich habe nicht danach gefragt.«

»Ich verstehe.«

Sie sah ihn todunglücklich an und war froh, als er sie gehen ließ.

Es war inzwischen halb sechs. Robb stand am Fenster und blickte in das strahlende Sonnenlicht hinaus, während von der Straße die ersten Geräusche des erwachenden Tages hereindrangen. Ein Pferdewagen rollte vorbei. Auf der anderen Straßenseite wurden Schritte laut. Eine Tür wurde geöffnet und wieder geschlossen. Schließlich wandte der Sergeant sich wieder vom Fenster ab. Sein Gesicht war fahl, und er sah erschöpft und niedergeschlagen aus.

»Ich muss sie verhaften«, erklärte er tonlos. »Es sieht so aus, als hätte sie es nicht erwarten können, den Schmuck in ihre Hände zu bekommen... oder ihre Nase in Mrs. Stourbridges Angelegenheiten zu stecken. Ich wünschte, es wäre nicht so. Die Menschen tun merkwürdige Dinge, wenn es um Geld geht.«

»Sie hätte Verona Stourbridge nicht zu töten brauchen, um das zu bekommen«, bemerkte Monk. »Niemand hatte etwas gegen die Heirat einzuwenden.«

»Vielleicht war Mrs. Stourbridge dagegen«, sagte Robb, den Rücken durchgedrückt, den Kopf hoch erhoben. Er war fest entschlossen, Monk in diesem Punkt die Stirn zu bieten, weil er glaubte, Recht zu haben. Es war eine Machtprobe zwischen ihnen und er wollte seine Autorität unter Beweis stellen. »Vielleicht wusste Mrs. Stourbridge etwas, das auch Treadwell gewusst hatte, möglicherweise sogar, dass Miriam ihn getötet hatte.«

Monk wollte protestieren, aber dann erstarben ihm die Worte auf den Lippen. Niemand sonst hatte ein Motiv, Verona Stourbridge umzubringen, und es gab keine Beweise, die einen von ihnen verdächtig erscheinen ließen. Miriam war bereits mehr als genug in den Mord an James Treadwell verstrickt. Und seltsamerweise hatte sie keine Verteidigung für sich vorgebracht. Die Geschworenen würden leicht davon zu überzeugen sein, dass sie sich mit Absicht an Lucius herangemacht hatte, einen wohlhabenden und naiven jungen Mann. Er war zwar attraktiv und intelligent, aber nicht sehr erfahren, und eine ältere Frau, die genau wusste, wie man einem Mann gefiel, konnte ihn leicht hinters Licht führen.

Dann hatte sie gesehen, welcher Luxus sie an seiner Seite erwarten würde, aber durch einen unglücklichen Zufall wusste der Kutscher etwas über ihre Vergangenheit, etwas so Hässliches, dass es ihren schönen Traum zerstört hätte. Und so erpresste er sie.

Ihre Mentorin und Komplizin, die derselbe Kutscher wegen ihrer Diebstähle im Krankenhaus erpresste, half ihr entweder, ihn zu töten, oder sie versteckte sie anschließend und verwischte die Spuren des Verbrechens. Robb hatte keine andere Wahl, als sie zu verhaften.

Die Familie war am Boden zerstört. Harry stand mit bleichem Gesicht da und stammelte zusammenhanglose Sätze, dass er alles tun würde, um ihr zu helfen. Er sah aus, als sei er vollkommen durcheinander. Er drehte sich immer wieder zu Lucius um, als wolle er ihn schützen, bis ihm seine Hilflosigkeit bewusst wurde.

Monk empfand großes Mitleid für diesen Mann und war sich sicher, dass nicht einmal Oliver Rathbone hier etwas tun konnte, um dieser Tragödie ein Ende zu machen.

Miriam selbst schien am wenigsten überrascht oder verstört zu sein. Sie akzeptierte die Situation, als hätte sie nichts anderes erwartet, protestierte nicht und bat auch nicht um Hilfe. Sie versuchte nicht einmal, die Anschuldigung, die gegen sie erhoben wurde, abzustreiten. Sie bedankte sich bei Harry Stourbridge für seine Freundlichkeit ihr gegenüber, dann ging sie sehr aufrecht und mit festem Schritt Robb voraus zur Eingangstür. Sie zögerte, als wolle sie noch etwas zu Lucius sagen, änderte dann aber ihre Meinung.

An der Tür drehte Monk sich noch einmal nach den drei Männern um, die im Flur standen. Harry und Lucius waren wie gelähmt. Aiden Campbell legte Lucius einen Arm um die Schultern, wie um ihn zu stützen.

Es war bereits nach sieben Uhr morgens und heller Tag, als Monk nach Hause kam. Auf den Straßen herrschte reger Verkehr, man hörte das Rattern von Rädern, das Klappern von Hufen und Stimmengewirr.

Als er durch die Tür seiner Wohnung trat, hatte er nur noch den einen Wunsch, sich gründlich zu waschen und dann ins Bett zu sinken, um den ganzen Tag zu schlafen.

Kaum hatte er den Raum durchquert, als Hester schon auf ihn zukam, bekleidet mit einem blau-weißen Musselinkleid. Sie sah so aus, als sei sie schon Stunden auf.

»Was ist passiert?«, fragte sie sofort. »Du siehst schrecklich aus. Ich hab schon das Wasser aufgesetzt. Möchtest du frühstücken oder bist du zu müde dafür?«

»Nur eine Tasse Tee«, antwortete er, folgte ihr in die Küche und setzte sich. Seine Beine schmerzten, und der Kopf pochte. Er wünschte sich nichts sehnlicher, als ein kühles, dunkles und obendrein möglichst ruhiges Plätzchen.

Sie brühte den Tee auf und schenkte ihm eine Tasse ein, bevor sie ihn fragend ansah.

»Sie wurde mit einem einzigen Hieb getötet, mit einem Krocketschläger«, berichtete Monk. »Es gab genug Hinweise darauf, mit Sicherheit sagen zu können, dass der Täter im Familienkreis zu suchen sei … oder es war Gardiner. Keiner der Dienstboten hatte ein Motiv für dieses Verbrechen.«

Sie setzte sich ihm gegenüber an den kleinen Tisch und sah ihn mit ernster Miene an. »Und hatte Miriam eines?«, fragte sie.

»Ein nahe liegendes. Was immer Treadwell über sie wusste, Verona Stourbridge wusste es auch … oder sie folgerte es aus irgendeiner Bemerkung Miriams. Es tut mir Leid. Bestenfalls lässt sich sagen, dass sie den Verstand verloren hat, schlimmstenfalls kann man ihr vorwerfen, sie habe sich vorsätzlich an Lucius herangemacht, um sich für den Rest ihres Lebens Wohlstand und eine angesehene gesellschaftliche Stellung zu sichern … und indirekt natürlich auch Cleo Anderson. Als Treadwell diesen Plan zu vereiteln drohte, hat sie ihn entweder allein oder mit Cleos Hilfe getötet. Und als dann später von Verona Gefahr drohte, musste auch sie sterben. Es ergibt auf grauenvolle Weise Sinn.«

»Aber glaubst du es auch?«, fragte Hester und sah ihm direkt in die Augen.

»Ich weiß nicht. Es fällt mir schwer. Aber die Logik zwingt mich, diese Schlussfolgerung zu ziehen.« Das war die Wahrheit, aber es widerstrebte ihm, sie auszusprechen.

Hester saß eine Weile schweigend da und nippte an ihrem Tee.

»Ich glaube nicht, dass Cleo Anderson jemanden aus Profitgier getötet oder sich als Komplizin für ein solches Verbrechen hergegeben hätte«, sagte sie endlich. »Ich bin immer noch der Meinung, dass wir ihr helfen sollten.«

»Tatsächlich?« Er sah sie so eindringlich an, wie seine Müdigkeit und Resignation es zuließen. »Bist du dir sicher, dass du nicht in Wirklichkeit eine Aufsehen erregende Gerichtsverhandlung willst, um den Menschen die Not von Männern wie John Robb vor Augen zu führen, die alt und krank und von allen vergessen sind?«

Sie holte bereits Luft, um diesen Vorwurf entrüstet von sich zu weisen, ließ es dann aber bleiben.

»Nun, ich hätte nichts dagegen, wenn etwas die Menschen auf diese Misere aufmerksam machen würde«, räumte sie ein. »Aber ich hatte nicht die Absicht, Cleo zu benutzen. Ich glaube, sie hat die Medikamente gestohlen, um sie Menschen zu geben, die sie brauchten, nicht weil sie selbst davon profitieren wollte, und wenn sie James Treadwell tatsächlich getötet hat, hat er sein Schicksal selbst herausgefordert.«

»Und seit wann ist es rechtens, darüber zu befinden, ob jemand den Tod verdient oder nicht?«

Sie funkelte ihn wütend an.

Er lächelte und stand langsam auf. Es kostete ihn einige Mühe, weil seine Müdigkeit noch zugenommen hatte.

»Was sollen wir tun?« Sie stand ebenfalls auf und kam auf ihn zu, so als wolle sie ihm den Weg verstellen. »Sie besitzt kein Geld. Sie kann sich keinen Rechtsanwalt leisten, erst recht keinen guten! Und jetzt, da Miriam ebenfalls im Gefängnis ist, hat sie niemanden mehr, der ihr beisteht. Du kannst wohl kaum erwarten, dass Lucius Stourbridge das tut!«

Er wusste, was sie wollte: Dass sie Oliver Rathbone aufsuchten, um ihn zu überreden, sein beträchtliches Talent zur Verteidigung von Cleo Anderson einzusetzen – und das noch dazu unentgeltlich. Um ihrer früheren Freundschaft willen – Liebe wäre, zumindest aus Rathbones Sicht, auch kein unpassendes Wort gewesen – würde Hester es wahrscheinlich besser finden, wenn Monk ihn um diesen Gefallen bat. Rathbone sollte nicht den Eindruck haben, sie missbrauche seine Gefühle für ihn.

Oliver Rathbone aber war der letzte Mensch, den Monk um einen Gefallen bitten wollte, ganz egal für wen. Hatte er Schuldgefühle, weil er Hester gebeten hatte, ihn zu heiraten, bevor Rathbone es tat, wohl wissend, dass Rathbone sie ebenfalls liebte?

Einfach lächerlich! Rathbone hatte seine Chance gehabt und sie nicht ergriffen … aus welchen Gründen auch immer. Dafür war nicht Monk verantwortlich.

Aber manchmal kam ihm der Verdacht, dass Rathbone vielleicht doch der bessere Ehemann gewesen wäre. Tief in seinem Innern lauerte die Angst, dass Rathbone sie glücklicher gemacht hätte, dass er ihr mehr hätte geben können als Monk es jemals vermochte – nicht nur materielle Sicherheit oder gesellschaftliche Stellung, sondern auch emotionale Ausgeglichenheit. Außerdem wäre ihr seine Vergangenheit bekannt gewesen. Es gab keine weißen Flecken in seinem Leben.

Sie wartete auf eine Antwort, die Stirn gefurcht, das Kinn ein wenig vorgereckt, weil sie wusste, dass es ihm widerstrebte, auch wenn sie seine Gründe dafür nicht kannte.

»Ich denke, wir sollten Rathbone um seine Meinung fragen«, sagte er leise und sehr deutlich. »Und wenn er zustimmt, um seine Hilfe. Er übernimmt ja ab und zu aussichtslose Fälle, wenn sie interessant genug sind. Ich bin davon überzeugt, dass wir ihn überreden können, sich dieser Angelegenheit anzunehmen.« Er lächelte, obwohl seine Mundwinkel nach unten zeigten. »Und das Erscheinen von Sir Oliver Rathbone vor Gericht, um eine Krankenschwester zu verteidigen, der Mord und Diebstahl zur Last gelegt werden, würde gewiss dafür sorgen, dass die Zeitungen dem Fall alle Aufmerksamkeit schenken, die wir uns nur wünschen können.«

Sie lächelte, und ihr Körper entspannte sich.

»Ich danke dir, William. Ich wusste, dass du das sagen würdest.«

Er selbst hatte es nicht gewusst, aber wenn sie eine so hohe Meinung von ihm hatte, würde er ihr gewiss nicht widersprechen.

»Und jetzt geh schlafen«, drängte sie ihn. »Ich wecke dich rechtzeitig, um in die Vere Street zu fahren, damit wir noch heute mit Oliver sprechen können.«

Er brummte etwas Unverständliches, dass es morgen immer noch früh genug wäre, und verließ den Raum.

Es widerstrebte Monk, ohne Anmeldung bei Rathbone in der Vere Street aufzutauchen, und er rechnete damit, abgewiesen zu werden. Wenn Rathbone ihn dennoch empfing, hatte er dies wahrscheinlich Hesters Anwesenheit zu verdanken. Sie wollte dabei sein, um nicht nur ihre eigenen Gedanken und Worte zu dem Gespräch beizutragen, sondern auch um ihrerseits zu versuchen, Rathbone zu überreden, falls Monk mit seiner Bitte scheitern sollte. Außerdem wäre es ihr feige erschienen, wenn sie Monk allein hätte fahren lassen.

So standen sie nun im Vorzimmer zu Rathbones Kanzlei und erklärten dem Angestellten, dass sie nicht angemeldet, aber gute Bekannte von Sir Oliver seien und dass sie ihn in einer dringenden Angelegenheit sprechen müssten. Es war später Nachmittag und Sir Oliver war gerade mit seinem letzten Mandanten beschäftigt. Sie kamen zu einem günstigen Zeitpunkt.

Etwa fünfzehn Minuten verstrichen. Es fiel Monk schwer stillzusitzen. Er sah Hester von der Seite an und konnte in ihrem Blick gleichzeitig Unbehagen und Entschlossenheit lesen. Cleo Andersons Leben war ihr erheblich mehr wert als diese kleine Unannehmlichkeit.

Zwanzig Minuten nach fünf ging der Mandant, und Rathbone kam an die Tür. Er war überrascht, sie zu sehen. Sein Blick wanderte zu Hester, und Freude leuchtete in seinen Augen auf, dann überzog eine schwache Röte seine schmalen Wangen. Er zwang sich zu einem Lächeln, aber es lag nicht die gewohnte Heiterkeit darin. Er kam einen Schritt auf sie zu.

»Hester! Wie schön, mich zu besuchen. Sie sehen ausgesprochen gut aus.«

»Wir möchten uns für die Störung entschuldigen«, erwiderte Hester mit einem unsicheren Lächeln. »Aber wir sind mit einem Fall beschäftigt, der so kompliziert ist, dass wir nicht wissen, was wir unternehmen sollen, um ihn zu einem erfolgreichen Ende zu führen.«

Rathbone wandte sich halb zu Monk um. Zum ersten Mal seit der Hochzeit trafen sich die Blicke der beiden Männer. Damals war Monk der Bräutigam gewesen, jetzt war er der Ehemann; die letzte Barriere war überwunden worden, es gab eine Intimität zwischen Hester und ihm, von der Rathbone für immer ausgeschlossen bleiben würde. Rathbones Augen wirkten in seinem blassen Gesicht dunkel. Jeden Gedanken, der Monk durch den Kopf gegangen war, konnte man in diesen Augen lesen. Rathbone streckte die Hand aus.

Monk schüttelte sie und bemerkte, wie kräftig und kühl Rathbones Händedruck war.

»Dann kommen Sie besser in mein Büro und erzählen es mir«, sagte Rathbone. Seine Stimme klang gelassen, und sein Benehmen war von ausgesuchter Höflichkeit. Wie viel Anstrengung, Stolz oder Würde es ihn kostete, diesen Eindruck zu erwecken, konnte Monk nur ahnen.

Er und Hester folgten Rathbone in das ihnen vertraute Büro und nahmen auf zwei Stühlen Platz, die vor dem Schreibtisch standen. Die Sonne des späten Nachmittags schien durch das Fenster, zeichnete helle Muster auf den Boden und brachte die goldenen Lettern der Bücher in dem Mahagoniregal zum Glänzen.

Rathbone lehnte sich zurück und schlug die Beine übereinander. Wie immer war er tadellos gekleidet, aber mit jener bewusst zurückhaltenden Eleganz und Lässigkeit eines Mannes, der weiß, dass er nichts beweisen muss.

»Worum geht es bei diesem Fall?«, erkundigte er sich.

Monk wollte als Erster antworten, damit das Gespräch nicht zu einem Dialog zwischen Hester und Rathbone wurde, bei dem Monk lediglich die Rolle des Zuschauers spielen würde.

»Im North London Hospital – Hester unterstützt dort Lady Callandras Arbeit – hat eine Schwester mit Namen Cleo Anderson Medikamente gestohlen.« Es war nicht nötig, mehr zu erklären; Rathbone kannte und bewunderte Callandra. »Sie hat die Medikamente nicht für sich selbst genommen und auch nicht, um sie zu verkaufen, sondern um sie den Alten und Armen zu geben, die sie besucht und die diese Dinge dringend benötigen. Viele dieser Menschen liegen im Sterben.«

»Löblich, aber illegal«, sagte Rathbone mit einem Stirnrunzeln. Sein Interesse war bereits geweckt, ebenso seine Besorgnis.

»So ist es«, pflichtete Monk ihm bei. »Irgendwie hat ein Kutscher namens James Treadwell von den Diebstählen erfahren und die Schwester erpresst. Woher er sein Wissen hatte, ist unerheblich. Er kommt aus einer Gegend ganz in der Nähe, und wahrscheinlich hat er es von jemandem erfahren, der sie pflegte. Nun, wie auch immer, der Kutscher wurde erschlagen auf dem Gehweg vor ihrer Tür gefunden. Man hat sie wegen Mordes eingesperrt.«

»Irgendwelche Indizien?«, fragte Rathbone. Seine Miene hatte sich bereits verdüstert.

»Keine, die Anklage stützt sich ganz auf Motiv und Gelegenheit. Die Waffe ist ebenfalls nicht aufgefunden worden. Aber das ist noch nicht alles …«

Rathbones Augen weiteten sich. »Ist da noch mehr?«

»Und noch Schlimmeres«, erwiderte Monk. »Vor etwa zwanzig Jahren fand Mrs. Anderson ein zutiefst verstörtes Mädchen von etwa zwölf oder dreizehn Jahren. Sie nahm es bei sich auf und behandelte es wie ihre eigene Tochter.« Er sah das neuerliche Aufblitzen von Interesse in Rathbones Augen. »Miriam wuchs bei ihr auf und ging später eine Ehe ein, die ihr ein sorgloses Leben ermöglichte«, fuhr er fort. »Dann wurde sie Witwe und verliebte sich nach einiger Zeit leidenschaftlich in Lucius Stourbridge, einen wohlhabenden jungen Mann aus angesehener Familie. Stourbridge erwiderte ihre Gefühle mit noch größerer Leidenschaft. Sie verlobten sich mit Billigung seiner Eltern. Dann, eines Tages, verließ sie plötzlich und ohne einen Grund zu nennen mit besagtem Kutscher das Haus der Stourbridges in Richtung Hampstead Heath.«

»Ich nehme an, dies geschah am Tag seines Todes«, bemerkte Rathbone mit einem angespannten kleinen Lächeln.

»Ganz richtig«, pflichtete Monk ihm bei. »Zuerst wurde sie des Mordes an ihm beschuldigt, aber sie war weder bereit, über ihre Flucht zu sprechen, noch über ihre Gründe oder darüber, was geschehen war. Sie bestritt allerdings, ihn getötet zu haben, ansonsten hüllte sie sich in Schweigen.«

»Und dann kam es doch nicht zur Anklage?«, wollte Rathbone wissen.

»Doch, sie wurde angeklagt! Als sich dann jedoch bei der Krankenschwester ein weitaus besseres Motiv fand, wurde Miriam Gardiner freigelassen.«

»Und das Schlimmste, das, was Sie mir bisher noch vorenthalten haben?«, fragte Rathbone.

Monks Schultern strafften sich. »Vergangene Nacht erhielt ich eine Nachricht von dem jungen Polizisten, der mit dem Fall betraut ist – zufällig ist sein Großvater einer der Patienten, für die die Krankenschwester die Medikamente gestohlen hatte –, in der er mich bat, in das Haus der Stourbridges am Cleveland Square zu kommen, wo soeben die Mutter des jungen Mannes, der mit Miriam verlobt ist, ermordet aufgefunden worden war… und es scheint, als sei sie auf genau die gleiche Weise ermordet worden wie der Kutscher in Hampstead Heath.«

Rathbone schloss die Augen. »Ich hoffe, das ist jetzt alles?«

»Noch nicht ganz«, antwortete Monk. »Sie haben Miriam verhaftet und beschuldigen sie des Mordes an Stourbridges Mutter. Man geht davon aus, dass Miriam und Cleo aus Habgier Komplizinnen bei dem Mord an Treadwell waren. Die Familie verfügt über ein beträchtliches Vermögen und große Ländereien.«

Rathbone öffnete die Augen und sah Monk durchdringend an. »Sind wir damit beim gegenwärtigen Stand der Dinge?«

»Ja.«

An dieser Stelle ergriff zum ersten Mal Hester das Wort. Sie beugte sich ein wenig vor und ihre Stimme klang eindringlich. »Bitte, helfen Sie, Oliver. Ich weiß, dass man für Miriam nur noch wenig tun kann, außer vielleicht darauf zu plädieren, dass sie nicht bei Verstand sei. Aber Cleo Anderson ist eine gute und aufrichtige Frau. Sie hat die Medikamente genommen, um alten und kranken Menschen zu helfen, die kaum genug Geld zum Leben haben. John Robb, der Großvater des Polizeibeamten, hat bei Trafalgar gekämpft – auf der *Victory*! Er und viele andere Männer in seiner Lage verdienen es nicht, dass man ihre Schmerzen nicht lindert und sie so unwürdig sterben lässt. Sie haben ihren Kopf hingehalten, als wir in Gefahr waren!«

»Ich weiß!« Rathbone hob seine Hand. »Das ist mir alles bekannt, meine Liebe. Sie brauchen mich nicht zu überzeugen. Und die Geschworenen würden sich vielleicht auch von solchen Dingen beeinflussen lassen, aber ein Richter nicht. Seine Frage würde lediglich lauten: Hat sie ihn getötet oder nicht. Und was ist mit dieser anderen Frau, der jüngeren? Welchen Grund könnte sie gehabt haben, ihre zukünftige Schwiegermutter zu ermorden, welches Motiv?«

»Wir wissen es nicht«, sagte Hester hilflos. »Sie weigert sich, etwas zu sagen.«

»Ist sie sich darüber im Klaren, dass sie, wenn man sie für schuldig befindet, hängen wird?«

»Man hat es ihr gesagt«, erwiderte Monk. »Ob sie jedoch in ihrem gegenwärtigen Zustand die Bedeutung dieser Worte begreift, da bin ich mir nicht sicher. Ich war dabei, als man sie verhaftete. Sie schien wie betäubt, aber als sie mit der Polizei das Haus verließ, tat sie es mit großer Würde.« Er kam sich töricht vor, als er das sagte. Es war eine emotionale Regung, die ihn zu dieser Bemerkung veranlasst hatte, und es missfiel ihm, Rathbone eine Angriffsfläche geboten zu haben. Er wollte gerade etwas hinzufügen, um seine Worte abzumildern, aber Rathbone hatte sich bereits Hester zugewandt.

»Kennen Sie diese Krankenschwester?«, fragte er.

»Ja«, sagte sie, ohne zu zögern. »Und ich kenne John Robb. Ich habe auch einige der anderen Patienten aufgesucht, um die sie sich gekümmert hat. Ich kann und werde aussagen, dass die Medikamente für diese Menschen benutzt wurden und dass kein Entgelt, gleich welcher Art, gefordert wurde.«

Rathbone verkniff sich die Bemerkung, dass das vor dem Gesetz ohne Belang sein würde. Das Mitgefühl der Geschworenen würde nichts an Cleo Andersons Schuld ändern und das Urteil deswegen nicht milder ausfallen. Außerdem – war es wirklich so viel schlimmer zu hängen, als ein ganzes Leben in den Coldbath Fields zu verbringen oder einem anderen Gefängnis dieser Art? Er ließ ein wenig Zeit verstreichen, während er über diese Frage nachdachte, und weder Monk noch Hester drängten ihn zum Sprechen.

»Ich nehme an, sie ist mittellos, diese Krankenschwester?«, fragte Rathbone schließlich. »Und die Familie Stourbridge wird wohl kaum den Wunsch haben, ihre Verteidigung zu übernehmen.«

Monk spürte, wie heißer Zorn in ihm aufwallte. Es war also alles eine Frage der Bezahlung!

»Das heißt, sie hat wahrscheinlich zum gegenwärtigen Zeitpunkt noch niemanden, der sie vor Gericht vertritt«, schlussfolgerte Rathbone. »Ich würde also nicht gegen das Berufsethos verstoßen, wenn ich ihr einen Besuch abstatte. Ich kann ihr zumindest meine Dienste anbieten und dann ist es ihre Entscheidung, mein Angebot anzunehmen oder abzulehnen.«

»Und wer wird Sie bezahlen?«, fragte Monk mit hochgezogenen Augenbrauen.

Rathbone sah ihn direkt an. »Ich habe in letzter Zeit genug verdient, um es mir leisten zu können, den Fall ohne Bezahlung zu übernehmen«, erwiderte er ruhig. »Ich denke, sie wird wohl auch kein Geld haben, um Sie zu bezahlen.«

Monk schoss das Blut in die Wangen, aber er wusste, dass er diesen Seitenhieb verdient hatte.

»Ich danke Ihnen«, sagte Hester eilig und erhob sich. »Cleo Anderson ist auf dem Polizeirevier von Hampstead in Gewahrsam.«

Rathbone lächelte schalkhaft, als hätte sie einen sehr feinsinnigen Witz gemacht.

»Danken Sie mir nicht«, sagte er leise. »Das Ganze klingt nach einer Herausforderung, der man sich nicht verschließen darf.«

9

Oliver Rathbone blieb noch eine Weile in seinem Büro sitzen, nachdem Monk und Hester gegangen waren, wohl wissend, dass er eine übereilte Entscheidung getroffen hatte, was ihm gar nicht ähnlich sah. Er war ein Mann, der niemals handelte, ohne nachzudenken, was sicher Teil seines Erfolgs war und ihn zum brillantesten Strafverteidiger Londons gemacht hatte. Und vielleicht war diese Eigenschaft auch daran schuld, dass er zu spät um Hesters Hand angehalten hatte.

Nein, das entsprach nicht ganz der Wahrheit. Er war schon im Begriff gewesen, sie zu fragen, aber sie hatte ihm sehr taktvoll zu verstehen gegeben, dass sie seinen Antrag nicht annehmen würde.

Aber wenn er ehrlich war, konnte der Grund für ihre Ablehnung durchaus darin gelegen haben, dass sie seine Unsicherheit gespürt hatte. Monk hätte niemals zugelassen, dass der Kopf sein Herz beherrschte. Das war eine Eigenschaft, die Rathbone an ihm zugleich bewunderte und verachtete. Es gab ein dunkles Element in Monks Charakter, etwas Ungezügeltes.

Und doch war er mit Hester zu ihm gekommen, um ihn zu überreden, die Verteidigung in einem Fall zu übernehmen, der ziemlich hoffnungslos aussah. Das konnte Monk nicht leicht gefallen sein. Rathbone lehnte sich weit auf seinem Stuhl zurück und lächelte, als er sich an den Ausdruck auf Hesters Gesicht erinnerte, an ihre aufrechte Haltung. Er konnte sich gut vorstellen, was in ihr vorgegangen war. Monk war um Hesters willen zu Rathbone gekommen, und er wusste, dass Rathbone es ebenfalls wusste.

Es überraschte ihn, wie groß der Schmerz war, den das Wiedersehen mit Hester ihm bereitete, wie weh es tat, die Leidenschaft in ihrer Stimme zu hören, als sie von Cleo Anderson und dem alten John Robb sprach. Das war so typisch für sie, Mitleid, Zorn und Mut waren die charakteristischen Eigenschaften dieser Frau. Und immer verschrieb sie sich irgendeiner hoffnungslosen Sache und hörte nicht darauf, wenn jemand sie davon abbringen wollte.

Und er hatte sich einverstanden erklärt, ihr nicht nur mit seinem Rat zur Seite zu stehen, sondern auch die Verteidigung in die Hand zu nehmen. Jetzt, da er eingewilligt hatte, würde sie nicht zulassen, dass er einen Rückzieher machte – ebenso wenig wie er selbst. Und außerdem würde er sich Monk gegenüber niemals die Blöße geben, eine Sache kampflos aufzugeben.

Also hatte er jetzt einen Fall übernommen, den er nicht gewinnen konnte. Er hätte wütend auf sich selbst sein müssen, anstatt dazusitzen und in Gedanken bereits die verschiedenen Möglichkeiten abzuwägen und sich verschiedene Strategien auszudenken.

Beide Frauen waren der Verschwörung und des Mordes angeklagt. Die Strafe würde zweifellos der Tod sein. Rathbone hatte zu Recht eine hohe Meinung von seinen Fähigkeiten, aber die Hindernisse, die sich ihm bei diesem Fall entgegenstellten, schienen unüberwindlich.

Er rief seinen Angestellten herein und ließ sich seine Termine für die nächsten beiden Tage sagen. Es war nichts dabei, das sich nicht hätte verschieben oder einem anderen übertragen lassen. Er bat darum, dass dies geschehen möge und machte sich dann auf den Heimweg, in Gedanken beschäftigt mit Cleo Anderson, Miriam Gardiner und den Verbrechen, die man ihnen zur Last legte.

Am nächsten Morgen fand Rathbone sich im Polizeirevier von Hampstead ein. Er erklärte dem diensthabenden Sergeant, dass er der Strafverteidiger sei, den Cleo Andersons

Rechtsbeistand mit dem Fall betraut habe, und dass er sie unverzüglich zu sprechen wünsche.

»Sir Oliver Rathbone?«, fragte der Sergeant überrascht, als er auf die Karte sah, die Rathbone ihm gereicht hatte.

Rathbone machte sich nicht die Mühe, ihm zu antworten.

Der Sergeant räusperte sich. »Jawohl, Sir. Wenn Sie mir bitte folgen wollen, dann bringe ich Sie zu den Zellen … Sir.« Er führte Rathbone durch den engen Korridor und die Treppe hinunter, bis sie schließlich vor dem eisernen Tor mit dem großen Schloss standen. Der Schlüssel quietschte, als der Sergeant ihn umdrehte, dann schwang die Tür auf.

»Hier ist Ihr Verteidiger«, sagte er, und sein Tonfall verriet Erstaunen und Ungläubigkeit.

Rathbone bedankte sich bei ihm und wartete, bis er die Tür geschlossen hatte und gegangen war.

Cleo Anderson war eine gut aussehende Frau mit ausdrucksvollen Augen und sanften Gesichtszügen, die jetzt jedoch von Gram gezeichnet waren. Sie musterte Rathbone verständnislos und – was ihn mehr bekümmerte – ohne Interesse.

»Mein Name ist Oliver Rathbone«, stellte er sich vor. »Ich bin hergekommen, um herauszufinden, ob ich Ihnen in Ihrer schwierigen Lage behilflich sein kann. Alles, was Sie mir mitteilen, wird absolut vertraulich behandelt, aber Sie müssen mir die Wahrheit sagen, sonst kann ich Ihnen nicht beistehen.« Ihre Miene drückte Ablehnung aus. Er setzte sich ihr gegenüber auf den einzigen, harten Stuhl in der Zelle. »Ich komme im Auftrag von Miss Hester Latterly.« Zu spät fiel ihm ein, dass er »Mrs. Monk« hätte sagen müssen.

»Das hätte sie nicht tun sollen«, sagte Cleo traurig. Ihre Stimme klang rau und verriet ihre aufgewühlten Gefühle. »Sie ist eine hilfsbereite Frau, aber sie hat nicht die Mittel, um jemanden wie Sie zu bezahlen. Es tut mir Leid, dass Sie sich umsonst herbemüht haben, aber hier ist kein Auftrag für Sie zu holen.«

Diese Antwort hatte er erwartet.

»Sie sagte mir, dass Sie gewisse Medikamente aus dem Krankenhaus entwendet hätten, um damit Patienten zu versorgen, die sie dringend benötigten, dafür aber nicht zahlen konnten.«

Cleo schwieg.

Er hatte kein Geständnis erwartet. »Wenn dem so war, wäre es natürlich Diebstahl gewesen und gesetzwidrig«, fuhr er fort. »Aber es wäre gleichzeitig auch eine Tat, die viele Menschen bewundern würden.«

»Mag sein«, stimmte sie ihm mit einem kleinen Lächeln zu. »Aber es ist und bleibt Diebstahl, ganz wie Sie sagten. Wollen Sie, dass ich es zugebe? Würde es Miriam helfen, wenn ich es täte?«

»Das war nicht Sinn und Zweck meiner Frage, Mrs. Anderson«, sagte er, ohne ihrem Blick auszuweichen. »Aber jemand, der etwas Derartiges tut, stellt offensichtlich das Wohlergehen anderer Menschen über sein eigenes. So weit ich sehen kann, handelt es sich um eine Tat beziehungsweise um eine ganze Reihe von Taten, aus denen der Täter keinen Profit gezogen hat. Profitiert haben nur diejenigen, deren Wohlergehen dem Täter am Herzen lag. Sehr wahrscheinlich glaubte der Betreffende fest an die Gerechtigkeit seiner Sache.«

Sie runzelte die Stirn. »Warum sagen Sie das alles? Was wollen Sie von mir?«

Er musste unwillkürlich lächeln. »Dass Sie die Tatsache akzeptieren, dass Menschen gelegentlich Dinge tun, ohne eine Bezahlung zu erwarten, einfach weil ihnen die Sache selbst wichtig ist. Und es sind nicht nur Menschen wie Sie – manchmal sind es auch Menschen wie ich.«

Eine verlegene Röte stieg ihr ins Gesicht, und die Linie ihres Mundes wurde weicher. »Ich entschuldige mich, Mr. Rathbone, ich wollte Sie nicht beleidigen. Aber Sie können mich mit dem besten Willen nicht von der Anschuldigung befreien, dass ich diese Medikamente gestohlen habe, es sei denn, Sie fänden eine Möglichkeit, die Schuld auf eine andere arme Seele abzuwälzen, auf einen Unschuldigen – und wenn Sie das täten, wie sollte ich da in Frieden vor meinen Schöpfer treten?«

»Das ist nicht die Art und Weise, wie ich arbeite, Mrs. Anderson.« Er machte sich nicht die Mühe, ihre Anrede zu korrigieren und sie auf seinen Titel hinzuweisen. Solche Dinge schienen im Augenblick bedeutungslos zu sein. »Wenn Sie die Medikamente entwendet haben, gibt es nur zwei Möglichkeiten: Entweder wir plädieren auf mildernde Umstände und bauen darauf, dass man bei Ihrer Verurteilung Ihre gute Absicht anerkennt, statt nur den Gesetzesverstoß in Ihrer Tat zu sehen; oder aber ich versuche, das Gericht ganz von dem Diebstahl abzulenken, und hoffe, dass die Richter sich auf andere Dinge konzentrieren.«

»Auf andere Dinge?« Sie schüttelte den Kopf. »Man behauptet, ich hätte Treadwell getötet, weil er mich wegen der Medikamente erpresste. Von dieser Anklage werden Sie wohl nicht ablenken können!«

»Und, hat er es getan?«

Sie zögerte. Dann holte sie tief Luft und stieß einen leisen Seufzer aus. »Ja.«

Er wartete darauf, dass sie noch etwas hinzufügte, aber sie schwieg.

»Wie hat er das mit den Medikamenten herausgefunden«, fragte er.

»Das war wohl nicht weiter schwierig.« Sie starrte vor sich hin. »Viele Leute hätten das herausfinden können, wenn sie darüber nachgedacht und genau hingesehen hätten. Ich habe etwa zwanzig alten Leuten, die wirklich sehr krank waren, Sachen gebracht. Ich weiß nicht, warum ich in der Vergangenheit über sie rede – sie sind immer noch sehr krank, und ich sitze nutzlos hier rum!« Sie blickte zu ihm auf. »Es gibt nichts, was Sie tun können, Mr. Rathbone. Alle Fragen der Welt werden daran nichts ändern. Ich habe die Medikamente gestohlen, und es wird nicht schwer sein, das zu beweisen. Treadwell hat es in Erfahrung gebracht. Ich weiß nicht, wie, aber es ist ihm gelungen.«

Dagegen gab es nichts einzuwenden. Er hörte Schritte im Korridor, aber der Wärter ging an ihrer Tür vorüber, und niemand störte sie.

Cleo Anderson sah ihn ernst und mit ängstlichem Blick an.

»Mr. Rathbone – lassen Sie nicht zu, dass die Polizei zu all den Leuten geht, denen ich Medikamente gebracht habe. Es ist schlimm genug, dass ihnen jetzt niemand mehr hilft. Ich möchte nicht, dass sie erfahren, dass sie in ein Verbrechen verwickelt waren – selbst wenn sie nichts davon wussten.«

Er wünschte, er könnte dies verhindern, aber die Diebstähle würden nur allzu bald bekannt werden. Die Zeitungen würden über die Verhandlung berichten und an jeder Straßenecke würden die Leute darüber schwatzen. Was sollte er ihr sagen?

Sie wartete auf seine Antwort, und in ihrer Miene schien Hoffnung auf.

Er musterte sie, so als hätte er sie noch nie zuvor gesehen, als hätte er nicht während der vergangenen zehn Minuten mit ihr gesprochen und sich ein Urteil gebildet. Sie hatte ihre eigene Freiheit aufs Spiel gesetzt, hatte selbstständig einen Entschluss gefasst, um alten und kranken Menschen zu helfen. Sie verdiente es nicht, dass man sie belog, und sie würde die Wahrheit am Ende ohnehin erfahren.

»Ich kann die Polizei nicht daran hindern, Mrs. Anderson«, sagte er sanft und selbst überrascht von der Hochachtung, die in seiner Stimme lag. »Und wenn es zur Verhandlung kommt, wird ohnehin alles an die Öffentlichkeit kommen. Das ist vielleicht das einzig Gute an dieser Sache. Ganz London wird von der Notlage unserer Alten erfahren, denen wir so viel schulden. Wir können sogar hoffen, dass ein paar Menschen den Kampf aufnehmen werden, um die Dinge zu ändern.«

Als sie ihn ansah, rangen in ihrem Gesicht Hoffnung und Resignation miteinander. Sie schüttelte den Kopf, schob den

Gedanken von sich und war doch außerstande, ihn ganz loszulassen.

»Meinen Sie wirklich?«

»Es ist ein Ziel, für das sich zu kämpfen lohnt.« Er lächelte schwach. »Aber meine erste Schlacht werde ich für Sie schlagen. Wie lange haben Sie Treadwell bezahlt und wie viel?«

Ihre Stimme wurde hart. »Fünf Jahre – und ich habe ihm alles gegeben, was ich hatte, bis auf ein paar Shilling, um leben zu können.«

Rathbone spürte, wie sich sein Herz verkrampfte.

»Und am Abend seines Todes hat er noch mehr von Ihnen verlangt. Wie viel?«

Ihre Stimme wurde zu einem Wispern. Sie zögerte einen Augenblick, bevor sie ihm antwortete. »Ich habe ihn an dem Abend, an dem er starb, überhaupt nicht gesehen. So ist es gewesen, so wahr mir Gott helfe.«

Er stellte die Frage, deren Antwort er gar nicht hören wollte und die er möglicherweise auch nicht glauben würde.

»Wissen Sie, wer es getan hat?«

Sie antwortete sofort und mit kalter Stimme. »Nein, ich weiß es nicht! Miriam hat mir nichts gesagt, nur dass sie es nicht gewesen ist. Aber sie war in einem schrecklichen Zustand, halb von Sinnen vor Angst und als wäre ihre letzte Stunde angebrochen.« Sie beugte sich zu ihm vor, streckte ein wenig die Hand aus und zog sie dann wieder zurück, nicht weil sie nicht das Bedürfnis hatte, sondern lediglich weil sie es nicht wagte, ihn zu berühren. »Machen Sie sich keine Gedanken um mich, Mr. Rathbone. Ich habe die Medikamente gestohlen. Mir können Sie nicht helfen. Aber bitte, helfen Sie Miriam! Das ist alles, was ich will! Wenn Sie mein Verteidiger sind, wie Sie sagen, dann verteidigen Sie Miriam. Sie hat ihn ganz bestimmt nicht ermordet. Ich kenne sie – ich habe sie großgezogen, seit sie dreizehn Jahre alt war. Sie hat ein gutes Herz, und sie würde niemals jemandem Schaden zufügen, aber irgendjemand hat ihr weh getan, und zwar so sehr, dass sie innerlich völlig leer ist. Helfen Sie ihr – bitte! Ich würde glücklich und zufrieden das Todesurteil auf mich nehmen, wenn ich nur wüsste, dass es ihr gut geht …«

Er sah ihr in die Augen, und seine Kehle schnürte sich zusammen. Er glaubte ihr, was sie sagte, aber sie hatte wohl keine wirkliche Vorstellung davon, wie es sein würde, wenn sie allein durch den kurzen Korridor zu der Falltür im Boden ging.

»Mrs. Anderson, ich bin mir nicht sicher, ob ich etwas tun kann, aber ich verspreche Ihnen, dass ich keine Vergünstigungen für Sie erwirken, keine Verteidigung für Sie vorbringen werde, die Miriam Gardiner schaden könnten. Und ich werde alles in meiner Kraft Stehende tun, um einen Freispruch für sie zu erwirken, wenn Miriam es wünscht und Sie ebenfalls …«

»Ja, ich wünsche es!«, sagte sie mit unvermittelter Leidenschaft. »Und wenn sie sich mit Ihnen streitet – um meinetwillen –, sagen Sie ihr, dass ich es so wünsche. Ich habe ein gutes Leben gehabt mit sehr viel Freude darin, und ich habe die Dinge getan, die ich tun wollte. Sie ist noch sehr jung. Es ist Ihr Beruf, Menschen zu überzeugen. Also, gehen Sie zu ihr und überzeugen Sie sie. Werden Sie das tun?«

»Ich kann nur auf der Grundlage von Tatsachen handeln, aber ich werde es versuchen«, versprach er. »Und nun, wenn es noch etwas gibt, das Sie mir über diesen Abend sagen können, dann tun Sie es bitte.«

»Ich weiß sonst nichts über diesen Abend!«, beteuerte sie. »Ich wünschte, ich wüsste etwas, dann könnte ich wenigstens einer von uns beiden helfen! Ich hatte überhaupt keine Ahnung, bis die Polizei vor mir stand, weil jemand gemeldet hatte, dass auf dem Weg vor meinem Haus eine Leiche gefunden worden sei …«

»Wann war das, um wie viel Uhr?«, unterbrach er sie.

»Ungefähr eine Stunde nach Einbruch der Dunkelheit. Ich

habe nicht auf die Uhr gesehen. Ich nehme an, Miriam hat die Gesellschaft am späten Nachmittag verlassen, und es muss fast dunkel gewesen sein, als die Kutsche die Heide erreichte. Ich weiß nicht, wo er niedergeschlagen wurde, aber ich habe gehört, er sei noch vom Ort des Unglücks bis zu der Stelle gekrochen, an der er gefunden wurde.«

»Und wann haben Sie Miriam Gardiner wieder gesehen?«

»Ganz früh am nächsten Morgen. Gegen sechs Uhr etwa. Sie war die ganze Nacht draußen in der Heide gewesen und sah aus, als sei der Teufel hinter ihr her.«

»War sie in ein Handgemenge verwickelt gewesen?«, fragte er rasch. »Waren ihre Kleider zerrissen oder schmutzig, wiesen sie Schlamm- oder Grasflecken auf?«

Er sah, wie ihre Miene sich verschloss. Sie hatte Angst, dass er versuchte, den Verdacht auf Miriam zu lenken. »Nein. Sie sah nur so aus, als sei sie gerannt oder habe Angst gehabt.«

War das eine Lüge? Das konnte er nicht beurteilen. Allerdings war ihm klar, dass sie damit alles gesagt hatte. Er erhob sich. Die Tatsache, dass sie ihm ihr Vertrauen verweigerte, zumindest so weit es Miriam betraf, änderte nichts an seiner Bewunderung für sie oder an seiner Entschlossenheit, alles Menschenmögliche zu tun, um ihr zu helfen.

»Ich werde mit Mrs. Gardiner sprechen«, erklärte er. »Bitte, reden Sie mit niemandem sonst über die Angelegenheit. Ich werde zurückkommen, wenn ich Ihnen etwas mitzuteilen habe oder Ihnen weitere Fragen stellen muss. Sie haben mein Wort, dass ich nichts ohne Ihre Erlaubnis unternehme.«

»Ich danke Ihnen«, antwortete sie. »Ich – ich weiß wirklich zu schätzen, was Sie für mich tun, Mr. Rathbone. Würden Sie das bitte auch Mrs. Monk sagen … und …«

»Ja?«

»Nein – sonst nichts.«

Rathbone klopfte an die Tür, und der Wärter ließ ihn hinaus. Als er durch den düsteren Korridor ging, dachte er darüber nach, was sie Hester vielleicht noch hatte ausrichten lassen wollen. Diese Frau war bereit, jedes Risiko einzugehen, jedes Opfer zu bringen für das, was sie für richtig hielt, und um jene zu retten, die sie liebte. Kein Wunder, dass Hester ihre Verteidigung so sehr am Herzen lag. Sie hätte an Cleos Stelle durchaus das gleiche tun können! Er sah Hester vor sich, wie sie mit genau der gleichen Loyalität lieber sich selbst opfern würde als ihrer Überzeugung abzuschwören. War es das, was Cleo hatte sagen wollen – eine Anweisung oder Warnung an Hester, was die Medikamente betraf? War es eine Bitte? Und war Hester ihr vielleicht schon unaufgefordert nachgekommen? Ihm wurde übel bei dem Gedanken, und sein Magen verkrampfte sich.

Rathbone erhielt die Erlaubnis, mit Miriam zu sprechen, aber es war nicht so einfach wie in Cleo Andersons Fall. Die Voraussetzungen waren anders. Cleo saß in einer Polizeizelle des Reviers in Hampstead, und sie war den Polizisten dort bekannt – persönlich oder vom Hörensagen. Sie wussten zweifellos, dass sie eine bewundernswerte Frau war, eine Frau, deren Leben sie weit höher schätzten als das eines schäbigen Erpressers.

Miriam hingegen saß im Gefängnis und wurde beschuldigt, ihre zukünftige Schwiegermutter umgebracht zu haben, möglicherweise deshalb, weil diese etwas aus Miriams Vergangenheit wusste, was die Heirat verhindert hätte. Dieser Fall lag vollkommen anders.

Miriam entsprach keineswegs dem Bild, das Rathbone sich von ihr gemacht hatte. Erst als er sie vor sich sah, wurde ihm bewusst, dass er eine Frau von aufreizender Attraktivität erwartet hatte, mit verführerischem Blick und einnehmendem Charme, die keine Zeit verlieren würde, ihn auf ihre Seite zu ziehen. Stattdessen fand er eine zarte Frau mit blassem, müdem Gesicht vor, das erfüllt war von innerer Ruhe – eine Frau, von der eine Stärke ausging, die ihn verblüffte. Sie bewahrte absolute Zurückhaltung, selbst nachdem er ihr erklärt hatte, wer er war und was ihn zu ihr führte.

»Es ist sehr freundlich von Ihnen, dass Sie sich die Zeit nehmen, Sir Oliver«, sagte sie so leise, dass er sich vorbeugen musste, um ihre Worte zu verstehen. »Aber ich glaube nicht, dass Sie mir helfen können.« Sie wich seinem Blick aus, und ihm war klar, dass sie ihn in gewisser Weise bereits entlassen hatte.

Wenn er nicht an ihren Verstand appellieren konnte, würde er es mit ihren Gefühlen versuchen müssen. Er nahm auf dem Stuhl ihr gegenüber Platz und schlug die Beine übereinander, als habe er die Absicht, es sich bequem zu machen.

»Hat man Ihnen gesagt, dass Sie und Mrs. Anderson des gemeinschaftlichen Mordes an Treadwell und Mrs. Stourbridge beschuldigt werden?«

Sie starrte ihn fassungslos an, und ihre dunkelgrauen Augen weiteten sich. »Das ist absurd! Wie kann jemand nur auf die Idee kommen, Mrs. Anderson habe etwas mit Mrs. Stourbridges Tod zu tun? Sie saß zu dem Zeitpunkt im Gefängnis! Sie müssen sich irren!«

»Ich irre mich nicht.« Er erklärte ihr die Lage. »Die Polizei weiß selbstverständlich über all diese Dinge Bescheid. Man glaubt, Sie und Mrs. Anderson hätten von Anfang an Ihre Heirat mit Lucius Stourbridge geplant, um sich Zugang zu seinem großen Vermögen zu verschaffen, einem Teil davon sofort und mehr nach Major Stourbridges Tod, wann immer dieser eintreten mochte …«

»Warum sollte er sterben?«, protestierte sie. »Er ist noch ziemlich jung, nicht älter als fünfzig und bei bester Gesundheit! Er könnte noch dreißig Jahre oder länger leben!«

Er seufzte. »Von den Personen, die augenscheinlich Ihren Plänen im Wege stehen, sterben erstaunlich viele, Mrs. Gardiner. Die Polizei nimmt nicht an, dass Major Stourbridges Alter oder sein Gesundheitszustand Sie an irgendetwas hindern könnte.«

Sie schloss die Augen. »Das ist unfassbar!«

Während er ihr Gesicht betrachtete, ihren Mund und die Art, wie sie ihre Lippen zusammenpresste, konnte er nicht glauben, dass sie bis zu diesem Augenblick je über Harry Stourbridges Tod nachgedacht hatte, und jetzt, da sie es tat, schmerzte sie der Gedanke. Aber er konnte es sich nicht leisten, nachsichtig zu sein.

»Das ist das Verbrechen, das man Ihnen zur Last legt – Ihnen und Mrs. Anderson. Wenn Sie sich nicht gegenseitig beschuldigen, was bisher noch nicht der Fall war, wird über beide das gleiche Urteil gefällt werden; Sie werden beide leben oder beide sterben.«

Sie hob langsam ihren Blick und musterte ihn, um herauszufinden, was in ihm vorging.

»Sie meinen, ich muss mich verteidigen, wenn ich nicht will, dass Cleo mit mir leiden wird?«

»Ja, genau das meine ich.«

»Es ist absolut unwahr. Ich … ich liebte Lucius.« Sie schluckte. »Ich hatte nichts anderes im Sinn, als ihn zu heiraten und glücklich zu sein, einfach weil ich an seiner Seite sein wollte. Wäre er so arm gewesen wie eine Kirchenmaus, hätte es für mich nicht den geringsten Unterschied gemacht.«

Er hatte das Gefühl, dass sie die Wahrheit sagte, und dennoch – warum hatte sie gezögert? Warum hatte sie über ihre Liebe zu Lucius gesprochen, als gehöre sie der Vergangenheit an? War ihre Liebe gestorben oder einfach nur ihre Hoffnung?

»James Treadwell hat Mrs. Anderson wegen der Medikamente erpresst, die sie aus dem Krankenhaus entwendete, um ihre Patienten zu behandeln. Er hat auch Sie erpresst.«

Sie riss den Kopf hoch, und ihre Augen weiteten sich. Sie schien diese Unterstellung vehement leugnen zu wollen, entschied sich dann aber dafür zu schweigen.

»Mrs. Gardiner«, sagte Rathbone eindringlich und beugte sich zu ihr. »Wenn ich Ihnen oder Mrs. Anderson helfen soll, dann muss ich die ganze Wahrheit wissen. Ich bin dazu verpflichtet, in Ihrem Interesse zu handeln, und Sie können mir glauben, wenn ich sage, dass die Aussichten für Sie beide nicht schlechter stehen könnten, als es ohnehin bereits der Fall ist. Was auch immer Sie mir anvertrauen, es kann Ihnen jetzt nicht mehr schaden, sondern eher nützen. Am Ende, wenn es zur Verhandlung kommt, werde ich Ihre Anweisungen befolgen, und falls ich dazu nicht in der Lage bin, werde ich den Fall niederlegen. Es ist mir nicht gestattet, über das mir Anvertraute ohne Ihre Erlaubnis zu sprechen. Wenn ich diese Regel nicht befolge, werde ich von der Verteidigerliste gestrichen und verliere damit meinen guten Ruf und mein Einkommen, was mir beides lieb und teuer ist. Also – hat James Treadwell Sie erpresst oder nicht?«

Sie schien einen Entschluss zu fassen. »Nein, das hat er nicht. Er konnte nichts über mich wissen, womit er mir hätte schaden können, außer vielleicht der Tatsache, dass ich eine Verbindung zu Cleo und den Medikamenten hatte. Aber er hat mir gegenüber nie davon gesprochen. Ich wusste nicht, dass er Cleo erpresste. Hätte ich es erfahren, hätte ich versucht, etwas zu unternehmen.«

»Was hätten Sie tun können?« Er versuchte, seiner Stimme einen gleichgültigen Klang zu geben.

Sie zuckte ein wenig mit den Schultern. »Ich weiß nicht. Wenn ich es Lucius oder Major Stourbridge erzählt hätte, hätten sie ihn vielleicht ohne Zeugnisse entlassen und dafür gesorgt, dass er so schnell keine neue Anstellung mehr bekommen hätte.«

»Hätte das Treadwell nicht dazu veranlasst, Mrs. Andersons Vergehen bekannt werden zu lassen, um sich zu rächen?«, fragte er.

»Mag sein.« Dann versteifte sich plötzlich ihr Körper, und sie sah ihn entsetzt an. »Sie glauben doch nicht, ich hätte ihn getötet, um Cleo zu schützen?«

»Haben Sie es getan?«

»Nein! Ich habe ihn nicht getötet – weder aus diesem Grund noch aus einem anderen!« Ihre Antwort war leidenschaftlich, und es lagen Zorn und Kränkung darin. »Und Cleo hat ihn auch nicht getötet!«

»Wer war es dann?«

Wieder nahm ihre Miene etwas Abweisendes an. Sie wandte den Blick ab.

»Wen schützen Sie, wenn nicht Mrs. Anderson?«, fragte er sehr sanft. »Ist es Lucius?«

Sie schauderte, sah zu ihm auf und wandte den Blick dann erneut ab.

»Hat Treadwell Ihnen etwas angetan, worauf Lucius in Streit mit ihm geriet? Und ist dieser vielleicht weiter gegangen, als er beabsichtigt hatte?«

»Nein!« Sie klang so, als überrasche sie allein schon die Vorstellung.

»Wissen Sie, wer ihn getötet hat, Mrs. Gardiner?«, fragte er mit Nachdruck.

Sie antwortete nicht. Es war praktisch ein Eingeständnis. Ihr Verhalten brachte ihn aus der Fassung. Nie zuvor hatte er sich hilfloser gefühlt, obwohl er mit vielen Fällen zu tun gehabt hatte, bei denen Menschen schrecklicher Verbrechen angeklagt waren und sich dennoch weigerten, ihm die Wahrheit zu sagen, Menschen, die sich am Ende als unschuldig erwiesen hatten, wenn nicht in juristischer, so doch in moralischer Hinsicht. Er hatte genug Erfahrung, aber es fiel ihm nichts ein, womit sich Miriam Gardiners Verhalten erklären ließ.

Dennoch weigerte er sich aufzugeben. Ja, er war mehr denn je entschlossen, sowohl Miriam als auch Cleo zu verteidigen, nicht um Hester einen Gefallen zu tun oder sich Monk gegenüber zu beweisen, sondern allein um der Sache selbst willen.

»Wusste Mrs. Stourbridge etwas über Treadwell oder über Cleo Anderson?«, forschte er weiter.

Wieder schien sie überrascht. »Nein ... ich kann mir nicht vorstellen, wie sie etwas über die beiden hätte erfahren sollen! Ich habe ihr nichts erzählt, und ich kann mir nicht vorstellen, dass Treadwell selbst mit ihr darüber gesprochen hätte! Er war ein …« Sie brach ab. Sie schien hin und her gerissen zu sein zwischen so unterschiedlichen Gefühlen wie Zorn, Mitleid, Entsetzen, Verzweiflung.

Rathbone versuchte an ihrer Miene abzulesen, was sie empfand, sich vielleicht sogar vorzustellen, was sie dachte, scheiterte aber.

»Er war ein Mann, der böse Dinge tat«, sagte sie endlich, und sie sprach sehr leise und fast zu sich selbst. »Aber er muss auch gute Eigenschaften besessen haben und jetzt ist er tot, die arme Seele. Ich glaube nicht, dass Mrs. Stourbridge etwas über ihn wusste, abgesehen davon, dass er ein guter Kutscher war und natürlich ein Verwandter der Köchin.«

»Warum wurde sie getötet?«

Sie zuckte zusammen. »Ich weiß es nicht.« Sie sah ihn nicht an, als sie antwortete. Ihre Stimme war ausdruckslos, der Tonfall verändert.

Er spürte, dass sie log.

»Wer hat sie getötet?«

»Ich weiß es nicht«, wiederholte sie.

»Lucius?«

»Nein!« Diesmal wandte sie sich ihm zu, und ihre Augen funkelten wütend.

»Waren Sie mit ihm zusammen?«

Sie schwieg.

»Sie waren nicht bei ihm. Wie können Sie dann wissen, dass er nicht der Täter war?«

Wieder antwortete sie ihm nicht.

»War es dieselbe Person, die auch Treadwell getötet hat?«

Sie machte eine schwache Bewegung. Er deutete sie als Zustimmung.

»Hat es etwas mit den gestohlenen Medikamenten zu tun?«

»Nein!« Plötzlich war sie wieder vollkommen außer sich. »Nein, es hat überhaupt nichts mit Cleo zu tun. Bitte, Sir

Oliver, verteidigen Sie sie.« Jetzt hatten ihre Worte einen flehentlichen Klang. »Sie ist der beste Mensch, den ich je kennen gelernt habe. Der einzige Gesetzesverstoß, dessen sie sich schuldig gemacht hat, ist der Diebstahl der Medikamente, um Kranke zu behandeln, die sich die teure Medizin nicht leisten können. Sie hat selbst keinen Nutzen davon gehabt.« Ihr Gesicht war gerötet. »Wie kann das so ein großes Unrecht sein, dass es die Todesstrafe verdient? Wenn wir die Christen wären, für die wir uns ausgeben, hätte Cleo es nicht nötig gehabt, die Medikamente zu nehmen! Dann würden wir selbst für unsere Alten und Kranken sorgen. Wir wären den Männern dankbar, die für uns gekämpft haben, als wir ihren Schutz brauchten. Bitte, lassen Sie Cleo nicht dafür büßen! Es hat nichts mit ihr zu tun! Sie hat Treadwell nicht getötet, und sie kann unmöglich etwas mit dem Mord an Mrs. Stourbridge zu tun haben.« Ihre Stimme war belegt und voller Angst. »Wenn ihr das hilft freizukommen, werde ich sagen, ich hätte beide getötet!«

Er legte eine Hand auf ihren Arm. »Nein – das wäre Ihrer beider Untergang. Sagen Sie nichts. Wenn Sie mir nicht die Wahrheit anvertrauen wollen, dann belügen Sie mich wenigstens nicht. Ich werde für Sie beide tun, was ich kann. Ich akzeptiere Ihre Aussage, dass Mrs. Anderson Mrs. Stourbridge nicht getötet haben kann, und ich glaube Ihnen, dass Sie Treadwell nicht umgebracht haben. Wenn es darauf eine andere Antwort gibt, werde ich sie finden.«

Sie schüttelte verzweifelt den Kopf. »Das können Sie nicht«, flüsterte sie. »Tun Sie nur alles, damit man Cleo nicht hängt. Sie hat lediglich die Medikamente gestohlen – das ist ihr ganzes Vergehen.«

Rathbone gönnte sich ein spätes Mittagessen in seinem Club. Dort würde er vollkommene Ruhe finden, und die brauchte er nun. Dann nahm er einen Hansom zum North London Hospital, um Hester aufzusuchen. Er sah dieser Begegnung mit gemischten Gefühlen entgegen, aber sie war unvermeidlich. Er hatte Hester seit ihrer Hochzeit nicht mehr allein gesprochen, war sich aber immer dessen bewusst, dass diese Begegnung für ihn sehr schmerzlich sein würde.

Er saß in der Droschke, während diese in eiligem Tempo durch die Straßen fuhr, und nahm nichts von seiner Umgebung wahr.

Er hatte sich überlegt, was er Hester sagen, welche Haltung er ihr gegenüber einnehmen sollte, und er hatte seine Meinung ein Dutzend Mal geändert.

Als sie das Krankenhaus erreichten, bezahlte er den Kutscher und stieg aus. Dann ging er die Stufen zum Eingang hinauf. Er traf auf sie, noch bevor er Zeit gehabt hatte, sich darauf einzustellen. Sie kam mit schnellem, entschiedenem Schritt durch den breiten Korridor, in einem sehr schlichten blauen Kleid mit schmalem weißen Spitzenkragen, das wie eine Art Uniform aussah. Bei jeder anderen Frau hätte es vielleicht ein wenig abweisend gewirkt, aber genauso hatte er sie immer gesehen: als Krankenschwester, die zielstrebig einer Tätigkeit nachging, immer bereit, sich in die eine oder andere Auseinandersetzung zu stürzen. Die Vertrautheit ihrer Erscheinung verschlug ihm fast den Atem.

»Oliver!« Sie war überrascht, ihn zu sehen, und auch erfreut.

Er zwang sich zu einem Lächeln. »Ich hatte gehofft, Sie zu treffen. Ich störe doch nicht?«

»Haben Sie irgendwelche Neuigkeiten?« Sie sah ihm forschend ins Gesicht.

Er durfte nur an den Fall denken. Sie hatten ein gemeinsames Ziel, ein Ziel, das nicht weniger wichtig war als die, für die sie in der Vergangenheit gekämpft hatten. Das Leben von zwei Frauen hing davon ab.

»Nur sehr wenig«, erwiderte er und machte einen Schritt auf sie zu. Er nahm den schwachen Duft eines Parfüms wahr. Alles in ihm sehnte sich danach, ihr nahe zu sein. Sie war so anders jetzt, weniger verletzlich als früher. Und doch war sie in vieler Hinsicht dieselbe geblieben: kampfbereit, halsstarrig, unvernünftig, eigenmächtig.

Ihre Wangen überzogen sich mit einem Hauch von Röte, als habe sie seine Gedanken erraten.

Er wandte den Blick ab und tat so, als seien seine Gedanken ganz mit juristischen Dingen beschäftigt.

»Ich habe sowohl Cleo Anderson als auch Miriam Gardiner aufgesucht. Beide leugnen, direkt oder indirekt mit den Morden zu tun zu haben, aber zumindest Miriam belügt mich, was die Morde betrifft. Sie weiß, wer sie begangen hat, aber ich glaube ihr, wenn sie sagt, dass nicht sie es war. Ich habe schließlich Lucius Stourbridge noch nicht kennen gelernt.«

Sie erschrak. »Glauben Sie, er sei in der Lage, seine eigene Mutter zu töten?«

»Ich hoffe nicht, aber es sieht so aus, als sei der Täter in der Familie zu suchen – oder aber es war tatsächlich Miriam Gardiner«, wandte er ein.

Sie sah im Korridor nach links und rechts. »Kommen Sie mit in den Warteraum. Im Augenblick ist dort niemand. Dort können wir ungestört reden.«

Sie öffnete die Tür und ging voran. Er zog sie hinter sich zu und versuchte, seine Gefühle zu beherrschen. Es gab weitaus wichtigere Dinge zwischen ihnen.

»Major Stourbridge?«, fragte er. »Oder der Bruder, Aiden Campbell?«

Sie sah ihn an. »Ich weiß es nicht. Ich kann mir keinen Grund vorstellen, warum einer von ihnen Mrs. Stourbridge oder Treadwell hätte töten sollen. Aber er war ein Erpresser! Wenn er Cleo erpresst hat, hat er es vielleicht auch mit anderen getan. William sagt, er habe anscheinend mehr Geld verprasst, als Cleo aufbringen konnte, daher muss es noch andere Opfer gegeben haben.«

»Lucius?«

»Mag sein«, sagte sie leise. »Das würde erklären, warum Miriam ihn zu schützen versucht, auch wenn sie sich selbst damit ins Unglück stürzt.«

Es würde Miriams Weigerung erklären, ihnen die Wahrheit zu sagen. Aber es fiel ihm trotzdem schwer, dies zu glauben.

»Mir fallen beim besten Willen keine Argumente ein, die die Geschworenen davon überzeugen könnten, vor allem angesichts Miriams hartnäckigem Leugnen«, sagte er, ohne Hester aus den Augen zu lassen. »Und sie wollte es mich nicht einmal versuchen lassen. Ich habe versprochen, auf keinen Fall ihren Wünschen zuwider zu handeln.«

Ein Lächeln umspielte Hesters Lippen und war im nächsten Moment wieder verflogen. »Das habe ich mir gedacht. Es wäre mir lieb, wenn Sie Miriam verteidigen würden, aber die größeren Sorgen mache ich mir um Cleo Anderson. Ich hoffe, dass sie Treadwell nicht getötet hat, aber Mrs. Stourbridge *kann* sie nicht getötet haben. Ich bin mir absolut sicher, dass sie nicht zusammen mit Miriam ein Komplott geschmiedet hat, damit diese Lucius oder sonst einen Mann um seines Geldes willen heiratet.«

»Selbst wenn es für eine gute Sache wäre?«, fragte er sanft.

»Es gäbe keine ›gute Sache‹, für die sie so etwas tun würde! Der bloße Gedanke wäre ihr schon zuwider. Sie liebt Miriam. Welche Frau würde ihre Tochter des Geldes wegen verheiraten?«

»Meine liebe Hester! Das ist eines der häufigsten Dinge, die Menschen tun! Eltern haben ihre Töchter schon immer gegen ihren Willen verheiratet und geglaubt, damit allen Beteiligten einen Dienst zu erweisen – seit Menschengedenken.«

»Cleo würde niemals ihre Tochter verkaufen und gewiss würde sie niemanden deshalb töten«, sagte sie ein wenig spitz.

Er glaubte es zwar auch nicht, aber letzten Endes zählte nur das, was die Geschworenen glaubten, und er wies sie darauf hin.

»Ich weiß«, sagte sie und starrte zu Boden. »Aber wir müssen etwas tun. Ich weigere mich, mich hinter den Spitzfindigkeiten des Gesetzes zu verschanzen und so zu tun, als sei das eine Entschuldigung, nicht kämpfen zu müssen.«

Ein Lächeln huschte über sein Gesicht, aber es lag keine Freude darin, nur Ironie. »Mord ist keine Spitzfindigkeit des Gesetzes, meine Liebe.«

Sie sah ihn offen an, und in ihren Augen entdeckte er die alte Freundschaft, die sie miteinander verband. Er zwang sich, sich auf das Gesetz zu konzentrieren und auf Cleo Anderson.

»Wie viele Medikamente fehlen und worum genau handelt es sich?«

Sie sah ihn entschuldigend an. »Das wissen wir nicht, aber es ist auf alle Fälle sehr viel – alle paar Tage ein Gramm, denke ich. Ich kann keine präzisen Angaben machen und selbst wenn ich es könnte, würde ich es nicht wollen. Auch Ihnen ist es sicher lieber, es nicht so genau zu wissen.«

»Vielleicht haben Sie Recht«, gab er zu. »Ich werde Sie nicht noch einmal danach fragen. Wenn der Fall vor Gericht verhandelt wird, wer wird dann voraussichtlich eine Aussage bezüglich der Diebstähle machen?«

»Nur Fermin Thorpe, und zwar bereitwillig – oder auch notgedrungen, um die Anklage zu stützen«, räumte sie ein. »Es wird ihm zutiefst zuwider sein, zugeben zu müssen, dass aus seinem Krankenhaus Medikamente verschwunden sind. Es wird ihm nicht leicht fallen, damit umzugehen: Soll er das Ganze möglichst herunterspielen und damit riskieren, dass man ihn verdächtigt, die Diebstähle vertuschen zu wollen, oder soll er sie verurteilen und sich demonstrativ auf die Seite von Recht und Ordnung stellen? So oder so, er wird außer sich vor Zorn sein, dass man ihn überhaupt in die Geschichte hineinzieht.«

»Ist es nicht eher wahrscheinlich, dass er sein Personal verteidigt?«

Der Ausdruck ihres Gesichts sagte alles.

»Ich verstehe«, meinte er nachdenklich. »Und was ist mit dem Apotheker?«

»Phillips? Er wird vertuschen, was er kann – selbst wenn er damit seine eigene Sicherheit gefährdet, aber seine Möglichkeiten sind begrenzt.«

»Aha. Ich würde gern noch mit einigen anderen Krankenschwestern sprechen, wenn sich das einrichten ließe, und vielleicht mit Mr. Phillips. Dann werde ich Sergeant Robb einen Besuch abstatten.«

Es war bereits früher Abend, als Rathbone sich einen genauen Überblick über die Abläufe im Krankenhaus verschafft hatte und zu der Schlussfolgerung kam, dass beträchtliche Überlegung und einiges Geschick sowie Nervenkraft dazugehörten, regelmäßig Medikamente zu entwenden. Der Apotheker war sehr sorgfältig, trotz seines unordentlichen Aussehens und seines sich bisweilen Bahn brechenden Sinns für Absurditäten. Bessere Gelegenheiten boten sich, wenn ein jüngerer Arzt in Eile und dann vielleicht ein wenig unvorsichtig war. Rathbone kam zu dem Schluss, dass Phillips höchstwahrscheinlich genau über Cleos Handeln Bescheid wusste und warum sie es tat. Er hatte entweder Stillschweigen bewahrt oder doch zumindest ein Auge zugedrückt. Obwohl es allem widersprach, was seine Ausbildung ihn gelehrt hatte, musste er den Mann dafür bewundern, und er hörte auf, nach Beweisen zu suchen, die seine Theorie stützen könnten.

So war es schon nach sieben Uhr, als er sich auf die Suche nach Sergeant Robb machte, und er musste um seine Privatadresse bitten, um ihn am gleichen Tag noch sprechen zu können.

Er fand das Haus ohne große Mühe, aber trotz Michaels höflicher Begrüßung kam er sich wie ein Eindringling vor, denn Robb war gerade dabei, den alten Mann zu versorgen. Sein Gesicht war blass, bis auf zwei rote Flecken auf den Wangen. Sein Anblick gab der Arbeit, für die Cleo Anderson so viel zu riskieren bereit war, einen Sinn. Zu seinem eigenen Erstaunen verspürte Rathbone einen tiefen Zorn in sich aufsteigen über die Situation, über seine eigene Hilflosigkeit, etwas daran zu ändern, und über die Welt, die von diesen Dingen nichts wusste oder nichts wissen wollte. Es fiel ihm daher schwer, Michael Robb mit ruhiger Stimme anzusprechen.

»Guten Abend, Sergeant. Ich möchte mich dafür entschuldigen, dass ich Sie zu einem so ungünstigen Zeitpunkt stören muss, aber wenn ich Sie auf dem Polizeirevier vorgefunden hätte, wäre das natürlich nicht nötig gewesen.«

»Was kann ich für Sie tun, Sir Oliver?«, fragte Michael. Er war höflich, aber wachsam. Rathbone gehörte sowohl einer Gesellschaftsschicht als auch einem Berufsstand an, mit denen er selten in Berührung kam, es sei denn vor Gericht.

»Ich habe die Verteidigung von Mrs. Anderson in dem Mordfall übernommen«, erwiderte Rathbone mit einem verlegenen Lächeln. Er konnte niemandem weismachen, dass er sich viel Erfolg davon versprach, und er wollte nicht, dass Robb ihn für einen Narren hielt. »Die Frage des Diebstahls ist eine andere Sache.«

»Es tut mir Leid«, sagte Michael. »Es hat mir keine Freude gemacht, Anklage gegen sie zu erheben. Aber ich kann sie nicht zurückziehen.«

»Das ist mir klar. Die Diebstähle sind das Motiv für den Mord an Treadwell.«

»Reden Sie von Cleo Anderson?«, unterbrach ihn der alte Mann, der erst Rathbone, dann Michael ansah.

Michael verzog das Gesicht, und er warf Rathbone einen tadelnden Blick zu. »Ja, Großpapa.«

Rathbone hatte den Eindruck, dass Michael diese Frage lieber mit einer Lüge beantwortet hätte, um den alten Mann vor einer Enttäuschung zu bewahren. Wusste er, wie viel er selbst Cleo Anderson schuldete?

Der alte Mann sah Rathbone an. »Und Sie werden sie verteidigen, junger Mann?« Er musterte ihn eingehend, von den wunderschön gearbeiteten Stiefeln und der maßgeschneiderten Hose bis hin zu seinem Mantel und dem seidenen Halstuch. »Und wie kommt ein Gentleman, der aussieht wie ein Offizier und noch dazu einen Titel trägt, dazu, eine arme Frau wie Mrs. Anderson zu verteidigen?«

»Ich will keine Bezahlung, Mr. Robb«, antwortete Rathbone. »Ich habe den Auftrag übernommen, um einer Freundin, Mrs. Monk, einen Gefallen zu erweisen. Ich glaube, Sie kennen sie...« Er sah das Aufblitzen von Freude in den Augen des alten Mannes und spürte, wie ihm warm ums Herz wurde. »...und ich setze meine Arbeit aus Wertschätzung für Mrs. Anderson selbst fort, jetzt, nachdem ich Sie kennen gelernt habe.«

Michael sah ihn besorgt an. Rathbone wusste, was ihm Angst machte. Er fürchtete sich selbst nicht weniger davor. Er brauchte erst gar nicht in das Regal in der gegenüberliegenden Ecke des Raums zu sehen, um zu wissen, dass dort die Medikamente lagen, die Cleo hergebracht hatte und die jetzt wahrscheinlich von Hester aufgefüllt wurden, wenn es notwendig war. Es hatte keinen Sinn, sie zu bitten, es nicht zu tun – er bezweifelte, dass selbst Monk da viel ausrichten konnte.

Er zog es deshalb zum einen aus juristischen Gründen und zum anderen um seines eigenen Seelenfriedens willen vor, nicht zu wissen, was sich in diesem Schränkchen befand oder wie es dorthin gelangte.

Michael sah verstohlen zu dem Schrank hinüber und wandte dann hastig den Blick ab.

»So, Sie wollen sie also vor Gericht vertreten?«, fragte der alte Mann Rathbone.

»Ja, das will ich«, erwiderte Rathbone.

John Robb verzog das Gesicht. Seine Stimme war heiser, kaum mehr als ein Flüstern. »Was können Sie für sie tun, junger Mann? Seien Sie ehrlich zu mir.«

»Ich weiß es nicht«, antwortete Rathbone freimütig. »Ich glaube, sie hat die Medikamente entwendet, glaube aber nicht, dass sie Treadwell ermordet hat, obwohl dieser sie erpresste. Meiner Meinung nach muss es noch etwas geben, das von großer Bedeutung ist und das wir bisher nicht in unsere Überlegungen mit einbezogen haben, und ich werde versuchen herauszufinden, was das ist.«

»Sind Sie deshalb gekommen, um mit Michael zu sprechen?«

»Ja.«

»Dann sollten Sie das auch tun. Ich kann auf mein Abendessen warten.« Er wandte sich an seinen Enkel. »Und du, hilf diesem Herrn. Wir können später essen.«

»Ich danke Ihnen«, antwortete Rathbone mit einer kleinen Verbeugung. »Aber es wäre mir lieber, wenn Sie einfach in Ihrer Tätigkeit fortfahren würden. Ich bin an der Straßenecke ungefähr hundert Meter von hier an einem Pastetenverkäufer vorbeigekommen. Würden Sie mir gestatten, für jeden von uns eine Pastete zu holen, sodass wir gemeinsam essen und gleichzeitig die Angelegenheit besprechen könnten?«

Michael zögerte nur einen Augenblick, aber als er sah, wie die Miene des alten Mannes sich bei der Aussicht auf eine Pastete aufhellte, nahm er Rathbones Angebot an.

Rathbone kehrte mit den drei besten Pasteten zurück, die er hatte bekommen können. Sie aßen zusammen und tranken dazu etliche Becher Bier. Michael war der für diesen Fall verantwortliche Polizeibeamte, und es war seine Pflicht, Beweise zusammenzutragen und sie dem Gericht vorzulegen. Aber er schien genauso wie sein Großvater darauf erpicht zu sein, mildernde Umstände für Cleo Anderson zu erwirken.

Der alte John Robb war von einem fest überzeugt: Wenn Cleo Treadwell getötet hatte, musste dieser es wahrhaftig verdient haben, und wenn das Gesetz sie verurteilte, so befand das Gesetz sich im Irrtum und sollte geändert werden.

Michael versuchte nicht, mit ihm zu streiten. Sein Bestreben, dem alten Mann weiteren Schmerz zu ersparen, war so offensichtlich, dass es Rathbone tief berührte.

Trotzdem hatte Rathbone, als er bei Einbruch der Dämmerung aufbrach, nichts erfahren, das ihm weiterhelfen würde. Alles bestätigte lediglich das, was er bereits von Hester wusste. Er ging mit schnellen Schritten durch die warme Abendluft und nahm die Gerüche des Tages in sich auf. In der Ferne hörte man eine Drehorgel, die ein bekanntes Lied spielte, und Kinder, die einander zuriefen.

Er hielt den ersten Hansom an, der an ihm vorüberkam, und gab dem Fahrer seine Adresse. Dann änderte er seine Meinung und ließ ihn stattdessen zum Haus seines Vaters in Primrose Hill fahren.

Es war fast dunkel, als er dort eintraf. Mit einem Gefühl freudiger Erwartung ging er den vertrauten Weg entlang, obwohl er nicht wusste, ob sein Vater zu Hause war oder sein Besuch gelegen kam.

Der süße Duft des frisch gemähten Grases stieg ihm in die Nase; als er um das Haus herum und quer über den Rasen auf die Gartentür zuging, sah er, dass im Arbeitszimmer Licht brannte. Henry Rathbone hatte sich nicht die Mühe gemacht, die Vorhänge zuzuziehen, und Oliver konnte ihn im Sessel sitzen sehen.

Henry las und hörte weder die leisen Schritte, noch nahm er den Schatten der sich nähernden Gestalt wahr. Er hatte die Beine übereinandergeschlagen und sog an seiner Pfeife, obwohl diese wie gewöhnlich erloschen war.

Oliver klopfte an die Glasscheibe.

Henry hob den Kopf, und als er seinen Sohn erkannte, leuchteten seine Augen auf, und er winkte ihn herein.

Ein Gefühl von Vertrautheit und Zuneigung stellte sich ein, und ein Teil seiner Hilflosigkeit fiel von ihm ab, obwohl er mit seinem Vater über das Problem noch nicht einmal gesprochen hatte. Er setzte sich in den wuchtigen Sessel seinem Vater gegenüber und lehnte sich behaglich zurück.

Ein paar Sekunden verstrichen, in denen sie beide schwiegen. Henry zog weiter an seiner kalten Pfeife. Draußen hörten sie einen Nachtvogel rufen, und die Zweige des Geißblatts mit ihren trompetenförmigen Blüten wiegten sich in der lauen Brise. Eine Motte schlug gegen die Fensterscheibe.

»Ich habe einen neuen Fall«, begann Oliver schließlich. »Ich kann den Prozess unmöglich gewinnen.«

Henry nahm die Pfeife aus dem Mund. »Dann musst du einen guten Grund gehabt haben, ihn zu übernehmen … oder zumindest einen Grund, der dir zu der Zeit gut erschien.«

»Ich denke nicht, dass es ein guter Grund war«, erwiderte Oliver. Er hatte von Henry Exaktheit gelernt, und er beschönigte die Dinge seinem Vater gegenüber nie. Dies war eine der Grundlagen ihrer Freundschaft. »Es war ein zwingender Grund. Das ist nicht dasselbe.«

Henry lächelte. »Keineswegs«, stimmte er ihm zu.

»Monk hat mich darum gebeten«, fügte Oliver hinzu.

Henry nickte.

»Es war eine moralische Verpflichtung!«, sagte Oliver, wie um seine Entscheidung zu rechtfertigen. Er wollte nicht, dass sein Vater glaubte, er habe den Fall um Monks willen übernommen – und noch weniger sollte er glauben, er habe es Hester zuliebe getan.

»Ich verstehe. Wirst du mir erzählen, worum es sich handelt?«

»Selbstverständlich.« Oliver schlug die Beine übereinander. Er gab seinem Vater einen Überblick über beide Fälle, sowohl über den von Cleo Anderson als auch den von Miriam Gardiner. Dann wartete er ab bis Henry ihm nach einer Weile antwortete. Draußen war es inzwischen vollkommen dunkel, bis auf ein kleines Grasfleckchen direkt vor dem alten Apfelbaum am anderen Ende der Wiese, auf den das Mondlicht fiel.

»Und du vermutest, dass diese Cleo Anderson den Kutscher nicht getötet hat«, sagte Henry endlich. »Nicht einmal in einer Situation, für die man mildernde Umstände geltend machen könnte – oder möglicherweise in einem Kampf, in dem er durch unglückliche Umstände den Tod fand?«

Oliver dachte kurz nach, bevor er etwas erwiderte. Cleo hatte gesagt, sie sei bei Treadwells Tod nicht zugegen gewesen, und er hatte ihr geglaubt. Er glaubte ihr noch immer.

»Ja. Ja, davon gehe ich aus«, stimmte er seinem Vater zu. »Sie hat nie bestritten, die Medikamente gestohlen zu haben. Ich habe keine Beweise, wie sie es im Einzelnen bewerkstelligt hat oder unter welchen Umständen. Ich habe es bewusst vermieden, solche Beweise zu finden.«

Henry bemerkte nichts dazu. »Und wo kommt Monk bei der Sache ins Spiel?«, fragte er stattdessen.

Rathbone erklärte es ihm.

»Und Hester?«, hakte Henry nach.

Oliver wusste, wie sehr sein Vater Hester mochte und wie groß sein unausgesprochener Wunsch gewesen war, Oliver möge sie heiraten. Manchmal fürchtete er, dass Hesters Wertschätzung für ihn auch auf ihrer Zuneigung zu Henry basierte und auf dem Wunsch, zu einer Familie zu gehören, in der sie die Sicherheit finden würde, die ihre eigene Familie ihr nicht gegeben hatte. Ihr Vater hatte sich infolge seines finanziellen Ruins gegen Ende des Krimkriegs das Leben genommen, nachdem skrupellose Männer ihn betrogen hatten, Männer, die Freundschaft und Ehre missbrauchten, um zu betrügen. Hesters Mutter war kurz darauf gestorben, mehr oder weniger an gebrochenem Herzen. Hester hatte nur ein einziges Mal mit ihm darüber gesprochen. Vielleicht hatte sie es auch Henry erzählt, um ein wenig ihre Last mit einem anderen Menschen zu teilen.

Dies war ein Thema, das er fürchtete. Er hatte es mit Bedacht so lange wie möglich gemieden und war sogar so weit gegangen, nicht mehr nach Primrose Hill zu fahren, sondern sich mit seinem Vater in der Stadt zu treffen, wo für private Unterredungen nicht allzu viel Zeit blieb. Jetzt konnte er es nicht länger hinausschieben.

»Es scheint Hester sehr gut zu gehen«, antwortete er gleichmütig. Zumindest glaubte er, mit gleichmütiger Stimme gesprochen zu haben, aber Henrys Miene sagte ihm, dass es ihm möglicherweise doch nicht gelungen war. »Natürlich macht sie sich größte Sorgen um diese Krankenschwester, sowohl aus persönlichen Gründen als auch aus Prinzip«, fügte er hinzu. Während er sprach, stieg ihm die Röte in die Wangen.

Henry nickte. »Ich kann mir vorstellen, dass sie nichts von ihrem Feuer eingebüßt hat.« Er sagte nichts über Olivers Motive, einen anscheinend hoffnungslosen Fall zu übernehmen. Er war der einzige Mensch, der Oliver dazu brachte, Erklärungen abzugeben, auch wenn keine von ihm verlangt wurden.

»Es ist wichtig!«, sagte er eindringlich und beugte sich ein wenig vor. Er betrachtete Henry, seine magere, leicht gebeugte Gestalt, sein graues Haar, und stellte sich vor, was er empfinden würde, wenn sein Vater nicht Mathematiker, sondern Soldat oder Seemann und krank oder verwirrt gewesen wäre und allein dagestanden hätte, außerstande, sich die Pflege, die er benötigte, leisten zu können. Der Gedanke daran war so schmerzlich, dass er unwillkürlich den Atem anhielt. »Die Sache selbst ist wichtiger als irgendein Einzelner«, sagte er mit Nachdruck. »Wichtiger als Cleo Anderson oder sogar Hester – wichtiger als das Gewinnen an sich. Wenn wir diese Ungerechtigkeit zulassen, ohne etwas dagegen zu unternehmen, was sind wir dann noch wert?«

Henry sah ihn ernst an und alle Heiterkeit war aus seinen Augen gewichen. »Sehr wenig«, antwortete er leise. »Aber mit Gefühlen wirst du den Prozess nicht gewinnen, Oliver. Gefühle werden dir helfen, nicht den Mut zu verlieren. Der Zorn über Ungerechtigkeiten hat viel Unrecht wieder gutgemacht, und er ist eine der großen Antriebskräfte in einer zivilisierten Gesellschaft.« Er schüttelte den Kopf. »Aber wenn du dir nicht an Stelle des einen einen anderen Feind einhandeln willst, musst du deinen Verstand benutzen. Du hast mir gesagt, du seist davon überzeugt, dass sowohl Mrs. Anderson als auch Mrs. Gardiner dich belügen. Du kannst nicht vor Gericht gehen, ohne wenigstens zu wissen, worin diese Lügen bestehen und warum die beiden Frauen selbst im Angesicht dessen, was ihnen bevorsteht, daran festhalten. Der Grund muss ein sehr, sehr triftiger sein.«

»Das weiß ich«, pflichtete Oliver ihm bei. »Und ich habe mir das Gehirn zermartert über die Frage, worum es sich handeln könnte.«

»Haben beide Frauen denselben Grund?«

»Nicht einmal das weiß ich!«

Henry überlegte, die Ellbogen auf die Armlehnen seines Sessels gestützt, die Fingerspitzen aneinander gelegt. »Ich gehe davon aus, dass du beiden Frauen klargemacht hast, dass nicht nur ihr Leben, sondern auch das anderer Menschen von dem Urteil abhängt. Daher haben sie beide einen zwingenden Grund, dir nicht die Wahrheit zu sagen. Nach allem, was ich bisher weiß, scheint es mir durchaus möglich zu sein, dass Mrs. Anderson, im Gegensatz zu Mrs. Gardiner, die Wahrheit nicht kennt. Warum sollte eine Frau sich für ein Verbrechen hängen lassen, das sie nicht begangen hat?« Er sah Oliver fest an. »Nur weil die Alternative schlimmer für sie ist.«

»Was könnte schlimmer sein, als zu hängen?«, fragte Oliver.

»Das weiß ich nicht. Genau das musst du herausfinden.«

»Die Hinrichtung eines Menschen, den man liebt ...«, sagte Oliver, mehr zu sich selbst als zu Henry.

»Ist Lucius Stourbridge schuldig?«, fragte Henry ihn.

»Ich weiß es nicht«, erwiderte Oliver. »Ich weiß nicht, warum er Treadwell hätte töten sollen – oder seine eigene Mutter.«

»Bei Treadwell ist es einfacher«, meinte Henry nachdenklich. »Der Mann könnte Mrs. Gardiner bedroht haben oder die Ehe der beiden, entweder durch Mrs. Anderson oder auf sonst eine Weise. Er war ein Erpresser. Da ist eine Menge denkbar. Viel schwieriger ist es, sich ein Motiv vorzustellen, das Lucius zu dem Mord an seiner Mutter getrieben hätte.«

»Ich habe nach einem Motiv gesucht«, räumte Oliver ein. »Ich habe keins gefunden.«

»Es wäre schon sehr merkwürdig, wenn die beiden Mordfälle nicht zusammenhingen«, überlegte Henry mit zusammengezogenen Brauen. »Was haben die beiden Verbrechen gemeinsam?«

»Treadwell selbst und Miriam Gardiner«, antwortete Oliver.

»Und den unbekannten Faktor«, fügte Henry hinzu. »Man muss immer die Möglichkeit einkalkulieren, dass ein Faktor im Spiel ist, den man nicht berücksichtigt hat, vielleicht etwas, das sich ganz und gar unserem Wissen entzieht. Nach dem, was du mir bisher erzählt hast, scheint das hier der Fall zu sein. Du musst mit Logik zu Werke gehen, schließe aus, was unmöglich ist, und prüfe, was übrig bleibt. Ich habe das Gefühl, Oliver, dass dieser Fall dein Mitleid zu sehr strapazieren und dir möglicherweise mehr abverlangen wird, als du zu geben beabsichtigt hattest. Mir ist klar, dass das alles nicht leicht für dich ist, vor allem, wenn man bedenkt, dass Hester in den Fall verwickelt ist.«

»Hesters Beteiligung spielt für mich keine Rolle!« Kaum waren ihm die Worte über die Lippen gekommen, wusste er schon, dass sie nicht nur nicht der Wahrheit entsprachen, sondern dass Henry dies gewiss durchschauen würde, aber er konnte sie nicht mehr zurücknehmen.

Henry schüttelte sanft den Kopf und lächelte. In diesem Augenblick wusste Oliver, dass sein Vater seine Entscheidung billigte.

Sie saßen noch etwa eine halbe Stunde schweigend beieinander, dann stand Oliver auf und verabschiedete sich. Henry begleitete ihn durch den im Mondschein liegenden Obstgarten zur Straße. Beide wussten, ohne darüber zu sprechen, dass Oliver sich morgen daranmachen musste, eine vernünftige Verteidigung aufzubauen und nach jenem Grund zu fahnden, der für Miriam Gardiner so schrecklich war, dass sie lieber hängen wollte, als ihn enthüllt zu sehen.

Und wenn Oliver es herausfand, wem würde seine Loyalität dann gelten? Miriam oder der Wahrheit?

10

Fünf Wochen später saßen Cleo Anderson und Miriam Gardiner auf der Anklagebank, der Verschwörung und des Mordes beschuldigt. Im Gerichtssaal drängten sich die Menschen. Das Scharren und Knarren von Stiefeln wurde immer wieder von Husten und gelegentlichem leisem Ächzen unterbrochen.

Als alle Formalitäten erledigt waren, man für Ruhe im Gerichtssaal gesorgt und die Anklage verlesen sowie die Plädoyers gehört hatte, eröffnete Robert Tobias als Vertreter der Krone die Verhandlung. Rathbone hatte ihm schon mehrere Male vor Gericht gegenübergestanden und genauso oft gegen ihn verloren wie gewonnen. Tobias war von durchschnittlicher Größe und in jungen Jahren ein schlanker Mann gewesen. Jetzt, mit sechzig, war er immer noch beweglich und hielt sich aufrecht. Man konnte ihn nicht unbedingt als gut aussehend bezeichnen, aber sein Verstand und die Kraft seiner sonoren Stimme hoben ihn aus der Menge heraus und weckten zugleich Bewunderung und Furcht. Mehr als eine Dame der Gesellschaft hatte mit ihm geflirtet und sich dann stärker zu ihm hingezogen gefühlt, als es ihre Absicht gewesen war, und wurde am Ende enttäuscht. Er war Witwer und hatte die feste Absicht, seine Freiheit nicht aufzugeben.

Er lächelte Rathbone zu und rief seinen ersten Zeugen auf, Sergeant Michael Robb.

Rathbone beobachtete Robb, während er die wenigen Stufen zum Zeugenstand hinaufging und sich dann dem Gericht zuwandte. Er wirkte sehr jung und sah nicht gerade glücklich aus.

Tobias ging bis zur Saalmitte, sodass er die Geschworenen

auf der linken Seite hatte, den Zeugen vor sich und den Richter auf der rechten Seite, hoch oben auf seinem Stuhl.

»Sergeant Robb«, begann Tobias höflich, »dieser ganze Fall ist sehr betrüblich. Kein anständiger Mensch kann sich zwei Frauen vorstellen, vor allem wenn die eine jung und hübsch ist und man der anderen die Pflege kranker Menschen anvertraut hat ...« Er deutete mit einer knappen Bewegung in Richtung Anklagebank, »... man möchte nicht glauben, dass solche Frauen fähig sind, sich zu verbünden und aus Habgier kaltblütig zu morden. Glücklicherweise ist es weder Ihre noch meine Aufgabe zu beurteilen, ob dies wirklich geschehen ist.« Er wandte sich mit einer eleganten Bewegung zu den Geschworenen um und machte eine kleine Verbeugung in ihre Richtung. »Es ist die schreckliche Pflicht dieser zwölf braven Männer dort, und wahrlich, ich beneide sie nicht. Gerechtigkeit ist eine schwere Bürde! Es braucht einen starken Mann, einen tapferen Mann, einen ehrlichen Mann, um sie zu tragen.«

Rathbone fühlte sich versucht, dieser Schmeichelei ein Ende zu bereiten, aber er wusste, dass Tobias genau das gern provoziert hätte. Er blieb sitzen und nickte ganz leicht, als sei er derselben Meinung.

Tobias wandte sich wieder an Robb. »Alles, was wir von Ihnen wissen wollen, ist ein simpler, exakter Bericht über die Fakten, die Ihnen bekannt sind. Können wir vielleicht mit der Entdeckung der Leiche von James Treadwell beginnen?«

Robb nahm Habtachtstellung an. Rathbone fragte sich, ob es für die Geschworenen genauso offensichtlich war wie für ihn, wie sehr Robb seine Aufgabe hasste.

Wie fällten Menschen ein Urteil? Nach ihrem Gefühl? Mit ihrem Verstand? Nach ihrer Erfahrung? Wie wurden Beweise interpretiert? Wie oft hatte er schon erlebt, dass Menschen aus der Beschreibung ein und desselben Ereignisses vollkommen unterschiedliche Schlussfolgerungen zogen.

Mit einer beinahe schuljungenhaften Schlichtheit begann

Robb zu berichten, wie er nach Hampstead gerufen worden war, um sich die Leiche eines Mannes anzusehen, der aller Wahrscheinlichkeit nach durch einen Schlag auf den Kopf zu Tode gekommen war.

»Sie sind also sofort zu dem Schluss gekommen, dass er das Opfer eines Mordes war?«, fragte Tobias mit offensichtlicher Befriedigung. Er vermied es, Rathbone anzusehen, als rechne er damit, von ihm unterbrochen zu werden. Er deutete Rathbones Schweigen als ein Zeichen dafür, dass diesem klar war, den Fall nicht gewinnen zu können.

Robb holte tief Luft. »Nach den Spuren auf seiner Kleidung zu schließen, Sir, glaubte ich nicht, dass er aus einer Kutsche oder einem Wagen gefallen war oder dass jemand ihn überfahren hatte, der ihn in der Dunkelheit vielleicht nicht bemerkte.«

»Wie scharfsinnig von Ihnen. Sie haben also von Anfang an begriffen, dass Sie es mit einer höchst ernsten Angelegenheit zu tun hatten?«

»Der Tod ist immer ernst«, antwortete Robb.

»Natürlich. Aber Mord hat noch eine zusätzliche Dimension. Er ist etwas Geheimnisvolles, Düsteres und Schreckliches, eine Verletzung unserer moralischen Ordnung! Ein Unfall ist immer tragisch, aber er ist ein Missgeschick. Mord ist etwas Böses!«

Robbs Gesicht war rot angelaufen. »Bei allem Respekt, Sir, ich dachte, Sie hätten gesagt, Sie und ich seien nicht hier, um zu urteilen, sondern um die Fakten darzulegen. Wenn Sie nichts dagegen haben, Sir, würde ich es vorziehen, dabei zu bleiben.«

Ein Raunen ging durch den Saal.

Rathbone gestattete sich ein Lächeln. Selbst wenn er gewollt hätte, hätte er es sich nicht verkneifen können.

Tobias bewahrte die Fassung, aber es kostete ihn sichtlich Anstrengung. Rathbone konnte es an der steifen Haltung der Schultern sehen, daran, wie der Stoff seiner teuren Robe sich über seinen Rücken spannte.

»Ich gebe Ihnen selbstverständlich Recht«, räumte er ein. »Lassen Sie uns bei den nackten Tatsachen bleiben. Wenn Sie so freundlich sein möchten, uns den Mann zu beschreiben, den Sie gefunden haben? War er jung oder alt? Bei guter oder schlechter Gesundheit? Gestatten Sie uns, ihn mit Ihren Augen zu sehen, Sergeant Robb. Lassen Sie uns empfinden, was Sie empfunden haben, als Sie auf dem Pflaster standen und auf diesen Mann hinabblickten, der noch kurze Zeit zuvor lebendig war, voller Hoffnungen und Träume.« Er breitete einladend die Arme aus. »Nehmen Sie uns mit!«

Robb starrte ihn düster an. Nicht ein einziges Mal wandte er den Blick den beiden Frauen zu, die blass und reglos auf der Anklagebank saßen. Ebenso wenig sah er an Tobias und Rathbone vorbei ins Publikum, um nach anderen ihm vertrauten Gesichtern Ausschau zu halten: Monk, Hester oder Callandra Daviot. »Er war ein ganz gewöhnlicher Mann, im Liegen ließ sich seine Größe schlecht bestimmen. Er hatte glattes Haar und kräftige Hände, die schwielig waren, als hätte er ziemlich oft Zügel gehalten...«

»Irgendwelche Anzeichen für einen Kampf?«, unterbrach Tobias ihn. »Prellungen oder Schnitte, als habe er versucht, sich zu wehren?«

»Ich habe nichts dergleichen gesehen. Nur Kratzer auf seinen Händen, die daher rührten, dass er ein ganzes Stück gekrochen war.«

»Ich werde natürlich auch noch den Arzt befragen, aber trotzdem vielen Dank für Ihren Bericht. Wo genau wurde dieser Mann gefunden, Sergeant?«

»Auf dem Gehweg zwischen Nummer fünf und Nummer sechs auf Green Man Hill in der Nähe von Hampstead Heath.«

»Und in welche Richtung wies sein Gesicht?«

»Nach Nummer fünf.«

»Und ist das der Ort, an dem er getötet wurde?«

»Ich glaube nicht. Es sah aus, als sei er ein ganzes Stück

weit gekrochen. Seine Hosenbeine waren an den Knien zerrissen und schmutzig, ebenso seine Ellbogen.«

»Wie weit ist er gekrochen? Können Sie das sagen?«

»Nein. Mindestens vierzig oder fünfzig Meter, vielleicht mehr.«

»Verstehe. Was haben Sie als Nächstes getan, Sergeant?«

Frage für Frage entlockte Tobias Robb den Bericht, wie er Kutsche und Pferde gefunden hatte und zu dem Schluss gekommen war, sie müssten mit dem Toten in Zusammenhang stehen. Dann wie Monk bei ihm aufgetaucht war und nach einem Mann gesucht hatte, auf den die Beschreibung des Toten passte.

»Wie überaus interessant!«, sagte Tobias triumphierend. »Vermutlich haben Sie diesen Mr. Monk ins Leichenschauhaus gebracht, damit er sich Ihre Leiche ansieht?«

»Ja, Sir.«

»Und hat er ihn identifiziert?«

»Nein, Sir. Er konnte es nicht. Aber er holte zwei Herren aus Bayswater, die den Mann als ihren Kutscher James Treadwell erkannten.«

»Und die Namen dieser Herren?«

»Major Harry Stourbridge und sein Sohn, Mr. Lucius Stourbridge.«

Ein leichtes Rascheln war zu hören, als die Zuschauer im Saal die Hälse reckten, um ja nichts zu versäumen.

»Derselbe Lucius Stourbridge, der der Sohn von Mrs. Verona Stourbridge ist und mit Mrs. Miriam Gardiner verlobt war?«

Auf der Galerie gab es noch mehr Unruhe. Zwei Frauen reckten die Hälse, um zur Anklagebank hinüberzustarren.

»So ist es, Sir«, antwortete Robb.

»Und wann wurde Treadwell das letzte Mal lebend gesehen – und von wem?«

Widerstrebend berichtete Robb von Miriams Flucht vom Anwesen der Stourbridges und davon, dass Monk diese Tatsache zunächst verschwiegen hatte. Er erwähnte auch, dass

Monk Miriam als Erster aufgespürt habe, noch bevor Robb selbst sie gefunden hatte. Rathbone konnte nichts tun, um ihn zu stoppen.

»Überaus interessant«, bemerkte Tobias. »Und hat Mrs. Gardiner Ihnen einen zufrieden stellenden Bericht über ihre Flucht aus Bayswater gegeben und einen Grund für dieses merkwürdige Verhalten genannt?«

»Nein, Sir.«

»Hat sie Ihnen gesagt, wer Treadwell getötet hat? Sie haben sie doch gewiss danach gefragt?«

»Das habe ich, und nein, sie hat mir keine Antwort gegeben, nur dass sie es nicht getan habe.«

»Und haben Sie ihr geglaubt?«

Rathbone erhob sich halb von seinem Platz.

Der Richter sah zu ihm hinüber.

Tobias lächelte. »Vielleicht ließe sich diese Frage besser formulieren. Sergeant Robb, haben Sie in der Folge Mrs. Gardiner wegen des Mordes an James Treadwell festgenommen?«

»Ja, das habe ich.«

Tobias zog die Augenbrauen hoch. »Aber Sie haben keine Anklage gegen sie erhoben!«

Robbs Gesicht war angespannt. »Sie ist der Verschwörung angeklagt …«

»Dass eine so schreckliche Tragödie Sie traurig stimmt, gereicht Ihnen zur Ehre, Sergeant«, bemerkte Tobias, der ihn nicht aus den Augen ließ. »Aber Sie scheinen mir sehr zögerlich, als erfüllten Sie Ihre Pflicht nur widerwillig. Woran kann das liegen, Sergeant Robb?«

Rathbones Gedanken überschlugen sich. Sollte er Einspruch erheben? Er hatte beabsichtigt, Robbs hohe Meinung von Cleo und sein Wissen um ihre Motive dafür zu benutzen, mildernde Umstände geltend zu machen. Jetzt war ihm Tobias zuvorgekommen, und er konnte jetzt kaum Einspruch erheben und das gleiche Thema später selbst zur Sprache bringen.

Er konnte nichts tun, als still dazusitzen und zu versuchen, sich seine Gefühle nicht anmerken zu lassen.

»Sergeant?«, hakte Tobias nach.

Robb reckte das Kinn ein wenig vor und erwiderte den Blick des anderen mit unterdrücktem Zorn. »Ich bin in der Tat zögerlich, Sir. Mrs. Anderson ist in unserer Gemeinde bekannt dafür, dass sie die Kranken besucht und ihnen hilft, vor allem jenen, die alt und arm sind. Ob bei Tag oder Nacht, sie war immer für sie da, und das neben ihrer Arbeit im Krankenhaus. Sie hätte ihre Patienten nicht besser versorgen können als ihre eigene Familie.«

»Aber Sie haben sie wegen Mordes verhaftet!«

Robb biss die Zähne zusammen. »Ich musste es tun. Wir haben Beweise dafür gefunden, dass Treadwell sie erpresst hat …«

Diesmal stand Rathbone doch auf. »Euer Ehren …«

»Ja, ja«, stimmte der Richter ihm ärgerlich zu. »Mr. Tobias, das müssten Sie doch eigentlich selbst wissen. Wenn Sie Beweise haben, präsentieren Sie sie dem Gericht auf geziemende Art und Weise.«

Tobias verbeugte sich und lächelte. Er hatte keinen Grund zur Sorge. Er drehte sich wieder zu Robb im Zeugenstand um.

»Beruht Ihre hohe Meinung von Mrs. Anderson einzig und allein auf Hörensagen, oder können Sie sich aus eigener Erfahrung für ihren guten Leumund verbürgen?«

»Ich weiß es aus persönlicher Erfahrung«, sagte Robb. »Sie ist regelmäßig zu meinem Großvater gekommen, der bei mir lebt.«

Tobias nickte bedächtig. Er schien seine Worte genau abzuwägen. Rathbone blickte zu den Geschworenen hinüber. Unter ihnen befand sich ein Mann in mittleren Jahren und mit ernstem Gesicht, der Tobias voller Verständnis beobachtete. Er drehte sich zu Robb um, und seine Züge verrieten unverhohlenes Mitleid.

Tobias fragte nicht, ob Cleo Medikamente mitgebracht

habe oder nicht. Es war nicht notwendig, die Geschworenen hatten es auch so begriffen. Es würde ihnen nicht gefallen, wenn er den Sergeant in Verlegenheit brachte. Tobias war ein erstklassiger Menschenkenner.

Es gab nichts, was Rathbone hätte tun können.

Der Tag schritt voran, während Robb auf die Fragen von Tobias widerstrebend Antwort gab. Er erzählte, wie er von den verschwundenen Medikamenten erfahren hatte – teilweise, indem er Monk gefolgt war –, wie er Cleos eigene Armut entdeckt und so herausgefunden hatte, dass sie von Treadwell erpresst worden war. Dieser Umstand gab ihr ein Mordmotiv, das man nur zu gut verstehen konnte. Die Geschworenen saßen kopfschüttelnd und mit ernster Miene da, und in ihren Gesichtern lag ebenso viel Mitleid wie Tadel.

Das würde sich ändern, sobald Miriam ins Spiel kam, das wusste Rathbone. Aber auch hier konnte er nur tatenlos zusehen. Tobias hielt sich an die Regeln und er hatte sich seine Strategie perfekt zurechtgelegt.

Der zweite Tag war nicht viel besser. Robb beendete seine Aussage, und Rathbone erhielt die Gelegenheit, ihn zu verhören, aber es gab keine Fragen, die er ihm hätte stellen wollen. Wenn er aber schwieg, würde es so aussehen, als habe er den Fall bereits kampflos aufgegeben, als glaube er selbst nicht an die Unschuld seiner Mandantinnen, als habe er keine Hoffnung für sie. Und doch hatte Tobias Robb bereits über jeden Aspekt des Falls befragt, und es gab keinen Punkt, an dem Rathbone ansetzen konnte, um den Geschworenen einen anderen Eindruck zu vermitteln. Alles, was er gesagt hatte, stimmte. Hätte Rathbone den Sergeant die gleichen Dinge wiederholen lassen, wäre das nicht nur unnötig gewesen, die Fakten hätten sich auch in die Köpfe der Geschworenen eingeprägt. Er erhob sich.

»Vielen Dank, Euer Ehren, aber Mr. Tobias hat Sergeant Robb alles gefragt, was ich selbst von ihm wissen wollte. Es wäre unverzeihlich von mir, würde ich die Zeit des Gerichts verschwenden, indem ich den Sergeant das alles noch einmal wiederholen ließe.« Er nahm wieder Platz.

Tobias lächelte.

Der Richter nickte ihm bedauernd zu. Auch ihn schien der Fall zu bekümmern, und er machte den Eindruck, als hätte er viel lieber einen anderen an seiner Stelle gesehen, aber er würde dafür sorgen, dass man der Gerechtigkeit Genüge tat. Das war das Ziel, dem er sich verschrieben hatte.

Tobias rief den Pfarrer der Kirche in Hampstead auf, einen freundlichen Mann, der sich in dieser Umgebung sichtlich unwohl fühlte, der aber seine Aussage mit großer Überzeugung machte. Er kannte Cleo Anderson seit dreißig Jahren, und es fiel ihm sichtlich schwer zu glauben, dass sie ein Verbrechen begangen haben sollte. Er entschuldigte sich für seine Verwirrung. Andererseits war menschliche Schwäche sein Spezialgebiet.

Tobias sprach ihm sein Mitgefühl aus. »Und wie lange kennen Sie Miriam Gardiner?«, erkundigte er sich.

»Seit sie seinerzeit nach Hampstead kam«, antwortete der Pfarrer. Dann erzählte er, unter Tobias' sanfter Leitung, die Geschichte von Miriams Auftauchen in Hampstead – ein etwa dreizehn Jahre altes Mädchen, das zutiefst verstört gewesen sei. Er berichtete weiter, dass Cleo sie bei sich aufgenommen und um sie gekümmert habe, während sie nach der Familie des Kindes suchte. Sie hatten jedoch niemanden finden können und so war Miriam bis zu ihrer Heirat mit Mr. Gardiner bei Cleo geblieben.

»Einen Augenblick!«, unterbrach ihn Tobias. »Könnten Sie uns bitte Mr. Gardiner beschreiben? Sein Alter, sein Aussehen, seine gesellschaftliche Stellung und finanzielle Situation.«

Der Pfarrer sah überrascht aus.

Rathbone hingegen war keineswegs verblüfft. Er wusste genau, was Tobias vorhatte – er wollte das Muster herausarbeiten, wie Cleo und Miriam einander in die Hände spielten.

Dieses Muster war sehr einfach: Miriam heiratete einen Mann mit einem gut gehenden Geschäft und teilte dann ihr Glück mit ihrer Gönnerin, die wie eine Mutter für sie geworden war. Er machte seine Sache gut, er zeichnete ein Bild der Frau und des Kindes, die in einfachsten Verhältnissen um ihre Existenz kämpften. Er beschrieb, wie nahe die beiden einander standen, sowie Miriams Glück, einen würdigen Ehemann gefunden zu haben, auch wenn dieser älter war als sie selbst, aber von sanftem Wesen und ihr offensichtlich von Herzen zugetan.

Es war keine Romanze, aber eine gute Ehe und gewiss alles, worauf ein Mädchen in Miriams Lage hatte hoffen dürfen. Eine Liebesheirat mit einem Mann ihres eigenen Alters und ihrer eigenen Schicht hätte ihr weder die finanzielle Sicherheit noch die gesellschaftliche Stellung gebracht.

Tobias brachte all diese Dinge geschickt und taktvoll zur Sprache. Wieder gab es nichts, worauf Rathbone einen Protest hätte stützen können.

Hatte Miriam auch in Bezug auf ihre neue Ehe ihr Glück mit Cleo Anderson geteilt?

»Selbstverständlich«, erwiderte der Pfarrer. »Welche liebende Tochter hätte das nicht getan?«

»Ganz recht«, pflichtete Tobias ihm bei und ließ die Angelegenheit auf sich beruhen.

Als das Gericht sich am Abend vertagte, ging Rathbone sofort zu Miriam. Sie war allein in der Zelle und sah müde und erschöpft aus. Sie fragte ihn nicht, warum er nicht gesprochen habe, und ihr Schweigen machte es ihm umso schwerer. Er wusste nicht, ob sie irgendwelche Hoffnungen gehegt hatte oder wie viel von alledem sie überhaupt verstand. Er selbst war mit den Gepflogenheiten einer Gerichtsverhandlung vertraut, sodass er nur allzu leicht dem Irrtum erlag, anderen würde es ebenso ergehen. Er hätte sie gern im Ungewissen darüber gelassen, wie ernst ihre Situation war, aber Ehrlichkeit, seine Ehrlichkeit, war alles, was sie hatten.

»Mrs. Gardiner, Sie müssen mir die Wahrheit sagen. Ich habe heute geschwiegen, weil ich nichts gegen Tobias in der Hand hatte. Er weiß es, aber wenn ich offen gegen ihn antrete und verliere, dann werden die Geschworenen es ebenfalls wissen. Jetzt glauben sie, dass ich nur auf einen günstigen Zeitpunkt warte. Aber ich tappe nach wie vor im Dunkeln. Ich habe keine Ahnung, was Tobias wissen könnte, das ich nicht weiß. Oder was er vielleicht entdecken könnte – was noch schlimmer ist.«

Sie wandte sich halb von ihm ab. »Nichts. Es gibt nichts, was er entdecken könnte.«

»Er könnte herausfinden, wer James Treadwell getötet hat!«, sagte er scharf. Die Zeit für Rücksichtnahme war vorüber.

Jetzt drehte sie sich langsam zu ihm um. »Das bezweifle ich, Sir Oliver. Man würde es nicht glauben, selbst wenn ich es sagen würde. Aber das werde ich nicht tun. Vertrauen Sie mir, es würde mehr Schaden anrichten als Gutes bewirken. Ich habe keine Beweise, und alle Beweise, die sie in Händen halten, sprechen, wie Sie bereits gesagt haben, gegen mich.«

In der Zelle war es stickig, aber er fröstelte.

»Es ist meine Aufgabe, die Geschworenen dazu zu bringen, Ihnen zu glauben.« Noch während er diese Worte aussprach, befürchtete er, dass sie ihm gar nicht mehr zuhörte. »Wollen Sie mir nicht wenigstens erlauben, es zu versuchen?« Er klang verzweifelt.

»Es tut mir Leid, dass Sie mir nicht glauben«, erwiderte sie leise. »Aber es ist wahr, dass eine solche Enthüllung mehr Schmerz verursachen als Gutes bewirken könnte. Akzeptieren Sie zumindest, dass ich lange und sehr gründlich darüber nachgedacht habe, bevor ich meine Entscheidung getroffen habe. Mir ist klar, dass man mich hängen wird. Ich mache mir keine Illusionen, dass irgendein Wunder mich retten würde. Und Sie haben mich weder belogen noch mir Sand in die Augen gestreut, um mir Mut zu machen. Dafür danke ich Ihnen.«

Ihre Dankbarkeit war wie eine Zurückweisung und erinnerte ihn daran, wie wenig er wirklich für sie getan hatte. Er würde nicht mehr sein als eine Galionsfigur, welche die Buchstaben des Gesetzes erfüllte, nach dem Angeklagte einen Verteidiger benötigten. Die Staatsanwaltschaft hätte Tobias gar nicht hinzuziehen brauchen, dachte Rathbone. Jeder Anfänger hätte diesen Fall übernehmen und ihn, Rathbone, in seine Schranken weisen können.

Er stellte fest, dass er zitterte und seine Hände zu Fäusten geballt waren. »Es sind nicht nur Sie, die hängen wird – auch Cleo Anderson wird dieses Schicksal ereilen!«

Ihre Stimme brach. »Ich weiß. Aber was soll ich tun?« Sie sah ihn an, und in ihren Augen standen Tränen. »Wenn Sie wollen, werde ich aussagen, dass ich bei dem Mord zugegen war und dass nicht sie es war, die Treadwell getötet hat. Aber wer würde mir glauben? Die Leute denken doch, wir seien Komplizen! Sie erwarten von mir, dass ich Cleo verteidige. Ich kann nicht beweisen, dass sie nicht dort war, und ich kann nicht beweisen, dass er sie nicht erpresst hat oder dass sie die Medikamente gestohlen hat. Sie hat es getan!«

Was sie sagte, war die Wahrheit.

»Jemand hat Treadwell ermordet.« Er wählte seine Worte mit Bedacht, um ihr absichtlich Schmerz zuzufügen, damit sie sich ihm endlich anvertraute.

»Wenn nicht Sie oder Cleo den Mord begangen haben, kommt meiner Meinung nach nur noch ein Mensch in Frage, für den Sie sterben würden, um ihn zu schützen: Lucius Stourbridge.«

Ihre Augen weiteten sich, und der letzte Rest von Farbe wich aus ihrem Gesicht. Sie war zu entsetzt, um zu antworten.

»Wenn Sie für ihn hängen wollen«, fuhr er fort, »dann ist das Ihre Sache – aber ist er wirklich auch Cleo Andersons Leben wert? Hat sie das verdient?«

Sie fuhr zu ihm herum, mit vor Zorn funkelnden Augen und verzerrten Gesichtszügen.

»Lucius hatte nichts damit zu tun! Ich versuche nicht, Treadwells Mörder zu schützen! Wenn ich ihn hängen sehen könnte, würde ich ihm das Seil eigenhändig um den Hals legen, die Falltür aufschnappen lassen und zusehen, wie er hinabstürzt!« Sie holte schluchzend Atem. »Ich kann nicht! Gott helfe mir – es gibt nichts – nichts, was ich tun kann! Und jetzt gehen Sie und lassen Sie mir meine Ruhe.«

Andere Fragen drängten an die Oberfläche seines Bewusstseins, aber vor Kummer und Verzweiflung fehlten ihm die Worte. Er wünschte sich so sehr, ihr helfen zu können, nicht um seines Rufs oder seiner Ehre willen, sondern lediglich um ihren Schmerz zu lindern, den er geradezu körperlich spüren konnte. Sie saß nicht weit von ihm entfernt und doch klaffte ein Abgrund zwischen ihnen. Er wusste nicht, wie er diesen Abgrund überbrücken sollte. Sie hätten sich ebenso gut auf verschiedenen Erdteilen befinden können.

Er verabschiedete sich und verließ das Polizeirevier, winkte eine Droschke heran und nannte dem Fahrer Monks Adresse in der Fitzroy Street. Er verschwendete kaum einen Gedanken darauf, wie sehr es ihm widerstrebte, das Haus zu betreten, in dem Hester mit Monk wohnte. Das schien in diesem Augenblick zweitrangig zu sein.

»Ich habe sie angefleht!«, sagte er, während er in dem Salon, in dem Monk seine Klienten empfing, auf und ab ging. Monk stand vor dem Kamin, in dem an diesem milden Abend kein Feuer brannte. Hester saß aufrecht auf der Kante des großen Lehnstuhls und sah ihn aufmerksam an. »Aber sie weiß, dass man sie hängen wird, und sie weigert sich trotzdem, mir zu sagen, wer Treadwell getötet hat!« Er machte eine weit ausholende Bewegung mit den Armen und schlug beinahe mit der Hand gegen die hohe Lehne des anderen Stuhls.

»Lucius Stourbridge«, sagte Monk unglücklich. »Er ist der Einzige, für den sie sich hängen lassen würde, abgesehen von Cleo.«

»Nein, das stimmt nicht«, widersprach Rathbone ihm.

»Ich habe das auch gedacht, aber sie hat es voller Zorn abgestritten – und ihr Zorn galt mir, nicht demjenigen, der Treadwell getötet hat. Sie sagte, sie würde ihn mit Freuden selbst hängen, wenn sie könnte, aber niemand würde ihr glauben, und sie würde mir nicht mehr darüber sagen.«

Monk sah ihn verwirrt an. Rathbone wollte nichts sehnlicher als eine Antwort, aber es war doch eine Befriedigung zu sehen, dass Monk sich ebenso wenig wie er einen Reim auf das Ganze machen konnte.

Beide Männer sahen zu Hester.

»Damit bleiben nur noch Harry Stourbridge oder Aiden Campbell«, sagte sie nachdenklich. »Es könnte sein, dass Treadwell Harry Stourbridge erpresst hat. Er hat mehrere Jahre im Haus gelebt. Er lenkte die Kutsche. Vielleicht hatte Major Stourbridge ein Geheimnis und zahlte dafür, damit es nicht ans Licht kam?«

»Was ist mit dem Bruder, Campbell?«, fragte Rathbone.

Monk schüttelte den Kopf. »Unwahrscheinlich. Er lebt irgendwo in Wiltshire. Er ist nur zu der Verlobungsfeier hergekommen. Ich habe das nachgeprüft, und so weit die anderen Dienstboten wussten, hat er Treadwell kaum zu Gesicht bekommen. Er hatte seine eigene Kutsche samt Fahrer mitgebracht und niemand hat je gesehen, dass er während seines Aufenthalts dort auch nur in die Nähe des Stalls gekommen wäre. Und Treadwell war nie in seinem Leben in Wiltshire. Nach Aussage seiner Tante, der Köchin der Stourbridges, ist er nie über London hinausgekommen. Und was den Mord an Mrs. Stourbridge betrifft – die beiden Geschwister standen sich sehr nahe, in dem Punkt sind sich alle einig.«

»Selbst Geschwister, die ein gutes Verhältnis miteinander haben, streiten sich bisweilen«, warf Rathbone ein.

»Natürlich«, pflichtete Monk ihm bei. »Aber niemand wird seine Schwester umbringen, wenn sie die einzige Verbindung zu einem Vermögen wie dem der Stourbridges darstellt. Jetzt, da sie tot ist, hat er keinerlei Zugriff mehr darauf. Er steht weder Harry noch Lucius besonders nahe. Nun gut, sie haben ein freundschaftliches Verhältnis, aber sie werden gewiss nicht so großzügig sein, wie Verona es in der Vergangenheit war.«

Eine weitere Sackgasse.

Hester biss sich auf die Unterlippe. »Dann müssen wir herausfinden, ob es Major Stourbridge war.«

»Es würde Sinn machen«, gab Rathbone zu. Er schob die Hände in die Taschen und nahm sie sofort wieder heraus. Es war eine Angewohnheit, die man ihm schon als Kind abzugewöhnen versucht hatte. Er wandte sich zu Monk um.

»Ja«, pflichtete Monk ihm bei. »Ich hätte dieser Frage schon früher nachgehen sollen. Ich habe mir die Stourbridges im Grunde gar nicht so genau angesehen, keinen von ihnen.«

»Ich weiß nicht, was Sie in ein oder zwei Tagen herausfinden könnten«, erwiderte Rathbone kleinlaut. »Ich werde mit leeren Händen in die Verhandlung gehen! Ich habe keinen anderen Verdächtigen, den ich den Geschworenen präsentieren könnte, nur ›einen oder mehrere Unbekannte‹! Niemand wird mir das abkaufen, solange Cleo und Miriam überzeugende Motive haben und alles für ihre Schuld spricht.«

»Sie könnten tatsächlich schuldig sein«, rief Monk ihm ins Gedächtnis. »Oder zumindest eine von beiden, und eine andere, uns unbekannte Person, hat ihr bei der Ausübung der Verbrechen geholfen.«

»Aus dem Haus der Stourbridges?«, fragte Rathbone in sarkastischem Tonfall. »Dann muss es Miriam sein. Und warum, um Himmels willen?«

»Ich weiß es nicht«, sagte Monk wütend. »Aber es muss in der ganzen Geschichte einen wesentlichen Punkt geben, den wir nicht kennen. Wir sollten uns also beeilen, ihn herauszufinden!«

Hester sah von Monk zu Rathbone. »Wie lange können Sie die Verhandlung hinziehen, Oliver?«

»Wir müssen ihn bitten, sich irgendetwas einfallen zu lassen, solange wir noch im Dunkeln tappen«, sagte Monk verbittert. »Ich beginne morgen in aller Frühe damit, aber ich weiß nicht einmal, wo ich suchen soll!«

»Wie kann ich helfen?«, fragte Hester, und ihre Frage richtete sich mehr an Rathbone als an Monk.

»Ich wünschte, ich wüsste es«, bekannte er. »Cleo bestreitet nicht, dass sie die Medikamente gestohlen hat. Dieses Geständnis können wir durch nichts abschwächen, abgesehen davon, dass wir ihnen zeigen, wofür sie die Medikamente benutzt hat. Die dafür nötigen Zeugen stehen bereit. Wir haben Dutzende von Männern und Frauen, die ihren tadellosen Lebenswandel und ihre Pflichttreue beschwören können, außer was den Medikamentendiebstahl im Krankenhaus betrifft. Aber das ist das Einzige, was Tobias braucht. Sie hat Treadwell Geld gegeben, damit er schweigt.«

Hester saß schweigend da, erfüllt von Kummer.

»Ich muss nach Hause«, sagte Rathbone schließlich. »Vielleicht tun ein paar Stunden Schlaf meinem Geist ganz gut.« Er wünschte ihnen eine gute Nacht und machte sich auf den Weg, wobei ihm seine Einsamkeit deutlich bewusst wurde.

Tobias war sichtlich guter Laune, als er am nächsten Tag seinen ersten Zeugen aufrief, aber er gab sich große Mühe, es nicht zu übertreiben. Er wollte bei den Geschworenen nicht den Eindruck erwecken, bereits zu triumphieren.

Weder Hester noch Monk waren heute im Gerichtssaal, und auch Callandra Daviot hatte sich nicht eingefunden. Die Stourbridges mussten noch ihre Aussage machen und durften daher den Raum nicht betreten.

Tobias' erster Zeuge war der Stallbursche der Stourbridges. Er gab sich große Mühe, seine Arbeit im Haushalt zu beschreiben und auf seinen bisher tadellosen Ruf hinzuweisen. Er bot Rathbone nicht den geringsten Angriffspunkt.

Rathbone war durchaus zufrieden mit dieser Darstellung. Er hatte ohnehin nichts dagegenzuhalten, und es verlangte ihn auch nicht danach, den jungen Mann anzuschwärzen. Außerdem hatte es den großen Vorteil – in der Tat den einzigen in diesem Augenblick –, dass es Zeit kostete.

Das Einzige, was die Aussage des Stallburschen ergab, war die Tatsache, dass Treadwell Miriam bei verschiedenen Gelegenheiten von Bayswater aus in ihr Haus nach Hampstead gefahren oder sie von dort abgeholt hatte. Er hatte auch ein- oder zweimal Nachrichten oder Geschenke von Lucius für sie dorthin speditiert. Das war ganz zu Beginn seiner Werbung um Miriam gewesen. Später hatte Lucius diese Dinge dann persönlich überbracht. Zweifellos kannte Treadwell ihr Haus und auch die Gegend, in der er sich manchmal aufhielt.

Als Nächstes rief Tobias den Wirt eines Gasthauses in Hampstead auf, The William Fourth an der Ecke High Street und Church Lane. Der Mann schwor, dass Treadwell mehr als einmal bei ihm eingekehrt sei, einige Bier getrunken und Darts oder Domino gespielt habe; er habe sich hier und da auch an Glücksspielen beteiligt und sich mit den Einheimischen unterhalten. Ja, er hatte tatsächlich eine Menge Fragen gestellt. Seinerzeit hatte der Gastwirt im Verhalten des Kutschers Sorge um seinen Arbeitgeber gesehen, der eine Frau aus dieser Gegend umwarb.

Der Gastwirt des Flask, auf der anderen Seite der High Street, sagte so ziemlich das Gleiche, ebenso wie zwei Bedienungen aus dem Blind Boy, das nur ein paar Häuser entfernt lag. Dort hatte Treadwell sich insbesondere nach Miriam Gardiner und Cleo Anderson erkundigt. Ja, er sei sehr großzügig mit seinem Geld umgegangen, wie jemand, der wusste, dass jederzeit mehr zu erwarten war.

»Was für Fragen waren das, die er stellte?«, hakte Tobias mit unschuldiger Miene nach.

»Er erkundigte sich ganz allgemein nach Mrs. Gardiners Ruf«, antwortete der Mann. »Ob sie ehrlich sei, ob sie auch nicht trinke, solche Dinge eben.«

»Und ob sie keusch sei, vielleicht?«, fragte Tobias.

»Ja – das auch.«

»Fanden Sie das nicht ungehörig von dem Kutscher?«

»Ja, schon. Als ich ihn dabei erwischte, habe ich ihm gesagt, dass er in ganz Hampstead keine bessere Frau finden könne als Mrs. Gardiner – viel zu schade für einen Kerl wie ihn, verdammt noch mal!« Er warf einen Seitenblick auf den Richter. »Bitte um Verzeihung, Euer Ehren.«

»Hat er erklärt, warum er diese Fragen stellte?«

»Er hat sich nachher nicht wieder blicken lassen«, sagte der Mann mit Genugtuung und bedachte die beiden Frauen auf der Anklagebank mit einem Lächeln. Miriam versuchte es zu erwidern, was aber kläglich misslang. Cleo nickte leicht mit dem Kopf, gerade so viel wie die Höflichkeit es verlangte. Es war eine kleine Geste, aber gut gemeint.

»Es würde sie freuen, Mrs. Gardiner neu verheiratet zu sehen, nachdem sie ihren ersten Ehemann so jung verloren hat?«, bemerkte Tobias beiläufig.

»Ich habe mich für sie gefreut, und das ist die Wahrheit. Genauso wie alle anderen sich gefreut haben, die sie kannten.«

»Waren Sie mit dem verstorbenen Mr. Gardiner gut bekannt?«

»Ich kannte ihn vom Sehen, mehr eigentlich nicht. Ein sehr anständiger Herr.«

»Aha. Aber doch beträchtlich älter als seine Frau – seine Witwe?«

Die Miene des Mannes verdüsterte sich. »Worauf wollen Sie hinaus?«

Tobias zuckte mit den Schultern. »Was versuchte James Treadwell zu sagen?«

»Nichts!« Der Mann war jetzt verärgert.

»Sie mochten ihn nicht?«, hakte Tobias nach.

»Ganz gewiss nicht!«

»Sie haben wohl nicht viel übrig für Erpresser?«

»Nein, hab ich nicht! Solche Leute sind Abschaum, nichts als Abschaum.«

Tobias nickte. »Ein Gefühl, das sicher viele Menschen mit Ihnen teilen.« Er blickte zur Anklagebank, dann wieder zum Zeugenstand.

Rathbone wusste genau, was er vorhatte, aber er konnte nichts dagegen tun.

»Natürlich«, lächelte Tobias entschuldigend. »Treadwell könnte sich durchaus aus Loyalität und im Interesse seines Arbeitgebers, Mr. Stourbridge, nach Mrs. Gardiner erkundigt haben, um zu verhindern, dass er eine für ihn unvorteilhafte Ehe einging! Ist Ihnen diese Möglichkeit schon einmal in den Sinn gekommen? Es wäre durchaus denkbar, dass die Fragen gar nicht auf Erpressung zielten!«

Nun stand Rathbone doch auf. »Euer Ehren, der Zeuge ist nicht in der Lage einzuschätzen, warum Treadwell seine Fragen stellte, und seine Meinung ist irrelevant. Es sei denn, Mr. Tobias möchte andeuten, dass der Zeuge irgendwie an der Ermordung Treadwells beteiligt war.«

Sofort ging ein Raunen durch den Gerichtssaal, und einer der Geschworenen hob jäh den Kopf.

»Ganz recht«, pflichtete der Richter Rathbone bei, »Mr. Tobias, weichen Sie nicht so weit vom Thema ab. Ich bin sicher, es ist bereits klar geworden, was Sie sagen wollten. James Treadwell hat sich in der Nachbarschaft nach Mrs. Gardiners Charakter und ihrem Ruf erkundigt. Ist das alles, was Sie uns wissen lassen wollen?«

»Für den Augenblick ja, Euer Ehren.« Tobias bedankte sich bei seinem Zeugen und drehte sich mit einer einladenden Geste zu Rathbone um.

Wieder gab es nichts, was er fragen konnte. Der Zeuge hatte bereits klargemacht, dass er Miriam bewunderte und auf ihrer Seite stand. So weit es ihn betraf, hatte Treadwell sein Schicksal verdient. Es würde weder Miriam noch Cleo helfen, wenn er diese seine Meinung ein zweites Mal bekundete.

»Ich habe keine Fragen an den Zeugen«, erwiderte er.

Tobias rief nun die Dienstboten der Stourbridges auf und

ließ sie über den Tag des Gartenfestes berichten und über Miriams noch immer unaufgeklärten Aufbruch mit Treadwell. Das Stubenmädchen hatte alles beobachtet und erstattete mit einfachen Worten und bekümmerter Miene Bericht.

Nun endlich hatte Rathbone Fragen zu stellen.

»Miss Pembroke«, sagte er mit einem kleinen Lächeln, während er in die Mitte des Saals trat und seinen Blick auf sie richtete. »Sie haben uns sehr deutlich geschildert, was Sie gesehen haben. Sie müssen einen guten Blick auf Mrs. Gardiner gehabt haben, da Ihnen niemand die Sicht versperrte.«

»Ja, Sir, das stimmt.«

»Sie sagten, sie habe den Eindruck erweckt, als werde sie jeden Augenblick in Ohnmacht fallen, als habe sie einen gewaltigen Schock erlitten. Dann hat sie sich, Ihrem Bericht zufolge, wieder gefasst, hat sich umgedreht und ist vom Garten zu den Ställen gelaufen, vielleicht sogar geflohen. Ist das korrekt?«

»Ja, Sir.«

Der Richter runzelte die Stirn.

Rathbone sprach rasch weiter, bevor der Richter ihn ermahnen konnte, zur Sache zu kommen.

»Hat irgendjemand sie angesprochen oder ihr etwas gegeben?«

»Sie meinen ein Glas, Sir? Ich habe niemanden gesehen.«

»Nein, ich meinte eher etwas wie eine Nachricht, etwas, das ihr Erschrecken erklären würde, ihr Entsetzen, so wie Sie es beschreiben.«

»Nein, Sir, so nah ist ihr überhaupt niemand gekommen. Und ich glaube nicht, dass sie ein Glas in der Hand hielt.«

»Was das Glas betrifft, sind Sie sich nicht ganz sicher, aber Sie können mit Gewissheit sagen, dass niemand Mrs. Gardiner angesprochen oder ihr etwas gereicht hat?«

»Ja, das weiß ich genau.«

»Haben Sie eine Ahnung, was Mrs. Gardiner bewogen haben könnte wegzulaufen?«

Tobias stand auf.

»Nein«, beschied ihn der Richter schroff. »Miss Pembroke ist eine aufmerksame junge Dame. Es könnte durchaus sein, dass sie weiß, was geschehen ist. Ich habe die Erfahrung gemacht, dass Dienstboten häufig sehr viel mehr wissen als wir glauben.« Er wandte sich dem Zeugenstand zu. »Wissen Sie, was Mrs. Gardiners Flucht ausgelöst hat, Miss Pembroke? Wenn ja, ist dies der richtige Zeitpunkt und der richtige Ort, um es zu sagen, sei es vertraulich oder nicht.«

»Nein, Sir, ich weiß es nicht, und das ist die Wahrheit. Aber ich habe noch nie jemanden gesehen, der so erschrocken aussah wie Mrs. Gardiner an jenem Tag. Als hätte sie einen Geist gesehen, jawohl.«

»Wissen Sie, wo Treadwell sich während des Gartenfestes aufhielt?«, fragte Rathbone.

»In den Ställen, Sir, so wie immer.«

»Dann ist also Mrs. Gardiner zu ihm gelaufen – er ist nicht zu ihr gekommen?«

»So muss es gewesen sein.«

»Danke. Ich habe keine weiteren Fragen an Sie.«

»Aber ich!«, warf Tobias rasch ein und ging dann mit langen Schritten auf den Zeugenstand zu. »Sie haben sich in Ihrer Eigenschaft als Stubenmädchen auf der Wiese unter die Gäste gemischt, nicht wahr?«

»Ja, Sir. Ich trug ein Tablett mit Limonade. Parkin hatte den Champagner.«

»Ist es leicht, ein Tablett voller Gläser zu tragen?«

»Es geht schon, wenn man dran gewöhnt ist. Wird mit der Zeit ein bisschen schwer.«

»Und Sie haben die Gäste bedient, deren Gläser leer waren?«

»Ja, Sir.«

»Dann haben Sie also Mrs. Gardiner nicht die ganze Zeit beobachtet?«

»Nein, Sir.«

»Natürlich. Wäre es möglich, dass sie eine Nachricht bekommen hat, entweder schriftlich oder mündlich, ohne dass Sie es bemerkten?«

»Ja, wahrscheinlich schon.«

»Ist es denkbar, Miss Pembroke, dass dies die beste Gelegenheit für Mrs. Gardiner war, Treadwell allein anzutreffen, ohne dass andere Verpflichtungen ihn davon abgehalten hätten, sie nach Hause zu fahren? Ist es denkbar, Miss Pembroke, dass sie über ausreichende Kenntnis des Haushalts verfügte, um zu wissen, dass sie Treadwell in den Ställen vorfinden würde? Wo auch die Kutschen bereitstanden? Ist es denkbar, dass sie im Voraus geplant hatte, ihn dort zu treffen und an einen einsamen Ort zu fahren, wo sie glaubte, sie könnte mit dem Kutscher unbeobachtet tun, was ihnen beiden gefiel, und wo sie beabsichtigte, sich mit Hilfe ihrer Ziehmutter ein und für alle Mal des Mannes zu entledigen, der sie beide erpresste?«

Rathbone sprang auf, aber der Protest erstarb auf seinen Lippen.

Tobias zuckte mit den Schultern. »Ich habe nur gefragt, ob es möglich wäre!«, wandte er beschwichtigend ein. »Miss Pembroke ist eine aufmerksame junge Dame. Sie könnte etwas wissen!«

»Ich weiß nichts!«, protestierte sie. »Ich weiß nicht, was geschehen ist, ich schwöre es!«

»Ihre Geschwätzigkeit scheint Verwirrung hervorgerufen zu haben«, bemerkte der Richter in schneidendem Tonfall zu Tobias. Dann drehte er sich zu den Geschworenen um. »Sie werden zur Kenntnis nehmen, dass die Frage unbeantwortet geblieben ist, und Ihre eigenen Schlüsse ziehen. Sir Oliver, haben Sie noch etwas hinzuzufügen?«

Rathbone verneinte, aber Tobias war nicht aufzuhalten. Seine volle Stimme schien den Gerichtssaal auszufüllen, und es gab kaum jemanden dort, der nicht seinen Blick auf ihn gerichtet hätte. Er rief die Zofe auf, die Miriam in Verona Stourbridges Zimmer entdeckt und gesehen hatte, wie Miriam den Schmuck anprobierte und allem Anschein nach das Tagebuch las.

»Wissen Sie, was in dem Tagebuch stand?«, fragte Tobias.

Die Augen des Mädchens weiteten sich vor Entsetzen. »Nein, Sir, das weiß ich nicht!« Ihr Tonfall verriet Groll darüber, dass Tobias etwas Derartiges auch nur andeuten konnte.

»Selbstverständlich nicht«, stimmte er ihr zu. »Niemand liest die privaten Aufzeichnungen anderer Menschen. Ich dachte nur, dass Mrs. Stourbridge sich Ihnen vielleicht anvertraut hätte. Manche Damen sind ihren Zofen außerordentlich zugetan.«

Die Zeugin zeigte sich beschwichtigt. »Nun … nun, ich weiß, dass sie ihre Gefühle darin niedergeschrieben hat. Sie hat häufig die Tagebücher aus vergangenen Jahren gelesen, aus der Zeit, als sie in Ägypten war. Das hat sie auch an dem Tag getan, bevor sie … bevor sie starb … die arme Dame.« Es sah so aus, als würde sie gleich in Tränen ausbrechen, und Tobias ließ ihr einen Moment Zeit, um sich wieder zu beruhigen, bevor er die Befragung fortsetzte – und den Geschworenen auf diese Weise die Möglichkeit gab, die volle Bedeutung dessen, was gesagt worden war, zu erfassen.

Dann ließ er die Zofe ein Bild von Miriam als einer sanften, charmanten und freundlichen Frau zeichnen, die versuchte, sich in eine neue Familie einzufügen. Eine Familie, die gesellschaftlich weit über ihr stand und über erheblich mehr Geld verfügte. Es war ein zu Herzen gehendes Porträt, bis Tobias sich an die Geschworenen wandte.

»Eine reizende Frau, die bemüht war, ihre Lebensumstände zu verbessern?«, sagte er mit einem Lächeln. »Um des Mannes willen, den sie liebt – und den sie zufällig auf einem Spaziergang in der Heide von Hampstead kennen gelernt hat.« Seine Miene verdüsterte sich. »Oder eine gerissene, habgierige Frau mit einem hübschen Gesicht, die einen jüngeren Mann, einen unerfahrenen Mann in die Falle lockt. Eine Frau, die ihr Temperament zügelt und sich zurückhält, um ihn mit ihrer Liebenswürdigkeit zu einer Ehe zu verleiten, die ihr und ihrer Ziehmutter ein Leben in Wohlstand ermöglichen würde, wie sie es innerhalb ihrer eigenen Gesellschaftsschicht niemals hätte erwarten dürfen?«

Er sprach hastig weiter, um Rathbone keine Gelegenheit zu geben, Einspruch zu erheben. »Eine unschuldige Frau, die in ein Netz von schrecklichen Zufällen verstrickt wird? Oder eine Intrigantin, die auf einen nicht minder kaltblütigen und habgierigen Kutscher traf, der seine Chance witterte, aus ihrem zukünftigen Glück Profit zu ziehen, der aber fatalerweise ihre Skrupellosigkeit unterschätzt hat – und daher nicht für sein Schweigen über ihre Vergangenheit bezahlt wurde. Vielleicht war er sogar der Vermittler, der Mr. Stourbridge und Miriam Gardiner zusammengebracht hat – vielleicht war es gar kein Zufall? Und er musste deshalb eines gewaltsamen Todes sterben.«

Rathbone erhob die Stimme und fiel Tobias schneidend und ohne sich zuvor an den Richter zu wenden ins Wort.

»Treadwell scheint tatsächlich ein Schurke gewesen zu sein, aber weder Sie noch ich haben Beweise dafür, dass er auch ein Narr war! Warum in Gottes Namen sollte er damit drohen, Miriam Gardiners Vergangenheit zu enthüllen – in der übrigens weder Sie noch ich einen Makel entdecken konnten –, bevor sic in die Familie Stourbridge einheiratete?« Er breitete die Hände aus. »Sie besaß kein Geld, um ihn zu bezahlen! Da hätte er doch sicher bis nach der Hochzeit gewartet – und alles in seiner Macht Stehende getan, damit diese Hochzeit wie geplant stattfinden konnte?« Dann wurde sein Tonfall sarkastisch. »Wenn er, wie Sie andeuten, geholfen hat, die Begegnung zwischen Mr. Stourbridge und Mrs. Gardiner einzufädeln, dann scheint es doch höchst unglaubwürdig, dass er seine eigene Arbeit sabotieren sollte, gerade als sie die ersten Früchte trug.«

Sein Argument war stichhaltig, aber es hatte nicht das gleiche emotionale Gewicht wie Tobias' Anklage. Der Schaden war nicht wieder gutzumachen. In den Köpfen der Geschworenen hatte sich das Bild einer ränkeschmiedenden, verlogenen und treulosen Frau eingenistet, die von ihrem ehemaligen Liebhaber in eine Lage gebracht wurde, aus der sie sich nur noch durch einen Mord befreien konnte.

»War es Zufall oder war es Treadwells Versuch, noch im Sterben auf seinen Mörder hinzuweisen, als er mit letzter Kraft auf Cleo Andersons Haus zukroch?«, fragte Tobias mit dröhnender Stimme, in der Empörung und Mitleid für das Opfer mitschwangen. »Meine Herren, ich überlasse diese Entscheidung Ihnen!«

Das Gericht vertagte sich, aber Miriam und Cleo waren bereits so gut wie verurteilt.

Rathbone ging in seiner Wohnung auf und ab und widerstand nur mit Mühe der Versuchung, zu Monk zu fahren und festzustellen, ob dieser mit seinen Ermittlungen Fortschritte gemacht hatte. Wie oft hatten sie es nicht in der Vergangenheit gemeinsam mit Fällen zu tun gehabt, die hoffnungslos schienen. Er konnte sie in Gedanken alle auflisten. Aber in diesem einen Fall hatte er absolut nichts in der Hand, und er wusste nicht einmal, was er selbst glauben sollte. Es fiel ihm immer noch schwer, eine der Frauen, sei es nun Cleo oder Miriam, für schuldig zu halten, geschweige denn beide. Aber wer sonst konnte die Morde begangen haben – außer vielleicht Lucius oder Harry Stourbridge. Alles hing davon ab, dass Monk etwas herausfand. Wenn er nur wüsste, wo er beginnen sollte. So könnte er vielleicht die Verhandlung zwei oder drei Tage hinausziehen.

Er verbrachte den Abend damit, sich Strategien auszudenken, die Monk mehr Zeit verschaffen würden. Er dachte über jeden einzelnen Kniff, jede mögliche juristische Finesse nach. Nicht eine einzige Idee versprach Aussicht auf Erfolg.

Tobias rief als seinen ersten Zeugen des Vormittags Harry Stourbridge auf. Er behandelte ihn mit großem Respekt und Mitgefühl.

Viele Plätze blieben an diesem Tag im Gerichtssaal leer. Die Öffentlichkeit hatte das Interesse an dem Fall verloren. Die Menschen glaubten die Antwort zu kennen: eine hübsche Frau, die ihrem Glück auf unlautere Art und Weise auf die Sprünge helfen wollte. Das Ganze war nicht länger skandalös, sondern einfach nur noch schäbig. Es war ein Tag im späten Sommer, die Sonne schien und man hatte Besseres zu tun, als in einem stickigen Saal zu sitzen und sich Dinge anzuhören, die man zur Genüge kannte.

Harry Stourbridge sah um zehn Jahre gealtert aus. Er war ein Mann, der einen Albtraum durchmachte, dessen Ende für ihn nicht absehbar war.

»Es tut mir Leid, dass ich Sie dem hier aussetzen muss«, sagte Tobias sanft. »Ich werde es so kurz wie möglich machen, und ich bin überzeugt, dass Sir Oliver es genauso halten wird. Bitte, lassen Sie sich bei Ihren Antworten nicht von Loyalität oder Mitgefühl leiten. Zu diesem Zeitpunkt und an diesem Ort kann uns nur die Wahrheit weiterhelfen.«

Stourbridge schwieg. Er stand da wie ein Offizier vor dem Kriegsgericht, in steifer Habtachtstellung, den Blick starr nach vorn gerichtet, den Kopf hoch erhoben.

»Wir haben bereits genug über die Krocketparty gehört, von der Mrs. Gardiner geflohen ist. Ich will Ihnen die Mühe ersparen, all das zu wiederholen. Stattdessen möchte ich Ihre Aufmerksamkeit auf den tragischen Tod von Mrs. Stourbridge lenken. Ich muss Ihnen Fragen stellen, was die Beziehung zwischen Ihrer Gattin und Mrs. Gardiner betrifft. Glauben Sie mir, ich würde es nicht tun, wenn es sich irgendwie vermeiden ließe.«

Noch immer sagte Stourbridge kein Wort.

Dieser Umstand schien Tobias ein wenig aus dem Konzept zu bringen. Rathbone sah, wie er von einem Fuß auf den anderen trat und an seinem Jackett herumzupfte.

»Welche Meinung hatte Mrs. Stourbridge von Mrs. Gardiner, als Ihr Sohn sie das erste Mal zum Cleveland Square brachte?«

»Sie hielt sie für eine sehr angenehme junge Frau.«

»Und als Ihr Sohn sie über seine Absicht in Kenntnis setzte, sie heiraten zu wollen?«

»Wir waren beide glücklich, dass er eine Frau gefunden hatte, die er liebte und von der er glaubte, dass sie seine Gefühle aus vollem Herzen erwidere.«

Tobias schürzte die Lippen. »Sie waren nicht bekümmert über die Tatsache, dass sie beträchtlich älter war als er selbst und aus einer anderen Gesellschaftsschicht stammte? Was haben Sie gedacht, wie Ihre Freunde die junge Frau aufnehmen würden? Wie würde sie es später, wenn es einmal so weit war, bewältigen, Herrin Ihrer beträchtlichen Besitztümer in Yorkshire zu werden? Hat Ihre Gattin nicht über diese Probleme gesprochen?«

»Selbstverständlich«, gab Stourbridge zu. »Aber als wir Mrs. Gardiner dann näher kannten, waren wir davon überzeugt, dass sie ihre Sache sehr gut machen würde. Sie verfügt über eine natürliche Anmut, die ihr in schwierigen Situationen helfen dürfte. Und sie und Lucius – die beiden liebten einander so offenkundig, dass uns das sehr glücklich machte.«

»Und dann die Frage von Enkelkindern, von einem Erben für das Haus und die Ländereien, die Erbgüter mit festgelegter Erbfolge sind, wenn ich mich nicht irre. Ohne einen Erben würden sie an eine Seitenlinie fallen, an Ihren Bruder und an dessen Erben, ist das richtig?«

»Ja, so ist es.« Er holte tief Luft, die Arme noch immer steif an den Seiten, als nehme er an einer Parade teil. »Keine Ehe ist davor gefeit, ohne einen Erben zu bleiben. Man kann nur hoffen. Ich halte es nicht für klug, meinem Sohn bei der Wahl seiner Ehefrau Vorschriften zu machen. Mir ist es wichtiger, dass er glücklich wird, als ein Dutzend Kinder mit einer Frau in die Welt zu setzen, die er nicht liebt.«

»Und empfand Mrs. Stourbridge das genauso?«, fragte Tobias weiter. »Viele Frauen wünschen sich sehnlichst Enkelkinder. Es ist ein großes Bedürfnis …« Er ließ den Satz unvollendet in der Luft hängen, damit die Geschworenen ihre eigenen Schlussfolgerungen ziehen konnten.

»Ich glaube nicht, dass meine Frau so dachte«, antwortete Stourbridge unglücklich. Rathbone gewann den Eindruck, dass hinter seinen Worten vieles ungesagt blieb, aber er war ein sehr zurückhaltender Mensch, dem es zutiefst widerstrebte, sein Leben vor anderen auszubreiten. Er würde nichts mehr hinzufügen, wenn man ihn nicht dazu zwang.

Tobias fragte ihn nach Miriams Besuchen am Cleveland Square und wie sie sich verhalten hatte. Es war allen Anwesenden klar, dass Harry Stourbridge Miriam ohne jede Einschränkung zugetan war. Ihr Verrat erschütterte ihn, er schien es noch immer nicht zu begreifen.

Während Stourbridges Aussage warf Rathbone hin und wieder einen Blick zur Anklagebank hinauf und sah den Schmerz in Miriams Gesicht. Es musste ihr wie eine Folter erscheinen, still dazusitzen und alles schweigend über sich ergehen zu lassen.

Nicht ein einziges Mal bemerkte er jedoch, dass einer der Geschworenen Miriam oder Cleo ansah. Sie waren ganz gefangen von Stourbridges Leid. Rathbone konnte in ihren Mienen sowohl Mitleid als auch Respekt lesen. Ein paar Mal hatte er den Eindruck, als identifiziere sich einer der Männer mit Stourbridge, als versetzte er sich an dessen Stelle – und hätte ganz genauso gehandelt wie dieser, genauso empfunden. Rathbone fragte sich flüchtig, ob sich einige der Geschworenen vielleicht selbst in einer ähnlichen Lage wie Stourbridge befanden. Er konnte die Geschworenen nicht auswählen. Sie mussten Grundbesitzer mit einem gewissen Wohlstand und gesellschaftlichem Ansehen sein und natürlich männlichen Geschlechts. Es war nicht möglich, Personen als Geschworene zu verpflichten, die sich mit Miriam oder Cleo identifizieren würden. So viel zu dem Thema, dass die Geschworenen aus den gleichen Kreisen stammen sollten wie der Angeklagte.

Am Nachmittag lehnte Tobias ab, Lucius Stourbridge in

den Zeugenstand zu rufen. Es war eine Tortur, die er einem jungen Mann, der bereits auf unerträgliche Weise gelitten hatte, ersparen wollte.

Die Geschworenen nickten respektvoll. Sie hätten es Tobias nicht verziehen, wenn er anders gehandelt hätte. Und auch Rathbone stimmte dem zu.

Tobias rief den letzten Zeugen auf, Aiden Campbell. Er machte seine Aussage ruhig, zurückhaltend und freimütig.

»Ja, sie besaß großen Charme«, sagte er traurig. »Ich glaube, alle im Haus mochten sie.«

»Einschließlich Ihrer Schwester, Mrs. Stourbridge?«

Die Frage blieb unbeantwortet.

Campbell sah sehr bleich aus, und unter den Augen hatte er dunkle Ringe. Er stand sehr aufrecht im Zeugenstand, zitterte aber ganz leicht, und ab und zu musste er innehalten, um sich zu räuspern. Es war für alle Anwesenden im Gerichtssaal offensichtlich, dass der Mann von tiefen Gefühlen bewegt wurde und nahe daran war, die Fassung zu verlieren.

Tobias entschuldigte sich ein ums andere Mal, dass er ihn zwingen musste, Dinge noch einmal zu durchleben, die wahrhaft schrecklich für ihn gewesen sein mussten.

»Ich verstehe«, sagte Campbell und biss sich auf die Unterlippe. »Die Gerechtigkeit verlangt von uns, dass wir diesen Weg bis an sein bitteres Ende gehen müssen. Ich baue darauf, dass Sie das so zügig wie möglich tun werden.«

»Selbstverständlich«, pflichtete Tobias ihm bei. »Können wir uns jetzt den Tagen unmittelbar vor dem Tod Ihrer Schwester zuwenden?«

Campbell schilderte ihnen mit dürren Worten und ohne die Stimme zu erheben von Miriams letztem Besuch am Cleveland Square nach ihrer Entlassung aus dem Polizeigewahrsam, nachdem man die Anklage wegen des Mordes an Treadwell zurückgezogen hatte. Campbell zufolge befand Miriam sich in einem Zustand solch tiefer Verstörung, dass sie kaum noch ihr Zimmer verließ, und wenn doch, so habe sie sich wie in Trance bewegt. Sie sei höflich gewesen, mehr nicht, sei Lucius aus dem Weg gegangen und habe ihm nicht einmal erlaubt, sie in ihrem Kummer Cleo Andersons wegen zu trösten.

»Hing sie sehr an Mrs. Anderson?«, fragte Tobias.

»Ja.« Campbells Gesicht verriet keine Regung. »Das ist nur natürlich. Sie lebte schließlich seit ihrem zwölften oder dreizehnten Lebensjahr bei Mrs. Anderson. Sie hätte ein höchst undankbares Geschöpf sein müssen, wäre sie dieser Frau nicht von Herzen zugetan. Wir haben ihre Gefühle in dieser Hinsicht selbstverständlich respektiert.«

»Selbstverständlich«, antwortete Tobias nickend. »Bitte, fahren Sie fort.«

Widerstrebend sprach Campbell weiter. Er berichtete von dem Dinner an jenem Abend, von der Konversation bei Tisch, bei der es um Ägypten gegangen war, und kam schließlich darauf zu sprechen, dass sie nach dem Essen alle ihren eigenen Beschäftigungen nachgegangen waren.

»Und Mrs. Gardiner hat nicht mit Ihnen gespeist?«

»Nein.«

»Sagen Sie uns, Mr. Campbell, hat sich Ihre Schwester in irgendeiner Form darüber geäußert – entweder an jenem Abend oder zu einem früheren Zeitpunkt –, wie sie zu dem Mord an Treadwell stand und zu der Anschuldigung Mrs. Gardiner gegenüber?«

Rathbone erhob sich, um zu protestieren, aber er hatte keine juristische Handhabe, ja im Grunde nicht einmal eine moralische. Er musste sich schweigend wieder setzen.

Campbell schüttelte den Kopf. »Wenn Sie fragen, ob ich weiß, was geschehen ist oder warum, nein, ich weiß es nicht. Verona machte sich wegen irgendetwas große Sorgen. Sie war gewiss nicht sie selbst. Das kann Ihnen jeder der Dienstboten bestätigen.«

Tatsächlich hatten die Dienstboten durchweg Ähnliches gesagt, obwohl Campbell zu der Zeit natürlich nicht im Gericht anwesend war, da er selbst seine Aussage noch nicht gemacht hatte.

»Ich glaube, sie hatte etwas herausgefunden…« Seine Stimme klang belegt, und seine Gefühle schienen ihn zu überwältigen. »Ich persönlich bin der Auffassung, obwohl ich es durch nichts beweisen kann, dass sie vor ihrem Tod herausfand, wer Treadwell getötet hatte, und auch genau wusste, warum. Ich denke, das ist der Grund, warum sie allein auf ihr Zimmer ging: um darüber nachzudenken, was sie deswegen unternehmen sollte.« Er schloss die Augen. »Es war eine tödliche Entscheidung. Ich wünschte bei Gott, sie hätte sich anders entschieden…«

Er hatte im Grunde nur sehr wenig gesagt, auch keine neuen Fakten zutage gefördert und ganz gewiss niemanden angeklagt, und doch war seine Aussage vernichtend. Rathbone konnte es in den Gesichtern der Geschworenen sehen.

Es hatte keinen Zweck, wenn er selbst Campbell befragte. Es gab für ihn nichts, wozu er genauere Auskünfte benötigt, nichts, was er in Zweifel hätte ziehen können. Es war Freitagabend. Er hatte zwei Tage Zeit, um irgendeine Art von Verteidigung aufzubauen, aber er hatte nichts in der Hand, womit er das tun konnte – es sei denn, Monk fände etwas heraus. Und bisher hatte er keine Nachricht von ihm erhalten.

Als das Gericht sich erhob, überlegte er kurz, noch einmal zu versuchen, Miriam die Wahrheit abzuringen, aber dann verwarf er den Gedanken gleich wieder. Es hätte keinen Sinn gehabt. Wie auch immer die Wahrheit aussah, Miriam hatte ihn bereits davon überzeugt, dass sie sich lieber hängen lassen würde als diese Wahrheit preiszugeben.

Also verließ Rathbone stattdessen das Gerichtsgebäude, hielt einen Hansom an und fuhr direkt nach Primrose Hill. Er erwartete keine Hilfe von seinem Vater, er fuhr einfach zu ihm, um den Frieden des stillen Gartens zu genießen, in dem er Kraft für die nächste Woche schöpfen wollte.

11

Während Rathbone niedergeschlagen im Gerichtssaal saß, setzte Monk seine Ermittlungsarbeiten fort und versuchte, Einzelheiten über Treadwells Leben in Erfahrung zu bringen. Er hatte die Bewohner des Hauses der Stourbridges bereits ausgiebig befragt und sich auch in der Gegend um den Cleveland Square herum umgehört. Niemand hatte ihm einen Hinweis geben können, der auch nur den geringsten Anhaltspunkt für weitere Erkundigungen geboten hätte. Treadwell war geradezu langweilig durchschnittlich gewesen.

Dann nahm er sich Kentish Town vor, wo Treadwell aufgewachsen war. Es war ein schwieriges Unterfangen, und er hatte kaum Hoffnung etwas herauszufinden. Er befürchtete, dass Miriam Gardiner tatsächlich schuldig im Sinne der Anklage und die arme Cleo Anderson nur mit hineingezogen worden war, weil sie das Mädchen, das sie einst gerettet hatte, so sehr liebte. Sie hatte sich geweigert zu erkennen, dass Miriam unter all ihrer freundlichen Oberfläche und scheinbaren Verletzlichkeit zu einer habgierigen Frau herangewachsen war, die nicht einmal vor Mord zurückschreckte, um zu bekommen, was sie wollte. Liebe konnte blind machen.

Er wanderte durch die Straßen von Kentish Town und ging von einem Gasthaus zum nächsten, um seine Fragen so diskret zu stellen, wie es ihm in der verbleibenden knappen Zeit möglich war. Zweimal war er zu direkt, zu voreilig und wurde scharf zurückgewiesen. Er verließ das Lokal und begann ein Stück weiter noch einmal, vorsichtiger diesmal.

Bei Sonnenuntergang war er müde und erschöpft und seine Füße schmerzten. Er fuhr mit einem Omnibus nach

Hause. Monk würde mit diesem Fall kein Geld mehr verdienen, aber es lag ihm persönlich am Herzen, hinter die Wahrheit zu kommen. Lucius Stourbridge hätte ihn auch weiter bezahlt, aber Monk hatte sich geweigert, noch länger Geld für etwas anzunehmen, das er, dessen war er sich fast sicher, nicht würde aufklären können.

Hester sah ihm nur kurz ins Gesicht, als er eintrat, und stellte keine Fragen. Das sagte ihm mehr als alle Worte.

Am zweiten Tag brachte er erheblich mehr in Erfahrung. In der Nähe von Hampstead entdeckte er ein Lokal, in dem Treadwell bekannt war. Von dort aus konnte er einen Mann aufspüren, bei dem Treadwell Spielschulden hatte. Da Treadwell tot war, ließ sich die Schuld jetzt nicht mehr eintreiben.

»Irgendjemand sollte dafür verantwortlich sein«, sagte der Mann verärgert. Seine runden, stechenden Augen waren ein wenig blutunterlaufen. »Gibt es dafür denn kein Gesetz? Man sollte sich seinen Schulden nicht einfach entziehen können, indem man den Löffel abgibt.«

Monk setzte eine verständnisvolle Miene auf. »Nun, normalerweise würde man sich an die Erben des Mannes wenden«, sagte er. »Aber ich weiß nicht, ob Treadwell welche hatte…?« Er ließ die Frage so stehen.

»Nein!«, rief der Mann voller Abscheu. »War völlig ungebunden, der Halunke.«

»Wollen Sie etwas trinken?«, fragte Monk. Möglich, dass er nur seine Zeit verschwendete, aber er hatte keine bessere Spur, der er folgen konnte.

»Ha, da hätt ich nichts dagegen«, nahm der Mann die Einladung an. »Reece.« Er hielt Monk die Hand hin, nachdem er sie gründlich an seinem Hosenbein abgewischt hatte.

Monk brauchte einen Augenblick, um zu begreifen, dass der Mann sich soeben vorgestellt hatte, dann ergriff er die dargebotene Hand und schüttelte sie. »Monk«, erwiderte er.

»Also dann!«, sagte Reece wohlgelaunt. »Ich hätte gerne ein Pint mildes Bier, vielen Dank.«

Als die Pints bestellt und gebracht worden waren, setzte Monk das Gespräch fort. »War er Ihnen denn viel schuldig?«

»Das möcht ich meinen!« Reece nahm einen kräftigen Schluck von seinem Bier, bevor er weitersprach. »Fast zehn Pfund!«

Monk war verblüfft. Das war mehr, als ein Hausmädchen in sechs Monaten verdiente!

»Da sind Sie platt, was?«, bemerkte Reece befriedigt. »Er hat um großes Geld gespielt, dieser Treadwell.«

»Und großes Geld verloren!«, stimmte Monk zu. »Er kann nicht oft in dieser Höhe verloren haben. Hat er nicht auch gelegentlich gewonnen?«

»Manchmal schon. Der wusste sein Leben zu genießen. Wein, Weiber und Pferde. Er muss wohl manchmal gewonnen haben, denke ich. Aber woher soll ich jetzt meine zehn Pfund kriegen, können Sie mir das sagen?«

»Was mich interessiert, ist zunächst mal die Frage, woher Treadwell das Geld hatte«, sagte Monk mit Nachdruck. »Als Kutscher hat er ganz gewiss nicht so viel verdient!«

»Davon weiß ich nichts«, sagte Reece, dessen Interesse langsam abflaute. Er leerte sein Glas und sah Monk erwartungsvoll an.

Monk tat ihm den Gefallen.

»Er war also Kutscher, wie?«, sagte Reece nachdenklich. »Na, da muss er wohl noch 'n bisschen was nebenbei verdient haben. Weiß aber nicht, wie.«

Ein sehr hässlicher Gedanke kam Monk in den Sinn, ein Gedanke, der die von Cleo Anderson gestohlenen Medikamente betraf, insbesondere das Morphium. Hester hatte gesagt, dass im Laufe der Zeit möglicherweise eine beträchtliche Menge verschwunden sein könne. Vielleicht hatte nicht alles seinen Weg in die Häuser der Alten und Kranken gefunden. Jeder, der von einer solchen Droge abhängig war, würde einen hohen Preis zahlen, um sie zu bekommen. Es wäre nur allzu verständlich, wenn Cleo Morphium verkauft hätte, um Treadwell zu bezahlen – oder vielleicht hatte sie es ihm auch direkt gegeben, anstelle von Geld. Der Gedanke behagte ihm keineswegs, aber er wurde ihn auch nicht wieder los.

Den Rest des Tages verbrachte er damit, sich einen Überblick darüber zu verschaffen, wie Treadwell seine Freizeit verbracht hatte, die anscheinend ziemlich großzügig bemessen war. Der Kutscher hatte, wie Monk feststellte, dazu geneigt, ziemlich über die Stränge zu schlagen. Aber es schien im Abstand von etwa zwei Wochen immer wieder einige Stunden gegeben zu haben, über deren Gestaltung Monk keine Informationen finden konnte, und er kam zu dem Schluss, dass Treadwell diese Zeit entweder benutzt hatte, um Morphium zu verkaufen oder um andere Opfer zu erpressen.

Das Letzte, was Monk an diesem Tag tat, war ein Besuch bei Cleo. Er wurde vorgelassen, nachdem er dem Gefängniswärter glaubhaft versichert hatte, er sei Rathbones Angestellter. Er hatte zwar keine Beweise für diese Behauptung, aber der Wärter hatte ihn bei einer früheren Gelegenheit mit Rathbone gesehen und hatte keine Einwände. Vielleicht aber war es auch sein Mitgefühl für Cleo, das ihn bewog, ein Auge zuzudrücken.

Cleo war überrascht, ihn zu sehen, aber in ihren Augen glomm keine Hoffnung. Sie sah ausgezehrt und erschöpft aus und hatte kaum mehr Ähnlichkeit mit der Frau, der er vor zwei Monaten begegnet war.

Ihr Anblick rief Gefühle des Zorns und der Empörung über die Ungerechtigkeit dieser Welt in ihm wach, die heftiger waren, als er erwartet hätte. Wenn er in diesem Fall versagte, würde er sich das so schnell nicht verzeihen, vielleicht bis an sein Lebensende nicht.

Er durfte keine Zeit für Worte des Mitleids oder der Ermutigung vergeuden. Außerdem wusste er, dass sie ohnehin verschwendet gewesen wären, denn sie hatten keine Bedeutung für Cleo.

»Wissen Sie, ob Treadwell außer Ihnen noch jemanden erpresst hat?«, fragte er sie, während er ihr gegenüber Platz nahm.

»Nein. Warum? Meinen Sie, der Betreffende hat ihn getötet?« Fast glaubte er, so etwas wie Hoffnung in ihrer Stimme zu hören.

Seine Aufrichtigkeit verbot es ihm, dieser Hoffnung Nahrung zu geben. »Es wäre möglich, und deshalb muss ich wissen, wie viel Sie ihm bezahlt haben«, antwortete er. »Ich habe mir einen ziemlich genauen Überblick darüber verschafft, wie viel er in den letzten zwei oder drei Monaten seines Lebens ausgegeben hat. Wenn die gesamte Summe von Ihnen stammt, dann müssen Sie einen Teil des gestohlenen Morphiums verkauft haben.«

Ihr Körper verkrampfte sich, und sie sah ihn wütend an. »Das hab ich nicht getan! Und ich habe ihm auch keins gegeben!«

»Wir müssen es beweisen«, wandte er ein. »Haben Sie irgendwelche Unterlagen über den Lohn, den das Krankenhaus Ihnen gezahlt hat, über sämtliche Medikamente, die Sie entwendet haben sowie über die Personen, an die Sie die Medikamente weitergegeben haben?«

»Nein – natürlich habe ich nichts dergleichen!«

»Aber Sie kennen alle Patienten, denen Sie Medikamente gebracht haben«, beharrte er.

»Ja...«

»Dann schreiben Sic sie für mich auf. Hier.« Er gab ihr Papier und Bleistift. »Schreiben Sie mir Namen und Adressen auf und welche Medikamente Sie dem Betreffenden gegeben haben und über welchen Zeitraum.«

Sie sah ihn kurz an, dann gehorchte sie und führte den Bleistift mit langsamen, bedächtigen Bewegungen über das Papier.

Würde seine Idee einen Sinn haben, oder suchte er lediglich eine Möglichkeit, sich zu beschäftigen, damit er sich einreden konnte, er bemühe sich, sie zu retten? Was konnte er mit diesen Listen anfangen? Wer würde zuhören, wer würde sich dafür interessieren, ganz gleich, zu welchen Ergebnissen er kam? Beweise waren das Einzige, was vor Gericht zählte. Die Geschworenen hatten Cleo und Miriam im Stillen bereits verurteilt. Man würde sie zwingen müssen, von dieser Überzeugung abzurücken, es genügte nicht, einfach zu sagen, dass es noch eine andere, wenn auch noch so kleine Möglichkeit gab.

Cleo war mit der Liste fertig. Es standen achtzehn Namen darauf.

»Ich danke Ihnen.« Er nahm den Bogen Papier entgegen und warf einen Blick darauf. »Wie viel verdienen Sie im Krankenhaus?«

»Sieben Shilling die Woche.« Sie sagte dies mit einigem Stolz, als sei das für eine Krankenschwester ein guter Lohn.

Er zuckte leicht zusammen, denn er wusste, dass ein Wachtmeister das Dreifache verdiente.

»Wie lange arbeiten Sie?« Die Frage war gestellt, bevor er richtig nachgedacht hatte.

»Zwölf bis fünfzehn Stunden am Tag«, antwortete sie.

»Und wie viel haben Sie Treadwell gezahlt?«

Ihre Stimme klang müde. »Fünf Shilling die Woche.«

Ohnmächtiger Zorn packte ihn und weckte in ihm den Wunsch, jemanden zu schlagen, zu verletzen, damit dies alles ungeschehen gemacht werden, damit es nie wieder geschehen konnte.

»Er hat viel mehr als das ausgegeben«, sagte er leise und mit zusammengebissenen Zähnen. »Ich muss wissen, woher das Geld kam.«

Sie schüttelte den Kopf. »Ich habe keine Ahnung. Er ist regelmäßig zu mir gekommen, und ich hab ihn bezahlt. Er hat nie eine andere Person erwähnt. Aber das wäre wohl auch nicht zu erwarten gewesen …«

Es lag Monk auf der Zunge, sie noch einmal zu fragen, ob sie Treadwell Morphium zum Verkauf gegeben habe, aber er wusste, die Antwort würde dieselbe sein wie zuvor. Er erhob sich und verabschiedete sich. So sehr es ihn selbst schmerzte, er konnte ihr keine Versprechungen machen, er konnte ihr nicht einmal ein Wort der Hoffnung sagen.

An der Tür blieb er noch einmal stehen und überlegte, ob er sie nach Miriam fragen sollte, aber was gab es da zu sagen?

Sie blickte erwartungsvoll zu ihm auf.

Am Ende konnte er nicht anders, er musste fragen. »Könnte es Miriam gewesen sein?«

»Nein«, sagte sie sofort. »Sie hat niemals etwas getan, wofür er sie hätte zahlen lassen können!«

»Nicht einmal, um Sie zu schützen?«, fragte er leise.

Sie saß vollkommen reglos da. Man konnte an ihrer Miene ablesen, dass sie die Antwort auf diese Frage nicht wusste – sie mochte eine Meinung haben, aber sie wusste es nicht.

Monk nickte. »Ich habe verstanden.« Er klopfte an die Tür, damit der Wärter ihn hinaus ließ.

Als er nach Hause kam, war er immer noch damit beschäftigt, das Problem im Kopf hin und her zu wälzen.

»Es hat noch eine andere Geldquelle gegeben«, sagte er beim Abendessen zu Hester. »Aber es könnte Miriam gewesen sein, was uns kein bisschen weiterhelfen würde.«

»Und wenn nicht?«, fragte Hester. »Wenn wir beweisen könnten, dass es jemand anderes war? Dann müssten die Geschworenen das berücksichtigen!«

»Nein, genau das würden sie nicht tun«, antwortete er ruhig, während er beobachtete, wie sich auf ihrem Gesicht Enttäuschung abzeichnete. »Es sei denn, wir könnten den Betreffenden vor Gericht bringen und einwandfrei beweisen, dass er sich an jenem Abend in der Nähe der Heide befand, und zwar allein. Wir haben zwei Tage Zeit, bevor Rathbone seine Verteidigung vortragen muss.«

»Was haben wir sonst noch in der Hand?« Ihre Stimme wurde ein wenig lauter, so verzweifelt war sie.

»Nichts«, gab er zu.

»Dann lass es uns wenigstens versuchen! Ich kann es nicht ertragen, hier zu sitzen und die Hände in den Schoss zu legen! Was wissen wir bis jetzt?«

Sie arbeiteten bis lange nach Mitternacht und listeten alles auf, was Monk über Treadwells Lebenswandel in den letzten drei Monaten vor seinem Tod in Erfahrung gebracht hatte. Wenn alle Informationen auf Papier festgehalten waren, konnte man leichter feststellen, ob es irgendwo Lücken gab.

»Wir müssen herausfinden, zu welchen Zeiten er frei hatte«, sagte Hester, während sie sich weitere Notizen machte. »Irgendjemand im Haus der Stourbridges müsste dir darüber Auskunft geben können.«

Monk dachte, dass es wahrscheinlich Zeitverschwendung war, aber er stimmte ihr zu. Er hatte ohnehin nichts Besseres zu tun.

»Weißt du, in welchen Mengen die Medikamente gestohlen wurden?«, fragte er und fügte, bevor sie es abstreiten konnte, hinzu: »Oder könntest du dahinter kommen, wenn du es wolltest?«

»Nein, aber ich nehme an, Phillips könnte es, falls es weiterhelfen würde. Meinst du, es wäre wirklich wichtig?«

»Wahrscheinlich nicht, aber was haben wir denn sonst in der Hand?«

»Ich gehe gleich morgen ins Krankenhaus und frage Phillips«, erklärte Hester energisch, als könne sie damit etwas ändern. »Und ich werde auch alle Personen auf deiner Liste aufsuchen und sie fragen, welche Medikamente sie nehmen. Du versuchst herauszufinden, was Treadwell mit seiner freien Zeit angefangen hat.« Sie forderte ihn förmlich heraus, ihr zu sagen, dass es nutzlos sei, dass sie die Hoffnung aufgeben solle. Die Heftigkeit, mit der sie sprach, die verhaltene Wut in ihrer Stimme, sagten ihm, dass sie ihrem Plan blind folgen würde – wider alle Vernunft.

Am Morgen machte Monk sich schon früh auf den Weg nach Bayswater, um zu erkunden, zu welchen Zeiten Treadwell dienstfrei gehabt hatte und festzustellen, ob es Hinweise darauf gab, wo sich der Kutscher vielleicht sonst noch aufgehalten haben konnte und wer ihm so hohe Geldsummen gezahlt haben mochte. Monk verfolgte sein Ziel mit großer Umsicht. Er ging auf die kleinste Einzelheit ein, weil er sich davor fürchtete, mit seinen Nachforschungen zum Ende zu kommen. Zu groß war die Angst, dass er bestätigt finden würde, was er ohnehin schon wusste: dass es keinen Sinn hatte zu versuchen, Cleo Anderson oder Miriam Gardiner retten zu wollen.

Hester ging geradewegs ins Hospital. Phillips würde dort sein, obwohl es Samstag war. Für gewöhnlich nahm er sich nur die Sonntage frei, und auch dann meist nur die Vormittage. Trotzdem musste sie eine halbe Stunde nach ihm suchen, bis sie ihn fand – nachdem sie drei Medizinstudenten nach ihm gefragt hatte, die sich gerade in einer lebhaften Diskussion über Anatomie befanden.

»Ausgezeichnet!«, sagte einer von ihnen gerade mit leuchtenden Augen. »Wir können uns wirklich glücklich schätzen, hier zu sein. Mein Vetter studiert in Lincoln, und er sagt, sie müssten dort wochenlang auf eine Leiche warten, die sie sezieren können, und alle Zeichnungen der Welt sind praktisch wertlos, verglichen mit einem echten Körper.«

»Ich weiß«, pflichtete ein anderer ihm bei. »Und Thorpe ist einfach wunderbar. Seine Erklärungen sind immer so klar.«

»Liegt wahrscheinlich daran, dass er es schon so oft gemacht hat«, gab der Erste zurück.

»Entschuldigen Sie bitte!«, unterbrach Hester sie, »wissen Sie, wo Mr. Phillips ist?«

»Phillips? Ist das der Rothaarige, der ein wenig stottert?«

»Ich meine Phillips den Apotheker!« Sie konnte sich nur mit Mühe beherrschen. »Ich muss dringend mit ihm sprechen.«

Der erste junge Mann wandte sich stirnrunzelnd zu ihr um und musterte sie jetzt genauer. »Sie sollten nicht nach Medikamenten suchen; wenn einer der Patienten etwas …«

»Ich brauche keine Medikamente!«, fuhr sie ihn an. »Ich

muss mit Mr. Phillips sprechen. Wissen Sie nun, wo er ist, oder nicht?«

Der Gesichtsausdruck des jungen Mannes wurde hart. »Nein, ich weiß es nicht.«

Einer der anderen Studenten beschloss, ihr behilflich zu sein, welche Gründe auch immer dahinter stecken mochten.

»Er ist unten im Leichenschauhaus«, antwortete er. »Dem neuen Assistenten ist ein wenig mulmig geworden. Er hat ihm eine Kleinigkeit gegeben, die ihn wieder auf die Beine bringen soll. Wahrscheinlich ist er immer noch da.«

»Ich danke Ihnen«, sagte Hester schnell. »Ich danke Ihnen sehr.« Und dann lief sie den Korridor entlang, durch den Nebeneingang hinaus und die Treppe hinunter, die in einen kalten, unterirdischen Raum führte. Dort wurden die Toten untergebracht, bis der Bestattungsunternehmer kommen konnte, um die Formalitäten zu erledigen.

»Hallo, Mrs. Monk. Sie sehen ein wenig spitz aus heute Morgen«, sagte Phillips gut gelaunt. »Was kann ich für Sie tun?«

»Ich bin froh, dass ich Sie gefunden habe.« Sie drehte sich um und sah den blassgesichtigen jungen Mann an, der mit ausgestreckten Beinen am Boden saß. »Geht es Ihnen wieder besser?«, fragte sie ihn.

Er nickte verlegen.

»Er hat sich erschrocken«, sagte Phillips mit einem Grinsen. »Eine der Leichen bewegte sich und unser junger Freund hier, Jake, wäre um ein Haar in Ohnmacht gefallen. Es hat ihm anscheinend niemand gesagt, dass manchmal noch Gase entweichen. Die Gasbildung hört nicht auf, mein Sohn, bloß weil man tot ist.«

Jake rappelte sich mühsam auf, fuhr sich mit den Händen durchs Haar und versuchte, so auszusehen, als könne er nun seinen Dienst wieder aufnehmen.

Hester ließ ihren Blick über die Tische wandern. Zwei Leichen lagen unter ungebleichten Laken.

»Es waren nicht besonders viele in letzter Zeit«, bemerkte Phillips, der ihrem Blick gefolgt war.

»Gut!«, antwortete sie.

»Nein – sie sind nicht hier gestorben, sondern wurden für die Studenten hergebracht«, klärte er ihren Irrtum auf. »Der alte Thorpe tobt vor Wut. Er kann einfach keine kriegen.«

»Woher bekommt er sie denn normalerweise?«

»Weiß Gott! Leichenräuber!«, sagte er mit einem Anflug schwarzen Humors.

Jake starrte ihn mit offenem Mund an. Er stieß einen leisen Pfiff aus.

»Ist das Ihr Ernst?«, fragte er heiser. »Sie meinen Grabräuber?«

»Nein, natürlich meine ich das nicht, Sie dummer Junge!«, sagte Philipps kopfschüttelnd. »Sehen Sie zu, dass Sie wieder an die Arbeit kommen.« Er wandte sich an Hester. »Was kann ich für Sie tun, Mrs. Monk?« Alle Heiterkeit verschwand aus seinem Gesicht. »Haben Sie Cleo Anderson gesprochen? Können wir irgendetwas für sie tun, außer auf ein Wunder hoffen?«

»Eines bewirken«, sagte sie kläglich. Dann drehte sie sich um und ging wieder die Treppe hinauf.

Er folgte ihr und als sie draußen an der frischen Luft waren, fragte er, was sie gemeint habe.

»Es wurde noch eine andere Person erpresst, da sind wir uns fast sicher«, erklärte sie und blieb neben ihm stehen. »Treadwell hat erheblich mehr Geld ausgegeben, als er Cleo abgepresst oder selbst verdient hat ...«

Ein Hoffnungsschimmer ließ Phillips' Gesicht aufleuchten. »Sie meinen, diese andere Person könnte ihn getötet haben? Wie sollen wir herausfinden, wer es war?« Er sah sie voller Zuversicht an, als baue er felsenfest darauf, dass sie die Antwort kannte.

»Ich weiß es nicht. Ich begnüge mich im Augenblick damit, lediglich zu beweisen, dass eine solche Person existiert.« Sie sah ihm fest in die Augen. »Wenn Sie es tun müssten… nein, wenn Sie es wollten, könnten Sie dann die genaue Menge der Medikamente ermitteln, die, sagen wir, in den letzten vier Monaten vor Treadwells Tod verschwunden ist?«

»Vielleicht… wenn ich einen wirklich guten Grund dafür hätte«, erwiderte er vorsichtig. »Allerdings würde ich mir erst darüber Gedanken machen, wenn mir klar wäre, warum es so wichtig ist.«

»Wenn Sie sich aber keine Gedanken machen, kommen wir nicht weiter«, erklärte sie unglücklich. »Wenn man sie wegen Mordes hängt, spielt es keine Rolle mehr, ob man sie auch noch wegen Diebstahls anklagt.«

Er erbleichte, aber er wich ihrem Blick nicht aus. »Was können Sie tun?«, fragte er sehr leise. »Mir liegt wirklich viel an Cleo. Sie ist zehnmal so viel wert wie dieses selbstherrliche Schwein in seinem eichenvertäfelten Büro!« Er brauchte Thorpe nicht beim Namen zu nennen. Sie teilte seine Gefühle, und er wusste es. Er beobachtete sie und wartete auf eine Antwort.

»Ich weiß es im Grunde selbst nicht – vielleicht ist es gar nicht viel«, gab sie zu. »Aber wenn ich weiß, wie viel fehlt und wie viel davon zu den Patienten gelangt ist, die Cleo behandelt hat, und wenn beides ungefähr übereinstimmt, dann muss Treadwell das Geld aus einer anderen Quelle bezogen haben.«

»Natürlich stimmen die Zahlen überein! Glauben Sie, sie hat ihm das Morphium zum Verkauf gegeben?« Er war entrüstet.

»Wenn mir ein Erpresser bis auf zwei Shilling die Woche alles wegnähme, was ich verdiene, wäre ich vielleicht gezwungen, mit Waren zu zahlen«, antwortete sie ihm.

Sie hatte Recht, und er wusste es. Seine Lippen wurden zu einer schmalen, harten Linie. »Ich bin froh, dass jemand diesen hinterhältigen Mistkerl erwischt hat«, sagte er rau. »Ich wünschte nur, wir könnten beweisen, dass es nicht die arme Cleo war. Oder, wenn ich es recht bedenke, überhaupt jemand, dem er so übel mitgespielt hat. Wie sollen wir vorgehen?« Er sah sie erwartungsvoll an.

»Sagen Sie mir, in welchen Mengen die Medikamente im Lauf der letzten Monate vor seinem Tod verschwunden sind, so genau wie möglich.«

»Das wird uns aber nicht sagen, wer die andere Person ist – oder die anderen Personen!«

»Mein Mann versucht herauszufinden, wo Treadwell sich aufgehalten hat. Vielleicht finden wir auf diese Weise weitere Erpressungsopfer.«

Seine Augen wurden schmal. »Versteht er sich denn auf solche Dinge?«

»Und ob. Er war früher einmal der beste Beamte bei der Polizei«, sagte sie voller Stolz.

»Oh? Und wer ist jetzt der Beste?«

»Ich habe nicht die leiseste Ahnung. Er hat diese Arbeit aufgegeben.« Dann fügte sie, für den Fall, dass Phillips hinter Monks Ausscheiden aus der Polizei eine Unehrenhaftigkeit witterte, hinzu: »Ein Teil der Disziplin, die man dort von ihm forderte, missfiel ihm. Er kann auch Selbstherrlichkeit nicht ausstehen, erst recht nicht, wenn sie mit Ignoranz gepaart ist.«

Phillips grinste, wurde jedoch schnell wieder ernst.

»Ich fertige Ihnen eine Liste dieser Dinge an. Ich kann Ihnen ziemlich genaue Angaben machen, wenn das weiterhilft.«

»Das wird es.«

Den Rest des Tages und den frühen Abend verbrachte sie damit, mit Monks Liste von Cleos Patienten und Phillips' Verzeichnis der verschwundenen Medikamente ein Haus nach dem anderen abzuklappern. Sie war an den Anblick kranker Menschen gewöhnt, das war seit vielen Jahren ihr Beruf, und sie hatte das Grauen der Schlachtfelder erlebt und die Seuchen, die darauf folgten, und wusste, was Angst, Erschöpfung, Kälte und Hunger bedeuteten.

Trotzdem war es schmerzlicher, als sie erwartet hatte, in diese Häuser zu gehen, die keinerlei Bequemlichkeit aufwiesen, weil alles verkauft worden war, um nicht verhungern und erfrieren zu müssen. Die Einsamkeit und das Leid, die fast körperlich zu spüren waren, taten ihr weh. Die Männer, die sie hier antraf, waren älter als die von der Krim; ihre Wunden waren alt. Man hatte sie ihnen in anderen Schlachten zugefügt, in anderen Kriegen.

Wieder und wieder musste sie die Tränen zurückdrängen, wenn alte Männer sich bemühten, ihre Armut zu verbergen, wenn sie sich zwangen, ihre verbrauchten und verwüsteten Körper zu erheben, um ihr, Hester, ein wenig Gastlichkeit zu bieten.

Es widerstrebte ihr, sich nach den Medikamenten zu erkundigen, die die Menschen von Cleo erhalten hatten. Sie wussten fast alle, dass Cleo vor Gericht stand und dass sie im Falle eines Schuldspruchs ihr Leben verlieren würde. Hester blieb nur, ihnen die Wahrheit zu sagen. Alle Männer ohne Ausnahme waren eifrig darum bemüht, nach Kräften zu helfen, Schränke zu öffnen, ihr die Pulver zu zeigen und genau aufzuzählen, was sie bekommen hatten.

Als sie um Viertel nach zehn zu Hause ankam, machte Monk sich bereits Sorgen um sie. »Wo bist du gewesen?«, wollte er wissen.

Sie ging auf ihn zu und legte ihm eine Hand auf die Schulter. Er schloss die Arme um sie und legte seine Wange an ihre Stirn. Sie brauchte ihm nicht zu erklären, was in ihr vorging; er las es in ihrem Gesicht.

»Was hast du in Erfahrung gebracht?«, fragte sie schließlich, während sie ihren Blick hob.

»Ich bin mir nicht sicher«, erwiderte er. »Möchtest du eine Tasse Tee?«

»Ja.« Sie wollte schon in die Küche gehen, aber er war schneller als sie.

»Ich hole ihn.« Er lächelte. »Ich wollte dich nicht darum bitten, mir einen Tee zu kochen – obwohl ich wahrscheinlich genauso weit gegangen bin wie du und mit ebenso wenig Erfolg.«

Sie setzte sich und zog die Stiefel aus. Es war ein besonderer Luxus, etwas, das sie nur zu Hause tat. Und es war noch immer ein wunderbares Gefühl, sich daran zu erinnern, dass dies ihr Zuhause war, dass sie hierher gehörte – und Monk ebenfalls.

Als er mit dem Tee zurückkam und sie ein wenig davon getrunken hatte, fragte sie ihn noch einmal, was er herausgefunden habe.

»Treadwell hat einen großen Teil seiner Zeit mit Dingen verbracht, über die wir nichts wissen«, erwiderte er und nippte an seinem Tee. »Er hatte einige sehr ungewöhnliche Freunde. Einer seiner Partner beim Spiel war sogar Bestattungsunternehmer, und Treadwell hat einige sehr merkwürdige Aufträge für ihn erledigt.«

»Genug, um so viel Geld zu verdienen, wie Treadwell ausgegeben hat?« Sie wusste nicht, ob sie sich ein Ja oder ein Nein als Antwort wünschte.

»Nicht annähernd«, erwiderte er. »Er hat lediglich einen Wagen gefahren, wahrscheinlich weil er gut mit Pferden umgehen kann und vielleicht auch, weil er die Straßen kannte. Wahrscheinlich hat er dem Mann nur einen Freundschaftsdienst erwiesen. Er scheint ihm Zutritt zu Hahnenkämpfen und Hunderennen verschafft zu haben, an denen er sonst nicht hätte teilnehmen dürfen. Die beiden waren sogar das eine oder andere Mal zusammen im Bordell.«

Hester zuckte mit den Schultern. »Das bringt uns aber nicht weiter, oder?« Sie versuchte, sich ihre Enttäuschung nicht anmerken zu lassen.

Monk runzelte nachdenklich die Stirn. »Ich habe mir den Kopf darüber zerbrochen, wie Treadwell überhaupt dahinter gekommen ist, dass Cleo die Medikamente entwendet hat.«

Sie wollte diesen Gedanken gerade als bedeutungslos abtun, als ihr plötzlich klar wurde, was Monk meinte.

»Nun, von Miriam wusste er es jedenfalls nicht!«, sagte sie im Brustton der Überzeugung.

»Von einem von Cleos Patienten vielleicht?«, fragte er. »Wie konnte Treadwell, Kutscher von Major Stourbridge in Bayswater, Spieler und Frauenheld in Kentish Town, etwas über die Medikamentendiebstähle in einem Krankenhaus in Hampstead Heath wissen?«

Sie sah ihn konzentriert an und ein Gedanke keimte in ihr auf. »Weil er an irgendeinem Punkt darüber gestolpert ist! So muss es gewesen sein – aber wo?« Sie hob die Hand und zählte die einzelnen Punkte an ihren Fingern ab. »Patienten werden krank und gehen in das Krankenhaus, wo Cleo sie kennen lernt, weil sie dort als Krankenschwester arbeitet.«

»Was nichts mit Treadwell zu tun hat«, erwiderte er. »Es sei denn, einer dieser Patienten wäre mit ihm verwandt oder bekannt gewesen.«

»Sie sind alle alt und wohnen in der Nähe des Hospitals«, bemerkte sie. »Die meisten sind allein, ein paar Glückliche haben einen Sohn, eine Tochter oder ein Enkelkind wie der alte John Robb.«

»Treadwells gesamte Familie war in Kentish Town ansässig«, sagte Monk. »So viel konnte ich feststellen. Sein Vater ist tot, und seine Mutter hat in zweiter Ehe einen Mann aus Hoxton geheiratet.«

»Und keine dieser Personen hat etwas mit Miriam Gardiner zu tun«, fuhr sie fort. »Also kann er sie nicht getroffen haben, wenn er Miriam fuhr.« Sie hob den nächsten Finger. »Cleo besucht die Kranken zu Hause und weiß, was sie brauchen. Sie stiehlt es aus dem Krankenhaus. Übrigens, ich bin davon überzeugt, dass der Apotheker es wusste, aber ein Auge zugedrückt hat. Er ist ein guter Mann und Cleo sehr zugetan.« Sie lächelte schwach. »Wirklich *sehr* zugetan. Er sieht in ihr so etwas wie eine Heilige. Ich glaube, sie ist die Einzige, die wirklich Eindruck auf Phillips macht. Fermin Thorpe beeindruckt ihn jedenfalls nicht im Mindesten!« Sie erinnerte sich an die Szene im Leichenschauhaus. »Er hat sogar den neuen Assistenten damit aufgezogen, dass Thorpe seine Leichen für die Medizinstudenten von Leichendieben kauft! Der arme Junge war ganz entsetzt, bis ihm klar wurde, dass Phillips einen Scherz machte.«

»Leichendiebe?«, wiederholte Monk langsam.

»Ja, Grabräuber, die Leichen ausgraben und sie an medizinische Einrichtungen verkaufen, wo…«

»Ich weiß, was Leichendiebe sind!«, sagte er hastig und beugte sich dann mit leuchtenden Augen vor. »Bist du dir sicher, dass es nur ein Witz war?«

»Nun, besonders komisch war seine Bemerkung eigentlich nicht«, pflichtete sie ihm mit einem Stirnrunzeln bei. »Aber Phillips ist eben so – ein bisschen – makaber. Ich mag ihn – um genau zu sein, ich mag ihn sehr. Er ist einer der wenigen Menschen im Krankenhaus, denen ich vertrauen würde…« Dann ging ihr plötzlich auf, woran er dachte. »Du meinst – oh, William! Glaubst du wirklich, dass er sie von Leichendieben kauft? Er war die andere Person, die Treadwell erpresst hat! Aber woher konnte Treadwell das wissen?«

»Er muss ihn nicht unbedingt erpresst haben«, sagte er und griff aufgeregt nach ihrer Hand. »Treadwell war mit diesem Bestattungsunternehmer befreundet! Was läge da näher, als ein paar Leichen zu verkaufen? Das könnte die zusätzlichen Fahrten, die er gemacht hat, erklären: Er hat Fermin Thorpe Leichen geliefert – und selbst einen hübschen Gewinn dabei herausgeschlagen!«

»Wunderbar!«, jubelte sie erleichtert. Es war nur ein winziger Hoffnungsschimmer, aber immerhin… »Das könnte zumindest ausreichen für Oliver, um erste Zweifel aufkommen zu lassen.« Sie lächelte schelmisch. »Und selbst wenn ihn keine Schuld trifft, hätte ich nichts dagegen, Thorpe einmal eingeschüchtert und verlegen zu sehen!«

»Das kann ich mir denken«, pflichtete Monk ihr mit einem Nicken bei. »Obwohl wir keine voreiligen Schlüsse ziehen sollten…«

»Warum nicht? Wir haben keine Zeit zu verschwenden …«

»Ich weiß. Aber Treadwell hat Thorpe möglicherweise gar nicht erpresst. Vielleicht stammt das Geld einzig und allein aus dem Verkauf der Leichen.«

»Dann soll Thorpe doch zusehen, wie er das beweist! Das könnte interessant werden.«

Seine Augen weiteten sich ein wenig. »Du verabscheust den Mann tatsächlich, nicht wahr?«

»Aus tiefstem Herzen«, sagte sie vehement. »Ihm ist seine eigene Eitelkeit wichtiger als das Leid der Menschen, die seiner Obhut anvertraut sind.« Ihre Worte klangen beinahe kampflustig, als hätte Monk ihn verteidigt.

Er lächelte. »Ich versuche nicht, den Mann zu schonen. Ich möchte nur nicht, dass wir auf die Nase fallen. Deshalb müssen wir das, was wir wissen, gezielt einsetzen, denn wir werden nur eine einzige Gelegenheit dazu haben.«

»Ich verstehe.« Sie verstand tatsächlich. Sie hatte sich den Luxus gegönnt, ihrem Ärger freien Lauf zu lassen, und sie sah es ein. »Ja, natürlich. Nur warte nicht zu lange.«

»Ganz bestimmt nicht«, versprach er. »Glaub mir, wir werden etwas daraus machen!«

Am Sonntag ging Monk noch einmal zu dem Bestattungsunternehmer, um sich über die Einzelheiten von Treadwells Arbeit dort zu informieren und Beweise dafür zu finden, dass er tatsächlich Leichen in das North London Hospital gebracht hatte und dafür großzügig bezahlt worden war.

Hester besuchte auch noch die restlichen Patienten auf Cleos Liste. Sie war sich nicht sicher, ob dies sinnvoll war, aber sie fühlte sich dazu verpflichtet, und neben allem anderen wollte sie John Robb noch einmal wieder sehen. Es war fast eine Woche seit ihrem letzten Besuch dort vergangen, und sie wusste, dass er kaum noch Morphium haben konnte. Sein Zustand verschlechterte sich, die Schmerzen nahmen zu, und es gab nur wenig, womit sie ihm helfen konnte. Sie hatte mit Billigung Phillips' etwas Morphium aus dem Krankenhaus mitgebracht und aus ihrer eigenen Tasche eine Flasche Sherry gekauft.

Er war allein und saß in sich zusammengesunken und schlafend in seinem Sessel. Doch als er ihre Schritte hörte, richtete er sich auf. Er sah blasser aus als bei ihrem letzten Besuch, und seine Augen waren noch tiefer in ihre Höhlen gesunken. Sie hatte zu viele Sterbende gepflegt und wusste, dass er nicht mehr lange zu leben hatte.

Sie zwang sich, ihre Stimme fröhlich klingen zu lassen, aber sie konnte unmöglich so tun, als bemerke sie nicht, wie krank er war.

»Guten Tag«, sagte sie leise, während sie ihm gegenüber Platz nahm. »Es tut mir Leid, dass ich so lange nicht da war. Ich habe versucht, eine Möglichkeit zu finden, wie wir Cleo helfen können, und ich denke, dass uns das möglicherweise gelungen ist.« Noch während sie sprach wurde ihr klar, dass sie die Wahrheit ruhig ein klein wenig ausschmücken durfte – wahrscheinlich würde er nicht mehr lange genug auf dieser Erde weilen, um den Ausgang der Verhandlung zu erleben.

Er lächelte und hob den Kopf. »Das ist die beste Nachricht, die Sie mir bringen konnten, Mädchen. Ich mache mir solche Sorgen um sie. So viel Gutes hat sie bewirkt, und jetzt muss so etwas passieren. Ich wünschte, ich könnte etwas tun, um zu helfen – aber alles, was ich unternehmen könnte, würde die Sache wohl nur schlimmer machen.« Er beobachtete Hester, während er auf ihre Antwort wartete.

»Machen Sie sich keine Sorgen, es wird Sie niemand danach fragen«, antwortete sie. Das war gewiss das Letzte, was die Staatsanwaltschaft freiwillig tun würde: Männer wie John Robb in den Prozess hineinzuziehen, die bestätigen würden, dass Cleo die Medikamente an sie weitergegeben hatte.

Hester selbst hätte es begrüßt, wenn dieser Skandal an die Öffentlichkeit gelangt wäre, aber es durfte nicht auf Cleos

Kosten geschehen. Bisher sah sie keine Möglichkeit, das zu bewerkstelligen.

John Robb sah sie eindringlich an. »Aber ich war einer von denen, für die sie die Medikamente gestohlen hat – nicht wahr?«

»Sie hat vielen Menschen Medikamente gebracht«, antwortete Hester aufrichtig. »Es waren insgesamt achtzehn, aber Sie waren einer von Cleos Lieblingen.« Sie lächelte. »So wie Sie einer von meinen sind.«

Er grinste, als hätte sie mit ihm geflirtet. »Aber einige der Medikamente, die sie genommen hat, waren für mich bestimmt, oder?«, bedrängte er sie.

»Ja. Für Sie und für andere.«

»Und woher haben Sie die Medikamente jetzt, Mädchen? Ich würde lieber darauf verzichten, als Sie auch noch in Schwierigkeiten zu bringen.«

»Das weiß ich, aber Sie brauchen sich keine Sorgen zu machen. Diese Medikamente hat mir der Apotheker selbst gegeben.« Das war zwar eine etwas großzügige Auslegung der Wahrheit, aber es spielte keine Rolle. »Ich mache Ihnen eine Tasse Tee, und dann können wir ein Weilchen zusammensitzen. Ich habe auch etwas Sherry mitgebracht – nicht aus dem Krankenhaus, ich habe ihn selbst gekauft.« Während sie sprach, stand sie auf. »Diesmal brauchen wir keine Milch für den Tee – wir haben etwas Besseres, um ihm Geschmack zu geben.«

»Das wäre schön«, stimmte er ihr zu. »Dann können wir noch ein bisschen reden. Sie erzählen mir einige Geschichten über Florence Nightingale, wie sie es diesen Generälen gezeigt und ihren Kopf durchgesetzt hat. Ich will eine gute Geschichte hören, Mädchen.«

»Die sollen Sie kriegen«, versprach sie. Dann ging sie in die Ecke des Raums, die als Küche diente, und setzte Wasser auf. Nachdem der Tee fertig war, goss sie eine großzügige Portion Sherry in den Becher für Robb und legte das Morphium in das Regal, wo Michael es am Abend finden würde.

Dann ging sie zurück zu John Robb und überreichte ihm den Becher; sie selbst hatte sich nichts in den Tee getan.

Er nippte genüsslich an dem Getränk. »Dann erzählen Sie mir mal, wie Sie diese Generäle überlistet haben, Mädchen. Sagen Sie mir, was heute alles besser gemacht wird, wegen des Kriegs und alledem, was Sie dort gelernt haben.«

Sie berichtete von allen möglichen Begebenheiten, von kleinen Siegen über die Bürokratie, und stellte alles so komisch wie möglich dar.

Er trank seinen Tee aus und stellte den leeren Becher beiseite. »Nur weiter«, drängte er. »Ich hör so gern Ihre Stimme, Mädchen. Sie lässt mich an alte Zeiten denken …«

Sie versuchte, sich an andere Geschichten zu erinnern, solche, die einen glücklichen Ausgang genommen hatten, und hier und da erfand sie etwas hinzu. Ab und zu unterbrach er sie mit einer Frage. Es war warm und behaglich, wie sie so in der Nachmittagssonne saßen, und es überraschte sie nicht, als sie aufblickte und sah, dass er die Augen geschlossen hatte. Es war genau die richtige Zeit, um einzudösen. Auf keinen Fall fühlte sie sich durch sein Verhalten gekränkt. Er lächelte noch immer über den letzten kleinen Sieg, von dem sie ihm berichtete und den sie im Rückblick ein wenig ausgeschmückt hatte.

Sie stand auf, um sich davon zu überzeugen, dass er auch wirklich nicht fror, da die Sonne inzwischen weiter gewandert war und seine Füße sich im Schatten befanden. Erst da fiel ihr auf, wie still er war. Kein gequältes Atmen, kein Röcheln, wenn die Luft in seine zerstörten Lungen drang.

Schon als sie die Finger auf seinen Hals legte und keinen Puls fand, spürte sie Tränen auf ihren Wangen. Es war lächerlich. Sie hätte um seinetwillen froh sein sollen, aber sie konnte nicht anders. Sie setzte sich hin und weinte, weinte vor Müdigkeit, vor Angst und weil sie einen ihr lieb gewonnenen Menschen verloren hatte.

Sie saß noch immer im Sessel gegenüber dem alten Mann, als Michael Robb am späten Nachmittag nach Hause kam.

Es fiel ihm zuerst nicht auf, dass etwas anders war als sonst.

Sie stand hastig auf und trat zwischen ihn und den alten Mann.

Dann sah er ihr Gesicht und bemerkte, dass sie geweint hatte. Er wurde blass.

»Er ist tot«, sagte sie sanft. »Ich war hier – ich habe mit ihm geredet. Wir haben uns alte Geschichten erzählt und ein wenig gelacht. Er ist einfach eingeschlafen.« Sie trat zur Seite, sodass er das friedliche Gesicht seines Großvaters sehen konnte, auf dem noch immer der Hauch eines Lächelns lag.

Michael kniete sich neben ihn und ergriff seine Hand. »Ich hätte hier sein sollen!«, sagte er heiser. »Es tut mir Leid! Es tut mir so Leid…«

»Wenn Sie die ganze Zeit hier geblieben wären, wer hätte dann das Geld verdient, von dem Sie beide gelebt haben?«, fragte sie. »Er wusste das – er war so stolz auf Sie.«

Michael beugte sich vor, die Tränen rannen ihm über die Wangen, und seine Schultern zuckten.

Sie wusste nicht, ob sie zu ihm gehen und ihn berühren sollte, ob sie ihn damit trösten konnte oder ob er diese Geste als Zudringlichkeit empfinden würde. Ihr Gefühl riet ihr, ihn in die Arme zu nehmen; er wirkte so jung und so einsam. Ihr Verstand sagte ihr, dass er mit seiner Trauer allein fertig werden musste. Das Gefühl gewann die Oberhand, und sie hockte sich neben ihn auf den Boden und nahm ihn in die Arme.

Als er den ersten Schock überwunden hatte, stand er auf und wusch sich mit dem Wasser aus dem Krug das Gesicht. Dann setzte er Wasser auf. Ohne mit ihr zu sprechen, kochte er frischen Tee.

»Ist das Ihr Sherry?«, fragte er.

»Ja. Bedienen Sie sich.«

Er schenkte ihnen großzügig zwei Gläser ein und reichte ihr eines davon. Sie setzten sich nicht. Es gab nur einen einzigen freien Stuhl, und keiner von ihnen wollte ihn für sich in Anspruch nehmen.

»Ich danke Ihnen«, sagte er ein wenig verlegen. »Ich weiß, Sie haben es für ihn getan, nicht für mich, aber ich bin Ihnen trotzdem dankbar.« Er hielt inne, offensichtlich, weil er etwas sagen wollte, aber nicht wusste, wie er beginnen sollte.

Sie nippte an dem Tee und wartete ab.

»Die Sache mit Mrs. Anderson tut mir Leid«, sagte er abrupt.

»Ich weiß«, versicherte sie ihm.

»Sie hat all die Medikamente für die Alten und Kranken gestohlen, nicht wahr …« Es war keine Frage.

»Ja. Ich könnte das beweisen, wenn es sein müsste.«

»Unter anderem für meinen Großvater …« Auch das war eine Feststellung.

»Ja.« Sie sah ihm unverwandt in die Augen. Er wirkte verletzlich und unglücklich. »Sie hat es aus freien Stücken getan. Weil sie es für richtig hielt«, fuhr sie fort.

»Es ist immer noch etwas Morphium da«, sagte er leise.

»Ach ja?«

»Um Gottes willen – seien Sie vorsichtig, Mrs. Monk!« Sein Gesicht drückte aufrichtige Angst aus, keinen Tadel.

Sie lächelte. »Das ist nicht mehr nötig. Werden Sie jetzt zurechtkommen?«

»Ja – sicher. Ich danke Ihnen.«

Sie zögerte einen Augenblick, dann drehte sie sich um und verließ das Haus. Draußen schienen die letzten Sonnenstrahlen auf den Gehweg, und auf der Straße herrschte reger Betrieb.

12

Am Sonntagabend ging Rathbone in die Fitzroy Street, um mit Monk zu reden. Er konnte die Ungewissheit nicht länger ertragen, und er wollte seine Besorgnis mit jemandem teilen.

»Leichendiebe!«, wiederholte er ungläubig, als Hester ihm berichtete, woher Treadwell ihrer Meinung nach sein zusätzliches Einkommen bezogen hatte.

»Nicht direkt«, korrigierte Monk ihn. »Genau genommen wurden die Leichen nie begraben, sondern direkt vom Bestattungsunternehmer ins Hospital gebracht.« Er saß in dem großen Sessel vor dem Feuer. Der Herbst machte sich an den Abenden langsam bemerkbar. Hester saß vornübergebeugt da, die Arme um den Leib geschlungen, das Gesicht blass. Sie erzählte ihm mit einfachen, schlichten Worten von John Robbs Tod, und er konnte an ihrer Haltung ablesen, dass der Verlust sie tief getroffen hatte.

»Das macht die Sache einfacher«, sagte Monk an Rathbone gewandt. »Warum sollte man sie erst begraben und dann die Mühe und das beträchtliche Risiko auf sich nehmen, sie wieder auszugraben, wenn man einfach von Anfang an stattdessen Ziegelsteine in die Särge legt?«

»Und Treadwell hat sie transportiert?« Rathbone wollte sich versichern, dass er alles richtig verstanden hatte. »Sind Sie davon überzeugt?«

»Ja. Wenn es sein müsste, könnte ich genug Zeugen benennen, um jeden Zweifel zu zerstreuen.«

»Und er hat Fermin Thorpe erpresst?«

Monk zuckte die Achseln. »Das weiß ich eben nicht. Beweise habe ich keine, und so ungern ich es zugebe, es ist eher unwahrscheinlich. Warum sollte er? Er machte bei dem Geschäft einen hübschen Gewinn. Nichts konnte weniger in seinem Interesse liegen, als Thorpe vor Gericht zu sehen.«

Dieser Einwand war überzeugend, und Rathbone akzeptierte ihn. »Haben wir irgendetwas in der Hand, womit sich eine Verteidigung untermauern ließe? Ich weiß nicht einmal, wo ich anfangen soll …«

Hester sah ihn unglücklich an und schüttelte den Kopf.

»Nein«, antwortete Monk ratlos. »Wir könnten Thorpe wahrscheinlich dazu bringen, dass er die Anklage wegen Diebstahls fallen lässt – aber das würde uns, was den Mord betrifft, nicht weiterbringen. Dabei hilft uns einzig und allein Ihr Geschick.« Er sah Rathbone freimütig an, und in seinen Augen lag ein Respekt, der Rathbone bei anderer Gelegenheit mit Stolz erfüllt hätte.

Um sieben Uhr am Montagmorgen stand Rathbone vor Miriams Gefängnistür. Eine mürrische Wärterin führte ihn hinein.

Die Tür fiel mit einem Klirren hinter ihm ins Schloss. Miriam blickte auf. Sie war nur noch ein Schatten ihrer selbst.

Er hatte keine Zeit, um den heißen Brei herumzureden.

»Ich gehe ohne Waffen in den Kampf«, sagte er lediglich. »Ich akzeptiere, dass Sie lieber Ihr Leben opfern wollen, als mir zu verraten, wer Treadwell und Verona Stourbridge getötet hat – aber sind Sie ganz sicher, dass Sie Cleo Anderson all das Gute, das sie Ihnen erwiesen hat, vergelten wollen, indem Sie auch sie dem Henker ausliefern?«

Miriam sah so aus, als wäre sie einer Ohnmacht nahe. Sie hatte Mühe, zu sprechen.

»Ich habe Ihnen bereits gesagt, Sir Oliver, selbst wenn Sie es wüssten, würde niemand Ihnen glauben. Ich könnte Ihnen alles erzählen, und es würde nur noch mehr Schaden daraus erwachsen. Glauben Sie nicht, ich würde alles Menschenmögliche tun, um Cleo zu retten, wenn ich es könnte? Sie bedeutet mir mehr als sonst ein Mensch auf dieser Welt – außer Lucius. Und ich weiß, wie viel ich ihr schulde. Sie brauchen mich nicht daran zu erinnern, als hätte ich es vergessen. Wenn ich an ihrer Stelle hängen könnte, würde ich es mit Freuden tun! Ich werde sogar zugeben, Treadwell ermordet zu haben, wenn es denn Cleo hilft.«

Er glaubte ihr jedes Wort, das sie gesagt hatte, und es gab für ihn keinen Zweifel, dass sie mit ruhigem Herzen sterben würde, wenn sie wüsste, dass sie Cleo damit retten könnte. Das bedeutete nicht, dass Cleo tatsächlich unschuldig war, nur dass Miriam sie liebte.

»Ich werde tun, was ich kann«, antwortete er leise. »Ich bin mir nicht sicher, ob das viel nutzen wird.«

Sie sagte nichts, schenkte ihm aber ein kleines Lächeln.

Die Verhandlung begann in einem halb leeren Gerichtssaal.

Rathbone hatte bereits seinen Platz eingenommen, als er Hester erblickte, wie sie sich mit einigen schnellen Worten an dem Gerichtsdiener vorbeidrängte, der noch immer mit ihr sprach, während sie bereits an ihm vorbeigegangen war und an Rathbones Tisch trat.

»Was gibt es Neues?«, fragte er und sah in ihr blasses, angespanntes Gesicht. »Was ist passiert?«

»Ich war heute Morgen bei Cleo«, flüsterte sie und beugte sich zu ihm vor. »Sie weiß, dass Miriam hängen wird, und es gibt nichts, was Sie tun können, es sei denn, die Wahrheit kommt ans Licht. Cleo kennt nur einen Teil dieser Wahrheit, aber sie kann es nicht ertragen, Miriam zu verlieren, ganz gleich, wer sonst dadurch zu Schaden kommt – selbst wenn es Lucius sein sollte und Miriam ihr das vielleicht niemals verzeihen wird.«

»Was weiß sie?«, fragte Rathbone scharf. »Welchen Teil der Wahrheit kennt sie? Um Gottes willen, Hester, sagen Sie es mir! Ich habe nichts in der Hand!«

»Rufen Sie Cleo in den Zeugenstand. Fragen Sie sie, wie sie Miriam überhaupt kennen gelernt hat. Sie denkt, dass die gegenwärtigen Ereignisse damit zu tun haben – es muss etwas so Furchtbares sein, dass Miriam sich nicht daran erinnern kann oder will. Aber jetzt haben Sie nichts mehr zu verlieren …«

»Danke, vielen Dank …« Spontan beugte er sich vor und küsste sie auf die Wange, und es war ihm gleichgültig, dass der Richter und alle anderen im Saal ihn beobachteten.

Tobias hüstelte vernehmlich und lächelte.

Der Richter schlug mit seinem Hammer auf den Tisch.

Hester lief rot an, kehrte aber mit einem Lächeln zu ihrem Platz zurück.

»Sind Sie so weit, dass Sie fortfahren können, Sir Oliver?«, fragte der Richter höflich.

»Jawohl, Euer Ehren. Ich rufe Mrs. Cleo Anderson in den Zeugenstand.«

Auf der Galerie machte sich ein aufgeregtes Raunen bemerkbar, und mehrere der Geschworenen rutschten unruhig auf ihren Stühlen herum.

Cleo wurde von der Anklagebank zum Zeugenstand geführt. Sie stand sehr aufrecht da, aber es kostete sie offensichtlich große Mühe, und sie sah kein einziges Mal zu Miriam hinüber. Mit unsicherer Stimme legte sie ihren Eid auf die Bibel ab, nannte ihren Namen und ihre Adresse und wartete dann ängstlich darauf, dass Rathbone mit dem Verhör begann.

Es war Rathbone zutiefst zuwider, was er nun tun musste, aber es ließ sich nicht vermeiden.

»Mrs. Anderson, wie lange leben Sie schon in Ihrem gegenwärtigen Haus in Green Man Hill?«

Sie verstand anscheinend sofort, was die Frage bedeutete, obwohl Tobias diesbezüglich im Dunkeln tappte, und seine Unsicherheit trat unverhohlen zu Tage, als er verärgert in die Runde blickte.

»Ungefähr dreißig Jahre«, erwiderte Cleo.

»Sie wohnten also bereits dort, als Sie Mrs. Gardiner das erste Mal begegneten?«, fragte Rathbone.

»Ja.« Es war kaum mehr als ein Flüstern.

Der Richter beugte sich vor. »Bitte sprechen Sie lauter, Mrs. Anderson. Die Geschworenen müssen Sie verstehen können.«

»Es tut mir Leid, Sir. Ja, ich wohne da.«

»Wie lange ist das jetzt her?«

Tobias erhob sich. »Das sind doch alles alte Geschichten, Euer Ehren. Wenn es Sir Oliver in irgendeiner Weise weiterhilft, konzediert die Krone, um dem Gericht Zeit zu sparen, an dieser Stelle Folgendes: Mrs. Anderson hat Mrs. Gardiner aufgenommen, als sie noch ein Kind war, und sie hat sich von Stund an mit großer Hingabe um sie gekümmert. Dies ist eine Tatsache, die wir nicht bestreiten, ebenso wenig, wie wir Beweise dafür benötigen.«

»Ich danke Ihnen«, sagte Rathbone mit beinahe übertriebener Freundlichkeit. »Aber darum geht es mir nicht. Wenn Sie so sehr darauf erpicht sind, nur ja nicht die Zeit des Gerichts zu vergeuden, würden Sie dann bitte so freundlich sein, mich nicht zu unterbrechen, solange dafür kein guter Grund vorliegt?«

Auf der Galerie wurde leises, nervöses Lachen laut, und wenigstens zwei der Geschworenen konnten sich ein Lächeln nicht verkneifen.

Der Zorn trieb Tobias die Röte in die Wangen, aber er hatte sich fast sofort wieder unter Kontrolle.

Rathbone wandte sich erneut an Cleo.

»Mrs. Anderson, würden Sie uns bitte schildern, unter welchen Umständen Sie Mrs. Gardiner das erste Mal begegnet sind?«

Das Sprechen kostete Cleo große Anstrengung. Es war nicht zu übersehen, dass die Erinnerung sie aufwühlte und nur die Verzweiflung sie zu diesem Schritt trieb.

Rathbone hatte praktisch keine Ahnung, warum er ihr diese Frage stellte, nur dass Hester ihn dazu gedrängt hatte und er ansonsten über keinerlei andere Mittel verfügte.

»Es war an einem Abend im September, am zweiundzwanzigsten, glaube ich. Es war windig, aber nicht kalt.« Sie schluckte. Ihre Kehle war trocken, und sie begann zu husten.

Auf Anweisung des Richters brachte der Gerichtsdiener ihr ein Glas Wasser, dann fuhr sie fort.

»Der alte Josh Wetherall, der zwei Türen weiter wohnte, klopfte bei mir, um mir zu sagen, dass ein junges Mädchen, ein Kind, weinend auf der Straße säße. Die Kleine, so sagte er, sei vollkommen hysterisch und über und über mit Blut bedeckt. Er war selbst ganz außer sich vor Sorge und Verwirrung, der arme Mann, und hatte keine Ahnung, wie er der Kleinen helfen sollte.« Sie holte tief Luft.

Niemand bewegte sich oder unterbrach sie. Selbst Tobias schwieg, obwohl sein Gesicht noch immer Ungeduld widerspiegelte.

»Natürlich bin ich hingegangen, um zu sehen, was ich tun konnte«, fuhr Cleo fort. »Jeder hätte so gehandelt, aber da ich Krankenschwester bin, wird er wohl gedacht haben, ich wüsste ein bisschen mehr über solche Dinge.«

»Und das Kind?«, hakte Rathbone nach.

Cleo umfasste mit beiden Händen das Gitter vor sich.

»Josh hatte Recht, sie war in einem furchtbaren Zustand …«

»Würden Sie sie bitte für uns beschreiben?« Rathbone wandte sich direkt an sie und ignorierte Tobias, der zu einem Einspruch ansetzte, vollkommen. »Wir müssen sie so sehen, wie Sie sie damals vorgefunden haben, Mrs. Anderson.«

Sie blickte ihn flehentlich an, und ihr ganzer Körper schien sich gegen diese Aussage zu wehren.

»Es muss sein, Mrs. Anderson. Bitte glauben Sie mir, es ist sehr wichtig.« Er log. Er hatte keine Ahnung, ob das alles zu etwas führen würde oder nicht, aber zumindest hörten die Geschworenen zu und endlich waren sie auch emotional beteiligt.

Cleo saß steif und zitternd da. »Sie war hysterisch«, sagte sie sehr leise.

Der Richter beugte sich vor, um besser hören zu können,

aber er verlangte nicht noch einmal von ihr, lauter zu sprechen.

Niemand im Gerichtssaal bewegte sich oder gab auch nur den leisesten Laut von sich.

Rathbone nickte und bedeutete ihr fortzufahren.

»Ich habe noch nie in meinem Leben jemanden in solcher Angst gesehen«, sagte Cleo nicht zu Rathbone oder zu dem Gericht, sondern als spräche sie laut mit sich selbst. »Sie war voller Blut, ihre Augen starrten ins Leere. Sie taumelte und stieß gegen alle möglichen Dinge und stundenlang war sie überhaupt nicht in der Lage zu sprechen. Sie schnappte nur wieder und wieder nach Luft und zitterte furchtbar. Ihr wäre wohler gewesen, wenn sie hätte weinen können.« Wieder hielt sie inne, und das Schweigen zog sich in die Länge, aber niemand gab einen Laut von sich. Selbst Tobias war klug genug, nicht zu unterbrechen.

»Welcher Natur waren ihre Verletzungen?«, fragte Rathbone schließlich.

Cleo schien in die Gegenwart zurückzukehren und sah ihn an, als hätte sie ihn schon fast vergessen.

»Welcher Natur waren ihre Verletzungen?«, wiederholte Rathbone. »Sie sagten, sie sei voller Blut gewesen, und offensichtlich hatte sie ein grauenvolles Erlebnis hinter sich.«

Cleo blickte verlegen drein. »Wir wissen nicht, wie es geschah, jedenfalls nicht wirklich. Tagelang konnte sie nicht einen einzigen vernünftigen Satz hervorbringen, und das arme Kind war so verängstigt, dass niemand in sie drang. Sie lag lediglich mit angezogenen Beinen in meinem Bett, beide Arme um den Leib geschlungen, und ab und zu weinte sie, als sei ihr Herz gebrochen, und sie hatte vor jedem Mann, der sich ihr näherte, solche Angst, dass wir nicht einmal nach einem Arzt schicken wollten.«

»Aber die Verletzungen?«, fragte Rathbone noch einmal. »Wie war das mit dem Blut?«

Cleo sah an ihm vorbei. »Sie trug nur ein langes baumwollenes Nachthemd. Es war von oben bis unten voller Blut und ihr Körper war übersät mit Prellungen und Schnittwunden …«

»Ja?«

Cleo sah zum ersten Mal zu Miriam hinüber, und die Tränen rannen ihr übers Gesicht.

Verzweifelt formte Miriam mit den Lippen das Wort »Nein«.

»Mrs. Anderson!«, sagte Rathbone scharf. »Woher kam das Blut? Wenn Sie wirklich unschuldig sind, und wenn Sie glauben, dass auch Miriam Gardiner unschuldig ist, kann nur die Wahrheit Sie noch retten. Das ist Ihre letzte Chance, uns diese Wahrheit zu sagen. Wenn das Urteil erst verkündet ist, bleiben Ihnen nichts als die kurzen Tage und Nächte bis zu Ihrer Hinrichtung.«

Tobias erhob sich.

Rathbone drehte sich zu ihm um. »Bestreiten Sie die Richtigkeit meiner Ausführungen, Mr. Tobias?«, wollte er wissen.

Tobias starrte ihn mit kaum verhohlenem Ärger an.

»Mr. Tobias?«, hakte der Richter nach.

»Nein, natürlich nicht«, räumte Tobias ein und nahm wieder Platz.

Rathbone wandte sich abermals zu Cleo um. »Ich wiederhole, Mrs. Anderson, woher kam das Blut? Sie sind Krankenschwester. Sie müssen über rudimentäre Kenntnisse der Anatomie verfügen. Erzählen Sie uns nicht, Sie hätten nichts unternommen, um diesem blutüberströmten, zu Tode verängstigten Kind zu helfen, nichts, außer ihm ein sauberes Nachthemd zu geben!«

»Natürlich habe ich ihr geholfen!«, schluchzte Cleo. »Das arme kleine Ding hatte gerade ein Kind geboren – und dabei war sie selbst noch ein Kind. Eine Fehlgeburt, das vermutete ich jedenfalls.«

»Hat sie selbst Ihnen das gesagt?«

»Sie redete wirr. Ihre Worte ergaben kaum Sinn. Manchmal war sie kurz bei Verstand, dann wieder nicht. Sie bekam ein furchtbares Fieber, und wir waren nicht einmal sicher, ob wir sie überhaupt würden retten können. Es kommt sehr häufig vor, dass Frauen nach einer Geburt am Fieber sterben, vor allem wenn es eine schlimme Geburt war. Und sie war so jung – viel zu jung, das arme kleine Ding.«

Rathbone versuchte es mit einer gewagten Vermutung. Bisher war das alles zwar sehr tragisch, hatte aber weder mit den Morden an Treadwell noch an Verona Stourbridge etwas zu tun. Es sei denn, Treadwell hätte Miriam wegen des Kindes erpresst? Aber würde das Lucius so viel ausmachen? Würde eine solche Tragödie genügen, um ihn davon abzuhalten, sie zu heiraten? Oder seine Familie diese Heirat zuzulassen?

Rathbone hatte ihr bisher noch keinen großen Dienst erwiesen und nichts zu verlieren, wenn er diese Geschichte so weit wie nur möglich aufdeckte.

»Sie müssen sie doch gefragt haben, was geschehen ist?«, sagte er schroff. »Was hat sie gesagt? Das Gesetz zumindest hatte doch eine gewisse Erklärung gefordert. Was war mit ihrer eigenen Familie? Was haben ihre Leute getan, Mrs. Anderson, mit diesem verletzten und hysterischen Kind, dessen Geschichte für Sie keinen Sinn ergab?«

Cleos Gesicht verkrampfte sich, und sie sah Rathbone trotzig an.

»Ich habe die Polizei nicht verständigt. Was hätte ich denn sagen sollen? Ich habe sie natürlich nach ihrem Namen gefragt und ob sie eine Familie hätte, die nach ihr suchen würde. Sie sagte, es gebe keine Familie und wer ich denn sei, das zu bestreiten? Sie sei eins von acht Kindern, und ihre Familie habe sie in Dienst gegeben, in ein gutes Haus.«

»Und das Kind?« Rathbone musste die Frage einfach stellen. »Was für ein Mann ist das, der eine Zwölfjährige schwängert? Sie muss zwölf Jahre alt gewesen sein, als sie das Kind empfing. Hat der Vater sie sitzen lassen?«

Cleos Gesicht war aschfahl. Rathbone wagte es nicht, Miriam anzusehen. Er konnte nicht einmal erahnen, was sie im

Augenblick durchmachte, während sie auf der Anklagebank saß und sich all das anhören musste. Er fragte sich, ob sie Harry oder Lucius Stourbridge ansehen würde oder Aiden Campbell, der bei den beiden Stourbridges in der ersten Reihe des Gerichtssaals saß. Vielleicht war dies hier schlimmer als alles, was sie bisher hatte ertragen müssen. Aber wenn sie, wenn Cleo überleben sollte, dann war es unabdingbar.

»Mrs. Anderson?«

»Sie hat ihm nie etwas bedeutet«, sagte Cleo sehr leise. »Sie sagte, er habe sie vergewaltigt, mehrmals. So ist sie zu dem Kind gekommen.«

Einer der Geschworenen sog scharf die Luft ein. Ein anderer ballte die Faust und schlug kurz und hart auf das Geländer vor sich.

Lucius wollte sich erheben, besann sich dann aber anders, hilflos und unentschlossen. Er wusste nicht, was er tun sollte.

»Aber das Kind kam tot zur Welt«, sagte Rathbone in die Stille hinein.

»So hatte ich mir das auch gedacht«, pflichtete Cleo ihm bei.

»Und was hatte Miriam in diesem Zustand allein in der Heide zu suchen?«

Cleo schüttelte den Kopf, als wolle sie die Wahrheit loswerden, als wolle sie sie in alle Winde zerstreuen.

Tobias starrte sie an.

Als sei sie sich seines Blickes bewusst, sah sie Rathbone noch einmal flehentlich an. Aber ihr Flehen galt Miriam, nicht ihr selbst. Davon war er absolut überzeugt.

»Was hat sie gesagt?«, fragte er.

Cleo senkte den Blick. Als sie wieder zu sprechen begann, war ihre Stimme kaum mehr als ein Flüstern.

»Dass sie mit einer anderen Frau aus dem Haus geflohen sei und dass diese versucht habe, sie zu schützen, und die Frau sei ermordet worden … da draußen auf der Heide.«

Rathbone war sprachlos. In seiner Phantasie hatte er viele Möglichkeiten durchgespielt, aber nicht diese. Er brauchte einen Augenblick, um sich zu fassen. Er wollte Miriam eigentlich nicht ansehen, aber er konnte nicht verhindern, dass sein Blick in ihre Richtung wanderte.

Sie saß mit kalkweißem Gesicht und geschlossenen Augen auf der Anklagebank. Es muss ihr bewusst gewesen sein, dass jeder Mann und jede Frau im Raum sie anstarrten und dass sie sich nur in sich selbst zurückziehen konnte. Er sah den Schmerz in ihrem Gesicht, einen Schmerz, der unerträglich war – aber keine Überraschung. Sie hatte gewusst, was Cleo sagen würde. Mehr als alles andere, gab das ihm absolute Gewissheit. Er glaubte ihr. Ob es geschehen war oder nicht, ob es eine solche Frau gegeben hatte, ob sie die Ausgeburt der Phantasie eines gequälten und hysterischen Mädchens im Fieberdelirium war, Miriam glaubte, dass es die Wahrheit war.

Rathbone warf Hester einen raschen Blick zu und sah auch in ihrem Gesicht fassungsloses Staunen. Sie hatte gewusst, dass es da ein Geheimnis gab – aber das hier überraschte selbst sie.

Er stellte die Frage, auf die das ganze Gericht wartete.

»Und wurde der Leichnam dieser Frau gefunden, Mrs. Anderson?«

»Nein…«

»Sie haben nach ihr gesucht?«

»Natürlich haben wir das. Wir haben alle gesucht. Jeder einzelne Mann in unserer Straße.«

»Aber Sie haben sie nie gefunden?«

»Nein.«

»Und Miriam konnte Sie nicht zu der Stelle führen? Noch einmal – ich darf doch davon ausgehen, dass Sie sie gefragt haben? Das war schließlich kaum ein Thema, das Sie einfach fallen lassen konnten!«

Sie sah ihn wütend an. »Natürlich haben wir das Thema nicht fallen lassen! Sie sagte, es sei bei einer Eiche geschehen, aber die Heide ist voller Eichen. Als wir nach einer ganzen Woche des Suchens noch immer nichts fanden, gingen wir davon aus, dass sie vorübergehend den Verstand verloren haben muss, sehr verständlich, nach allem, was passiert war. Die Menschen sehen alle möglichen Dinge, wenn sie krank sind, ganz zu schweigen von dem Kummer um ein totes Kind – und das, wo sie doch selbst noch ein Kind war!« Ihre Verachtung für ihn schwang in ihren Worten deutlich mit, obwohl er nur tat, was er tun musste.

Tobias saß an seinem Pult und schüttelte den Kopf.

»Sie haben also daraus den Schluss gezogen, dass sie sich zumindest diesen Teil ihrer Geschichte – ihres Alptraums – eingebildet hatte, und Sie haben die Geschichte einfach vergessen?«, hakte er nach.

»Natürlich haben wir das. Sie brauchte Monate, um sich zu erholen, und als es ihr endlich besser ging, waren wir alle so glücklich darüber, dass wir nie wieder von diesen Dingen sprachen. Warum sollten wir auch? Niemand sonst hat es je getan. Niemand kam, um jemanden zu suchen. Die Polizei wurde gefragt, ob jemand vermisst gemeldet worden sei.«

»Und was war mit Miriam? Hatten Sie der Polizei gesagt, dass Sie sie gefunden haben? Immerhin war sie damals doch selbst erst dreizehn Jahre alt.«

»Natürlich haben wir der Polizei das alles gesagt. Sie war nirgendwo vermisst gemeldet worden, und die Polizei war mehr als zufrieden, dass jemand sich um das Kind kümmerte.«

»Und sie ist in der Folge bei Ihnen geblieben?«

»Ja. Sie wuchs zu einem sehr hübschen Mädchen heran.« In ihren Worten lag unverkennbarer Stolz. Ihre Liebe zu Miriam war so deutlich in ihrer Miene zu lesen und in ihrer Stimme zu hören, dass keine Worte beredter davon hätten Zeugnis ablegen können. »Als sie neunzehn war, begann Mr. Gardiner, sie zu umwerben. Sehr vorsichtig, sehr sanft machte er seine ersten Annäherungsversuche. Wir wussten, dass er ein Gutteil älter war als sie, aber es machte ihr nichts aus und das war alles, was zählte. Wenn er sie glücklich machte, dann war das für mich das einzig Wichtige.«

»Und die beiden haben geheiratet?«

»Ja, eine Weile später. Und er war ihr ein sehr guter Ehemann, jawohl.«

»Und als er starb?«

»Ja. Das war sehr traurig. Er starb jung, obwohl er natürlich älter war als sie. Er bekam einen Herzanfall, und wenige Tage später war er tot. Sie hat ihn wirklich vermisst.«

»Bis sie Lucius Stourbridge begegnete?«

»Ja – aber das war drei Jahre später.«

»Aber sie hatte keine Kinder von Mr. Gardiner?«

»Nein.« Ihre Stimme klang, als sei sie zwischen zwei sich widerstreitenden Gefühlen hin und her gerissen. »Diese Gnade blieb ihr verwehrt. Nur Gott allein weiß, warum. So etwas geschieht und häufiger als Sie vielleicht denken.«

Tobias erhob sich mit entnervter Miene.

»Euer Ehren, wir haben mit großer Geduld Miriam Gardiners Lebensgeschichte über uns ergehen lassen, und auch wenn wir selbstverständlich großes Mitgefühl für ihre frühen Erfahrungen aufbringen, wie auch immer die Wahrheit diesbezüglich aussehen mag, so hat das alles doch nicht das Geringste mit dem Tod von James Treadwell und Verona Stourbridge zu tun – es sei denn, es hätte Treadwell mit neuerlichem Material für seine erpresserischen Versuche versehen. Wenn er von diesem ersten Kind von Mrs. Gardiner wusste, glaubte er vielleicht, die Familie Stourbridge würde sie weniger freudig aufnehmen – das Opfer einer Vergewaltigung oder was auch immer sonst dahinter gesteckt haben mochte.«

Der Richter machte keinen Hehl aus dem Abscheu, den er bei diesen Worten empfand, aber Tobias' Argument war stichhaltig, und er wusste es.

»Sir Oliver?«, sagte er fragend. »So wie es aussieht, haben Sie mehr Mr. Tobias' Sache vorangetrieben als Ihre eigene.

Haben Sie noch weitere Punkte, die Sie mit Ihren Mandanten besprechen möchten?«

Rathbone hatte keine Ahnung, was er sagen sollte. Er war verzweifelt.

»Ja, Euer Ehren, wenn Sie so freundlich sein wollen.«

»Dann fahren Sie fort, aber sorgen Sie bitte dafür, dass es mit den Ereignissen in Zusammenhang steht, die zu beurteilen wir uns hier zusammengefunden haben.«

»Sehr wohl, Euer Ehren.« Er drehte sich zu Cleo um. »Glauben Sie, dass sie vergewaltigt wurde, Mrs. Anderson? Oder denken Sie vielleicht, dass sie eben nicht besser war, als man es von solchen Mädchen erwarten darf, und…«

»Sie war dreizehn!«, sagte Cleo wütend. »Zwölf, als es geschah! Natürlich glaubte ich, dass sie vergewaltigt worden war! Sie war ja halb von Sinnen vor Angst!«

»Vor wem hatte sie Angst? Vor dem Mann, der sie vergewaltigt hatte – selbst da noch, neun Monate danach? Warum?«

»Weil er versucht hat, sie umzubringen!«, schrie Cleo.

Rathbone heuchelte Überraschung. »Das hat sie Ihnen erzählt?«

»Ja!«

»Und was haben Sie deswegen unternommen? Da war also irgendwo in der Nähe der Heide ein Mann, der das Mädchen vergewaltigt hatte, das Sie bei sich aufnahmen und wie Ihre eigene Tochter großzogen, und er hatte sie nicht nur vergewaltigt, sondern in der Folge auch noch versucht, sie zu ermorden – und Sie haben ihn nie gefunden? In Gottes Namen, warum nicht?«

Cleo zitterte und rang nach Atem, und Rathbone fürchtete, dass er zu weit gegangen war.

»Ich glaubte, dass sie vergewaltigt worden war oder verführt«, wisperte Cleo. »Aber Gott verzeih mir, ich dachte, was den Angriff auf ihr Leben betraf, da habe sich in ihrem Kopf alles vermischt, weil sie doch ein totes Baby geboren hatte, das arme kleine Ding.«

»Bis wann dachten Sie das?«, fragte Rathbone eindringlich und mit erhobener Stimme. »Bis sie wieder einmal zu Ihnen gelaufen kam, fast hysterisch und zu Tode verängstigt! Und diesmal fand sich auf der Heide tatsächlich eine Leiche – die von James Treadwell! Vor wem ist sie davongelaufen, Mrs. Anderson?«

Die Stille war vollkommen.

Ein Geschworener hustete, und es klang wie eine Explosion.

»War es James Treadwell?« Rathbone ließ seine Worte wie eine Herausforderung klingen.

»Nein!«

»Wer dann?«

Schweigen.

Der Richter beugte sich vor. »Wenn wir Ihnen glauben sollen, dass es nicht James Treadwell war, Mrs. Anderson, dann müssen Sie uns sagen, wer es war.«

Cleo schluckte krampfhaft. »Aiden Campbell.«

Wenn eine Bombe explodiert wäre, hätte die Wirkung nicht gewaltiger sein können.

Rathbone war einen Moment wie gelähmt.

Von der Galerie kam ein Brüllen.

Die Geschworenen wandten sich einander zu, rangen nach Luft oder gaben ihrer Fassungslosigkeit Ausdruck.

Der Richter klopfte mit seinem Hammer auf den Tisch und rief zur Ordnung.

»Euer Ehren!« Rathbone hob die Stimme. »Dürfte ich darum bitten, dass das Gericht sich jetzt für die Mittagspause zurückzieht, damit ich mit meiner Mandantin sprechen kann?«

»Stattgegeben«, stimmte der Richter ihm zu und ließ abermals seinen Hammer niedersausen. »Das Gericht wird um zwei Uhr wieder zusammentreten.«

Rathbone verließ benommen den Gerichtssaal und ging in den Raum hinunter, in dem es Miriam Gardiner gestattet war, mit ihm zu sprechen.

Sie drehte nicht einmal den Kopf, als er die Tür öffnete und eintrat. Der Wärter blieb draußen stehen.

»War es Aiden Campbell, vor dem Sie geflohen sind?«, fragte er.

Sie sagte nichts, sondern saß nur reglos und mit abgewandtem Kopf da.

»Warum?«, hakte er nach. »Was hatte er Ihnen angetan?«

Schweigen.

»War er derjenige, der Sie damals vergewaltigt hat?« In seiner Verzweiflung wurde seine Stimme immer lauter und schriller. »Um Himmels willen, antworten Sie mir! Wie soll ich Ihnen helfen, wenn Sie nicht mit mir reden?« Er beugte sich über den kleinen Tisch, aber sie wandte sich noch immer nicht zu ihm um. »Sie werden hängen!«, sagte er sehr deutlich.

»Ich weiß«, antwortete sie endlich.

»Und Cleo Anderson ebenfalls!«, fügte er hinzu.

»Nein – ich werde sagen, ich hätte auch Treadwell getötet. Ich werde es auf dem Zeugenstand beschwören. Sie werden mir glauben, weil sie mir glauben wollen. Keiner von ihnen möchte Cleo verurteilen.«

Das war die Wahrheit, und er wusste es ebenso gut wie sie.

»Sie werden das im Zeugenstand beschwören?«

»Ja.«

»Aber es ist nicht wahr!«

Diesmal drehte sie sich um und sah ihm direkt in die Augen. »Das können Sie nicht wissen, Sir Oliver. Sie wissen nicht, was geschehen ist. Wenn ich sage, es ist so, wollen Sie dann Ihrer eigenen Mandantin widersprechen? Sie müssen ein Narr sein – es ist das, was die Leute hören wollen. Sie werden es glauben.«

Er starrte sie an, für den Augenblick geschlagen. Er hatte das Gefühl, dass sie, wäre nur noch ein Fünkchen Leben in ihr gewesen, jetzt gelächelt hätte. Er wusste, wenn er sie nicht in den Zeugenstand rief, dann würde sie den Richter von der Anklagebank aus um die Erlaubnis bitten zu sprechen, und er würde dieser Bitte entsprechen. Es gab nichts mehr zu sagen.

Er ging und nahm ohne Appetit sein Mittagessen ein.

Rathbone hatte keine andere Wahl, als Aiden Campbell in den Zeugenstand zu rufen. Wenn er es nicht getan hätte, so hätte Tobias keinen Augenblick damit gezögert. Auf diese Weise würde ihm das Ganze vielleicht nicht vollständig aus den Händen gleiten.

Im Gerichtssaal herrschte knisternde Spannung. Während der Mittagspause musste sich herumgesprochen haben, welche Entwicklung die Verhandlung genommen hatte, denn jetzt war jeder Platz besetzt und die Gerichtsdiener mussten andere Neugierige zurückhalten, die in den Raum drängten.

Der Richter rief sie zur Ordnung und Rathbone erhob sich.

»Ich rufe Aiden Campbell in den Zeugenstand, Euer Ehren.«

Campbell war bleich, aber gefasst. Er musste gewusst haben, dass dies unvermeidlich war, und hatte fast zwei Stunden Zeit gehabt, um sich vorzubereiten. Jetzt stand er vor Rathbone, eine hoch gewachsene, aufrechte Gestalt. Er glich auf tragische Weise sowohl seiner toten Schwester als auch seinem Neffen Lucius, der blass neben seinem Vater saß und mehr einem Geist als einem lebenden Wesen ähnelte. Immer wieder starrte er zu Miriam hinauf, aber Rathbone hatte nicht ein einziges Mal gesehen, dass sie seinen Blick erwiderte.

»Mr. Campbell«, begann Rathbone, nachdem man Campbell daran erinnert hatte, dass er noch immer unter Eid aussagte, »die letzte Zeugin hat eine ungewöhnliche Anklage gegen Sie erhoben. Sind Sie bereit, dazu Stellung zu nehmen ...?«

»Das bin ich!« Campbell unterbrach ihn in seinem Eifer zu antworten. »Ich hatte von Herzen gehofft, dass dies niemals notwendig werden würde. Tatsächlich habe ich beträchtliche Anstrengungen unternommen, um es zu verhindern – um meiner Familie willen und aus einem gewissen Gefühl von Anstand heraus. Ich wollte alte Geschichten begraben und dafür sorgen, dass sie sich nicht in die Gegenwart hineindrängen, wo sie nur unschuldigen Menschen weh tun konnten.« Er sah zu Lucius hinüber und wandte dann den Blick wieder ab. Die Bedeutung seiner Worte war klar.

»Mrs. Anderson hat beschworen, Miriam Gardiner habe behauptet, Sie seien es gewesen, vor dem sie geflohen ist, als sie das Gartenfest am Cleveland Square verließ. Ist das wahr?«, fragte Rathbone.

Campbell wirkte zutiefst bekümmert. »Ja«, sagte er leise. Dann schüttelte er fast unmerklich den Kopf. »Ich kann Ihnen nicht sagen, wie sehr ich gehofft hatte, dies nicht sagen zu müssen. Ich kannte Miriam Gardiner – Miriam Speake, wie sie damals hieß, als sie zwölf Jahre alt war. Sie war Dienstmädchen in meinem Haus, als ich noch in der Nähe von Hampstead wohnte.«

Im Saal verbreitete sich Unruhe, und viele der Zuschauer schnappten hörbar nach Luft.

Campbell sah zu Harry Stourbridge und Lucius hinüber.

»Es tut mir Leid«, sagte er leidenschaftlich. »Ich kann diese Dinge nicht länger für mich behalten. Miriam lebte etwa achtzehn Monate in meinem Haus, ungefähr. Natürlich erkannte sie mich auf dem Gartenfest und muss befürchtet haben, dass ich sie ebenfalls wieder erkennen und es euch sagen würde.« Er sprach noch immer mit Harry Stourbridge, als sei dies eine Privatangelegenheit, die nur sie drei anging.

»Aber offensichtlich haben Sie es ihnen nicht gesagt«, bemerkte Rathbone und lenkte Campbells Aufmerksamkeit damit wieder auf die Vorgänge bei Gericht. »Warum sollte diese Entdeckung sie so sehr entsetzen, dass sie fluchtartig das Haus verließ, nicht nur verlegen, sondern zu Tode erschreckt? Die Familie Stourbridge hatte doch gewiss bereits von Mrs. Gardiner erfahren, dass sie aus einer anderen Gesellschaftsschicht stammte? Warum war diese Enthüllung so furchtbar?«

Campbell seufzte und zögerte, bevor er antwortete.

Rathbone wartete.

Im Gerichtssaal herrschte absolute Stille.

»Mr. Campbell...«, drängte der Richter.

Campbell biss sich auf die Lippen. »Ja, Euer Ehren. Es tut mir in der Seele weh, das sagen zu müssen, aber Miriam Speake war ein loses Frauenzimmer. Schon im Alter von zwölf Jahren besaß sie keine Spur von Moral.«

Von Harry Stourbridge war ein Aufstöhnen zu vernehmen. Lucius erhob sich halb von seinem Stuhl, aber seine Beine schienen unter ihm nachzugeben.

»Es tut mir Leid!«, sagte Campbell noch einmal. »Sie war sehr hübsch – sehr wohlgestaltet für eine so junge Frau... und so widerwärtig es mir ist, das sagen zu müssen, aber sie war auch sehr erfahren...«

Wieder hörte man ein Ächzen von der Galerie.

Mehrere Geschworene schüttelten den Kopf. Zwei von ihnen blickten enttäuscht zur Anklagebank. Rathbone wusste, dass sie jedes Wort glaubten. Er beobachtete, wie Miriam den Kopf senkte und mit den Händen ihr Gesicht bedeckte, als könne sie nicht ertragen, was sie da hörte.

Indem er Aiden Campbell in den Zeugenstand gerufen hatte, hatte Rathbone sich auch noch um den letzten winzigen Rest einer Verteidigung gebracht. Es war ihm, als habe er sich in sein eigenes Schwert gestürzt. Alle Anwesenden im Raum starrten ihn an und warteten darauf, dass er fortfuhr. Hester musste außer sich über dieses Ergebnis sein und ihn für seine Inkompetenz bedauern.

Tobias schüttelte mitfühlend den Kopf, und sein Mitleid galt einem Berufskollegen, der sich soeben sein eigenes Grab geschaufelt hatte.

Campbell wartete. Rathbone musste noch etwas sagen. Es gab nichts, womit sich die Sache noch verschlimmern ließe.

Zumindest hatte er jetzt nichts mehr zu verlieren und daher auch nichts zu befürchten.

»Das ist Ihre Auffassung, Mr. Campbell? Und Sie glauben, dass Mrs. Gardiner, die inzwischen eine angesehene Witwe von über dreißig war, solche Angst hatte, Sie könnten das, was Sie über ihre traurige Kindheit wüssten, äußern und damit das zukünftige Glück ihres Neffen zerstören …«

»Das war wohl eine vernünftige Einschätzung«, unterbrach ihn Tobias. »Welcher Mann würde seiner Schwester, die er liebt, nicht sagen, dass ihr einziger Sohn sich mit einer Dienstmagd verlobt hatte, die nicht besser war als eine Hure?«

»Aber genau das hat er nicht getan!«, rief Rathbone. »Er hat es niemandem gesagt! Sie haben doch gerade erst gehört, dass er sich bei seinem Schwager dafür entschuldigt hat, hier und jetzt davon gesprochen zu haben!« Er fuhr herum. »Woran lag das, Mr. Campbell? Wenn sie eine solche Frau war, wie Sie sie beschreiben – oder ich sollte wohl sagen, ein solches Kind –, warum haben Sie Ihre Familie dann nicht gewarnt, statt zuzulassen, dass diese Frau Ihren Neffen heiratet? Wenn es wahr ist, was Sie sagen …«

»Es ist wahr«, erwiderte Campbell ernst. »Der Zustand, in dem sie war und den Mrs. Anderson beschrieben hat, passt bedauerlicherweise genau zu dem, was ich über sie weiß.« Er umfasste mit beiden Händen das Geländer des Zeugenstands. Er schien sich daran festzuhalten, als wolle er ein Zittern verbergen. Er hatte Mühe, seine Stimme zu finden. »Sie hat einen meiner Diener verführt, einen bis dahin anständigen Mann, der einer Versuchung erlag, die zu stark für ihn war. Ich habe es erwogen, ihn zu entlassen, aber seine Arbeit war über jeden Tadel erhaben, und sein Abweichen vom Pfad der Tugend erfüllte ihn mit Scham. Es hätte bedeutet, dass ich sein Leben ruinierte, bevor es richtig begonnen hatte.« Er hielt einen Moment inne.

Rathbone wartete.

»Ich wusste es damals nicht«, fuhr Campbell mit offenkundiger Mühe fort. »Aber sie war schwanger. Sie ließ es abtreiben.«

Jemand im Saal schrie auf, eine Frau kreischte. Es gab einige Unruhe im Saal, da anscheinend jemand ohnmächtig geworden war.

Der Richter klopfte mit seinem Hammer auf den Tisch, aber diese Geste machte kaum Eindruck.

Miriam schien sich erheben zu wollen, aber die Wärter, die zu ihren beiden Seiten postiert waren, zogen sie zurück.

Rathbone warf einen Blick auf die Geschworenen. Ihre Gesichter spiegelten tiefes Entsetzen und Verachtung wider.

Der Richter ermahnte abermals mit seinem Hammer zur Ruhe. »Ich verlange Ordnung!«, sagte er ärgerlich. »Ansonsten werden die Gerichtsdiener den Saal räumen!«

Tobias sah zu Rathbone hinüber und schüttelte den Kopf.

Als der Lärm verebbte und bevor Rathbone das Wort ergreifen konnte, sprach Campbell weiter: »Das muss der Grund gewesen sein, warum sie blutete, als Mrs. Anderson sie fand, wie sie durch die Heide irrte.« Er schüttelte den Kopf, als wolle er leugnen, was er nun sagen würde, als wolle er die Abscheulichkeit all dessen ein wenig abmildern. »Zuerst wollte ich auch sie nicht aus dem Haus werfen. Sie war so jung. Ich dachte – ein einziger Fehler – und es war eine barbarische Abtreibung – sie war immer noch …« Er zuckte mit den Schultern. Dann hob er den Kopf und sah Rathbone an. »Aber sie machte weiter, forderte ständig die Männer heraus, hetzte sie gegeneinander auf. Sie genoss die Macht, die sie über sie hatte. Ich hatte keine andere Wahl, als sie auf die Straße zu setzen.«

Ein mitfühlendes Raunen ging durch den Saal, und eine Woge der Empörung folgte darauf. Ein oder zwei Männer fluchten leise. Zwei Geschworene sprachen miteinander. Sie blickten zur Anklagebank. Ihre Entscheidung stand ihnen deutlich ins Gesicht geschrieben.

Ein Journalist machte sich hektisch Notizen.

Tobias musterte Rathbone und lächelte mitfühlend, aber

ohne sein eigenes Gefühl des Triumphes zu verhehlen. Er erwartete keine Schonung, wenn er verlor, genauso wenig wie er einen anderen schonte.

»Ich wünschte, ich hätte das nicht aussprechen müssen«, sagte Campbell an Rathbone gewandt. »Ich habe bisher gezögert, es Harry zu erzählen, weil ich mir zuerst nicht ganz sicher war, ob es sich um dieselbe Person handelte. Es schien undenkbar, und natürlich war sie in dreiundzwanzig Jahren sehr gealtert. Ich wollte einfach nicht glauben, dass sie es war... das verstehen Sie doch? Ich nehme an, ich habe es mir dann endlich doch eingestanden, als ich sah, dass auch sie mich wieder erkannte.«

Es blieb Rathbone nichts mehr zu sagen, keine Frage mehr zu stellen. Es war das Letzte, was er hatte vorhersehen können, und wahrscheinlich würde Hester sich jetzt genauso niedergeschlagen fühlen wie er. Er nahm wieder Platz.

Tobias erhob sich und ging ein wenig breitbeinig durch den Saal. Oliver Rathbone zu schlagen, das war ein Sieg, der ausgekostet werden wollte, selbst wenn es lächerlich einfach gewesen war.

»Mr. Campbell, mir bleibt nur noch sehr wenig zu fragen. Sie haben uns weit mehr gesagt, als wir uns hätten vorstellen können.« Er sah zu Rathbone hinüber. »Ich denke, das gilt für meinen gelehrten Freund ebenso wie für mich! Trotzdem, ich habe den Wunsch, einige Dinge klar zu stellen... für den Fall, dass Mrs. Gardiner beschließt, selbst in den Zeugenstand zu treten und Anschuldigungen gegen Sie vorzubringen, wie Mrs. Anderson es angedeutet hat – die möglicherweise von Mrs. Gardiners jugendlichen Heldentaten genauso wenig wusste wie wir übrigen.«

Campbell erwiderte nichts, sondern wartete darauf, dass Tobias weitersprach.

»Mrs. Gardiner floh, als ihr klar wurde, dass Sie sie erkannt hatten – das zumindest ist Ihre Auffassung?«

»Ja.«

»Sind Sie ihr gefolgt?«

»Nein, natürlich nicht. Dafür gab es keinen Grund.«

»Sie sind auf dem Gartenfest geblieben?«

»Nicht direkt auf dem Gartenfest. Ich bin am Cleveland Square geblieben. Die Angelegenheit hat mich sehr erregt. Ich habe mich ein wenig weiter in den Garten zurückgezogen, um allein zu sein und darüber nachzudenken, was ich tun sollte… und was ich sagen könnte, wenn der Rest der Familie bemerken würde, dass sie verschwunden war.«

»Und zu welchem Entschluss sind Sie gekommen, Mr. Campbell?«

»Zu schweigen«, antwortete Campbell. »Ich wusste, dass diese Geschichte sie alle tief verletzen würde. Sie hatten Miriam sehr gern. Lucius liebte sie, wie nur ein junger und idealistischer Mann lieben kann. Ich glaube, sie war seine erste Liebe…« Er ließ den Satz unvollendet, sodass jeder Mann Zeit hatte, sich an seine eigene erste Liebe – und vielleicht auch Enttäuschungen – zu erinnern.

»Ich verstehe«, sagte Tobias leise. »Nur Gott kann wissen, ob diese Entscheidung die richtige war, aber ich verstehe nur zu gut, was Sie dazu bewogen hat. Ich fürchte, ich muss Ihnen noch weitere Fragen stellen, aber nur zu einem einzigen Punkt.«

»Ja?«

»Der Kutscher, James Treadwell. Was glauben Sie, warum Mrs. Gardiner mit ihm weggefahren ist?«

»Er war der Diener im Haus, den sie am besten kannte«, erwiderte Campbell. »Wenn ich recht informiert bin, hatte er sie häufig von Hampstead abgeholt. Ich will nicht spekulieren, dass da mehr dahintersteckte…«

»Das ist sehr taktvoll von Ihnen«, bemerkte Tobias, »wenn man bedenkt, was Sie über Mrs. Gardiners früheres Verhalten männlichen Dienstboten gegenüber wissen!«

Campbell presste die Lippen zusammen, aber er antwortete nicht.

»Erzählen Sie mir«, sprach Tobias weiter, »woher wusste

dieser Kutscher, dass Mrs. Anderson Medikamente entwendete?«

»Ich habe keine Ahnung!« Campbell klang überrascht, dann machte er ein resigniertes Gesicht. Er schüttelte den Kopf. »Nein – ich glaube nicht, dass Miriam es ihm erzählt hat! Sie war eine Intrigantin, immer auf ihren eigenen Vorteil bedacht und habgierig – aber, nein. Es sei denn, es war ein Versehen, und ihr war nicht klar, was er mit der Information anfangen würde…«

»Wäre es nicht die perfekte Rache gewesen?«, fragte Tobias glattzüngig. »Ihre Heirat mit Lucius Stourbridge ist jetzt nicht mehr möglich, weil sie weiß, dass Sie es niemals zulassen werden. Treadwell ruiniert ihre Freundin und Gönnerin, zu der sie nun zurückkehren muss. Sie ist wütend, ja sogar verzweifelt – und sie schlägt auf ihn ein! Was könnte natürlicher sein?«

»Ja, das wäre vorstellbar«, räumte Campbell ein.

Tobias wandte sich an den Richter. »Euer Ehren, das dürfte für heute genug der Tragödie sein. Wenn das Gericht einverstanden ist, möchte ich vorschlagen, dass wir die Verhandlung bis morgen vertagen. Vielleicht hat Sir Oliver dann weitere Beweise vorzulegen, von denen er glaubt, dass sie seinen Fall noch retten. Ich persönlich habe nicht mehr viel hinzuzufügen.«

Der Richter sah Rathbone fragend an, aber er hielt bereits seinen Hammer in der Hand.

Rathbone gab sich geschlagen.

»Gewiss, Euer Ehren«, sagte er leise. »Natürlich.«

Rathbone hatte kaum den Saal verlassen, als der Gerichtsdiener an ihn herantrat.

Er wollte mit niemandem sprechen. Er spürte die Bitterkeit der Niederlage, von der er wusste, dass er sie sich selbst zuzuschreiben hatte. Am meisten fürchtete er sich davor, Hester gegenüberzutreten und ihre Enttäuschung zu sehen.

»Was gibt es?«, fragte er schroff.

»Entschuldigung, Sir Oliver«, erwiderte der Gerichtsdiener höflich. »Mrs. Anderson hat darum gebeten, dass Sie sie aufsuchen, Sir. Sie sagte, es sei äußerst wichtig.«

Es gab doch etwas, was schlimmer war, als Hester gegenüberzutreten: Cleo Anderson sagen zu müssen, dass er nichts mehr für sie tun konnte. Er atmete tief durch. Es ließ sich nicht vermeiden. Wenn man einen Sieg annehmen und feiern konnte, dann musste man auch eine Niederlage mit Fassung tragen.

»Natürlich«, erwiderte er. »Ich danke Ihnen, Morris.« Er drehte sich um und war bereits ein Stück den Korridor entlanggegangen, als Hester ihn einholte. Er wusste nicht, was er ihr sagen sollte. Es gab keinen Trost, den er ihr anbieten konnte, keine neue Verteidigungsstrategie.

Sie passte sich seinem Schritt an und ging schweigend neben ihm her.

Cleo wartete in dem kleinen Raum, vor dem der Wärter postiert war, bereits auf Rathbone und trat auf ihn und Hester zu, als sich die Tür hinter ihnen geschlossen hatte.

»Er lügt«, sagte sie und blickte dabei von einem zum anderen.

Rathbone war verlegen und schüttelte den Kopf. »Es ist nur zu verständlich, dass Sie glauben wollen …«

»Es hat nichts mit Glauben zu tun!«, sagte sie verächtlich. »Ich habe sie doch damals gesehen! Sie hatte keine Abtreibung. Sie hatte das Kind voll ausgetragen.« Cleo war wütend, weil er sie nicht verstand. »Ich bin Krankenschwester. Ich kenne den Unterschied zwischen einer Frau, die entbunden hat, und einer, die ihr Kind in den ersten paar Monaten verloren oder es abgetrieben hat. Dieses Kind wurde geboren – tot oder lebendig. Ihr Leib war geschwollen – und sie hatte Milch, das arme kleine Ding.« Sie schluckte. »Und wie sie um ihr Kind geweint hat …«

»Dann lügt Campbell also!«, stellte Hester fest und trat einen Schritt näher an Cleo heran. »Aber warum?«

»Um zu vertuschen, was er ihr angetan hat!«, sagte Cleo

zornig. »Er muss sie vergewaltigt haben, und als sie ein Kind erwartete, warf er sie hinaus!« Sie sah erst zu Hester, dann zu Rathbone. »Obwohl er ihren Zustand nicht einmal bemerkt hat! Wer sieht sich schon Hausmädchen genauer an, vor allem solche, die selbst kaum mehr als Kinder sind? Vielleicht war er ihrer bereits müde geworden – und hatte sich etwas Neues gesucht? Oder weil er dachte, sie habe abtreiben lassen, und dann feststellen musste, sie hatte es nicht getan! Um den Skandal zu vermeiden…«

»Es wäre kein großer Skandal gewesen«, sagte Hester traurig. »Wenn sie dumm genug gewesen wäre zu sagen, dass das Kind von ihm war, hätte er es einfach geleugnet. Es ist unwahrscheinlich, dass jemand ihr geglaubt… oder sich besonders darum geschert hätte, selbst wenn er ihr glaubte. Das ist kein Grund, jemanden zu ermorden.«

Cleo weigerte sich aufzugeben. »Was ist mit der Leiche?«

»Mit welcher Leiche?«, Rathbone war verwirrt. »Das Kind?«

»Nein – nein, die Frau!«

»Welche Frau?«

»Die Frau, deren Ermordung Miriam miterlebt hat, in der Nacht, als ihr Kind geboren wurde! Die Frau in der Heide!«

Rathbone fand das alles immer verwirrender. »Wer war diese Frau?«

Cleo schüttelte den Kopf. »Ich weiß es nicht! Miriam sagte, sie sei ermordet worden. Sie hat es mit angesehen – das war es, wovor sie weggelaufen ist!«

»Aber wer war die Frau?«

»Ich weiß es nicht!«

»Wurde denn je eine Leiche gefunden? Was ist passiert? Hat die Polizei denn keine Fragen gestellt?«

Cleo hob abwehrend die Hände, und in ihren Augen stand tiefe Verzweiflung. »Nein – es wurde nie eine Leiche gefunden. Er muss sie versteckt haben.«

Es war alles sinnlos. Rathbone hatte das Gefühl, kaum mehr Luft zu bekommen, so als ertrinke er.

»Sie sagten selbst, dass sie damals hysterisch war.« Er versuchte, vernünftig zu klingen und nicht herablassend oder kränkend. Ihr stand eine Schande bevor, die sie nicht verdient hatte, und ein Tod, vor dem er sie nicht retten konnte. »Glauben Sie nicht, dass sie dabei in Wirklichkeit an den Verlust ihres Kindes dachte? War es ein Mädchen?«

»Ich weiß es nicht. Sie hat es nicht gesagt.« Cleo schien seine Verzweiflung zu spüren. »Sie schien so – so sicher zu sein, dass es eine Frau war... jemand, den sie sehr gern hatte... eine Frau, die ihr geholfen, die sie sogar geliebt hatte... ich...« Sie hielt inne, zu müde und erschöpft, um weiterzusprechen.

»Es tut mir Leid«, sagte Rathbone sanft. »Sie haben Recht daran getan, mir von dem Kind zu erzählen. Wenn Campbell gelogen hat, können wir daraus vielleicht noch etwas machen. Selbst wenn wir nicht mehr tun können, als Miriams guten Ruf zu retten, so bin ich davon überzeugt, dass ihr das nicht unwichtig wäre.« Er machte Versprechungen und redete Unsinn. Würde Miriam sich im Angesicht des Todes noch für solche Dinge interessieren?

Er klopfte an die Tür, um herausgelassen zu werden, und als sie wieder im Korridor standen, wandte er sich an Hester.

Aber bevor er etwas sagen konnte, ergriff sie das Wort.

»Wenn diese Frau wirklich getötet wurde, dann muss ihre Leiche immer noch da sein...«

»Hester – sie delirierte, wahrscheinlich war sie geschwächt von dem Blutverlust und aufgewühlt von dem schrecklichen Erlebnis, ein totes Kind geboren zu haben.«

»Vielleicht! Aber möglicherweise hat sie wirklich mit angesehen, wie eine Frau ermordet wurde«, beharrte Hester. »Wenn die Leiche nie gefunden wurde, dann muss sie noch immer da draußen in der Heide liegen...«

»Nach zweiundzwanzig Jahren!«, rief er ungläubig. »In der Heide von Hampstead! Um Himmels willen...«

»Natürlich nicht im Freien, für alle Augen sichtbar! Begraben – irgendwo versteckt!«

»Nun, wenn er sie vergraben hat, wird sie heute niemand mehr finden!«

»Vielleicht hat er sie nicht vergraben.« Sie weigerte sich aufzugeben. »Vielleicht hat er sie nur irgendwo gut versteckt.«

»Hester…«

»Ich gehe jetzt zu Sergeant Robb und frage ihn, ob er mir bei der Suche helfen will.«

»Das können Sie nicht tun! Nach all dieser Zeit wird man nichts mehr finden…«

»Ich muss es versuchen! Was, wenn tatsächlich eine Frau ermordet wurde? Was, wenn Miriam die ganze Zeit über die Wahrheit gesagt hat?«

»Das hat sie nicht!«

»Aber was, wenn doch? Sie ist Ihre Mandantin, Oliver! Solange es Zweifel gibt, müssen Sie zumindest an die Möglichkeit ihrer Unschuld glauben. Sie müssen davon ausgehen, dass sie die Wahrheit sagt, bis endgültig bewiesen ist, dass es nicht so ist.«

»Sie war dreizehn, sie hatte gerade ein totes Kind zur Welt gebracht, sie war allein und außer sich…«

»Ich gehe jetzt zu Sergeant Robb. Er wird mir bei der Suche helfen, ganz egal, was er glaubt, und er wird es um Cleos willen tun. Er ist ihr etwas schuldig, und es ist eine Schuld, die er niemals wird begleichen können. Das weiß er.«

»Und falls er es vergessen sollte, werden Sie ihn zweifellos daran erinnern!«

»Selbstverständlich!«, pflichtete sie ihm bei. »Aber er wird es nicht vergessen.«

»Was ist mit Monk?«, fragte er sie streitlustig, als sie sich abwandte, um zu gehen.

»Er ist immer noch damit beschäftigt, mehr über Treadwell und die Leichen in Erfahrung zu bringen«, sagte sie über die Schulter.

»Leichen! Was für Leichen, Hester?«

Aber sie war bereits zu weit entfernt und beschleunigte

jetzt ihren Schritt. Und wenn er nicht hinter ihr herjagen wollte, konnte er nichts tun, als sich zu überlegen, wie er morgen früh dem Gericht gegenübertreten wollte.

Michael Robb saß allein in dem Raum, den er bis vor kurzem noch mit seinem Großvater geteilt hatte. Der wuchtige Sessel stand an seinem Platz, als würde der alte Mann eines Tages vielleicht zu ihm zurückkehren. Das Zimmer wirkte seltsam leer.

»Mrs. Monk!«, sagte Robb überrascht. »Was ist passiert? Ist etwas nicht in Ordnung?«

»Nichts ist in Ordnung«, antwortete sie und blieb stehen, obwohl er ihr angeboten hatte, Platz zu nehmen. »Cleo wird verurteilt werden, wenn wir nicht irgendeinen Beweis dafür finden, dass auch Miriam unschuldig ist, und unsere einzige Chance besteht darin, die Leiche der Frau zu finden...«

»Welcher Frau? Einen Moment mal!« Er hob die Hand. »Was ist bei Gericht geschehen? Ich war nicht da.«

Mit hastigen Worten berichtete sie ihm von Cleos Zeugenaussage, von ihrer Geschichte, wie sie Miriam das erste Mal gesehen hatte, wie dann Aiden Campbell in den Zeugenstand getreten war und alles abgestritten und eine andere Erklärung für den Ablauf des damaligen Geschehens gegeben hatte.

»Wir müssen die Frau finden, von der Miriam sagte, dass sie damals ermordet wurde!«, kam sie mit verzweifelter Miene zum Ende. »Das würde beweisen, dass sie die Wahrheit gesagt hat! Zumindest würde die Polizei dann der Sache auf den Grund gehen müssen!«

»Sie hat zweiundzwanzig Jahre da draußen gelegen!«, protestierte er. »Es ist fraglich, ob überhaupt noch etwas von ihr übrig geblieben ist!«

»Fällt Ihnen vielleicht etwas Besseres ein?«, fragte sie scharf.

»Nein, aber...«

»Dann helfen Sie mir! Wir müssen nach ihr suchen!«

Er zögerte nur einen Augenblick. Sie konnte an seiner Miene ablesen, dass er das Unterfangen für hoffnungslos hielt. Aber er hatte das Gefühl, Cleo etwas schuldig zu sein. Schweigend griff er nach seiner Laterne und folgte Hester nach draußen in die hereinbrechende Dunkelheit.

Seite an Seite gingen sie Richtung Green Man Hill und zu den Cottages, wo Cleo Anderson bis zu ihrer Verhaftung gelebt hatte. Sie blieben vor dem Haus stehen, das Gesicht der Heide zugewandt. Es war jetzt fast dunkel; nur die massigen Umrisse der Bäume zeichneten sich schwarz vor dem klaren Herbsthimmel ab.

»Was meinen Sie, wo wir anfangen sollen?«, fragte Robb.

Sie war ihm dankbar für das »Wir«, dankbar, dass er das Ganze nicht als ihre, Hesters, Idee abtat, an der er nur am Rande beteiligt war.

Sie hatte darüber nachgedacht, während sie schweigend nebeneinander hergegangen waren.

»Es kann nicht sehr weit sein«, sagte sie und blickte über die Grasfläche. »Miriam war nicht in der Verfassung, eine große Strecke zu laufen. Wenn die arme Frau wirklich ermordet wurde, zu Tode geprügelt, wie Miriam anscheinend sagte, dann wird der Täter dies sicherlich nicht allzu nah an der Straße getan haben.« Sie schob den Gedanken beiseite und weigerte sich, die Bilder an sich heranzulassen. »Selbst wenn es nur ein einzelner Schlag war – und beten wir zu Gott, dass es so war –, kann die Tat nicht vollkommen lautlos geschehen sein. Es muss einen Streit gegeben haben, eine Anschuldigung oder irgendetwas! Miriam war dabei, sie hat es mit angesehen. Sie zumindest muss geschrien haben – und dann geflohen sein.«

Er musterte sie eindringlich, und im Schein der Laterne sah sie, wie er nickte. Sein Gesicht verriet seinen Abscheu über das, was sie gerade beschrieben hatte.

»Wer es auch war, er konnte ihr nicht folgen«, fuhr sie unbarmherzig fort. »Weil er Angst hatte, erwischt zu werden. Zuerst musste er sich der Leiche der Frau entledigen …«

»Mrs. Monk… glauben Sie wirklich, was Sie da schildern?«, unterbrach er sie.

Sie bekam langsam selbst Zweifel daran, aber sie würde auf keinen Fall aufgeben.

»Natürlich!«, sagte sie scharf. »Wir werden es beweisen! Wenn Sie jemanden getötet hätten und Sie wüssten, dass ein junges Mädchen Sie dabei beobachtet hat, und dieses Mädchen wäre davongelaufen, schreiend vielleicht, was würden Sie tun? Wie würden Sie vorgehen, um eine Leiche so schnell wie möglich zu beseitigen, sodass jemand, der vorbeikommt, um nach der Ursache des Lärms zu forschen, nichts bemerken würde?«

Seine Augen weiteten sich. Er wollte schon Einwände erheben, überlegte es sich aber doch anders und begann nachzudenken. Er ging durch das Gras zu den ersten Bäumen hinüber und sah sich um.

»Hm, ich würde keine Zeit haben, ein Grab zu schaufeln«, sagte er langsam. »Der Boden ist hart und voller Wurzeln. Und außerdem würde umgegrabene Erde auffallen.«

Er ging ein wenig weiter, und sie folgte ihm rasch.

Über ihnen kreiste etwas in der Dunkelheit. Unwillkürlich stieß Hester einen leisen Schrei aus.

»Es ist nur eine Eule!«, beruhigte er sie.

Sie fuhr herum. »Wo ist sie denn geblieben?«

»Auf einem der Bäume«, antwortete er. Er hob die Laterne und lenkte ihr Licht in die Äste. Sie sahen blassgrau aus vor dem Hintergrund des dunklen Himmels, und die Schatten schienen sich zu bewegen.

Sie war froh, dass sie nicht allein hergekommen war. Sie stellte sich vor, wie Miriam sich gefühlt haben musste: Sie hatte ihr Kind verloren, eine Frau, die sie liebte, war vor ihren Augen getötet worden und sie selbst wurde verfolgt und gejagt, sie blutete und stand Todesängste aus. Kein Wunder, dass sie so verwirrt war, als Cleo sie fand.

»Wir müssen weitersuchen!«, sagte sie entschlossen. »Wir müssen jede Möglichkeit ins Auge fassen. Wenn die Leiche hier ist, werden wir sie finden!« Sie ging mit langen Schritten voran, wobei sie ihre Röcke raffte, um nicht darüber zu stolpern. »Sie sagten, er kann sie nicht vergraben haben. Er kann sie aber auch nicht für alle sichtbar liegen gelassen haben. Und sie wurde nicht gefunden! Also hat er sie so gut versteckt, dass niemand vor uns sie entdeckt hat! Wo könnte das sein?«

»In einem Baum«, antwortete er. »So muss es gewesen sein. Eine andere Möglichkeit gibt es hier nicht!«

»Auf einem Baum? Aber jemand hätte die Leiche doch sicher nach einiger Zeit gefunden!«, wandte sie ein. »Sie würde verwesen! Sie …«

»Ich weiß!«, sagte er hastig und schüttelte dann den Kopf, wie um das Bild wieder loszuwerden. Er bewegte die Laterne auf und ab, um das Unterholz und weitere Bäume anzuleuchten. Ein Wiesel rannte über den Weg und sein magerer Leib leuchtete kurz in dem Lichtstrahl auf, bevor es wieder verschwand.

»Die Tiere hätten die Leiche mit der Zeit aufgefressen, nicht wahr?«

»Mit der Zeit, ja.«

»Nun, es ist über zwanzig Jahre her! Was wäre jetzt noch übrig? Knochen? Zähne?«

»Haare«, sagte er. »Vielleicht Kleider, Schmuck, Knöpfe. Möglicherweise Stiefel.«

Hester schauderte.

Er sah sie an und hielt das Licht ein wenig tiefer, um sie nicht zu blenden.

»Ist alles in Ordnung mit Ihnen, Mrs. Monk?«, erkundigte er sich sanft. »Ich kann das allein übernehmen, wenn Sie wollen? Ich bringe Sie zurück und komme dann wieder hierher. Ich verspreche, ich werde …«

Sie lächelte über seinen Ernst. »Ich weiß, dass Sie das tun würden, aber mir geht es sehr gut, vielen Dank. Lassen Sie uns weitermachen.«

Er zögerte einen Moment, immer noch unsicher, aber als

sie in ihrem Entschluss nicht wankend wurde, richtete er die Laterne auf den Weg vor ihnen und setzte sich in Bewegung.

Sie gingen etwa vierzig oder fünfzig Meter weit und suchten auf beiden Seiten nach einer Stelle, die sich als Versteck eignen würde. Hester hatte mehr und mehr das Gefühl, ihre und auch Robbs Zeit zu verschwenden. Sie hatte Miriams Geschichte geglaubt, weil sie sie glauben wollte, um Cleos willen, nicht weil sie wirklich glaubwürdig klang.

»Sergeant Robb«, hob sie an.

Er drehte sich um, und der Lichtstrahl wanderte über die beiden Bäume zu ihrer Rechten. Er verfing sich für einen Moment im Gestrüpp der unteren Zweige.

»Was ist das?«, fragte er schnell.

»Ein altes Vogelnest«, erwiderte sie. »Vom letzten Jahr, so wie es aussieht.«

Er ließ das Licht darüber gleiten, dann trat er näher heran.

»Was?«, fragte sie mit mehr Neugier als Hoffnung. »Geschickt, wie sie ihre Nester bauen, nicht wahr, vor allem, wenn man bedenkt, dass sie keine Hände haben.«

Er reichte ihr die Laterne. »Halten Sie sie bitte so, dass ich es mir genauer ansehen kann.«

»Ein Vogelnest?« Aber sie tat wie geheißen und hielt die Laterne.

Nachdem er nun beide Hände frei hatte, war es nicht weiter schwierig für ihn, den Baum hinaufzuklettern, bis er auf gleicher Höhe mit dem Nest war und die Stelle untersuchen konnte, wo es in einer Astgabel dicht am Baumstamm befestigt war.

»Was ist das?«, rief sie hinauf.

»Haare!«, antwortete er ihr von oben. »Lange Haare, Unmengen davon. Das ganze Nest besteht aus Haaren.« Seine Stimme zitterte. »Ich werde nach einem hohlen Baum suchen. Sie brauchen nur die Laterne festzuhalten und wegzusehen.«

Sie spürte, wie ihr Magen sich vor Aufregung zusammenkrampfte. Sie hatte nicht mehr daran geglaubt, und jetzt waren sie ihrem Ziel ganz nahe.

»Ja«, sagte sie mit bebender Stimme. »Ja, natürlich.«

Am Ende brauchte er nur fünfzehn Minuten, um den Baum mit dem ausgehöhlten Stamm zu finden, der vor sehr langer Zeit von einem Blitz getroffen worden und inzwischen verfault war. Er befand sich näher an der Straße als das Nest, aber die Zweige verbargen das Loch, solange man nicht eigens danach suchte. Vielleicht war das Versteck vor zweiundzwanzig Jahren augenfälliger gewesen. Der ganze Baum war hohl.

»Sie ist da drin«, sagte Robb mit belegter Stimme. Dann kletterte er wieder hinunter, die Laterne an seinem Gürtel befestigt. Seine Beine zitterten, als er wieder am Boden stand. »Es ist nur ein Skelett, aber es ist noch Stoff da ...« Er blinzelte, und sein Gesicht wirkte gelb im Licht der Lampe. »Nach der Verletzung am Schädelknochen zu schließen, ist sie durch einen einzigen Schlag getötet worden ... genau wie Treadwell ... und Mrs. Stourbridge.«

13

Rathbone hatte nur wenig geschlafen. Kurz nach Mitternacht klopfte ein Bote mit einer Nachricht von Hester an seine Tür:

> Lieber Oliver,
> wir haben die Leiche gefunden. Es scheint eine Frau mit grauem Haar gewesen zu sein. Sie wurde durch einen schweren Schlag auf den Kopf getötet – genau wie die anderen. Ich befinde mich mit Sergeant Robb auf dem Polizeirevier. Man weiß hier nicht, wer die Frau ist. Ich werde natürlich William alles erzählen. Morgen früh bin ich im Gericht, um auszusagen. Sie MÜSSEN mich in den Zeugenstand rufen! Bis morgen, Hester.

Es war ihm unmöglich gewesen einzuschlafen. Eine Stunde später hatte er sich ein heißes Getränk zubereitet, schritt im Arbeitszimmer auf und ab und versuchte, sich eine Strategie für den nächsten Tag zurechtzulegen. Zu guter Letzt ging er doch noch ins Bett und sank, unmittelbar bevor es Zeit wurde aufzustehen, in einen tiefen Schlaf.

Sein Kopf schmerzte, und sein Mund war trocken. Sein Kammerdiener brachte ihm das Frühstück, aber er aß nur etwas Toast und trank eine Tasse Tee, dann machte er sich sofort auf den Weg zum Gericht. Er war viel zu früh dran, und die Zeit, von der er gedacht hatte, dass er sie zur Vorbereitung nutzen würde, vergeudete er mit sinnlosem Hin und Her zwischen verschiedenen Orten und mit Gesprächen, bei denen er nichts erfuhr.

Tobias war bester Laune. Er traf im Korridor auf Rathbone und wünschte ihm mit einem schiefen Grinsen alles Gute. Er hätte ja nichts gegen einen härteren Kampf gehabt, ein so leichter Sieg hinterließ einen faden Nachgeschmack.

Die Galerie war wieder halb leer. Die Öffentlichkeit hatte bereits ihren Schuldspruch gefällt, und die wenigen Anwesenden waren nur hier, um zu sehen, wie der Gerechtigkeit Genüge getan wurde und um eine gewisse Rache auszukosten, außer Lucius und Harry Stourbridge, die nebeneinander in einer der ersten Reihen saßen. Selbst aus einiger Entfernung war zu erkennen, dass sie einander stützten, dass sie ihren Kummer miteinander teilten.

Der Richter eröffnete die Verhandlung.

»Haben Sie irgendwelche weiteren Zeugen, Sir Oliver?«, fragte er.

»Jawohl, Euer Ehren. Ich möchte Hester Monk in den Zeugenstand rufen.«

Tobias warf ihm einen neugierigen Blick zu.

Der Richter hob die Augenbrauen, hatte aber keine Einwände.

Rathbone lächelte matt.

Der Gerichtsdiener rief Hester auf.

Sie trat in den Zeugenstand, müde und mit blassem Gesicht, aber absolut zuversichtlich. Sie drehte sich ganz bewusst in Richtung Anklagebank und nickte Cleo und Miriam zu. Dann wartete sie darauf, dass Rathbone mit seiner Befragung begann.

Rathbone räusperte sich. »Mrs. Monk, waren Sie gestern im Gericht, als Mrs. Anderson von der außerordentlichen Geschichte berichtete, die Miriam Gardiner ihr erzählt hatte, als sie vor zweiundzwanzig Jahren in Hampstead Heath blutend und in einem verwirrten Zustand gefunden wurde?«

»Ja, ich war zugegen.«

»Haben Sie daraufhin etwas unternommen?«

»Ja, ich habe mich auf die Suche nach der Leiche der Frau

gemacht, deren Ermordung Miriam nach ihren eigenen Worten mit angesehen hatte.«

Tobias stieß einen Laut aus, der Verächtlichkeit ausdrückte.

Der Richter beugte sich fragend vor. »Sir Oliver, ist das nach dem derzeitigen Stand der Dinge wirklich von Bedeutung?«

»Ja, Euer Ehren, von allergrößter Bedeutung«, antwortete Rathbone mit Befriedigung. Endlich spürte er eine gewisse Zuversicht, dass er doch noch nicht ganz die Waffen strecken musste. Jedenfalls war jetzt der gleichmütige Ausdruck von Tobias' Gesicht verschwunden.

»Dann erläutern Sie uns das bitte«, forderte ihn der Richter auf.

»Ja, Euer Ehren. Mrs. Monk, haben Sie eine Leiche gefunden?«

Im Gericht herrschte Stille, aber keine Erregung. Die Geschworenen hörten ihnen gelangweilt zu.

»Ja, Sir Oliver, das habe ich.«

Tobias sprang von seinem Stuhl auf.

Die Zuschauer schnappten nach Luft.

Der Richter beugte sich zu Hester hinüber. »Habe ich richtig gehört, Madam? Sie sagen, Sie hätten eine Leiche gefunden?«

»Ja, Euer Ehren. Selbstverständlich war ich nicht allein. Sergeant Michael Robb hat mich begleitet. Es war übrigens er, der die Leiche fand.«

»Das ist in der Tat eine ernste Sache!« Er sah sie stirnrunzelnd und mit angespannter Miene an. »Wo ist die Leiche jetzt, und was können Sie mir darüber sagen?«

»Sie befindet sich im polizeilichen Leichenschauhaus in Hampstead, Euer Ehren, und ich habe sie genau in Augenschein genommen – als Krankenschwester, nicht als Arzt.«

»Sie sind Krankenschwester?« Er war erstaunt.

»Ja, Euer Ehren. Ich war auf der Krim.«

»Gütiger Himmel.« Er sah sie mit großen Augen an. »Sir

Oliver, Sie fahren besser fort. Aber bevor Sie das tun, möchte ich um Ruhe im Saal bitten! Fahren Sie fort.«

»Vielen Dank, Euer Ehren.« Rathbone wandte sich wieder an Hester. »Wo haben Sie die Leiche gefunden, Mrs. Monk, wo genau?«

»In einem hohlen Baum in Hampstead Heath«, antwortete sie. »Wir haben bei Mrs. Andersons Haus angefangen und sind von dort aus auf den Green Man Hill gegangen, um nach einer Stelle zu suchen, an der man eine Leiche verstecken konnte, immer vorausgesetzt, Mrs. Gardiners Geschichte entspricht der Wahrheit.«

»Was veranlasste Sie dazu, in einem hohlen Baum zu suchen?«

Es herrschte absolute Stille. Niemand bewegte sich.

»Ein Vogelnest, das aus einer großen Menge menschlichen Haars bestand. Das Nest befand sich auf einem der unteren Zweige in einem Baum in der Nähe«, antwortete Hester. »Wir haben die ganze Umgebung abgesucht, bis wir den hohlen Baum fanden. Sergeant Robb ist hinaufgeklettert und hat das Loch gefunden. Natürlich ist das Gelände dort während der letzten zwanzig Jahre stark verwildert. Damals war der Baum wahrscheinlich einfacher zu entdecken und zu erreichen.«

»Und die Leiche?«, hakte Rathbone nach. »Was können Sie uns darüber berichten?«

»Es war nur noch ein Skelett. Die Kleider der Frau waren zum größten Teil verrottet; von ihrem Kleid waren nur noch Knöpfe übrig und die Stangen ihres … Korsetts. Ihre Stiefel befanden sich in einem schlechten Zustand, aber es war noch genug davon übrig, um sie zu erkennen. Sämtliche Knöpfe an den Stiefeln waren unversehrt und noch an dem befestigt, was von dem Leder übrig war. Es waren ungewöhnliche Stiefel von guter Qualität.«

Sie stand reglos da und holte tief Luft, bevor sie weitersprach. »Nach dem Haar zu urteilen, das wir gefunden haben, muss es sich um eine Frau zwischen vierzig und sechzig gehandelt haben. Der Schädel wies ein großes Loch auf, als hätte ihn ein schwerer Gegenstand getroffen. Der Schlag hat sie allem Anschein nach getötet.«

»Ich danke Ihnen«, sagte Rathbone leise. »Sie müssen müde sein und gewiss haben die Erlebnisse der vergangenen Nacht Ihnen sehr zugesetzt.«

Sie nickte.

Rathbone wandte sich zu Tobias um.

Tobias trat vor und schüttelte kaum merklich den Kopf. Als er zu sprechen begann, war seine Stimme sehr sanft. Er war viel zu gerissen, um nicht zu wissen, dass das Gericht auf ihrer Seite war.

»Mrs. Monk, darf ich Sie zu Ihrem Mut beglückwünschen und zu Ihrer Entschlossenheit, die Wahrheit herauszufinden. Es ist eine sehr noble Sache und Sie scheinen sich sehr dafür eingesetzt zu haben.« In seinen Worten schwang nicht ein Hauch von Sarkasmus mit.

»Vielen Dank«, sagte sie argwöhnisch.

»Sagen Sie mir, Mrs. Monk, wies der Leichnam dieser unglücklichen Frau irgendwelche Spuren auf, die auf ihre Identität schließen ließen?«

»So weit ich weiß, nicht. Sergeant Robb versucht gerade, das in Erfahrung zu bringen.«

»Und wie will er das bewerkstelligen? Mit den Resten von Stoff und Leder, die er gefunden hat?«

»Das werden Sie ihn selbst fragen müssen«, antwortete sie.

»Wenn er glaubt, dass dieses Unglück irgendetwas mit dem gegenwärtigen Fall zu tun hat, und wenn er uns aus diesem Grund die Gelegenheit zu einer Befragung gibt, dann werde ich das sicher tun!«, pflichtete Tobias ihr bei. »Aber Sie scheinen der Meinung zu sein, dass dieser Todesfall für uns von Bedeutung ist. Warum sind Sie hier, Mrs. Monk, einmal abgesehen von Ihrem Wunsch, eine Ihrer Kolleginnen zu schützen?«

Rote Flecken breiteten sich auf Hesters Wangen aus.

Wenn sie sich eingebildet hatte, er würde freundlich mit ihr umgehen, hatte er sie jetzt eines Besseren belehrt.

»Weil wir die Tote genau dort gefunden haben, wo sie laut Miriam Gardiner ermordet wurde!«, erwiderte sie mit einem Anflug von Schärfe.

»In der Tat?« Tobias hob die Augenbrauen. »Ich habe Mrs. Andersons Worten entnommen, dass Mrs. Gardiner – damals Miss Speake – absolut verwirrt war. Tatsächlich glaubte selbst Mrs. Anderson nicht mehr, dass es einen Mord gegeben hatte, dass eine Leiche dort zu finden sein würde!«

»Ist das eine Frage?«, erkundigte Hester sich.

»Nein – nein, es ist eine Feststellung«, sagte er schneidend. »Sie haben also irgendwo in Hampstead Heath, in irgendeinem Baum, diese grässlichen Überreste eines Menschen gefunden. Alles, was wir wissen, ist, dass die Leiche sich in der Nähe von Green Man Hill befand. Weist irgendetwas darauf hin, wie lange sie dort gelegen hat – abgesehen davon, dass es offensichtlich mehr als zehn oder elf Jahre waren. Könnten es fünfundzwanzig gewesen sein? Oder, sagen wir, dreißig? Oder vielleicht sogar fünfzig Jahre, Mrs. Monk?«

Sie erwiderte seinen Blick, ohne mit der Wimper zu zucken. »Ich habe nicht die notwendige Qualifikation, um das zu beantworten, Mr. Tobias. Sie werden Sergeant Robb fragen müssen oder sogar den Polizeiarzt. Mr. Monk untersucht jedoch gerade die Stiefel, weil er glaubt, mit ihnen vielleicht etwas beweisen zu können. Knöpfe haben oft ein spezielles Muster, wie Sie wissen.«

»Ihr Mann ist Experte für Knöpfe auf Damenstiefeln?«, fragte er.

»Er ist ein Experte, was das Auswerten von Beweismitteln betrifft«, antwortete sie kühl. »Er wird wissen, bei wem er sich erkundigen muss.«

»Zweifellos«, sagte Tobias sarkastisch. »Aber wir müssen mit den Beweisen arbeiten, die wir haben, und anhand dieses Materials zu vernünftigen Schlussfolgerungen kommen.

Gibt es Ihres Wissens etwas, das uns beweist, dass diese unglückliche Frau, deren Leiche Sie gefunden haben, etwas mit den Morden an James Treadwell und Mrs. Verona Stourbridge zu tun hat?«

»Ja! Sie sagten, Miriam Gardiner rede Unsinn, weil in Hampstead Heath nie eine Frauenleiche gefunden wurde, wie sie beschrieben hat. Nun, jetzt ist eine Leiche gefunden worden! Mrs. Gardiner hat nicht gelogen, und das Ganze war auch keine Ausgeburt ihrer Phantasie. Es hat tatsächlich einen Mord gegeben. Da sie das Verbrechen beschrieben hat, liegt doch die Vermutung nahe, dass sie es mit angesehen hat, genau wie sie sagte.«

»Es wurde die Leiche einer Frau gefunden«, korrigierte Tobias sie. »Wir wissen nicht, ob es ein Mord war, obwohl ich akzeptiere, dass es durchaus einer gewesen sein könnte. Aber wir wissen nicht, wer die Frau war, was ihr zugestoßen ist und wann es passiert ist. Ich verstehe, dass Sie gern glauben möchten, Ihre Entdeckung lege Zeugnis für die Tugend der jungen Miriam Speake ab. Und Ihre Güte gereicht Ihnen zur Ehre, ebenso wie Ihre Loyalität, aber diese Dinge tragen nicht dazu bei, sie von dieser Anklage freizusprechen.« Er breitete die Hände aus, eine abschließende Geste, lächelte den Geschworenen zu und kehrte an seinen Platz zurück.

Rathbone erhob sich und richtete sein Wort an Hester.

»Mrs. Monk, Sie waren bei diesem Baum in der Heide und haben diese grauenvolle Entdeckung gemacht; daher kennen Sie die örtlichen Gegebenheiten, während wir uns auf unsere Phantasie beschränken müssen. Sagen Sie uns, ist es denkbar, dass die Frau sich diesen schrecklichen Schlag auf den Kopf irgendwie zugezogen und sich dann in dem Baum versteckt haben könnte?«

»Nein, natürlich nicht!« Ihr Tonfall ließ keinen Zweifel daran, wie lächerlich sie den Gedanken fand.

»Sie wurde ermordet, und anschließend hat man ihre Leiche versteckt, und dieses Ereignis liegt so lange zurück, dass das Fleisch verwest und der größte Teil ihrer Kleider verrottet ist?« Rathbone wollte in diesem Punkt absolute Klarheit haben.

»Ja.«

»Und sie wurde durch einen gewaltigen Schlag auf den Kopf getötet, anscheinend auf genau die gleiche Art wie James Treadwell und Mrs. Stourbridge?«

»Ja.«

»Vielen Dank, Mrs. Monk.« Er wandte sich an den Richter. »Ich denke, Euer Ehren, dass dieser Beweis Mrs. Gardiners ursprünglicher Aussage ein Gutteil mehr Glaubwürdigkeit verleiht und dass es im Interesse der Gerechtigkeit ist, wenn wir uns bemühen herauszufinden, wer die Frau war und ob ihr Tod etwas mit den Morden zu tun hat, die man Mrs. Gardiner und Mrs. Anderson zur Last legt.«

Der Richter sah zu Tobias hinüber.

Dieser hatte sich bereits erhoben. »Ja, Euer Ehren, selbstverständlich. Mr. Campbell hat mir zu verstehen gegeben, dass er bereit ist, abermals auszusagen und zu erklären, was er erklären kann, falls das dem Gericht von Nutzen ist. Da das Geschilderte bei gewissen Personen Argwohn wecken könnte, was seine eigene Rolle in dieser Sache betrifft, bittet er darum, noch einmal das Wort ergreifen zu dürfen.«

»Das wäre sicher wünschenswert«, pflichtete der Richter bei. »Bitte, lassen Sie Mr. Campbell noch einmal in den Zeugenstand treten.«

Aiden Campbell sah müde aus, während er abermals die Stufen hinaufging, aber Rathbone, der ihn beobachtete, konnte keine Angst bei ihm entdecken. Er blickte traurig, aber ohne jegliche Unsicherheit in den Saal, und seine Stimme war vollkommen ruhig, als er Tobias' Fragen beantwortete.

»Nein, ich habe keine Ahnung, wer das bedauernswerte Geschöpf ist, und ich weiß auch nicht, wie lange sie dort gelegen hat. Der Zustand von Leiche und Kleidung scheint darauf hinzudeuten, dass es mindestens zehn Jahre gewesen sein müssen, seit sie dort lag.«

»Haben Sie eine Vorstellung, wie die Frau zu Tode gekommen sein könnte, Mr. Campbell?«, hakte Tobias nach.

»Nicht die geringste, nur dass man sich nach Mrs. Monks Beschreibung der Wunde im Schädel unwillkürlich an die Verletzungen erinnert, die Treadwell zugefügt wurden und …« Er zögerte, und diesmal war er nah daran, die Fassung zu verlieren, »… und meiner Schwester …«

»Bitte«, sagte Tobias beschwichtigend. »Lassen Sie sich Zeit, Mr. Campbell. Hätten Sie gern ein Glas Wasser?«

»Nein – nein, vielen Dank.« Campbell richtete sich auf. »Ich bitte um Verzeihung. Ich wollte sagen, dass der Tod dieser Frau möglicherweise eine Verbindung zu den anderen Fällen hat. Vielleicht war sie ebenfalls Krankenschwester, und vielleicht ist sie auf die Medikamentendiebstähle im Krankenhaus gestoßen und hat entweder gedroht, die Behörden zu verständigen, oder sich als Erpresserin versucht …« Er brauchte den Satz nicht zu beenden; die Bedeutung seiner Worte war nur allzu klar.

»Ganz recht.« Tobias neigte den Kopf, dann drehte er sich mit einem kleinen Lächeln noch einmal zu den Geschworenen um, bevor er zu seinem Tisch zurückging.

Auf der Galerie herrschte tiefes Schweigen. Aller Augen waren auf Rathbone gerichtet. Die Menschen warteten gespannt darauf, was er jetzt tun würde.

Er sah sich um, spielte auf Zeit und hoffte, dass ihm etwas einfiel und man ihm seine Verzweiflung nicht allzu deutlich anmerkte. Sein Blick fiel auf Harry Stourbridge, der mit bleichem, ernstem Gesicht dasaß und ihn hoffnungsvoll ansah. Lucius neben ihm war wie ein Schatten seiner selbst.

Leichte Unruhe breitete sich im Saal aus, als die Türen geöffnet wurden und alle Anwesenden die Hälse reckten, um zu sehen, wer es war.

Monk trat ein. Er nickte Rathbone kaum merklich zu.

Rathbone drehte sich wieder um. »Falls vor der Mittagspause noch Zeit ist, Euer Ehren, würde ich gern Mr. William Monk in den Zeugenstand rufen. Er hat möglicherweise Beweise, was die Identität der Frau betrifft, deren Leiche in der letzten Nacht gefunden wurde.«

»Dann rufen Sie ihn unbedingt in den Zeugenstand«, sagte der Richter nachdrücklich. »Wir würden alle sehr gern hören, was er zu sagen hat.«

Erregung machte sich breit, während Monk die Stufen zum Zeugenstand hinaufstieg und dann vereidigt wurde. Es war keiner im Raum, der seine Blicke nicht auf ihn gerichtet hielt. Selbst Tobias beugte sich vor, das Gesicht sorgenvoll und mit den Fingern leise auf die Tischkante trommelnd.

Rathbone stellte fest, dass seine Stimme ein wenig zitterte. Er musste sich räuspern, bevor er begann.

»Mr. Monk, Sie sind damit beauftragt worden, so viel wie möglich über die Leiche, die gestern Nacht in Hampstead Heath gefunden wurde, in Erfahrung zu bringen.«

»Seit man mich heute Morgen etwa gegen ein Uhr davon in Kenntnis gesetzt hat«, erwiderte Monk. Und tatsächlich sah er so aus, als sei er die ganze Nacht auf gewesen. Seine Kleider waren zwar in tadellosem Zustand, aber auf seinen Wangen lag ein dunkler Schatten, wo er sich noch nicht rasiert hatte.

»Konnten Sie etwas herausfinden?«, fragte Rathbone.

»Ja. Ich habe die Knöpfe von den Stiefeln der Leiche entfernt und ein wenig von dem Leder der Sohlen, die kaum abgetreten waren. Diese speziellen Knöpfe waren etwas Besonderes und wurden nur kurze Zeit hergestellt. Es ist kein absoluter Beweis, aber aller Wahrscheinlichkeit nach ist sie vor zweiundzwanzig Jahren getötet worden. Länger liegt es auf keinen Fall zurück, und da die Stiefel fast neu waren, ist es unwahrscheinlich, dass es weniger als zweiundzwanzig Jahre her ist. Wenn Sie den Polizeiarzt in den Zeugenstand rufen, wird er Ihnen sagen, dass es sich um eine Frau zwischen fünfundvierzig und fünfzig Jahren handelt, von mittlerer Größe und durchschnittlichem Körperbau und mit langem, grauem Haar. Irgendwann in der Vergangenheit hat sie sich einen Fuß gebrochen, der vollkommen verheilt war. Sie wurde durch einen einzigen, sehr kräftigen Schlag auf den Kopf getötet. Der Täter stand ihr gegenüber und war Rechtshänder. Oh … und sie hatte vollkommen gesunde Zähne – was für eine Frau ihres Alters ungewöhnlich ist.«

Die Spannung im Gerichtssaal war mit Händen zu greifen. Als ein Mann auf der Galerie nieste, stieß die Frau hinter ihm einen Schrei aus, den sie sogleich zu ersticken suchte.

Sämtliche Geschworene starrten Monk an, als sei außer ihm niemand im Saal.

»War das derselbe Polizeiarzt, der die Leichen von Treadwell und Mrs. Stourbridge untersucht hat?«, fragte Rathbone.

»Ja«, antwortete Monk.

»Und war er der Meinung, dass die Schläge von ein und derselben Person geführt wurden?«

Tobias erhob sich. »Euer Ehren, Mr. Monk verfügt über keinerlei medizinische Sachkenntnis …«

»So ist es«, pflichtete der Richter ihm bei. »Wir können uns hier nicht mit Hörensagen abgeben, Sir Oliver. Wenn Sie diesen Beweis dem Gericht vorlegen wollen, wird der Polizeiarzt zweifellos selbst hier erscheinen. Aber wie dem auch sei, die Antwort auf diese Frage würde ich selbst gern hören.«

»Ich habe die Absicht, das zu tun«, antwortete Rathbone. Der Gerichtsdiener trat hinter ihn, und er fügte an den Richter gewandt hinzu: »Entschuldigen Sie mich bitte, Euer Ehren.« Er nahm den Zettel, der ihm überreicht wurde, und las.

Bei dem Täter kann es sich nicht um einen Erpresser von Cleo handeln – sie hat damals noch keine Medikamente gestohlen. Der Apotheker kann das beweisen. Rufen Sie mich in den Zeugenstand. Hester.

Das Gericht wartete.

»Euer Ehren, darf ich Mrs. Monk in den Zeugenstand rufen, und zwar bezüglich der Frage, ob Mrs. Anderson vor zweiundzwanzig Jahren bereits wegen Medikamentendiebstahls erpresst worden sein kann?«

»Kann sie denn zu dem Thema etwas sagen?«, fragte der Richter überrascht. »Sie muss damals doch noch ein Kind gewesen sein?«

»Sie hat Zugang zu den Unterlagen des Krankenhauses, Euer Ehren.«

»Dann rufen Sie sie auf, aber ich werde vielleicht darum bitten müssen, dass die Unterlagen hergebracht und als Beweisstücke vorgelegt werden.«

»Bei allem Respekt, Euer Ehren, das Gericht hat die Tatsache akzeptiert, dass während der letzten Monate Medikamente gestohlen wurden, ohne dass Mr. Tobias den Geschworenen irgendwelche Unterlagen vorgelegt hätte. In diesem Punkt haben die Zeugenaussagen ihm vollauf genügt.«

Tobias erhob sich. »Euer Ehren, Mrs. Monk ist in diesem Fall nicht unparteiisch, wie sie deutlich gezeigt hat. Ihre Beweise können kaum als unvoreingenommen akzeptiert werden!«

»Ich bin davon überzeugt, dass die Unterlagen sich beschaffen lassen«, sagte Rathbone widerstrebend. Ihm wäre es weit lieber gewesen, Cleos Diebstähle aus jüngster Zeit würden nicht mit Unterlagen belegt werden, sondern nur durch die Aussagen einzelner Zeugen, aber es hatte wenig Sinn, sie vor einer Anklage wegen Diebstahls zu retten, wenn sie dann wegen Mordes verurteilt wurde.

»Vielen Dank, Euer Ehren«, sagte Tobias lächelnd.

»Nichtsdestoweniger«, fügte der Richter hinzu, »wollen wir hören, was Mrs. Monk zu sagen hat, Sir Oliver. Bitte, rufen Sie sie in den Zeugenstand.«

Hester erschien und wurde an ihren früheren Eid erinnert, die Wahrheit zu sagen und nichts als die Wahrheit. Sie hatte die Unterlagen des Apothekers dreißig Jahre zurückverfolgt, bis zu einer Zeit, als Cleo Anderson noch gar nicht am Krankenhaus arbeitete, und es gab keine Diskrepanz zwischen den Medikamenten, die das Hospital einkaufte, und denen, die Patienten dort verabreicht wurden.

»Zu der Zeit, da diese bedauernswerte Frau starb, gab es also keinen Grund, Mrs. Anderson oder sonst jemanden wegen der Medikamente im Krankenhaus zu erpressen?«, meinte Rathbone.

»So ist es«, stimmte sie zu.

Tobias stand auf und trat vor den Zeugenstand.

»Mrs. Monk, Sie scheinen geneigt zu sein, zu außerordentlichen Maßnahmen zu greifen, um Mrs. Andersons Unschuld zu beweisen, Maßnahmen, die weit über das hinausgehen, was Ihre Pflicht von Ihnen verlangt. Ich kann nur argwöhnen, dass Sie einen Kreuzzug aus dieser Angelegenheit machen, sei es, weil Sie darauf brennen, die Krankenpflege sowie die Meinung zu reformieren, die im Allgemeinen über Krankenschwestern vorherrscht – und ich werde Mr. Fermin Thorpe aufrufen, der Ihren Eifer in dieser Hinsicht bezeugen wird –, oder Sie handeln, was weniger schmeichelhaft wäre, aus einem gewissen Wunsch heraus, Aufmerksamkeit auf sich zu lenken und vielleicht auch Ihre Zeit und Ihr Leben sinnvoll zu gestalten, da Sie keine Kinder haben, für die Sie sorgen müssen.«

Das war ein taktischer Fehler. Kaum hatte er die Worte ausgesprochen, wurde ihm das klar, aber er wusste nicht, wie er diesen Schnitzer wieder ausmerzen konnte.

»Ganz im Gegenteil, Mr. Tobias«, sagte Hester mit einem kalten Lächeln, »ich habe lediglich Fakten dargelegt. Sie sind derjenige, der sich bemüht, diesen Tatsachen eine emotionale Ursache zu Grunde zu legen, weil Sie es anscheinend nicht ertragen, wenn man Ihnen einen Irrtum nachweist, was ich nicht verstehen kann, da wir doch alle hier wissen, dass Sie sowohl als Staatsanwalt als auch als Strafverteidiger auftreten – je nachdem, für welches Amt Sie bestellt werden.

Es ist nicht Ihre Aufgabe, einen persönlichen Rachefeldzug gegen jemanden zu führen. Zumindest glaube ich, dass es so ist!« Sie ließ ihre Worte wie eine Frage klingen.

Unruhe kam auf, und leises, nervöses Gelächter war zu hören.

Tobias errötete. »Natürlich ist es so! Aber ich nehme meine Aufgabe sehr ernst!«

»Das Gleiche tue ich!«, erwiderte sie spitz. »Und meine Gefühle sind genauso wenig ehrenrührig wie die Ihren, nur dass das Gesetz nicht mein Beruf ist.« Damit ließ sie es genug sein. Die Geschworenen konnten ihre eigenen Schlüsse ziehen, was sie damit sagen wollte – ob sie damit ihre Unterlegenheit auf diesem Gebiet zum Ausdruck bringen oder darauf hinweisen wollte, dass sie kein Geld dafür nahm und daher moralisch im Vorteil war.

»Wenn Sie keine weiteren Fragen haben, Mr. Tobias«, schaltete der Richter sich ein, »werde ich die Sitzung vertagen, bis diese unglückliche Frau identifiziert ist, und dann werden wir vielleicht die Unterlagen des Krankenhausapothekers in Augenschein nehmen, um uns Klarheit darüber zu verschaffen, was gestohlen wurde und wann.« Er klopfte einmal entschieden mit seinem Hammer auf den Tisch.

Monk verließ das Gericht, ohne Hester bis zum Schluss gehört zu haben. Er kehrte direkt zum Polizeirevier in Hampstead zurück, um mit Sergeant Robb zu sprechen. Es war jetzt von größter Wichtigkeit, dass sie erfuhren, wer die Tote gewesen war. Der Ausgangspunkt für ihre Untersuchung war die Annahme, dass Miriam die Wahrheit gesagt hatte und sie deshalb eine Verbindung zu Aiden Campbell gehabt haben musste.

»Aber warum lügt er?«, fragte Robb zweifelnd, während sie im Sonnenlicht die Straße entlanggingen. »Warum? Selbst wenn er Miriam verführt hat, als sie seine Dienstmagd war, oder wenn er sie sogar vergewaltigt hat – was ja kein Einzelfall wäre –, und wenn die Frau in der Heide seine Köchin oder Haushälterin war, die davon wusste, wäre das kein Grund gewesen, sie zu töten!«

»Nun, irgendjemand hat sie getötet«, antwortete Monk entschieden und überquerte die stark befahrene Straße, ohne auf den Verkehr zu achten, sodass ein Lastkarren scharf bremsen musste. Er bemerkte es nicht und nickte dem Fahrer nicht einmal zum Dank zu, woraufhin dieser ihm seine Meinung über Trunkenbolde und Spinner im Allgemeinen und Monk im Besonderen nachbrüllte.

Robb rannte hinter ihm her und hob die Hand, um den Fahrer zu beschwichtigen.

»Wir haben sonst nichts, womit wir beginnen können«, fuhr Monk fort. »Was sagten Sie, wo Campbell damals lebte – genau, meine ich?«

Robb wiederholte die Adresse. »Aber er ist knapp ein Jahr danach nach Wiltshire gezogen. Es wäre durchaus möglich, dass niemand mehr dort wohnt, der ihn kennt oder von den Ereignissen damals etwas weiß.«

»Aber es könnte durchaus sein«, wandte Monk ein. »Einige der Dienstboten sind sicher weitergezogen, andere haben sich vielleicht in der Gegend neue Stellungen gesucht oder sind sogar im Haus des neuen Käufers geblieben. Die Leute sind dort, wo sie leben, oft tief verwurzelt.«

»Wir müssen auf die andere Seite der Heide.« Robb musste sich beeilen, um mit Monk Schritt zu halten. »Wollen Sie einen Hansom nehmen?«

»Wenn einer an uns vorbeikommt«, meinte Monk, ohne sein Tempo zu verlangsamen. »Wenn die Frau nicht zum Haushalt gehörte, wer könnte sie gewesen sein? Was hatte sie mit dem Ganzen zu tun? War sie eine Dienerin oder eine Bekannte aus derselben Gesellschaftsschicht?«

»Nun, es wurde damals niemand als vermisst gemeldet«, erwiderte Robb. »Sie kam nicht aus der Gegend hier, sonst hätte sich sicher jemand gemeldet.«

»Es hat sie also niemand vermisst?« Monk drehte sich zu

Robb um und wäre beinahe mit einem Herrn zusammengestoßen, der ziemlich schnell in die andere Richtung ging. »Dann war sie also keine Nachbarin und auch keine Dienerin aus dem Ort. Das Ganze wird immer mysteriöser.«

Sie schwiegen, bis sie zu dem Haus kamen, in dem vor einundzwanzig Jahren Aiden Campbell gelebt hatte. Es hatte seither zweimal den Besitzer gewechselt, aber die damalige Spülmagd war inzwischen Haushälterin, und ihre Herrin hatte nichts dagegen, dass Monk und Robb mit ihr sprachen; tatsächlich schien sie förmlich darauf zu brennen, behilflich zu sein.

»Ja, ich war damals Spülmagd«, bekräftigte die Haushälterin. »Miriam war die Hausmagd. Nur eine halbe Portion von einem Mädchen war sie, das arme kleine Ding.«

»Sie mochten sie?«, fragte Monk schnell.

»Ja, ja, ich mochte sie. Wir haben viel zusammen gelacht und uns Geschichten und Träume erzählt. Sie wurde dann schwanger, die arme Seele, und ich habe nie erfahren, was später aus ihr geworden ist. Vielleicht ist das Kind ja tot geboren worden, trotz all der guten Pflege, die sie hatte. War wohl nicht weiter überraschend. Sie war erst zwölf oder so, als sie in diesen Zustand kam.«

»Sie bekam eine gute Pflege?«, fragte Robb überrascht.

»O ja. Sie haben sogar die Hebamme ins Haus geholt«, antwortete sie.

»Woher wissen Sie, dass es eine Hebamme war?«, unterbrach Monk sie.

»Weil sie das gesagt hat! Sie lebte eine Weile hier, in der Zeit vor der Geburt. Ich weiß das, weil ich geholfen habe, ihre Mahlzeiten zuzubereiten, und ich hab sie auch auf einem Tablett nach oben gebracht.«

»Sie haben sie gesehen?«, fragte Monk aufgeregt.

»Ja. Warum? Später hab ich sie dann allerdings nicht mehr gesehen.«

Ein Gefühl des Triumphs, in das sich Entsetzen mischte, stieg in Monk auf. »Wie sah sie aus? Denken Sie genau nach,

Miss Parkinson, und machen Sie bitte so konkrete Angaben wie möglich. Größe, Haarfarbe, Alter?«

Ihre Augen weiteten sich. »Warum? Hat sie etwas verbrochen?«

»Nein. Bitte – beschreiben Sie sie!«

»Sie war eine ganz gewöhnliche Frau, aber sie sah sehr nett aus, angenehm. Sie hatte graues Haar, obwohl ich glaube, dass sie nicht älter war als fünfundvierzig oder so. Mir kam sie damals sehr alt vor, aber ich war ja auch erst fünfzehn und alles über dreißig war für mich alt.«

»Wie groß war sie?«

Sie dachte einen Moment nach. »Ungefähr so groß wie ich, durchschnittlich, vielleicht ein wenig kleiner.«

»Danke, Miss Parkinson, vielen Dank.«

»Dann ist alles in Ordnung mit ihr?«

»Nein, ich befürchte, dass sie die Frau war, deren Leiche auf der Heide gefunden wurde.«

»Ach Gott! Hm, das tut mir wirklich Leid.« Ihre Worte klangen ehrlich, und ihr Gesicht verriet ebenso wie ihre Stimme Bekümmerung. »Das arme Geschöpf.«

Sie wollten bereits den Raum verlassen, als Monk sich noch einmal umdrehte. »Ihnen sind nicht zufällig die Stiefel der Frau aufgefallen, Miss Parkinson?«

Sie war verblüfft. »Ihre Stiefel?«

»Ja. Die Knöpfe.«

Die Erinnerung ließ ihre Augen aufleuchten. »Ja! Sie hatte wirklich schöne Knöpfe an den Stiefeln! Solche hatte ich noch nie zuvor gesehen. Sie sind mir aufgefallen, wenn sie saß und ihre Röcke ein wenig zur Seite gezogen hatte. Nein, so etwas! Es tut mir wirklich Leid, das zu hören. Vielleicht erlaubt mir Mrs. Dewarall, zur Beerdigung zu gehen, da heute wohl nicht mehr viele da sind, die sich an sie erinnern werden.«

»Wissen Sie vielleicht noch ihren Namen?«, fragte Monk und hielt den Atem an, während er auf ihre Antwort wartete.

Sie verzog das Gesicht, während sie sich das Gehirn zermarterte. Er brauchte nicht weiter in sie zu dringen, um ihr klarzumachen, wie wichtig das war.

»Der Name fing mit einem D an«, sagte sie nach einer Weile. »Ich muss darüber nachdenken.«

Sie warteten schweigend.

»Bailey!«, sagte sie triumphierend. »Mrs. Bailey. Tut mir Leid – ich dachte, es wäre ein D, aber es war Bailey, ich erinnere mich genau.«

Sie dankten ihr noch einmal und brachen mit frischer Energie und neuer Hoffnung auf.

»Ich werde es Rathbone mitteilen«, sagte Monk, sobald sie wieder draußen auf der Straße standen. »Sie versuchen, ihre Familie ausfindig zu machen. Es kann vor zweiundzwanzig Jahren nicht viele Hebammen mit Namen Bailey gegeben haben. Irgendjemand müsste sie kennen. Fangen Sie an mit den Ärzten und dem Krankenhaus. Schicken Sie in alle angrenzenden Bezirke entsprechende Anfragen. Er könnte sie von woanders hergeholt haben. Hat es wahrscheinlich auch getan, da niemand in Hampstead sie vermisst gemeldet hat.«

Robb öffnete den Mund, um zu protestieren, änderte dann aber seine Meinung. Es war kein unbilliges Ansinnen, wenn es dazu führte, dass es Cleo Andersons Unschuld bewies.

Am frühen Nachmittag des folgenden Tages trat das Gericht wieder zusammen. Rathbone rief den Polizeiarzt in den Zeugenstand, der als Sachverständiger Hesters Aussage bezüglich der Frauenleiche in der Heide bestätigte. Ein Schuhmacher schwor, die Stiefelknöpfe wiederzuerkennen, und förderte eine Quittung zu Tage, nach der sie vor etwa dreiundzwanzig Jahren von einer gewissen Flora Bailey gekauft worden waren. Miss Parkinson kam und beschrieb die Frau, die sie gesehen hatte, einschließlich der Stiefelknöpfe.

Das Gericht akzeptierte die Tatsache, dass es sich bei der Leiche tatsächlich um Flora Bailey handle, dass sie durch einen gewaltsamen Schlag auf den Kopf gestorben war und dass es sich nur um Mord gehandelt haben könne.

Rathbone rief erneut Aiden Campbell in den Zeugenstand. Er war bleich, und in seinem Gesicht hatten Trauer und Zorn tiefe Furchen hinterlassen. Er sah Rathbone trotzig in die Augen.

»Ich hatte von Herzen gehofft, dies nicht sagen zu müssen«, erklärte er, und seine Stimme war hart. »Ich kannte Mrs. Bailey tatsächlich. Ich hatte keine Ahnung, dass sie tot war. Ich habe später ihrer Dienste nie wieder bedurft. Sie war nicht, wie meine unschuldige Spülmagd es vermutete, Hebamme, sondern eine Frau, die Abtreibungen vornahm.«

Ein Aufschrei der Empörung ging durch den Saal. Die Zuschauer drehten sich tuschelnd einander zu.

Rathbone blickte zu Miriam auf der Anklagebank und sah das Erstaunen in ihrem Gesicht, das sich dann in Ärger verwandelte. Er sah zu Harry Stourbridge hinüber, der steif dasaß, und zu Lucius, der wie betäubt wirkte.

»Eine Frau, die Abtreibungen vornahm?«, wiederholte Rathbone langsam und sehr deutlich.

»Ja«, bestätigte Campbell. »Ich bedaure, das sagen zu müssen.«

Rathbone hob kaum merklich die Augenbrauen. »Sie finden eine Abtreibung verabscheuenswert?«

»Natürlich tue ich das! Tut das nicht jeder zivilisierte Mensch?«

»Wenn es sich um ein gesundes Kind handelt und eine gesunde Mutter, ja, wahrscheinlich«, stimmte Rathbone zu. »Aber dann erzählen Sie uns doch, Mr. Campbell, warum Sie diese Frau in Ihrem Haus untergebracht haben – sodass Ihre Spülmagd ihr auf einem Tablett die Mahlzeiten bringen musste?«

Campbell zögerte, dann hob er ratlos die Hände. »Wenn – wenn das so war, geschah es ohne mein Wissen. Die Dienstboten… vielleicht empfanden sie… ich weiß nicht… Mitleid…« Er brach ab. »Falls das tatsächlich je vorgekommen sein sollte«, fügte er hinzu.

Tobias übernahm die Befragung des Zeugen, fasste sich jedoch sehr kurz.

»Geschah das alles mit Ihrem Wissen oder Ihrer Billigung, Mr. Campbell?«

»Natürlich nicht!«

Das Gericht vertagte sich für die Mittagspause.

Die Familie von Flora Bailey traf ein. Rathbone rief ihren Bruder, einen angesehenen Arzt, als seinen ersten Zeugen des Nachmittags auf.

Auf der Galerie waren alle Plätze besetzt. Es hatte sich wie ein Lauffeuer verbreitet, dass neue Entwicklungen zu erwarten waren.

»Dr. Forbes«, begann Rathbone, »Ihre Schwester verbrachte einige Zeit im Haus von Mr. Aiden Campbell, direkt vor ihrem Verschwinden. Wussten Sie davon?«

»Nein, Sir, ich wusste es nicht. Ich wusste nur, dass sie einen Fall hatte, der ihr sehr wichtig war, der aber gleichzeitig sehr diskret behandelt werden musste. Die werdende Mutter war sehr jung, kaum mehr als ein Kind, und der Auftraggeber meiner Schwester, wer immer er war – legte größten Wert darauf, dass sowohl die junge Mutter als auch das Kind die beste Pflege bekamen. Das Kind war trotz der Umstände sehr erwünscht. Das ist alles, was sie mir erzählte.«

Rathbone war verwirrt. »Das Kind war erwünscht?«

»So habe ich es von meiner Schwester gehört.«

»Und kam es gesund zur Welt?«

»Das kann ich nicht sagen. Ich habe meine Schwester nie wieder gesehen.«

»Vielen Dank, Dr. Forbes. Darf ich noch zum Ausdruck bringen, wie sehr ich den Grund bedaure, der Sie hierher führt.«

»Vielen Dank«, erwiderte Forbes förmlich.

»Dr. Forbes, eine letzte Frage noch. Hatte Ihre Schwester eine Meinung zum Thema Abtreibung?«

»Eine sehr klare Meinung«, antwortete Forbes. »Sie war leidenschaftlich dagegen, auch wenn sie durchaus Mitleid empfand mit Frauen, die bereits mehr Kinder hatten, als sie ernähren und versorgen konnten. Nicht weniger groß war ihr Mitleid mit unverheirateten Frauen oder selbst solchen, die missbraucht oder vergewaltigt worden waren. Sie konnte sich jedoch nie dazu durchringen, eine Abtreibung zu befürworten. Es war für sie eine Frage religiöser Prinzipien.«

»Dann hätte sie also selbst auf keinen Fall eine Abtreibung vorgenommen?«

»Niemals!« Forbes' Gesicht war gerötet und spiegelte Empörung wider. »Wenn Sie an meinen Worten zweifeln, Sir, kann ich Ihnen ein Dutzend Berufskollegen nennen, die das Gleiche über meine Schwester sagen werden.«

»Ich habe nicht den geringsten Zweifel an Ihren Worten, Dr. Forbes, ich wollte lediglich, dass Sie selbst es aussprechen, damit das Gericht es hört. Ich danke Ihnen für Ihre Geduld. Ich habe keine weiteren Fragen.«

Tobias erhob sich halb von seinem Platz, dann setzte er sich wieder. Er warf Rathbone einen Blick zu, in dem sich zum ersten Mal Unbehagen, ja sogar Furcht spiegelten.

Wieder herrschte absolute Stille im Saal. Niemand bemerkte, dass Harry Stourbridge sich erhob. Als er zu sprechen begann, wandten sich aller Augen ihm zu.

»Euer Ehren«, begann er und räusperte sich. »Ich habe von Anfang an die Beweisführung des Gerichts verfolgt. Ich glaube, ich kenne jetzt die Wahrheit. Sie ist schrecklich, aber sie muss ans Licht gebracht werden, oder es wird ein nicht wieder gutzumachendes Unrecht geschehen. Zwei Frauen würden gehängt werden, die unschuldig sind.«

Die Stille war spannungsgeladen wie die Luft vor einem Unwetter.

»Wenn Sie über Informationen verfügen, die für diese Verhandlung von Belang sind, dann sollten Sie noch einmal in den Zeugenstand treten, Major Stourbridge«, erwiderte der

Richter. »Ich möchte Sie nur daran erinnern, dass Sie immer noch unter Eid stehen.«

»Ich bin mir dessen bewusst, Euer Ehren«, antwortete Stourbridge und ging langsam durch den Saal und die Treppe zum Zeugenstand hinauf. Er wartete, bis der Richter ihm ein Zeichen gab, dann begann er mit heiserer Stimme zu sprechen.

»Ich komme aus einer Familie, die über beträchtliches Vermögen verfügt, das zum größten Teil aus Ländereien und Besitztümern besteht. Wir verfügen über ein ausreichendes Einkommen, um die Güter zu unterhalten und einen mehr als behaglichen Lebensstil zu pflegen. Unser gesamter Besitz ist jedoch Erbgut, schon seit Generationen. Ich habe es von meinem Vater geerbt und ich werde es an meinen Sohn weitergeben.«

Er hielt einen Augenblick inne, als müsse er neue Kraft sammeln. Nirgendwo im Saal war auch nur das leiseste Geräusch zu hören. Alle Anwesenden begriffen, dass sie einen Mann vor sich hatten, der von widerstrebenden Gefühlen bewegt wurde, einen Mann, der sich mit einer Wahrheit konfrontiert sah, die sein Leben zerstört hatte.

»Wenn ich keinen Sohn gehabt hätte«, fuhr er mit einiger Mühe und mit zitternder Stimme fort, »so wäre der Besitz an meinen jüngeren Bruder übergegangen.« Wieder musste er eine Pause machen. »Meine Frau hatte große Mühe, ein Kind auszutragen. Wieder und wieder empfing sie und hatte dann während der ersten Monate eine Fehlgeburt. Wir hatten beinahe die Hoffnung aufgegeben, als sie mich in Ägypten besuchte, wo ich in der Armee diente. Es war ein gefährliches Kommando, einerseits wegen der Kämpfe, andererseits wegen der Gefahr, sich eine Krankheit zuzuziehen. Ich machte mir große Sorgen um sie, aber sie war entschlossen, mich dort zu besuchen, um jeden Preis.«

Jetzt, da er zu sprechen begonnen hatte, überschlugen sich seine Worte fast. Es herrschte vollkommene Ruhe im Saal.

»Sie blieb über einen Monat.« Seine Stimme brach. »Es

schien ihr zu gefallen. Dann kehrte sie mit einem Schiff über den Nil nach Alexandria zurück. Ich hatte viel Zeit, immer und immer wieder darüber nachzudenken, was geschehen sein musste, und zu verstehen, warum meine Frau getötet wurde. Sie war eine großzügige Frau, die niemandem jemals Schaden zugefügt hätte.« Er sah verwirrt aus. »Und warum Miriam, die wir alle so sehr ins Herz geschlossen hatten, ihr etwas Böses hätte wünschen sollen.

Ich versuchte mir ins Gedächtnis zu rufen, was während des Abendessens gesagt wurde. Verona hatte von Ägypten gesprochen und von ihrer Rückreise auf dem Nil. Lucius fragte sie nach einem bestimmten Ausflug und sie sagte, sie hätte gern daran teilgenommen, sei aber nicht dazu in der Lage gewesen, weil sie sich nicht wohl gefühlt hätte. Sie tat das Ganze als belanglos ab, nicht mehr als eine ganz und gar alltägliche Unpässlichkeit, die der Vergangenheit angehörte.«

Sein Gesicht war sehr blass. Er sah Lucius an. »Es tut mir so Leid«, sagte er rau. Dann wandte er den Blick wieder nach vorn. »Gestern Abend habe ich ihr Tagebuch aus jener Zeit gelesen und den Eintrag über jenen Tag gefunden, an dem sie von dem Schmerz geschrieben hatte und von ihrem Unwohlsein; und dann waren ihr Aidens tröstende Worte wieder eingefallen, dass alles gut werden würde, wenn sie nur nicht den Mut verlöre und niemandem davon erzähle. Und sie hatte genau das getan, was er gesagt hatte.« Seine Stimme war nur noch ein Flüstern. »Und da endlich verstand ich.«

Rathbone stellte fest, dass er den Atem anhielt, so gebannt war er von Harry Stourbridges Schilderung und der gepressten, gequälten Stimme.

»Als sie wieder in England war«, fuhr Stourbridge fort, »schrieb sie mir, dass sie während ihres Aufenthalts von mir ein Kind empfangen habe, dass sie sich sehr wohl fühle und hoffe, dass sie es diesmal bis zur Geburt würde austragen können. Ich war überglücklich, mehr noch für sie als für mich selbst.«

Auf der Galerie schluchzte eine Frau, offensichtlich von Mitleid überwältigt.

Rathbone blickte zu Miriam hinauf. Sie sah aus, als habe sie den Tod von Angesicht zu Angesicht gesehen.

Harry Stourbridge nahm weder sie noch Lucius oder Aiden Campbell wahr, sondern starrte vor sich hin, gebannt von einem Bild der Vergangenheit, das nur er sehen konnte.

»Nach einiger Zeit hörte ich, dass das Kind geboren worden sei, ein gesunder Junge, mein Sohn Lucius. Ich war der glücklichste Mensch auf Erden. Kurz darauf kehrte ich nach England zurück und sah ihn das erste Mal. Er war wunderschön und meiner Frau so ähnlich.« Er konnte nicht fortfahren und brauchte eine Weile, um seine Stimme auch nur halbwegs wieder unter Kontrolle zu bringen. Als er wieder sprach, kamen seine Worte als ein heiseres Flüstern über seine Lippen.

»Ich liebte ihn so sehr – ich liebe ihn noch immer. Die Wahrheit hat keinen – hat nichts damit zu tun. Das wird sich niemals ändern.« Er holte tief Atem und stieß einen erstickten Seufzer aus. »Aber ich weiß jetzt, dass er nicht mein Sohn ist und auch nicht der Sohn meiner Frau …«

Eine Welle der Erregung ging durch den Saal. Die Geschworenen waren wie gelähmt. Selbst der Richter schien Halt zu suchen.

Rathbones Lippen waren trocken, und sein Herz hämmerte. Harry Stourbridge sah zu Lucius hinüber. »Verzeih mir«, flüsterte er. »Ich habe dich immer geliebt, und ich werde dich immer lieben.« Dann blickte er wieder nach vorn und nahm Habtachtstellung an. »Er ist das Kind des Bruders meiner Frau, Aiden Campbell, gezeugt mit seiner zwölf Jahre alten Magd, Miriam Speake, die er vergewaltigte, damit ich einen Erben hätte und seine Schwester nicht den Zugang zu meinem Vermögen verlöre, sollte ich im Kampf oder an einer Krankheit sterben, während ich in Übersee war. Sie war ihm gegenüber immer sehr großzügig.«

Zorniges Raunen war zu hören.

Aiden Campbell sprang auf, aber er fand keine Worte.

Zwei Gerichtsdiener traten wie auf ein Zeichen hin vor, um ihn aufzuhalten, sollte dies notwendig werden.

Harry Stourbridge fuhr fort, als nehme er nichts von alledem wahr. Er musste seine Geschichte zu Ende bringen. »Er ermordete die Hebamme, damit sie nichts weitersagen konnte, und er versuchte, auch die Mutter des Kindes zu töten, aber sie entkam. Vielleicht hat sie nie erfahren, ob ihr Kind überlebt hatte oder gestorben war – bis sie bei dem Gartenfest sah, wie Aiden einen Krocketschläger schwang. Er holte zum Scherz besonders weit aus, und die Erinnerung kehrte zurück und mit ihr ein Begreifen, das so schrecklich war, dass sie nur noch die Flucht ergreifen und Schweigen bewahren konnte, selbst um den Preis ihres eigenen Lebens. Selbst das hätte sie in Kauf genommen, um vor uns, aber vor allem vor Lucius, zu verbergen, dass er sich in seine eigene ... Mutter ... verliebt hatte.« Seine Stimme versagte endgültig, und so sehr er auch dagegen ankämpfte, konnte er die Tränen nicht mehr zurückhalten.

Die Unruhe im Gerichtssaal nahm zu, bis es wie das Tosen einer anschwellenden Flut klang.

Die Gerichtsdiener traten näher an Aiden Campbell heran.

Rathbone war schwindlig. Aus den Augenwinkeln sah er Hester und direkt hinter ihr Monk, in dessen Gesicht ebenso großes Entsetzen stand wie in dem seiner Frau.

Er blickte zu Miriam. Es bestand nicht der leiseste Zweifel daran, dass dies die Wahrheit war. Man konnte es in ihren Augen sehen, an der ganzen Haltung ihres Körpers.

Er wandte sich wieder an Harry Stourbridge.

»Ich danke Ihnen«, sagte er leise. »Niemand hier kann ermessen, was es Sie gekostet haben muss, dies öffentlich kundzutun. Ich weiß nicht, ob Mr. Tobias noch irgendwelche Fragen an Sie hat. Ich habe keine mehr.«

Tobias stand auf, begann zu sprechen und brach dann ab. Er sah zu den Geschworenen, dann wieder zum Richter. »Ich denke, Euer Ehren, dass im Interesse der Wahrheit noch einige weitere Erklärungen vonnöten sind. So schrecklich diese Geschichte ist, es gibt …« Er machte eine hilflose Geste und ließ den Rest ungesagt.

Rathbone war stehen geblieben.

»Euer Ehren, ich denke, dass Mrs. Gardiner jetzt nichts mehr hat, was sie schützen müsste. Wenn ich sie in den Zeugenstand rufe, wird sie vielleicht bereit sein, uns das Wenige noch zu erzählen, was wir nicht wissen.«

»Unbedingt«, stimmte der Richter zu. »Wenn sie bereit dazu ist – und in der Lage?« Er wandte sich an Stourbridge. »Ich danke Ihnen, Sir, für Ihre Aufrichtigkeit. Wir haben keine weiteren Fragen an Sie.«

Wie ein Mann, der durch tiefes Wasser watete, ging Harry Stourbridge die Stufen hinunter und blieb dann kurz mitten im Saal stehen. Er blickte zur Anklagebank empor, wo Miriam sich erhoben hatte. In seinen Zügen lag eine Zärtlichkeit, die alle Anwesenden den Atem anhalten ließ, es war ein Ausdruck von Mitgefühl und tiefer Dankbarkeit, den Miriam trotz ihres Schmerzes nicht übersehen konnte.

Er wartete, während sie die Stufen herunterkam. Der Wärter trat beiseite, als sei ihm klar, dass seine Anwesenheit nicht mehr notwendig war.

Miriam machte vor Harry Stourbridge Halt. Zögerlich streckte er den Arm aus und berührte sie an der Schulter, so sanft, dass sie es kaum gespürt haben konnte. Er lächelte. Sie legte einen Augenblick lang ihre Hand über seine, dann setzte sie ihren Weg zum Zeugenstand fort, stieg hinauf und wandte sich sogleich Rathbone und dem Gericht zu.

»Mrs. Gardiner«, sagte Rathbone leise. »Ich verstehe jetzt, warum Sie lieber für ein Verbrechen hängen wollten, das Sie nicht begangen haben, als zuzulassen, dass Lucius Stourbridge die Wahrheit über seine Geburt erfährt. Aber das ist jetzt nicht länger möglich. Ebenso wenig kann Aiden Campbell weiterhin seine Taten leugnen oder die Schuld auf Sie abwälzen. Ich verlange nicht von Ihnen, dass Sie noch einmal eine Vergangenheit durchleben, die unvorstellbar schmerzlich für Sie gewesen sein muss, aber die Gerechtigkeit macht es notwendig, dass Sie den Geschworenen mitteilen, was Sie über den Tod von James Treadwell und Verona Stourbridge wissen.«

Miriam nickte schwach, dann begann sie mit leiser, erschöpfter Stimme zu sprechen.

»Ich bin von dem Krocketspiel weggelaufen. Zuerst war es mir egal, wo ich hinging, ich wollte nur weg von dem Haus und allein sein – um zu versuchen, das zu begreifen, was geschehen war, was es war, woran ich mich erinnert hatte – ob es wirklich die Wahrheit sein konnte. Mehr als alles andere auf der Welt wünschte ich mir, dass es nicht so wäre.« Sie hielt kurz inne.

»Natürlich war es wahr, aber zu diesem Zeitpunkt konnte ich das noch nicht akzeptieren. Ich rannte zu den Ställen und flehte Treadwell an, mich irgendwohin zu fahren. Ich gab ihm mein Medaillon als Bezahlung. Er war habgierig, aber nicht durch und durch schlecht. Ich bat ihn, mich nach Hampstead Heath zu fahren. Ich verriet ihm nicht, warum. Ich wollte an den Ort zurückkehren, wo die arme Mrs. Bailey getötet wurde, um mir ins Gedächtnis zu rufen, was wirklich geschehen war – ob das Bild, das auf dem Krocketrasen in meiner Erinnerung so jäh aufgeblitzt war, nicht vielleicht eine Art von Wahnsinn war.«

Jemand hustete, und das Geräusch ließ die Menschen in der spannungsgeladenen Stille zusammenzucken.

»Aiden Campbell muss begriffen haben, was in dem Augenblick in mir vorging«, fuhr sie fort. »Er hat sich ebenfalls erinnert und vielleicht wusste er, wo ich hingehen würde. Er folgte uns und fand uns in der Nähe des Baums, in dem Mrs. Baileys Leichnam versteckt war. Er musste Treadwell töten, wenn er mich töten wollte, sonst wäre er für den Rest seines Lebens erpresst worden. Er hat sich zuerst auf Treadwell gestürzt. Treadwell war vollkommen überrascht und konnte nicht mehr reagieren.

Ich bin geflohen. Ich kannte die Gegend besser als er, da ich noch vor kurzem und viele Jahre in der Nähe der Heide gelebt hatte. Vielleicht verlieh mir die Verzweiflung Flügel. Es wurde bereits dunkel. Ich bin ihm entkommen. Danach wusste ich nicht, wohin ich mich wenden oder was ich tun sollte. Zu guter Letzt, am nächsten Morgen, ging ich zu Cleo Anderson … wieder einmal. Aber diesmal konnte ich selbst ihr nicht sagen, was ich wusste. Ich konnte es nicht ertragen.«

»Und der Tod von Verona Stourbridge, nachdem die Polizei Sie in die Obhut der Stourbridges gegeben hatte?«, fragte Rathbone weiter.

Sie sah ihn an. »Ich konnte es niemandem sagen …«

»Das verstehen wir. Was wissen Sie über Verona Stourbridges Tod?«

»Ich glaube, sie dachte immer, Lucius sei … ein ausgesetztes Kind gewesen. Sie verbarg die Wahrheit vor Major Stourbridge, aber sie wusste nichts über ein Verbrechen, nur über ihren eigenen Betrug, der aus ihrer Verzweiflung erwuchs, dass sie ihrem Mann niemals ein Kind würde schenken können. Mir ist heute klar, dass sie wusste, dass es Aidens Kind war, aber sie wusste nichts über mich, nichts darüber, wie er zu dem Kind gekommen war. Sie hatte Aiden sicher danach gefragt – und obwohl er sie liebte, konnte er ihr nicht die Wahrheit sagen.« Ihre Stimme wurde leiser. »Ganz gleich, wie nahe die beiden einander standen, und sie standen sich wirklich sehr nahe, Verona hätte sich eines Tages vielleicht jemandem anvertraut – sie hätte es tun müssen –, um zu erklären …« Beinahe gegen ihren Willen richtete ihr Blick sich auf Lucius, der auf einer der vorderen Bänke saß. Die Tränen rannen ihm über die Wangen.

»Es tut mir so Leid«, wisperte Miriam. »Es tut mir so – so Leid …«

Rathbone wandte sich an den Richter.

»Euer Ehren, ist es wirklich notwendig, das hier noch weiter in die Länge zu ziehen? Können wir uns vielleicht für eine Stunde oder länger vertagen, bevor wir zum Schluss kommen? Ich habe keine Fragen mehr, und ich kann mir nicht vorstellen, dass Mr. Tobias die Angelegenheit weiter verfolgen möchte.«

Tobias erhob sich. »Ich bin einverstanden, Euer Ehren. Das Wenige, was noch zu tun bleibt, kann nach einer Vertagung erledigt werden. Major Stourbridge und seine Familie haben mein tiefstes Mitgefühl.«

»Sehr gut.« Der Richter klopfte mit seinem Hammer auf den Tisch, und nach einem Augenblick betroffenen Schweigens begannen die Menschen, sich zu erheben.

Rathbone fühlte sich an Leib und Seele erschöpft, als hätte er eine große, anstrengende Reise hinter sich. Er wandte sich an Hester und Monk, die aus dem Saal auf ihn zukamen. Direkt hinter ihnen ging ein Mann mit zotteligem schwarzem Haar und einem Bart, der in alle Himmelsrichtungen abstand. Er strahlte vor Zufriedenheit, und seine Augen leuchteten.

Hester lächelte.

»Sie haben das Unmögliche erreicht«, sagte Monk und hielt Rathbone die Hand hin.

Rathbone nahm sie und hielt sie ein paar Sekunden lang fest.

»Da ist immer noch die Sache mit den Medikamenten«, warnte er.

»Nein, der Fall ist erledigt!«, versicherte Hester ihm. »Mr. Phillips hier ist der Apotheker im Krankenhaus. Er hat Fermin Thorpe davon überzeugt, dass nichts fehlt. Es war alles eine Frage ganz normaler Verluste und einiger schlampiger Einträge in die Bücher. Richtiggehende Diebstähle hat es nicht gegeben. Es war ein Fehler, das überhaupt zur Sprache zu bringen.«

Rathbone sah ungläubig von einem zum anderen. »Wie in aller Welt haben Sie das geschafft?« Er musterte Phillips mit unverhohlenem Interesse und Respekt.

»Mir hat noch nie etwas solchen Spaß gemacht«, sagte

Phillips mit einem breiten Grinsen. »Eine Hand wäscht die andere – ein Handschlag von Leiche zu Leiche sozusagen!«

Monk sah Hester mit zusammengekniffenen Augen an.

Sie erwiderte seinen Blick strahlend und mit einem Ausdruck engelsgleicher Unschuld.

»Gut gemacht, Mr. Phillips«, sagte Rathbone dankbar. »Ich bin Ihnen sehr verpflichtet.«